KB117721

소녀
동지여
적을
쏴라

**DOUSHI SHOJO YO TEKI WO UTE**

© 2021 Touma Aisaka

This book is published by arrangement with Hayakawa Publishing Corporation
through Imprima Korea Agency

이 책의 한국어판 저작권은 Imprima Korea Agency를 통해
Hayakawa Publishing, Inc.과의 독점계약으로 다산북스에 있습니다.
저작권법에 의해 한국 내에서 보호를 받는 저작물이므로 무단전재와 무단복제를 금합니다.

# 소녀 동지여 적을 쏴라

同志少女よ、敵を撃て

아이사카 토마
장편소설

이소담 옮김

다산
책방

**독소전쟁 당시 소련의 주요 지명**

# 차례

일러두기

1　이 책의 주석은 저자 아이사카 토마의 원주와 옮긴이 주로 나뉜다. 원주는 †로, 옮긴이 주는 *로 표시했다.

2　본문에 언급되는 지명, 단체명 등의 명칭은 시대적 배경과 시점을 고려하여 이전의 러시아식 표기를 그대로 옮겼다.

## 한국의 독자들에게

『소녀 동지여 적을 쏴라』는 저의 데뷔작입니다. 한국의 다양한 문화, 특히 영화 작품을 보며 많은 배움을 얻은 저로서는 한국에 계신 독자 여러분께 제 작품을 보여드릴 수 있어 매우 기쁠 따름입니다.

이 작품은 2020년에 집필했고 2021년 11월에 일본에서 출간되었습니다. 집필 당시 제 문제 의식은, 인류 역사상 최대의 전쟁이라고 불리면서도 (특히 본래 염두에 둔 일본 독자들에게) 그리 친숙하지 않은 전쟁인 '독소전'을 소재로 삼아, 지금도 여전히 세계에서 끊이지 않는 전쟁과 압제에 관해 독자들이 생각해주길, 하는 것이었습니다.

당시 일개 아마추어로 소설을 쓰던 저는 이 작품이 책으로 출간되고 불과 3개월 만에 러시아가 우크라이나를 전면 침공하고 악몽과도 같은 총력전이 벌어지리라고는 상상도 하지 못했습니다. 현실에서 벌어진 전쟁이 참혹하게 전개되는 가운데, 전쟁을 소재로 한 이 소설이 시의성 있게 주목받은 것은 집필 당시의 본의가 아니었을뿐더러 너무도 괴로운 일이었습니다.

그러나 모든 전쟁에는 보편성과 고유성이라는 두 가지 측면이 존재합니다.

만약 러시아가 우크라이나를 침공하기 전에 쓴 이 작품을 읽는 것이 독자로 하여금 '과연 전쟁은 인간에게 무엇을 초래하는가?'라는 보편적인 질문을 머금도록 하고 그로 인해 현실의 전쟁을 새로이 이해하는 계기가 된다면, 그 또한 작품의 의의가 될 수 있겠다고 저자로서 생각합니다.

과거에 벌어진 전쟁의 실정을 되묻는 행위는 결과적으로 현대를 재검토하는 것으로 이어집니다. 이는 단순히 러시아에서 벌어진 과거와 현재의 전쟁에 관해 고찰하는 것을 넘어 우리에게 보편적인 질문을 던집니다. 이 작품에서 보이는 패권주의와 '국가가 공인한 멸시'는 당시 세계를 파국적인 비극으로 몰고 간 사상이자 앞으로 다시는 반복되어선 안 되는 논리입니다.

일본은 곧 전후 80년을 맞습니다. 이는 한반도가 일본의 식민 지배로부터 해방되고 이제 80년이 지나려 한다는 의미입니다. 이따금 인터뷰에서 언급했는데, 제 할아버지는 전직 해군 병사였습니다. 전선에 나서진 않았으나 군항軍港에서 격심한 공습을 버틴 끝에 패전을 맞았고, 그 후로 일관되게 반反군국주의와 반전주의를 주장한 분이었습니다. 할아버지가 오래전 제게 들려준 전쟁 체험 중 특히 인상적인 말씀이 있었습니다. "전쟁이 끝난 후에 조선 사람들이 당당히 가슴을 펴고 걸어 다니는 모습을 보고 시대가 바뀌었음을 실감했다"라는 말이었습니다.

한일 양국의 현대사를 말할 때 '일본의 패전'이라는 원점은 종종 대조적인 개념으로 여겨지지만, 일본 제국주의의 종언이라는 의미에서는 같을 것입니다. 전쟁 후 군항을 당당하게 거니는 조선 출신 사람들을 보며 제 할아버지는 제국주의의 종언을 목격했을 것입니다.

시간이 흘러 이제는 한국의 문학, 드라마, 아이돌 등 다양한 문화가 일본에서 친근하고 당연하게 받아들여지고 있습니다. 저 역시 앞서 언급했듯이 그러한 문화, 특히 한국 영화에 많은 영향을 받았습니다. 제국주의의 종언에 시작점을 둔 '전후 일본'이 계속 이어지고 한국과의 문화 교류가 끊이지 않고 지속되기를, 또한 제 작품이 그에 조금이나마 보탬이 되기를 간절히 바라 마지않습니다.

마지막으로 이 작품의 한국어 출판을 위해 노력해주신 모든 분, 특히 이소담 번역가와 다산북스의 이승환 편집자에게 감사의 말씀을 전합니다.

2023년 7월
아이사카 토마

# 프롤로그

## 1940년 5월

장작 패는 소리가 봄의 도래를 알리는 새벽종처럼 작은 마을에 울려 퍼졌다.

감기에 걸렸던 옆집 안토노프 아저씨가 다 나으셨나 보다. 열여섯 살 소녀 세라피마는 그렇게 생각하며 안심했다. 어깨까지 내려오는 머리카락을 땋아 늘어뜨린 다음, 벽에 걸어둔 소총을 들었다.

"다녀올게요."

탁자 위에 놓인 사진을 향해 말했다. 사진에 찍힌 사람은 의자에 앉은 마른 체구의 엄마와 그 옆에 서서 최대한 위엄 있는 표정을 지은 아버지로, 세라피마는 없었을 때의 가족사진이다.

집에서 나오자 사진 속 모습과 달리 튼실한 몸 위에 간소한 외투를 걸친 엄마 예카테리나가 기다리고 있었다.

"그럼 갈까."

"응!"

대답하고는 둘이 나란히 마을을 걸었다. 초목이 움트는 향기와 물레방아가 돌아가는 소리, 거기에 장작 패는 소리까지, 소소한 활기가 작은 농촌을 채웠다. 이바노프스카야 마을. 주민 수가 고작 마흔에 불과한 이 마을은 봄의 도래에 발맞춰 모든 가정이 쾌활하게 각자의 생업에 힘쓰고 있었다.

오두막 옆에서 장작을 패던 안토노프 씨가 숨을 고르며 말을 걸었다.

"오오, 세라피마, 예카테리나 씨. 또 사냥하러 가십니까? 정말 부지런하십니다."

"네, 올해는 겨울을 넘긴 사슴이 예년보다 많은 것 같아서요."

엄마가 대답하는데, 이웃집 볼코프 집안의 딸인 열두 살 먹은 엘레나가 마을에 흐르는 개울을 뛰어넘어 힘차게 달려왔다.

"세라피마 언니, 꼭 해치워야 해. 오빠가 그랬어. 사슴이 밭을 망쳐서 콜호스*에 작물을 내놓지 못하면 우리 마을이 다른 데랑 합쳐져서 이사하게 될지도 모른대."

"걱정하지 마!" 세라피마는 엘레나의 머리를 쓰다듬었다. "그렇게 되기 전에 없앨 테니까."

이마에 맺힌 땀을 훔치며 안토노프 씨가 웃었다.

---

\* 소련의 집단 농장. 생산수단을 공유하고 공동노동으로 생산하며 소속원 각자의 노동량에 따라 수익을 분배하는 소련의 농업경영 형태.

"정말 믿음직스러운 모녀라니까. 늘 감사합니다."

가래를 짊어지고 지나가던 마을 사람 겐나지 씨가 웃으며 말을 걸었다.

"가죽이 필요하면 나한테 말하거라. 장갑이든 방한복이든 만들어줄 테니까."

"네" 하고 대답하는데 멀리서 부르는 소리가 들렸다.

"피마!"

목소리의 주인공을 보고 세라피마도 목소리를 높였다.

"미시카."

엘레나의 오빠 미시카. 미하일 보리소비치 볼코프. 풍성한 금발에 담청색 눈동자를 지닌 미하일이 걱정을 감추지 못한 표정으로 세라피마를 바라보았다.

"피마, 괜찮겠어? 학교에서 들었는데 요즘 곰이 어슬렁거린대."

"괜찮고말고. 그리고 곰이 나온다면 그거야말로 위험하니까 내가 해치워야지."

세라피마가 대답하자, 미하일은 조금 부끄러운 듯이 고개를 숙인 채 "응" 하고 답했다.

"기다려봐. 조만간 나도 사격을 배워서 같이 사냥 갈 수 있도록 노력할 테니까."

장작이 쌓인 오두막 안에서 안토노프 씨의 아내 나탈리아 씨가 고개를 내밀고 웃었다.

"양쪽 다 훌륭하네. 역시 장차 마을을 짊어질 부부라니까."

"우린 그런 사이 아니에요."

"얘가 또 그러네? 너희는 우리 마을에서 처음으로 학문을 닦았으니까 앞으로 출세해서 여길 잘 이끌어야지."

미하일은 마을에서 유일한 동갑내기 소년이다. 마을에서는 남매처럼 어울려 자랐다. 학교가 있는 시내에서 다른 또래 남자아이를 만났는데, 다들 너무 거칠게 행동하고 막돼먹은 말투를 써서 놀랐다. 얼마 지나지 않아 남자애들은 대부분이 그렇고 미하일이 유난히 다정한 소년이라는 걸 알게 되었다. 게다가 시내에 나가면 미하일은 남녀 상관없이 모두에게 인기가 있었기에 세라피마는 늘 곁에 있는 이 소년이 얼마나 특별한 사람인지 알 수 있었다.

이유는 알 수 없으나 마을 사람들은 모두 장래에 미하일과 세라피마가 결혼하리라고 굳게 믿었다. 당사자인 두 사람은 입맞춤은커녕 그런 이야기를 나눈 적조차 없었다. 그런데도 왠지 모르게 그런 분위기를 느끼곤 했다.

미하일이 다시금 진지하게 부정하려는데, 세라피마의 가슴 높이에서 엘레나가 말했다.

"그런데 곰만 걱정되는 게 아니야. '식인마 키라'도 나올지 모르잖아!"

주위를 둘러보았다. 어른들이 묘한 웃음을 지으며 엘레나의 말에 적당히 맞장구를 쳤다.

미하일이 조용히 속삭였다.

"엘레나는 아직도 믿는구나."

"우리는 열 살 때 알았는데."

세라피마와 미하일은 함께 키득키득 웃었다.

밤에 밖을 돌아다니고 나쁜 짓을 하면 산속에 사는 식인마 키라가 죽이러 온다는 이야기는 어른들이 아이에게 겁을 주려고 쓰는 마을의 전설이다.

"가자, 피마."

예카테리나가 걸음을 옮겼고 세라피마도 뒤를 쫓았다.

뒷산으로 이어지는 길을 걷다가 문득 마을을 내려다보았다.

멀찍이 떨어진 곳에 지어진 오두막 굴뚝에서는 연기가 드문드문 올라왔고 곡물을 빻는 물레방아가 느릿느릿 움직였다. 콜호스에 바쳐야 하는 밭에서는 싹이 튼 작물이 햇빛의 은혜를 쬐고 있었다.

장작을 묶던 나탈리아 씨가 이쪽을 향해 손을 흔들었다. 물레방앗간에는 곡물가루를 운반하는 볼코프 부부의 모습이 보였다. 부모의 일을 거들던 미하일은 잠깐 시선이 마주치자 수줍기라도 한지 고개를 숙였다. 마을 외곽에서는 구식 트랙터와 농경용 말이 나란히 밭을 갈고 있다.

가족처럼 잘 알고 친근한 사람들. 사랑해 마지않는 익숙한 마을. 이바노프스카야 마을.

이곳에서는 그 전부가 내려다보인다.

여기에 있으면 사람의 모습을 볼 수 있다. 이 광경이 좋다.

이런 날이 분명 영원토록 이어지리라.

열여섯 살 소녀 세라피마 마르코브나 아르스카야는 그렇게 믿었다.

# 1

## 이바노프스카야 마을

대립하는 두 개의 세계관 사이의 투쟁. 반사회적 범죄자와 마찬가지인 볼셰비즘을 박멸한다는 판결이다. 공산주의는 도리에 어긋나게 미래를 위협한다. 우리는 군인의 전우 의식을 버려야 한다. 공산주의자는 지금까지 전우가 아니었고 앞으로도 전우가 아니다. 몰살 투쟁만을 중심에 둔다. 만일 우리가 그렇게 인식하지 않는다면, 아마도 적을 무찌를 수는 있겠으나 30년 이내에 다시 공산주의라는 적과 대치하게 될 것이다. 우리는 적을 살려두는 식의 전쟁 따위 하지 않는다.

아돌프 히틀러, 1941년 3월 30일 연설 중에서<br>
오키 다케시, 『독소전쟁』

## 1942년 2월 7일

조준선 너머에 있는 사냥감을 포착하면 마음은 한없이 공空에 가까워진다.

단발식 소총 TOZ-8을 거머쥐고 T자 조준선 너머의 사슴을 포착한 순간, 열여덟 살이 된 소녀 세라피마 마르코브나 아르스카야는 지금까지 몇 번이나 경험했던 그 경지에 들어섰다.

거리는 100미터. 무풍.

산속이지만 목표와 자신 사이에 나뭇가지나 잎은 없다. 거의 이상적인 형태에 가깝다.

겨울 밤하늘에 보름달이 휘영청 반짝이며 별들이 내뿜는 빛을 집어삼키는 것처럼, 잡념이 깨끗하게 사라진 내면을 '노려라'라는 유일무이한 의지가 완고하게 가로질렀다. 이윽고 그 의지 또한 사라져 한없는 무념무상의 경지에 도달한 순간, 소녀는 호흡까지도 지배하여 호흡 때문에 생기던 총신의 떨림을 진정시켰다. 이제 방아쇠를 조용히 당기기만 하면 되는 바로 그때.

조준선과 사냥감 사이에 새로운 존재가 보였다.

"아……"

소리가 새어 나온 그 순간, 조준이 흔들렸다. 티 없이 맑던 의식이 흐려졌다.

아마도 무성한 잡초 사이에서 자고 있어 보이지 않았을 새끼 사슴이 몸을 일으켰다.

새끼 사슴은 젖을 뗀 지 얼마 안 됐는지 자꾸만 어미 사슴의 주변을 얼쩡거리며 애정을 갈구하듯 애교를 부렸다. 어미 사슴도 그에 반응해 새끼 사슴의 얼굴을 핥아주었다.

다시 잡념을 지워버리기 위해 세라피마는 상당한 노력을 쏟아야 했다. 생각하지 말자고 생각해서도 안 된다. 그저 언제나 그래 왔듯이 마음을 예리하게 벼렸다.

숨을 가다듬고 어미 사슴의 머리를 겨냥했다.

방아쇠를 당기자 총신이 튀어 올랐고, 확대된 시야에서 사냥감이 사라졌다.

평소에는 왠지 모를 아쉬움을 느끼는 이 순간이 오늘은 꼭 자비처럼 여겨졌다.

조준경에서 시선을 떼자, 마음에서 제외되었던 광경이 뒤늦게 생각났다는 듯이 눈에 들어왔다. 빽빽한 나뭇가지에 남은 하얀 눈과 그 너머의 더없이 화창한 겨울 하늘.

작년에 갑작스럽게 시작된 독일의 소련 침공을 겪고서도 이바노프스카야 마을과 사람들의 생활은 변함이 없다.

"맞혔구나!"

옆에서 다정한 목소리가 들려 세라피마는 예카테리나가 거기 있는 것을 떠올렸다.

"응……"

"왜 그러니?"

엄마가 의아한지 고개를 갸웃했다. 사냥감을 해치울 때마다 반드시 환하게 웃어왔으니까 이렇게 반응하는 것도 이상하지 않으리라고, 세라피마는 생각했다. 엄마에게는 새끼 사슴이 보이지 않았을 것이다.

설명해야 할지 고민하는데 엄마가 말했다.

"피마, 쏘기 전에 노래를 부르더라?"

"내가?"

세라피마의 눈이 동그래졌다. 전혀 기억이 없다.

엄마가 그랬다고 대답했다.

"카추샤*를 작게 부르던데? 놀랐어. 매번 그렇게 집중하면서."

"그런가?" 세라피마는 모호하게 대답을 흐렸다.

자신이 쓰러뜨린 사슴을 봤다. 일격에 뇌가 꿰뚫린 사슴은 몸을 떨지도 않고 네 다리를 뻗은 채 즉사했다.

---

\*     1938년에 작곡된 러시아의 대중가요. 독소전쟁 동안 소련 인민들이 애창했고 붉은 군대에서는 군가처럼 불렀다.

참 신기하다고 세라피마는 생각했다. 살아 있을 때와 형상이 다르지도 않은데, 어째서 사체는 한눈에 봐도 생명이 없다는 걸 바로 알 수 있을까.

"잘했다, 피마."

사냥감을 향해 걸어가며 엄마가 평소처럼 칭찬했다.

"덕분에 마을 사람들 모두 고기를 먹을 수 있고 밭도 망가지지 않겠어. 훌륭하구나, 피마. 정말 대단해."

사냥에 성공하면 예카테리나는 반드시 이렇게 말해준다. 그것이 마을 최고의 사냥꾼인 세라피마와 엄마로서 딸에게 사격술을 가르친 자신과의 약속이기라도 한 듯이.

세라피마는 지금껏 재미 삼아서 혹은 실력을 확인하기 위해 사냥한 적이 한 번도 없었다. 세라피마가 사는 이곳 이바노프스카야는 농촌이라 농작물을 망치는 야생동물이 매번 골치를 썩였고 먹을 고기가 늘 부족했다.

그러니까 누군가는 사슴을 잡을 필요가 있다. 세라피마에게는 그런 현실을 실감할 수 있는 말이 필요했다.

그런 생각을 하고 있다가, 엄마와 몇 번이나 이야기를 나누었던 걱정거리가 입에서 불쑥 튀어나왔다.

"엄마. 내가 모스크바에 가면 혼자서 사냥할 수 있겠어? 농사랑 이런저런 생활도 그렇고. 정말로 내가 없어도 괜찮아?"

세라피마는 고등교육 과정에서 우수한 성적을 거둔 덕분에 가을이 오면 모스크바 대학에 입학하기로 되어 있었다. 근교이긴 해도 마을로부터 모스크바까지는 걸어서 이틀이나 걸려 혼자 기숙사에서 살아야 하니 장기 휴교에 들어갈 때 말고는 만날 기회가 없을 것이다. 당연히 그동안에도 사냥은 계속되어야 한다. 그러나 총을 쏠 수 있는 남자는 이미 마을에 없으니 자연히 엄마가 그 역할을 짊어지게 된다.

엄마는 서른여덟 살의 건장한 몸을 흔들며 다부지게 웃었다.

"당연히 괜찮지. 너한테 사냥을 가르친 건 이 엄마고, 게다가 보렴. 내가 너보다 훨씬 힘이 세거든요, 이 말라깽이씨!"

예카테리나는 자기 체중과 비슷하게 85킬로그램은 나갈 사슴을 벨트에 연결한 뒤 질질 끌기 시작했다. 엄마보다 30킬로그램 정도 가벼운 세라피마가 허둥지둥 벨트 하나를 더 연결해, 총을 품에 안은 채로 사슴 운반을 도왔다.

"피마, 주변 사람들을 생각해야지. 마을 사람들도 시내에 있는 선생님도 모두 네가 모스크바 대학에 가는 걸 자랑스럽게 여기잖니. 우리 마을 최초의 대학생이라고."

"응. 그런데 얼마 전에 시내에서 집으로 오는 길에 만난 마트베이 신부님이 그러셨어. 모스크바에 가도 공산당의 꼭두각시는 되지 말라고, 스탈린은 무자비한 독재자여서 조금만 비판해도 바로 처형한다고. 죽인 사람이 수십만 명이나 된대."

"마트베이 신부님이 그런 헛소리를 했어? 그런 얘기는 아무한테도 하면 안 돼."

"왜?"

"그런 헛소리를 한 게 알려지면 신부님이 죽을 테니까."

뭐라고 대답하면 좋을지 곤란했다. 엄마가 농담을 한 건지 아니면 일종의 비판을 한 건지 판단이 서지 않았다.

사슴을 끌고 숲을 걸어가자, 두 사람의 신발 자국에 이어 꼭 립스틱 같은 색깔의 사슴 피가 그 뒤로 자국을 남겼다.

깊이 생각하지는 않았다. 소비에트연방에서 농담과 비판은 그렇게 딱 잘라 구분할 수 있는 것이 아니다. 그리고 둘 중 어느 쪽이든 무엇을 말해도 되고 말하면 안 되는지는 정해져 있다. 생활하면서 느끼는 불편이나 달성해야 하는 목표치에 대한 불만을 소비에트 지구의 당국자에게 말할 수는 있어도 당 자체를 비판할 수는 없다. 공무원에 대한 불평불만을 신문에 투고하는 것은 장려하지만 거기에 최고지도부에 대한 비판을 쓰면 즉각 체포된다. 예카테리나도 이를 잘 알고 있기에 얼른 화제를 바꿨다.

"그러니까 총 쏘는 법 같은 건 다 잊고 열심히 공부나 하렴, 똑똑이씨. 우리 딸이 대학에 가다니 얼마나 자랑스러운지 몰라. 시내 선생님들도 너라면 잘해낼 거라고 하셨어. 대학을 졸업하면 외교관이 될 거지? 열심히 공부해온 독일어를 살려서 말이야."

"응."

"그런데 요즘 세상에 독일어를 공부하면 파시스트 앞잡이로 보이지 않을까?"

"에이, 엄마, 전혀 안 그래. 프리드리히 선생님은 당국 사람들과도 친한 것 같던데?"

세라피마가 교육받은 고등학교는 이바노프스카야 마을에서 도보로 한 시간 가까이 걸어가야 하는 시내에 있고, 망명 독일인이자 전직 독일 공산당원인 프리드리히 선생님이 독일어를 가르쳤다. 독소전쟁이 시작된 뒤로 선생님은 입지에 불안감을 느꼈는지, 무슨 일만 있으면 학생들에게 소련의 대독 전쟁은 자기 방위인 동시에 독일 인민을 압정에서 해방시키기 위한 성전聖戰이라고 말하기 시작했다. 세라피마가 대학 진학을 결정하자 "혹시 모스크바에 가서 자기 이야기가 나오면, 프리드리히 선생은 모국의 해방을 위해 언제든 나치·파시스트와 싸울 각오를 했다"고 전해주지 않겠느냐며 진지한 표정으로 부탁했다.

"그러니?" 그 말을 들은 예카테리나는 어딘지 냉담한 말투로 대답했다. "독일인도 큰일이네. 자기들이 히틀러를 뽑아놓고 우리를 공격했으면서."

"그건 아니야, 엄마."

세라피마는 자기도 모르게 반박했다. 독일어를 다정하게 가르쳐주고 격려해 가며 어학 실력을 길러준 프리드리히 선생님에게 들은 말과 자기 자신의 신조에 따른 행동이었다.

"히틀러가 총통이 된 건 선거로 뽑힌 게 아니라 군인인 힌덴부르크가 그 사람을 수상으로 삼았기 때문이고, 그 후로 독일인도 파시스트 정권에 거역할 수 없게 된 거야. 지금 원하지도 않은 전쟁에 참전한 독일 인민도 파시스트의 희생자라고. 전쟁이 끝나면 분명 우리나라랑 사이가 좋아질 수 있어. 인민을 괴롭히는 건 언제나 압제자니까."

"그러네." 엄마가 부드럽게 웃었다. "예전에 네가 좋아했던 그 연극처럼 말이지."

"응. 전쟁이 끝나면 나는 반드시 외교관이 되어서 독일과 소련 사이를 회복시킬 거야."

10년도 훨씬 전, 마을에 찾아온 공공교육 연극단이 선보인 연극이 세라피마와 독일의 첫 만남이었다. 연극단은 시작하기에 앞서 이 사건은 제1차 세계대전 때 독일군과 제정러시아군 사이에서 실제로 벌어졌던 일이라고 언급한 뒤, 마을 사람들에게 연극을 선보였다. 줄거리는 이랬다.

황제 때문에 원치 않게 독일과의 전쟁에 참전하게 된 사람들 사이에 레닌 무리가 이끄는 혁명전쟁 소식이 알려지자, 최전선 참호 안에는 전쟁을 꺼리는 분위기가 감돌기 시작했다. 주인공인 러시아 병사는 무익한 전쟁을 그만두자고 주변 병사들을 설득한다. 병사들은 총이나 대포를 엉뚱한 방향으로 쏘는 사보타주를 벌이고, 독일어로 쓴 편지를 전서구에 매달아 상대편 참호로 날려 보내 우리는 쏘지 않을 테니 그쪽도 전투를 그만두라고 권유했다. 주인공은 뜻을 함께하는 동료가 차츰차츰 늘자, 전쟁을 멈추고 혁명군 쪽에 가담해 황제를 쓰러뜨려 전쟁을 끝내자는 집단 탈주 계획을 세웠다. 그러나 실행 전날 밤, 배신자인 카자크 병사가 상관에게 계획을 밀고한다. 어깨에 금띠를 단 장교는 병사들에게 주인공을 총살하라고 명령한다. 병사들은 명령을 따르려 하지 않는다. 정 그렇다면 적에게 쏘게 하겠다고 장교가 고함을 지른다.

주인공은 참호 밖으로 나가 독일군의 과녁이 된다.

주인공이 총에 맞아 죽겠어! 그러면서 눈을 질끈 감았던 것을 세라피마는 기억한다.

그런데 총성이 울리지 않는다. 잠시 후, 서투른 러시아어가 들려온다.

"쏘지 않겠네, 동지!"

계획을 알고 있던 독일 병사들은 그를 풀어주기 위해 참호를 넘어 다가온다. 병사들이 총을 버리고 부둥켜안고, 금몰 제복 차림의 장교와 배신자 카자크 병사는 연행된다.

두 나라의 병사들이 각자 나라에서 혁명을 일으키자고 맹세하고 헤어지면서 연극은 끝난다.

어린 세라피마는 자리에서 벌떡 일어나 손이 아플 정도로 박수를 보냈다.

지금 생각하면 다소 교육적으로 꾸민 내용인 데다 역사적 사실에 근거했다고 밝힌 전개에도 상당한 과장이 섞였을 테지만, 어쨌든 극이 끝난 그날 밤에 세라피마는 잠들지 못할 정도로 흥분했다.

다름 아니라, 만난 적 없는 아버지의 모습을 그 연극에서 발견했기 때문이었다.

"엄마, 아빠도 저랬던 거지? 독일과의 전쟁에서 도망쳐 왔고, 그다음에는 백군*과 싸우러 간 거지?"

"그럼."

엄마의 대답은 짧았다. 그렇게 싸운 탓에 목숨을 잃었다는 말이, 이어지는 침묵에서 들린 것 같았다. 아버지는 내전 종결 후 1923년에 귀환해 이듬해에 죽었다. 그 짧은 사이에 찍은 한 장의

---

\* 1917년 3월과 11월에 일어난 러시아 혁명 때, 공산당의 정규군인 붉은 군대에 대항하여 정권을 다시 찾기 위해 왕당파가 조직한 반혁명군.

사진으로만 남은 아버지. 아버지를 떠올릴 때나 지금 조국의 상황을 생각할 때면 세라피마는 역시 걱정이 되었다.

"그런데 나만 대학에 가다니 정말 괜찮을까? 나는 총도 쏠 수 있고 같은 나이인 미시카도 전쟁에 나갔는데, 정말 싸우지 않아도 되는 걸까?"

"너는 여자애잖니."

"류드밀라 파블리첸코도 여성이면서 크림반도에서 싸우고 있잖아."

"그 사람은 특별한 사람이야. 벌써 독일 병사를 200명이나 죽였다잖아. 피마, 아무리 싸우고 싶다 해도 네가 사람을 죽일 수 있겠니?"

몇 번이나 받은 그 질문에 세라피마는 똑같이 대답했다.

"못 해."

"그러면 안 되는 거지, 피마. 전쟁은 곧 살인이니까."

사슴을 털썩 내려놓고 엄마가 진지한 표정으로 말을 이었다.

"네 아버지 마르크는 전쟁이라면 신물이 난다면서 탈주병이 되어 마을로 돌아왔어. 그러다가 레닌의 「평화에 대한 포고」에 감동해서, 백군이 쳐들어오자 이번에는 소련을 지키기 위해 싸우겠다면서 자진해서 전쟁터로 향했어. 엄마가 말려도 소용없었지⋯⋯ 내전이 끝나고 돌아온 아버지는 한랭지에서 치른 전투 때문에 폐가 완전히 망가져 있었어. 결국 딸의 얼굴도 못 보고 죽었지."

세라피마는 고개를 숙였다. 어찌 딸마저 전장에 나가서 그렇게 남편을 잃은 엄마를 홀로 남길 수 있을까.

"그다음에 피마, 네가 태어난 거야. 마르크가 지키려고 했던 소련은 확실히 제정러시아와는 달랐어. 읽고 쓰지도 못했던 엄마가 순회 학교 덕분에 신문도 읽을 수 있게 됐지. 이 마을의 아이들도 교육을 받게 됐고 이제 너는 대학에 갈 수 있어. 고마운 일이지. 콜호스는 힘들지만 그 대신 네 학비를 낼 수 있고."

후유. 하얀 입김을 한 번 내뱉고 엄마가 말했다.

"아무튼 네 아버지가 싸운 이유는, 태어날 너를 병사로 만들기 위해서가 아니었어."

"응……"

결국 세라피마는 평소와 같이, 자신에겐 전쟁에 나설 각오가 부족하다고 인정했다.

지난달까지 이 마을도 소개*를 할지 말지 갈림길에 섰었다. 철수하지 말라는 명령이 내려와서 마을 사람들은 멀리서 울리는 포성을 들으면서도 평범하게 살 수 있었다. 독일군이 이곳보다 훨씬 동쪽 지역으로까지 진출한 와중에 피란하지 못한다는 점은 불안했지만, 그보다는 안도하는 목소리가 더 컸다. 지금 소련이 시행하는 피란은 초토작전의 일환이다. 소개가 결정되면 집을 모조리 불태우고, 몇 없는 가축을 죽이고, 모든 것을 다 버린 채 국가가 지정한 지역으로 도망쳐야 한다.

이 마을은 자그마하지만 요새 도시 툴라와 모스크바 사이에 자리한 중계 지점이다. 모스크바를 점령하려는 독일이 전략적으로

---

*　　疏開. 공습이나 화재 따위에 대비하여 한곳에 집중된 주민이나 시설물을 분산하는 것.

공략할 만한 곳은 아니면서, 모스크바를 지켜낸 후에는 수송 지점으로서 그럭저럭 쓸 만할 곳이기에 소개하지 않는 쪽으로 정해진 것이다.

다행히 모스크바 방위군은 동부 방면에서 온 응원군 덕분에 독일군을 격퇴했다. 올해 들어서는 소련군의 동계冬季 반공전이 시작되었기에 마을 사람들도 일단 안심하던 차였다.

두 사람은 숲에서 빠져나와 산길을 걸었다. 사슴을 끌고 가기가 좀 더 편해졌다.

곧 마을이 한눈에 들어오는 지점에 도착한다. 세라피마가 이바노프스카야 마을을 내려다보길 좋아하는 그곳이다. 저기까지 가면 언제나 안토노프 씨가 장작을 패는 소리가 들린다. 그의 아내인 나탈리아 씨는 밀가루를 운반하는 와중에도 반드시 손을 흔들어준다. 한때 시내에서 요리사로 일했던 겐나지 씨는 사냥감을 솜씨 좋게 손질해서 고기와 모피로 돌려준다. 미하일의 여동생 엘레나에게 그 고기를 주면 답례로 시내에 사는 남자애에게 받은 달콤한 과자를 나눠준다. 장남이 떠난 볼코프 가족은 적적해하면서도 셋이 똘똘 뭉쳐 아들이 돌아오기를 기다린다.

아버지라는 존재를 동경하지만, 엄마와 딸 둘뿐인 가족으로 사는 일이 쓸쓸하다고 생각한 적은 없다. 가족처럼 함께 어울리는 마을 사람들이 있는 덕분이다.

"미안해, 엄마. 나 반드시 대학에서 공부하고 돌아올게. 여기에서 도망치지 않아도 돼서 다행이야……"

예카테리나가 안도의 한숨을 내쉬더니 곧이어 심술궂게 웃어 보였다.

"그렇지. 게다가 미하일이 돌아왔을 때 네가 없으면 곤란해지지 않겠니."

"엄마, 미시카랑 나는 그런 사이가 아니라니까."

미하일 역시 같이 대학에 갈 예정이었다. 그러나 전쟁이 시작되자 자원해서 전쟁터로 향했다. 그 후로 그의 부모님과 여동생 엘레나는 미하일을 기다리면서 줄곧 세라피마를 약혼자처럼 대했다.

"아무튼 전쟁은 남자들에게 맡기자꾸나. 전쟁이란 건 남자들이 시작하고 여자들은 뒤에서 희생될 뿐이지. 모처럼 모스크바를 지켜냈는데 일부러 대학에 갈 기회를……"

엄마의 목소리가 끊겼다. 세라피마도 이변을 눈치챘다.

안토노프 씨가 장작을 패는 소리가 들리지 않았다. 아이들이 노는 소리도 들리지 않았다.

생활의 기척이 사라진 정적 속에서 이질적인 소리가 들렸다. 자동차 엔진 소리다. 트랙터에서 나는 소리와 다르다.

마을에 자동차를 가진 사람은 하나도 없고, 외부에서 차가 들어오는 일도 웬만해서는 없다.

"붉은 군대 사람들일까?"

엄마가 중얼거렸을 때, 마을 쪽에서 고함이 들렸다.

맹수가 위협할 때처럼 고압적이고 난폭한 외침이었다.

말을 알아듣진 못했으나 무언가 깨달았는지 엄마는 공포에 질린 얼굴로 세라피마를 바라보았다. 세라피마는 반사적으로 고개를 끄덕이고 대답했다.

"독일어야. 줄을 서라고 했어."

짧게 대답한 뒤에 그 말의 의미를 깨달은 세라피마는 온몸이 경련하듯이 떨리는 것을 느꼈다. 심상치 않은 떨림에 놀람이 먼저 찾아왔지만, 뒤이어 공포를 느꼈다.

독일어로 줄을 서라고 외치는 자가 마을에 있다.

"엄마……"

엄마는 그저 망연자실했다. 또 한번 독일어가 들렸다.

"줄 서! 빨리 움직여!" 어설픈 러시아어가 이어졌다.

"엎드려."

예카테리나가 속삭이며 엎드렸다. 배를 깐 채 조금씩 전진하여 마을이 내려다보이는 모퉁이 쪽 산길로 갔다.

처음으로 이곳이 무섭게 느껴졌다. 세라피마도 납작 엎드려서 엄마 뒤를 쫓았다. 아무 생각도 들지 않았다. 그저 엄마와 떨어지고 싶지 않을 뿐이었다.

조금 높은 굽잇길에서 고개를 내밀자 이바노프스카야 마을이 보였다. 눈이 얇게 깔린 마을 중앙의, 건물 없이 조금 탁 트인 곳.

안토노프 씨가, 겐나지 씨가 거기 있었다. 다들 두 손을 들고 있었다.

미하일의 부모님도 불안한 듯 가까이 붙어 있었다.

마흔 명에 조금 못 미치는 마을 사람이 거의 다 모여 있었다. 나탈리아 씨와 엘레나의 모습만 보이지 않았다.

그리고 그들 앞에 독일군 병사들이 있었다.

병사들이 입은 제복은 전부 지저분했고 옷매무새도 단정치 못하게 흐트러졌다. 독일 병사들은 멀리서도 느껴질 정도로 괴이하게 살기등등했는데, 총구를 사람들에게 겨누고는 뭐라 말하려는 마을 사람을 찌르며 통하지도 않는 독일어로 저 좋을 대로 고함을 질러댔다.

이윽고 통역병이 어설픈 러시아어로 외쳤다.

"이 촌락에 볼셰비키 파르티잔*이 있다는 정보를 입수했다. 우리에겐 법을 어긴 파르티잔과 그 동조자를 처형할 권리가 있다. 놈들이 어디 있는지 얌전히 털어놓아라!"

모두가 아연실색했다. 잠시 후 안토노프 씨가 두 손을 든 채 대답했다.

"독일인 여러분, 도대체 무슨 말씀이십니까? 여기는 보시다시피 피란할 필요도 없는 작은 마을입니다. 있는 것이라곤 농가와 제분소뿐이에요. 애초에 점령당한 적도 없는 마을에 무슨 파르티잔이 있겠습니까. 진정하세요. 그보다 아내와 만나게……"

정적 속에서 세라피마가 있는 산길까지 들리던 또렷한 말소리가 갑자기 끊겼다. 목소리를 지워버린 총성, 그리고 사람들의 비명이 뒤를 이었다.

통역병 옆에 선 군인이 안토노프 씨의 말을 끝까지 듣지도 않고 그의 머리를 쏜 것이다.

---

\* 정규군이 아닌, 민간인으로 조직된 유격대. 적의 배후에서 통신·교통 시설을 파괴하거나 무기나 물자를 탈취하고 인명을 살상했다.

세라피마는 떨림이 멎는 것을 느꼈다. 한계를 넘은 공포에 소리도 내지 못하고 눈물을 흘렸다.

마을 사람들이 절규하고 비명을 지르자, 군인이 머리 위로 권총을 난사하더니 통역을 끼고 고함쳤다.

"다시 한번 묻겠다. 파르티잔이 있는 곳을 대라. 말하지 않으면 전원 처형하겠다!"

"엄마."

세라피마는 눈물을 흘리며 엄마에게 물었다.

"죽는 거야? 다들…… 우리도 죽는 거야?"

엄마가 창백해진 얼굴을 세라피마에게 향하고 간신히 한마디를 건넸다.

"총을 주겠니."

TOZ-8. 예카테리나가 건네받은 수렵용 단발식 소총을 손에 쥐었다.

세라피마는 엄마에게 총탄도 건넸다. 기도하듯 "엄마" 하고 속삭이면서.

예카테리나는 호흡을 깊이 가다듬고 엎드린 자세로 총을 거머쥐었다.

엄마가 분명 저 나쁜 병사들을 쏴 죽일 것이다. 세라피마는 그렇게 믿었다. 거리는 직선으로 100미터 미만. 어려운 거리가 아니다. 자신에게 사격술을 가르친 사람이 바로 엄마였으니.

틀림없이 저 못된 병사들을 차례차례 쏴서 마을 사람들을 구해줄 거야.

기도하는 심정으로 생각했다.

그러나 엄마의 총은 불을 뿜을 기색을 보이지 않았다. 예카테리나의 사격 자세와 겨눈 방향을 확인했다. 지휘관을 노리고 있다. 조금 전 안토노프 씨를 죽인 자를. 통역을 끼고서 너희도 전원 파르티잔이다, 너희도 볼셰비키의 수하인 걸 알아봤다, 라고 외치는 자를.

분명히 조준을 맞췄다. 그러나 엄마는 그 자세 그대로 움직이지 못했다.

"엄마, 제발……"

너희를 처형하겠다, 라고 지휘관이 외치는 도중에 총성이 울려 퍼졌다.

예상치 못한 발포에 독일 병사들이 우왕좌왕하며 숨을 곳을 찾아 흩어졌다.

"엄마!"

드디어 쐈구나. 세라피마는 기뻐하며 엄마 쪽을 돌아보았다가 얼어붙은 듯 굳어졌다.

조준경이 부서진 TOZ-8이 제일 먼저 눈에 들어왔다.

엎드린 자세 그대로인 엄마의 머리에서 피가 흘렀다.

그 의미를 곧바로 이해하고 말았다.

죽음의 모습. 짐승들이 그랬던 것처럼, 살아 있었던 엄마가 이제는 주검으로 변했다.

"쏴라!"

독일어로 외치는 소리가 들린 뒤, 곧바로 총성이 몇 겹으로 겹처 들렸다.

아래로 시선을 돌렸다. 도망칠 필요가 없다는 걸 깨달은 독일 병사들이 일제히 발포했다. 마을에 정렬했던 마을 사람들 또한 총성과 함께 시체로 변했다.

볼코프 부부도 겐나지 씨도 지면을 향해 머리부터 뛰어드는 모습으로 고꾸라졌고, 괴로워하며 쓰러진 마을 사람들에게 총탄이 또다시 쏟아졌다. 이어서 병사들은 확인이라도 하는 것처럼 그들을 재차 총검으로 찔렀다. 마을 사람들의 몸에서 피가 흘러나와 마을에 쌓인 눈을 새빨갛게 물들였다.

갑작스러운 총성에 대한 분노를 전가하는 것처럼 독일 병사는 마을 사람들을 난도질했다.

세라피마는 시간의 흐름조차 느끼지 못했다. 아무 생각도 하지 못한 채 그저 무의미하게 엄마의 시체와 마을 사람들의 시체를 번갈아 바라보았다.

정신을 차리자 독일어로 나누는 대화가 또 들렸다. 이번에는 가까이에서.

"예거 그놈, 사람을 놀래키고 말이야. 이런 곳에 적의 저격병이라니."

"진짜로 파르티잔이 있었을 줄이야."

"이봐요들, 당연한 거라고. 우린 틀린 적이 없어. 그러니 저놈들도 파르티잔이었어!"

웃음소리가 들렸다. 지금 막 수십 명이나 되는 사람을 죽인 놈들의 웃음소리치고는 태평했다.

독일어로 대화하는 소리가 가까워졌다. 세라피마는 그 소리를 들으면서도 도망치지 못했다. 몸이 공포로 얼어붙어 일어서지도 못했다. 다리에 힘이 들어가지 않았다.

독일 병사 삼인조가 산길을 올라왔다.

"그냥 사냥꾼 아줌마네."

말을 내뱉은 독일 병사 하나와 세라피마의 시선이 마주쳤다.

"이거 보게나."

천박한 미소를 지으며 독일 병사들이 다가왔다. 세라피마는 도망치려고 했으나 벌러덩 뒤로 자빠지는 것이 고작이었다. 다리가 후들거렸다. 마치 신경을 잃기라도 한 것처럼 일어날 수 없었다. 비명을 지르지도 도망치지도 못하는 세라피마의 머리를 커다란 손이 난폭하게 움켜쥐었다.

"괜찮은 걸 찾았는데!"

"여기서 해치울까?"

"다 같이 나눠야지."

세라피마는 죽음의 공포감과 혐오감에 토할 것 같았다.

총검으로 세라피마를 살살 찔러 걷게 한 세 명의 독일 병사는 더없이 쾌활하게 웃고 잡담을 나누었다. TOZ-8을 빼앗은 다음 에카테리나의 시체를 쓰레기처럼 질질 끌며 걸어갔다.

마을에 도착하니 그곳은 지옥이었다.

물레방앗간과 몇 채 안 되는 집은 전부 문이 부서졌고 가축들은 트럭에 실렸다.

눈 위에 쓰러진 서른 몇 명의 시체에서 어마어마하게 피가 흘렸다. 그 피에서 뜨거운 김이 자욱하게 솟아올랐다. 때때로 신음이 들리면 독일 병사가 신중하게 총탄을 쏘았다.

세라피마는 한 집으로 끌려갔다. 아무 곳이나 골라 들어간 걸 테지만 공교롭게도 세라피마의 집이었다. 엄마와 둘이서 살던 집에 독일 병사들이 자기 집인 양 들어와, 약탈한 식량을 먹어 치우고 소중히 아껴온 술을 들이켰다.

끌려온 엄마의 시체가 총과 함께 아무렇게나 내동댕이쳐졌다.

"예거, 네 말이 맞았어. 저격병이라고 할 건 아니지만 사냥꾼 아줌마와 딸이 있더군."

예거라고 불린 남자는 구석에 의자를 두고 혼자 앉아 있었다.

소총을 품에 안고 묘하게 어두운 분위기를 풍기며 앉은 그의 얼굴에는 상처가 있었다. 나이는 젊어 보이는데 귀 근처부터 턱, 입가까지 수염으로 뒤덮여 있었다.

"인간을 노리는 사냥꾼은 저격병이나 마찬가지니 그걸 쐈을 뿐이야. 딸은 알 거 없고."

"여전히 음침한 놈이군. 어이, 이걸 어쩔까?"

"어쩌긴 뭘 어째. 순서대로 해치워야지."

"아까도 제대로 나눠서 하기로 했으면서 겨우 셋이 하고 죽여버렸잖아."

병사 하나가 웃으면서 저거 보라며 힐끔 시선을 주었다. 시선 끝에 아까 보이지 않았던 두 사람, 안토노프 씨의 아내 나탈리아 씨와 열네 살 엘레나가 시체가 된 채 누워 있었다. 둘 다 옷이 전부 벗겨진 상태였다. 머리 그리고 다리 사이에서 심각한 출혈의

혼적이 보였다.

"어쩔 수 없잖아. 도중에 총성이 들렸으니. 그러니까 이 녀석은 다 같이 하자고."

세라피마의 몸이 다시 떨리기 시작했을 때, 수염 난 남자가 말했다.

"여성에게 폭력을 휘두르는 건 군율 위반이다. 게다가 열등 인종인 슬라브족과의 성교는 범죄야."

세라피마의 머리를 움켜쥔 남자가 소리 내어 웃었다.

"그건 점령지에서 성병에 걸리지 않게 하려고 만든 규칙이잖아. 또 이걸 임신시켜서 자식을 낳아달랄 것도 아니고, 이게 높으신 분한테 울며불며 호소할 일도 없으니 후다닥 끝내고 쏘아 죽이면 끝이야. 늘 그랬잖아."

다른 남자가 대답했다.

"아니야, 데리고 가자. 한창이고 즐길 수 있고, 숙소도 있으니 말이야."

"아하, 그것도 괜찮겠군. 이거라면 겉보기에 독일인과 그다지 다르지 않고."

"이봐, 제군들. 내 입장도 생각해 줘야지. 뒤탈 없이 죽이는 게 좋아."

세라피마 앞에 선 자는 아까 그 지휘관이었다.

"먼저 나와 이 여자만 남기고 나가. 이야기는 그 후에 하지."

"네." 주위 병사들이 시시하다는 표정으로 대답했다.

세라피마는 독일어를 할 줄 알았다. 다정다감한 프리드리히 선생님에게 배웠다. 언젠가 외교관이 되기 위해서, 독일 인민이나 인민 병사와 소련 사이에 놓인 간극을 좁혀 두 나라의 평화에 공헌하고 싶다는 마음으로 독일어를 배웠다. 그것이 이제 곧 끝날 인생에서 가장 후회할 일로 남게 될 줄이야. 세라피마는 불현듯 그런 생각을 했다.

"어이…… 여자, 너. 여길 봐."

갑자기 수염 난 남자가 말을 걸었다.

그 말에 시선을 돌려 눈을 마주한 순간, 세라피마는 더한 후회가 밀려오는 것을 깨달았다. 남자가 병사들을 향해 말했다.

"이 녀석은 독일어를 이해하는군."

주위에 있던 병사들의 안색이 바뀌었다. 히죽거리던 웃음이 돌연히 사라지고 맹금류처럼 사나운 시선이 세라피마에게 쏟아졌다.

"멍청한 것들……"

수염 난 남자가 중얼거리며 뒷문으로 집에서 나갔다.

시선을 고스란히 받으며 세라피마가 독일어로 말했다.

"죽이지 마세요. 저를 보내주세요."

이번에는 병사들의 표정에 돌연 공포 비슷한 감정이 생겨났다. 그 의미를 이해할 수 없었다. 기묘한 공포는 금세 분노로 바뀌더니 눈앞의 장교가 권총을 뽑았다.

"독일어로 말하지 마라, 지저분한 파르티잔 암퇘지 주제에! ……전원 밖으로 나가라!"

이마에 총구가 닿았다. 이렇게 내 인생이 끝나는구나, 하는 체념이 왠지 모를 안도감처럼 세라피마의 머릿속을 뒤덮었다.

잠깐의 틈도 주지 않고 총성이 울렸다.

자신의 죽음. 느낄 리 없는 그것을 의식하고 있다는 사실을 깨닫고, 세라피마는 눈을 떴다.

눈앞에 독일군 장교가 쓰러져 있었다. 그 주변에 자잘하게 부서진 유리 파편이 흩어져 있었고, 세라피마의 이마에는 뜨거운 회오리바람이 스친 여운만이 남았다.

"컥……"

장교는 배에서 내장을 쏟고 입으로는 피를 토했다.

"밖이다!"

"적습이다!"

독일 병사들이 모두 무기를 손에 들고 쏜살같이 집 밖으로 뛰어나갔다.

다시 총성이 울렸다. 장교를 안고 도망치려던 병사가 머리에 구멍이 뚫려 쓰러졌다.

총성이 연달아 들렸다. 세라피마는 웅크린 채 머리를 끌어안고서 비명을 질렀다.

그러다 비명을 거두었을 때 총에 맞은 장교와 눈이 마주쳤다. 아직 살아 있었다. 그 모습에 또 비명을 질렀다. 종류가 다른 총성이 몇 겹이나 교차한 후, 지면을 뒤흔드는 가스 폭발음이 울렸다.

트럭 엔진 소리가 멀어지고 이윽고 정적이 찾아왔다.

남은 것은 피범벅이 되어 몸부림치는 독일군 장교의 신음뿐이었다.

"괜찮은가!"

총을 거머쥔 남자들이 안으로 들어왔다. 독일 병사가 아니었다. 붉은 군대 병사들이었다.

안도감 같은 것은 없었다. 마비되어 굳은 세라피마에게 살기등등한 붉은 군대 병사들이 몰아치듯이 질문을 퍼부었으나 소리가 그저 메아리처럼 들렸다.

어이, 다치지 않았나. 네 이름은. 너는 누구지.

살아남은 건 너뿐이냐. 너는 왜 무사했지.

거기 TOZ-8은 네 거냐. 왜 네가 총을 가지고 있지.

어이, 내 말이 들리나. 이봐, 정신 차려……

"소용없어, 지금 그 녀석은 산송장이니까."

지칠 대로 지친 세라피마에게 기묘하게도 그 말만이 또렷이 들려왔다. 여자 목소리였다. 아주 맑고 아름다운 음색이었다.

목소리의 주인공이 안으로 들어왔다. 여자가 소총을 옆에 선 병사에게 맡기고 집 안을 둘러보았다. 그러자 붉은 군대 병사들이 모두 긴장하여 자세를 바로 세운 것을 알 수 있었다.

카키색 군복을 완벽하게 갖춰 입고 필롯카*를 쓴 까만 머리의 여성이었다.

눈동자는 새까맣고 피부는 그와 대조를 이루는 듯이 하얗다. 용맹한 생김새에 마른 체구. 그러면서도 강건한 병사들과 비교해도 뒤지지 않을 만큼 키가 큰, 오싹할 정도로 아름다운 여자였다.

여자는 세라피마와 시선을 맞추고는, 몸부림치는 독일군 장교

* 소련군의 군용 모자.

를 힐끔 보았다.

"이놈에게 물어라. 장기를 도로 집어넣고 지혈해. 죽은 수하의 제복을 찢어서 붕대로 써라."

부하가 의외라는 표정으로 대답했다.

"심문하라고요? 이 정도로 중상이면 버티지도 못할 텐데요. 어차피 금방 죽을 겁니다."

여자가 숨이 금방이라도 끊어질 듯한 장교의 손가락을 발꿈치로 짓밟았다. 뼈가 부서지는 소리가 났다.

짐승의 단말마와 같은 비명을 들으며 여자가 부하에게 웃어 보였다.

"그렇다면 최대한 숨을 붙여놔."

고개를 끄덕인 병사는 독일군 장교의 목덜미를 붙잡고는 밖으로 끌고 나갔다.

"자, 그럼!"

여자가 주변 공기와 함께 세라피마의 머릿속마저 전환하려는 것처럼 큰 소리로 외치더니 세라피마의 멱살을 잡아 벽 쪽으로 끌어올렸다.

"정신을 차렸으면 대답해라. 적은 어디에서 와서 어디로 갔지? 그들이 어느 부대인지 아나? 휘장이나 가슴 표장에 뭔가 특징은 없었나? 신원을 아는 병사가 있었나!"

무엇 하나 대답할 수 없었다.

아군임에도 위로하는 말 한마디 건네주지 않는다는 것을 뒤늦게 깨달았다. 주변의 병사들이 술렁거리며 여자에게 말을 걸었다.

"아이고, 너무 심합니다, 상급상사 동지. 이 애의 가족과 마을 사람들이 지금 막 죽은 참입니다."

"아아, 그래? 그렇다면 질문을 하나로 줄이지."

후욱, 숨을 한 번 쉬고 여자가 세라피마에게 물었다.

"싸우고 싶은가, 죽고 싶은가."

병사들이 곤혹스러운 표정을 지었다. 세라피마 역시 그 말의 의미를 이해하지 못했다.

뺨을 한 대 맞았다. 꺼끌꺼끌한 장갑의 감촉에 날카로운 통증이 이어졌다. 병사들의 만류도 듣지 않고 멱살을 틀어쥔 여자가 외쳤다.

"싸우고 싶은지 죽고 싶은지 물었다!"

세라피마는 대답했다.

"죽고 싶어요."

진심이었다. 눈앞에 엄마의 시체가 누워 있었다. 마을 사람 모두 죽었다. 그리고 자신은 산 채로 지옥을 목격했다. 그런 자신에게 누구와 어떻게 싸우라는 것인가.

"그러냐."

여성 병사가 숨을 한 번 들이쉬더니, 몸을 돌려 식기장으로 갔다.

그러고는 거칠게 진열장 문을 젖혀 안에 든 식기를 꺼내 바닥에 내동댕이쳤다.

작년 가을에 엄마가 사준 접시. 안토노프 아저씨가 행상에서 사서 나눠준 컵. 언제 샀는지 기억 못 할 정도로 어렸을 때부터 쓰던 잔. 몇 안 되는 추억 어린 식기가 차례차례 바닥에 던져져

산산조각이 났다.

세라피마는 자기도 모르게 비명을 지르며 여성 병사에게 달려갔다. 달라붙어 말리려고 했으나 그는 너무 쉽게 세라피마를 양손으로 벽에 짓눌렀다.

"이러지 마세요!" 세라피마가 외쳤다. "무슨 짓이에요!"

"왜지? 뭘 하든 신경 쓸 것 없지 않나. 어차피 너는 죽을 거니까. 네 가족은 죽었다. 마을 사람들도 죽었지. 따라서 우리는 이곳에서 초토작전을 펼친다. 이미 지킬 것이 존재하지 않는 촌락은 독일군의 잠재적인 수탈 대상이다. 불필요한 약탈을 방지하기 위해서 가구도 가옥도 전부 파괴해야 해."

여성 병사가 거침없이 말했다.

말도 안 되는 소리였다. 왜 독일군과 싸우기 위해서 우리의 식기를 깨트려야 하지?

"제발 하지 마세요. 추억과 함께 죽게 해주세요."

"어차피 그 후에 전부 망가진다. 잘 들어라, 죽은 자는 이미 존재하지 않아. 네가 죽으면 추억 따위도 전부 사라지지. 어차피 이 집엔 뭐 대단한 것도 없지 않나."

무심코 시선이 움직였다. 세라피마가 없었을 때의 가족사진. 탁자 위에 놓인 그것을 본 순간, 여성 병사가 세라피마의 눈이 움직인 것을 알아차렸다.

"호오."

여자가 세라피마를 놓고 탁자로 다가갔다. 붙잡으려 했으나 다리를 걸어차여 너무도 쉽게 넘어졌다.

"사진이군. 이게 네 추억이냐?"

돌려줘요, 하고 외치려는데 여자가 사진을 있는 힘껏 내던졌다.

깨진 유리창 너머로 사진이 날아갔다.

"하지 말라니까!"

"그렇게 부탁하면 상대가 그만둘 것 같아? 너는 나치에게도 그렇게 목숨을 구걸했나!"

여성 병사의 외침에 세라피마의 심장이 펄떡 뛰었다.

"그랬나 보군. 이 전쟁에는 결국 싸우는 자와 죽는 자뿐이다. 너도 네 어미도 패배자야. 우리 소비에트연방에 싸울 의지가 없는 패배자는 필요 없어!"

여성 병사가 바닥을 기는 세라피마의 어깨를 부츠로 걷어찼다.

눈앞이 아찔했다. 그 일그러진 시야로 더 깊은 절망이 보였다.

벌러덩 뒤집어진 세라피마를 두고 여성 병사가 엄마의 시신으로 걸어가더니 그 등을 있는 힘껏 걷어찼다.

"거기 병사, 휴대용 휘발유 깡통을 가지고 와라."

"아, 아니, 하지만……"

뭐라고 말하려던 병사는 여성 병사가 노려보자 집 밖으로 뛰어나갔다.

얼마 지나지 않아 돌아온 남자가 건넨 깡통을 받은 여자는 액체를 엄마의 시신에 뿌렸다.

"독일에 살해당한 네 어미에게도, 너에게도, 사후의 평온함 따위는 물론이고 존엄조차 필요 없지!"

여자가 성냥을 켜서 엄마의 시신에 떨어뜨렸다.

엄마의 시신이 화염에 휩싸였다. 불에 타들어가는 엄마가 아무런 미동도 없는 게 너무도 공포스러웠다.

우리 집이, 엄마의 시신과 함께 불에 탄다.

세라피마는 주위를 둘러보았다.

이제 삶에 대한 갈망이나 죽음으로의 도피와도 다른 이질적인 충동이 세라피마를 움직이게 했다.

붉은 군대의 남성 병사들이 넋을 놓고 두 사람을 바라보고 있었다. 저들은 관계없다.

방 중앙에 내버려진 TOZ-8. 탄환이 든 단발식 소총이 있다.

세라피마는 달려가서 그 총을 주웠다. 남성 병사들이 그만두라고 외쳤으나 노리쇠를 당겼다. 여성 병사에게 겨누려고 한 순간, 여자가 다리를 차올렸다. 세라피마의 명치에 부츠 끝이 꽂혔다.

"크윽……"

"그래서는 군용견도 못 될 거다, 이 패배자야! 독일에 지고 내게도 진 채로 죽어라!"

총을 줍더니 여성 병사가 소리 높여 웃으며 한번 더 외쳤다.

"너는 싸우겠는가, 죽겠는가!"

"죽여버리겠어!"

바닥을 아득바득 기며 세라피마가 대답했다.

태어나서 처음으로 입에 담은 말이었다.

"독일군도 너도 죽여버릴 거야! 적을 모두 죽이고 원수를 갚을 거야!"

갑작스럽게 정적이 찾아왔다. 바닥을 태운 화염이 벽으로 옮겨

붙어 서서히 크기를 키워갔다.

여성 병사가 웃음을 싹 지우고 대답했다.

"그렇다면 쓸모가 있겠군. 지금은 죽이지 않겠다. 그래, 다시 한 번 묻겠는데 적병에 관해 알아차린 게 있나?"

세라피마는 기억을 더듬었다. 어떤 부대인지는 당연히 모른다. 모두가 똑같은 제복을 입은 독일 군인이었다. 구분할 수 있을 리가…… 문득 유일하게 인상에 남은 남자를 떠올렸다.

"얼굴에 상처가 있고 수염을 기른 남자가 있었어. 조준경이 달린 총을 들었고, 예거라고 불렸고."

병사들 몇 명의 시선이 여성 병사를 향했다.

"그런 시체는 없었습니다." 한 병사가 말했다.

"그놈이 네 어미를 쏜 저격병이다. 네가 죽일 상대지. 보아하니 너, 일단 총을 다루는 법은 알고 있군."

"……네."

"일반 군사훈련은 수료했나?"

"마쳤어요. 학교 필수과목이었으니까."

"그런가." 여자가 대답하고는 밖으로 나갔다. 붉은 군대 병사 전원이 뒤를 따랐다.

"상급상사 동지, 설마 저 여자애를 그……"

병사가 뭐라고 말을 붙였으나 여성 병사는 무시하고 지시했다.

"초토작전 개시다. 모든 가옥과 시신에 휘발유를 뿌리고 태워라. 아무것도 남기지 마라."

정말로 하는 건가. 세라피마는 멍하니 넋을 놓고 있다가 두 명의 병사에게 팔을 하나씩 붙잡혀 거의 끌려가듯이 불타는 집에서 나왔다. 마을에는 아까 본 독일군보다 몇 배나 많은 붉은 군대 병사들이 있었다. 그들은 곧 시체를 한곳에 모으는 작업을 시작했다. 가족과도 같이 지냈던 마을 사람들이 장작처럼 아무렇게나 쌓였다.

바로 눈앞에 배에 총을 맞은 독일군 장교의 시체가 있었다.

"죽기 전에 뭔가 털어놓았나?"

여성 병사의 질문에, 심문을 했는지 온몸이 피에 물든 붉은 군대 병사가 어깨를 으쓱였다.

"소대 규모로 패주하다가 길을 잘못 들어 여기에 왔다는 말만 하고 죽었습니다. 프리츠의 시체와 이놈이 털어놓은 숫자가 맞지 않으니 몇 놈은 도망친 모양입니다."

"그놈의 인식표와 계급장을 회수해라. 엔카베데*에 넘겨주도록."

병사들은 아무 말 없이 트럭에 나눠 탔다. 그중 한 대에 세라피마도 태웠다. 짐칸에 앉아 잠깐 기다리는데, 이바노프스카야 마을의 가옥에서 일제히 연기가 모락모락 올라왔다. 간소한 목조 가옥이 하나둘 화염에 휩싸였다.

집에서 나온 병사들은 남겨진 마을 사람들의 시체를 매장하지도 않고, 손에 든 휘발유를 그 위에 뿌려 아무렇게나 불을 질렀다.

세라피마는 자신이 태어나고 자란 마을이, 마을 사람들이 불타는 모습을 지켜보았다.

---

* NKVD. 소련 내무인민위원부. 1934년부터 1946년까지 존재했던 치안기관이다.

"이리나 에멜리아노브나 스트로가야."

조수석에 앉은 여성 병사가 돌아보고 말했다. 여자의 이름인듯 했다.

"네 이름은?"

"세라피마 마르코브나 아르스카야."

훗, 하고 이리나가 웃었다.

악귀 주제에 저런 상냥한 표정을 짓다니. 속이 뒤틀렸다.

"잘 부탁한다, 세라피마. 오늘부터 너는 내 제자다."

그 말에 주위 병사들의 표정이 굳었다. 아무리 봐도 불길한 느낌이 드는 반응이었다. 그러나 세라피마는 동요하지 않았다. 이런 마당에 새삼스레 두려울 게 무엇인가. 마음이 어느 때보다 단단해졌다.

하지만 마을을 떠나며, 또다시 불에 타 내려앉는 자신의 집을 봤을 때는 슬픔이 몰려왔다.

엄마는 저 집과 함께 화장되었다.

적을 죽이겠다. 그 말 한마디로 자신의 슬픔이 뭉치는 것을 느꼈다. 독일 병사를 죽이고, 그 예거라는 남자를 죽이고, 그리고 나와 엄마의 시신을 모욕한 이리나를 죽이겠다.

슬픔이 분노로, 나아가 적의로 바뀌었다.

# 2

## 마녀의 소굴

저격으로 다수의 사상자가 나온다는 보고가 전선에서 국방군 총사령부에 전달되기 시작한 시기는 그들이 1941년 6월 대소 침공에 나선 이후였다. 이를테면 제465보병연대에서는 삼림이 흩어진 지역을 전진하는 동안 저격으로 수많은 희생자가 속출했다. 진격 속도가 늦춰진 끝에 정지했을 무렵에는 하루 손실이 100명에 달했다고 한다. 그중 75명은 연대 일지 담당이 일컫기를 '나무 위 저격병'에게 사살당했다.

프란츠 클라머는 그 체험기에서, 5명의 독일 병사가 머리에 총을 맞아 죽은 이후에 펼친 뛰어난 대항책을 기술했다. 그때 그는 중대 기관총 발포에 맞춰 총격해 자신의 발포를 은폐했다.

"그는 러시아 병사의 저격 진지를 관찰했다. (중략) 적들은 독일군 진지가 잘 보이는 곳에 있어야 한다. 즉 높은 곳이다. 그렇다면 위치는 잎이 무성하게 우거진 나무우듬지일 것이다. 프란츠는 도저히 믿을 수 없었다. 적들이 나무 위에서 저격하는 초보적인 실수를 저지르다니. 일단 노출되면 후퇴할 방법도 없고 몸을 엄폐하지도 못하는데. 그 결과로 적들이 저격의 명수일지는 몰라도 전술적으로 미숙하다는 사실이 판명되었다. 그의 계획은 놀랍도록 순조롭게 진행되었고 (중략) 러시아 병사가 우수수 봉지처럼 나무에서 떨어졌다.(중략)"

그 모두가 여성 스나이퍼인 것을 알고 독일 병사는 경악했다.

마틴 페글러, 「스나이퍼: 보이지 않는 공포」

세라피마는 트럭 짐칸에서 이리저리 흔들렸다.

짐칸에 지붕이 없는 ZIS 트럭이었다. 나아가는 속도는 느렸고 날도 저물었다. 어디에 가는지도, 지금부터 뭘 하게 될지도 몰랐다. 물어볼 마음도 들지 않았고, 병사들도 뭐라고 말을 붙이지 않았다. 다만 아주 잠깐씩 그들의 시선을 느낄 때마다 자신의 몸에 동정과 연민이 달라붙는 것을 느꼈다.

"너 진심으로 상급상사를 따라갈 생각이야?"

옆에 앉은 병사가 갑자기 물었다. 그는 시선을 앞으로 향한 채 목소리만 낮췄다. 요란한 엔진 소리가 그의 목소리를 가려주었다.

순간적으로 앞의 조수석을 살폈다. 이리나는 똑바로 정면을 응시하고 있었다.

들리지 않도록 세라피마도 목소리를 낮춰 대답했다.

"그래야만 죽일 수 있으니까요."

"무서운 소리 하지 마. 저 사람은 마녀야. 네가 대적할 상대가 아니야. 우리 전원을 합친 것보다 저 사람이 더 강하다고."

"그렇게 강하다면 왜 마을 사람들이 몰살당하기 전에 독일 병사를 쓰러뜨리지 않았죠? 저 사람은 나를 때리고 엄마의 시신을 불태웠을 뿐이에요."

"무슨 소리야. 저 사람이……"

쿵, 무언가를 때리는 소리가 났다.

조수석에서 이리나가 오른손으로 천장을 친 것이다.

듣고 있었군. 귀 한번 밝다 싶어 놀라던 와중에, 이리나가 여전히 앞을 본 채로 오른손 장갑을 벗었다.

세라피마의 입에서 반사적으로 억눌린 비명이 터졌다.

이리나의 오른손에는 검지가 없었다. 중지 끝도 뭉툭했다.

세라피마에게 말을 건 병사가 하얗게 질린 얼굴로 체념한 듯이 목소리를 키웠다.

"상급상사님은 전선에서 싸우다가 박격포에 당해 오른쪽 손가락을 잃었어. 지금은 우리 대장을 맡으면서 틈틈이 네가 갈 '소굴'로 사람을 모으고 있지. 정예를 육성하기 위해서."

정예. 자신과 어울릴 것 같지 않은 단어였다. 세라피마는 왜 자신이 그 정예에 뽑혔는지도 이해할 수 없었다.

얼마 지나지 않아 차량 행렬이 멈췄다.

"내려라."

한 병사가 재촉하기에 트럭에서 내렸다. 아무도 따라 내리지 않았다.

조금 전에 말을 걸었던 병사가 무심결인 듯 말했다.

"괴롭다 싶으면 도망쳐."

"어디로도 안 가요."

그렇게 대답하는 사이에 짐칸 하반부의 덮개가 닫혔다. 덮개 너머로 연민 가득한 시선들을 보내며 병사들이 멀어졌다.

이리나는 세라피마 쪽을 돌아보지도 않고 호위병으로 보이는 두 명의 병사를 대동하고서 걸어갔다.

이리나가 향하는 곳에는 장식이 없고 마치 학교처럼 보이는 1층짜리 건물이 있었다. 인기척이 없었으나 이리나는 익숙한 발걸음으로 안에 들어갔다. 딱히 자신을 부르지도 않아서 세라피마는 주눅이 들었으나 일단 그 뒤를 쫓아갔다.

내부 구조도 학교와 같았다. 주위를 관찰하며 이곳이 대체 뭐하는 곳일지 생각했다.

이리나는 마녀다. 이 점에 이견의 여지는 없다. 그 마녀가 직접 자기 소굴에다 모으는 정예란 무엇인가.

우락부락하고 거친 자들일까. 왠지 아닐 것 같았다. 아마도 이리나처럼 냉혹한 살인마겠지. 실전에서 싸우는 병사들조차 그토록 두려워한 인간들. 나는 그들을 어떻게 대해야 할까.

세라피마가 머리를 굴리는 사이에도 이리나는 성큼성큼 걸어갔다. 그가 어떤 방 앞에 서자 안쪽에서 문이 열렸다.

순간 공기가 확 달라졌다.

"이리나 동지, 어서 오세요!"

눈부시게 선명한 금발의 소녀가 이리나를 끌어안았다.

나이는 세라피마와 비슷한 정도일까. 동그란 얼굴은 이목구비가 단정하고 뺨은 연지라도 찍은 듯이 발그스름하다. 키는 160센티미터에도 못 미친다. 군복을 입었으나 전혀 어울리지 않았다.

"다녀왔어, 샤를로타. 다들 별일 없고?"

이리나가 머리를 살짝 쓰다듬자 샤를로타라고 불린 여자애가 발랄하게 웃었다.

"그럼요. 모두 건강하게 교관장님이 오시기를 기다렸어요. 동계 반공전은 어땠나요?"

"대실패야." 이리나가 즉답했다. "작년 모스크바 방위에 성공했다고 기고만장해서는, 준비도 부족한데 공격하니까 이렇게 되지. 장군들 말대로 철저히 방위하고 병력을 증강할 기회였는데 말이야. 이러니 현장을 모르는 윗사람들은……"

그 말에 세라피마는 놀랐다. 무심코 호위병들을 봤으나, 그들은 대놓고 시선을 피하면서 건물 밖으로 나갔다. 놀라운 반응이었다. '윗사람들'이 의미하는 것은 최고지도부일 텐데, 붉은 군대 병사들이 그에 대한 비판을 흘려듣고 있었다.

"그래도 『프라우다』†에는 적군을 기세 좋게 밀어붙였다고 적혀 있던데요."

"진리를 어떻게 읽어내야 하는지를 좀더 공부해야겠어, 모범적

---

† 소비에트연방의 기관지. 의미는 '진리'이다.

인 소련 아가씨. 아군의 피해는 적혀 있지 않았지? 요컨대 전략적으로 무가치한 수준으로 적을 밀어붙였고 그 몇 배만큼 이쪽이 죽은 거지. 이걸로 동계 반공전은 종료. 뭐, 덕분에 이쪽 일에 진지하게 전념할 수 있게 됐지만."

"정말요? 아, 자세한 이야기는 안에 가서 들을게요."

여자애가 이끄는 대로 이리나는 실내에 들어갔다. 세라피마도 뒤를 쫓아갔다.

"어서 오십시오, 이리나 에멜리아노브나!"

일제히 경례하는 소리와 몇 명의 높은 목소리가 겹쳤다. 교실을 개조한 응접실. 벽 쪽으로 책상과 의자를 밀어둔 방에는 세라피마와 동년배로 보이는 젊은 여자애들이 열 명 넘게 있었다.

이리나는 방 한가운데에 있는 긴 의자로 걸어가 천장을 보고 벌렁 누웠다.

"너희를 전선에 불려가지 않게 해준 스스로의 미숙함에 감사해라."

외모로 보아 십대인 소녀가 이리나의 군용 외투를 받았다. 다른 소녀가 김이 모락모락 나는 찻잔을 가져왔다.

방 한구석에서 몸을 말고 있던 저먼 셰퍼드가 달려와 이리나의 뺨을 핥았다.

"……어?"

세라피마는 자기도 모르게 맥 빠진 소리를 냈다.

여기가 어딘지도 모르겠고, 이리나의 분위기가 어쩐지 부드러워진 것 같아 이상했다.

그러자 이리나의 부츠를 벗기던 샤를로타라는 금발의 소녀가 의아한 표정으로 세라피마를 바라보더니, 다시 이리나에게 시선을 돌리고 물었다.

"교관장 동지, 저 아이는 누구예요?"

"선물이다. 처지는 너희와 같아. 신입은 이걸로 마지막이야." 그야말로 담백하게 대답하고는 웃으며 덧붙였다. "너랑 동갑이지. 저 녀석, 제법 소질이 있더구나."

"흐응."

세라피마를 요리조리 살피던 샤를로타가 자세를 바르게 하더니, 묘하게 힘찬 발걸음으로 다가와 팔짱을 척 끼고는 "반가워" 하고 인사했다.

무심코 멍하니 바라보자 샤를로타가 미간을 찌푸렸다.

"뭐야, 인사 안 할 거야? 너는 어디의 누구야?"

"아, 안녕하세요. 제 이름은 세라피마. 이바노프스카야 마을에서 왔어요."

"나는 샤를로타 알렉산드로브나 포포바. 긍지 높은 모스크바 공장 노동자의 딸이자 이리나 상급상사의 첫 번째 제자야!"

아, 공장 노동자…… 세라피마가 중얼거렸다. 가까이에서 본 샤를로타는 윤기가 흐르는 금발에 피부도 매끈매끈해서 마치 도자기 인형 같았다.

"꼭 귀족 아가씨를 보는 것 같아요."

세라피마의 대답에 갑자기 샤를로타의 얼굴이 새빨개졌다.

"뭐라고? 나를 모욕하는 거야? 그 말 당장 취소해!"

세라피마는 예상을 벗어난 반응에 당황해서 허둥지둥 대답했다.

"모욕할 생각은 없었어요."

"나는 유서 깊은 노동자 계급 출신이고, 공산당 소년단에서 우수함을 인정받고 발탁되어 오소아비아힘Osoaviakhim, 항공과학협찬회 사격대회에서 모스크바 1위 자리를 거머쥔 긍지 높은 공산주의자야! 그런 나를 계급의 적, 반민주적 존재의 상징인 귀족 아가씨라고 부르다니! 그게 모욕이 아니고 뭐야? 아니면 시골 농가의 딸은 그런 말이 모욕인 줄도 모르는 거니?"

출신을 들먹이는 대꾸에 세라피마도 발끈했다. 게다가 자신이 태어나고 자란, 바로 조금 전에 잃어버린 고향을 무시하는 것은 도저히 참을 수 없었다.

"부모의 출생으로 우열을 가리려는 생각이야말로 반민주적이고 계급적인 거 아냐?"

"뭐라고! 한번 더 말해봐, 이 시골뜨기야!"

"그렇게 출신을 자랑하고 남을 깔보는 사고방식이 마음에 들지 않는다고 한 거야, 귀족 아가씨!"

"이게!" 샤를로타가 세라피마의 멱살을 잡으며 외쳤다.

이리나와 비교하면 대단치도 않은 힘이었고 어쨌든 자신보다 키도 작았다. 세라피마는 한 손으로 머리를 쭉 밀어냈다.

거리가 벌어지자 샤를로타가 외쳤다.

"이, 이 시골뜨기 야만인!"

"시끄러워, 꼬맹이!"

"지금 꼬맹이라고 했냐!"

"일일이 되묻지 마!"

샤를로타가 세라피마에게 태클을 걸고 세라피마가 샤를로타의 몸에 팔꿈치를 내리찍기에 이르니, 다른 여성 병사들이 사이에 끼어들어 둘을 떼어 놓았다. 개가 흥분해서 짖으며 돌아다녔다.

"재미있으니까 그냥 놔둬."

이리나가 긴 의자에 누운 채 웃었다. 세라피마는 머리끝까지 피가 솟구쳤다.

도대체 앤 뭐야? 자기소개는 들었지만, 그걸로 알게 된 것은 샤를로타라는 프랑스 사람 같은 이름과 싸움꾼 기질이 있는 교조주의적인 공산주의자라는 사실뿐이었다.

그러자 비슷한 또래로 보이지만 어른스러운 표정을 한 여자애가 "미안해" 하고 세라피마에게 사과했다.

"나는 올가라고 해. 너도 무척 힘들 텐데 일이 이렇게 됐네. 지금 진정시킬게."

개라도 다루는 듯한 말투였다.

"얘, 샤를로타. 나 말이야, 이리나 교관장님께 드리려고 배급받은 벌꿀을 모아뒀거든. 우리 같이 빵에 발라서 먹자. 차도 타줄 테니까."

달래는 방법이 너무 유치했는데도 샤를로타의 반응은 빨랐다.

"와, 진짜?"

샤를로타는 올가라는 소녀의 팔을 잡고 옆방으로 갔다.

"그럼 나는 못 먹는 건가. 이만 자야겠군."

이리나가 일어나 방문으로 향하자, 주변에 있던 여성 병사들이 모두 직립 자세로 경례했다.

"안녕히 주무십시오!"

군복을 입은 여성들 모두가 이리나에게 존경심을 품고 있다는 것을 알 수 있었다.

이 여성들은, 그리고 이 장소는 대체……

"저, 세라피마 아가씨."

어안이 벙벙한 세라피마에게 한 여자가 말을 걸었다. 외모로 보아 이십대 후반쯤 될 것 같은 다정한 인상이었다. 세라피마나 다른 소녀와 비교하면 연장자로 보였다.

"나는 야나라고 해요. 야나 이사에브나 하를로바. 여기가 어떤 곳이고 이리나 교관장님이 어떤 사람인지 알고 있어요?"

"아, 아니요. 전혀 몰라요. 저 사람이 강하다는 것 말고는."

"어쩌다가 여기에 왔어요?"

"오늘 독일군이 마을을 불태워서…… 가족이 죽었고 저 사람이 절 여기로 데려왔어요."

그렇게 말하자 실내 분위기와 세라피마를 바라보는 시선이 달라졌다. 아까 헤어진 병사들에게서 느껴졌던 연민이나 동정과는 다른 눈빛이었다. 친밀감 넘치는 시선 속에 어떤 들뜸과 기묘한 흥분 같은 감정이 공존했다.

"너도 그렇구나!"

"나도 마을이 불탔어!"

"나는 모스크바에 있던 집이 무너졌어!"

"난 아버지만 계셨는데 지난달에 전사하셨어!"

세라피마는 주춤했다. 이런 식으로 가족의 죽음을 밝히는 사람들을 한꺼번에 만날 줄이야.

"다들 흥분하지 마. 세라피마 씨가 곤란해하잖아."

야나가 진정시키자 모두가 "네" 하고 대답했다.

"미안해. 다들 같은 처지거든. 여기 있는 사람들 모두. 나도 가족을 잃었어. 아, 참고로 이 개 바론도 그래."

"아, 네……"

"그러니까," 야나가 세라피마를 안고선 반사적으로 몸이 굳어진 세라피마에게 속삭였다. "하나도 걱정할 필요 없어. 모두 같은 편이니까. 물론 샤를로타도 같은 편이야. 여기에서 너는 전혀 유별나지 않아. 안심해도 돼, 세라피마. 여기에 왔으니 너는 이제 절대로 혼자가 아니야."

굳어졌던 몸에서 힘이 빠져나가는 것을 느꼈다. 주위로 시선을 돌리자 소녀들도 같은 마음이라는 듯이 웃고 있었다.

소녀들의 들뜬 심정을 그때 이해했다. 그건 동료 의식이었다.

모두 같은 경험을 했다. 다들 모든 것을 잃었고, 이곳에서 이렇게 만났다.

그렇게 생각한 순간, 눈물이 차올랐다. 한동안 말도 못 하고 우는 세라피마를 야나가 묵묵히 안아주었다. 주위의 소녀들도 그저 가만히 지켜봐 주었다.

여기에는 우는 나를 받아주는 사람들이 있다. 그 사실이 세라피마를 한없이 눈물 흘리게 했다.

그렇게 한동안 울고 나서 세라피마는 이리나가 누웠던 긴 의자

에 앉아 자기 이야기를 했다. 대강 이야기를 마쳤을 때, 아까 샤를
로타를 데리고 나갔던 올가가 돌아왔다.

"샤를로타는 자기 방에 갔어. 걔도 나쁜 애는 아니니까 너무 원
망하진 말아줘. 걔는 그냥 이리나 교관장님을 워낙 흠모하니까 네
가 마음에 걸려서 그러는 거야."

"저, 저기…… 그보다 여기는 어디고 뭘 하는 곳이에요? 이리
나…… 이리나 에멜리아노브나 스트로가야는 뭘 하려는 거죠?"

야나가 미소를 지으며 물었다.

"류드밀라 파블리첸코를 알아?"

"네." 세라피마가 대답했다. "세바스토폴 요새에서 싸우는 여성
저격병이잖아요. 이미 독일 병사를 200명 넘게 쓰러뜨렸고요."

끄덕이며 야나가 대답했다.

"이리나 교관장님은 류드밀라의 파트너 저격병으로 싸웠던 사
람이야. 교관장님도 적병을 98명 사살했어."

98명. 놀라운 숫자였지만 이리나에게서 받은 인상을 떠올리면
전혀 의외는 아니었다. 역시 그렇구나 싶은 느낌이었다.

"그후에 교관장님은 박격포에 오른쪽 손가락을 잃고 전선에서
돌아왔어. ……그 시기에 붉은 군대는 훈련받은 저격병들이, 특히
그중에서도 여성 병사가 다른 병과보다 더 많이 사망한다는 걸
알았지. 그래서 일반 남성 병사와 같은 훈련을 받는 대신에 여성
은 여성에게, 또 저격병은 저격병에게 가장 적합한 군사훈련과 학
교와 교관이 필요하다는 결론이 났어. 그리고 이리나 동지가 교관
장으로 임명되었지. 동계 반공전 때문에 일시적으로 전선에 복귀

했지만."

"그렇다면 여기는 여성 저격병 훈련학교인가요……?"

"중앙 여성 저격병 훈련학교." 올가가 대답했다. "정확히는 그 분교야. 다음 달에 여성 저격병을 전문적으로 양성하는 훈련학교가 포돌스크에 설립되고 내년부터 본격적으로 활동을 시작해. 그 선행 실험으로 이리나 교관장님이 우리를 선발했지. 이 건물은 피란으로 비워진 학교를 빌린 거고. 병설 기숙사도 있으니까 수료할 때까지 다 같이 살게 될 거야. ……그런 다음 우리는 파시스트 놈들을 섬멸할 거야. 우리는 초일류 저격병인 이리나 교관장님에게 선택받았어. 물론 너도. 우리 모두 함께 싸워서 나치 수하 놈을 몰살하는 거야."

올가가 안색 하나 바꾸지 않고 말했다. 어딘가 억제하는 듯한 말투에서 엄청난 증오를 느꼈다.

"너희 가족은?"

세라피마가 주저하지 않고 물었다. 이곳에서는 서로 그래도 된다는 확신이 있었다.

"고향인 우크라이나에서 일가족 모두가 전선에 나갔고 전원 사망했어."

"어머니도?"

"응…… 뭐, 나는 카자크 출신이거든."

"카자크라고?" 무심코 반문했다.

"왜? 경멸하니?"

"무슨, 절대 아니야."

경멸하지 않지만 놀라기는 했다. 본래 튀르크인이나 타타르인에서 기원한 카자크는 광대한 러시아령에 흩어져 사는 무장한 유목민이었다. 후기 제정러시아에서는 오로지 제국만을 섬기는 군사 집단으로 여겨졌기에 카자크의 촌락이나 행정구역이 군관구나 군단으로 편성되면서 특수한 사회적 지위를 지녔다. 황제의 결정적인 패라고 불릴 정도로 강력했던 그들의 군사력은 혁명 초기에 민중을 탄압하는 데 매우 요긴하게 쓰였다. 싸움에 익숙한 그들의 폭력 앞에서 셀 수 없이 많은 민중이 피를 흘렸다. 이어진 대소간섭전쟁*에서도 카자크는 붉은 군대의 앞을 막아섰으나, 형세가 붉은 군대에게 우세해지자 수많은 카자크가 전사하고 처형되었다. 혁명 후에 소련은 카자크 군관구와 군단을 비롯한 사회 구조를 해체했다. 카자크는 원래부터 민족이라기보다 사회 집단이었으므로 비교적 빠르게 해체되어 이내 소련 인민의 동포가 되었다.

그렇다고 해도 카자크를 향한 공포와 증오는 그리 간단히 사라지지 않았다. 제정러시아 시대를 배경으로 한 문학 작품에 카자크가 나왔다 하면 대부분 악역이었다. 카자크의 삶을 섬세히 그려낸 문호 미하일 숄로호프의 『고요한 돈강』 정도만 예외일 뿐, 세라피마가 본 연극에서도 카자크는 배신하는 병사로 등장했다.

올가는 별로 신경 쓰지 않는다는 기색으로 대답했다.

---

* 1918년부터 1920년까지 미국·영국·프랑스·일본 등의 연합군이 소비에트 정권의 확립을 막기 위해 반혁명군을 지원한 전쟁. 결국 실패로 끝났다.

"경멸해도 어쩔 수 없지. 적지 않은 카자크가 소련을 원망하며 독일에 붙은 건 사실이니까. 하지만 '붉은 군대 카자크 사단'으로 편입된 우리 가족은 달랐어. 카자크의 오명을 씻기 위해서, 조국을 위해서 싸우고 죽었거든. 나는 가족의 의지를 계승하기로 다짐했어. 독일 병사를 쓰러뜨려 우리 가족의 복수를 완수하고, 반드시 카자크의 명예를 되찾을 거야."

세라피마는 지금 들은 말을 한 문장, 한 글자도 잊지 않으리라 생각했다. 같은 나이의 열여덟 살 소녀가 할 말이 아니다. 그러나 심정은 같았다. 나치 독일을 무찌르고 복수를 완수한다는 것. 그것 말고는 살아갈 의미가 없다.

"다 같이 열심히 하자."

야나가 요리라도 만들자는 듯이 그 자리에 있는 모두에게 말했다. 또래 소녀들이 눈을 반짝이며 그 말을 받아들였다. 그랬다. 여기 있는 모두가 가족을 잃은 소녀들이었다.

"네!"

젊은 여성들이 입을 모아 대답했다. 이루 말할 수 없는 흥분과 일체감이 세라피마의 마음을 따뜻하게 채웠다.

절그럭, 하는 딱딱한 소리가 들렸다.

소리가 들린 방향을 보자, 거기에 샤를로타와 비슷하게 체구가 자그마한 소녀가 한 명 있었다. 벽 쪽으로 치워진 의자에 앉은 채 포갠 다리를 책상 위에 올려놓고 있었다.

세라피마는 무심코 눈을 동그랗게 떴다. 안에 들어온 지 한참이 지났는데 여태 누가 그곳에 있다는 걸 전혀 깨닫지 못했다.

일절 기척을 내지 않던 소녀가 힐끔 이쪽을 봤다. 주변 소녀들이 찬물이라도 맞은 듯이 조용해졌다. 동료일 텐데 왜 이럴까 싶어 세라피마는 의아했다.

칠흑처럼 까만 머리카락, 주황빛이 도는 피부와 굴곡이 적은 얼굴. 아시아인 같은 생김새의 비쩍 마른 소녀는 열네 살 정도로 보였다.

"아, 안녕하세요. 당신도 여기 생도인가요?"

소녀는 대답 없이 한숨을 쉴 뿐, 자리에서 일어나 방에서 나가려 했다.

"저, 저기, 당신 이름은? ……내가 뭔가 불쾌하게 했나요?"

세라피마는 자기도 모르게 소녀 앞을 가로막았다.

시선이 마주쳤다. 안광이 예리하면서 일말의 감정도 드러내지 않는 냉정한 눈이었다. 말을 걸어도 반응이 없다.

"이름이…… 아, 혹시 러시아어를 할 줄 모르나요?"

딱히 비꼬거나 하는 나쁜 의도로 한 말은 아니었다. 광대한 소련 땅에는 러시아어를 쓰지 않는 다른 언어권도 많고, 실제로 러시아어를 못 해도 붉은 군대의 일원이 된 병사도 많다.

그렇지만 소녀는 러시아어로 대답했다.

"나는 아야. 아야 안사로브나 마카타예바. 말하기가 싫을 뿐이야."

다소 독특한 억양에 붙임성이라곤 전혀 없는 말투로 대답했다. 그것만으로도 실내 분위기가 얼어붙었다.

"저격병에 어울리지 않는 사람이 있어. 감정에 휩쓸리는 사람,

시시한 소리를 하는 사람, 튀고 싶어 하는 사람…… 그리고 남에게 기대려는 사람이지. 다 같이 힘내자, 이런 소리나 하는 사람은 당장 퇴교하는 게 좋아. 단신으로 전선에 투입되었다가 사격 지점에 도착하기도 전에 총에 맞아 죽고 끝일 테니까."

아야는 자기 할 말만 하고 문으로 걸어갔다. 세라피마는 손가락 하나 꼼짝하지 못했다. 그 정도로 압도적인 분위기를 풍기는 소녀였다.

올가가 다가와 미안하다고 조용히 사과했다.

"불쾌하게 생각하지 마. 아야는 카자흐 출신인데 사교성이 워낙 없거든."

"그렇구나…… 왠지 평범한 사람이 아닌 것 같아."

"이리나 교관장님 말로는 러시아에 오기 전까지 사냥꾼이었대. 산악 지대에서 사냥하면서 대물 소총으로 500미터 너머의 사냥감도 쐈다나."

시골 마을에서 반농반렵 생활을 해온 세라피마에게 그것은 터무니없는 수치였다. 22구경 탄환을 사용하는 TOZ-8을 가지고는, 먹잇감을 노릴 수 있는 거리가 보통 100미터 이내이고 아무리 길어봐야 200미터 정도가 한계였기 때문이다.

아야라는 소녀가 나가려던 중에, 엇갈리면서 샤를로타가 들어왔다.

반사적으로 세라피마의 몸이 긴장했다.

"저, 저기……" 샤를로타는 머뭇거리며 말했다. "그러니까, 세라피마. 나, 아까 일을……"

샤를로타가 뭔가 말하려 했다.

대충 무슨 말일지 세라피마가 예상하던 그때, 스쳐지나가던 아야가 코웃음을 쳤다. 세라피마와 샤를로타에게만 들렸을 그 웃음소리에, 순간 샤를로타의 안색이 다시 확 바뀌었다.

"나, 나는 너희에게 절대로 지지 않아!"

"엥?"

세라피마가 무심코 맹한 소리를 내자 샤를로타가 점점 더 화를 냈다.

"더 뛰어난 저격수가 되는 건 누가 뭐래도 사냥꾼이 아니라 사격 선수야! 그래, 나는 이 말을 하러 왔어. 과녁도 훨씬 더 작고 사격에 필요한 정확도도 훨씬 더 높고, 사냥꾼보다는 사격 선수 쪽의 훈련이 혹독하니까. 그러니까 기억해 둬, 세라피마 그리고 아야! 나는 지지 않을 테니까!"

"어어, 그래. 잊지 않을게."

얼버무리며 대답하자, 샤를로타는 문도 닫지 않고 쏜살같이 달려갔다.

"그래도 뭐, 조만간 친해질 수 있을 거야."

올가가 위로하는 듯 말했고, 바론이 멍멍 짖었다.

야나나 올가라면 몰라도 샤를로타나 아야와 어울리는 건 힘들겠다고 세라피마는 생각했다. 바론의 머리를 쓰다듬어주자 개가 손을 할짝할짝 핥았다.


바로 다음 날부터 중앙 여성 저격병 훈련학교 분교의 훈련 과정이 시작되었다.

오전 여섯 시. 모두의 머리카락이 짧게 잘렸다. 가슴 아파하는 아이도 있었으나, 세라피마는 오랫동안 익숙했던 땋은 머리를 잃어도 별로 슬프지 않았다. 오히려 각오를 다질 기회를 얻은 기분이었다.

모두에게 똑같은 머리 모양이 주어졌다. 멋이라곤 추호도 없는 단발머리였고 군모에 폭 들어가는 길이였다. 기능성만을 추구한 머리를 하니, 과장해서 말하면 자신이 벌써 전쟁 무기로 변한 느낌이 들었다.

똑같이 머리를 자른 생도들은 수료까지의 과정에 관한 설명을 들었다. 훈련 개시와 동시에 사병 계급이 부여되며 예정된 훈련 기간은 1년이었다. 사격의 기초만 알고 있는 초보 생도들을 저격 스페셜리스트로 육성하는 과정치고는 짧다고도 할 수 있었다. 그러나 전선에 나가는 대부분의 병사들이 고작 몇 개월 정도의 훈련만을 받고, 심할 때는 한 달 동안 기초 훈련만 받고서 느닷없이 실전에 투입되고 있는 현실을 고려하면 이례적으로 길다고 할 수 있었다.

휴일은 일주일에 하루뿐이고, 휴일에도 이론 훈련이 있다. 걸어 갈 수 있는 거리에 마을이 있으나 야외 훈련을 제외하면 외출 기회는 없다.

저격병에 특화된 훈련학교이니 장거리 사격 훈련만을 철두철미하게 반복하리라는 예상과 반대로, 생도들에게 지급된 것은 조준경이 전부였다. 이리나는 이론 훈련 첫날에 제일 먼저, 사격 훈련이 가장 중요하다는 고정관념을 버리라고 말했다.

"너희에게 부여된 임무는 뛰어난 사격수가 되는 것이 아니라 뛰어난 저격병이 되는 것이다. 저격병에게 요구되는 능력 중 사격은 핵심이긴 해도 일부일 뿐이다. 망치에 머리가 없으면 망치가 아니지만, 머리만 있어도 단순한 철일 뿐이지. 모든 부품을 갖춰야 망치가 되는 것처럼 너희 또한 뛰어난 저격병이 되어야 한다. 첫 한 달 동안은 총을 건드리는 것도 금지다."

그 말을 듣고 샤를로타를 비롯한 사격 선수 출신들은 의외라는 표정을 지었으나, 세라피마 같은 사냥꾼들은 오히려 순순히 받아들였다.

그러나 마음가짐이 어떻든, 막상 이론 훈련이 시작되자 사냥꾼들은 골치가 아파졌다.

기초 중의 기초로 전원 '밀mil, milliradian'이라는 단위를 배웠다. 밀이란 사격, 포격 조준에 쓰는 각도 단위로, 주위 360도를 6000밀로 정의한다. 즉, 정면을 기준으로 오른쪽 90도는 1500밀이고 위로 45도는 750밀이 된다.

이런 번거로운 단위를 쓰는 이유는 '1000미터 앞에 있는 폭 1미터'가 대략 1밀이기 때문이다. 이 단위를 이용하면 조준이 수월해진다. 조준경을 들여다봤을 때 '폭 50센티미터로 추정되는 물체가 1밀의 폭에 들어 있는' 상태라면, 피아 거리를 500미터로 계산할 수 있다.

여기까지는 소련인이라면 필수로 거쳐야 하는 기초 군사훈련 과정에서 모두 배웠다.

그러나 어떻게 해야 '폭 50센티미터로 추정되는 물체가 1밀의 폭에 들어 있다'는 걸 이해할 수 있을까. 답은 간단했다. 각종 물건의 크기를 머릿속에 주입하고, 조준경을 거쳤을 때 비치는 '거리와 보이는 방식'을 익힌다.

이리나는 생도들을 야외로 데려갔다.

사격 연습장과 비슷한 크기의 빈터를 징발해서 한 켠에 눈이 쌓이지 않도록 차양을 마련해 둔 야외 연습장은 길이 1킬로미터에 폭이 500미터나 되어서 사격 훈련에 제격이었다. 당연히 그런 이유로 선택되었겠지만.

막막할 정도의 광활함 앞에서 이리나는 표정 하나 바꾸지 않고 말했다.

"너희에게 달린 두 눈과 너희가 쓰는 3.5배율의 조준경, 그걸로 보는 경치에서 눈에 들어오는 물건의 크기와 거리를 외워두어라. 인간의 크기는 거기서 거기다. 육안으로 100미터 거리에서는 얼굴을 판별할 수 있다. 조준경으로 보면 T자 조준선은 인간의 두 눈 사이에 위치한다. 200미터라면 육안으로 제복을 알아볼 수 있다. 조준경 안에는 가슴까지 들어온다. 400미터라면 육안으로 사람 형체를 확인할 수 있다. 조준경으로 보면 전신이 보인다. 1000미터라면 거기 사람이 있다는 걸 간신히 알 수 있다. 조준경으로 보면 렌즈 중앙부의 25퍼센트 지점에 머리부터 다리까지 들어온다."

처음으로 명확한 지표를 제시해 주었다. 생도들이 공책에 받아 적는데 이리나가 비웃듯이 덧붙였다.

"다만, 인간의 눈은 모두 다르고 조준경의 정밀도에도 차이가 있다. 또 기상 조건에 따라 보이는 방식도 달라지지. 기온이 높을 때 물체는 실제보다 가깝게 보인다. 따라서 방금 말한 것은 단순히 하나의 기준일 뿐, 이 기준을 맹신하면 거리를 오인하게 된다. 그다음은 죽음이지."

그렇다면 도대체 무엇에 의지하란 말인가. 이리나가 간단히 설명했다.

"자신의 시력, 보이는 방식, 조준경의 성질을 기억해라. 철저하게 외워라. 기상 상태와 지형 차, 심리 상태가 어떤 식으로 영향을 미치는지를 전부 외워라. 그러면 틀리지 않을 거다."

그런 일이 가능할까? 세라피마는 그렇게 생각하다가 이리나와 시선이 마주쳤다.

이리나는 무언가를 감지했는지 품에서 트럼프를 꺼냈다.

뭘 하려는 건가 싶어 긴장했는데, 이리나는 가볍게 웃더니 트럼프를 섞고선 적당히 세 장을 뽑으라고 명령했다.

마찬가지로 샤를로타, 그리고 아야에게도 같은 명령을 내렸다. 어리둥절한 표정인 제자들에게 이리나가 설명했다.

"세 장의 카드 각각의 숫자에 주목. 첫 번째 카드를 100미터 단위, 두 번째 카드를 10미터 단위, 세 번째 카드를 1미터 단위로 환산해라. J, Q, K는 각각 숫자 1, 2, 3으로 대체해라. 방위는 게양대를 중앙으로 두고 샤를로타 좌로 100밀, 아야 우로 200밀, 세라피마는 250밀이다. 가라!"

갑자기 가라니? 허둥지둥 손에 든 분도기를 만지작거리던 세라피마는 엉덩이를 무릎으로 걷어차였다.

"나치 앞에서 분도기를 쓸 생각이냐! 두 눈과 조준경만 쓴다. 가라!"

트럼프를 봤다. 2, K, 6. 거리 236미터. 오른쪽으로 250밀이니까…… 약 15도. 오른쪽으로 15도, 236미터를 가라.

조준경을 들여다봤지만 사물이 확대되어 보일 뿐이지 거리는 알 도리가 없다.

그래도 세라피마는 나름대로 어림짐작해서 뛰었다. 학교 깃발을 정면으로 두면 90도 오른쪽에 학교 건물이 있다. 그 중앙인 45도라면 눈어림할 수 있다. 그 절반인 22.5도 너머에 산봉우리가 보였다. 그 봉우리와 학교 깃발의 중앙이 11.25도. 그렇다면 남은 약 4도를 감으로 짐작해서 15도를 계산했고, 그에 따라 오른쪽으로 치우쳐 뛰어갔다. 거리는 기초 군사훈련 중에 셀 수 없이 뛰었던 100미터 달리기를 떠올리며 100미터라고 느껴지는 거리를 두 번 달리고, 남은 36미터는 그 절반에 못 미치는 거리지만 지쳐서 거리를 멀게 느낄 수 있을 테니 10미터를 더 추가. 여기라고 생각한 지점에서 멈췄다.

아마 여기다. 여기가 틀림없다.

그런데 맞는지 아닌지 어떻게 판단하지? 고민하는 사이 근처에서 누군가의 호흡을 느꼈다.

붙임성 없는 카자흐인 아야가 숨을 헐떡이지도 않고 바로 옆에 있었다.

"어, 어라? 아야, 왜 여기 있어?"

아야는 대답하지 않았다.

멀리서 이리나의 목소리가 들렸다.

"샤를로타, 네 각도와 거리를 말해라!"

꽤 멀리 있는 샤를로타가 손을 흔들며 대답했다.

"좌로 100밀, 거리 128미터입니다!"

이리나는 육안과 조준경으로 샤를로타를 한 번씩 봤다.

"틀렸다. 거기는 좌로 78밀, 거리 145미터다!"

앗! 샤를로타가 반응했다.

"세라피마, 너는 어디에 있지!"

"우, 우로 250밀, 거리 236미터입니다!"

이리나는 조금 전과 마찬가지로 육안과 조준경으로 이쪽을 봤다. 총에 장착되지도 않은 단순한 조준경으로 볼 뿐인데도 왠지 온몸이 오싹해졌다.

이리나는 아무 말 없이 고개를 저었다.

"이거 재미있게 됐군. 그 옆에 있는 아야. 너는 어디에 있지."

바로 옆에 있는 아야가 정적 속에서 맑은 목소리로 대답했다.

"각도 우로 200밀, 거리는 288미터."

이리나는 조준경에서 시선을 떼고 한마디만 했다.

"정답이다. 거기서 움직이지 마라."

이리나가 저 멀리서 어떤 기구를 밟았다. 남성 교관이 그것을 들었다. 이리나의 발밑에서부터 줄자가 뻗기 시작했다. 경기용 측정 기구를 들고 두 명의 남성 교관이 달려와 샤를로타와 아야의 발밑에 놓았다. 세라피마와 같은 위치로 취급된 아야의 발밑에 경기용 측정 기구가 툭 놓였다. 288미터라는 눈금이 보였다.

"어떠냐? 세라피마."

이리나의 물음에 세라피마는 굴욕적인 기분을 맛보며 답했다.

"교관장님과 아야가 정답입니다!"

"와아!" 생도들이 흥분했다. 세라피마와 마찬가지로 오차를 지적당한 샤를로타조차 분한 마음보다 이리나의 혜안에 대한 감탄이 앞섰는지 똑같이 좋아했다.

"너희도 두 달 안에 이걸 할 수 있게 되어야 한다!"

모두가 찬물을 맞은 듯이 조용해졌다. 이리나가 이어서 외쳤다.

"만약 지금 불가능하다고 생각하는 자가 있다면 즉각 퇴소해라. 전장에서 이런 건 기초 기술도 못 되는 단순한 잔재주다. 너희는 몇 초 안에 각도, 거리, 표적의 크기를 계산하고 그곳을 향해 총탄을 발포해 적을 죽인 후에 진지로 돌아와야 한다. 그걸 못 하면 죽음이다!"

저격병이 된다. 저격병 양성 학교를 졸업한다. 막연하게 훈련을 하면 될 거라 생각했던 험난한 일의 단편을 엿본 순간, 모두의 표정이 어두워졌다. 예외로 한 명만은 흥, 하고 가볍게 숨을 내쉬며 제자리로 돌아갔다.

"아야."

세라피마가 무심코 불러세우자, 잠시 사이를 두고 아야가 돌아보았다. 시시하다는 표정인 아야에게 물었다.

"너는 이걸 어디서 배웠어? 사냥꾼은 보통 밀 단위는 사용하지 않는데……"

"밀은 오늘 처음 사용했어. ……이쯤은 간단하잖아."

아야는 숨을 헐떡이지도 않은 채 멀어졌다.

딱히 특별한 훈련을 받은 것이 아니었다. 아야는 그저 타고난 천성으로 거리와 방향을 파악하고 거기까지 뛰어갔다.

그야말로 천부적인 재능. 기초 훈련을 받았다는 이점이 있는데도 전혀 대적할 수 없는 실력 차에 세라피마는 충격을 받았다.

다음으로 우크라이나 출신 카자크의 딸 올가가 샤를로타와 세라피마와 비슷한 정도의 오차를 냈다. 이어서 스물여덟 살 야나도 도전했으나 한층 더 심각한 수준으로, 애초에 카드에 적힌 986미터를 시간 내에 뛰지 못해 도중에 실격 처리되었다.

이것이 첫날 훈련이었다. 둘째 날부터는 이를 전부 습득한 것으로 여겼다. 물론 계측 실수나 각도상의 오차를 내는 생도는 계속 있었다. 그럴 때면 이리나의 호통이 날아왔고, 같은 내용을 두 번 물으면 그 즉시 시간을 내서 복습하도록 시켰다.

이리나의 질책만 혹독한 것이 아니었다. 다른 교관들도 남녀 불문하고 엄격해서 체력 훈련 때는 가차 없이 달리기와 근육 트레이닝을 시켰다. 넓은 훈련장을 행진하다가 발맞춤이 흐트러지면 즉시 처음부터 다시 해야 했다. 이론 훈련은 그것대로 엄격하게 공과대학 교수와 박사들의 주입식 교육이 이루어졌다. 탄도학이라는 생소한 과목에서는 '왜 탄환은 날아가는가'부터 시작해 소총의 탄환이 회전하는 이유, 중력과 비행거리, 탄피의 길이와 사정거리, 유효 사정거리와 한계 사정거리, 기상 조건이 미치는 영향과 원리, 심지어는 포탄이 우주 공간에 도달하는 초장거리포와 지구 자전의 관계까지 온갖 수식을 써가며 지겹도록 배웠다.

고도의 계산을 요하는 수학은 어렵지 않았다. 세라피마는 원래부터 마을의 우등생이었다. 그러나 학교 공부와 다르게 이것은 항상 실전, 즉 전장에서 총을 손에 들고 발사할 때 어떻게 응용하는지를 물었다. 공부하는 응용수학의 난도가 아무리 높아도 공식을 외운 후에 '고도는 해발 300미터, 습도는 40퍼센트, 풍향은 동풍, 풍속은 초당 10미터인 상황에서 300미터 너머 북쪽에 적이 있다. 이때 표준 러시안 탄환을 사용할 때 상하좌우 각각 몇 밀의 조정이 필요한가?'와 같은 문제가 출제되지는 않는다.

게다가 제시한 공식을 암기하고 암산하라고 요구했다. 연달아 날아오는 질문에 대답하지 못하면 즉시 오답 판정이었다. 이리나는 말했다.

"복잡한 공식을 외웠어도 책상에 공책을 펼쳐놓고 느긋하게 계산하고 있으면, 그사이에 쿠쿠가 암산해서 너희를 죽일 거다."

이때 한 생도가 이리나에게 '쿠쿠'가 뭔지 질문하자, 적의 저격병을 뜻하는 단어라고 알려주면서 기이한 규칙을 일러주었다.

독일 병사는 언제 어느 때든 '프리츠*'라고 부를 것.

마찬가지로 적의 저격병은 '쿠쿠'라고 부를 것.

어떤 상황이든 예외는 없다고 거듭 말했다. 그러나 익숙하지

---

\* 독일군을 비하하기 위해 연합군이 사용하던 은어. 제2차 세계대전 당시 독일군이 사용한 독특한 형태의 철모를 말하며, 독일 남자들 사이에 많은 이름 '프리드리히'에서 유래했다.

않은 속어에 저항감을 느낀 나머지, 생도들은 무심코 '독일 병사'나 '독일 저격병'이라고 말했다. 그럴 때마다 교관 중 누군가가 큰 소리로 경고했다. 다른 실수를 했을 때보다 훨씬 더 강렬한 분노가 담긴 고함이 날아왔다.

그렇게까지 화를 내는 이유는 알 수 없었지만 용어를 익히는 건 딱히 어려운 일이 아니었다. 일주일도 지나지 않아 모두 '프리츠'와 '쿠쿠'를 정확하게 사용할 수 있었다.

첫 이탈자가 나온 것은 그 직후였다.

이탈하려면 반드시 전원이 모인 아침 점호 때 자진 신고해야 하는 것이 원칙이었다. 모두가 이탈을 신고한 생도를 보았다.

"아니, 진심이야, 폴리나? 우리 같이 프리츠를 해치우자고 맹세했잖아?"

모스크바 출신의 폴리나라는 소녀에게 동향 사람인 샤를로타가 말했다. 폴리나는 눈물을 보이며 미안해했다.

"나는 저격병은 못 될 것 같아. 난 독일인을 죽이지 못할 거야. 그렇지만 통신대에 가더라도 싸우는 건 같으니까……"

이미 군대에 적을 둔 이상, 제대가 아니라 전속되는 형식이다. 폴리나 본인이 전속을 좌절로 인식하고 있음은 명백했으나 결의는 확고했다.

전속을 명한 이리나가 그 말을 듣고 웃었다.

"네 말대로다. 너는 저격병이 되지 못해. 여기에서 있었던 일을 잊고 통신병으로 복무해라!"

그 말을 끝으로 이리나는 짐을 꾸려 인사과에 가라고 폴리나에게 명령한 뒤, 아무 일도 없었던 것처럼 수업을 시작했다.

세라피마는 내심 분노했다. 폴리나는 첫날 말을 걸어준 소녀 중 하나로, 공습으로 부모를 잃었기에 원수를 갚겠다고 했었다. 애초에 고아를 모아 저격병으로 만들려고 한 사람이 이리나 본인 아닌가.

거기까지 생각이 미친 세라피마의 등줄기에 오싹하게 차가운 기운이 내달렸다.

이리나가 말을 걸어 모아 온 소녀는 전부 고아들이다. 아무리 비슷한 처지의 아이가 많은 시절이라곤 해도 이게 우연일 리 없다. 죽어도 슬퍼할 자가 아무도 없는 고아를 저격병으로 키운다는 발상. 즉, 아무런 거리낌 없이 자신의 '사병死兵'을 키우겠다는 발상 아닌가.

세라피마는 머릿속에 떠오른 잔혹한 발상에 '설마 그럴 리가' 하는 마음을 품었다. 그러나 이리나에게서는 그런 인상을 씻어줄 구석을 찾을 수 없었다. 싸울 것인가, 죽을 것인가. 이리나의 가치 기준은 오로지 그것이다.

매일 욕설을 듣고 철두철미한 훈련을 주입받다 보니 확신은 더욱 깊어졌다.

이탈할 생각은 들지 않았다. 오히려 언젠가 이리나를 죽이겠다는 결의만이 단단해졌다.

맨손 격투 훈련도 있었다. 복싱과 레슬링을 각각 기초로 배운 후에 응용해서 실전 형식의 모의전을 치렀다. 힘은 70퍼센트 정도로 쓰라는 제약이 있었으나, 느슨하게 대련하면 즉각 야단을 맞왔기에 생도들은 곤혹스러웠다.

어디 한번 해보라는 것인지 세라피마와 샤를로타 간의 모의전도 벌어졌다.

남성 교관은 두 사람의 기백을 칭찬했으나, 세라피마가 먹인 펀치가 우연히 카운터펀치로 들어가 샤를로타를 졸도시키고, 이어진 제2라운드에서 샤를로타가 세라피마에게 백드롭을 먹여 기절시키자 이후로 두 사람의 대련은 금지됐다.

전력을 다해 싸웠다. 그렇다고 해서 그림과도 같은 아름다운 우정이 싹트는 일은 없었다. 그저 분노와 피로감만이 쌓였다.

3주차가 되자 이론 훈련에 정치 교육이라는 단기 집중 과목이 새로 생겼다. 당연히 정치 장교가 형식적인 붉은 군대의 사상을 가르칠 테니 적당히 형식적으로 대답하면 될 거라고 가볍게 생각했는데, 교사는 이리나 본인이었다. 이리나는 끝없이 질문을 퍼부었다. "왜 소련은 독일과 싸우고 있지?" "왜 소비에트연방 국군이 아니라 붉은 군대라고 부르지?" "혁명전쟁과 대 파시즘 전쟁은 무엇이 같고 무엇이 다르지?"

생도들은 다들 틀린 대답을 하지 않으려고 몸을 사리며 교과서적인 대답을 하려고 했다. 답이 막힐 때면 대부분 샤를로타가 "소비에트연방의 자기 방위와 인민 해방을 위해서" "붉은 군대는 국가의 억압 구조가 아니라 인민의 무력에 의한 것이니까" "인민의 전쟁이라는 점은 같지만 적이 자국의 제정 정치 체제인지 파시스트 국가인지의 차이"라는 우등생 같은 답변을 선보였다.

그때마다 이리나는 똑같은 반응을 보여주었다.

"그건 네 대답이 아니라 타인의 대답이야. 네 머리로 생각해라, 샤를로타."

샤를로타는 직접 생각했다고 반론했으나 이리나는 들어주지 않았다. 이리나는 샤를로타를 소련에서 가장 크게 만들어진 노동 영웅에 빗대 '우리 학교의 스타하노프*'라고 불렀는데, 샤를로타 는 노골적으로 비꼬는 줄도 모르고 좋아했다.

자기 마음대로 질문을 던지면서도 이리나는 정답을 제시하지 않았다. 생도들이 혼란스러워하고 잘못된 대답을 할까 봐 두려워 하며 이러쿵저러쿵 논의하는 모습을 대놓고 즐겼다. 사디스트 같 으니. 세라피마는 분노했으나 그 역시 질문에 간신히 답변하느라 힘에 부쳤다. 판에 박힌 대답을 하면 부정당하지만 섣부른 소리를 하면 체제 비판이 될지도 모른다. 약점을 어떻게 감추고 대답할 것인가를 늘 생각해야 해서 두뇌를 핑핑 돌려야 했다.

딱 한 번 "붉은 군대는 왜 싸우는가"라는 문제를 두고 토론하 던 도중, 생도들이 차례차례 각자 생각하는 동기를 발언하기 시작 했을 때 이리나가 모두를 막고 훈계하는 말투로 말했다.

"개개인의 생각을 부정하지 않겠지만, 그런 마음으로 저격을 나서면 죽는다. 동기를 계층화해라."

이리나의 말에 따르면 "침략자를 무찌르자"나 "파시스트를 제 거하자" 같은 동기는 중요하지만, 그것은 어디까지나 기점에 해

---

* 광부 출신의 노동 영웅 알렉세이 스타하노프는 스탈린이 표방한 '새로운 인민'의 표상이 된 프로파간다의 상징적 인물이다.

당하는 동기다. 전장에 나갈 때까지 개인의 마음속에 품어두라고 했다.

"실제로 전장에 나아가 적을 쏠 때, 너희는 아무것도 생각하지 마라. 아무것도 떠올리지 마. ……생각하지 않겠다는 생각도 안 돼. 그저 단순히 기술에 몸을 맡기고, 그 무엇도 느끼지 말고 적을 쏴라. 그런 다음에 기점으로 다시 돌아와라. 침략자를 무찌르고 파시스트를 제거하기 위해 싸운다는 그 의식으로."

생도들은 그 답을 난해하다고 여겨 곤혹스러워했다.

다만 세라피마는 이리나가 제시한 그 생각을 미리 알고 있었던 것처럼 아무런 위화감 없이 받아들였다. 자신과 이리나 사이에 일종의 공통점이 있는 것 같아서 기분이 나빴다.

그런 생각을 하던 중에 이리나와 눈이 마주쳤다.

"마침 잘됐군. 일어나서 제각각 싸우는 목적을 말해라."

자기 생각을 말하라니. 그런 말은 훈련학교에 입소한 후로는 들어본 적이 없었다.

당황했지만 솔직하게 "나치와 너를 죽이기 위해서다"라고 말할 수는 없다는 생각이 들었다. 그때 샤를로타가 힘차게 일어나 유창하게 대답했다.

"인민을 지키고 조국 소련을 지키기 위해서입니다!"

"그래. 고맙다, 스타하노프. 다음, 야나."

최연장자인 스물여덟 살 야나가 대답했다.

"젊은 사람에게만 맡겨둘 수 없기 때문입니다."

그보다 두 살 연하인 이리나는 가볍게 미소 짓고 대답했다.

"그런가, 고맙군. 다음, 아야."

카자흐의 천재, 아야가 짧게 대답했다.

"자유를 얻기 위해."

이리나의 눈가가 꿈틀 움직였다.

"그렇군."

이리나가 대답하더니 이어 올가를 봤다. 벼락을 맞은 듯이 일어난 올가가 안쓰러울 정도로 떨며 대답했다.

"우, 우크라이나 카자크의 명예를 되찾고……"

이리나는 끝까지 듣지도 않았다. 다시 이리나와 세라피마의 눈이 마주쳤다.

"너는 어떠냐, 세라피마."

세라피마는 머리를 굴렸다. 동급생들이 대답하는 동안에도 계속 생각했다. 형식적인 대답도 아니고 그렇다고 본심도 아니지만 알아들을 인간에게는 전해질 말을.

"적을 죽이기 위해서."

교실이 작게 술렁였다. 너무 노골적인 대답인 데다가 그동안 동급생들이 생각했던 나에 대한 인상과도 다르겠지. 세라피마가 생각했다.

진의를 아는 이리나만이 묵묵히 한쪽 입가를 일그러뜨렸다.

그 후에도 생도들은 순서대로 일어나 소련을 지킨다거나 가족의 원수를 갚고 싶다는 무난한 대답을 제시했다. 전부 다 들은 후, 이리나가 거칠게 말했다.

"너희는 하나같이 인형처럼 텅 비었군."

교실이 쥐 죽은 듯이 고요해졌다.

붉은 군대에 몸을 바쳐 싸우려는 각자의 결의. 설마 그걸 부정하리라고는 생각지 못했다. 이리나는 모두의 얼굴을 둘러보았다.

"나는 기점을 가지라고 했다. 그리고 그걸 전장에서는 잊으라고도 했지. 기점조차 없어서야 시작도 할 수 없어. 딱 한 번만 말할 테니 잘 들어라. 저격병의 특이성은, 명료한 의사로 적을 노리고 쏘는 것에 있다. 현대 전쟁에서는 기관총병·포병·폭격수·군함을 타는 해병에 이르기까지 각종 병과는 집단성과 그에 따른 익명성의 그늘에 숨을 수 있다. 그러나 너희 저격병은 그럴 수 없어. 항상 자신이 무엇을 위해 적을 쏘는지를 놓치지 마라. 그건 곧 근본적인 목표를 잃는 것이다. 그다음은 죽음이다. 모두 새로운 대답을 생각해라. 숙제로 내지."

다음 과제는 "왜 소련은 여성 병사를 전투에 투입하는가"였다. "대조국전쟁*이란 성전聖戰에 성별 차이는 무의미하니까"라고 대답한 샤를로타를 비롯한 몇 명과 달리 아야는 단순히 부족한 병력을 보충하기 위해서라고 대답했다. 이리나가 그렇다면 왜 병력이 부족한 독일이나 방어전에 참전한 미국은 여성을 실전에 투입하지 않는지 묻자 논의가 복잡해졌다.

미국의 여성 병사가 받는 훈련 영상을 자료로 봤다. 사무직을 전업으로 한다는 그들은 굽 있는 구두를 신고 치마 차림으로 공원 놀이기구 같은 통나무를 꼼지락꼼지락 넘는 훈련을 받았다. 이

*　大祖國戰爭. 러시아 및 소련에서 독소전을 일컫는 단어.

리나가 저들의 정면에 있으면 전원 쏴 죽일 수 있겠다고 세라피마는 생각했다.

그런데도 그들은 군대에 몸담은 것만으로도 예외적인 존재인지, 미국의 화려한 선전 포스터에서 용감무쌍하게 출정하는 병사들 뒤에서 치어걸처럼 응원하는 모습이 눈에 띄었다. 한마디로 이것이 그 나라의 여성에게 부여된 역할인 듯했다. 한편, 쳐다보기도 싫은 나치 독일 포스터에서는 노골적인 사실화 속에서 금발 여성들이 농사일과 집안일과 간호에 힘썼다.

어느 쪽이든 생도들 모두 질리도록 본 소련의 선전 포스터 ― '어머니 조국'이라고 크게 적힌 글자에 붉은 군대의 제복을 입고 위압적인 표정을 한 여성이 총검을 등에 지고 전쟁터에 나오라는 듯 오른팔을 들고 있는 포스터나, "독일 점령자 놈에게 죽음을!"이라는 문장과 함께 총을 직접 손에 쥔 여성이 그려진 포스터 ― 와는 결정적으로 달랐다.

다만 차이는 알아도 그렇게 된 배경에 대해서는 대답할 수 없었다. 왜 우리들은 여기에 있는가. 이 근원적인 질문으로 연결되는 의문에 자신만의 대답을 끌어내지 못한 채, 그날의 정치 교육은 끝났다.

모두 초췌한 얼굴로 교실을 나섰다. 다음에 있을 기초 체력 훈련이 오히려 그리울 정도였다.

물론 실제로는 그렇게 되지 않았다. 한 바퀴에 3킬로미터나 되는 거리를 나무로 만든 모조 총을 안고서 세 바퀴째 달리자 역시 지쳤다. 머리는 전혀 쓰지 않았다. 하지만 심장이 몸 안쪽을 때리는 것처럼 고동쳤고 폐는 타들어간 것처럼 산소를 요구했으며 온몸의 근육이 아팠다.

"좋아, 15분 휴식!"

남성 교관과 함께 같은 장비로 같은 거리를 주파한 이리나가 땀 한 방울 흘리지 않고 외쳤다.

어린 여성들 모두가 남의 시선도 개의치 않고 그 자리에 드러누웠다. 쉬라고 하면 철저하게 쉬는 것이 철칙이었다. 다만 모조총을 땅에 닿지 않게 해야 했다.

"흐아……"

세라피마도 하늘을 보고 누워 호흡을 가다듬었다.

머리 다음에는 온몸을 혹사하는구나. 그렇게 생각하며 휴식이 끝난 다음 있을 강의를 떠올렸다. 탄도학. 이번에는 완전히 수식과 학문의 세계다. 그렇다면 지금 필요 이상으로 긴장을 풀어버리면 위험하다. 마음이 놓인 나머지 틀림없이 졸 것이다. 그럼 그 즉시 밤새워서 보강 훈련을 받게 된다. 지금은 몸에서 완전히 피로를 빼내는 동시에, 지난 강의 내용을 떠올리며 집중력을 예민하게 유지해야 한다.

10분 동안 그저 무심하게 숫자를 세며 하늘을 바라본 후 묵묵히 일어났다. 눈을 뜬 채 자는, 곡예에 가까운 일을 해냈다. 세라피마는 어느새 자신이 휴식을 일종의 과제로 인식하고 해치우게 되었다는 사실을 깨닫고 놀랐다.

"세라피마, 괜찮아……?"

혼자 학교 건물로 걸어가는데 올가가 걱정스러운 표정으로 따라왔다.

"아직 5분 남았어, 올가. 너도 힘들잖아."

"응. 그래도 15분을 다 쉬면 아예 못 일어날 것 같아서……"

비슷한 생각을 했구나 싶어 조금 기뻤다.

툭하면 시비를 거는 샤를로타와도 사이가 좋은 올가는 세라피마와도 소원해지지 않으려고 늘 의식하는 것 같았다. 성적으로는 그렇게 눈에 띄지 않지만, 올가는 모두에게 호감을 샀다. 그런 면이 다른 생도들에게는 없는 올가만의 소양이었다.

그것도 나름대로 병사에게 어울리는 자질이라고 세라피마는 생각했다. 무심코 고개를 돌려 아야를 봤다. 고지에서 자라 심폐에 부담도 가지 않는지, 아야는 혼자 응달에 앉아 지면을 바라보고 있었다. 올가는 늘 누군가와 있으려고 하는데, 반대로 아야는 온종일 군대에 있으면서도 고고한 사수로서 지낼 생각인 걸까.

군대 특유의 동질성과 이상적인 저격병의 모습을 생각하면 꼭 어느 한쪽만이 옳은 것 같지는 않았다.

"있잖아." 올가가 밝게 웃으며 말했다. "이론 훈련 때 샤를로타가 매번 하는 말, 어떻게 생각해? 나쁜 아이는 아니지만 너무 단순하지 않니?"

세라피마는 조금 놀랐다. 올가가 다른 사람을 비판하다니 드문 일이다.

"그야 조금은 그렇게 생각하지만. 갑자기 왜?"

"세라피마는 샤를로타와는 물론이고 다른 아이들과도 달라서 말이 통할 것 같았어. 나는 모스크바 출신 러시아인 애들하고는 차이가 있으니까…… 소련에 대해 품은 생각에 있어서 말이야."

"참, 올가는 우크라이나에서 왔지. 이렇게 이야기해 보면 전혀 다르지 않은데."

왠지 모르게 얼버무리게 되었다. 올가의 말투에서 위험한 느낌을 감지했다.

"맞아. 여긴 소련이니까 내가 이렇게 러시아어를 할 수 있어. 동시에 여긴 소련이니까 나는 우크라이나어의 존재를 잊고 러시아어를 쓰라고 강요당하지. 하물며 카자크 같은 것도 없고."

반사적으로 세라피마는 올가의 얼굴을 살폈다. 평소처럼 붙임성 좋은 미소를 짓고 올가가 말했다.

"소비에트 러시아가 우크라이나를 어떻게 취급하는지 아니? 몇 번이나 기근에 시달렸는데도 식량을 끝없이 빼앗겨서 수백만 명이나 죽었어. 고작 20년 전 일이야. 그 결과 우크라이나 민족주의가 대두하니까, 이번에는 우크라이나어를 러시아어에 편입하려고 했어. 소련에게 우크라이나가 어떤 의미인지 아니? 그저 약탈할 농지일 뿐이야."

"올가!"

자기도 모르게 말을 막았다.

다른 의견을 제시하려던 것은 아니다. 그런 소문은 자신도 들은 적이 있다.

"그런 말 누가 들으면 죽어!"

"그래. 내가 하고 싶은 게 그 말이었어. 우리는 진실을 말하면 죽는 나라에서 살고 있어. 애, 세라피마. 지금 내가 한 얘기를 다른 사람한테 말할 거니?"

주변에는 두 사람뿐이어서 건물로 향하는 그들의 이야기를 듣는 귀는 없었다.

다른 사람에게 말할 것인가. 말할 수 있을 리가 없다. 자신의 밀고로 올가를 죽게 할 순 없다.

"말 안 해. 하지만 누가 들을지도 모르잖아. 그러니까 부탁이야. 그런 말은 하지 마."

"미안해. 하지만 말하지 않으면 너와 진정한 동료가 되지 못할 것 같았어."

오싹한 말이었다. 올가의 말과 생각에서 어떤 무시무시함을 느꼈다. 올가는 세라피마에게서 시선을 절대 떼지 않았다. 평소처럼 계속 웃고 있었으나, 그 미소에 괴상한 빛이 서렸다.

상대가 적인가, 위협인가, 그도 아니면 먹잇감인가. 무엇인지 가려내려는 짐승의 눈.

"우크라이나는 처음에 다들 독일인을 환영했어. 이걸로 콜호스가 해체되겠다고. 이제 공산주의자가 사라진다고. 이제 소련에서 우크라이나가 해방될 거라고."

"프리츠가 너희에게는 아군인 거야? 그럼 왜 지금 여기 있어?"

"콜호스는 해체되지 않았어. 독일인은 슬라브 민족을 노예로 삼으려고 콜호스를 유지하고 우크라이나의 지배자가 됐어. 무슨 의미인지 알겠니, 세라피마? 콜호스는 우크라이나인을 노예로 삼는 수단이야. 독일에도, 소련에도……"

"그럼 왜 독일하고만 싸우는데?"

"러시아와 우크라이나를 전부 노예로 삼으려는 독일이 지배하게 되다면 우크라이나는 여전히 노예일 뿐이야. '나치와 함께 소련을 쓰러뜨린다'는 건 불가능해. 하지만 '소련과 함께 나치를 타도한다'는 건 가능하지. 붉은 군대에 속해 우크라이나를 승리로 이끌고 카자크의 명예를 되찾을 수 있어. 소련의 일부로 있는 한, 그 안에서 우크라이나는 강대해져. 독일과 소련은 이념이 달라. 소련이 자화자찬하는 한 소비에트 우크라이나를 부정하지 못해. 그 안에서 카자크는 다시 영광을 되찾는 거야."

올가는 웃음을 그치지 않았다. 눈동자가 공포로 흔들리지도 않았다.

붉은 군대로서 싸워 카자크의 명예를 되찾는다. 그러고 보니 처음 만났을 때 들었던 말이다.

"세라피마, 너는 샤를로타와 나 둘 중에 누가 더 진실에 가깝다고 생각하니? 사실은 너도 알고 있지? 이건 독재국가끼리 벌이는 괴상한 살육이라는 걸."

"그건……"

외교관을 꿈꿨을 때, 소련이라는 국가를 놓고 몇 번이나 진지하게 생각했었다. 다른 사람과 마찬가지로 고상한 이상과 그와는 너무도 먼 현실의 낙차를 이해하고 있었다. 진실을 말하면 죽임을 당하는 나라에 살고 있다는 것도 알았다.

고향 이바노프스카야의 사람들은 독일군의 손에 몰살당했고, 붉은 군대의 손에 모든 것이 불탔다. 다른 누구도 아닌 자신부터가 나치 저격수와 이리나를 죽임으로써 그 원수를 갚을 생각이었다.

"나는 프리츠를 쓰러뜨리고 엄마의 원수를 갚으면, 마지막으로 이리나를 죽일 거야."

일부러 있는 그대로 말했다. 그러지 않으면 올가의 신뢰를 얻지 못할 테니까.

그렇지만…… 세라피마는 이어서 생각했다.

소련의 이름 아래에서 죽어간 엄청난 수의 목숨을 고려해도 나치 독일과 소련을 같은 선상에 놓을 수는 없었다.

"나치는 소련에 쳐들어와서 우리 소련인을 몰살하려고 해. 그 반대가 아니야. 그런 일은 생기지 않았어. 그렇지?"

"정말 그럴까?"

올가의 반문에 어쩐지 화가 났다. 이게 애국심의 발화인지, 아니면 자신을 시험하려는 올가 때문에 화가 난 것인지 판단할 수 없었다.

"올가, 네 이야기에서 나는 나치와 소련의 결정적인 차이를 느꼈어. 나치는 우크라이나를 해방하려고 하지 않았어. 소련을 타도해 러시아 인민을 해방하겠다고도 말하지 않지. 그게 독일이 합리적으로 승리하는 지름길이라 해도 그러지 않아. 왜냐하면 애초에 나치 독일이 전쟁을 시작한 이유가 우리 전부를 노예로 삼기 위해서이니까."

"맞아. 노예화 자체가 목적이지. 소련이 목적을 위해 우크라이나를 노예화한 것과는 달라."

말이 턱 막혔다. 소련이 비난받을 때마다 자신이 비난받는 것 같았다. 뭐든 좋으니 반박해야만 했다.

"나치 독일과는 절대 친구가 될 수 없어. 하지만 소련 안에서, 러시아와 우크라이나는 맹우가 될 수 있어. 나랑 너도 그래. 아니, 나는 우크라이나나 소련을 떠나서 처음 만났을 때부터 너를 소중한 동료라고 생각했어."

올가가 의외라는 표정으로 눈을 깜박이고 대답했다.

"그렇지. 나도 그래."

그때 멀리서 목소리가 들렸다.

"있잖아, 올가. 다음 수업 뭐더라?"

15분이 지났다. 샤를로타가 세라피마를 그대로 지나치더니 올가의 팔에 팔짱을 꼈다. 눈꺼풀이 완전히 무거워져 있었다.

"다음은 탄도학이야. 샤를로타, 잠들면 안 돼."

올가의 미소에서 괴이한 빛이 사라지고 평소의 모습으로 돌아왔다. 샤를로타와 세라피마 모두와 사이 좋은 올가로.

"미안해, 갑자기 이상한 소리를 해서. 세라피마가 한 말, 나도 옳다고 생각해."

우호적인 태도를 그대로 유지한 채, 올가가 미소를 지으며 멀어졌다.

한동안 멍하니 넋을 잃었다. 탄도학 수업도 머리에 들어오지 않았다. 너무나 내밀한 말을 들은 탓이다. 올가도 어중간한 각오로 한 말은 아니었을 것이다. 그렇게 생각하자 소련에 퍼붓는 비판에 반사적으로 화를 낸 자신이 부끄러웠다.

올가는 그런 말을 해도 세라피마가 밀고하지 않으리라고 확신했다. 어떤 생각을 지녔든 올가는 동료다. 그것만을 가슴속에 새기기로 했다.

샤를로타는 역시나 깜박 졸고 말아 그날 밤새워 달려야 했다.


이탈자를 내면서도 훈련은 이어졌다. 그동안 어지럽도록 빠르게 변해가는 계절을 느꼈다. 이론 훈련은 점점 어려워졌고 격투 훈련에서는 목제 나이프를 쓰기 시작했다.

5월에는 본교인 '중앙 여성 저격병 훈련학교'가 정식으로 발족해 소규모 행진을 거행했다. 본디 있던 여성 저격병 양성 과정을 하나로 합친 학교이므로 인원수가 줄어든 분교 생도들도 그쪽에 합류할 줄 알았는데 그렇게 되지는 않았다. 이리나가 조직적 합류를 거절했다고 샤를로타가 말해주었다.

분교에 견학을 온 본교 교관들의 말에 따르면, 학교의 분위기도 크게 다른 듯했다. 훈련이 엄격한 것은 본교나 분교나 마찬가지였으나, 이리나가 생도들의 사격 자세가 서로 다른 것이나 개인실 내부를 정리정돈하는 문제에 무관심한 것에 본교 교관들은 놀라워했다.

이리나가 만사 제 의지대로 할 수 있는 분교라는 공간을 버릴 리가 없다고 세라피마는 짐작했다.

그러는 동안에도 전황은 시시각각 변화했다. 모스크바 방위전이 성공함으로써 독일의 공세 능력이 꺾였으리라는 소련 수뇌부의 기대와 달리 독일은 공격의 이빨을 거두지 않았다. 그 사실은 크림반도에 있는 소련 최후의 아성 세바스토폴 요새에 퍼부은 공격으로 증명됐다.

전년도 9월부터 이미 크림반도 전체가 함락된 상태였지만 거의 1년에 걸친 포위 공격을 받으면서도 붉은 군대는 꾸준히 분투했다. 전함포를 개조한 거포의 포격, 흑해 함대에서 퍼붓는 바다에서의 반격, 동同 함대의 해군육전대를 투입한 엄호, 저격병들의 끊이지 않는 저격까지 온갖 수단을 써서 저항했다.

그러나 독일군은 중포에 박격포, 야전포, 나아가 구경 80센티미터 열차포까지 동원해 치열하게 세바스토폴을 포격했다. 독소 양군에서 각각 수만 명의 전사자를 낸 끝에 1942년 6월, 마침내 세바스토폴 요새는 함락되었다.

생도들 모두 전황에 충격을 받고 같은 이야기를 떠들었다.

소련 여성 저격병의 상징이자 최강의 여성 병사, 세바스토폴 요새에서 싸우며 확인된 전과만 309명 사살에 도달한 류드밀라 파블리첸코는 무사한가.

7월, 류드밀라가 중상을 입었으나 잠수함 탈출 작전으로 생환했다는 보도에 전원이 환희에 찼다. 그는 모든 생도에게 동경의 대상이자 목표였다. 류드밀라의 전우이자 생도들의 스승인 이리나는 그 소식이 전해진 날, 이론 훈련 수업에 들어와 벽에 게시된 신문을 보며 열광하는 생도들을 힐끔 바라보았다.

모두 즉각 자세를 바로잡고 경청하는 태세를 갖췄으나 이리나는 모든 걸 꿰뚫어 보았다.

"너희에게도 같은 일이 생길 거라고 생각하지 마라."

생도들이 움찔 떨었다. '같은 일'이란, 활약을 펼친 끝에 사지로부터 기적적으로 생환하는 것을 의미했다.

"류드밀라 동지는 위대한 저격병이었기에 생환할 수 있던 거다. 너희는 누구 하나 류드밀라 파블리첸코에게 미치지 못해. 패배는 죽음이지. 너희는 지면 곧 죽는 거다."

이리나는 전우라면서 류드밀라가 무사하단 소식에 왜 아무런 감정을 느끼지 않을까. 세라피마는 궁금했다.

거의 같은 시기에 독일이 대규모 공세를 개시했다. 다시 모스크바를 노릴 거라는 일반적인 예상이 빗나갔다. 그들은 무슨 이유에선지 한 단계 남쪽으로 향해 캅카스산맥으로 돌진하기 시작하더니 공업 도시 스탈린그라드에 돌입했다.

불리하게 돌아가는 전국戰局에 생도들이 점차 불안감과 안타까움을 느끼던 그 무렵, 드디어 실제 총이 배포됐다. SVT-40이라는 반자동식 신형 소총으로, 탄창에 탄환이 열 발이나 들어가서 저격총치고는 이색적인 구조를 갖고 있었다. 탄환은 구경 7.62밀리미터, 탄피 길이는 45밀리미터였다. 구경 5.7밀리미터, 탄피 길이 15.6밀리미터에, 탄환을 단발식으로 쏘는 TOZ-8과는 전혀 다른 총이었다.

근대적인 저격총의 자태에 술렁거리는 생도들에게 이리나가 냉정하게 말했다.

"겨누고 쏘는 것은 총을 다루는 행위의 지극히 일부분일 뿐이다."

이리나의 말은 분명한 사실이었다. 분해하고 유지하는 데 따르는 번잡함과 다루는 순서를 암기해야 하는 과제 앞에 생도들은 압도되었다. 야나가 모신나강 소총*이 구조적으로 간소하고 사격 정밀도도 높으니 더 성능이 좋지 않느냐고 질문하자, 이리나는 그건 표적 사격일 경우에나 그렇다고 답했다. 반자동의 이점은 실전에 적합하다는 것이다. 야나가 거론한 총의 품질 문제는, 같은 종류의 총 중에서도 가장 정밀하게 작동하는 개체를 선발하는 것으로 보완했다고 한다.

"너희는 그 최고의 총을 최고의 상태로 유지해라. 그리고 최고의 기술로 쏴라."

마침내 실기 사격 훈련이 시작되었다.

세라피마는 자신이 낸 결과에 스스로 놀랐다. 조준경으로 보이는 경치가 반농반렵 시절과는 달랐다. 거리를 재는 법, 각도를 읽는 법을 익힌 지금은 어떻게 조준을 조정해야 하는지를 손바닥 들여다보듯이 알 수 있었다. 이제 육안으로는 점처럼 보이는 표적이 조준경을 거치면 500미터 전방에 있음을 알고, 그걸 쏘기 위해 조절해야 할 수치가 위로 100센티미터, 0.7밀임을 안다.

기껏해야 100미터 거리에서 사슴을 쏘는 게 고작이었던 기량이, 실제 사격 훈련에 들어가지 않았음에도 불구하고 이미 500미터 너머의 과녁을 꿰뚫는 수준까지 향상되었다.

"대단하다, 세라피마."

옆에서 관측하던 올가가 감탄하자, 샤를로타가 흥 하고 유난스럽게 웃었다.

---

\* 　다섯 발이 들어가는 볼트 액션 소총. 19세기 말에 개발해 오랫동안 소련이 써온 주력 무기.

"그런 건 기본이거든? 잘 봐!"

샤를로타가 쏜 일격은 600미터 너머의 과녁에 명중했다. 청소년 사격대회에서 모스크바의 왕좌를 차지한 만큼 역시 자기보다 실력이 훨씬 뛰어나다고 세라피마는 생각했다.

주변 생도들을 살폈다. 여덟 명까지 줄어든 그들 대부분은 오소아비아힘에서 사격을 배운 선수 출신이라 기량이 확실했다. 마찬가지로 최연장자인 야나도 실력이 출중한 사격 선수로 평가를 받았던 만큼 기술이 뛰어났다.

"와아, 그래도 역시 저 아이한테는 이기지 못하겠네."

야나가 갑자기 고개를 들더니 웃으며 말했다. 고지의 사냥꾼 아야가 아무렇지 않게 600미터 너머의 과녁 정중앙을 꿰뚫은 것이었다.

샤를로타가 아야에게 대항하려는 마음에 더 장거리에 있는 과녁을 쏘려 했으나, 이리나에게 "경기가 아니다"라는 지적을 듣고 그보다 절반 거리만큼 떨어진 과녁을 쐈다.

과녁의 거리가 제각각인 이유는 거리를 재는 것도 훈련의 일부이기 때문이다. 정해진 거리만큼 떨어진 과녁을 알려주는 대로 쏘는 재주 따위는 저격병에게 필요하지 않다. 과녁까지 정확한 거리를 아는 것은 교관들뿐으로, 생도들이 미리 기억해 두어도 야간에 몰래 이동시킨다. 따라서 늘 복합적인 훈련이 필요했다. 총을 분해하고 정비하고 유지하고 측정하고 계산하여 쏜다.

저격병에게 사격은 단순히 주요한 구성 요소 중 하나일 뿐이다. 방아쇠를 당기는 순간은 그 밖의 모든 과정에 투자한 결과를 내보이는 '극점'에 지나지 않는다. 세라피마는 그런 사고방식과 기능을 습득했다. 다른 생도들도 마찬가지였다.

도중에 과녁이 동그란 판에서 입체적인 인간 형태로 바뀌었을 때는 섬뜩한 느낌이 들었지만 몇 번 쏘다 보니 익숙해졌다.

경기가 아니므로 딱히 점수가 발표되진 않았으나, 각자가 지닌 기량의 차이가 저절로 드러났다. 특출한 아야, 맹추격하는 샤를로타, 세라피마와 야나가 조금 뒤처져 그 뒤를 쫓고, 올가는 중간 정도 성적. 다른 생도들은 간신히 따라오는 게 고작이었다.

그래도 다 같이 성장해 가리라고 생각했을 무렵, 갑작스럽게 변화가 찾아왔다.

"여러분, 안녕하십니까. 이 근처에 사는 이반이올시다. 오늘은 모쪼록 잘 부탁드립니다."

튼실한 체격에 투박한 손. 밀짚모자를 쓴 남성과 옆에 선 비슷한 차림의 여성은 농부처럼 보였다. 하지만 교정에 와서 인사한 그들이 목축업자임을 알게 된 것은 반드시 풍채 때문만은 아니었다. 그 사람 옆으로 덩치 큰 소가 다섯 마리나 있었던 것이다.

어리둥절해하는 여성 병사들의 시선이 쏟아지자, 맨 앞에 있던 소가 주인의 얼굴을 보며 음매 하고 울었다.

한 남성 교관이 정중하게 감사를 표했다.

"협력해 주셔서 고맙습니다."

"아닙니다. 이것도 공출이고 또 공헌이니까요."

"교관장 동지." 샤를로타가 손을 들어 이리나에게 물었다. "오늘은 무슨 훈련이죠?"

이리나가 고개를 끄덕이고 대답했다.

"너희가 저 소를 쏘는 훈련이다."

소녀들이 동요했다.

"이동하는 목표를 쏘면서 치명적인 부위를 노리는 훈련으로 이보다 더 좋은 건 없지. 난이도를 따지면 지금 너희에게 어려운 일은 아닐 것이다. 다른 질문은?"

"질문 있습니다." 세라피마가 손을 들고 물었다. "저 소는 사격한 후에 어떻게 됩니까? 또 어디서 왔습니까?"

"식용육으로 출하될 예정이며 이반 씨가 육우로 사육했다."

이반 씨가 그 말이 맞는다는 듯이 고개를 끄덕였다. 의미심장한 표정으로 이리나가 웃었다.

"달리 질문이 더 있나? 세라피마 동지."

"아니요, 다른 것은 없습니다."

여전히 동요를 감추지 못하는 소녀들도 있었지만 세라피마는 이미 침착해졌다.

사격 위치에 나란히 일렬로 섰다. 죽 늘어선 총구가 평소와는 다른 분위기를 띤 것 같았다.

과녁 쪽으로 끌려간 소 한 마리가 이반 씨의 채찍질에 달리기 시작했다.

"먼저 아야. 쏴라!"

후읍, 가볍게 숨을 고르는 소리에 이어 총성이 울렸다.

소는 일격에 온몸이 경직되어 비명도 지르지 못한 채 그 자리에 쓰러졌다.

훌륭한 솜씨라며 세라피마는 감탄했다. 추정 300미터. 직격탄이 뇌를 꿰뚫었다.

조용해진 생도들과는 대조적으로 죽음을 목격한 소들이 음매, 음매애애 울며 머리를 좌우로 흔들었다. 이반 씨의 아내와 교관들이 소들을 막았다.

"명중. 다음은 세라피마, 쏴라!"

다시 채찍질하자 두 번째 소가 달렸다. 동요했는지 속도가 빨랐다. 그 차이에 살짝 불리함을 느끼며 세라피마는 계산했다. 거리는 마찬가지로 300미터. 조준거리는 200미터. 이동 속도는 시속 20킬로미터. 보정, 위로 10센티미터. 조준점은 안구, 오차 수정, 전방 5센티미터.

방아쇠를 당겼다. 귀 근처를 맞은 소가 일격에 쓰러져 비명을 질렀다.

일격으로 숨통을 끊지 못했다.

"명중."

"교관장님."

이어서 명령을 내리려는 이리나에게 세라피마가 물었다. 조준경 너머에서 소가 치명상을 입고 울어댔다.

"소에게 '자비의 일격'을 주어도 괜찮겠습니까?"

"일격으로 끝낸다면. 세 발째는 허용하지 않는다. 다가가서 나이프로 죽여야 한다."

숨통을 끊어 보이마. 세라피마는 다시 조준경을 들여다보았다. 등을 보이고 쓰러진 소의 머리. 이제는 빗나갈 리가 없다. 두정부에 맞은 두 발째의 탄환이 두개골을 터트려 소의 신음이 뚝 끊겼다. 경련하는 사체 주변에 뇌 점액이 퍼졌다. 피 냄새가 희미하게 느껴졌다. 세 번째 소가 달렸다.

"다음은 샤를로타, 쏴라!"

샤를로타의 기량을 생각하면 쉽게 해치울 수 있을 텐데, 그는 좀처럼 쏘지 못했다. 5초나 걸려 쏜 탄환이 소의 발밑에 박혔다. 왜지? 세라피마가 고개를 갸웃거리는데, 두 번째는 소 뒤의 과녁에 맞았다. 이어지는 세 발째는 소가 방금 지나간, 5미터나 떨어진 지면을 도려냈다.

소가 사격장을 가로질러 부지 밖으로 나가려 했다. 샤를로타가 조준경에서 시선을 뗐다. 혈색을 잃은 얼굴. 세라피마가 샤를로타의 이변을 알아차린 순간, 이리나가 외쳤다.

"아야, 쏴라!"

갑작스러운 명령에 아야가 즉각 따랐다. 심장을 꿰뚫은 총알에 소는 즉사했다.

생도들이 주목한 것은 아야의 실력이 아닌 샤를로타의 이변이었다. 언제나 자긍심 높고 아야에게 경쟁심을 드러내던 샤를로타가 그저 무력하게 떨었다.

"샤를로타, 너 혹시……"

세라피마가 자기도 모르게 말을 걸었다.

"생물을 쏜 적이 없니?"

샤를로타가 고개를 끄덕였다. 아야가 피식 웃었다.

"이건 야만적인 짓이야!"

샤를로타가 격앙한 나머지 외쳤다.

"싸움을 건 적이 아니라 무방비한 소를 쏘다니, 그런 건 병사가 아니야!"

"고향에서 사냥하던 시절에, 지난 대전 때 노획한 독일제 대전차 소총인지 뭔지가 마을에 있었어. 단발식이고 기가 찰 정도로 큰 총이었지. 사냥을 배운 지 얼마 되지도 않았을 때, 나는 그걸 들고 600미터 너머의 큰곰을 쐈어."

아야가 조준경에서 시선을 떼지 않은 채 혼잣말처럼 중얼거렸다.

"구경 13밀리미터의 첫 탄환이 어깻죽지에 얕게 박혔는데, 튼튼한 뼈에 막히는 바람에 즉사하지 않았어. 큰곰이 이쪽으로 달려와서 겨우 몇 초 만에 500미터로 거리가 줄었지. 두 번째는 빗나갔고 재장전을 했을 때 큰곰은 50미터 앞까지 와 있었어. ……세 발째를 쏠 때, 나는 눈을 노려서 맞혔어. 큰곰의 사체가 눈앞에 쓰러졌고 그놈의 숨결을 코로 느꼈어."

저격 자세를 유지한 채 아야가 눈만 굴려 샤를로타를 봤다.

목표를 놓치지 않는 사냥꾼의 눈.

"다행이야, 샤를로타 알렉산드로브나. 프리츠 놈들은 절대 무방비한 짐승이 아니니까. 중무장하고서 우리를 죽이려는 인간이지. 네가 놈들 발밑에 무의미하게 총을 쏴대면, 놈들이 순식간에 너를 죽여줄 거야. 그게 네 바람이지? 스포츠 사격수."

샤를로타가 망연자실해 시선을 떨구었다. 이리나가 말했다.

"5분 주마. 5분 후에 진정되면 돌아와라."

샤를로타가 고개를 끄덕였다. 이리나는 덧붙여 선포했다.

"그래도 소를 쏘지 못하면 두 번 다시는 내 앞에 모습을 보이지 마라."

이리나를 맹신하며 따르는 샤를로타의 눈에 눈물이 고였다.

학교 건물 쪽으로 달려가는 샤를로타를 세라피마가 반사적으로 쫓아갔다. 허가받지 않은 행동이었으나 이리나는 어째서인지 세라피마를 멈춰 세우지 않았다.

"샤를로타. 기다려, 샤를로타."

"뭐야. 마음껏 비웃지 그래. 너도 사냥꾼이잖아. 아주 통쾌하시겠다?"

"무슨 소리야, 샤를로타. 그보다 너, 그만둘 생각은 아니지?"

"설마!"

샤를로타가 돌아보았지만, 힘없이 시선이 내려갔다.

"하지만 나, 소를 쏘는 건…… 그야 프리츠 놈들은 쏠 생각이지만, 하지만……"

말을 잇지 못하고 분한 듯이 지면을 걷어찬 샤를로타는 호전적인 시선으로 세라피마를 바라보며 울분에 찬 말투로 물었다.

"세라피마. 너는 시골에서 사냥꾼이었긴 해도 잔인한 야만인은 아니지?"

"지금 싸우자는 거야?"

"그게 아니야…… 그러니까, 너는 다정한 애잖아. 그런데 어떻게 차분하게 소를 쏠 수 있어? 동정심은? 소를 보고 망설이거나…… 불쌍하다는 생각이 들지 않았어?"

"그건……" 대답하다가 말문이 막혔다. "샤를로타, 너 고기를 먹어본 적 없어?"

발끈한 표정을 보고 세라피마가 허둥지둥 설명을 덧붙였다.

"아니야, 비꼬는 게 아니라 말 그대로의 의미야. 모두들 소고기를 먹어. 하지만 그건 누군가가 동물을 죽이고 손질했기 때문에 간신히 고기가 된 거잖아. 게다가 추우면 모피가 필요하고, 사슴이 농작물에 해를 끼치는 것도 막아야 해. 그러니까 누군가는 동물을 죽여야만 하지. 그 일을 내가 하는 게 딱히 잔인한 일은 아니야. 다른 사람을 위해 필요한 일을 내가 하는 거야. 단순히 그걸 위해서 하는 일인데 굳이 잔인해질 필요는 없어."

"아까 그 소가 어디서 왔고 어떻게 될지 물은 게 그런 의미였어? 그러니까 식용이고 처음부터 죽을 예정인 소니까, 고기가 낭비되지 않겠다고 확인한 거야?"

그렇다고 대답하려다가 잠깐 머뭇거렸다. 자신도 지금 질문을 받고서야 그 의미를 깨달았다.

"세라피마, 정말로 전혀 망설이지 않고 동물을 쏠 수 있어? 괴롭지 않아?"

"가끔 괴로울 때도 있어. 예를 들어 치명상을 입은 사슴이 그대로 도망쳐서 바로 죽이지 못했을 때, 괴롭겠다, 얼마나 힘들까, 하고 생각할 때도 있어. 하지만…… 그렇다고 사냥을 그만둘 수도 없고, 그래봤자 다른 사람이 대신 하게 될 뿐이야. 만약 아무도 하지 않는다면 생활을 꾸릴 수 없어. 이 나라도, 마을도, 식탁 사정도 그렇지. 즉, 누군가는 동물을 죽여. 죽일 필요가 있어. 누가, 언제, 어떻게 죽였는지는 아무도 신경 쓰지 않아. ……그러니까 궁극적으로 우리가 잔인해서 죽인 것이 되진 않는 거야."

마지막으로 한 말에 세라피마 본인도 어떤 저항감을 느꼈으나, 샤를로타에게는 그 말이 필요할 것 같았다.

"그렇구나……" 샤를로타가 중얼거렸다.

잠시 침묵이 흐르는 그동안, 샤를로타의 얼굴에 생기가 돌아왔다.

"5분!"

이리나의 목소리가 들렸다.

"고마워, 세라피마. 나 쏠 수 있겠어!"

샤를로타는 긴장한 표정이었지만 살짝 웃어 보이고서 사격 위치로 돌아갔다. 샤를로타에게 고맙다는 말을 들은 것은 세라피마가 기억하기로는 처음이었다.

샤를로타는 네 번째 소를 쏠 수 있었다.

첫 탄환이 어깨에 맞아 소가 선혈을 흩뿌리며 마구 달렸는데, 샤를로타는 동요하지 않고 두 발째를 쐈다. 세라피마 흉내를 낸 건지, 샤를로타는 이리나에게 허가를 받아 쓰러진 소에게 자비의 일격을 선사했다.

소 한 마리에 세 발. 절대 숙련된 솜씨라고 할 순 없었지만 샤를로타는 해냈다.

그다음으로 야나가 의외로 쉽게 소를 해치웠고, 올가가 주뼛거리며 네 발을 쏴서 해치웠다.

그날 소를 쏘지 못한 세 사람에게 이리나는 퇴교를 명했다.

이로써 생도는 세라피마, 샤를로타, 아야, 올가, 야나 다섯 명만 남았다. 그들은 짐을 꾸리러 기숙사로 돌아가는 생도들에게 작별 인사를 건네고 싶었으나 이리나는 허락하지 않았다. 대신 총을 교관에게 반납하고 실내 연습장으로 이동해 격투 훈련을 하라고 명령했다.

모두 무아지경으로 샌드백을 쳤다. 사냥감을 쏜 직후의 괴상한 흥분과 뭐라 설명할 수 없는 뒷맛을 떨쳐내려는 것처럼, 모두가 소리를 지르며 몸을 계속 움직였다.

사격 훈련장에 돌아오자 소의 사체는 깔끔하게 정리된 뒤였다. 이리나가 이번에는 그들을 내내 달리게 했다. 그러고는 숨을 헐떡이는 생도들에게 손을 들고 외쳤다.

"30분 휴식."

모두 쓰러져서 푸른 하늘을 올려다보았다. 개 바론도 휴식에 동참했다. 머리가 텅 빈다는 게 이런 거구나. 세라피마는 절실하게 느꼈다. 뒷맛을 느낄 여력도 없다. 그래서 위안이 되었다.

야나가 쓰러진 샤를로타에게 다가가 물통을 손에 쥐여주었다.

"자, 샤를로타, 물 마셔."

역시 허탈감에 빠진 나머지 수분 보충도 잊었던 샤를로타는 지친 얼굴로 웃었다.

"고마워, 마미."

말을 마치자마자 샤를로타의 얼굴이 새빨개졌다. 모두가 못 들은 척했으나 야나가 생긋 웃으며 대답했다.

"어머나, 고마워라. 너희도 나를 마미라고 불러줘."

올가가 웃으며 대답했다.

"마미, 그래봐야 스물여덟 살이잖아. 열 살 때 아이를 낳았어?"

"열여섯 살 때야. 전부 모스크바 공습 때 죽었어."

야나의 대답에 모두가 동시에 한숨을 내쉬었다. 가족을 잃은 그 마음을 모두가 공유하고 있음을 실감하는 이 공기. 여기에 와서 익숙해진 것이었다.

"나는 딸들을 전쟁에 희생시키지 않으려고 여기에 왔어. 물론 너희도 희생시키고 싶지 않고. 그러니까 나를 마미라고 불러줘. 그만큼 분명 강해질 테니까."

"알았어, 마미."

세라피마는 최대한 진지한 목소리로 대답했다.

"고, 고마워, 마미."

샤를로타가 새빨개진 얼굴로 말했다. 아야는 나 몰라라 하늘을 보고 있었지만, 뺨이 살짝 부드러워진 듯 보였다.

"나도 그렇게 부르지."

야나보다도 연하인 이리나가 자기 딴에 진지한 말투로 말하자 생도들이 웃음을 터뜨렸다. 바론도 분위기가 부드러워진 걸 느꼈는지 세라피마의 이마를 핥았다.

누운 채 바론의 머리를 쓰다듬었다. 이 개는 근처에 주둔한 보병대대에서 훈련받는데, 저격학교의 훈련생들은 바론을 그저 귀여워하면 됐다. 군견에게는 엄격한 훈련과 조련 사이사이에 귀여움을 받는 시간을 두어 인간과 애착 관계를 구축하는 일이 중요하다고 한다.

"바론도 큰일이다. 싸우게 되면 전령으로 일한다며?"

세라피마가 묻자 샤를로타가 대답했다.

"바론이라면 분명 프리츠의 숨통을 물어뜯을 거야."

그때 한 남성 교관이 이리나 앞에 와서 거수경례를 했다.

"교관장 동지, 본교의 노라 파블로브나 선생이 오셨습니다."

"음, 알겠다."

이리나가 가볍게 대답하고는 한숨 돌린 뒤 생도들에게 말했다.

"너희는 다음 이론 훈련까지 여기 있어라. 연습용 조준경으로 측정이라도 하면서."

이리나의 표정을 보니, 의식적으로 긴장감을 주려는 것 같았다.

노라 파블로브나 체고다예바는 이리나와 마찬가지로 여성 저격병 교관으로서, 중앙 여성 저격병 훈련학교의 교장이다. 스페인 내전 때 공화국의 원군으로 참전한 백전노장이자 탁월한 저격병이었다. 행진을 보러 갔을 때, 두 사람이 대화하는 모습을 몇 번쯤 목격했다. 장관을 대할 때조차 딱히 긴장하지 않는 이리나가 노라에게는 늘 경의를 표했다. 물론 이리나에게 본교의 노라는 상관에 해당하지만, 계급의 문제가 아니라 아마도 저격병 혹은 교관으로서 경의를 품은 것이리라고 세라피마는 짐작했다.

건물 쪽을 바라보자, 큰 창이 있는 응접실에 앉아 있는 노라 교장의 모습이 보였다. 이리나가 거수경례하더니 그대로 고개를 숙였다.

"세라피마, 왜 그래?"

샤를로타가 말을 걸었다.

"네가 경애하는 이리나 교관님, 좀 이상해 보여서."

"어? 그래?"

세라피마는 샤를로타와 나란히 300미터 너머에 있는 이리나의 안색을 살폈다.

"어디가 왜? 그냥 서 있을 뿐인데."

옆에 누운 올가가 말했다.

"눈으로 봐선 표정을 모르겠어. 측정 연습을 해보자."

명령에 따라 늘 가지고 다니는 3.5배 조준경을 꺼냈다. 본체인 총이 없으니 단순한 소형 망원경이다. 그래도 조준경으로 인간을 들여다보면 독특한 긴장감이 일었다. 옆에서 샤를로타도 엎드려서 같이 포복 자세를 취했다.

노라 교장은 앉은 자세로 창을 등졌다. 이리나의 몸은 이쪽을 향하고 있었다. 침통한 표정으로 고개를 숙인 이리나는 아무래도 안 좋은 소식을 들은 듯했다.

어째서일까. 세라피마는 생각에 잠겼다. 언제부터 이리나의 감정을 읽을 수 있게 된 거지.

잊으면 안 된다고 세라피마는 다짐했다. 이리나는 원수다. 언젠가 이 손으로……

그렇게 생각한 순간, 자기도 모르게 조준 너머로 보이는 이리나에게 T자 조준선을 맞췄다.

그 순간 이리나가 고개를 들고 이쪽을 노려보았다. 동시에 노라 교장도 돌아보았다. 세라피마는 경악했다. 거리 300미터, 총 없는 조준경으로 조준을 맞추자마자 두 명의 저격병이 반응했다.

얼굴 가득 분기탱천해진 이리나가 창문을 벌컥 열고 외쳤다.

"누가 엿보라고 했어! 세라피마, 샤를로타, 벌이다. 훈련장 다섯 바퀴!"

"아, 알겠습니다!"

펄쩍 뛰어 경례한 다음 세라피마는 샤를로타와 함께 뛰기 시작했다.

"세라피마! 대단하다, 두 분 모두!"

"으, 응!"

저게 진짜의 반응인가. 경외감이 고동에 더욱 박차를 가했다.


"하여간!"

이리나가 창문을 닫고 한숨을 쉬었다.

"기척과 살기를 숨기는 법은 보강해야겠어." 노라가 유쾌하게 웃음을 터뜨리며 이리나에게 앉으라고 권했다. "자네 분교에는 재미있는 생도들만 모여 있군. 사격 자세부터 성격까지 그야말로 각양각색이야."

"똑같은 알에서 태어난 새도 나는 방식은 다 다릅니다."

맞은편 의자에 앉아 이리나가 대답하자 노라가 수긍했다.

"우리가 비스트렐에서 습득한 사격술도 그런 거였지. 자네는 좋은 교관이야."

비스트렐은 소련군 안에서도 가장 난도 높은 사관 양성학교로, 1929년부터 저격병 육성 과정을 운영했다. 붉은 군대 최초의 저격병 전문 교육과정이었다. 노라와 류드밀라, 이리나 모두 그곳에서 단순한 사격 훈련이 아닌 '저격병으로서의 훈련'을 받았다. 당연히 남자 생도들도 함께였다.

"다만 자네 분교가 너무 엄격하다고 국방인민위원부에서 불만이 많아. 열두 명으로 시작했는데 지금은 다섯 명이라니. 퇴소가 너무 많다는군."

"이 이상 이탈자는 나오지 않습니다. 또 어중간한 저격병은 전장에서 방해가 될 뿐입니다. 전신과 보급, 항공관제, 정비부터 내부 경비에 이르기까지 모든 병과에 인원이 필요한 상황이니 여기에서 이탈한 자도 쓸모없지는 않을 겁니다."

"자넨 참 다정하군, 이리나."

노라가 무슨 말을 하려는지 알았다. 그래서 이리나는 대답을 망설였다.

"저는 그렇게 자비로운 인간이 아닙니다. 저 다섯 명을 지옥에 끌고 갈 겁니다. 그것도 아마 미숙한 채로요."

"아아, 미안하네. ……결국 1년 양성 과정은 중단하게 되었어."

"예상한 바입니다."

노라가 직접 온 시점에서 대충 짐작한 바였다. 재차 독일군의 공세를 받아 전선에는 저격병이 필요했다. 저격병이 요구되는 전황은 견고한 진지를 세우고 틀어박히는 방어 전투, 그리고……

"역시 스탈린그라드입니까?"

"아마도. 어떤 형태가 될지 나도 자세하게는 알지 못해."

과거 마드리드 시가전에서 싸웠던 노라가 고개를 힘주어 끄덕이며 말했다.

"시가전은 저격병에게는 천국이지. ……이쪽 세계에는 지옥이지만. 어쨌든 지금 판국에서 스탈린그라드는 전쟁을 좌우할 요지니까 저격병이 필요하다는 데에는 나도 이견이 없어. 생도들을 육성한 보람이 있다고 해야겠지."

"이해합니다. 다만 생도들 다섯만 보낼 수는 없습니다."

"그래서 그 손가락으로 전선에 가겠다는 건가. 모처럼 소위 승진과 본교 교관 부임을 알리려고 온 나를 쫓아내면서까지."

저격병끼리의 대화는 늘 이렇지. 이리나는 쓴웃음을 지었다. 서로의 의도를 읽은 채로 대화를 끌어간다.

"이리나 에멜리아노브나 동지."

강한 어조로 이름이 불리기에 이리나는 자세를 바로 했다.

"세상에 공정한 재판이란 게 있다고 가정하고 하는 이야기지만, 무수한 목숨을 빼앗은 저격병은 그런 심판을 기대할 수 없어. 포로가 되면 갈기갈기 찢기고 생환하면 아무도 죄를 묻지 않지. ……따라서 많은 저격병이 스스로를 벌하고 싶은 마음에 시달려. 나는 스페인에서 프랑코와 나치 파시스트 40명을 사살했지만 결국 놈들에게 졌다. 적을 죽인 것은 전혀 후회하지 않지만, 지금도 처음으로 죽인 인간의 얼굴을 잊지 못해. 인간이라면 잊어서도 안 되겠지."

"네."

"그러나 죽음을 택하려고 하지 마라, 이리나. 그건 자네 인생에 대한 배신이야."

"죽기 위해 전장에 갈 생각은 없습니다, 동지."

"정말이지?"

다짐을 받으려는 질문에 이리나는 노라의 눈초리를 피하려는 것처럼 창밖으로 시선을 옮겼다.

샤를로타와 세라피마가 숨을 헐떡이며 달리고 있었다.

"제게는 더 어울리는 죽음이 있으니까요."

"그렇군."

노라가 고개를 끄덕였다. 깊이 캐묻지 않는 것은, 물어봐도 대답하지 않으리라는 느낌을 받았기 때문이다. 깊게 숨을 내쉰 노라는 화제를 바꿨다.

"스페인에서 끝내 패배했던 나의 전쟁은 지금도 끝나지 않았어. 파시스트를 쓰러뜨릴 기회는 다음 세대에게 양보했지. 그들이 나치 독일을 타도한 순간, 내 전쟁도 끝날 거야."

다시 시선을 마주하고 노라가 물었다.

"이리나, 전장에서 죽을 생각이 없다면 자네의 전쟁은 언제 끝나지?"

이리나는 잠시 대답을 망설였다. 미리 준비해 둔 답이 없었다.

"언젠가, 전쟁이 끝나고······"

창밖을 바라보며 이리나가 대답했다.

"제가 아는 누군가가······ 자신이 무엇을 경험했는지, 자신이 왜 싸웠는지, 자신이 도대체 무엇을 보고 무엇을 듣고 무엇을 생각하고 무엇을 했는지를······ 소련 인민을 고무하기 위해서가 아니라, 스스로를 변호하기 위해서도 아니라, 그저 전달하기 위해서 말할 수 있다면······ 그때 제 전쟁은 끝납니다."

"그걸 하는 건 자네가 아니겠군."

"네. 저는 제 전쟁이 끝나는 광경을 지켜볼 수 없을 겁니다."

노라가 일어났다. 사관들이 문을 열고 그에게 외투를 건넸다.

"분교 졸업 시험에는 본교의 유망한 생도들을 보낼 테니 대항전을 열지."

"네."

"……그나저나 이물질이 있더군."

"알고 있습니다."

이리나가 일어났다.

떠나기 전에 노라가 불쑥 말했다.

"자네의 전쟁이 끝나는 건 한참 후일 테지만, 최대한 일찍 끝나기를 바라지. 그리고 나 역시 같은 체험을 하고 싶다는 생각이 드는군."

잠깐의 침묵이 흐른 뒤 이리나가 경례를 올렸다.

어린 여성을 저격병으로 육성하고 실전에 투입하는 임무에 종사하는 같은 처지의 두 여자. 둘은 자신들만이 공유할 수 있는 특유의 아픔을 함께 나누었음을 실감했다.


생도가 다섯 명만 남은 후로도 분교의 훈련은 계속 이어졌다.

이론 훈련은 점점 줄고 실기는 실전처럼 변했다. 위장하는 법, 위장을 알아차리는 법, 장거리 단독 행동법, 포병이나 일반 보병과의 연계법 등 수준 높은 과목이 늘었다. 틈틈이 위장하고 공포탄을 쓰는 모의전도 벌였는데 매번 교관 팀에게 참패했고, 그때마다 저격병의 철칙을 귀에 못 박히도록 들었다.

한곳에 머무르지 마라! 네가 쏜 적병이 마지막이라고 생각하지 마라! 상대를 무시하지 마라! 너만 똑똑하다고 생각하지 마라!

실전 훈련 사이사이에는 동물을 쏘는 훈련도 했다. 이제는 샤를로타도 완전히 익숙해져서, 사슴을 일격에 해치우고 나서 어떠냐는 듯이 주변에 웃어 보였으며 죽인 동물을 손질할 줄도 알게 되었다.

가을에 들어서자 전황은 점점 악화했다. 스탈린그라드가 독일군에 의해 점점 더 밀리고 있다는 전황 소식에 소련 인민은 얼어붙었고, 생도들은 벽에 게시된 신문을 보면서 이 전국을 어떻게 타개할 수 있을지, 또 시가지에서 저격병은 어떻게 싸우면 좋을지를 논의했다.

그때 교실에 들어온 이리나가 학생들에게 훈련 기간이 단축되었음을 알렸다.

세라피마는 가능한 한 평정심을 유지하려 애쓰며 다른 생도들의 얼굴을 살폈다. 모두가 비슷한 표정이었다. 불안감, 그에 동반된 흥분감.

생도들의 상태를 힐끔 보고 이리나가 말을 덧붙였다.

"졸업 시험으로 본교 생도들과 모의전을 하겠다. 시험에서 합격하면 너희는 상등병으로 승진해 소대를 이룬다. 그다음은 실전이지. ……지금까지 잘해왔다."

칭찬을 받은 것은 처음이었다. 세라피마는 순간적으로 기뻐한 자신이 혐오스러웠다.

"고맙습니다, 교관장 동지!"

샤를로타는 기쁨을 전혀 감추지 않았다.

"다만, 졸업 시험 자체가 필요 없는 생도가 있다."

학생들은 고개를 갸웃거렸다. 아야는 워낙 우수하니 시험이 필요 없다는 말일까. 세라피마가 생각해낼 수 있는 답은 그 정도가 고작이었다.

"올가 야코브레브나 도로셴코!"

이리나가 올가의 이름을 불렀다. 일제히 올가를 주목했다.

"아무리 모의전이라도 스파이와 함께 싸우게 할 순 없지. 너는 제외다."

올가가 스파이? 모두들 당황했다. 이리나가 무슨 소리를 하는 거지? 세라피마는 올가의 안색을 살피고는 경악했다.

올가는 웃고 있었다. 붙임성이 좋아 누구와도 친하게 지내는 그 올가가 지금껏 한 번도 보인 적 없는 잔인한 미소였다.

"뭐야, 알고 있었네."

말투까지 달라졌다. 마치 다른 사람이 된 듯 음습한 눈빛으로 이리나를 노려보았다.

사람이 바뀌기라도 한 걸까? 세라피마는 그제야 이해했다. 일전에 우크라이나 이야기를 하며 나무라듯이 따져 물었을 때 상대를 떠보는 듯했던 짐승 같은 시선. 비로소 올가는 가면을 벗었다. 이쪽이 본성이었다. 생도들 모두 소스라치게 놀란 표정으로 올가를 바라보았다.

단 한 사람의 예외, 이리나는 동요하지 않고 대답했다.

"눈에 띄지 않으려고 숨는 자는 오히려 그래서 눈에 띄지. 네가 우크라이나에서 온 시점에 대충 짐작했다. ……네 배후에 하투나가 있다는 것도."

누구지? 새로운 이름에 혼란스러워하는데, 교실에 처음 보는 여성이 나타났다. 형용할 수 없이 부정적인 기운을 등에 진, 이리나와 비슷하게 키가 큰 여성이.

"역시 여자 살인마의 우두머리다운 혜안이군. 굳이 네가 말하지 않아도 내가 오늘 밝힐 생각이었는데. 다만 우리 조국의 방벽인 내무인민위원부의 일원을 스파이라고 부르다니, 반역적인 태도를 간과할 수 없군그래."

그 말과 여자가 쓴 청색 모자, 그리고 하투나와 올가가 똑같이 풍기는 음습한 분위기가 뜻하는 바를 알아차린 순간, 세라피마가 무심코 중얼거렸다.

"체카Cheka, 비밀경찰……"

하투나라는 여자가 세라피마의 눈을 쏘아보았다. 그것만으로도 몸이 굳어졌다.

"옛날 이름으로 부르지 마라. 엔카베데다. 마을을 불태운 붉은 군대를 원망하는 시골뜨기 아가씨. 너는 언젠가 이리나를 죽이겠다면서?"

세라피마는 경악했다. 그러고 보니 딱 한 번, 올가에게만 털어놓은 적이 있었다.

올가가 입술을 끌어올리며 웃었다. 비웃음이었다.

"이리나, 너는 알아차렸을지 몰라도 생도들은 아무도 모르더군. 올가 동지는 귀중한 정보를 제공해 줬어. 네가 여기 모은 것들

은 전부 괴짜들이야. 초토작전을 원망하는 시골뜨기, 독일 아이들
도 지키고 싶다는 얼빠진 아줌마에다 심지어 옛 귀족의 딸까지."

아줌마라면 마미를 가리킬 테지만 마지막 말은 짐작이 가지 않
았다. 설마. 샤를로타를 보았다.

긍지 높은 공장 노동자의 딸이라고 자칭하고, 과거에 귀족 아
가씨라 부른 자신과 드잡이했던 샤를로타 알렉산드로브나 포포
바가 파랗게 질린 얼굴을 푹 숙였다.

세라피마는 올가와 나눴던 대화의 정체가 무엇이었는지를 깨
달았다. 전부 다 기만이었다.

올가는 우크라이나의 카자크로서 체제에 의문을 품은 척 교묘
하게 위장했다. 그렇게 해서 상대의 본심을 끌어냈다. 만약 그의
말에 동조하는 자가 있다면 그자는 반역자다. 세라피마는 올가의
말을 목숨을 건 고백이라고 믿었던 자신이 한심해졌다.

목숨 따위 걸지 않았다. 올가는 언제나 제일 안전한 위치에 있
었다.

이리나가 말을 받았다.

"그 말은 다시 말해 아야에게서는 아무것도 캐내지 못했다는
소리로군."

아야 혼자만은 그들이 나누는 대화를 남 일인 양 지켜보고 있
었다.

하투나는 이리나에게 다가와 멱살을 움켜쥐었다.

"알아차렸으면서 왜 지금까지 올가를 배제하지 않았지."

"거름망으로 쓰기 괜찮겠다 싶었으니까."

이리나는 딱히 개의치 않는다는 태도로 대답했다.

"기껏해야 정체를 숨기고 반체제적인 소리를 하는 엔카베데 따위에 홀려 위험한 소리를 지껄이는 멍청이는 저격병으로 필요 없고, 나아가 올가를 두고 반체제적인 발언을 했다며 동료를 밀고하는 멍청이도 필요 없거든. ……결국 네 비장의 무기는 내 생도들을 처형하지 못했어. 나는 올가를 밀고한 학생을 한 명 퇴소시켰을 뿐이야."

"대단하군, 이리나. 격이 달라. 한때 군대 민주화라는 어리석은 구상을 내걸고 시베리아로 유배된 반체제 장교의 따님이라지? 우크라이나에서 우리 정치위원 동지를 사살한 너는 역시 뼛속까지 반역자야."

"훈장이라도 주시지 그래, 체카."

이리나가 웃으며 하투나의 손을 뿌리쳤다.

"나는 전선을 내버린 채 여자를 끌고서 도망치려던 네 상관, 패배주의자 정치위원을 죽인 거야. 조사 결과로 인정받았을 텐데. 원래 그건 너희가 할 일이었어."

"어디 계속 지껄여 봐." 하투나가 으르렁거리며 대답했다. "엔카베데 본부는 너희를 감시 아래 두기로 했다. 괴짜만 모인 소대에 당연히 자유를 줄 수는 없지. 우리 엔카베데의 중사에 상당하는 직위로서 올가가 너희와 대동한다. 나도 올가의 상관으로서 언제나 후방에 있을 테니 각오하도록!"

"얼마든지, 장교님. 그러고 보니 나도 진급했거든. 같은 계급이로군, 체카 동지."

하투나는 혀를 차며 방에서 나갔다. 물론 올가도 그뒤를 쫓아갔다. 모두와 사이좋았던 우크라이나 소녀, 학생들이 아는 올가의 모습은 어디에도 없었다.

"흑……"

샤를로타가 억눌린 신음을 흘리면서 일어나 교실에서 뛰쳐나갔다. 울고 있는 것이다. 그걸 깨달은 세라피마가 일어나다가 이리나와 눈이 마주쳤다.

가라. 눈빛으로 말하고 있었다.

세라피마는 시선을 피하고 샤를로타의 뒤를 쫓았다. 복도로 뛰어나간 세라피마는 샤를로타의 등 뒤에 대고 외쳤다.

"기다려, 샤를로타. 기다려!"

샤를로타는 도망이라도 치는 듯이 걸음을 재촉해 건물 밖으로 나갔다. 그러나 어디로도 가지 못한 채 쪼그려 앉았다. 세라피마도 그 옆에 앉았다.

잠시 소리 죽여 울던 샤를로타가 울음 섞인 목소리로 말했다.

"그래, 나는 공장 노동자의 딸이 아니야. 귀족의 딸이야. 정말 경멸스럽지, 세라피마? 농사일에 힘써온, 훨씬 더 고귀한 네가 보기에는……"

"지, 진정해. 인간은 태생으로 가치가 정해지는 게 아니잖아."

"으으…… 그렇다 해도 난 프롤레타리아 집안에서 태어나고 싶었다고."

샤를로타가 스스로 귀족의 딸이라는 사실을 견딜 수 없는 오점으로 생각하고 있다는 걸 느낄 수 있었다. 처음 만났을 때 하필이면 최악의 말을 건넸다는 사실을 깨달았다.

"네가 어떤 집안 출신이든 경멸하지 않아, 샤를로타. 나는 네가 어떤 인간인지 잘 알고 있고 너를 좋아하니까."

"정말로?"

"정말로."

샤를로타가 세라피마와 얼굴을 마주 보았다. 파란 눈동자가 눈물로 촉촉했다. 머리카락과 마찬가지로 금빛인 뺨의 솜털을 타고 흐른 눈물이 햇빛을 반사해 반짝였다. 가까이에서 보니 역시 샤를로타는 인형처럼 예뻤다.

"이, 있잖아, 귀족이라지만 조상이 데카브리스트의 난*에 참가했다가 유배된 유서 깊은 혁명파 가문이고, 혁명전쟁 때도 붉은 군대에 협력했어. 아버지는 혁명 후에도 소련의 공무원으로 일했고. ……뭐, 나한테 이런 이름을 지어준 엄마는 프랑스인 가정교사랑 같이 망명해 버렸지만."

그동안 교조주의에 지나지 않는다고만 여겼던 샤를로트의 사고방식에 세라피마는 왠지 모를 비애를 느꼈다. 샤를로타는 열렬한 공산주의자가 될 수밖에 없는 처지였다. 이 나라에서 귀족의 자식으로 살아가는 것은 쉬운 일이 아니다.

"샤를로타, 왜 저격병이 되려고 했어?"

세라피마는 처음으로 물었다. 지금이라면 분명 진짜 이야기를

---

*　1825년 12월, 나폴레옹의 침공을 격퇴한 알렉산드르 1세가 사망한 뒤 니콜라이 1세에게 충성하기를 거부한 청년들이 입헌군주제 시행과 농노제 폐지, 전근대적인 러시아의 전면 계획을 요구하며 일으킨 봉기. 그러나 실패로 끝났다.

들을 수 있다.

"모스크바가 포격당했을 때 아버지가 돌아가셨어…… 군대 병원에서 울고 있는데 손가락 재활 훈련을 하러 왔던 이리나 교관장님과 만났지. 내가 모스크바 사격대회 우승자란 걸 주위에서 듣고 교관장님이 물었어. 너는 싸우고 싶은가, 죽고 싶은가, 라고."

흡, 소리를 내며 숨을 삼켰다.

나만이 아니었구나. 세라피마의 가슴속에서 정체 모를 감정이 싹텄다. 샤를로타는 그 반응을 보고 오해했는지 당황한 듯 웃어 보였다.

"엄청난 말이지만 나는 그 말을 듣고 깨달았어. 여기서 울다가 죽으면 나는 그냥 불쌍한 여자애가 되는 거라고. 그래도 오소아비아힘에서 사격을 배운 나한테는 다른 길이 있었어. 나는 싸울 거야. 여자도 전쟁에 참전할 수 있어. 여자도 전쟁에 참전해서 소련에 공헌할 수 있다고. 그건 다른 나라에는 없는, 소련이 진보한 나라라는 증거야."

세라피마는 미간을 찌푸렸다.

"여성이 무기를 들고 전장에 나가 싸우는 나라가 더 진보한 나라라고?"

"방어전을 치르고 있다는 조건하에선 그게 맞아. 강의 때엔 제대로 설명하지 못했는데 지금이라면 알겠어. 남녀평등의 권리란 바로 그런 게 아닐까. 이론 훈련에서 현대 외국 여성에 관해서 배웠잖아. 파시스트 독일은 여성을 부엌에 밀어 넣고, 미국 여성은 치어리더가 되었어. 그러나 우리 소련은 여성이 남성과 동등한 나라임을 인정한 거야. 기회만 있으면 영웅도 되고 장군도 될 수 있어. 나는 그걸 실현해 보일 거야."

세라피마가 보기에는 위험한 발상이었다. 물론 여성도 남성과 똑같이 국가에 몸과 마음을, 생명을 바칠 수 있다. 국가로서의 소련에 훌륭히 공헌함으로써 국력을 높이고, 그렇게 가치를 인정받은 여성은 빛날 수 있다는 것. 분명 그것은 파시즘이 성차별을 배경으로 삼아 전쟁터에서 여성을 멀리 떨어뜨리려는 사상의 반대 지점에 있다. 여성을 남성 병사의 치어리더로 쓰는 미국의 발상과도 다르다. 그렇지만 결국 이것은 더욱 동질성을 강요하는 사상이지 않을까.

그러나 여성이 징병의 대상이 아닌 이상, 여성 병사 개개인이 자신의 의지로 전쟁에 뛰어든 것도 엄연한 사실이었다.

소를 죽이는 '누군가'처럼 '누군가'가 나치를 쏴야 한다.

'그렇다면 내가 나치를 죽인 게 되지 않아.'

세라피마는 갑작스레 떠오른 자기변명을 내면에만 남긴 채 머릿속에서 지워버렸다.

그렇다면 여성 또한 능력만 있으면 전쟁터에서 싸울 수 있다. 우리는 그걸 선택했다. 지금 눈앞에 있는 샤를로타가 그렇고, 세라피마 자신도 그렇다. 마미도 그렇게 말했다. 아야도 분명 그럴 것이다.

"세라피마도 그렇게 생각하지?"

예상한 질문이었다.

"응. 우리 마을과 엄마의 원수를 갚고 싶어. 엄마를 죽인 저격병을 죽여야 해. 하지만 쉽지 않겠지. 이 거대한 전쟁에서 개인적인 복수라니……"

"뛰어난 저격수가 되면 분명 가능해질 거야. 실력 좋은 저격수는 항상 중요한 국면에 투입되잖아. 류드밀라 파블리첸코도, 그를 쓰러뜨리려고 독일의 우수한 저격병이 몇 명이나 파견되었지만 전부 다 무찔렀으니까. 그런 식으로 싸울 수 있는 건 전투기 조종사와 저격수뿐이야."

"그렇다면 한시라도 빨리 이리나 교관장님의 기록을 뛰어넘어야지."

"응, 우리 둘 다 그렇게 될 거야."

투쟁과 동시에 생존을 선택한 샤를로타는 눈물을 훔치고 웃어 보였다.

"세라피마, 나는 이리나 교관장님이 없었다면 아마 죽었을 거야. 그러니까 언젠가 교관장님처럼 되고 싶어. 아무도 두려워하지 않고, 그 무엇에도 굽실거리지 않고, 겁내지 않고 나의 길을 살고 싶어."

"응." 세라피마는 웃었다. 그러나 눈이 마주친 순간 샤를로타의 표정이 어두워졌다.

"있지…… 그 여자가 널 두고 한 말 거짓말이지? 원수를 갚고 나면 이리나 교관을 죽이고 싶다는 거."

윽. 짧게 신음한 세라피마가 머뭇거리다가 대답했다.

"미안, 진짜야."

"아니, 왜? 너도 이리나 교관장님의 부대가 구해줬다면서?"

그랬다. 그런 다음에 추억 가득한 가구를 부수고 유일한 사진도 버리고 엄마의 시신을 걷어차고 시신과 집과 마을 전체를 불태웠다. 생각만 해도 불씨에 연료를 뿌린 것처럼, 마음 깊은 곳에 맺혀 있던 증오가 온몸을 지배했다.

하지만 이리나를 따르는 샤를로타에게 할 말은 아니다.

"나는…… 내 전쟁은 아마 거기까지 가야만 끝날 거야."

"안 돼. 그런 짓을 할 거라면 내가 널 죽여서라도 막을 거야!"

샤를로타가 진지하게 말했다. 예전처럼 드잡이하는 사이가 아니게 된 만큼 얼마나 진지하게 하는 말인지 잘 알 수 있었다.

"응. 뭐, 그때는 잘 부탁해."

잠깐의 침묵이 흐른 후 둘은 함께 웃었다. 반쯤은 의례적인 미소를 지으며 샤를로타가 말했다.

"우리 둘 다 도중에 죽으면 안 되겠네."

지키고 싶다.

세라피마는 그 감정 너머로 기묘한 감촉을 느꼈다.

지키고 싶다. 샤를로타만이 아니다. 같은 소대가 될 학생들. 이 공간, 동료들. 그리고…… 다른 여성들을.

엄마는 최후를 맞던 그날 총을 쏘지 못했다. 엄마 몫만큼을 쏘고 싶다.

지킬 수 없었던 엄마. 앞으로는 다른 누군가의 엄마를 구하고 싶다. 능욕당하고 살해당하는 딸들이 더는 없도록 딸들을 지키고 싶다.

마음속에 적을 죽이는 것과는 다른 욕구가 생긴 그때, 샤를로타가 세라피마의 입술에 키스했다. 러시아인에게 여성 간의 키스는 친구와 나누는 인사이기도 해서 별로 드문 일은 아니지만, 친애의 증거이기도 했기에 세라피마의 눈이 동그래졌다.

"피마, 우리 다 같이 살아서 돌아오자."

오랜만에 듣는 애칭이 묘하게 낯간지러웠다. 세라피마도 인사로 키스를 되돌려 주었다.

그날은 결국 아무것도 하지 않고 하루를 보냈다.

생각해 보면 그런 날은 입영한 이후로 처음이었다.


11월 12일.

마지막 훈련은 익숙한 분교가 아니라 근처 삼림에서 이루어졌다. 기온 영하 2도, 눈이 옅게 쌓인 이름 없는 산. 본교의 노라 교장은 자신이 인솔해 온 생도 여섯 명에게 말했다.

"오늘 모의 연습은 분교 졸업생의 마지막 시험이기도 하다. 상대는 나보다도 뛰어난 기록을 보유한 교관에게 너희보다 먼저 배운 선배들이다. 따라서 두 명분의 핸디캡을 주었다. 방심하지 말고 싸워라."

"네!"

분교 생도들과 똑같이 설상용 위장복인 하얀 방한 판초를 입은 채로 일렬로 마주 보며 선 본교 생도들이 입을 모아 대답했다.

동시에 시선이 마주쳤다. 빈말로도 호의적이라 하기 어려운 시선이었다. 매섭게 노려보는 생도들이 풍기는 분위기가 다 전해질 텐데, 노라 교장은 전혀 신경 쓰지 않고 모의 연습의 규칙을 설명하기 시작했다.

"한 번만 말할 테니 잘 들어라. 두 팀은 과녁을 하나씩 받는다. 지정된 범위 내에 그것을 몰래 세워라. 전원 뒤에 교관이 한 명씩 붙는다. 지금부터 10분 이내에 과녁을 세운다. 그 후의 행동은 자유다. 적 팀을 발견하면 배후에 선 교관에게 사격 방위를 신고하고 '발사'라고 외칠 것, 명중이라고 판단하면 각자의 뒤에 선 교관이 사격한 상대 쪽으로 붉은 깃발을 흔든다. 오중誤中이라고 판단하면 검은 깃발을 흔든다. 무조건 '발사'라고 외쳐야 한다. 과녁을 노리는 경우에만 실탄 사용을 허가한다. 그 이외의 상황에서는 탄환 장전을 금한다. 상대를 전멸시키거나 적의 과녁을 먼저 쏜 팀의 승리다."

"네."

본교와 분교 학생 모두 대답했다.

당연한 일이지만 본교 학생들은 생긴 것도 다 다른 데다 러시아인이 아닌 듯한 이도 있었는데, 왜인지 그들이 풍기는 인상은 판에 박은 듯이 똑같았다.

리더로 보이는 여자가 세라피마와 눈을 마주하고서 코웃음을 쳤다. 자신만만하거나 명랑한 태도와는 거리가 먼 음침한 이들. 거기에 강렬한 경쟁심을 동반한 역겨운 자부심 탓인지, 어쩐지 이쪽을 멸시하는 것처럼 보였다.

노라가 출발하라고 명령하자, 그들은 훈련된 사냥개처럼 민첩하게 사라졌다.

"마미, 쟤들 뭐야? 좀 기분 나쁘네."

샤를로타가 투덜거리자 야나가 곤혹스러운 표정을 지으면서 대답했다.

"아까 얘기해 봤는데, 쟤들은 육군병 학교나 비스트렐에서 선발됐대. 나를 교관으로 착각한 것 같아서 생도라고 했더니 늙은이라고 비웃었어."

이미 병사의 길을 걸어온 자들. 엘리트한테는 저런 태도가 당연한 것일까.

"열받네."

웬일인지 아야가 누가 말을 걸기도 전에 먼저 말했다.

아마 오늘 지휘를 맡았기에 의도적으로 그러는 것이리라고 세라피마는 생각했다. 생각해 보면 자신들은 사격만 할 줄 아는 초보였다. 한참 전, 2월까지는 그랬다. 지금은 다르다. 주변을 둘러보기만 해도 풍경에 눈금이라도 새겨진 것처럼 나무나 바위까지의 거리를 안다. 아야가 펼친 지도 위의 표고標高 차를 알고, 어디에 과녁을 놓아야 할지도 안다. 적이 쉽게 발견하지 못하면서 적을 유인하고 나면 방어지점이 되어 공수가 둘 다 가능한 곳. 그 최적의 장소를 노리고 공격하러 들어온 적을 쏠 수 있는 위치. 아야는 세라피마와 야나에게 공격을 명령했고, 자신과 샤를로타는 방어를 맡겠다고 했다.

"문제는 적의 과녁이 어디 있는지야."

세라피마가 말하자 아야가 고개를 끄덕였다.

"너는 어디라고 생각해?"

지도를 살펴보았다. 동쪽에 진을 친 우리와 서쪽에 있는 본교 생도들. 당연히 똑바로 가는 길이 제일 짧지만 도중에 나무가 없는 지점이 있어서 너무 눈에 띄니까 제외다. 남쪽으로 조금 돌아가면 다소 높은 언덕이 있는데, 그 너머 1킬로미터까지가 지정된 범위의 경계이다.

"여기일까?"

지도상 적의 범위 내에서 가장 후미지면서도 비교적 높은 곳을 가리켰다.

"여기라면 우리가 남쪽 길로 진군했을 때 상대방은 우리가 능선을 넘어오는 걸 기다려서 측면에서 쏘거나 골짜기에서 쏠 수 있지. 그렇다면 우리는 멀리 북쪽으로 돌아가서 배후를 치는 방법이 있어."

"그렇지. 하지만 이리나 교관장님의 가르침이 있었지. '상대를 무시하지 마라. 너만 똑똑하다고 생각하지 마라.'"

그렇지. 세라피마는 생각했다. 이쪽이 표적을 최적의 장소보다 빗나간 곳에 두는 것처럼, 상대도 똑같이 한 발 더 나아간다는 것을 예상해야 한다.

"그렇다면." 샤를로타가 대화에 참여했다. "북쪽에서 돌아와도 정면에서 칠 수 있는 여기 분지는? 능선으로 간 경우에도 정면에서 쏠 수 있어."

아야가 고개를 끄덕였다.

"그래, 그게 좋겠지. 그 경우에는 남쪽으로 가는 길로 적진에 접근해야 하는데, 그러면 능선 앞에서 중앙까지 북상하게 돼. 능선이 우리를 가려줄 테고, 이쪽 길은 상대가 방심하고 있을 거야.

우리 짐작이 들어맞으면 적의 수비대를 측면에서 칠 수 있어. 아마 적 공격대와 우리 공격대가 맞부딪히는 일은 없을 거야. 왜냐하면 전체적으로 고저 차가 있으니까 적 입장에서는 남쪽 길을 선택해서 우리 쪽 과녁으로 올 거야. 우리는 아마 수비 지점에서 기다리며 쏘는 형태가 되겠고. 여긴 우리에게 맡겨줘."

결론이 거의 나왔다. 이미 자유행동 시간이 시작되었다. 이 이상 작전 수립에 들일 시간은 없다.

세라피마는 야나와 함께 나무들이 우거진 남쪽 길로 향했다. 살짝 몸이 떨렸다. 방한 판초를 입었는데도 한기가 들어왔다. 아니, 지금 떠는 것은 추워서가 아니다.

"그렇게 긴장 안 해도 돼."

앞서 걷던 마미가 웃으며 돌아보았다.

"실패한다고 죽는 것도 아니고, 교관님들도 있으니까."

뒤를 돌아보니 그 말대로 전과를 판정할 교관들이 세 걸음쯤 뒤에서 쫓아오고 있었다. 본교와 분교의 여성 교관. 근거리임에도 훌륭한 솜씨로 발소리와 기척을 완벽하게 감췄다.

다만 야나를 보는 눈빛은 차가웠다.

"마미, 더 진지하게 해야지. 실전이랑 똑같이 해야 하잖아."

"아무리 진지하게 해도 이건 실전이 아니야, 세라피마."

마미는 여전히 웃으며 말했다.

"진지하게 하되 훈련이라고 구분하는 편이 좋아. 실전은 싫어도 결국 경험할 테니까."

그 말투에서 불성실함이 아닌 일종의 각오가 느껴져서 세라피마는 침묵했다. 분명 상대에게 총을 맞을 일은 없다. 그렇다면 훈련답게 임하는 게 옳을지도 모른다. 그건 그렇고 실전에 어울리는 행동이란 무엇일까.

그러던 중에 남쪽 숲을 빠져나왔다. 남북으로 뻗은 언덕의 사각지대에 들어가기 위해 주의 깊게 북상해서 능선을 넘기 좋은 위치를 찾았다. 눈 덮인 관목 틈새였다.

착실하게 포복 전진해 능선 너머로 신중히 고개를 내밀었다.

조금 뒤처져서 따라온 마미가 뒤에서 물었다.

"어때? 있니?"

"······있어. 이쪽을 본다."

본교 학생들이 시선 앞에 있었다.

"거리, 추정 530미터, 오차 6미터, 10시 방향, 나무 뒤에 숨은 두 사람. 총을 들고 조준경을 좌우로 움직이고 있어. 아직 이쪽을 알아채지 못했어."

마미가 천천히 옆에 와서 놀란 듯이 물었다.

"믿을 수 없어. 샤를로타와 아야의 예상까지 읽어낸 걸까?"

"아니······"

세라피마가 생각하기에 그럴 가능성은 현저히 낮았다. 만약 예상했다면 자신들이 남쪽 숲을 이동하는 때를 노리고 쏘는 편이 확실히 잡을 수 있었을 것이다. 그리고 무엇보다 개전하기 전에 받았던 인상이 결정적이었다.

"저것들, 우리가 아무 생각도 없이 똑바로 돌진할 거라고 여겼나 봐."

"어머나." 마미가 어이없어했다.

세라피마는 입술을 깨물었다. 사람을 무시하고 말이야. 우리를 단순한 초보라고 업신여기다니. 다만 결과적으로 저들의 얕은 짐작에 의표를 찔렸다. 결국 자신들은 그들이 예상한 멍청한 짓과 비슷한 행동을 한 셈이었다.

다만 다른 점이 한 가지 있다. 그들은 적이 사각을 빠져나와 갑자기 능선 위에서 나타나리라고는 예상하지 못했다. 뻥 뚫린 시야 앞에서 온다고 믿고 있다.

그렇군. 세라피마는 깨달았다. 그러니까 반응이 느린 것이다. 여전히 우리 위치를 알아차리지 못했다.

"어때? 겨냥하고 쏠까?"

"조금만 기다려. 육안으로 정확하게 측정하지 않으면 맞히지도 못하고 위험해질 수 있어."

이런 상황에서는 함부로 움직일 수 없다. 저격병은 시야 내에서 자기에게 살의를 보내는 자, 총을 거머쥔 자, 조준경으로 응시하는 자를 식별한다. 그러기 위한 훈련을 잔뜩 받으니까.

바스락거리는 나무, 바람에 흔들리는 나뭇가지, 각종 움직임 속에서 공격하려는 인간의 움직임을 순간적으로 간파한다.

세라피마는 두 상대의 자세를 관찰했다. 총구가 비낀 때를 노리리라.

바로 그때, 500미터 이상 너머에 있는 상대와 눈이 마주쳤다.

본교 학생이 다른 학생에게 말을 걸더니 두 개의 총구가 이쪽을 향했다.

세라피마와 야나는 빠르게 총을 겨눴다. 조준경을 들여다보자 T자 조준선 안에 상대의 얼굴이 들어왔다.

그러나 정확한 거리를 파악하는 게 쉽지 않다. 530미터, 오차 6미터. 5미터가 벗어나면 명중은 어렵다. 상대가 몸을 굽힌 탓에 명중 범위도 좁다. 교관은 그 오차를 구분할 것이다.

기준이 될 명확한 표식이 없다. 설상용 위장복인 방한 판초가 윤곽을 흐린다.

바로 그렇기에 완벽하게 같은 조건이 되었다. 상대 저격병 두 명도 능선에 엎드린 이쪽 두 명을 보면서 머뭇거리고 있다.

세라피마는 발사 선고를 하고 싶은 충동을 간신히 참았다. 적병 곁의 나무도 눈이 쌓여 정확한 크기를 가늠할 수 없다. 그래도 몸을 숨기고 있는 나무줄기의 두께라면 안다. 수령 20년인 삼나무. 가슴높이직경* 15센티미터. 인체의 몸통 두께와 거의 비슷하다. 옆을 향한 인체. 거기에서 거리를 산출했다.

"거리…… 535미터. 오차, 1미터 미만. 조준, 위로 50밀 수정."

다이얼 조정을 마친 조준을 다시 상대 저격수에 맞췄다. 상대도 똑같이 움직여 이쪽을 겨냥하고 있다. 지금 쏘면 명중할지도 모른다. 그렇지만 안 된다.

그렇게 생각했을 때, 저격수의 입이 움직였다. 상대가 쐈다.

"오중!"

저격수의 뒤에 선 교관이 크게 외치며 까만 깃발을 흔들었다.

---

\* 사람 가슴높이(약 1.3미터)에 해당하는 나무줄기의 지름. '흉고 직경'이라고도 한다.

그 순간 음성과 명료한 깃발의 윤곽이 상대가 있는 위치를 확연하게 드러냈다. 발포로 인한 노출. 당연히 실전에서도 일어나는 상황으로, 그것까지 상정한 훈련법이었다.

"오차 수정, 거리 534미터, 오차 없음, 밀 수정 없음, 적 정면."

허둥거리며 다음 탄을 발사하려는 적의 얼굴에 조준을 맞추고, 세라피마가 조용히 외쳤다.

"발사."

등 뒤에 선 교관이 외쳤다.

"명중!"

조준경 너머에 있는 본교 생도는 교관이 어깨를 두드리자 분한 듯이 지면을 걷어찼다.

좋았어. 세라피마는 내심 기뻐하며 다음 생도를 향해 조준을 맞췄다.

다른 생도는 벌써 이쪽에 조준 조정을 끝냈다. 세라피마는 초조했다. 조금 전, 자신의 등 뒤에서 명중을 알릴 붉은 깃발이 살짝 흔들렸다.

그렇게 생각한 순간, 옆에 있던 야나가 자리에서 일어나 발사 선고를 했다.

"마미!"

세라피마가 무심코 외쳤다. 야나의 탄환은 당연하게도 빗나갔다고 판정되었고 적병은 야나로 조준을 바꿨다.

"명중!"

조준경 너머에서 붉은 깃발이 흔들렸다.

사념을 버리자. 의식을 집중해 다시 깃발을 근거로 상대의 위치를 확인했다.

"거리, 536미터, 오차 없음. 발사!"

"명중!"

교관이 외쳤고 붉은 깃발이 펄럭였다.

그 자리에 두 명씩 있던 적군과 아군 생도 중 지금 전사 판정을 받지 않은 것은 세라피마 한 사람뿐이었다. 자기도 모르게 야나를 올려다보았다.

"마미, 왜 방금⋯⋯"

"세라피마 훈련병, 야나는 이미 죽었다. 말을 걸지 마라."

교관이 냉정하게 제지해서 세라피마는 입을 다물었다. 본교에서 온 이름 모를 교관이 야나에게 쏘아붙이듯이 말했다.

"실전에서 쓰지 못할 수를 훈련에서 쓰지 마라."

교관의 말투에서 감추지 못한 분노를 느낀 세라피마는 무심코 고개를 숙였다. 지금 야나가 쓴 수단이 세라피마를 지키고 적의 위치를 폭로하기 위한 것임을 뒤늦게 안 탓이다.

"그런 수단은 쓰지 않았습니다."

짧게 대답한 야나는 교관과 함께 훈련 부지 밖으로 떠났다.

야나는 이건 훈련이라고 했다. 진짜로 죽는 것이 아니다. 가볍게 숨을 가다듬는데, 뒤에서 목소리가 들렸다.

"여, 잘하고 있네."

"엇⋯⋯"

무심코 큰 소리를 낼 뻔했다. 아야와 샤를로타였다.

"너희, 진지 수비는?"

옆에 선 아야가 주변을 총구로 살피며 대답했다.

"재미있게도 우리 예상대로 와서 내가 두 사람을 쓰러뜨렸어. 적은 이제 둘 남았고."

아야가 희미하게 웃었다. 샤를로타는 불만스럽게 툴툴댔다.

"피마도 참, 마미가 죽었잖아?"

"미안해. 이쪽은 쟤들의 정면으로 나와버렸어."

"흐응…… 그런데 얘, 아야. 걔들 중에 두 번째는 내가 쏘지 않았어?"

"깃발 못 봤어? 교관에게 물어봐."

두 사람을 따라온 교관들은 당연히 말이 없었다.

"지금까지 싸워본 결과 상대의 수준을 알았어."

아야가 분위기를 바꾸려는 듯이 말했다.

"저들은 나름대로 훈련을 받았고 일단 상대의 움직임을 예측해서 의표를 찌르는 전술을 세울 수 있어. 그리고 우리를 멍청하다고 생각하지. 한마디로, 어째서인지 자기들은 정석에서 한발 앞서 있고 우리는 정석대로 움직일 거라고 봐. 이게 전부야."

빠른 화제 전환에 놀라면서도 세라피마는 대답했다.

"즉…… 상대가 '정석 앞'에 있다고 추정하고, 우리가 취할 행동도 정석에서 딱 한 발만 더 앞으로 가면 되는 거네."

"맞아. 미안해, 세라피마. 네 말대로 북쪽으로 돌아서 상대의 배후를 뚫을 걸 그랬어. 상대방의 의표의 의표를 찌르려 했는데 정면으로 나와버릴 줄이야."

아야가 의외로 순순히 사과하는 모습을 보여서 세라피마는 살짝 당황했다.

"아, 그래도 아야가 예측한 대로 요 앞이 아마 분지일 거야. 적도 거길 지키고 있어."

"남은 건 분지에 있는 두 명뿐이지. 어떻게 해치울까?"

샤를로타의 물음에 아야가 어깨를 으쓱였다.

"솔직히 평범하게 양쪽으로 갈라져서 공격하면 해치울 수 있겠지만…… 우릴 우습게 보는 게 열받네. 이렇게 됐으니 기왕이면 압승을 노리고 싶어."

그 자리에서 작전을 정했다.

세라피마는 적이 없는 능선을 넘어 북쪽에서 분지로 돌아가는 길을 걸었다. 아야와 샤를로타와 헤어져 단독 행동에 나섰던 것이다. 가슴이 두근거렸다. 조금 전과는 이질적인 긴장감. 사냥감을 압박하는 흥분이 세라피마를 가득 채웠다.

왼쪽으로 굽이진 길에 도착했다. 눈앞의 경치와 지도를 조합했다. 이곳을 돌아가면 진행 방향이 180도 바뀌어 분지가 보이는 곳에 도착한다. 다시 말하면 적의 시야에 들어가게 된다.

세라피마가 그렇게 생각했을 때, 남쪽 능선에서 소리가 들렸다.

"발사!"

아야의 목소리에 교관의 목소리가 이어졌다.

"오중!"

이어서 샤를로타의 목소리가 들렸다.

"발사!"

"오중!"

"발사!"

"오중!"

세라피마는 서서히 접근하는 샤를로타와 아야, 그리고 교관의 목소리를 들으며 나무줄기를 지나 왼쪽으로 꺾었다. 조준경을 보자 예상 그대로의 광경이 펼쳐졌다.

여섯 중 넷을 잃은 마지막 적 두 사람은 시야 밖에서 벌어지는 저격에 동요해 방위와 위치를 확인하려 했다. 목소리가 들린 방위를 짐작했지만, 분지에서 능선 쪽으로 고개를 내밀지 말지 마음을 정하지 못하고 있다.

그 광경을 세라피마는 뒤에서 전부 지켜보았다.

"거리, 336미터, 오차 없음. 조준 아래로 20밀 수정, 발사."

"명중!"

세라피마를 쫓아온 교관이 낭랑하게 외치며 붉은 깃발을 흔들었다. 적병 두 사람이 아연실색한 표정으로 돌아보았다.

사망 판정을 받지 않은 한 생도가 허둥지둥 이쪽으로 총구를 향했으나, 제대로 조준도 못 하고 발사한 탓에 명중 판정을 얻지 못했다. 세라피마는 상대를 조준하지 않고 SVT-40의 장전 레버를 당겼다.

분지의 후미진 곳. 아야가 말한 그 장소에 과녁이 있었다.

거리는 300미터 하고도 조금 더. 무풍.

금속 과녁을 조준했다. 이번에는 거리를 보고할 필요도 없다. 실탄을 쓴다.

세라피마는 방아쇠를 당겼다.

날카로운 소리가 울리며 당당하게 명중을 알렸다.

거의 동시에 능선 쪽에서 분지로 뛰어나온 샤를로타가 여전히 세라피마를 노리던 적병의 등 뒤로 날아와 결연하게 외쳤다.

"발사!"

"명중!"

규칙상 승패는 이미 정해졌으나 교관은 붉은 깃발을 흔들었다. 마지막 적은 근거리에서 사살되었다.


본교 학생은 과녁을 잃고 전원 전사. 분교 학생은 네 사람 중 셋이 생환. 전과는 아야가 두 명, 세라피마가 세 명, 샤를로타가 한 명.

"이거야 원, 완패군."

노라 교장은 아주 즐거워 보였다.

"감사합니다."

이리나가 고개를 숙였다.

"고맙네, 이리나 동지. 덕분에 이 아가씨들도 스스로의 미숙함을 알았겠지."

여섯 명의 엘리트 저격병 후보들은 패배한 나머지 모두 의기소침해졌다.

능선에서 총격을 주고받은 첫 상대가 세라피마를 계속 노려보았다. 그 눈빛에서 굴욕을 받아들이고 재기하려는 결의가 느껴져 세라피마는 왠지 부러웠다.

이제 우리에게는 다음 훈련이 없다.

졸업 시험은 끝났다. 이제 기다리는 건 실전이다.


군용 마차를 타고 분교에 돌아온 뒤, 이리나는 지극히 사무적인 태도로 전원 집합을 명했다.

SVT-40을 멘 채로 네 명의 생도가 교정에 정렬했다. 본교에서 온 사진가가 기념 촬영을 하겠다고 했다. 웃으라는 소리를 들었으나 촬영에 익숙하지 않은 햇병아리 저격병들과 백전노장인 전직 저격병이 웃을 리 없으므로 모두 심각한 표정을 지은 채 사진을 찍었다. 사진가의 능숙한 손놀림을 보며 세라피마는 사진 촬영과 저격의 공통점을 생각했다.

문득 렌즈가 포착한 시야 후방을 돌아보았다.

올가가 상관 하투나와 함께 건물 안에서 음험한 시선을 보내고 있었다.

"마지막 훈련을 하지."

이리나는 카메라도 체카도 전혀 신경 쓰지 않고 학생들에게 말했다.

"전면 전쟁이 한창인 이때, 저격병이 유용하게 쓰이는 판국은 어디나 지옥이다. 거기에 갈 각오가 없는 자는 이름을 대라."

전원 침묵으로 대답했다. 지옥으로 가는 것이 당연하다고 생각했다. 이리나가 은은하게 웃고 학생들에게 물었다.

"너희에게 숙제를 냈었지. 네 사람 모두 무엇을 위해 싸우는지 답해라."

처음으로 지명된 샤를로타가 머뭇머뭇 대답했다.

"여성은 전쟁 앞에 희생되는 약자가 아니라 스스로 싸울 수 있는 자임을 증명하겠습니다."

이리나는 가볍게 고개를 끄덕이고 야나에게 시선을 옮겼다.

"아이들을 희생시키지 않기 위해서입니다."

예전과 별반 다르지 않은 대답 같았다. 그러나 이리나는 알았다고 대답했다. 세라피마에게 이리나의 시선이 왔다.

"저는 여성을 지키기 위해 싸웁니다."

이것이 세라피마가 찾은 가장 정확한 대답이었다.

이바노프스카야의 사람들. 살해당한 엘레나와 나탈리아 씨. 쏘지 못했던 엄마. 그리고 싸우지 못했던 자신. 그들이 되살아나지는 못하겠지만 앞으로 수많은 여성을 지키겠다. 그러기 위해서 나는 싸우겠다.

"그런가."

이리나는, 적어도 표면적으로는 아무 반응 없이 답했다.

"너는 어떻지? 아야 안사로브나 마카타예바."

오랜만에 전체 이름으로 불린 아야는 눈을 한 번 깜박이고 대답했다.

"자유를 얻기 위해서."

예전 수업 때의 대답과 전혀 다르지 않았다. 그런데 이리나의 반응은 그때와는 달랐다.

"그런가."

이리나가 자기 발밑을 내려다보았다.

평소와 태도가 다르다고 세라피마는 생각했다. 절대 보여주지 않았던 감정의 동요와 그것을 감추려는 몸짓. 어딘가 수줍어하는 듯한 느낌마저 받았다.

설마, 저 냉혈한이 수줍어하다니. 떠오르는 생각을 떨치려고 하는데, 이리나가 품에서 조준경과 트럼프를 꺼냈다.

"세 장씩 뽑아라."

첫날 체험한 그 훈련이었다. 그때는 아야를 제외하고 전원 실패했다.

네 사람이 카드를 뽑자 이리나가 틈을 주지 않고 외쳤다.

"첫 번째 카드를 100미터 단위, 두 번째 카드를 10미터 단위, 세 번째 카드를 1미터 단위로 환산해라. J, Q, K는 각각 숫자 1, 2, 3으로 대체해라. 방위는 학교 깃발을 정면으로 보고 샤를로타 좌로 1200밀, 야나 1060밀, 세라피마 우로 840밀, 아야 1300밀이다. 가라!"

모두가 일제히 조준경 달린 총을 거머쥐었다.

예전에는 전혀 알아듣지 못했던 명령의 의미가 훤히 들여다보였다. 학교 깃발까지 거리는 1킬로미터, 조준경 시야의 가장자리는 좌우 합계 30밀이므로 조준경 끝에 깃발을 놓고 840밀을 맞추기 위해 28회 조준을 옮겼다.

조준경에서 고개를 들었다.

'육안으로 보는 100미터'가 어떻게 보이는지, 그 거리감을 철저하게 주입식으로 교육받았다. 손에 든 트럼프가 가리키는 거리는 436미터. 100미터의 네 배. 다시 조준경을 보고 거리 400미터와 500미터 사이를 관찰했다.

450미터 지점에 머리 크기의 돌이 있고, 그 앞 14미터를 T자 조준선을 기준으로 계산했다. 436미터 지점에 눈이 녹아 팬 곳이 있었다.

세라피마는 SVT-40을 등에 메고 달렸다. 그와 거의 동시에 다른 세 사람도 달렸다. 모두 각자의 목표 지점으로 향했다. 머뭇거리지 않고, 일말의 망설임도 보이지 않으며.

잠시 후 숨을 헐떡이며 목표 지점에 도착하자, 이리나의 목소리가 들렸다.

"아야, 너는 지금 어디에 있지?"

"각도 1300밀, 거리 563미터 지점입니다."

"정답이다!"

한쪽 눈에 조준경을 댄 채 이리나가 웃었다. 어쩌면 처음 보는 다정한 미소였다.

"다음, 샤를로타. 너는 지금 어디에 있나?"

샤를로타가 손을 흔들며 대답했다.

"각도 1200밀, 거리 893미터에 있습니다!"

"좋아, 정답이다! 야나, 너는 지금 어디에 있나?"

"각도 1060밀, 거리 975미터입니다!"

"정답이다!"

세라피마와 조준경 너머로 시선을 맞추고 이리나가 외쳤다.

"세라피마, 너는 지금 어디에 있지?"

그 목소리를 들은 순간, 세라피마는 가슴속에 희미하게 느껴지는 그리움을 떨쳐내고 외쳤다.

"제가 있는 곳은 각도 840밀, 거리 436미터입니다!"

이리나가 한쪽 눈을 조준경에서 떼고, 평온한 목소리로 말했다.

"정답이다."

기초도 못 되는 잔재주라며 습득하라던 기술, 모두가 분명히 그것을 손에 넣었다.

"네 사람 모두 수료를 축하한다."

이리나의 말에 와아, 소리를 지르며 흥분한 네 사람은 이윽고 누가 먼저랄 것도 없이 중앙으로 모여 서로를 부둥켜안았다.

잠시 후에 이리나가 말을 이었다.

"최고사령부Stavka 예비대 소속RVGK 저격병여단 제39독립소대."

모두가 이리나를 주목했다.

"우리는 지금부터 스타프카 직속의 저격 전문 소대로서 유격한다. 어느 보병사단에도 속하지 않고 그 누구의 지휘 아래에도 들어가지 않은 채, 저격 전문 특수부대로서 필요에 따라 싸운다."

생도들 사이에서 투지가 샘솟는 것을 느꼈다. 자신들이 정예병으로 간주된다는 뜻이었다.

"뭐, 소대라고 해도 규모는 분대 이하고, 스타프카에 대해서는 아무개 씨가 조언을 해주실 것 같지만."

이리나의 시선을 따라 학교 건물을 돌아보았다.

올가와 하투나. 엔카베데 2인조가 음험한 눈초리로 이쪽을 보고 있었다. 무심코 감탄이 나올 만큼 꼭 닮은, 음흉한 분위기를 띤 시선이었다.

"……그 전에 하루 외출 허가가 나왔다. 오늘은 원하는 대로 놀아도 좋다."

필요한 말만 하고 이리나는 떠났다.

남은 네 사람은 똑같이 기뻐 어쩔 줄 모르는 얼굴로 서로를 마주 보았다.

"외출 허가라니, 대단하다!"

샤를로타가 들떠서 외쳤고 세라피마가 그 손을 잡았다.

"다들 어디로 갈까? 카페 아니면 백화점? 응? 마미는 어디 가고 싶어?"

야나가 명랑하게 웃으며 대답했다.

"나는 어디든 좋아. 아야는 어떻게 할래?"

야나의 질문에 아야가 갑자기 심각한 표정을 지었다.

"어? 나, 나는……"

세라피마는 아야의 태도에 당황했다. 겁에 질린 듯한 표정. 기억엔 없는 처음 보는 얼굴이었다. 아야는 갑자기 표정을 싹 지우더니 제복을 정리하는 시늉을 하며 대답했다.

"나는 아무 데도 안 가. 방에 가서 잘 테니까 너희는 원하는 대로 해."

너무하다 싶은 태도에 모두가 어리둥절했는데, 그사이에 아야는 몸을 돌려 건물 쪽으로 달려갔다.

아야의 뒷모습이 기숙사로 사라진 순간, 샤를로타가 화를 냈다.

"저게 뭐야! 모처럼 다 같이 기뻐하는데!"

야나가 진정하라며 샤를로타를 달랬다.

"아야가 사교성이 없는 건 어제오늘 일이 아니잖아."

맞는 말이긴 하지만…… 세라피마는 그렇게 생각하며 아야를 쫓아갔다. 뒤에서 샤를로타의 목소리가 들렸다.

"피마, 너도 안 갈 거야?"

"둘이 먼저 백화점에 가 있어! 나는 아야를 데리고 갈게!"

대답을 기다리지 않고 아야를 쫓았다.

아야가 혼자 있는 것을 좋아하고 다른 사람과 어울리지 않는 고고한 성격인 건 분명하다. 그러나 지금은 무리해서 그런 모습을 연기한 것처럼 보였다.

기숙사로 들어가, 처음으로 아야의 방을 찾았다. 애초에 적은 인원이 남아돌게 사용하던 건물이었다. 겨우 넷만 남은 생도들의 졸업을 앞둔 지금은 이미 폐허가 된 듯 적막마저 감돌았다. 2층으로 올라가자 아야의 뒷모습이 복도 가장 안쪽 방으로 사라지는 것이 보였다.

"아야, 잠깐 기다려."

방 앞에 가서 문을 두드렸다.

"뭐야, 빨리 가."

아야의 목소리가 안에서 들려왔다.

"같이 가자, 아야."

대답이 없었다. 안에서 부스럭부스럭 물건을 헤집는 듯한 소리가 들렸다.

"아야, 혼자 있는 게 좋다면 그거대로 괜찮지만 무리해서 그럴 필요는 없어. 응? 우리가 계속 같이 있을 수 있는 건 아니잖아."

대답이 없었다. 그래도 세라피마는 아야가 자기 말에 귀를 기울이고 있다는 느낌을 받았다. 아마도 이쪽에서 먼저 다가와주기를 기다리는 것이리라.

"들어갈게, 아야."

"앗, 자, 잠깐만!"

묘하게 허둥거리는 목소리에도 개의치 않고 세라피마는 문을 열었다.

그 순간, 어마어마한 양의 옷가지와 서류, 그리고 뭔지 모를 쓰레기가 방에서 분출되듯 세라피마의 발밑으로 무너져 나왔다.

"으아악!"

무심코 비명을 질렀다. 방 안이 쓰레기로 넘쳐났다. 완전히 찢어진 제복, 위장용 천이나 잎 달린 나뭇가지. 오래 쓴 낡은 공책에 문구류, 그 밖의 온갖 쓰레기로 어지러웠다.

"보지 마!"

그 너머에서 어째서인지 아야가 나무 모조 총을 이쪽으로 겨누고 있었다. 반사적으로 양팔을 들며 세라피마가 물었다.

"아야, 이게 뭐야?"

"아무것도 아니야. 아무것도 아니라고."

아야는 쓰레기장 위에 있는 것과 다름없는 침대 위에 서 있었는데, 방에서 쓰레기로부터 무사한 곳은 정말 그곳뿐이었다.

"아야, 정리를 잘 못 하니?"

완곡하게 표현할 생각이었는데, 아야의 얼굴이 순식간에 빨개졌다. 땀을 흘리며 아야가 변명하는 말투로 대답했다.

"그, 그야 고향에서는 물건이 이렇게 많지 않았고, 여기 교관들은 방 안을 들여다보지 않으니까…… 이렇게 하는 거 말고 방법을 몰라."

카자흐 출신의 천재. 학교 최고의 명사수가 처음으로 보이는 모습이었다.

"뭐야, 세라피마. 웃지 마."

그 말을 듣고 놀랐다. 세라피마는 자기도 모르는 사이에 웃고 있었다.

"아니야, 아야. 나는 기뻐서 그래."

쓰레기를 피하며 아야 앞까지 갔다. 무의미하게 겨눈 모조 총의 총구를 내리자, 아야가 눈치를 살피며 세라피마의 얼굴을 바라보았다.

"아야는 뭐든지 잘하는 천재인 줄 알았는데, 나랑 같은 인간이라 안심했어."

그 말을 들은 아야가 눈을 잠깐 깜박이더니 노골적으로 시선을 피했다.

"시끄러워. 샤를로타랑 마미랑 같이 밥이나 먹으러 가."

그러더니 벌렁 눕고는 고개를 돌렸다. 미묘하던 감정의 동요가 뚜렷하게 드러났다.

지금이라면 물어볼 수 있지 않을까? 세라피마는 생각했다.

"이리나가 무엇을 위해 싸우는지 물었을 때 너만 답이 달라지지 않았지. 자유를 얻기 위해서. 그거 어떤 의미야?"

아야의 뺨이 살짝 움직였다. 그대로 몇 분 동안 자는 척하던 아야가 불쑥 입을 열었다.

"너는 대학에 갈 예정이었다고 하던데, 소비에트연방의 교육 제도를 어떻게 생각해?"

뜻밖의 반문이었지만 얼렁뚱땅 대답할 수는 없다. 세라피마는 생각한 바를 대답했다.

"여러모로 복잡하긴 해도 감사하지. 나는 빈농의 딸이니까 제정러시아가 계속되었다면 평생 문학 작품도 못 읽었을 테고, 이 세상에 관한 생각은 전혀 하지 못했을 테니까. 또 이렇게 같이 대화를 나눌 수조차 없었겠지."

"그렇구나. 어떤 의미에서 나는 교육받지 않는 삶을 바랐어."

아야가 돌아누워 천장을 올려다보며 대답했다. 무언가 각오한 것처럼 보였다.

"카자흐인은 원래 광대한 땅에서 유목을 하면서 대지와 함께 살아간 자유로운 민족이었어. 내 부모님도 그렇게 살았다고…… 들었어. 마을 같은 것 없이, 기후에 맞춰 주거지를 옮기며 평원의 짐승이나 강의 물고기를 잡아서 식량으로 삼았어. 친구를 만나러 가려면 별에 의지해 말을 타고 군락까지 갔지."

억누르는 듯한 아야의 말투에는 숨기지 못한 동경심과 애절함이 담겨 있었다. 세라피마와 동시대, 즉 소련이 성립된 후에 태어난 아야는 혼잣말처럼 말을 이었다.

"소련에게 그런 생활 방식이나 삶은 무지몽매해 보였으니 계몽의 대상이었어. 소련에 포함된 뒤부터 카자흐 소비에트 사회주의 공화국은 근대화되고 교육을 받았지. 마을이 생기고 공업화가 추진되고, 유목 생활 대신에 콜호스와 솝호스*로 생계를 꾸렸어. 나도 학교에 다니며 교육받고, 그래, 근대적인 인간으로 살아왔어. 이주도 진행되어서…… 우리 가족은 작년에 스몰렌스크로 이사했어…… 그리고 나만 모스크바로 도망쳤지."

그 말은 곧, 지금 아야가 말하는 카자흐는 아야 자신의 체험으로 기억하는 것이 아니라는 뜻이다.

"나는 국가의 뜻에 의해 휘둘리는 건 이제 지긋지긋해. 자유로워지고 싶어. 소련이든 근대화든 사회주의든 전우애든 군대든, 그런 개념에서 아예 멀어지고 싶어."

"그러기 위해서 붉은 군대에 들어온 거야? 군대는 가장 엄격한 곳이잖아."

"그렇지 않아, 세라피마."

아야가 세라피마와 시선을 마주했다. 칠흑 같은 눈동자에 빨려들어갈 것 같았다.

"너도 사냥꾼이었으니까 기억하지? 사격하는 그 순간에 도달하는 경지. 내면이 한없이 무無에 가까워지고 끝없는 진공 속에 나만 있는 기분. 그리고 사냥감을 쏘는 순간의 기분. 거기에서 평소의 자신으로 돌아오는 감각."

세라피마는 숨을 들이쉬었다. 자신만 안다고 생각했던, 표현하기 어려운 그 감각을 타인이 언어화한 것에 충격을 받았다. 그리

---

\*   집단 농장 형식인 콜호스와 달리 소비에트가 소유해서 운영한 국영 농장 체계.

고 그 모습만으로도 아야는 대답을 들은 것으로 이해했다.

"사격하는 순간에 나는 자유로워질 수 있어. 군대나 동료, 그런 개념은 싫어. 그건 나를 그 순간의 순수함에서 멀어지게 하니까. 하지만 같이 있으면 어쩔 수 없이 그런 개념에 물들고 말아. 나는 내가 달라지는 게, 꼭 녹스는 것만 같아서 너무 싫어."

"동료가 생기는 게 녹스는 거라면 녹스는 것도 나쁘지 않은 것 같은데. 그게 왜 싫어?"

"그에 대한 대답은 조금 전에 네가 말했어."

어떤 말이지? 기억을 더듬는데 그보다 먼저 또 다른 목소리가 들렸다.

"그보다 아야, 정리부터 하자. 내가 정리법을 알려줄게."

돌아보자 야나가 다정하게 웃고 있었다. 옆에 샤를로타도 있었다. 줄곧 숨겨온 방을 들키자 아야가 침대 위에 엎어졌다.

그렇지만 다 같이 마대에 쓰레기를 담으며 아야의 방을 정리하기 시작하자, 아야도 조심조심 흉내를 내며 거들었다.

"찢어진 군복은 천으로 쓸 수 있으니까 교관들에게 제출하자. 모조 총도."

"교본은 어떻게 해?"

"그것도 반납해야지. 전선에 가지고 갈 순 없잖아."

다 같이 조잘조잘 대화하며 방을 깨끗하게 치우다 보니 수중에 남길 물건이 거의 없다는 것을 깨달았다. 갑자기 세라피마의 가슴이 턱 막혔다.

졸업. 1년에 못 미치는 기간이었지만 이곳에서 우리의 삶이 달라졌다.

손에 물방울이 툭, 떨어졌다.

무심코 고개를 들자 샤를로타가 울고 있었다. 시선이 마주치자 샤를로타는 눈물을 훔치고 아무 일도 없었다는 듯이 굴었다. 그 모습을 보지 않으려고 앞에 있는 쓰레기를 집으려다가 아야와 손이 닿았다.

얼굴을 마주 보자 아야가 시선을 피하며 중얼거렸다.

"그러니까 녹슬기 싫은 거야."

아야가 무엇을 두려워하는지 조금은 이해할 수 있었다.

"쓰레기 청소는 끝났나?"

감상적인 분위기를 의도적으로 망치려는 것처럼 난폭한 말투가 방 밖에서 들려왔다. 모두 고개를 들었다. 엔카베데의 수하, 올가가 히죽 웃고 있었다.

예전의 올가와 깊은 대화를 나누었던 세라피마는 아연실색했다. 아무리 정체를 숨겼어도 얼굴 생김새까지 다르진 않았을 텐데 이렇게까지 사람의 분위기가 달라지다니.

"뭐야, 체카! 무슨 상관이야? 끼어들지 마!"

마찬가지로 올가를 믿은 나머지 자신의 출신까지 밝혔던 샤를로타의 말투에는 명확한 증오가 담겨 있었다.

"공교롭게도 그럴 수가 없는걸. 너희와 함께 가는 이상 나와 상관없는 일이 아니거든. 너희 소대가 실전으로 투입될 곳이 정해졌으니까."

모두 올가를 주목했다.

이런. 세라피마는 후회했다. 올가의 예상대로 반응하고 말았다.

뜻대로 되어 만족하는지, 입술이 비뚤어지게 웃으며 올가가 말을 이었다.

"스탈린그라드. 너희는 그 도시를 탈환하기 위한 공방전에 참가한다. 영광으로 여겨라, 반역자 소대."

올가는 반응을 기다리지 않고 떠났다.

한동안 아무 말 없이 모두 그 자리에 굳어 있었다.

3

천왕성 작전

사랑하는 엘리에게

네가 보낸 5월 5일 자 편지가 지금 막 도착해서 서둘러 답장을 써. (중략)
초콜릿, 사탕, 사카린으로 단맛을 낸 과자도 같이 보내줬지. 여기는 달콤
한 게 귀하다 보니 얼마나 고마운지 몰라. (중략)
성령 강림절도 기념할 예정이야. 그래서 며칠 전부터 배급 식량(기름·고
기·술·빵·초콜릿 등)을 따로 보관하고 있어. (중략) 그래서 지금 나는 준비를
하느라 허둥지둥 바쁘게 지내고 있어. 합창 지휘까지 해야 하거든. 노래
라곤 아무것도 모르는 내가 말이야! 연습은 매일 오후 5시에 시작해. 평
소라면 병영에서 밥을 먹거나 물건을 조달하는 시간이어서(참고로 그 시
간에 나는 늘 비번이야) 피해가 막대해. (중략) 어쩔 수 없지. 축제와 우정에는
약간의 희생이 따르니까. (중략)
말할 것도 없이 다행스럽게도 독일인은 총통의 배후에서 일치단결했어.
총통이 국민에게 자유와 더욱 아름답고 훌륭한 생활을 다시금 선사해 주
기 위해 어쩔 수 없이 이 전쟁을 벌였기 때문이야. (중략) 국민은 반드시 이
시기를 버텨낼 수 있을 거야. 전쟁의 여름은 올해로 끝날 테니까. 우리가
러시아에서 전쟁을 치르며 겨울을 보내는 일도 올해는 없겠지. 우리는 승
리할 거야. 승리해야만 해. 만약 그러지 못하면 무시무시한 일이 생기고
말아. 외국에 있는 유대인 악당들이 독일인에게 철저하게 보복할 테니까.
세계 평화와 안녕을 위해 이곳 러시아에서 수십만 명의 유대인을 죽였거
든. 이 마을 근처에도 거대한 해자가 두 곳 있는데 한 곳에는 2만 명의 유
대인 시체를, 또 한 곳에는 4만 명의 러시아인 시체를 쌓아뒀어. 충격적인
광경이지만 대의를 생각하면 이 또한 필요한 일이지. 어쨌거나 그런 일은

전부 SS 대원*이 처리해. 그들에게 감사해야겠지. (중략)

자, 끝이 없을 테니 슬슬 펜을 내려놓을게. (중략) 다음 주에는 너에게 축제

가 어땠는지 알려줄게.

그럼 이만. 프레드와 다른 모두에게도 인사를 전해주길.

하인츠. S, 1942년 5월 20일(1944년 봄 이후 전쟁터에서 행방불명),

마리 무티에, 『독일 국방군의 편지들Letters de la Wehrmacht』

---

\*   Schutzstaffel. '슈츠슈타펠'이라 부른다. 독일 나치당의 준군사 조직이다. 히틀러의 개인 경
    호대로 창설되었고 경찰 업무와 유대인 학살을 맡았다.

## 1942년 11월 19일 오전 7시 25분

준비된 지휘관용 의자에 앉은 포병 사관 미하일 보리소비치 볼코프는 쌍안경 너머로 보이는 광경에 저도 모르게 한숨을 내쉬고는 책상 위에 쌍안경을 내려놓았다. 그가 노려본 방향에 있는 것은 나치 독일과 연합한 루마니아군의 진지. 그러나 모습은 보이지 않는다.

짙은 안개가 마치 물에 우유를 탄 것처럼 공기를 흐려 시야를 가로막았다.

주위를 둘러보았다. 포좌를 나열하는 수하 병사들도 가까이 있지 않으면 얼굴이 보이지 않았다. 무전기가 설치된 책상에 앉아 계속 명령을 기다리는 통신병들도 윤곽이 흐릿하게 보였다. 포병에게는 악몽 같은 광경이다.

"열심이군, 상사 동지."

태연자약한 목소리가 들려 경례하며 돌아보았다. 상관 니콜라예프 소령이 딱 한 마디의 물음을 던졌다.

"불안한가?"

"네."

미하일도 간결하게 답했다. 이유를 설명할 필요도 없었다.

15킬로미터 너머까지 포물선을 그리며 포탄을 날려 보내는 장거리 포격은 총을 겨누고 쏘는 것과는 전혀 다르다. 포격과 관측을 반복하는 것이 기초 중의 기초다. 방위와 거리를 측정하고 포격한 뒤, 얼마나 벗어났는지를 관측해 조준을 수정하고 다시 포격한다. 또 빗나가면 다시 수정한다. 이를 반복해 포탄의 살포계*에 적이 들어와야만 비로소 유효한 포격이 시작된다. 짙은 안개에 시야가 차단된 상태에서 하는 포격으로는 이 기본적인 절차를 거칠수 없다.

"연기되는 일은 없습니까?"

"없다." 니콜라예프 소령이 즉각 대답했다. "이미 부족한 준비를 만회하기 위해 연기를 반복했다. 아무리 기만 공작을 한들 이정도의 대공세를 언제까지나 은폐할 수 있을 리 없지. 총병력이 대치한 이상, 기습은 성공의 필수 조건이다. 알고 있나?"

물론 이해하지 못할 바는 아니다.

캅카스의 붉은 군대와 파르티잔이 오지奧地에까지 쳐들어온 독

---

*   일정한 지점을 노리고 사격했을 때 탄환이 날아가는 범위.

일군을 간신히 막아내고, 함락되기 직전이었던 스탈린그라드 수비대 또한 경이적인 끈기를 보이며 버틴 결과, 독일은 스탈린그라드 시가지에 1개 군 60만 명 이상을 투입하는 전력 집중을 감행했다. 소련 수비대의 분투도 한계에 도달해 시가지를 90퍼센트 넘게 잃었다. 붉은 군대의 방대한 병력 자원도 넓은 전선 앞에서는 이미 고갈된 상태에 가까웠다. 투입할 수 있는 예비 병력을 모조리 동원해도 다른 추축군을 포함한 적 전체를 압도할 수 없다. 이 극도로 불리한 전국戰局에서 스탈린그라드를 구해내라는 최고 사령관의 명령을 받은 두 상급대장, 붉은 군대 전군의 실질적 지도자인 주코프와 그의 참모장인 바실렙스키는 소수 정예의 젊은 참모들을 모아 작전을 짜내게 했다. 그 결과 그들은 심지어 스탈린마저도 경악할 계획을 내놓았다.

다름 아닌 독일군이 스탈린그라드 시가지에 과잉 집중한 상황을 이용하는 것이다. 추축군 부대는 남북으로 포진해 있으나 비교적 취약한 루마니아군이 주축이다. 이 부대를 두 패로 갈라진 아군이 들이받아 남북을 동시에 돌파한 다음, 스탈린그라드를 우회해 서쪽으로 진군한 뒤 그 배후인 칼라치에서 남북 방향으로 다시 합류한다.

이름하여 천왕성 작전.

자국령에서 적에 포위된 도시를 적과 함께 다시 '역포위'하는, 전대미문의 반격 작전이었다.

만약 이 작전에 성공하면 스탈린그라드 구출을 결정지을 뿐 아니라, 그곳에 집중된 60만 명의 독일 제6군 중 남아 있는 수십만

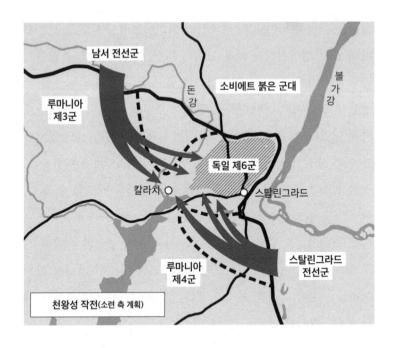

명의 철수를 저지해 그들을 독 안에 든 쥐로 만들 수 있다.

만약 실패하면 소련은 예비 병력을 잃고 스탈린그라드 탈환은 절망적인 상황에 놓인다.

스탈린그라드의, 나아가 이 전쟁의 추이를 결정하는 작전이었다. 총병력 110만 명. 그 주력을 담당하는 것이 1만 3000대의 대포다. 미하일이 이끄는 것은 그중 열다섯 대. 전쟁의 한 국면이 자기 손에 달려 있었다.

중책에 위胃까지 아파오는 미하일과 반대로 니콜라예프는 평정을 유지하고서 말을 이었다.

"스타프카는 망설이고 있지만 이 이상 연기할 수 없네. 포격은 사전 관측에 따라 실시한다. 지금 우리는 이 정도의 작전을 입안하고 병력 동원을 실현한 주코프 각하의 역량을 믿어야 하네."

"네, 그 말씀이 옳습니다."

사실 미하일도 그렇게 생각했다. 그러나 말투에 불안이 묻어났다. 니콜라예프는 웃지도 않고 한마디를 첨가했다.

"그리고, 향상된 숙련도를 믿게."

"네." 미하일은 대답하는 자신의 목소리가 굳어 있는 것을 느꼈다.

향상된 숙련도를 믿는다. 1년 반 전인 개전 초기에는 절대 없었던 발상이었다.


1941년, 붉은 군대는 소련이 스스로 만든 혼란의 수렁에서 허우적거렸다. 1930년대 후반에 일어난 붉은 군대의 숙청은 붉은 군대 근대화의 중추로서 눈부신 전공을 세운 군사적 천재 미하일 투하쳅스키, 탁월한 전술이론 연구가 알렉산드르 스베친을 비롯해 내로라하는 상급장교들을 마치 불에 장작을 던져 넣듯이 없애 버렸다. 유능한 상급지휘관이 연달아 처형되거나 강제 수용되었고, 그 정도까지는 아니더라도 이해할 수 없는 추방이나 좌천이 이어졌다.

장교를 잃는 것은 그들의 두뇌가 축적하고 펼쳐온 전술이론과 장비를 운용하는 노하우를 잃는 것이며, 이는 군대에 조직적인 뇌사를 초래한다. 논리적으로 그 숙청의 결과는 불 보듯 뻔했다. 그러나 의심에 휩싸인 스탈린은 마치 의무라도 되는 것처럼 오로지 장교들을 말살하는 데에만 몰두했다.

히틀러가 그 점을 노렸는지는 불분명하다. 하지만 숙청 때문에 소련의 붉은 군대가 극단적으로 약해지는 동안, 독일은 소련과 정반대로 대대적인 군비 축소가 강제된 상황에서도 소수 정예 상급 장교들이 조직의 명맥을 지키며 이론과 노하우만은 유지했다. 나치가 정권을 잡은 후 독일 국방군은 히틀러의 군국주의에 더해 비할 데 없이 빼어난 과학력에 기반한 재무장 선언을 통해 수적 불리함을 보강했다. 나아가 대독일주의에 근거해 주데텐란트 지방과 오스트리아를 병합해 독일에 속하는 인구를 늘렸다. 다음으로는 히틀러의 의형제나 마찬가지인 무솔리니가 이끄는 이탈리아를 동료로 삼은 뒤, 파시스트에 물든 헝가리와 루마니아까지 거느린 독일은 1941년 6월, 기다렸다는 듯이 만반의 준비를 하고 소련을 덮쳤다.

기습받은 붉은 군대의 대처는 그야말로 기수 없는 경마 꼴이었다. 군 상층부는 반격을 펼쳐 적을 격퇴하기는커녕 전략적 퇴각을 지휘하지도 못했다. 전선의 병사들은 그저 조국을 방위한다며 의욕만 내세우고서 근접전 장비에만 의지해 임시방편 같은 저항을 반복했다. 결국 기동력을 발휘하며 침공한 독일에 맞서지 못하고 각지에서 포위되어 괴멸에 이르렀다.

미하일도 간략한 군사 훈련만 받은 후에, 초보나 마찬가지인 신세로 전선에 던져졌다. 하지만…… 그는 고개를 저었다.

파멸적인 패배 속에서도 붉은 군대는 전훈을 쌓았다. 살아남은 병사는 전투 기술을 새롭게 쌓아갔고, 숙청에서 살아남은 신세대

장교들은 남은 조직을 편성했다. 엔카베데의 스파이 활동으로 일본이 대소전에 참전할 일은 한동안 없으리란 것을 알아냈고, 이 정보를 얻은 최고사령부는 동부의 시베리아 여단마저 동원해 모스크바를 방어해냈다. 이 승리를 두고 러시아의 혹독한 겨울 덕분에 얻은 승리라고 말하는 서방 연합 놈들은 아무것도 모른다. 당연히 러시아인도 추위를 느낀다.

말하자면 붉은 군대는 숙련도를 향상시킨 것이었다. 미하일은 자신들도 그랬다고 생각했다. 스탈린은 모스크바를 지키고 나자 이번에는 만용을 부려, '대포는 있으나 조준기가 없는' 엉망진창인 상황에서도 올해 최초의 동계 반공전을 강행시켰고 결국 실패했다. 그러나 전선이 안정된 후에는 꾸준히 훈련을 반복해 초짜나 다름없던 포병에게 탄도학을 가르치고 포격 정밀도를 높였다.

이 과정에서 미하일은 탄도학 습득력과 인품을 인정받아 사관후보가 되었다. 그의 고향 이바노프스카야 마을이 적의 수중에 넘어가 전원 사망했다는 소식을 들었을 때, 미하일은 허가를 얻고 방으로 돌아가 입영 후 처음으로 눈물을 흘렸다.

아버지도 어머니도 여동생도, 장래에 청혼해서 결혼할 생각이었던 세라피마도 모두 죽었다. 슬픔은 분노가 되고 분노는 동기가 되어, 다음 날부터 미하일은 일분일초를 아까워하며 실전 훈련과 이론 훈련에 전념했다. 원래 갖춰놓았던 물리학 지식이 뒷받쳐 준 데다 부하들을 모으는 구심력을 인정받아 상사로까지 승진했다.

이번 대반공 작전이 개시된 후로 모든 병과가 훈련의 성과를 발휘하기 위해 경쟁하듯 움직였다. 육공 정찰대는 집요하게 적의 포진을 밝혀냈고, 점령지의 파르티잔은 정보를 제공하기 위해 매일 목숨을 걸고 소련과 점령지 사이를 왕복했다. 야간에는 어떤 의미로는 보병보다도 목숨을 아끼지 않는 지뢰 처리 부대—그중에는 소녀라고 불러야 할 만큼 어린 여성도 있었다—가 결사적으로 지뢰를 제거해 보병이 진군할 길을 개척했고, 최고사령부는 가짜 정보를 흘려 이런 준비를 내내 은폐했다.

보이지 않아도 적 부대는 저 너머에 있다. 미하일은 안개 너머의 적을 노려보았다.

"우리라면 성공합니다."

가까이에서 침묵을 지키고 있던 부하 드미트리가 갑자기 입을 열었다.

"그동안 모셔온 사람들 중에 저희를 때리지 않은 분은 미하일 상사님밖에 없습니다. 상사님 명령이라면 무슨 일이 있어도 따를 겁니다."

무심코 웃음이 나왔다. 그래, 성공시켜야지.

병사를 폭력으로 통제하는 것은 소련군에 물든 악습이지만 미하일은 그에 물들지 않았다. 부하와 숙식을 함께하며 우정을 키우고, 죽은 마을 사람에 대한 그리움을 나누고, 사는 것도 죽는 것도 같다는 무상함을 공유하고, 우정을 식량으로 삼아 맹렬하게 연습했다.

"스타프카에서 각 부대에 전함!"

책상에 달라붙어 있던 통신부대 대위가 흥분을 드러내며 모두에게 외쳤다.

"전문은 단 하나, '사이렌'!"

결행 신호를 듣고 온몸에 긴장이 달라붙었다. 반사적으로 시선을 맞추자, 니콜라예프가 가볍게 고개를 끄덕였다. 그가 통신부대에 소리 높여 외쳤다.

"각 부대, 사격 개시. 203밀리미터 및 152밀리미터 곡사포, 발사 개시!"

부관이 즉각 유선 통신으로 연대에 지령을 전달했다.

미하일을 포함한 전원이 귀를 막고 입을 벌렸다. 포화의 번뜩임과 함께 수천 개의 천둥이 한데 묶여 떨어진 듯한 어마어마한 굉음이 짙은 안개에 뒤덮인 황야에 울려 퍼졌다.

포격에 대지가 흔들렸다. 음파는 물리적 충격으로 바뀌어 뇌를 뒤흔들었다.

최초의 일제 사격이 끝나자 돌연 정적이 찾아왔다. 아무리 훈련을 거듭해도 좀처럼 익숙해지지 않는 낙차에 이명이 들려왔다.

장거리포가 명중하기까지 30초. 너무도 길게 느껴지는 시간 동안 미하일은 기도하고 싶은 심정을 참았다. 신에게 기도하지 마라. 군인답게 기도를 배제하고 최선을 다한다.

잠시 후, 전방에서 번쩍이는 섬광에 이어 멀리서 울리는 천둥소리 같은 폭음이 몇 겹이나 연이어 메아리쳤다. 쌍안경으로 보니 짙은 안개 너머로 착탄에 의한 불꽃이 어렴풋하게 보였다. 역시 관측은 어렵나.

그렇게 생각한 순간, 시선 너머에서 포탄의 파열을 훨씬 웃도는 폭발이 생기더니 붉은 연기가 짙은 안개를 밀어내 시야를 밝혀주었다.

"저 방위의 목표는?"

쌍안경에서 시선을 떼지 않고 묻자, 부하가 즉각 대답했다.

"루마니아 제3군 탄약고입니다!"

그렇다면. 미하일이 쌍안경을 내리자, 부하들이 동요한 듯이 이야기를 나눴다.

"설마 맞혔어?"

"그런가 봐, 벌써 유효 사격이야!"

몸이 가벼워지는 듯한 흥분과 불안을 동시에 느끼며 미하일이 외쳤다.

"들뜨지 마라! 조준은 그대로, 다음 탄 장전!"

니콜라예프가 이어서 외쳤다.

"효력사, 장거리포 제2사 개시. 107밀리미터 캐넌포 및 카추샤포, 쏴라!"

다시 충격파와 굉음이 대지를 흔들었다.

진지에서부터 수 킬로미터 전방에서 카추샤포, 다시 말해 자주식 다연장 로켓런처 BM-13이 줄지어 로켓을 발사했다. 트럭에 실려 있어서 고속 전진이 가능한 점을 이용해 배치한 카추샤는 서른여섯 량. 한꺼번에 열여섯 발을 일제 사격할 수 있는 차량이 10초에도 못 미치는 시간에 모든 탄환을 발사했다. 400발을 넘는 로켓이 짙은 안개에 빛 꼬리를 남기며 날아갔다. 신화적이라고 할 만큼 장엄한 광경이었다.

지시를 마친 미하일은 주변의 부하들을 살폈다. 장거리포 운용 인원은 한 대에 열다섯 명. 제각각 다른 역할을 담당한 포병들이 주퇴기*로 내려온 포신에 붙어 일제히 움직였다. 한 사람이 탄피를 배출하면 곧바로 다른 사람이 포탄을 장전한다. 그 일이 끝나면 포신이 폐쇄된다. 그동안 착탄 지점을 측정한 관측수가 앙각과 방위를 지시하고, 두 명의 포좌수가 레버를 돌려 거포를 다시 적에게 조준한다. 포격 속도는 1분 동안 세 발에서 네 발. 같은 시간에 조금이라도 많은 포탄을 발사하기 위해 포수들은 정밀한 시계처럼 정확하게 움직여 한순간도 쉬지 않고 이 과정을 반복한다.

이 광경이 1만 3000대의 포와 110만 명의 병사에 의해 펼쳐지는 것이다.

드미트리와 눈이 마주쳤다. 이길 수 있다. 미하일은 말없이 확신에 찬 미소를 지었다. 신뢰할 수 있을 만큼 향상된 숙련도, 그리고 동료와의 끈끈한 인연이 여기에 있다.

소련은 그동안 쌓아온 분노를 터뜨렸다. 지옥의 업화를 그대로 가져온 듯한 포격이 80분 동안 이어졌다. 지형까지 바꿔놓은 포격에 대한 적의 반격은 일절 없었다.

11월 22일. 군용 기관차를 갈아타고 끝없이 걸으며 먼 길을 마다 않고 달려온 중앙 여성 저격병 훈련학교 분교의 생도들, 다시 말해 제39독립소대 병사들은 소련 제4군 소속의 1개 보병대대와

---

*    총포를 쏠 때 반동의 충격을 줄이는 장치.

합류했다. 이곳에서 제4군 전차중대와 함께 전진하고, 앞서간 척후와 합류해 일익포위*의 전투 대형을 맡는 것이 그들에게 주어진 임무였다.

보병대대는 그들을 제외하면 아무것도 없는 설원에서 대기하고 있었다. 대대장 이고르 소령은 소대원 다섯과 엔카베데 두 명으로 이루어진 그들을 보고 러시아 군인치고는 드물게 쾌활한 웃음을 터뜨렸다.

"하하하! 설마 여자애들이 찾아올 줄이야!"

세라피마는 보병대대 병사들의 태도를 관찰했다. 숨기지 못한 동요를 읽을 수 있었다. 경악이 5할, 분개가 2할, 낙담이 2할, 술렁이는 들뜬 기색이 1할이라고 해야 할까.

"여성 저격소대가 불만입니까, 소령님?"

웃지도 않고 묻는 이리나에게 이고르 대장이 고개를 저으며 웃었다.

"아니, 아니. 내 말은 그냥. 평범한 여성은, 특히 미인 아가씨들은 저격을 하지 않으니까."

"그 말씀대로 우리는 괴짜에 추녀 소대입니다." 이리나가 진지하게 대답하고 화제를 바꿨다. "남은 건 전차입니까?"

"그렇지. 우리 전차중대는 KV-1과 T-34로 구성된 정예다."

"호오." 세라피마가 숨을 내쉬었다. 이론 훈련 때 병기에 관해

---

\*      주력 부대가 적의 측면을 통과하여 후방에 있는 목표를 확보함으로써 퇴로를 차단하고 현 진지에서 적을 격멸하는 기동 형태.

배운 동료들도 전차의 이름을 기억하고는 대체로 경탄하는 태도를 보였다.

KV-1은 최대 장갑 75밀리미터에 주포 구경 76밀리미터로 이루어진 중전차로, 전쟁 초기에는 독일군 전차나 대전차포의 포탄을 튕겨내 적의 간담을 서늘하게 했다. 한편 T-34는 중전차에 필적하는 화력과 경쾌한 운동 능력과 경량 차체를 겸비하고 있으며 유선형의 뛰어난 도탄 설계로 적탄을 튕겨낼 수 있는 중전차이며, 현시점에서 붉은 군대 최강이라고 할 성능을 지녔다.

그런데…… 그때 이리나가 물었다.

"그 전차는 어디 있습니까?"

"나중에 올 걸세."

"네?" 여성 병사들이 반문하자, 보병대대 병사들이 조금 멋쩍은 표정을 지었다.

대장은 웃음을 거두지 않고 대답했다.

"전차중대의 숙영지에 비가 내려서 진창이 생겼다네. 언제나처럼 진창길을 지나기 위해 중대가 미리 대지에 고임목을 놓고 만반의 준비를 해뒀지. 그런데 막상 진군할 때가 되면, 전차병 입장에서는 아무래도 KV-1 장갑을 방패로 삼고 T-34를 뒤로 보내고 싶어지는 법이야. 그래서 45톤의 중전차를 선두에 세우고 드디어 진군하려 했는데, 무슨 일이 일어났을 것 같나."

"선두 전차가 고장났군요."

이리나가 간단히 대답하자, 이고르 대장이 고개를 끄덕였다.

"정답. 금방 알아차렸군."

"전차란 물건은 지난 대전 때 발명된 이후로, 고장난 사이사이에 달리는 것이라고 인식하고 있습니다."

"뭐, 그런 이유로 지금 필사적으로 수리하는 중이라네. 합류 지점은 척후부대가 있는, 여기서부터 20킬로미터 전방의 지점으로 변경되었고. 뭐, 그들의 발이 더 빠를 테니 금방 오겠지."

그 말을 끝으로 이고르 대장은 발걸음을 돌리고, 오른손을 번쩍 들어 신호를 내렸다. 보병대대의 병사들은 대오도 갖추지 않고 그대로 줄줄이 걷기 시작했다.

세라피마가 무심코 "어?" 하는 소리를 냈다.

이리나가 아무 말 없이 걷기 시작했고, 잠시 후 소대 병사들도 그를 쫓아갔다.

"얘, 피마, 이대로 행군인 건가?"

옆에서 샤를로타가 물어서 세라피마도 당혹해하며 대답했다.

"그런 것 같아."

목가적인 대화가 아니었나 싶은 말을 주고받고는, 제대로 된 끝맺음도 없이 실전으로서의 행군이 시작되었다. 도무지 실감이 나지 않았다.

그대로 얕은 눈을 밟으며 보병대대와 저격소대는 숲속을 한참이나 걸었다. 행진하듯이 대열을 짜고 발을 맞추어 걷지도 않는다. 밀집된 상태로 있다가 포탄이 날아오면 전멸한다는 사실은 배워서 알고 있지만, 정작 병사들이 어깨를 늘어뜨린 채로 간격을 띄워 뿔뿔이 흩어져 걷는 모습을 보니 패기가 전해지지 않았다. 심하게 표현하면 자신들까지 초라하게 느껴졌다.

"불안한가, 아가씨?"

옆에서 목소리가 들려왔다. 이고르 대장이 생글생글 웃고 있었다. 계급 차를 내세우지 않는 친근한 말투에 호감을 느꼈으나, 자신들을 병사로 취급하지 않는 것 같기도 했다.

"네, 전황을 자세히 몰랐습니다. 저희는 현지에 도착하기까지 우리가 자세히 어떤 작전에 투입될지 몰랐고, 그뿐 아니라 스탈린그라드에 역포위 작전을 전개하는 줄도 몰랐습니다."

여기 오기 전까지는 스탈린그라드에 직접 투입되리라고 각오했다.

소련군은 철저하게 정보를 은닉했는데, 이는 실전에 투입되는 병사들을 상대로도 벌어지는 것이었다. 직전에야 들은 거대한 작전의 규모에 소대원 모두가 놀랐다. 그래도 자신들은 그나마 나은 편인지, 작전 첫날에 돌입한 보병사단은 '스탈린그라드 남북을 돌파한다'라는 것만 알았다가, 도중에야 포위 작전이라는 사실을 알았을 정도였다.

멀리서 우레 같은 포격과 폭발 소리가 끊임없이 들렸다. 이고르 대장이 고개를 까딱이며 말했다.

"전황은 말이지, 이 작전에 관해 말하자면 거의 승리한 거나 마찬가지라네. 첫날 작전의 추이는 너희도 들었지? 루마니아군이 헐레벌떡 도망치며 완패했다고."

"그렇게까지 밀렸었는데 이 정도로 반공이 잘 풀리다니 놀랐습니다."

"그게 주코프 상급대장의 천재적인 점이지. 작전이란 건, 단순히 생각해 내는 것이 다가 아니야. 준비와 동원이 받쳐줘야 비로소 완성이지. 그걸 해낸 거야."

세라피마는 수긍했다. 전적으로 옳은 말이다. 적지를 역포위하는 것은 대담무쌍한 작전이긴 하나 이치상으로 허황된 건 아니다. 그렇다면 독일군도 어느 정도 이런 계획을 예상했을 텐데, 그걸 완벽한 기습으로 성공했다는 것은 소련이 단순히 화력뿐 아니라 적 포진을 비롯한 정보의 수집, 작전의 은폐, 기만 작전과 같은 지능적인 부분에서도 독일을 능가했다는 의미다.

'괴멸'이라고 불린 패퇴를 맛본 개전 이후로 1년 반. 소련이라는 거대한 짐승이 차츰 눈을 뜨고 있다.

"주코프 각하의 성함을 자주 듣는데 정말 대단한 분이시네요."

"물론이지. 백군과도 독일군과도 싸우고 중국 땅에서는 일본을 내쫓은 맹장이다. 전선 시찰을 소홀히 하지 않는 현장주의자시기도 하지. 이 작전이 끝나면 드디어 원수元帥가 되실 거야. 다만 굉장히 무자비한 분이기도 해." 계속 웃으며 대장이 말했다. "적도 아군도 방해되면 죽여버린다고 하시는 분이야. 어떤 의미에선 숙청보다 무섭지."

"아군도요?"

"사기를 잃은 장교나 무단 퇴각한 병사는 즉각 처형이야. 들은 적 있지? 국방인민위원령 제227호에 대해서."

"한 발짝도 물러서지 마라, 말이죠."

스탈린그라드와 캅카스 방면에 대공세가 개시되고 한 달 후인 1942년 7월 28일, 국방인민위원부로부터 극단적으로 명료한 명령이 소련 전군에 하달되었다.

한 발짝도 물러서지 마라!Ни шагу назад!

말 그대로 무단 퇴각과 탈영을 엄금하는 이 명령은 그 자체로 는 군대에 통상적으로 있는 명령이었으나 소련에서 실시되는 양 상은 참혹했다. 탈영을 꾀한 병사나 자해해서 전선에서 이탈하려 고 한 병사는 총살을 당하거나 최전선 징벌대대로 보내졌다. 도 망치고 싶은 놈을 투옥하면 꿈을 이뤄주는 것이기 때문이라고 했 다. 또한 퇴각 방지를 위해 전국에 배치한 엔카베데로 이루어진 독전대에게는 탈영병을 사살할 권리를 주었다.

힐끔 뒤를 돌아보았다.

올가가 음침한 눈초리로 주위를 둘러보았다. 올가의 임무는 독 립소대의 감시지만, 이 보병대대에는 정치장교는 있어도 독전대 가 없기에 필요하다면 올가가 그 역할을 맡을 것이다.

"거침없이 퇴각할 수 있는 루마니아는 마음 편하겠네요."

무심코 야유 섞인 말이 입 밖으로 나왔는데, 이고르 대장이 고 개를 저었다.

"비참한 패주야. 적의 주력전차는 LT-38. 우리 전차와 비교하 면 별것도 아닌 경전차인데 거의 쓰지도 못했어. 우리 포격을 받 고 어디 움직여 보자고 탔더니만, 쥐가 전선을 갉아 먹어서 합선 을 일으켰거든."

"농담이신가요?"

"포로가 한 말이니까 사실일 거다. 추우니까 부품이 얼지 않도 록 안에 짚을 잔뜩 쌓았더니 거기에 쥐가 살았다는군. 쥐들이 붉은 군대의 원군인 셈이지."

지략을 쏟아 넣은 작전의 성과가 쥐 덕분에 이루어졌다니. 이
고르 대장은 세라피마가 느낀 당혹감을 알아차리고는 웃었다.

"뭐, 본질적으로 전쟁이 달인들의 체스 시합처럼 진행되는 건
극히 일부거든. 대부분은 심각한 실수를 저지른 쪽이 더욱 심각한
실수를 저지른 쪽을 이기지."

그런 건가. 세라피마는 모호하게 고개를 끄덕였다.

문득 지금까지 들은 것보다 또렷한 포성이 희미한 진동을 동반
하며 터졌다. 이어서 무언가가 하늘을 가르는 소리가 들렸다.

"엎드려!"

이고르 대장이 외치는 것과 동시에 약 10미터 앞에서 지면이
폭발했다.

폭풍에 날아간 세라피마의 몸은 삼나무에 강하게 부딪혔다. 순
간 눈앞이 암전되었다. 혼탁한 의식 너머, 어딘가 먼 세계에서 포
성과 총성이 끊이지 않고 울렸다. 세라피마의 몽롱한 정신은 그
의미를 이해하지 못했다.

"……피마, 세라피마."

어디선가 아야의 목소리가 들렸다. 아야가 초조한 목소리를 내
다니 웬일이지.

얼굴에 축축한 감촉이 느껴지고 짐승의 냄새가 났다. 그 냄새
를 맡고 세라피마가 눈을 떴다.

낯익은 셰퍼드가 얼굴을 핥고 있었다.

"아, 바론."

"세라피마! 다치지 않았어? 출혈은 없고?"

안색이 바뀐 아야가 외쳤다.

"전부 괜찮아. 그런데 어라?"

세라피마는 기억을 더듬었다. 도대체 내가 어떻게 된 거지?

"어이! 뭘 우물쭈물하고 있어, 이 여자야!"

갑자기 큰 소리가 들렸다. 고개를 들자 일제히 전력 질주하는 병사 중 하나가 달리면서 호통을 쳤다.

"살았으면 빨리 척후를 지원하러 가라고! 이러니까 계집애들은……!"

아야는 혀를 차고 세라피마에게 말했다.

"먼저 간다. 바로 쫓아와!"

대체 어디로? 세라피마는 일어났지만 머리가 지끈지끈 아팠다. 뒤통수에 혹이 생겨 있었다. 일단 주변 병사들과 보조를 맞춰 같은 방향으로 뛰었다. 숲을 빠져나와 설원으로.

그 순간, 전기톱 같은 소리가 들리더니 앞서 달린 병사들이 풀썩풀썩 쓰러졌다. 그중 한 사람은 머리가 수박처럼 터졌다.

다리가 떨렸다. 그때 익숙한 이리나의 목소리가 들렸다.

"멈추지 마라. 몸을 낮추고 참호까지 뛰어와!"

무아지경으로 달렸다. 횡 하는 소리가 귓전에 들리더니 등 뒤에서 비명이 들렸다. 앞서가던 병사가 또 쓰러져서 시야가 처음으로 트였다. 즉석 참호에 그곳을 팠을 척후부대와 보병대대가 납죽기며 몸을 감추고 있었다. 수백 미터 너머에서는 번뜩이는 총격이 쉼 없이 보였다.

소대 동료들은 어디에 있지. 손을 흔들어 유도하는 이리나를 발견하고 전력으로 달렸다. 마지막에는 반쯤 구르듯이 참호 안으로 미끄러졌다.

"으아아아!"

짐승의 부르짖음 같은 소리가 옆에서 들렸다.

조금 전 자신들에게 욕설을 퍼부었던 붉은 군대의 병사가 몸부림치고 있었다. 허리 쪽을 크게 다쳐 하얀 뼈가 드러났다. 주위 동료가 상처에 천을 대고 입에 재갈을 물렸다.

이건 대체 뭐지. 악몽이라도 꾸는 건가.

"운이 나빴어." 이리나가 태연히 말했다. "루마니아군의 국소적 반격과 정면으로 마주쳤다. 적은 2개 대대 규모. 척후의 무선통신병이 죽어서 완전히 고립된 상태다. 총인원은 대략 비슷하지만 지형이 불리해. 자칫하면 전멸이겠어."

말을 절반도 이해하지 못했는데, 적진에서 일제히 기관총 난사가 날아왔다. 지면에 엎드린 세라피마는 순간 깨달았다.

비로소 전투에 직면한 것이다.

이 무슨 추태지. 한심해도 너무 한심하다. 입영한 후로 훈련을 거듭하고 선발까지 버틴 것을 자랑스럽게 여겼다. 그러나 아무리 혹독한 훈련이라도 실제 살육을 벌이지는 않는다. 그동안 자신의 정신과 육체가 전쟁을 이해할 새는 없었다.

"다, 다른 소대원들은 어디에?"

"아야에게 샤를로타와 마미를 붙여서 척후대 지휘관과 합류해서 정보를 받아 오라고 시켰다. 녀석은 잘하고 있다. 뭐, 포격으로 기관총을 난사하는 적을 물리치지 못하면 어차피 죽겠지만."

이리나는 태연한 태도를 유지하며 검지가 없는 오른손으로 쌍안경을 쥐었다.

이리나의 말에 씁쓸함을 느꼈다. 이런 추태를 보인 건 자신뿐인가.

"저격병, 저격병 소대, 도와줘!"

20미터쯤 떨어진 곳에서 야전포에 달라붙은 척후부대의 포병이 이쪽을 향해 외쳤다. 그는 76밀리미터 포의 방판에 몸을 숨기고 필사적으로 외쳤다. 적의 기관총이 방판을 쉴 새 없이 때리고 있어 목소리가 드문드문 지워졌다.

"정……의 저 기관총을, 어떻게 좀 해줘! ……조준은 ……사할 수 없어!"

목소리가 드문드문 끊겼지만 무슨 말인지 이해했다. 수적으로 우세한 적의 총격을 꺾을 병기는 저 야전포뿐이다. 적도 그것을 알고 있기에 포격을 막으려고 사격을 퍼붓는 것이다. 7인 1조인 포병은 모두 방판에 필사적으로 몸을 숨기느라 꼼짝할 수 없었다. 주위의 박격포병들도 참호 안에서 머리를 끌어안고 있었다.

세라피마의 집중력이 급속도로 예리해졌다.

주변의 일반 병사들은 몸을 숨긴 채 적의 돌격을 방지하기 위해 응사하는 것이 고작이고, 이리나는 총을 쏠 수 없다.

"제가 할게요!"

애당초 불필요한 선언이었다. 그래도 자신을 고무하기 위해 세라피마는 외쳤다.

병사들 사이로 고개를 내민 세라피마는 SVT-40을 거머쥐고 조준경을 보았다.

네 배로 확대된 시야에 루마니아 병사들의 얼굴이 보였다. 적은 완만한 오르막 경사 너머에서 능선을 이용해 저지선을 치고서 내리쏘고 있다. 적개심과 공포에 휩싸여 이쪽을 몰살하기 위해 사격을 퍼붓는 보병들. 그중에서 경기관총 ZB-26을 연사하는 자를 찾았다. 요란한 연사는 눈에 띄므로 금세 조준경 중앙에 사수를 포착할 수 있었다.

거리는 250미터, 오차 1미터. 대단한 거리는 아니다. 조정된 조준 거리와 거의 다르지 않다. 남은 것은 방아쇠를 당기는 것뿐이다. T자 조준선에 들어온 적을 쏜다.

순간 형용하기 어려운 감정이 세라피마의 움직임에 제약을 걸었다. 1초에도 미치지 못하는 순간이었지만, 강렬한 불쾌감이 그의 검지를 붙들었다.

방아쇠를 당겼다. 탄환은 지면에 박혔다.

설마, 이 거리에서?

다시 거리를 확인했다. 틀리지 않았다. 분명히 적을 겨냥했다.

그러나 두 발째도 빗나갔다.

기관총으로 정신없이 이쪽을 쏘던 사수가 자신들을 노리는 존재를 깨달았다. 조준경 너머에서 기관총수를 보좌하는 병사가 이곳을 가리켰다. 온몸에 오한이 일었다. 세 발째가 또 빗나갔다.

기관총 총구가 세라피마를 향해 돌아갔다. 총구가 까만 점이 되었다.

"진정해. 이론 훈련에서 배운 걸 떠올려라."

조준경을 계속 들여다보는 세라피마에게 이리나가 타이르는 말투로 말했다.

"기관총의 연사 열로 공기가 뒤틀렸어. 그만큼이 오차다. 20미터를 더해서 쏴라."

루마니아 병사가 기관총을 발포한 순간, 세라피마는 위쪽으로 조준을 수정했다.

20미터의 오차가 수정된 탄환이 기관총수의 가슴을 맞혔다. 풀썩. 적이 쓰러진 순간, 기관총이 그에게 밀려 앞으로 튀어나왔다.

"좋아, 지금이다. 포격 개시!"

76밀리미터 야전포에 붙어 있던 포수가 외치자 포성이 사방에 울렸다. 이미 조준을 마쳤던 야전포가 정확하게 발사되자 유탄이 적을 나뭇잎처럼 날려보냈다. 머리를 감싸 안고 있던 박격포 사수도 연달아 포탄을 발사했다.

곡사한 포탄이 루마니아군의 급편진지에 뇌우처럼 떨어졌다. 폭음과 함께 하얀 연기가 피어 올랐고, 루마니아 병사들의 총성이 침묵했다.

"보병대대, 돌진하라!"

이고르 대장의 목소리가 들렸다.

붉은 군대 병사들이 함성과 함께 돌진했다. 이리나가 다짐을 받듯이 말했다.

"우리는 여기에서 기다린다. 훈련받은 대로 조준경에서 완전히 눈을 떼지 마라. 겨냥할 수 있는 놈은 쏴라."

조준경에서 눈을 조금 떼자 시야가 넓어져서 비로소 전황이 잘 보였다.

PPSh-41 기관단총과 총검을 장착한 모신나강 소총을 무기로 든 붉은 군대 병사들은 분노를 발산하듯이 능선을 넘어 적진을 파고들었다. 유리한 지형을 이용한 루마니아군의 저지선은 이미 붕괴했다.

긴장이 살짝 둔해진 그때, 세라피마는 열파를 동반한 광선 같은 기척을 측두부에서 느꼈다. 시야 끝에 반짝이는 적의 그림자를 발견했다. 한때 자신들이 숨기지 못했고, 지금은 탐지하는 법을 터득한 그것. 살기였다.

왼쪽으로 조준을 돌려 다시 조준경을 보자 루마니아 쿠쿠가 자신을 노리고 있었다.

즉시 방아쇠를 당기자 적의 철모가 하늘로 튀어 오르며 그가 쓰러졌다.

이길 수 있다. 자신도, 붉은 군대도.

그렇게 생각한 순간, 적진 너머에서 폭음이 울렸다. 붉은 군대 병사들이 일제히 이쪽으로 도망쳐 왔다.

도대체 무슨 일이지. 세라피마는 잠깐 멍하니 있다가 이유를 알았다.

LT-38. 대단찮은 경전차이자 상당수 생쥐한테 갉아 먹혔다는 전차.

강철 장갑을 두른 네 량의 전차가 맞설 재간이 없는 붉은 군대 병사를 짓밟으며 이쪽을 향해 왔다.

"하여간 운이 없군."

이리나가 냉정한 목소리로 중얼거리고 조금 전의 포병에게 물었다.

"저거, 쓰러뜨릴 수 있나?"

포병 지휘관은 정신을 차리고 외쳤다.

"철갑탄으로 교체해서 쏴라!"

포병들이 날쌔게 움직여 적 전차에 포격을 퍼부으려 했다.

그 순간, 적 전차의 주포가 불을 뿜었다. 유탄이 직격해 방판을 파괴하고 야전포를 부수며 포탄에 유폭했다. 포병들은 사지가 절단되어 하늘을 날았다. 아까 도움을 요청했던 포병 지휘관은 가슴 위 상단부가 위가 날아가 그 자리에 쓰러졌다.

강력한 화력을 상실하자, 붉은 군대 병사들이 눈에 띄게 허둥거렸다.

"무, 물러나지 마라, 대전차 병기, 전부 투입!"

보병대대 이고르 대장의 목소리가 들렸다. 포병과 반대 방향에 있던 그가 주변 병사들에게 뭔가 지시했다.

아직 대전차 병기가 있구나.

기도하는 마음으로 그쪽을 바라보는데 예상치 못한 것이 고개를 내밀었다.

바론이다. 바론을 비롯한 개 네 마리가 위에 안테나가 튀어나온 견용 조끼 같은 것을 등에 지고 있었다.

"어?"

"대전차견이다." 이리나가 간결하게 말했다. "괴롭다면 보지 않아도 된다."

이리나가 한 말의 의미를 알 수 없었다. 그러나 어떤 일이 벌어질지는 분명했다. 조끼를 입은 개들이 명령을 듣고는 일제히 적 전차를 향해 달려갔다. 훈련을 잘 받은 개들이었다.

적 전차가 급정거하더니 일제히 후퇴하기 시작했다. 엉망이 된 조준으로 포격과 사격을 반복하는 것이 분명 낭패한 모습이었다.

두 마리의 개가 각각 적 전차 아래로 뛰어든 순간, 개들이 입은 조끼가 폭발했다. 전차에서 가장 취약한 바닥이 파괴되어 적 전차 두 량이 동시에 날아갔다.

붉은 병사들이 환성을 지르며 주먹을 번쩍 들었다.

개들은 폭탄을 입고 적 전차로 뛰어드는 훈련을 받은 것이다.

불타는 전차에서 기어나온 루마니아 병사는 불덩이가 되어 설원을 굴렀지만, 불이 꺼지기도 전에 붉은 병사들의 총탄 세례를 받았다.

이곳은 지옥인가.

불타는 전차와 후퇴하는 전차를 멍하니 바라보던 세라피마는 아직 지옥이 끝나지 않은 것을 깨달았다.

대전차견 중 두 마리가 이쪽으로 달려왔다. 폭발에 놀라고 불에 겁을 집어먹은 개들이 안전한 옛 둥지로 도망치려 하는 것이다. 그 선두에 바론이 있었다.

"혼란을 일으켰어! 쏴라, 쏴라!"

붉은 군대 병사들이 외치며 개들에게 총격을 퍼부었다. 그러나 붉은 군대가 기대한 대로 민첩성과 좁은 도탄 면적을 갖춘 병기를 맞히는 것은 쉽지 않았다.

"세라피마, 처리해라."

이리나가 망설이지 않고 명령했다. 다른 병사들도 외쳤다.

"저격병, 부탁이야! 저게 뛰어들면 모조리 끝장이야!"

세라피마는 조준경을 들여다봤다. T자 조준선 중앙에 익숙한 바론의 얼굴이 있었다.

바론 역시 세라피마를 알아보았다. 먹이를 주고 쓰다듬어 준 동료 곁으로 도망오려 했다.

방아쇠를 당길 수 없었다. 그러는 동안에도 폭탄으로 변한 바론이 이쪽으로 달려왔다.

"저격병!"

붉은 병사가 비명을 지른 순간, 조준경 너머의 바론이 머리를 맞아 깨갱 하고 외마디 비명을 지르며 쓰러졌다. 다른 개 한 마리도 몸통을 맞아 폭사했다.

"맞아, 적을 쏘는 것보다 개를 쏘는 게 더 괴롭지, 이해해. 나도 세 명을 죽였는데 지금이 더 괴로워."

익숙한 목소리와 함께 아야가 참호로 굴러 들어왔다. 두 마리의 개를 죽인 아야 다음으로 들어온 샤를로타가 세라피마와 머리를 맞대고 흥분한 목소리로 말했다.

"나, 나도 하나 쓰러뜨렸어……"

이어서 야나와 엔카베데 올가도 참호로 날아들었다.

"아야, 전황은 어떻지?"

이리나의 질문에 적 세 명과 개 두 마리를 쏘아 죽인 아야가 태연하게 대답했다.

"척후대대는 필사적으로 몸부림치고 있지만 전력이 상당히 깎였습니다. 아까 포격과 돌격으로 적 보병의 전력은 반감했으나 증원해 온 저 전차가 버겁습니다. 박격포로는 맞힐 수 없고 남은 야전포도 잔여 탄이 없고, 대전차견은 지금 본 대로입니다. 남은 것은 척후대대의 대전차 병기인데 저기 소형 진지에……"

아야가 거기까지 말했을 때, 대전차견의 위협에서 살아남은 적 전차가 포격을 재개했다. 아야의 등 뒤에서 폭연이 일고 토양이 날아갔다. 아야는 그쪽을 보며 대답을 이었다.

"있었습니다. 지금 막 사수가 당한 것 같지만요."

망연자실하며 주위를 둘러보았다. 남은 병사들이 가진 무기는 소총과 수류탄 정도뿐이다. 전차와 대적할 장비가 아니었다.

"대장님, 저기!"

샤를로타가 외쳤다.

이고르 대장과 그와 동행하는 엔카베데가 가까이 있는 보병들을 데리고 숲으로 퇴각하고 있었다. 신호도 명령도 전혀 없었다.

"패배주의자 녀석."

올가가 그의 등에 대고 SVT-40을 겨눴다. 순간적으로 세라피마는 자기도 모르게 그에게 달려들어 깔아 눕히고는 외쳤다.

"뭐 하는 거야!"

올가가 허리에서 토카레프 권총을 뽑아 세라피마의 머리에 들이밀었다.

"너야말로 무슨 짓이야. 나에겐 탈영병과 방해자를 사살할 권리가 있어."

말투와 시선에 일말의 망설임도 없었다. 총구가 관자놀이를 짓눌렀다.

"둘 다 무기를 버리고 떨어져!"

이리나가 날카롭게 명령했다. 그러나 올가는 코웃음을 쳤다.

"명령하지 마. 나는 하투나 동지의 부하다. 네 지휘 아래에 있지 않아."

아야가 올가에게 SVT-40의 총구를 들이댔다.

"체카, 여기 네 동료는 없어. 네가 놈들을 쏘면 보병대대가 너를 죽일 테고 우리도 말려들어 죽을 거야. 그렇다면 그 전에 내가 너를 쏘겠다."

올가가 혀를 차더니 아야와 세라피마를 번갈아 바라보았다. 누구를 먼저 쏠지 고민하는 것이었다. 샤를로타가 낯빛을 붉히며 외쳤다.

"그만해, 적을 앞에 두고 동료끼리 싸우다니!"

올가가 지긋지긋하다는 표정을 짓고 숨을 내쉬었다. 애초에 그는 소대를 동료로 여기지 않았던 것이다.

이리나가 냉철하게 말했다.

"올가 야코브레브나 도로셴코. 너는 지금 목적을 향해 가고 있다고 생각하나?"

갑자기 올가의 표정이 굳었다. 잠시 후 그가 권총을 거뒀다. 올가의 목적, 그게 무엇인지는 알 수 없지만 적어도 이곳에서 죽는 것은 아니었다. 지휘관이 도망치는 장면을 목격한 보병대대는 눈

사태라도 난 것처럼 도망쳤다. 남겨진 것은 척후대대와 저격소대뿐이었다.

"누가, 누가 좀! 어이, 보병, 도망치지 마! 누구든 이 총을 다룰 수 있는 사람이 있으면 와줘!"

척후대대 병사의 비통한 외침이 들렸다.

조금 전 유탄에 의해 날아간 소형 진지. 그곳에 다리가 두 개 달리고 전체 길이가 2미터를 넘는 괴상한 대형 총이 있었다.

"아야!"

이리나가 이름을 부르자 아야는 적을 두려워하지도 않고 소형 진지로 빠르게 날아갔다.


아야는 적탄이 빗발치는 사이를 달려 붕괴한 사격 진지로 미끄러져 들어갔다. 유탄에 파괴된 토양과 상반신이 사라진 척후병의 시체가 보였다.

사격 위치에 도착해 곧바로 사수를 잃은 대전차 병기를 점검했다. 단발식 대구경에 긴 총신을 지닌 대전차 소총 덱탸료프 PTRD-41. 실탄 장전 완료. 고장난 것 같진 않다.

조준을 전차에 맞추자, 장전을 담당하는 병사가 떨리는 목소리로 물었다.

"네, 네가 이걸 다룰 수 있어?"

"예전에 비슷한 걸 써본 적 있거든. 이놈의 관통 능력은 어느 정도지?"

"정면 장갑은 어려워도 잠망경이라면 없앨 수 있어. 다만 거리가 100미터나 되고 과녁도 작아."

설명을 들으며 조준을 조정했다.

이쪽을 알아챘는지, 시선 너머에서 전차가 포탑을 돌려 포구를 이리로 향하려고 했다. 전차의 창문인 잠망경의 크기는 높이 10밀리미터, 폭 15센티미터. 적도 그곳이 약점인 걸 알고 있기에 가림막을 설치해 과녁을 더욱 좁혔다. PTRD에 조준경은 없다. 조준 구멍과 가늠쇠만 있는 단순한 구조다. 그러나 문제없다. 애초에 조준경은 보조 장치이므로 그것 없이 싸우지 못하는 저격수는 쓸모가 없는 존재다. 게다가……

"큰곰의 눈보다는 커."

혼잣말과 동시에 아야가 방아쇠를 당겼다.

강렬한 충격과 함께 총성이 울려 퍼지고, 14.5밀리미터 대형탄이 발사되었다.

초고속으로 쏘아진 총탄이 잠망경 중앙부를 직격했다. 전차에서 불꽃이 튀고 무한궤도가 멈췄다. 아야는 사냥감을 해치웠을 때와 같은 분명한 실감을 느꼈다. 대구경 철갑탄이 견고한 방탄유리를 설탕 공예품이라도 되는 듯이 맥없이 부수고, 그곳을 통해 밖을 보던 조종수를 짓이겼다.

"대, 대단한데! 너 뭐 하는 녀석이야!"

노리쇠를 당겨 탄피를 배출한 아야는 흥분해서 외치는 장전수에게 딱 한 마디를 던졌다.

"제2탄 장전."

조종수가 죽어도 전차는 죽지 않는다. 살아남은 포수가 포구를 이쪽으로 향했다. 아야 옆의 장전수도 정신을 차리고 총에 거탄을 밀어 넣었다.

포수가 이쪽을 노린다면, 다음은 직시형 관측창을 노리면 된다. 방아쇠를 당겼다.

다시 총성과 충격이 퍼지고 전차에서 핏빛 연기가 어렴풋이 올라왔다. 대전차 소총의 위력은 인체가 원형을 유지할 수 있는 수준이 아니다.

혼란에 빠진 루마니아 병사가 전차 측면 해치에서 튀어나왔다. 저 자리에 있던 걸로 보아 장전을 맡은 전차병이 틀림없었다. 온몸이 시뻘겋게 물들어 있었다.

아야 옆의 장전수가 뭐라고 외치며 다음 탄을 장전했다.

쉽다 못해 시시한 표적. 도망치는 등에 조준을 맞춰 또 방아쇠를 당겼다. 루마니아 병사가 두 동강 났다. 시체에서 뿜어 나온 피가 설원을 벌겋게 물들였다.

아야는 한쪽 입가를 올리고 하얀 숨을 내쉬었다. 이 순간 압도적인 힘이 자기 손아귀에 있다는 생각이 그를 충족시켜 주었다.

"아야, 그만 됐다. 사격을 멈춰!"

이리나 대장의 말은 못 들은 걸로 했다. 멈출 이유가 무엇인가. 마지막 사냥감이다……

"탄종 변경. 철갑소이탄."

아야의 지시에 높은 장갑 관통력과 폭발력을 겸비한 탄환이 대전차 소총에 장전되었다.

동료의 전차가 하나둘 격파되는 것을 목격한 마지막으로 남은 전차가 탑재한 기관총을 난사하며 도망쳤다. 붉은 군대 진지 구석으로 파고들려던 것이 화를 초래해, 측면을 아야에게 드러냈다. 쏠 수 있다. 이론 훈련 시간을 떠올렸다. 연료 탱크는 뒤쪽의 부푼 부분이다.

총성과 함께 발포된 철갑소이탄이 마지막 전차의 연료 탱크에 명중해 유폭했다. 불덩이가 된 루마니아 병사들이 전차에서 도망쳐 나왔고, 아야는 그들을 쐈다.

이제 이리나의 목소리도, 장전수의 목소리도 들리지 않았다. 전부 잡음일 뿐. 편승해서 적 전차병을 쏘는 붉은 병사들에게 화가 치밀었다. 사냥감을 가로채다니, 죽이고 싶다. 가능하다면 성가시게 옆에서 찬사를 퍼붓는 장전수도 죽이고 싶지만, 혼자서는 장전하지 못하니 참는다.

조준과 발사를 빠르게 끝내 네 명 중 세 명을 사살했다.

이것이 자유다. 이것이 힘이다.

아야는 웃으며 남은 루마니아 병사를 차례차례 쐈다.

어떠한 주의主義도 이념도 민족도 자신에게는 필요 없다. 필요한 것은 이 경지뿐이다.

사냥감이 더 없나. 고양된 기분으로 총구를 좌우로 움직이는데, 처음에 격파한 전차가 눈에 들어왔다. 지금은 허수아비가 되었을 포탑이 완전히 이쪽을 향해 있었다. LT-38의 탑승 인원은 네 명. 조종수와 포수는 쓰러뜨렸고 도망친 장전수도 맞혔다.

아직 한 명이 남았다. 혼자 남은 전차장은 차내에 있었다. 그는 아군의 원수를 갚기 위해 시체를 치운 뒤 강한 집념으로 이쪽을 노리고 있었다. 어떤 상황인지 아야가 파악한 순간, 총성과 포성이 겹쳤다.

아야가 쏜 총탄이 전차 방판에 튕겼다.

그리고 전차가 쏜 포탄이 아야와 옆에 있던 장전수 두 명을 산산조각으로 부숴버렸다.


"아야!"

샤를로타와 야나가 비명을 질렀다. 이리나는 눈을 감았고, 올가는 아무런 감정도 드러내지 않은 채 아야의 최후를 지켜보았다. 세라피마는 넋을 잃고 그 모습을 바라보았다.

최후의 적 전차는 마치 상처 입은 맹수처럼 느릿느릿 움직였다. 우연인지, 아니면 여성 저격병에게 원한을 품었는지 소대가 있는 진지를 노리고 있었다.

"대전차 병기는 저 총 이외엔 없어."

올가가 중얼거린 것과 동시에 붉은 군대 병사들의 사격이 전차에 쏟아졌다. 그러나 소총탄은 장갑을 뚫지 못하기에 허무하게 불꽃만 피어오를 뿐이었다.

의식이 아득해졌다. 도망칠 곳 없는 현실이 세라피마의 마음을 도피처로 인도했다.

"세라피마."

이리나가 심각하지 않은 말투로 말했다.

"아야 다음을 맡을 수 있겠나."

세라피마의 입술이 떨렸다. 아야의 다음. 즉, 대전차 소총을 써서 적 전차를 무너뜨리고 적병을 없앤 뒤 자기 자신마저 쓰러진 천재의 다음을 뜻했다.

다리가, 손이 떨려왔다. 눈물을 글썽이면서 세라피마가 외쳤다.

"할 수 있습니다!"

그에 대한 대답도 기다리지 않고 세라피마는 아야가 있던 진지로 달려갔다. 살아남은 루마니아 병사의 사격이 귓전에서 하늘을 가로질렀다.

여성들을 지키기 위해, 동료를 지키기 위해. 나는 그러기 위해 여기에 왔다.

혼자서는 장전할 수 없음을 깨달은 그때, 이리나가 옆에 따라 붙었다.

"끝까지 들어라. 나도 간다."

뛰어간 곳은 대전차 소총 사격 진지. 피바다로 변한 그곳에 세라피마가 뛰어들었다. 둘이서 진지 안에 나동그라진 대전차 소총을 일으켜 세운 뒤 사격 자세를 잡으려는 순간, 당혹감을 감출 수 없었다.

총신이 부러졌다. 게다가 탄알 삽입구 역시 꺾여 올라간 것처럼 구부러져 있었다. 무심코 이리나를 바라보았다. 그가 고개를 저으며 대답했다.

"사용 불가다."

이곳의 붉은 군대에 남은 마지막 대전차 병기가 완전히 파괴되었다.

전차로 시선을 돌렸다. 강철로 만들어진 괴수는 붉은 군대의 사격을 튕기며 저격소대가 있는 진지를 향해 전진하고 있었다. 천천히, 그러나 확실하게.

세라피마는 진지에서 몸을 내밀고 SVT-40을 거머쥐었다.

세라피마의 세계에서 소리가 사라졌다. 기계처럼 막힘없는 민첩함으로 조준선을 포탑에 설치된 전차장용 큐폴라*의 잠망경에 맞췄다.

소총탄으로도 관통할 수 있는, 몇 안 되는 약점을 조준하고 발사했다. 방탄유리가 총탄을 튕겨냈다. 같은 곳을 노리고 또 한 번 쐈다.

방탄유리가 깨져 전차 안으로 총탄이 날아들었다. 그러나 전차는 멈추지 않는다. 당연하다. 그는 지금 조종수 역할을 하고 있다. 그래도 한 번 더, 빗나가서 한 번 더 쐈다. 탄환이 전차 안으로 들어갔다. 도탄跳彈이 튀었는지 순간 차체가 멈췄다.

포구가 천천히 움직였다. 귀찮게 구는 저격수를 발견한 적의 전차장은 상대를 없애야겠다고 판단한 모양이다. 다른 데서 발사된 소총탄들을 튕기며 포구를 이쪽으로 향했다.

큐폴라를 노려 연이은 사격을 퍼부으려 하는 순간, 세라피마는 노래를 부르고 있었다.

사과꽃이 흐드러지게 피고 강물에 안개가 피어오르네

---

* 전차나 장갑차 같은 군용 기갑 차량들의 포탑 상단에 추가로 설치된 전망탑으로, 전차장의 시야를 최대한 확보케 한다.

그대 없는 고향에도 봄이 살며시 다가와
그대 없는 고향에도 봄이 살며시 다가와


노래 박자에 맞춰 방아쇠를 당겼다. 움직이는 포탑을 쏘는 것은 어려운 일이다. 이어진 사격이 빗나갔고 장갑에 튕겨 나갔다. 포탑의 각도가 바뀐 탓에 적중한 탄환마저 건재한 방탄유리에 막혔다.


물가에 서서 부르는 카추샤의 노래
봄바람 부드럽게 불어오고 꿈이 솟아오르는 하늘아
봄바람 부드럽게 불어오고 꿈이 솟아오르는 하늘아


이어서 쏜 탄이 다시 방탄유리를 부쉈다. 그러나 그와 동시에 불꽃을 일으킨 탄환이 전차 밖으로 튕긴 것도 보였다.

전차포가 이쪽을 향했다. 포신으로 보였던 것이 서서히 까만 포구가 되었다. 그 포구를 노린 총탄은 아쉽게도 빗나갔다. 포구가 까만 점이 되었다.

죽는구나, 라는 실감을 세라피마는 놀랍도록 냉정하게 받아들였다. 병사에게 요구되는 정신력이나 각오에 의한 것이 아니었다. 그저 현실과 동떨어진 지점에서 자신을 타인의 일처럼 바라보는 변성의식 상태가 세라피마를 붙들어 준 것이었다.


카추샤의 노랫소리 아득히 언덕을 넘어

지금도 그대를 찾는 부드러운 그 노랫소리
지금도 그대를 찾는 부드러운 그 노랫소리

카추샤의 노래를 마치고 현실에서 벗어난 의식 상태로 죽음을
맞이하려던 순간, 적 전차 LT-38이 폭음과 함께 폭발했다.

"어?"

입에서 나온 소리와 함께 세라피마의 의식이 완전하게 또렷해
졌다.

무한궤도가 대지를 단단히 밟아 다지고 디젤엔진이 구동하는
짐승의 포효와도 같은 굉음이 몇 겹으로 이어지며 주위 일대를
울렸다.

척후병들이 환희에 겨운 소리를 질렀다.

"아군 전차대대다!"

숲을 빠져나온 붉은 군대의 전차들이 하나둘씩 모습을 드러냈
다. 고장이 나 낙오됐던 후방 부대의 중重전차 KV-1과 중형 전차
T-34였다.

루마니아의 LT-38과 비교해 압도적인 성능을 자랑하는 붉은
군대의 전차는 마지막 남은 적 전차를 76밀리미터 포 일격으로
무너뜨렸고, 유탄과 탑재 기관총 연사로 남아 있는 루마니아 병사
들에게 맹렬한 화력을 퍼부었다. 전차에 탄 병사들이 차례차례 뛰
어내렸다. 그들은 착지하자마자 PPSh-41을 난사했다.

다른 붉은 병사들도 마치 되살아난 듯이 반격에 들어갔다.

이미 수적인 우세를 잃고 전차까지 잃은 루마니아 병사들은 버

티지 못했다. 지휘관이 뭐라고 외치자 차례로 무기를 버리고 두 손을 들었고, 능선 너머에 남은 병사들도 전원 줄줄이 항복했다. 지휘관이 어설픈 러시아어로 외쳤다.

"투항, 투항. 망해라, 히틀러, 안토네스쿠!"

안토네스쿠는 루마니아의 독재자인 이온 안토네스쿠를 가리켰다.

"쳇, 망하긴 뭘 망해. 그렇게 애를 먹게 하고는."

인제 와서 자국 독재자를 욕하는 뻔한 수작에 붉은 병사들은 화가 났지만, 쏘지 말라는 훈시가 내려왔기에 포로와 모든 총을 챙기고 참호에서 나갔다.

"전투 종료다."

이리나가 세라피마의 어깨를 두드렸다. 세라피마는 그때까지도 SVT-40을 계속 쥐고 있었다.

"대장님, 피마, 무사하셨군요!"

샤를로타와 야나가 달려와 포옹을 나눴다. 전투는 끝났다.

루마니아 병사들을 줄 세우는 붉은 병사들을 멍하니 바라보았다. 그것은 틀림없는 승리의 광경이었다.

세라피마는 입을 달싹였다.

"아야는……"

"아야는 죽었다."

이리나가 피에 젖은 참호에서 일어나며 대답했다.

"전장에서의 실수는 곧 죽음이다. 이론 훈련에서 배운 대로지."

샤를로타가 주변을 둘러보았다. 피바다로 변한 진지에서 시선을 돌리고 신음을 흘렸다. 샤를로타의 몸을 받쳐주며 마미가 멍한 표정으로 말했다.

"아야는 말할 것도 없는 천재였습니다. 우리 학교에서 가장 우수한 저격병이었고요."

"그랬지." 이리나가 고개를 끄덕였다. "분명히 아야는 천재였다. 오늘 아야는 열두 명의 적을 쓰러뜨렸지. 계속 싸울 수 있었다면 아마도 백 명 이상의 적을 쓰러뜨렸을 일류 저격병이었어. 하지만 아야는 기본을 잊고 말았다. '한곳에 머무르지 마라. 자신이 쏜 탄환이 마지막이라고 생각하지 마라.' 그토록 머릿속에 입력한 기본을 잊고 같은 진지에서 눈에 띄는 사격을 반복하다가 반격당했다. 일반적인 기술자는 실패를 반복하며 숙련도를 높이는 법이지. 하지만 우리 세계에서 시행착오는 용납되지 않아. 너희도 그 눈에 단단히 새겨둬라. 이것이 저격병의 죽음이다."

세라피마는 진지를 둘러보았다. 좁은 진지 안에서 유탄의 직격을 받아 날아간 세 명의 병사. 폭발 위력이 과했던 탓에 모든 시체가 원형을 유지하지 못하고 고깃덩어리처럼 변해 어디부터 어디까지가 누구의 시체인지 판명할 수도 없었다.

고깃덩어리에서 모락모락 김이 났다. 그 광경은 승천하는 그들의 영혼이라고 묘사하기에는 너무도 처참했다. 단지 인간이 물질로 환원되는 과정 그 자체였다.

"아야는 죽었다. 아야의 기록이 늘어날 일은 앞으로 없다. 따라서 뛰어난 저격수로 기억될 수도 없고 고향에 돌아갈 수도 없다. 아야는 앞으로 만나야 했을 인간과 만나지 못하고 아이를 낳아

키우지도 못하고 손주가 태어날 일도 없다. 아무것도 없다. 그게 죽음이야. 너희는 아야를 애도하고 아야의 몫만큼 싸워라."

아야.

자유를 바랐던 카자흐 출신의 천재를, 세라피마는 떠올렸다.

아야는 자유를 얻었을까. 마지막 순간, 그 아이로서는 드물게도 아야는 웃고 있었다. 그러나 그 미소에서는 사념에 휩싸인 악귀와도 같은 헛된 집착이 느껴졌다.

세라피마는 문득 생각했다. 내가 죽인 루마니아 병사는 어땠지.

그들 역시 살아 있었다. 기억 속에서 '루마니아 병사'나 '쿠쿠' 따위의 지칭이 떨어져 나가고 인간의 얼굴이 나타났다. 기관총을 쏘던, 외모로 보아 이십대 초반이었던 그는 계속 겁에 질린 눈빛을 하고 있었다.

그들은 앞으로 다른 사람과 만날 수 없다. 돌아가지도 못하고 자식을 키울 수도 없고⋯⋯

"자랑스럽게 여겨라!"

세라피마가 자기도 모르게 떨고 있었는데, 그 왼쪽 어깨를 장갑을 낀 이리나의 손이 붙들었다. 손가락 수가 몇 개 모자란 손이었다.

나머지 한 손은 마찬가지로 떨고 있는 다른 부하에게 향했다. 마찬가지로 적병을 쏘아 죽인 샤를로타의 오른쪽 어깨를 꽉 쥐었다.

"적병을 죽인 게 떠올랐다면 지금 자랑스러워해라! 언젠가 흥분은 사라지고 실감만이 남는다. 그때 자긍심만 느낄 수 있도록 지금 자랑스러워하는 것이다! 너희가 죽인 적병은 이제 단 한 사람의 아군도 죽이지 못한다! 그래, 너희는 아군의 목숨을 구했다. 침략해 온 병사 하나를 죽이는 것은 무수한 아군을 구하는 거다. 그걸 지금 자랑스럽게 여겨라. 자랑스럽고, 자랑스럽고, 자랑스러워해라!"

세라피마는 떨리는 몸을 진정시킬 수 없었다. 반쯤 벌린 입에서 하얀 숨이 그칠 줄 모르고 흘러나왔다.

아야의 죽음을 눈에 새기고 애도하고, 적을 죽인 것을 자랑스럽게 여겨라.

영혼이 증발해 버릴 듯한 공포에 사로잡혔을 때, 마미가 이리나의 두 손을 강제로 떨어뜨리고 세라피마와 샤를로타를 동시에 안았다.

"지금 두 사람에게는 너무 가혹합니다."

다정하게 끌어안기자, 세라피마는 용서를 받기라도 한 것처럼 소리 내 울었다. 샤를로타도 마찬가지로 자신을 추스르지 못하고 큰 소리로 울음을 터뜨렸다.

아야를 생각하고 적병을 생각했다. 마음을 정리하는 것 따위는 제쳐두고, 그저 감정에 온 몸을 맡기고서 울었다.

"잊지 마라. 너희가 울 수 있는 건 오늘뿐이다."

이리나는 그 말을 남기고 세 사람 곁을 떠났다.

목이 쉴 정도로 울고 났더니 주위에 있던 붉은 군대 병사들이 입을 모아 위로의 말을 건넸다. 가위를 주며 유체遺體를 이곳에 묻을 수밖에 없으니 유품으로 전우의 머리카락을 잘라서 가져가라고 권했다.

세라피마가 세 사람분의 살점을 헤집어 유체로부터 아야의 까
맣고 아름다운 머리카락을 찾아 끌어올렸다. 두피 일부가 같이 딸
려 와서 시선을 피한 채 머리카락 끝만 조금 잘랐다.

11월 23일 저녁. 제39독립소대 첫 출진 그리고 천왕성 작전이
종료되었다.

이번 작전을 전체적으로 놓고 보면 소련은 거의 완벽한 성공
을 거뒀다. 스탈린그라드 남북의 루마니아군은 붉은 군대의 압도
적 전진 앞에서 와해나 다름없는 퇴각과 국소적 반격을 펼치다가
실패해 8만 명이 사상했고 6만 명이 포로가 되었다. 저격소대가
국지전을 펼친 곳으로부터 서쪽에 위치한 칼라치에서 남북의 붉
은 군대가 합류했다. 작전 개시로부터 고작 나흘밖에 걸리지 않았
을 만큼 신속한 진격이었다. 빠른 전개에 허를 찔린 스탈린그라드
시가지 내의 독일 제6군은 신속하게 대응하지 못했고, 25만 명의
병사들은 포위망에 갇혔다.

붉은 군대가 추산한 사상자의 수는 8만 명 전후로, 부상자 대
부분은 포로로 잡히는 일 없이 후송할 수 있었다. 사망자의 정확
한 숫자는 알 수 없지만 총병력이 110만 명인 것을 고려하면 손
실은 적은 편이었다. 아야의 죽음과 그 인생 또한 110만 중 수만
이라는 수치에 섞여 오차와도 같은 숫자의 일부로, 그 누구에게도
인식되지 않은 채로 유체와 함께 러시아 평원에 묻혔다.

포위망을 형성한 붉은 군대는 안팎으로부터의 반격에 대비해
각자 숙영지를 마련하고 대기에 들어갔다. 공세 사이에 주어진 안

식에 모두가 다소 느슨해진 공기를 만끽했으나, 제39독립소대는 곧장 볼가강 동쪽 기슭에 있는 전선 기지로 불려갔다.

기지에 있는 2000명은 천왕성 작전과 그 후의 공세에서 예비병으로 남았던 병사들이었다.

"제군, 이들은 첫 출진에서 적병 열여섯 명을 쓰러뜨린 여성 저격소대다!"

저격소대를 정렬시킨 기지사령부의 대령이 큰 소리로 소개하자 함성과 박수가 일었다. 세라피마는 정면에 쭉 늘어앉은 병사 개개인의 얼굴을 관찰했다. 축복과 찬사를 보내는 자는 지극히 적고, 어쩐지 괴이한 것을 보는 듯한 시선이다. 세라피마는 제 일이 아닌 양 그 시선들을 마주했다. 열여섯 명 중 열두 명은 아야가 쓰러뜨렸고 아야는 죽었다. 찬사를 받는다고 뭐가 달라지는가.

기지사령부의 대령은 얼추 박수가 끝나기를 기다린 후 말투를 바꿨다.

"이처럼 소련에 대한 애국심을 품은 인민은 남녀 구분 없이 병사로서 전쟁터에 달려와 파시스트 놈들을 분쇄하기 위해 제 목숨을 아끼지 않고 싸우고 있다. 조국은 이렇게 싸운 병사들을 모두 영원히 칭송할 것이다. 그러나 여성들조차 목숨을 걸고 싸운 이 전장에서 겁에 질려 본인의 의무를 잊고 눈앞의 죽음에서 그저 도피하려 한 비겁자가 있다!"

세라피마가 번쩍 고개를 들었다. 병사들이 일제히 돌아보았다.

보병대대의 이고르 대장과 그와 동행했던 엔카베데 정치장교가 맥없이 서 있었다. 총과 계급장이 박탈되고 양어깨를 병사들에게 붙들린 모습으로.

"저들은 명예를 잃었고 결국 목숨도 잃게 되었다. 저들에게 총살형이 선고되었기 때문이다. 형은 즉시 집행한다. 지금부터 스탈린그라드로 가는 자도, 서쪽으로 가는 자도 눈에 새겨두어라. 이게 병사의 영광과 죽음이다."

이게 목적이었다. 자신들은 바람잡이 역할이었다.

세라피마는 상황을 이해했다. 지위도 있고 계급도 높은 장교와 엔카베데를 배신자로 처형한다. 그 직전에 '여자이면서도' 싸운 자신들을 칭찬함으로써 탈영병이 겪게 될 공포와 굴욕을 병사들에게 보여준다. 싸우지 않는 남자는 여자만도 못한 존재라고 제시하는 것이다.

이고르 대장은 그저 슬픈 표정으로 고개를 숙이고 있었다. 전투 직전의 그가 생각났다. 자신을 어엿한 병사로 취급하진 않았으나 그랬기에 격려해 주었고 엎드리라고 말해주었다.

세라피마는 기지사령관의 얼굴을 뚫어지게 응시했다. 그는 별반 망설이거나 흥분하지도 않았다. 연설을 끝마쳐 만족스러운 표정일 뿐이었다.

"저격병 소대의 동지여."

이름도 모르는 기지사령관이 세라피마의 시선을 알아차렸는지 시선을 맞추고 고개를 갸웃거렸다.

"배신자인 그들에게 하고 싶은 말이 있나?"

"구명 탄원을 하겠습니다."

기지사령관의 표정이 딱딱해졌다. 떠들썩하던 모두가 세라피마를 주목했고 주위가 정적에 휩싸였다.

"듣지 않은 것으로 하지."

사령관은 그것이 자애심 깊은 행위라도 되는 듯이 천천히 고개를 끄덕이더니 부관을 데리고 막사로 향하려 했다.

"기다려주십시오!"

세라피마가 그에게 달려갔다. 이리나가 뒤에서 달려들어 제지했다.

"진정해."

무시하고 그대로 소리쳤다.

"사형은 가혹한 처사입니다. 우리가 정말 영웅이라면, 영웅으로서 구명을 탄원하겠습니다."

돌아본 기지사령관은 진절머리 난다는 표정을 감추려고도 하지 않았다.

"나 개인이 냉혹한 인간이라서 저들을 처형한다고 생각하는가? 이것은 붉은 군대의 방침이다. 본 작전을 입안한 주코프 상급대장 각하 또한 이 방침에 찬동하셨다."

"설령 상대가 주코프 각하라도 저는 구명을 탄원합니다!"

"뭣이!"

기지사령관의 얼굴이 분노로 새빨개졌다. 일개 상등병이 발언해도 되는 수준을 아득히 뛰어넘은 말이었다.

주변에 위태로운 분위기가 감돈 그때, 막사에서 위관 계급장을 단 병사가 나왔다. 그는 기지사령관에게 한마디 귓속말을 하고는 그대로 막사 안으로 돌아갔다. 기지사령관이 으르렁거리듯이 한

숨을 내쉬고 세라피마를 바라보았다.

"좋아, 그렇다면 어디 해봐라."

"네?"

"주코프 상급대장 각하가 부르신다. 본 작전 시찰을 위해 이 기지에 와 계시지."

세라피마의 눈이 휘둥그레졌다. 그렇지만 목소리만은 떨지 않고 대답했다.

"알겠습니다."

부관인 듯한 장교에게 검문을 받은 뒤 세라피마는 주코프 상급대장이 있는 응접실로 들어갔다. 이리나가 허둥거리며 같이 가겠다고 주장했으나 부관은 거절하고, 대화가 끝나면 종을 울릴 거라고 답했다. 문이 닫히자 언쟁하는 소리도 들리지 않았다.

적정 온도로 조정된 공기와 평범하면서도 세련된 물건들이 있는 실내는 기지 안에 있는 다른 공간과 선을 긋고 있는 듯했다. 모스크바의 공기, 그곳의 분위기를 풍기는 사람이 책상에 앉아 묵묵히 서류 작업을 하고 있었다.

"최고사령부 예비대 저격병여단 제39독립소대 소속, 세라피마 마르코브나 아르스카야 상등병입니다."

관등 성명을 대고 바르게 경례했다.

게오르기 콘스탄티노비치 주코프는 "수고 많네"라고 짧게 대답하고, 시선을 들지 않은 채 서류 작업을 계속했다.

그는 혁명전쟁 이전부터 활약하며 이름을 떨친 사람이었다. 제정러시아 아래에서 독일군과 싸웠고, 혁명전쟁에서는 직접 기마에 올라타 기병대장이 되어 백군과 싸웠으며, 대조국전쟁 발발 직전에는 중국 땅에서 벌어진 국경분쟁 전투를 지휘해 전차를 집중적으로 투입하고 철저한 기만 작전을 펴서 일본 제국과 그 괴뢰군을 분쇄한 맹장이다.

몇 번인가 신문에서 본 사진 속의 모습과는 인상이 전혀 달랐다. 군인의 전통에 따라 머리를 밀고 몇 개나 되는 훈장을 가슴에 단 채 앞에 늘어선 수많은 병사를 노려보는 신문 속 모습은 위엄 있는 상급장교 그 자체였다. 그러나 짧게 정돈한 밤색 머리카락에 간소한 약식 복장을 걸치고서 서류 작업에 몰두한 표정은 지적이고 온유해서, 고향에서 다녔던 학교의 선생님이 떠올랐다.

"일부러 내 얼굴을 보러 왔나, 동지."

주코프의 말에 정신을 차렸다. 그저 대면한 것만으로도 상대에게 압도당한 것이다.

결론만 말하자. 속으로 생각하며 세라피마는 입을 열었다.

"보병대 대장과 정치장교의 구명을 탄원합니다."

"아쉽지만 그들의 사형은 기지사령부와 엔카베데의 이름으로 내려졌네."

"각하의 힘으로 모쪼록……"

"나도 그들은 죽어야 한다고 생각하네. 그들이 척후대대와 너희 저격소대를 이끌고 전차부대까지 퇴각하여 합류했다면 문책할 일은 절대 없었겠지. 그러나 그들은 그저 도망치기만 해서 너희를 사지에 몰아넣었다. 비슷한 행동을 해도 괜찮다는 전례가 생기면 곤란하지. 그들은 죽어야 하네."

틈을 주지 않고 연달아 돌아오는 말에는 망설임이 전혀 없었다. 온화한 교사 같은 얼굴 그대로 서류 작업을 이어가며 주코프는 사형의 필요성을 설명했다.

"하, 하지만 아군에게 처형당하는 건 너무 잔혹합니다. 전방에 있는 나치와 싸우기 위해 배후에 있는 아군에게 위협을 받아야 한다는 건 인간적으로 이상하지 않습니까. 아군을 소중히 여겨야 합니다."

"그 말이 옳다, 아르스카야 동지."

주코프가 고개를 들었다. 온화한 눈빛이었다.

"자네는 파시스트가 고향을 파괴해서 지원병이 되었고, 오늘이 첫 출진이며 적 루마니아 병사 두 명을 사살했다고 들었네. 훌륭하군."

"네……" 세라피마는 자신의 공적을 이미 알고 있는 주코프에게 놀랐다. "감사합니다."

"그런데 자네는 왜 루마니아 병사를 죽였지?"

귀를 의심했다. 뭔가 숨은 의도가 있는 질문일까? 진의를 짐작하지 못한 채 세라피마는 대답했다.

"아군과 저 자신을 지키기 위해서입니다. 루마니아 병사를 쏘지 않았다면 아군이 죽었을 겁니다."

"그렇지, 그거면 됐네."

주코프는 만족스럽게 고개를 끄덕였다. 대화 사이에 기이한 골이 생겼다.

"아르스카야 상등병 동지. 어떤가. 자신만은 정상임을 입증하려는 시도는 성공했는가?"

질문을 순간적으로 이해하지 못했다. 의미를 반추해 보았다. 자신만은 정상임을 입증하려는 시도? 자신은 그런 행동을 하지 않았다.

루마니아 병사를 사살했다. 그가 적이었고, 아군을 지켜야 하기 때문이었다. 고로 그것은 정당하다 할 수 있다. 이고르 대장이 처형된다. 그것은 이상하다. 그러니 멈춰야만 한다.

그렇게 행동함으로써 자신은 지금 정상임을 확인하려고 했다.

주코프가 던진 질문의 정체를 깨달은 순간, 세라피마는 별안간 현실로 끌려왔다.

소련군 최고위, 머지않아 원수가 될 자, 위대한 영웅인 주코프를 응접실에서 힐문했다. 구름 위의 사람에게 구명 탄원을 하고 아군을 처형하는 것은 이상하다고 말했다. 패배주의자와 탈영병을 주저 없이 처형하려는 의지와 힘을 지닌 사람 앞에서.

다리가 떨렸다. 그렇지만 멈출 수 없었다.

"제 자신이 이상하더라도 괜찮습니다. 이고르 대장을 구해주십시오."

"이 전쟁은 아마도 인류가 지금까지 경험한 적 없는 미증유의 전쟁이 될 테지."

처음으로 주코프가 질문에 대한 직접적인 대답을 돌려주지 않았다. 사무용 책상 앞에서 일어나 창밖을 바라보며 그는 혼잣말처럼 말했다.

"자네 마을이 그랬던 것처럼 수많은 촌락이 섬멸되고 인민이 학살당하거나 혹은 노동력으로 쓸 목적으로 연행되었어. 놈들은 유대인을 세계에서 말살하는 것을 국가 방침으로 내걸었고, 볼셰비키와 유대인을 동일시하지. 따라서 놈들에게 소련 인민은 분명 말살해야 할 인간이거나 혹은 노예 민족 슬라브인으로서 복종시킬 존재이고…… 잉여 인구는 말살할 대상일 뿐이야. 즉, 나치는 소련 전체의 절멸을 도모하는 것이지. 이 전쟁에서 강화講和는 성립하지 않아. 설령 소련에서 놈들을 몰아내도, 우리가 베를린을 점령해 나치 체제의 숨통을 끊지 않는 한 히틀러는 혼자 남더라도 전쟁을 이어갈 걸세."

세라피마는 주코프의 말에 압도되었다. 처음 접하는 차원에서 듣는 전쟁에 대한 이야기였고, 듣는 자를 끌어들이는 힘이 있는 말이었다.

"본 작전의 성과로 스탈린그라드 탈환은 거의 확실해졌다. 다만 내가 구해야 하는 도시가 한 곳 더 있지. 레닌그라드라네. …… 누설을 금하네만, 이미 1년 이상 포위된 그 도시는 추위와 나치의 포격에 더해 기아와도 싸우고 있어. 얼어붙은 라도가 호수가 유일한 보급원이지만 절대적으로 양이 부족하지. 아사자와 동사자가 도시를 뒤덮었네. 어떤 의미에서는 스탈린그라드보다도 더한 지옥이야."

적잖게 놀랐다. 레닌그라드가 포위전을 견디는 중이라는 것은 알고 있었으나, 인민이 끈기 있게 싸우고 있다고만 들었다. 주민이 기아에 허덕인다는 보도는 본 적이 없다.

그러나 사실일 것이다. 레닌그라드 방어선을 재정비한 것은 다른 누구도 아닌 주코프 본인이었으니.

세라피마의 반응을 읽었는지 주코프가 말을 이었다.

"레닌그라드 곳곳에서 싸우던 시기에 나는 방어진지를 구축하고, 초보들이 꾸린 거나 마찬가지였던 바리케이드를 적의 침공을 막을 강도의 토치카*로 발전시키고, 최전선이 서로를 엄호할 수 있도록 조정하고, 절대적인 항쟁을 위해 무기 탄약을 보충하고, 그리고 사기가 저하된 장교들을 처형했다. 멋대로 도망치려 하거나 투항하려던 놈들을."

주코프가 몸을 돌렸다.

거기엔 다정한 교사가 아니라 냉철한 고급 장교의 얼굴이 있었다.

"레닌그라드 인민을 지키기 위해서는 그래야만 했다. 다른 전선에서도 마찬가지야. 나치에게 교섭은 통하지 않아. 이건 일반적인 전쟁이 아니다. 군대가 와해하면 모든 인민이 학살당하고 노예가 된다. 그러므로 조직적 초토작전을 펼치며 철수하는 국면을 제외하면, 버티고 항전하는 것이 소련 인민이 살아남는 유일한 방법이지. 도망치는 병사는 곧 적이자 파시스트의 수하다."

세라피마는 아무런 대꾸도 할 수 없었다. 이번이야말로 완벽하게 할 말을 잃었다.

밖에서 총성이 울렸다. 구명 탄원을 기다리는 일 따위는 없이

---

*    철근 콘크리트나 마대 등으로 공고하게 구축한 진지.

두 사람의 처형이 거행되었다.

주코프는 구명 탄원을 들어줄 생각도 없었다. 주코프의 질문에 따라붙은 것은 호기심이었다. 여성 병사, 그것도 첫 출진에 적을 죽이고 처형될 장교를 구명 탄원한 자. 아무리 현장주의인 상급대장이라도 흔히 겪어보지는 못한 사례였을 것이다. 모든 것을 눈으로 확인하길 원하는 이 고급 장교는 그저 미지의 상대를 살펴보려고 한 것이다.

주코프의 시선은 세라피마가 망연자실한 상태임을 즉각 꿰뚫어 보고는 다시 온화한 표정으로 돌아와 물었다.

"자네는 무엇을 위해 싸우지?"

예거라는 저격병에 대한 복수, 나치 독일에 대한 복수, 이리나에 대한 복수. 솟구치는 말을 삼키고 세라피마는 대답했다.

"아군을 지키고 여성들을 지키기 위해서입니다."

"좋은 대답이군. 이 전쟁에서 수많은 여성이 살해당하고 적에게 능욕당하고 노동력으로 끌려갔지. 그렇다면 여성을 지키기 위해 싸워라, 세라피마 동지. 망설이지 말고 적을 죽여라. 붉은 군대의 일원으로서 자네가 임무를 완수하고 많은 적을 쏘기를 기대하겠네!"

말을 마친 주코프가 종을 울렸다.

입실하자마자 온힘을 다해 깍듯한 경례를 올린 이리나가 세라피마의 멱살을 붙잡고 밖으로 끌어냈다.

"적당히 해. 일부러 나서서 죽으러 가지 말라고."

그 말만 내뱉고 이리나는 떠나려고 했다. 세라피마는 그 등에 대고 말을 퍼부었다.

"다, 당신이⋯⋯"

목소리가 떨렸다. 무슨 말을 할지 정리하지도 못한 채 그저 감정을 내던졌다.

"당신이 나를 여기까지 데려왔어. 병사로, 살인마로⋯⋯"

"그래, 그랬지."

이리나는 미소를 지었다. 요염하게 아름다운 끈적거리는 미소.

"나는 네가 쓸 만하겠다고 판단했다. 그러니 너를 살인마이자 저격병으로 만들었지. 너는 내 지시에 따라 무조건 적을 쏴라. 그게 네가 살아남을 유일한 길이다."

이리나는 대답을 기다리지도 않고 멀어졌다. 부관도 실내로 들어갔고, 넋을 잃은 세라피마만 남았다.

처음으로 실제 전투를 경험했다. 처음으로 사람을 죽였다. 전우를 잃었다. 주코프 각하에게 직접 항의했고 단번에 거절당했다⋯⋯

몸이 무거웠다. 오늘 하루 동안 경험한 일들이 한꺼번에 몸을 덮치는 감각을 느끼는 동시에 세라피마는 의식을 잃었다.

쿵, 제 몸이 바닥에 부딪히는 소리가 또렷하게 들렸다.


보랏빛 연기의 향이 코를 간질였다.

싸구려 배급 담배의 냄새. 저격수가 되려면 피우지 말라고 이리나가 말했었지⋯⋯ 머릿속이 정리되지 않은 채로 천천히 눈을 떴다.

주위를 둘러보았다. 의무실로 보이는 조용한 방. 몇 개 놓인 침대에 자신만 누워 있었다.

그 옆에 처음 보는 소녀가 있었다. 자신보다도 훨씬 짧은 까만 머리칼에 어딘지 소년 같은 느낌이 드는 소녀가 둥근 의자에 앉아 신문을 보며 담배를 피우고 있었다. 입고 있는 붉은 군대 간호병의 제복에는 적십자 표식이 달려 있었다. 눈이 마주치자 소녀가 웃었다.

"생리, 제대로 하니?"

"뭐?" 느닷없는 질문에 얼빠진 소리를 내자, 낯선 소녀가 보랏빛 연기를 뿜었다.

"이리나 동지가 무지 걱정했거든. 뭐, 내가 보기에는 빈혈이나 긴장 때문인 것 같은데. 혈액 순환이 나빠서 쓰러지는 사람도 가끔 있거든."

담요를 움켜쥔 손이 굳었다. 그 여자가 나를 걱정할 리 없다. 총의 상태를 점검하듯이 내가 잘 기능하는지 확인했을 뿐이다. 세라피마는 자기도 모르게 대답이 거칠어졌다.

"생리 따위 안 해도 돼. 싸우는 데 방해되고 자식을 낳을 일도 없으니까 필요 없어."

"무슨 바보 같은 소리야. 네가 죽을 때까지 계속 미친 듯이 싸움만 할 리는 없잖아. 그리고 인체는 네가 원하는 대로 굴러가도록 하는 게 다가 아니야. 몸이 제대로 기능하지 않으면 정신도 무너져. 하여간, 병사들은 건강을 소홀하게 여겨서 곤란하다니까."

소녀는 중얼거리며 담배를 빨아들였다.

특이한 의무병이다. 담배야말로 건강에 나쁠 것 같은데. 세라피마는 그렇게 생각하며 다른 질문으로 말을 돌렸다.

"너 누구야?"

"아하." 이제 생각났다는 듯이 소녀가 대답했다. "타티야나 리보브나 나탈렌코. 타냐라고 불러줘. 나도 이리나 동지의 부름을 받은 네 동료이자 제39독립소대의 일원이야."

"네가?"

"응. 저격병이 아니라 의무병이지만. 지금까지 다른 곳에서 간호사 전문 훈련을 받았어. 다음 전장부터는 나도 동행해."

"다음 전장이라니?"

"뭐야, 못 들었어? 스탈린그라드야. 탈환 작전에 참여한대. 너희, 굉장히 귀한 몸인가 봐. 연속해서 격전지라니."

세라피마는 천장을 올려다보았다. 엔카베데 하투나와 올가가 사주한 것이 틀림없다.

"음…… 담배 싫으니?"

번쩍 고개를 들자, 타냐가 조금 곤란한 표정을 짓고 있었다. 세라피마의 반응을 오해한 것 같았다.

"아니, 연기가 싫은 건 아니야. 아, 그래도 싫긴 해."

"그래?" 타냐는 탁상에 신문을 놓고 문 쪽으로 갔다. "그럼 나는 나갈게. 쉴 수 있을 때 쉬어둬. 한가하면 신문을 읽어도 좋고."

"고마워, 타냐."

"나한테는 뭐든 편하게 말해줘."

등 뒤로 문을 닫고 나갔다.

분위기가 독특하다고는 생각했지만 세라피마는 타냐의 태도에 호감을 품었다. 생리 이야기를 꺼낸 것도 같은 여성끼리니까 안심하고 말해달라는 의미였겠지.

신문을 펼치자 스탈린그라드 주변에서 반격전, 즉 천왕성 작전을 개시했다는 내용이 중요한 부분은 검열된 채 실려 있었다. 마치 붉은 군대가 무혈 승리를 거둔 것처럼 다뤘다.

신문에 시인 일리야 예렌부르크의 짧은 작품이 실렸다. 키예프 출신의 유대인. 혁명 전에는 볼셰비키로서 프랑스에 체재했으나 대독 패전을 겪고 소련으로 귀국한 시인은, 유럽 각국에서 머물며 피카소나 모딜리아니 같은 예술가와도 교류한 심미주의 거장이다. 그런 경력을 가지고 종군작가로 활약하고 있는 그가 병사들을 향해 이런 기사를 썼다.

독일인은 인간이 아니다. 우리는 그들과 말을 섞으면 안 된다. 죽여야 한다. 만약 독일인을 한 명도 죽이지 않았다면 하루를 헛되게 보낸 셈이다. 만약 독일인을 죽이지 않는다면 그의 손에 죽을 것이다.

독일인을 죽여라. 독일인을 살려두면 놈들은 러시아 남자를 죽이고 러시아 여자를 범한다. 당신이 독일인을 죽였다면 그다음 독일인을 죽여라. 소비한 나날을 셈하지 말라. 걸어온 거리를 셈하지 말라. 죽인 독일인을 셈하라. 독일인을 죽여라! 어머니 조국은 그렇게 외친다. 탄환을 빗나가게 하지 말라. 놓치지 말라. 죽여라!

이게 뭐야. 세라피마는 미간을 찌푸렸다. 시인이 썼다고는 믿을 수 없을 만큼 유치하고 노골적인 프로파간다였다. 증오 말고는 아무것도 없다. 남자인 예렌부르크가 위기감을 선동하려고 적이 '러시아 여자를 범한다'라고 쓴 대목도 여자는 곧 러시아의 소유물이라고 말하는 것 같아서 화가 났다. 세라피마는 신문을 덮고 팔로 얼굴을 감쌌다.

같잖은 소리. 그렇게 생각하면서도 기사를 잊을 수 없었다.

나날을 셈하지 말고, 거리를 셈하지 말고, 죽인 독일인의 수를 셈하라.

어쩌면 저격병의 자세로서 그 이상은 없을지도 모른다.

다시 오늘의 자신을 되돌아보았다.

나는 아야를 구하지 못했다. 또 이고르 대장도 구하지 못했다. 결국 내가 약했기 때문이다. 만약 그때 내가 루마니아 병사를 전멸시켰다면 아무도 죽지 않았을 것이다.

이바노프스카야 마을 사람들이 살해된 그날, 엄마는 분명히 적을 겨냥했다. 그러나 쏘지 못했다. 쏠 수 있을 리가 없었다. 사람을 죽인다는 생각은 해본 적도 없는 사냥꾼이었으니까.

병사와 사냥꾼을 나누는 것은, 적을 죽이겠다는 명확한 의지가 있느냐 없느냐다.

"죽여라……"

입에 담은 순간, 그 말을 내면이 흡수했다.

주코프 각하도 이리나도 같은 말을 했다. 이제 그 말에 이견을 품지는 않는다.

지금 나는 병사다. 사냥꾼이 아니다. 그렇다. 동료를 지키고 여성을 지키고 복수를 완수하기 위해 나는 프리츠를 죽인다.

전우를 잃은 분노가 순식간에 독일 병사를 향한 증오로 변해 세라피마 안에서 휘몰아쳤다.

스탈린그라드에서 한 명이라도 더 많은 적병을 죽이겠다.

문득 어렸을 때 본 연극이 생각났다. 그날 세라피마를 감동시켰던 이념이 스스로를 제지하려고 했다.

세라피마는 잠이 들었다.

싸울 상대는 프리츠다.

참호에서 고개를 내밀고 손을 맞잡으며 싸움을 그만둔 독일 병사는 이제 없다.

# 4

볼가강 너머에 우리의 땅은 없다

12월 10일. 어제부터 아무것도 먹지 못한 채 커피로만 입을 축이고 있다. 그야말로 절망적이다. 아, 이 상태가 언제까지 이어질까. 여기에는 부상병도 있다. 그들을 이송하지도 못한다. 우리는 포위되었다. 스탈린그라드는 지옥이다. 우리는 죽은 말고기를 끓여 먹는다. 소금도 없다. 많은 병사가 이질에 걸렸다. 너무도 끔찍한 나날이다. 도대체 지금까지 내가 뭘 그렇게 잘못했기에 이런 벌을 받아야 하는 건가. 이 지하에 30명이나 되는 인간이 갇혔다. 오후 2시면 어두워진다. 언젠가 이 길고 긴 밤이 밝아지고 낮이 찾아오긴 할까.

독일 병사의 일기. 필자 불명. 사망으로 추정됨
요헨 헬벡 엮음, 『스탈린그라드 전투: 소련의 목격자들이 증언하다』

볼가강 서쪽 기슭에 위치하며 인구 60만 명을 자랑하는 일대 공업 도시. 과거에는 타타르어에서 유래한 '차리친'이라는 이름으로 불렸던 이곳 스탈린그라드가 독소전 최대의 격전지가 된 이유는 딱히 두 독재자가 그 이름에 집착했기 때문만은 아니다.

1942년 봄. 티모셴코가 이끄는 붉은 군대의 하리코프 공방전을 완전히 격퇴한 독일군은, 하계夏季 공세로 다시 모스크바를 노릴 것이라는 스탈린의 예상을 뒤엎고 '6월 청색 작전'이라는 이름으로 곧장 소련 남단의 캅카스산맥으로 쳐들어갔다. 뜻밖에도 독일군이 향한 곳은 하리코프 남부에서 아득히 1500킬로미터 떨어진 바쿠 유전이었다. 그들의 작전 목표는 1942년이 끝나기 전에 그 지역을 확보하는 것이었다.

히틀러와 그가 이끄는 국방군 최고사령부는 모스크바 공세를 최우선으로 계속 이어가야 한다는 육군 참모본부의 주장에 대해 다음과 같이 반론했다.

독일 국방군은 이미 물자 부족에 허덕이는 상황이라 광범위한 러시아 전선에서 전면 공세를 벌일 여력이 없고, 이런 전황에서 모스크바만 함락시켜 봤자 정치적·상징적 의미만을 거둘 뿐이다. 이와 달리 바쿠 유전은 소련이 소비하는 석유의 대부분을 생산하는 곳이므로, 이곳을 손에 넣으면 소련 경제에 치명적인 일격을 가할 수 있는 동시에 이란을 거쳐 소련으로 들어오는 원조 물자를 틀어막는 것도 가능해진다. 그러면 독일의 전쟁경제는 단숨에 호전될 것이다.

이 부분만 놓고 보면 이치에 맞는다고도 할 수 있다. 하지만 파고들어 생각해 보면 '연료량에서 뒤지는데 1500킬로미터 너머까지 가서 적의 유전을 차지한다'라는 작전 내용부터가 순서상 맞지 않는다. 또한 독일이 이런 논리를 채택했다는 것은 바꿔 말하면 '전격적 승리를 거둬 반년 안에 소련을 무너뜨리고 항복하도록 몰아붙인다'는 개전 초기의 낙관적인 시나리오가 이미 파탄에 이르렀다는 뜻이다.

어찌되었든 러시아 남부에서 캅카스를 향해 빠르게 진출하면 보급로가 길어져 측면에서 공격받을 위험이 커진다는 것은 자명한 사실이었다. 그러므로 공격을 예방하기 위해 독일은 침입로와 소련 동부 및 북부의 연결 고리인 스탈린그라드 일대를 제압해야만 했다. 즉 스탈린그라드 공략은 바쿠 유전 제압이 주된 목적인 청색 작전의 부차적인 목표로써, 시가지도 초기에는 굳이 함락까지 할 것 없이 포격 사정거리 안에 두고 군사적으로 무력화하면 그만이었다.

그렇게 개시된 청색 작전은 허를 찔린 소련군을 압도하며 순조롭게 진행되었다. 국방군은 바쿠를 노리는 A집단군과 스탈린그라드 주변을 제압하는 B집단군으로 분리되었고, 그중 A집단군은 격렬한 저항이 예상된 돈강의 요새 로스토프나도누를 고작 일주일 만에 함락했다.

이토록 언뜻 화려해 보이는 전과의 그늘에 독일이 간과한 요소가 두 가지 있었다.

하나는 해발 4000미터에 달하는 캅카스산맥의 험준함과 바쿠에 이르는 험로에 보급하는 과업이 독일 측에서 각오한 바 이상으로 힘겨웠다는 점. 또 하나는 허를 찔린 소련군이 이제 예전처럼 임기응변으로 저항하지 않고 조직적 철수를 펼쳐가며 침공에 대처하려고 했다는 점이었다.

소련군 최고사령부는 독일의 기습을 정면에서 저지하는 일이 불가능하다고 판단하자마자 쏜살같이 캅카스 방면에서 전면 철수했다. 그 효과는 독일 국방군이 얻은 포로와 탈취한 병기의 초라한 숫자에 여실히 반영되었다. '한 발짝도 물러서지 마라'라는 명령이 내려진 것이 바로 이 시기인데, 작전에 따른 철수라면 오히려 과거보다 더 신속하게 이루어졌다.

그러나 독일 국방군은 표면적인 전과에 현혹되어, 스탈린그라드 주변과 캅카스산맥에 이르는 붉은 군대가 이미 괴멸했으므로

돈강
볼가강
쿠르스크
B집단군
하리코프 → 스탈린그라드
A집단군
타친스카야
로스토프나도누
마이코프 유전
카스피해
칸카스 산맥
북오세티야
세바스토폴
흑해
바쿠 유전

**청색 작전(독일군 침공로)**

작전은 성공이나 마찬가지라는 착오를 범했다. A집단군은 점거
후에 바쿠 유전에서 독일로의 석유 수송을 검토했고, B집단군은
스탈린그라드를 점령해야 한다고 판단해 9월 13일부터 시가지
공략에 들어갔다. 하지만 돈강 주변에서 격멸한 줄 알았던 소련군
이 합류해 이미 스탈린그라드에 수비군을 보강한 상태였다.

1942년 10월에 들어서자, 청색 작전 전체에 서서히 망조가 보
이기 시작했다. A집단군의 침공 속도는 험준한 산악지대를 앞에
두고 단숨에 느려졌고, 붉은 군대가 철수하면서 적극적으로 공격
을 펼쳤기에 아무리 가도 전략 목표에 도달하지 못했다. 가까스로
마이코프 유전을 점령했지만 당연히 붉은 군대가 철수하면서 파

괴한 뒤였기에 연료 보급은 불가능했다.

같은 달 25일, A집단군은 어떤 의미에서 예상했어야 마땅한 연료 부족에 빠져 북오세티야에서 진격을 멈췄다. 그곳에서 바쿠 유전까지 거리는 500킬로미터가 넘었다. 곧 겨울을 맞이하는 이 험준한 산맥을 산악에 익숙한 현지 파르티잔과 전력을 보존하며 철수 작전을 마친 붉은 군대가 동부에서 충분한 보급을 얻어 반석을 다진 상태로 가로막고 있었다. 그해 안에 바쿠 유전을 점거한다는 것은 이미 이루지 못할 꿈이었다.

캅카스 방면에서 앞길이 막히자, 이제 독일군의 핵심 목표가 스탈린그라드로 바뀌었다. 독일 입장에서는 스탈린그라드 함락이라는 전과를 올리지 못하면 청색 작전 전체가 아무런 성과를 거두지 못한 것이 되고 만다. 심지어 이 전국에서 스탈린그라드와 그 일대의 독일군이 패한다면, 최악의 경우 캅카스 방면에서 꼼짝못하고 있는 A집단군은 서쪽 퇴각로도 막혀 100만 이상의 병력이 모두 괴멸될 우려가 있다.

한편 소련 입장에서 스탈린그라드 함락은 곧 캅카스에서 틀어막은 A집단군에 보급로를 제공하는 뜻과 마찬가지였다. 또한 소련의 남북을 잇는 핵심 수송로이자 러시아 국민이 사랑해 마지않는 어머니 볼가강이 적의 손에 떨어진다는 의미였다.

즉, 스탈린그라드는 소련이라는 거인에게 꽂힌 장검의 자루에나 다름없었다. 캅카스 방면과 달리 절대로 양보할 수 없는 전투였다.

볼가강이야말로 최종 방어선이다.

스탈린그라드를 지키는 제62군 총사령관 바실리 추이코프 중장은 몸소 위험한 전선에 머물며 매일 경신되는 전훈을 살려 근접전 독트린*을 개발하여 볼가강 서안을 등진 채 말 그대로 배수의 진을 치고 싸우는 스탈린그라드 병사들을 '한 발짝도 물러서지 마라'보다 더욱 상징적인 말로 고무했다.

볼가강 너머에 우리의 땅은 없다! 우리는 이곳을 지키다 죽으리라!

천왕성 작전의 성공으로 독일이 쥔 장검 자루를 소련이 두 손으로 감싸쥐었다. 독일은 필사적으로 자루를 탈환하려고 한다. 스탈린그라드라는 칼자루를 빼앗는 자가 이 전쟁을 제패한다. 이리하여 스탈린그라드는 결전의 도시가 되었다.

그리고 지금, 새로운 증원부대가 그 결전의 장으로 향한다.

### 1942년 12월 1일 오후 11시

고속 소형 수송정의 선체가 동력 때문에 심하게 흔들렸다.

세라피마는 살짝 시선을 들었다. 앞장서 가는 같은 형태의 배가 볼가강에 떠다니는 크고 작은 얼음을 헤치며 얼지 않은 쪽으로 물길을 틔워주고 있었다. 제39독립소대는 다른 보병부대와 함께 얼어붙은 볼가강을 건너는 중이었다.

---

*　　교리나 교의를 뜻하는 말. 주의나 신조를 나타내기도 한다.

소대가 향하고 있는 서쪽 기슭에 보이는 것은 강변을 보고 선 폐허와 끝없이 피어오르는 연기였다. 그 너머에서 박격포를 발사하는 소리가 울렸고 때때로 강 수면에 물보라가 일며 물기둥이 치솟았다.

모터 소리가 점차 가까워져서 세라피마는 두 손으로 감쌌던 머리를 들었다. 건너편 강가에서 후송된 부상병을 태운 보트가 엇갈리며 지나갔다. 보트에 탄 병사들은 모두 피범벅이었다. 붕대도 제대로 감지 못한 자가 많았다.

암담해진 병사들의 심정을 알아차렸는지, 엔카베데 제복을 입고 교육장교 완장을 단 남자가 유유히 일어났다.

"스탈린그라드는 우리 군에 역포위되었으나 아직 독일 제6군이 내부에서 저항을 이어가고 있고 시가지 대부분이 적에게 점령된 상태다. 바로 우리가 반년이 넘는 긴 시간 동안 고통을 겪은 우리 제62군 전우들을 구하고 스탈린그라드 시민들을 나치 파시스트 놈들의 마수에서 구하는 것이다! 적은 지금 철창에 갇힌 상처 입은 짐승이다. 철창에 있는 동료들을 우리가 이 손으로 구해내자!"

그가 말을 마친 순간, 박격포탄이 10미터 앞을 가던 수송정을 박살냈다. 배에 탄 병사들이 불덩이에 휩싸인 채 앞다투어 볼가강으로 뛰어들었다.

세라피마 소대가 탄 고속정은 몇 초 만에 그 배를 앞질렀다. 다른 병사들과 마찬가지로 강물에 빠진 병사들을 구하기 위해 몸을 내민 세라피마는, 얼어붙은 볼가강에 뛰어든 이들이 모두 뺨에 서리가 앉은 상태로 숨이 끊긴 것을 보고 눈을 부릅떴다. 불덩이가 되어 극한極寒의 볼가강에 뛰어든 병사들은 온도 차로 인한 충격을 몸이 버티지 못해 사망했다.

이제 수송정 안에 차오른 불안은 격려로 극복할 수 있는 수준을 넘어섰다. 그 사실을 깨달은 교육장교는 부하에게 작은 가방을 건네며 겁에 질린 그들에게 외쳤다.

"제군들에게 배포하는 것은 특수 잉크로 제작한 발연제다." 그의 부관이 펜 크기의 물통 같은 것을 병사들에게 배포했다. 저격소대도 그것을 받았다. "이걸 장작에 바르거나 종이에 도포해 불태우면 붉은 연기가 날 것이다. 시가전에서 유리하게 싸울 수 있도록 전술적으로 구사해라."

너무도 작은 무기였다. 그래도 그걸 손에 쥐자 조금은 마음이 가벼워졌다.

"볼가강 너머에 우리의 땅은 없다!"

교육장교가 외치자, 저격소대를 포함한 병사 전원이 복창했다.

"볼가강 너머에 우리의 땅은 없다!"

"돌격!"

호령과 함께 배가 강변에 닿았고 병사들이 뛰어갔다. 각 부대에 따라 할당된 가옥, 공장, 거점을 목표로 분산되었다.

세찬 포격이 지면을 도려내자 병사들의 다리가 휘청거렸다.

"다들 와라, 이쪽이다!"

이리나가 앞장서서 저격소대를 이끌었다.

그들이 향한 곳은 격전지가 된 '붉은 10월'* 공장의 서쪽. 강변에 닿아 있는 아파트의 한 집이었다. 이 아파트에는 스탈린그라드 방위대의 주축을 맡은 제62군 제13사단 중 앞선 전쟁에서 살아남은 스탈린그라드 시민으로 구성된 제12보병대대가 둥지를 틀고 있었다.

덮어놓고 퍼붓는 박격포탄을 헤치며 벽에 등을 대고 이동한 저격소대가 간신히 아파트 계단에 도착했다. 전원 무사한지 확인했다. 마지막으로 눈이 마주친 올가를 무시하고, 세라피마는 이번에 새로 알게 된 소녀에게 말을 걸었다.

"타냐, 괜찮아?"

전투원이 아닌 의무병으로 참전한 타냐는 커다랗게 부푼 배낭을 고쳐 안고 살짝 웃었다.

"귀가 아프지만 괜찮아. 나도 사격을 제외한 훈련은 받았어."

정말 다부진 말투였다. 이리나가 쉿 하고 목소리를 낮췄다.

"제12보병대대와 접촉할 때까지 경계를 풀지 마라. 만에 하나지만 적과 마주칠 가능성도 있다."

모두 고개를 끄덕이며 SVT-40 저격총을 등 뒤로 돌리고 토카레프 권총을 허리춤에서 뽑았다. 총을 겨냥해 서로의 사각을 엄호하며 8층까지 계단을 올라가 지정된 집에 도착했다. 앞서가던 마미가 문을 열려고 하자, 이리나가 제지한 뒤 노크했다.

---

\*   러시아의 제과 기업 크라스니 옥탸브리. 해석하면 '붉은 10월'이라는 뜻이다. 대표 상품으로는 1960년대 초 흐루쇼프 서기장 시절, 인민에게 대량의 초콜릿을 공급하기 위해 생산한 알룐카 초콜릿이 있다.

반응 없음. 그러나 문 너머에서 경계하는 기색이 느껴졌다. 저격소대는 잠시 기다렸다가 총구를 천장으로 향한 채 집 안으로 들어갔다.

소련 공업 도시의 아파트치고 평범한 집이 그들을 반겼다. 세라피마는 실내에서 전투에 필요한 정보를 순식간에 읽어냈다. 간소한 소파에 소박한 장식품, 욕실과 침실로 통하는 문. 합리적이고 균질한 아파트의 거의 모든 곳에 탄흔이 있었다. 바닥에는 드럼통과 나무로 만든 간이 난로가 있고, 그 옆에 무선 설비가 아무렇게나 놓여 있었다. 장갑차 부품으로 보이는 강철판을 위아래로 붙인 창에는 12.7밀리미터 기관총을 설치해서 밖을 노릴 수 있다. 급조한 야전 기지다.

"누구냐!"

"소속을 밝혀라!"

실내 차폐물 뒤에서 조심스럽게 몸을 감춘 병사들이 입을 모아 외쳤다.

경계하는 것도 무리는 아니다. 지겹도록 시가전을 이어온 자들이다.

이리나가 차분하게 대답했다.

"최고사령부 예비대, 저격병여단 제39독립소대 이리나 에멜리아노브나 스트로가야 소위다. 수비대의 책임자와 만나고 싶다."

"뭐라고?"

소파 뒤에서 PPSh-41을 거머쥔 남자가 일어섰다. 나이는 삼십대 중반, 제복 위에 시가전용 위장 코트를 걸쳤고 용맹한 생김새와 이지적인 눈동자가 인상적인 남자는 이리나가 밝힌 소속과 계급에 당황해하는 티가 났다.

"실례했습니다. 제가 이곳의 대장, 막심 리보비치 마르코프 상급상사입니다. 얼마간 저격병 특수부대가 지원하러 온다고 들었습니다만."

샤를로타가 불쾌함을 드러내며 대꾸했다.

"네, 그래요. 다음 대규모 증원은 12일 후인 13일. 그때까지 우리가 저격병 특수부대로 지원합니다. 뭐 문제라도 있나요?"

막심 대장이 "아니······" 하며 우물쭈물하는데 다른 목소리가 들렸다.

"여자냐, 제기랄!"

체구가 자그마하고 심각하게 마른 남자가 옆방에서 고개를 내밀었다. 핏줄이 일어난 눈이 꼭 짐승의 것을 보는 듯했다.

"문제지, 그럼. 여자 따위 있어봤자 전혀 도움이 안 된다고!"

"그만둬라, 보그단!"

막심 대장이 제지했다.

대놓고 내보이는 멸시에 세라피마도 미간을 찌푸렸다. 올가가 그를 살펴보고 한마디 던졌다.

"당신, 독전대군."

독전대. 퇴각 저지를 위해 무력을 행사하는 부대를 가리키는 그 말에 세라피마와 마미와 샤를로타가 멈칫했다. 남자는 그 모습을 보고 노골적으로 즐거워하며 웃었다.

"아아, 그래. 나는 독전대야, 체카 씨. 넓은 의미에서 동업자라

해야겠군."

위장 코트를 입어 제복에 차이가 없는데도 그들은 서로의 본성을 꿰뚫어 보았다. 샤를로타가 조심스럽게 물었다.

"왜 최전선에 있어요?"

"뭐야, 너희도 나치에서 퍼뜨리는 선전에서처럼 우리가 안전한 배후에서 퇴각하는 아군을 기관총으로 빵빵 쏘아댄다고 생각했냐? 멍청하긴. 이 스탈린그라드에는 최전선이 아닌 곳이 없다고. 나도 막심 대장님의 부하로 싸우고 있지. 이해하겠냐?"

유난히 거친 말투를 제외하면 이해할 수 있었다. 증원부대가 여성인 것에 어지간히도 화가 났는지, 그는 검지로 그들을 척 가리키며 마구 호통쳤다.

"잘 들어라. 어느 쪽이든 독전대가 패배주의자를 없애는 건 똑같아. 너희가 이탈해서 프리츠에게 투항이라도 하면 내가 처형하겠다."

훗, 이리나가 웃었다.

"뭐가 우습지!"

덤벼들려는 보그단에게 이리나가 짧게 대답했다.

"우리가 프리츠에 투항할 수 있다고 생각하는 네가 우스운 거다, 독전대."

보그단이 꾹 입을 다물었다. 그도 의미를 이해했을 것이다.

적군 아군을 가리지 않고 포로가 된 저격병에 대한 처우는 극단적으로 잔혹하다. 하물며 여자라면 어떤 취급을 받을까.

토카레프 권총과 수류탄 두 개를 받았을 때, 이걸 어디에 쓰는

지 아느냐는 이리나의 질문에 세라피마는 저격총이 고장났을 때의 예비용이자 접근전용이라고 교과서적으로 답했다.

그것도 맞지만 눈앞에 프리츠가 다가와 포로가 될 가능성이 발생했을 때, 그걸 어떻게 쓸지를 미리 정해둔 다음 목적을 위해 망설이지 말고 써라, 라는 것이 이리나의 대답이었다.

"죄송합니다. 보그단은 입은 험해도 심성은 착한 녀석입니다."

새로운 목소리와 함께 옆방에서 2미터에 가까운 거대한 남자가 나타났다. 큰 키뿐 아니라 가슴이 탄탄하고 팔도 굵어서 딱 봐도 강인한 몸이라는 걸 알 수 있었다. 그래도 표정은 온화했다. 눈이 꼭 말처럼 다정해 보였다. 가슴에는 근세의 용기병이 입었던 흉판 같은 것을 장착하고 있었다.

"이름은?" 이리나의 물음에 그가 경례하고 답했다.

"표도르 안드레비치 카라예프입니다, 소위님."

샤를로타가 그가 걸친 장비를 가리키며 물었다.

"표도르 씨, 그 갑옷 같은 건 뭐예요?"

"이건 SN-42형 방탄 장비입니다. 권총의 탄환 정도는 튕겨낼 수 있습니다."

정중한 말투에 샤를로타가 고개를 갸웃거렸다.

"저는 일개 상등병인데요."

"저도 그렇습니다. 아, 죄송합니다. 저는 기혼자이다 보니 젊은 여성과 함부로 말을 나누는 건 왠지 조심스럽다고 해야 하나, 좀 서툴어서요."

표도르 상등병이 샤를로타에게서 시선을 피했다. 참 순박한 병사도 다 있다 싶어서 세라피마는 놀랐다.

"재미있나 보지?"

이리나의 갑작스러운 질문에 소대원 모두 동시에 그를 바라보았다. 이리나는 아무와도 시선을 맞추고 있지 않았다.

실내 가장 안쪽, 벽 부분에 드러누운 그림자가 있었다. 위에 위장용 천을 덮고 벽을 향해 엎드려 있는 자의 두 다리만이 보였다. 세라피마는 급히 숨을 들이쉬었다. 아마 이리나를 제외하면 아무도 깨닫지 못했을 것이다.

위장 천 너머로 웃음소리가 들리더니 그안에 있던 자가 덮개를 치웠다.

"안목이 있으시네요, 대장님."

엎드린 채 돌아본 얼굴을 보고 세라피마는 놀랐다.

나이는 십대 후반, 앳된 티가 남은 단정한 얼굴에 초록색 눈을 지닌 아름다운 소년이었다. 다만 마치 종교화에 그려진 아이처럼 사랑스러운 얼굴에는 그 나이대 소년들이 지닐 법한 애교가 전혀 없었다. 싱거움이나 풋풋함이 떨어져 나간 듯한 미소년은 총검을 꽂지 않은 모신나강을 쥐고 외벽에 뚫린 총구멍으로 밖을 겨냥하고 있었다.

세라피마는 그 자세를 보고 확신했다.

"저격병이군요."

"그래. 유리안 아르세니예비치 아스트로프 상등병이다. 잘 부탁해, 저격병 제군 동지."

유리안은 샤를로타를 보고 옅게 웃었다.

어리고 아름다운 소년이 저렇게나 괘씸한 표정을 짓다니, 싶은 야유 가득한 웃음이었다. 샤를로타도 미소 속의 야유를 알아챘는지 거리낌 없이 물었다.

"뭐야, 뭐가 웃겨?"

"아니, 나는 애처가인 표도르와는 달리 여자와 저격을 좋아하거든. 그 둘이 합쳐졌으니 딱 내 취향이다 싶어서. 꼭 서커스 같기도 하고."

"뭐라고? 보나마나 너, 피오네르 출신이지!"

"콤소몰†이야. 이래 보여도 스탈린그라드 사격대회 우승자야."

"그러셔, 나는 모스크바의……"

"조용히 해라." 샤를로타의 경쟁심 가득한 목소리를 이리나가 막았다. "큰 소리를 내는 저격병은 죽는다."

"지당하신 말씀입니다." 유리안이 말을 받았다.

잠깐. 세라피마는 모두를 둘러보았다. 다정해 보이는 막심 대장, 독전대 보그단, 유부남 표도르, 저격병 유리안.

"제12대대는 네 명뿐인가요?"

무심코 입에 담은 의문에 보병대대 4인조 전원이 탄식했다.

"거, 미안하군!" 가장 입이 험한 보그단이 대꾸했다. "보시다시피 우리는 패잔병이야. 네놈들처럼 밖에서 온 것들은 모르겠지만, 대대니 연대니 사단이니 그런 건 스탈린그라드에서는 전부 명목뿐이라고! 시가지 90퍼센트를 잃고 뿔뿔이 흩어진 제12대대의

---

†     Komsomol. 공산당 청년단. 공산당 소련단인 피오네르를 지도하는 위치에 있는 조직.

찌꺼기, 거기에 스타프카 얼간이가 원군이랍시고 보낸 게 너희 계집애 다섯 명과 의무병이지!"

화가 난 나머지 저격소대의 표정이 굳어졌다.

이거 큰일인데. 세라피마는 무의식중에 막심 대장과 시선을 맞추고 "저기" 하고 말을 걸었다.

"뭐지?"

"여러분을 보고 제가 알게 된 건, 다들 면도를 했고 위장복 아래에 제복을 규정대로 잘 갖춰 입었다는 점입니다. 또 모두들 상급자에게 경의를 표했고요."

"그게 어쨌다고!"

보그단이 반문하기에 세라피마는 그를 바라보며 대답했다.

"즉, 여러분은 규율 잡힌 군대이지 패잔병이 아니에요. 그리고 우리 또한 소규모지만 저격병 소대입니다. 전혀 문제없어요. 이제부터 협력할 테니."

말을 마치자 보그단이 입을 꾹 다물었다. 표도르가 힘주어 고개를 끄덕였고, 유리안은 전혀 감정이 흔들리지 않은 듯 혹은 동요를 감추려는 듯 다시 벽에 꽂은 총으로 몸을 돌렸다.

"고맙군, 소녀 동지, 아……"

막심 대장에게 허둥지둥 경례하고 이름을 댔다.

"세라피마 마르코브나 아르스카야 상등병입니다."

"세라피마 동지. 그 말이 옳아. 협력해서 이 전장을 승리로 이끌어 가세."

조금이지만 분위기가 풀렸다. 기다렸다는 듯이 이리나가 막심에게 다른 네 명을 소개한 다음 뒤이어 물었다.

"막심 대장. 이 대대와 우리가 놓인 상황에 대한 설명을 부탁합니다."

"네."

두 사람 사이에 미묘한 긴장감이 있었다. 이리나 소위가 이끄는 저격소대가 막심 상급상사가 이끄는 대대의 지휘 아래에 들어가게 되니 계급과 역할이 어긋나게 된 것이다.

막심은 망설여지는지 시선을 내리깔고 입을 열었다.

"전황 보고로는 적합하지 않겠지만 개인 사정을 좀 섞어도 괜찮겠습니까? 그 방법 이외에는 도저히 이 전투를 돌아볼 수 없을 것 같습니다."

"부탁합니다."

이리나가 기도하듯이 천천히 눈을 감고 고개를 끄덕였다.

"중공업과 볼가강을 자랑하는 이 도시는 시민들 역시 자랑스럽게 여기는 고향 땅이었습니다. 소련에서 가장 첨단의 교육과 의료시설을 갖췄고, 노동자들은 모두 자동차나 조선 공장에서 일했습니다. 저는 병사였고요. 도시 방위를 위해 이 지역의 병사가 되었지요. 그런데 1942년 8월 공습으로 모든 게 달라졌습니다. 프리츠 놈들이 하늘에서 비처럼 폭탄을 뿌렸어요. 그것도 제62군 사령부만 덮친 게 아니라 공장 지대에는 관통력이 높은 폭탄을, 주거지에는 소이탄을 나눠 떨어뜨려 우리 도시를 불바다로 만들었습니다. 붉은 군대 공군의 I-16은 메서슈미트 전투기에 맥없이 격퇴되었죠. 마구잡이로 떨어뜨린 폭탄이 공장을 철저하게 파괴했는데, 거기에서 유출된 중유가 볼가강을 뒤덮은 채 불이 붙어 어머니 볼가강을 시뻘겋게 불태웠습니다. ……시민들을 피란시키려 했지만, 우크라이나에서 온 피란민도 많은 데다 원군이 와야만 부상병을 후송할 수 있는 정황에서는 대피작전도 도무지 진척이 없었습니다. 중단과 재개를 반복할 뿐이었죠. 그러는 사이 놈들이 지상으로 쳐들어왔습니다. 모두 필사적으로 싸웠으나 점령된 서쪽 비행장에서 끈질기게 습격해오는 공격기에 밀려 시가지 구역을 하나둘 빼앗겼습니다. 남북 양단에서 온 적이 볼가강 서쪽 기슭까지 도달했습니다. 중앙역은 열 번 넘게 점거와 탈환을 반복하다가 적의 손에 떨어졌고, 거점이었던 공장도 하나둘 함락되고. 그러는 동안 십수만 명의 아군 병사가 죽었습니다. 저희 대대장도 전사했고 부대는 뿔뿔이 흩어졌습니다. 저는 상관들이 연달아 전사하는 바람에 대장직을 물려받았는데 이 네 명만이 간신히 남았습니다. 그리고 병사들뿐 아니라 수많은 시민이 죽었어요. ……내 아내도 두 딸도 죽었습니다."

고통을 참아내는 목소리에 이리나는 조용히 고개를 끄덕였다.

소대원 모두가 같은 감정에 휩싸였고, 막심 대장도 무언가 깨달은 듯한 표정을 지었다. 유리안은 묵묵히 조준경을 노려볼 뿐이었다. 표도르는 견디지 못하겠는지 고개를 숙였다. 보그단만이 어딘지 거북한 표정이었다.

"그래도 끝 모르는 전투 속에서 추이코프 중장이 근접전투라는 새로운 전법을 개발해 접근전으로 공습을 틀어막고, PPSh-41과 수류탄을 무기로 싸웠습니다. 전멸될까 걱정했던 우리 대대는 이 아파트를 최후의 거점으로 삼고, 몰려드는 프리츠 놈들을 격퇴하여 결사적으로 지켜냈습니다. 그래도 버텨봤자 한 달이겠지 싶었어요. 천왕성 작전은 우리에게도 비밀이었으니 도대체 무슨 일이 벌어졌나 했는데, 붉은 군대가 시가지를 포위했다는 소식을 듣고 쾌재를 울렸습니다. 원군으로 저격소대가 온다는 걸 듣고 이제 살았구나 생각해서……"

막심 대장은 주의 깊게 말을 골랐다.

"약간의 의외성을 지닌 부대지만 아무튼 덕분에 살았습니다. 고맙습니다."

"증원으로 저격병을 지정한 건 당신입니까?" 이리나가 물었다.

"네."

"그 이유는 뭐죠?"

"이 전투는 교전 거리가 지극히 극단적이어서, 실내에서는 10미터 이내로 가깝고, 시가지에서는 500에서 800미터에 달합니다. 중거리에서 조준기 없는 소총으로 쏘아대는 일이 전혀 없습니다. 적이 실내까지 들어와 근접전이 벌어질 경우 우리 넷이서 격퇴할 수 있는 적은 몇 명 안 됩니다. 저격으로 적을 멀리 떨어뜨려야 합니다. 우리에게는 유리안이 있지만, 장거리 교전을 할 수 있는 자가 한 사람뿐이면 부족하니까요."

"나는 충분하다고 생각하지만요."

농을 치는 유리안을 무시하고 이리나가 추가로 물었다.

"지금 우리가 대치한 적 세력은?"

"그건 표도르가 잘 압니다."

곰처럼 거대한 남자 표도르가 살짝 긴장한 표정으로 대답했다.

"2000미터 너머 집합 주택지에 터를 잡은 중대 규모의 적 부대가 있습니다. 정면에서 충돌하면 승산이 없습니다. 불행인지 다행인지 적이 보기에 이곳은 선착장에 가까울 뿐 점거하기에는 전략적 가치가 낮아 보이는지 우리가 필사적으로 총격해 격퇴하자 무리해서 쳐들어오지 않았습니다. 그게 지금도 여기가 무사한 이유입니다. 그러나 시가지 밖에서 붉은 군대가 합류하고 주력이 서쪽에서 나타나는, 적군도 아군도 예상하기 어려운 전황이 되었으므로 이제 이곳이 적군에게 퇴각로로 여겨질 가능성이 있다는 것이 소관의 짐작입니다."

"볼가강 동쪽 연안을 붉은 군대가 지키는데도?"

이리나가 묻자 표도르가 고개를 끄덕였다.

"물론 자살 공격이긴 하지만, 포위되어 멀뚱히 죽느니 소수라도 이곳을 돌파한 다음 야음을 틈타 볼가강으로 내려가 탈출을 꾀할 가능성이 있습니다. 실제로 포위망 완성 후에 드문드문 위력 정찰이 왔습니다. 다행히 유리안이 격퇴했습니다만."

이미 전과를 낸 소년이었구나. 조금 놀라며 유리안을 보자, 그가 등을 보인 채 대답했다.

"지금까지 확인된 전과는 스물세 명이야."

"거짓말. 앞으로 두 명만 더 하면 용맹 훈장을 받는다고? 숫자를 속인 거지?"

샤를로타가 노골적으로 말하자, 표도르가 당황해서 대답했다.

"아, 사실입니다. 전부 아군 한 사람 이상이 확인했습니다."

"과연, 너희에겐 훌륭한 선배라 할 수 있겠군. 제군들은 앞으로 상세히 배우도록."

이리나가 유리안을 추켜세우며 탈선한 대화를 무난하게 일단락 짓고 다시 화제를 옮겨왔다.

"대장님. 그럼 입장을 명확히 하지요. 나는 저격소대의 대장으로서 당신이 정한 합동부대의 방침에 따릅니다. 다만 방침 안에서 저격병 소대는 내 지휘 아래 자유롭게 행동합니다. 예상외의 사태가 생기면 붉은 군대답게 회의에 부쳐 방침을 정합니다. 이걸로 괜찮습니까?"

"이의 없습니다. 배려 감사합니다, 소위님."

"나야말로 고맙습니다."

의례적으로 대답하던 이리나의 시선이 갑자기 날카로워졌다.

순식간에 피어난 긴장감에 모두들 의아한 표정을 지었다. 뭔가 말하려는 막심 앞으로 이리나가 손바닥을 펼쳐 제지했다. 시선으로 신호를 보내자, 마미가 천천히 현관으로 가 몇 초 후에 문을 열었다.

처음 보는 여성이 거기 서 있었다. 평범한 차림에 이십대 중반으로 보이는 여성이었다.

올가가 시선이 따라가지 못할 정도의 민첩함으로 여자의 팔을 붙잡은 뒤 방으로 끌고 와 외쳤다.

"누구냐!"

"저, 저는 스탈린그라드 시민이에요! 볼가강에서 물을 긷고 돌아가는 것뿐이에요."

"뭐야, 산드라군." 막심 대장이 맥 풀린 목소리를 냈다. "수상한 자가 아닙니다. 정말로 물을 길으러 왔다가 피점령지로 돌아가는 걸 겁니다."

세라피마는 멍해졌다. 마미도 놀란 투로 되물었다.

"피점령지라니, 독일군에게 제압당한 지역과 여길 오간다는 건가요?"

"황당하겠지만 이 지옥에도 지옥의 일상이란 게 있습니다. 살아남은 수십만 명의 시민도 밥은 먹어야 하고, 프리츠 놈들도 점령한 곳의 시민을 전부 죽일 수는 없지요."

유리안이 짜증스럽게 머리를 긁었다.

"원래는 제압 후에 몰살할 예정이었다고 포로가 말했어요. 이미 수십만 명이나 죽였고."

그의 말을 흘려 넘기고 막심 대장이 말을 이었다.

"산드라는 남편을 잃었고 지금은 혼자입니다. 생활에 필요한 물을 길으러 양쪽을 오가지요."

산드라라는 여자가 덜덜 떨며 고개를 끄덕였다. 단정하게 생겼으나 피로해서인지 표정이 딱딱하게 굳었다.

세라피마는 이 상황을 어떻게 받아들여야 할지 당혹스러웠다. 나치 독일군의 점령 아래에서 저항하지 않고 살아가며 붉은 군대의 진지에 와서 물을 긷는다니. 막심 대장이 이걸 당연하게 받아들이는 것은 산드라가 여자이기 때문이리라.

같은 여자로서 희미하게 분노가 피어오르는 것을 뒤늦게 느꼈다. 자신은 총을 들고 싸우는데 이 여자는 대체 무엇인가.

산드라는 짧게 인사를 남기고 1층으로 가려고 했다. 올가가 그 뒤에서 말을 걸었다.

"이히 리베 디히Ich liebe dich."

'사랑해'라는 말. 올가가 그 독일어를 말했을 때 산드라가 눈을 부릅뜨고 돌아보았다.

단순히 놀란 것이 아니다. 그렇게 확신한 순간, 올가가 산드라의 멱살을 틀어쥐었다.

"이, 이봐, 무슨 짓이야!"

"이 여자, 이걸 준 남자한테도 똑같은 말을 들은 거야!"

올가는 산드라의 왼쪽 손목을 잡아 벽에 내리쳤다. 벌어진 손가락 사이를 타인의 손이 파고들자 산드라는 필사적으로 저항했으나, 올가에게 관절이 붙잡힌 탓에 너무도 쉽게 굴복했다. 올가는 팔을 고정한 자세로 억지로 손을 벌리더니 산드라의 반지를 빼앗아 던졌다.

"세라피마! 거기 적힌 로고에 뭐라 쓰였는지 읽어!"

"휴고 보스."

독일 반지 브랜드의 이름을 대자, 대대 병사들이 성을 냈다.

"프리츠 국방군이 받는 반지다!"

"너, 이 암퇘지! 프리츠의 애인이었냐! 스파이 활동을 하고 있었던 거냐!"

보그단이 욕설을 퍼부으며 다가서자 올가의 손에 붙잡혀 선 산드라가 필사적으로 항변했다.

"아니에요! 저는 거부할 수 없었어요! 어쩔 수 없었다고요!"

그 모습을 보고 확신했는지 막심 대장이 분노로 시뻘게진 얼굴로 외쳤다.

"뭘 어쩔 수 없어! 너는 배신자다! 네 남편 세료샤에게 부끄럽지도 않으냐!"

"이 비겁한 히비!"

유리안이 으르렁거렸다.

히비Hiwi. 익숙하지 않은 단어지만 대놓고 모욕하는 말일 테지. 배신자라는 뉘앙스가 담겨 있었다.

"아니야, 나는……"

산드라가 눈물을 흘리며 변명하려고 하자 마미가 그들 사이를 가로막았다.

"이 사람을 탓하는 건 너무 잔인해요! 여러분도 모두 알잖아요. 점령지에서 여성은 제일 먼저 희생되는걸요. 적에게 치욕스러운 짓을 당하고 설령 마음이 다치더라도, 살아남기 위해서 그럴 수밖에 없는 사람도 있어요!"

마미의 말에 막심 대장을 비롯한 병사들이 주춤했고, 무의식적으로 그들과 분노를 공유했던 세라피마도 퍼뜩 정신을 차렸다.

옳은 말이었다. 점령지에서 여성이 어떤 일을 당하는지 자신도 이미 경험으로 알고 있다. 세라피마 역시 이 여자가 당한 것과 똑같은 치욕을 당할 뻔했다. 그걸 두고 손가락질하는 건 그야말로 잔인한 짓이다.

"아, 아니야!"

그런데 산드라는 어째서인지 자신을 감싸주는 마미의 말을 부정했다.

"저는 독일 병사에게 당한 게 아니에요! 그 사람과 저는 사랑하는 사이예요!"

병사들은 욕하는 것도 잊고 아연실색했다. 이 여자가 대체 무슨 소리를 하는 거지?

마미를 포함한 저격소대 병사들도 마찬가지로 곤혹스러워했는데, 올가만이 미소를 지으며 산드라의 뺨을 쓰다듬었다.

"호오, 프리츠와 사랑하는 사이라고? 그렇다면 이야기가 빠르지. 너는 히비에다 배신자야. 조국 소련을 배신하고 프리츠를 사랑한 매국노지. 처형해도 불만 없겠지?"

그러자 산드라의 표정이 또 바뀌었다.

"아니에요, 전 배신하지 않았어요. 조국도 남편도 배신하지 않았어요!"

"확실히 해, 산드라. 너는 소련을 배신하고 매국노가 되어 프리츠에게 몸을 팔았어. 그게 아니라면 프리츠에게 당한 거야. 비참한 자신을 받아들이지 못하는 거지."

"아니야…… 아니야!"

산드라의 말은 지리멸렬했다. 그러나 세라피마는 그 이상으로 올가의 가학적인 말투에 반감을 느꼈다. 어째서 이 엔카베데는 의도적으로 인간의 존엄성을 우롱하는 거지?

"그만해, 올가. 사람을 괴롭히지 마."

산드라를 붙잡은 올가의 팔을 잡았다. 그러나 올가는 전혀 개의치 않고 산드라에게 외쳤다.

"너 자신을 잃지 마! 너는 소련 인민으로서 프리츠에게 당한 피해자냐, 아니면 소련을 배신하고 프리츠를 사랑한 배신자냐? 동시에 두 개가 될 순 없어, 산드라. 그러는 인간은 박쥐나 다름없지. 동물도 새도 아닌 요물이 이 섬멸 전쟁 끝에 어떻게 될지 네가 제일 잘 알고 있겠지! 네 입으로 대답해라, 산드라. 너는 지금 누구의 편이냐!"

세라피마는 올가의 말에 압도되었다. 시퍼런 서슬에 눌린 것은 아니다. 올가는 꼭 산드라를 구하려고 하는 것만 같았다.

산드라는 아무 말도 못 하고 울었다. 세라피마는 그런 산드라에게 화가 나면서도 동정심이 갔다. 모순된 심경을 느끼며, 문득 세라피마는 생각했다.

왜 이 여자는 울고 있고 왜 나는 지금 손에 총을 들고 싸우고 있는가. 산드라와 나를 가르는 것은 무엇인가.

침묵을 지키던 이리나가 모두 주목하도록 손을 들었다.

"이 여자가 자신을 어떻게 의식하든 상관없이 명확히 해둘 게 있다. 여자를 도시로 돌려보낼지, 아니면 볼가강을 건너게 해 사태를 설명한 뒤 엔카베데에게 인도할지. 회의로 결정한다."

산드라가 몸을 떨었다. 이 상황에서 인도되면 처형이나 수용소행을 피할 수 없다.

"다수결로 정하지. 의장으로서 나는 투표하지 않겠다. 엔카베데에 인도해야 한다고 생각하는 사람."

보그단과 유리안이 거수했고 소대에서는 샤를로타와 올가가 손을 들었다.

"그럼 이대로 보내야 한다고 생각하는 사람."

마미, 막심, 표도르가 거수했고 세라피마도 이어서 손을 들었다. 샤를로타가 놀라서 바라보았다.

"피마, 마미도? 그럴 수는 없어. 이 여자는 프리츠의 애인이잖아! 이대로 보내면 우리 정보를 흘릴지도 몰라!"

혼란스러워하면서도 세라피마는 대답했다.

"어떻게 봐도 스파이 노릇을 할 만한 사람은 아니야. 인도하는 건 너무 지나쳐."

"동감이야." 막심 대장이 괴로운 듯이 말했다. "씁쓸한 일이지만 점령 상황 아래에서 생기는 이런 사정들을 전부 죄과로 처단할 수는 없어…… 하지만 4 대 4면 결론이 안 나는군."

"인도 반대에 한 표."

가만히 있던 타냐가 거수했다.

"너는 병사가 아니잖아!"

보그단이 버럭 소리를 지르자 타냐가 곧바로 대꾸했다.

"그렇지만 이 혼성 부대의 일원이죠. 이 여자가 시민이든 나치의 애인이든 나는 구할 거예요. 내가 일원인 걸 부정한다면 약을 챙겨 건너편으로 돌아갈 수밖에 없겠고."

모두가 입을 다물었다.

"결론이 났군."

이리나가 처음으로 산드라와 시선을 맞추고 반지를 돌려주며 간결하게 말했다.

"가라, 산드라. 단 우리에 대해 프리츠에게 말한다면 죽인다."

위협이 아닌 그저 사실을 말하는 것이었다. 산드라는 뜻 모를 표정으로 고개를 끄덕이고, 비틀거리는 발걸음으로 아파트 내부 계단으로 향했다.

"잠깐."

타냐가 산드라에게 뭔가를 던졌다. 자칫 떨어뜨릴 뻔하며 겨우 받아낸 산드라가 무엇인지 보고는 놀란 표정을 지었다.

"몸조심해. 영양이 부족하면 그걸 먹어."

"고, 고마워."

산드라는 비교적 분명하게 답한 뒤 바쁘게 멀어졌다.

"뭘 줬지?"

막심 대장이 물었다.

"생선 통조림이요."

"쳇, 저런 것한테 그 귀한 걸 주다니. 이래서 계집들은!"

보그단이 욕을 퍼붓자 올가가 코웃음을 쳤다.

"입만 살았군, 삼류 독전대. 반지도 못 본 눈뜬장님 주제에."

"뭐야?"

"아아, 그만 그만 그만!"

타냐가 크게 외치며 손뼉을 치고 배낭을 바닥에 내려놓았다.

"병사들, 밥 먹을 시간이에요! 아, 혹시 싸우느라 사이좋게 밥 때를 놓치고 싶은 건가?"

대대 병사들이 침을 삼켰다. 다들 식욕이 다른 모든 감정을 넘어섰다.

병사들은 다 같이 협력해 깡통 형태의 야전용 난로에 석탄을 채우고 불을 지폈다. 아파트 바닥을 태우며 프라이팬으로 요리했고 말린 고기와 청어, 콩과 감자를 기름으로 볶았다.

뭐라고 불러야 할지 모를 요리지만 병사들 모두 무아지경으로 접시에 담은 음식을 퍼먹고 호밀빵을 씹었다. 설사할 걱정 없는 증류수도 삼켰다.

표도르, 유리안, 보그단은 순식간에 접시를 비우더니 다음 접시를 또 수북이 담았다. 거기서 그치지 않고 배낭에서 식량을 잡히는 대로 꺼내 다시 프라이팬에 투입했다.

"어, 어이, 진정해. 질식하겠어."

역시 대장답게 막심이 차분하게 타일렀으나 세 사람은 야생동물 같은 기세로 정신없이 먹었다. 표도르가 물을 벌컥벌컥 들이켜고 말했다.

"제대로 된 따뜻한 밥을 먹는 게 한 달 만이잖아요, 대장님."

유리안도 고개를 끄덕였다.

"이 통조림은 맛이 있는 건지 없는 건지 잘 모르겠지만, 맛이 진해서 괜찮네."

스팸이라고 적힌 통조림을 보며 세라피마가 답해주었다.

"미국 통조림이야. 렌드리스†로 수입된 거고."

"외국 통조림을 먹는 일이 생길 줄이야. 아아, 여기 있는 여러분은 분명 신께서 보내주신 사자使者가 분명합니다."

표도르의 말에 저격소대 대원들은 서로의 얼굴을 마주보았다.

---

† 미국에서 연합국에 펼친 물자 대여 정책.

개전 이래 붉은 군대 내에서 러시아 정교의 포교가 허용되었다곤
해도 신앙심이 깊은 붉은 군대 병사는 드물다. 특히 저격병은 대
부분이 유물론자들이었다.

"너무 거창한 칭찬이네요."

그다지 식욕이 없어 보이는 샤를로타가 그렇게 말하자 막심 대
장이 손사래를 쳤다.

"어제까지만 해도 꽁꽁 언 채소 부스러기를 주운 걸로 행복해
했고, 적의 시체에서 빼앗은 휴대용 초콜릿을 나눠 먹으며 기뻐했
거든. 거창한 게 아니야."

"응. 심지어 프리츠의 시체를 드럼통으로 구우면 먹을 수 있을
지를 의논했다니까."

유리안이 중얼거린 말에 마미가 작게 헉 비명을 질렀다.

"아무튼," 막심 대장이 화제를 바꿨다. "포위선을 형성한 덕에
이번에는 적이 굶주릴 차례지. 다만 조기에 끝내지 않으면 시민들
도 굶주리게 될 거야."

"스탈린그라드의 전황과 여러분이 당면한 과제에 대해서는 잘
알겠습니다. 요점은 정면의 중대가 이쪽을 돌파구로 여기는 것
을 피하고 본격적인 원군이 도착할 13일까지 교전 거리를 넓히는
것. 그럼, 작전을 정하지요." 이리나가 갑자기 끼어들어 대화의 주
제를 산드라가 나타나기 전 시점으로 되돌렸다. "적을 멀리 떨어
뜨리기 위해 이쪽의 전력을 과대평가하도록 만든다. 그러기 위해
여러분이 이 안에서 농성하면, 우리 저격소대는 밖으로 나가 쏘고
또 쏘겠습니다."

"말씀하신 대로입니다." 막심이 면목 없다는 듯이 말했다. "여러분에게 부담을 끼쳐 죄송합니다."

위험도가 더 높은 역할을 수행하는 저격병에 대한 미안함. 그와는 어딘가 이질적인 감정을 세라피마가 읽어냈을 때 이리나가 물었다.

"당신들은 뒤에 있고 우리 같은 여자를 전선에 내보내는 게 부끄러운가, 상급상사?"

이리나가 처음으로 계급 차를 의식하며 말하자, 막심의 표정이 굳어졌다.

"그런 뜻은…… 다만 이건 제가 지키려고 한 가정의 풍경과는 다르니까요."

"당신이 지키려고 한 가정?"

이리나의 반문에 막심이 말을 잇지 못하고 그저 청어를 먹었다. 마음이 쓰였는지 표도르가 말을 받았다.

"이곳은 원래 대장님의 집이었습니다."

세라피마가 놀라 주위를 둘러보았다. 온통 탄흔이다. 페인트가 벗겨지고 가구도 파괴된 폐허 같은 집. 게다가 방한을 위해 드럼통으로 만든 즉석 난로에 폐자재를 넣어 태운 탓에 바닥이 시커멓게 탔다.

그래도 막심은 이곳에서 살았다. 이 집에서 처자식의 웃음소리를 듣고 함께 밥을 먹고, 그걸 원동력으로 삼아 일했다. 이 집에서 그가 지키려고 한 가정이란 말 그대로 여성과 아이일 테고. 그런 곳에서 출진하는 여성을 지켜봐야 한다니 아무래도 복잡한 심경

이리라.

"사적인 감정으로 여길 선택한 것은 아닙니다." 막심 대장이 다소 변명조로 말했다. "이곳은 창으로 보는 전망이 좋아 위에서 아래로 내리쏠 수 있지요. 또 지리감이 있으면 시가전에서 아주 유리해집니다. 실제로 적이 공격해 와도, 어느 골목에서 어떤 식으로 올지 눈에 훤히 보이도록 잘 알 수 있거든요."

"그렇군. 합리적이군요. 애향심은 좋은 원동력이 되니까요."

연기일 테지만 이리나가 감탄하는 반응을 보이며 고개를 끄덕였다.

"그렇습니다. 우리는 모두 이 도시를 사랑합니다. 토박이 방위대니까요. 표도르는 자동차 공장의 노동자고 유리안은 공과대생입니다."

샤를로타가 눈을 깜박였다.

"뭐야, 잘난 척하더니 대학생이었어?"

"그래. 여기가 전장이 되기 전까지 1학년이었어. 부모님이랑 여동생과 함께 살았어. 아버지랑 막심 대장님이 동창 사이여서 가족끼리 자주 어울려서 놀았지. 콤소몰에서도 대장이 코치로서 이것저것 가르쳐줬고."

유리안이 살짝 미소를 짓고 수프를 한 모금 마셨다.

"가족은 모두 죽었어."

실내를 가득 채운 의문을 읽었는지 그가 이어 말했다.

"볼가강까지 가서 선착장에서 피난하기 직전이었어. 여동생이 아끼는 인형을 두고 왔다고 해서, 다음 배를 타자고 하고 내가 인형을 가지러 갔어. 그랬는데 메서슈미트가 날아와서 피난민을 향해 기관총 난사를 퍼부었지. 인형을 들고 손을 흔드는 내 눈앞에서 모두 죽었어. ……우리 부대는 다들 마찬가지야. 보그단도 부인이 죽었어. 가족이 동쪽 기슭으로 피난해서 살아남은 건 표도르뿐이야."

유리안이 컵을 바닥에 내려놓았다. 콩, 부딪히는 소리가 또렷하게 들렸다.

어느새 그의 얼굴에서 이질적인 기색이 사라졌다. 취사용으로 피운 불꽃이 흔들거리며 다정다감해 보이는 미소년의 앳된 얼굴을 비췄다.

"내가 다음 배를 타자는 소리만 안 했어도……"

유리안이 중얼거리자 보그단이 딱딱해진 표정으로 끼어들었다.

"어이, 너희 가족이 죽은 건 네 탓이 아니야. 그건 프리츠 놈들이……"

"그건 그렇지만. 그래도 내가 괜한 소리만 안 했어도 다 같이 도망갈 수 있었을 것 같아. 그때는."

연회가 벌어졌던 집에 침묵이 찾아왔다. 유리안이 가볍게 웃었다. 옆에 놓았던 모신나강을 끌어당기자, 그의 얼굴에 다시 이질적인 빛이 돌아왔다.

"막심 대장님을 의지해서 군대에 들어가 복수하겠다고 결심했을 때 살아갈 활력을 되찾았어. 스탈린그라드를 해방시키고 한 명이라도 많은 프리츠를 사살할 거야. ……막심 대장님과 만나고 나서야 비로소 생각했어. 복수의 힘은 대단하지. 살아갈 희망을 준다니까."

"맞아."

세라피마가 고개를 끄덕였다. 처지와 심경이 자신과 완벽하게
같았다.

복수를 완수하겠다는 목표로 살아갈 이유가 생긴다. 그리고 잔
혹한 전투에서 싸워나갈 의지가 생긴다. 생각해 보면 무수히 많은
소련 인민의 동기 또한 복수심에서 비롯됐다. 그것이 국가에 의한
것이든 가족에 의한 것이든, 복수를 해내겠다는 동기가 전쟁이라
는 막대한 에너지가 필요한 사업을 완수하고 그것을 수행하는 거
대 국가를 지탱한다.

"착각하지 마라, 유리안. 너는 스탈린그라드가 해방된 뒤에도
살아가야 해."

갑자기 막심 대장이 말했다.

시선 저 끝에서 이리나가 끄덕이는 것이 보여 세라피마는 당황
했다. 분명 작위적인 연기가 아니라 자발적인 움직임이었다.

"안다니까요. 전쟁이 끝나면 또 여자를 안고 자야지."

유리안이 부루퉁하게 대답하고 총구멍으로 시선을 향했다.

"교대할까?"

샤를로타가 그의 등에 대고 말했다.

"왜?"

"너도 지쳤을 테고, 또 저격수가 여러 명 있으면 교대근무를 할
수 있잖아. 배운 대로."

"샤를로타였나. 네가 할 수 있어?"

"내 최고 기록은 삼자세*에서 1000점이 넘거든, 콤소몰 씨."

"엥, 진짜?"

"그리고 아까 말 못 했는데 난 모스크바 사격대회 우승자야."

"나는 스탈린그라드의…… 아니, 실전에서 벌써 스물세 명을 쓰러뜨렸어!"

유리안이 짜증을 내며 돌아와 털썩 주저앉았다.

세라피마가 자기도 모르게 웃었다.

"뭐가 그렇게 재밌냐?"

유리안의 물음에 당황해서 고개를 저었다.

"재미있어서 웃은 게 아니야. 동년배 전우가 생겨서 기뻐서 그래. 열심히 하자, 전우 동지 유리안."

유리안의 커다란 눈이 잠깐 흔들렸다.

"자, 잘 부탁해, 세라피마 동지."

유리안은 침낭을 머리까지 뒤집어쓰고 잠들었다. 저격소대는 순서대로 불침번을 섰다.

다음 날 아침 6시. 세라피마는 눈을 떴다. 들어오는 햇빛으로 보아 취침 시간이 아직 더 남아 있겠다고 생각했을 때, 자그마한 신발 두 사람분이 시선에 들어왔다.

"뭐지!"

놀라서 벌떡 일어나자 저격소대 일원도 뒤를 이어 일어났다.

헐렁헐렁한 방한복을 입은, 외모로 보아 여섯 살쯤 된 남자애

---

\* 서서쏴(입사), 무릎쏴(슬사), 엎드려쏴(복사) 세 종류.

와 여자애가 히히 웃으며 자신을 소개했다.

"니콜라이예요."

"마샤예요."

대대 남자들은 딱히 놀란 기색이 없었다. 표도르가 싱글벙글 웃으며 아이들을 소개했다.

"여기 자주 놀러 오는 아이들입니다. 맛있는 냄새가 났으니까 왔겠죠."

들개 이야기라도 하는 듯한 말투였다. 표도르는 막심 대장의 허락을 받고 스팸과 깡통 따개 그리고 맑은 물을 나눠주었다. 대장이 이어서 설명했다.

"둘 다 다른 집, 다른 층에 살던 주민입니다. 생전에는 부모와 도 다 알던 사이였어요."

"그럼 이 아이들의 부모님은……"

세라피마가 목소리를 낮춰 묻자 막심이 슬프게 고개를 숙였다.

"이상한 전장이죠. 여기엔 이런 광경이 무수히 많습니다. 아이 들은 폐허에서 놀고, 병사들에게 먹을 것을 얻고, 포탄 파편을 주 워 얼마나 모았는지 친구들한테 자랑해요. 어떻게 된 건지, 어떤 일상을 살든 아이들은 노는 걸 그만두지 않네요."

"아이들이 놀지 않게 된다면 아이로서 살아가는 걸 포기했을 때겠죠."

이리나가 벌떡 일어나더니 중얼거렸다. 신기하게도 그 동작만 으로 소대 모두 작전이 시작된 것을 알아차렸다.

"별무리 작전을 개시한다."

별무리 작전은 이리나가 입안한 저격소대의 교란·저격 작전이다. 기본적으로 유격과 저격을 반복하는 소모 작전으로, 아파트 공략을 포기하게 하려는 심리전이기도 하다.

이 시기에 붉은 군대는 천왕성 작전처럼 대규모 작전에 행성 이름을 붙여, 병사들로 하여금 작전의 장엄함을 인식하고 연속성을 의식하게끔 했다. 실제로 천왕성 작전과 동시에 모스크바 부근의 르제프에서 화성 작전이 실행되었으나 허무하게 격퇴된 바 있었다. 이에 저격소대는 행성 이름이 붙는 큰 작전과는 비교도 안 될 만큼 소규모 작전이라는 뜻의 해학을 담은 별무리 작전을 개시한 것이다.

비교적 정확한 기성품 지도와 대대 병사들이 적은 정보를 바탕으로 이리나가 행동과 시간을 지시했고, 저격병들은 지시를 머릿속에 입력했다.

공격은 이리나와 세라피마, 샤를로타와 마미가 각각 조를 꾸려 실시한다. 의무병 타냐는 이 집에서 대기. 엔카베데의 염탐꾼인 올가는 애초에 저격소대의 지휘를 받는 입장이 아니어서 아무런 훈시가 없었으나 알아서 밖으로 나갔다.

출격 전에 네 사람은 모여서 부둥켜안고 서로 무사하기를 기원했다.

포옹하던 샤를로타와 가까이에서 시선이 마주쳤고, 인사의 키스를 받았다.

"하루에 한 명씩 쏘자." 샤를로타가 말했다.

"가능하면 하루에 두 명씩!" 세라피마도 키스를 되돌리며 대답했다.

시선을 느껴 돌아보자, 방에 있던 대대 병사들이 멋쩍은 듯이 시선을 피했다. 러시아에선 여자들끼리 키스로 인사를 나누는 모습이 흔하지만 전장에서는 좀처럼 그러지 않는다. 아무래도 내일부터는 보이지 않는 곳에서 해야겠다고 세라피마는 생각했다.

별무리 작전에서 세라피마가 쏜 최초의 사냥감은 프리츠 통신병이었다.

적이 차지한 지역에서 400미터 지점에 있는 폐공장에 들어가 3층에서 내려다보자 차폐가 되는 장소에서 내리쏠 수 있는 이상적인 사격 지점이 있었다.

표도르가 가르쳐준 적의 대략적인 배치를 먼저 살펴보는데, 이리나가 놀라운 솜씨로 450미터 너머의 적 한 무리를 발견했다.

몇 초 만에 오차를 수정하고 목표를 조준선 중앙에 포착해 방아쇠를 당겼다. 건조한 총성과 함께 피를 튀기며 통신병이 쓰러졌다. 기관총 난사로 반격받기 전에 두 사람은 폐공장 깊숙이 후퇴했다.

그날은 프리츠들이 경계령을 내렸는지 저격 포인트로 보이는 다른 지점에서 적병을 발견할 수 없었지만 뒤이어 샤를로타도 공병 한 명을 해치웠다.

별무리 작전의 핵심을 파악하는 데는 하루밖에 걸리지 않았다. 그 후로는 정보와 저격 기록을 계속 경신했다. 밤의 암흑과 아침의 안개에 섞여 이동해 덤덤히 적을 쏘고, 막심의 집으로 돌아와서는 배급된 식량을 먹고 그 일부를 니콜라이와 마샤에게 나눠주고 같이 춤을 추며 놀았다.

야간에는 상륙했던 날과 마찬가지로 적이 마구잡이로 박격포를 쏘곤 했는데, 포탄이 하늘을 가르는 소리에 세라피마와 샤를로타, 마미가 허둥거리는 와중에도 보병대대 병사들은 태평스럽게 코를 골았다. 막심 대장이 익숙해지면 '빗나가는 소리'와 '명중하는 소리'를 알아차릴 수 있다고 했다. 경험이 많은 이리나도 눈을 감은 채로 그에 동의했다.

올가는 식사 이외의 시간을 자기 뜻대로 보냈는데, 막심 대장의 말을 들어보니 낮에 혼자 밖에 나갔다가 아무 말 없이 돌아온다고 했다. 피점령지와 여기를 오가는 산드라를 보면 모두 무시했는데, 타냐만은 창구 역할을 맡아 남은 식품을 나눠주었다.

천왕성 작전 때 세라피마가 느꼈던 동요는 이 전국의 나날을 거치면서는 조금도 일어나지 않았다. 유리안의 원수, 막심 대장의 원수, 무수한 스탈린그라드 시민의 원수. 눈에 보이는 프리츠는 전부 명백한 침입자이자 인민의 원수다.

목표의 우선순위는 장교가 1순위고 그다음은 공병, 포병, 통신병, 기관총수, 일반 병사 순이다. 기본적으로 대체가 어려운 병사를 노리는 것이 철칙으로 소대장 이상의 장교를 제외하면 계급이 아니라 병과로 정한다. 공병의 우선도가 높은 이유는, 적이 본 시가전에서 전국을 타개하기 위해 거점 폭발과 화염 방사를 이용한 소탕을 담당하는 그들에게 기대를 걸고 있기 때문이다. 공병을 없애면 아군에게 이득인 것은 물론이고 적에게도 가장 중요한 병과에 강한 압박을 줌으로써 행동에 제약을 걸 수 있다. 작전 개시 나흘 후, 세라피마는 화염방사기를 짊어지고 지하수로에 들어가려는 프리츠의 가슴을 저격했는데 관통한 탄환이 연료 탱크에 연쇄 폭발을 일으켰다. 죽어가며 주위에 불덩이를 뿌리는 모습이 제법 장관이어서, 앞으로는 적이 화염방사병을 쉽게 투입하지 않으리라고 확신했다. 돌아오며 자랑스럽게 그런 말을 하자 이리나가 힘주어 강조했다.

"프리츠를 죽이는 것에만 전념하지 마라. 눈에 들어온 전황 전부를 머릿속에 입력해라."

"알고 있습니다."

말투는 반항적이었지만 다음부터는 시키는 대로 행동했다. 매일 갱신되는 적의 포진을 대대에 전달해 지도에 기록했다. 저격이 불발로 끝난 날도 무언가 정보를 얻어 돌아가면 전과라고 할 수 있었다. 저격병은 단순히 사격의 명수에 그치지 않고 척후도 겸한 전술적 병사여야 하니까.

어느 날, 저격 지점에서 희한한 광경이 보였다. 지도상의 포진에서 기묘하게 튀어나온 지점에 공병들이 마치 자신들을 쏴달라는 것처럼 모여 있었다.

이리나에게 시선을 던지자 그는 묵묵히 고개를 끄덕였다.

적의 본거지를 자세히 살폈다. 창문 구석에 총이 보였고 그 뒤로는 상대가 발포하면 그 위치를 확인하려고 대기하는 독일 저격병, 즉 '쿠쿠'가 있었다.

그자를 죽이고 공병 두 명도 해치웠다. 하루에 세 명의 기록을 낸 건 처음이었다.

별무리 작전은 순조롭게 이어졌다. 샤를로타도 열흘 만에 열두 명을 해치웠다. 이 정도로 유리하게 흘러간 것은 단적으로 말해, 붉은 군대의 포위망이 완성되어 프리츠들이 주위와 완전히 차단되었기 때문이다. 충분한 무기와 탄약도 의료품도 없이 공중 수송으로 오는 자잘한 보급에 의지하는 그들은 반격에 나서기는커녕 당장 추위라는 위협에서 살아남는 것만으로도 버거울 것이다. 이동하지 못하는 데다 항상 수비적으로 나오는 병사는 저격수에게 있어서 사냥감으로 딱이었다.

물론 다친 맹수가 오히려 위험한 것은 사실이다. 기만, 교란, 위장 표적으로 저격병을 끌어내 없애려는 포병과 쿠쿠가 몇 번이나 소대의 목숨을 노렸다.

그렇게 작전 마지막 날인 12월 12일을 맞이했다. 파괴된 곡물 창고에서 500미터 너머의 프리츠들을 관측하는데 대형 박격포가 설치되어 있었다. 야간에 공병들이 설치한 게 분명했다.

노리는 방향을 어림잡아 추정할 수밖에 없었지만 목표는 자신들의 거점인 막심 대장의 아파트인 것이 분명했다.

"적도 우리의 움직임을 수집했네요."

"뭐, 애초에 막심의 집에 위력 정찰이 오곤 했으니까 저격병의 거점이 여기라고 단정하는 것도 시간문제였지."

"곤란한데요. 누굴 해치워야 하지……"

박격포 주위에서 관측수가 지도와 나침반을 통해 조준을 조정했다. 그 옆에 배치된 중기관총이 주위를 날카롭게 노려보고 있었다. 버거운 적이다. 어느 쪽을 먼저 정리해도 위험하다.

"침착해. 저격병은 전술적으로 행동하는 법이다. 막심의 집에는 무전기가 있지. ……혹시 포탄이 장전될 것 같으면 포수만 쏘고 바로 도망쳐."

그 말을 남긴 이리나가 세라피마의 어깨를 두드리고 떠났다.

아하. 세라피마는 이해했다.

몇 분 후, 휘우우웅 하는 소리가 이어지더니 대형 유탄이 명중해 적의 박격포 진지를 흔적도 없이 날려 보냈다. 이리나가 무전으로 볼가강 동쪽 기슭의 포병에게 적의 상세한 위치를 알려준 덕분이었다.

세라피마는 불탄 들판이 된 적의 진지를 조준경으로 지켜보았다. 방심한 순간을 노리는 놈이 있을 것 같았다. 박격포 진지 너머 50미터쯤 떨어진 폐가에서 쿠쿠가 이쪽을 찾고 있었다. 좌우로 흔들리는 그의 조준경이 멈추는 것보다 세라피마가 빨랐다.

방아쇠를 당긴 그 순간, 그가 실내로 물러났다. 영점 몇 초 차이로 그가 있던 공기를 소련제 탄환이 꿰뚫었다.

죽이지 못했군. 적이지만 판단력과 몸놀림이 훌륭했다. 강적을 만났다는 느낌이어서 신기하게도 뒷맛이 나쁘지 않았다.

"좋아. 와라, 세라피마!"

이리나가 맨홀을 열고 그 안에서 고개만 내민 채 손짓했다. 두 사람이 지하수로로 들어가자, 한참 늦게 적의 기관총 일제 사격이 시작되었다.

찰방찰방 물이 튀는 소리에 웃음소리가 겹쳤다.

"전장에서 웃는 놈이 어디 있어!"

그렇게 한소리 하는 이리나조차 웃고 있었다. 진지하게 언행을 신경 써야 하는 상황이라면 이럴 리 없다. 즐거웠다. 두 사람의 힘으로 프리츠를 쓰러뜨리고 막심의 집을 구했다.

지하수로는 소련 병사들에게는 익숙한 통로인 한편, 프리츠에게는 괴물의 소굴이나 마굴과도 같았다. 이것의 존재는 소련이 전투를 유리하게 이끌어가고 있는 요인 중 하나였다.

"쉿."

이리나가 갑자기 긴장해서 걸음을 멈췄다.

동작으로 지시를 보내 세라피마가 SVT-40을 등 뒤로 돌리고 토카레프로 바꿔 쥐었다. 모퉁이 너머에서 인기척을 느껴졌다. ……너무 방심했나?

벽에 등을 대고 슬금슬금 모퉁이로 접근한 다음 반대편으로 총구와 함께 상반신을 내밀었다. 세라피마가 슬라이드를 당기는 동시에 러시아어가 들렸다.

"쏘, 쏘지 마세요! 우리 자매는 파르티잔이에요!"

"파르티잔?"

어둠 너머에서 두 명의 어린 여성이 모습을 드러냈다.

"아, 붉은 군대 분들이죠? 드디어 합류했다. 계속 만나고 싶었어요……"

"시가지에 파르티잔이라니? 설마 히비는 아니겠지."

귀담아들었던 단어를 입에 담았다. 나중에 물어봤더니 유리안이 말한 '히비'는 실제로 프리츠가 사용하는 독일어에서 유래한

'협력자'라는 뜻의 단어로, 한마디로 독일군 스파이를 가리켰다. 이 단어의 효과는 즉각 나타났다.

언니로 보이는 쪽이 안색까지 바꾸고 외쳤다.

"말도 안 돼요! 우리는 공과대 학생이고 독일의 압제 때문에 파르티잔이 되었어요! 보세요, 여기 학생증이랑 우리가 모은 자료예요."

두 사람이 드물게도 사진이 같이 있는 학생증을 제시했다.

벨라 안드레브나 자하로바. 여동생은 안나 안드레브나 자하로바. 사진보다 조금 야위었으나 분명 본인들이었다. 세라피마는 두 사람이 히비가 아니라고 확신했다. 학생증 때문이 아니라, 그걸로 증명되리라고 믿는 순진한 발상 때문에.

다만 이어서 그들이 제시한 '자료'에는 놀랐다.

보고 들은 독일 장교의 이름, 계급, 특징과 인상, 나아가 적의 배치와 매일의 동향이 일기 형식으로 상세하게 기록되어 있었다. 이걸 프리츠에게 들켰다가는 무조건 처형되리라. 틀림없는 파르티잔이다. 세라피마는 그들을 의심한 것이 부끄러웠다. 이리나가 고개를 끄덕이며 말했다.

"고맙군. 귀중한 자료로 활용하겠다."

세라피마도 파르티잔 동지에게 정중하게 고마움을 전했다.

안심했는지 어린 파르티잔 학생들의 표정이 부드러워졌다. 그중 동생 안나가 조심스럽게 물었다.

"저, 저기…… 여러분은 증원으로 오신 분들이죠. 혹시 유리안 아르세니예비치 아스트로프를 보신 적 있나요?"

세라피마는 놀란 표정을 드러내지 않으려고 주의했다. 이리나
는 어렵지 않게 무표정을 유지했다. 여학생은 그 반응을 알아차릴
수 있는 베테랑 병사가 아니었다.

"아실 리 없겠죠? 저는 유리안이랑 동급생이었어요. 그 애는
정말 다정하고 심약하고 수줍음을 타서 도저히 병사가 되지 못할
것 같았는데…… 그래도 저 역시 그 마음을 알 것 같아 또 만날
수 있으면 해서……"

여자가 말하는 유리안의 됨됨이에 세라피마는 약간 위화감을
느꼈다. 그가 그러한 소년이었다니.

"그만해, 안나, 두 분이 곤란해하시잖아."

"아, 네, 죄송해요, 저기……"

세라피마는 안나가 말하는 도중에 그를 끌어안았다. 안나의 말
에서 무언가를 느꼈다. 유리안에 대해서는 말해줄 수는 없다. 아
무리 파르티잔으로 활동하더라도 만에 하나 적에게 고문당할 일
이 생길 경우, 이들은 그걸 버틸 훈련을 받지 못했다.

"분명 살아 있을 거야, 괜찮아."

가까이에서 시선을 마주하고 말하자, 안나가 당황해하면서도
웃으며 고개를 끄덕였다.

"돌아가지."

이리나의 말에 세라피마는 다시금 자매에게 감사 인사를 하고
지하수로를 달렸다. 전쟁이 끝난 후에 안나가 유리안과 재회할 수
있기를, 하고 염원하다가 문득 생각이 들었다.

방위 전쟁이라는 상황이 이렇게까지 사람들을 이끌어내다니……

파르티잔은 육해공에 이은 제4의 붉은 군대라고 불릴 만큼 멋지게 싸웠다. 독일군 점령지에서는 시민 생활에 녹아들거나 게릴라 병사로서 유격했다. 대규모로 비밀거점을 건설해 시민끼리 똘똘 뭉쳐 저항에 나서는 파르티잔들도 있다.

그들을 겪고 난 프리츠들은 의심스러운 촌락을 섬멸하거나 파르티잔이 발생한 주변 주민을 학살했고, 때로는 범인을 특정하지 못하면 유대인 탓으로 돌려 유대인을 학살하는 지리멸렬한 보복을 펼쳤다. 그러나 그런 방법으로는 파르티잔을 억제하지 못했다. 오히려 저항 의식을 형성하도록 자극했다.

거꾸로 소련이 독일을 공격했다가 반격받아 지금 같은 전황이 벌어졌다면, 세라피마는 아마도 이런 저항의 움직임은 없었을 거라 생각했다. 방위 전쟁으로서 침입자를 격퇴한다는 대의명분을 가슴에 품었기에 이토록 장대한 저항이 가능했으리라.


막심의 집으로 돌아오니 먼저 도착한 대대원들과 샤를로타, 마미가 저녁을 먹고 있었다. 오늘의 포격이 이리나와 세라피마의 요청에 의한 것인 줄 이미 알고 있었는지, 두 사람은 질문 공세를 받아 일련의 상황을 전했다. 세라피마는 유리안을 보고 말을 걸려 했으나 이리나가 눈빛으로 제지했다.

세라피마도 수긍했다. 지금 그에게 동급생이 결사적인 파르티잔이 되었다고 전해봤자 동요를 일으킬 뿐이지 뭔가 더 나아질 일은 없다.

그날은 보급을 받는 날이기도 해서 저녁 식사의 양이 다시 늘었다. 부대는 박격포의 파괴와 별무리 작전의 성공을 축하하는 연회를 열었다. 막심 대장이 증류수를 들고 선창했다.

"건배! 이제 예정대로 내일 증원만 도착하면 두려울 건 아무것도 없다!"

볼가강 동쪽 기슭의 수비 진지가 강화되어 믿음직한 취사 부대가 와준 덕분에 드물게도 갓 구운 빵과 레표시카*를 먹을 수 있었다. 처음에는 어떻게 먹는지 몰랐던 스팸도 구운 다음 말린 채소와 같이 먹으면 제법 맛있다는 걸 알게 되었다.

니콜라이와 마샤도 냄새에 이끌려 왔다. 그들 몫의 식량은 보급에 포함되지 않아 나눠줄 수 있는 양에 한계가 있지만, 그냥 두면 마미가 자기 식사까지 줄 테니 모두 조금씩 남매에게 식량을 나눠주었다. 쿠키와 초콜릿은 군용 식량 중에서도 특히 별미였는데, 병사들 이상으로 아이들이 좋아했다.

니콜라이가 고맙다고 하며 마미에게 말했다.

"내가 자라면 총 쏘는 법을 알려줘. 그러면 프리츠를 쏴서 은혜를 갚을 테니."

"안 돼." 마미가 웃음을 지우고 대답했다.

"왜 안 돼?"

"네가 자랐을 때는 이미 전쟁이 끝났을 테니까. 너는 평화로운 시대를 살아갈 거야."

---

\*  밀가루와 이스트, 소금, 물로 만든 반죽을 둥글납작하게 구운 빵. 우즈베키스탄 등지의 전통 요리.

세라피마는 그 말에 하마터면 숟가락을 떨어뜨릴 뻔했다. 뭐에 놀랐는지 몰라도, 병사로서 유지해 온 자기 안의 무언가가 현악기 줄을 튕기는 것처럼 동요했음을 느꼈다.

니콜라이와 마샤가 과연 그 말뜻을 이해했는지 표정만 보고는 알 수 없었지만, 두 사람은 다 먹지 못할 양의 저녁밥을 받아들고 떠났다. 이거면 포탄 파편 몇 개를 받는데 그걸 또 크레용으로 교환할 거라 했다. 아이들에게는 아이들 나름의 사회가 존재했다.

연회를 마치자 타냐가 각 대원에게 담배를 지급했다. 남성 병사들은 모두 기쁘게 받았으나 저격소대원들은 거절했다.

막심 대장이 고개를 갸우뚱하는 표도르에게 알려주었다.

"역시 병사라고 해도 여성은 담배를 피우지 않겠지."

"아니요." 이리나가 대답했다. "저격병이라 피우지 않는 겁니다. 집중력이 둔해지니까."

이리나가 이제 됐다고 눈짓하자 타냐가 담배를 입에 물고 방에서 나갔다.

"아, 그런가요? 하지만 우리 유리안은 아까……"

저격병인 유리안은 다른 남자들과 마찬가지로 담배를 피우고 있던 것 같았는데, 막심 대장의 시선을 쫓아 그를 보니 담배는 보이지 않았다.

"어라?"

샤를로타가 반응하자 유리안이 손을 팔랑거리며 입가에 댔다. 다음 순간 불이 붙은 담배가 그의 입에서 나타났다.

"대단하다!"

샤를로타가 순수하게 놀라 그의 곁으로 달려갔다.

"와, 너 지금 어떻게 한 거야? 마술이야?"

"그냥 잔기술 같은 거야. 나도 이리나 소위님과 같아. 담배는 피우지 않아."

유리안이 조금 쑥스러워하며 웃더니 불이 붙은 담배를 입 안에 감추는 방법을 선보였다.

"비법도 장치도 없어. 혀 위에 담배를 올려놔. 불붙은 부분이 혀끝보다 앞에 오게 하고 혀를 뒤로 당기면 불붙은 부분이 입 속의 어디에도 닿지 않아. 내밀 때는 입을 벌리고 혀를 내밀면 끝. 익숙해지면 피고 있던 것처럼 입에 다시 물 수도 있어."

흉내 내지 말라고 경고했지만 딱히 경고할 필요가 없다는 것도 알고 있는 듯했다. 유난히 독을 내뿜던 유리안이었지만, 어딘가 꾸며낸 듯한 태도를 거둔 채로 인형처럼 예쁜 샤를로타와 나란히 웃고 있으니 전쟁터의 병사로는 보이지 않았다.

그러나 그는 저격병에다 지금까지 스물세 명을 사살했다. 그런 유리안도 몇 달 전까지는 일개 대학생이었고 지금도 그때의 친구가 살아 있으며, 그 친구는 파르티잔으로 싸우고 있다.

"소녀 동지 세라피마. 왜 그러지?"

막심 대장이 물었으나 뭐라고 대답해야 할지 곤란했다.

"그게…… 유리안을 보면 신기해서요. 총을 손에 들면 노련한 병사로 보이는데 저러고 있으니 그냥 귀여운 소년 같잖아요."

그렇게 대답하자 어째서인지 막심 대장의 눈이 휘둥그레졌다. 뭔가 충격을 받은 듯한 표정을 보이더니 재빨리 그 감정을 감추려 했다.

세라피마는 그 의미를 이해하지 못했다. 지금 막심 대장은 대체 무슨 감정을 느꼈던 것일까.

그때, 무전기에서 착신음이 울렸다.

"네, 막심 저택입니다."

막심 대장이 드물게도 농담을 던졌다. 그러나 표정이 순식간에 바뀌었다.

"그건, 하지만…… 네. 버틸 수는 있습니다만 그럼 다음은…… 아, 아아, 네, 알겠습니다."

"왜 그러십니까, 대장님?"

직속 부하 표도르가 심각한 표정으로 물었다. 막심은 잠깐 머뭇거리다가 대답했다.

"아쉽지만 증원이 연기되었다는군."

모두가 말을 잃었다.

"프리츠 놈들이 포위망 외측에서 돌파를 시도했어. 아군 예비 병력은 그 작전을 저지하고 있고. 증원은 연기야."

"세상에……"

표도르가 드러내 놓고 낙담했다.

1942년 12월 12일, 독일 최고의 지략가 만슈타인 원수가 지휘하는 독일군은 제57기갑군을 이끌고 스탈린그라드를 역포위한 소련군에 공격을 개시했다.

나중에 알았지만 겨울 폭풍이라는 야단스러운 이름이 붙은 이 작전은 독일이 내세우는 기갑병기로 기동전을 펼쳐 남서에서부터 포위망을 깨부수는 게 핵심이었다. 이미 자력을 통한 승리는 절망적이었던 제6군을 위해 외부에서 돌파구를 도모한 것이었다. 막심 집에 모인 병사들 역시 자세한 사정은 몰라도 독일군의 의도는 대충 파악할 수 있었다. 막심 대장이 신음하듯 말했다.

"문제는 눈앞의 제6군이 이에 어떻게 대응하는지야. 제6군을 증원하는 작전인가, 아니면 탈출 작전인가."

즉, 붉은 군대와 대치해 생존에 위협을 받는 제6군이 외부에서의 작전에 호응해 스탈린그라드에서 후퇴할 가능성이 있다는 뜻이다. 마미가 조심스럽게 막심 대장에게 물었다.

"저기, 적의 제6군 사령관은 어떤 사람인가요?"

"프리드리히 파울루스 장군. 참모형 장교로 나치와는 거리를 두는 쪽이지만 위로부터의 명령을 엄수하는 훌륭한 군인이라고 알려져 있지."

막심 대장이 대답하자 유리안이 이어서 설명했다.

"히틀러가 이 결전 도시에서 제6군이 조직적으로 후퇴할 것을 명령하는가, 아니면 파울루스가 독단으로 후퇴를 결단하는가. 뭐, 양쪽 다 있을 법하지 않은 이야기네요. 명령에 복종하는 파울루스는 군인으로서 제정신일진 몰라도 수장이 미치면 미친 군인으로 행동할 수밖에요."

"어이, 그거 체제 비판 아니냐?"

독전대인 보그단이 그런 농을 치자 뭐라 형용하기 어려운 웃음이 일었다.

"왜 지금 발언이 체제 비판이 되지?"

엔카베데 올가가 불쑥 입을 열자 실내 공기가 얼어붙었다. 보그단이 뭔가 말하려는 것을 무시하고서 올가가 소총을 쥐었다.

"너희는 마치 제6군이 탈출에 성공하길 비는 것 같군."

올가가 발소리도 내지 않고 막심의 집에서 떠났다. 집주인이 헛기침했다.

"앞으로의 행동 말인데, 문제는 적의 공세보다 증원이 오지 않는다는 데 있어. 적 중대는 쇠약해졌지만 세라피마 동지가 마주친 상대 저격병이 걱정이야. 적이 대항 저격을 시도한다면 작전의 연장으로서 저격병 제거에 힘써주길 바라네."

물론 그리하겠다고 세라피마가 대답하려 하는데 이리나가 가로막았다.

"나는 반대입니다."

모두가 의외라는 표정으로 이리나를 바라보았다. 시선을 받으며 이리나가 설명했다.

"적이 우리 전력을 과대평가하도록 만드는 별무리 작전은 이미 목표를 달성했어요. 이 이상 무의미한 소모전을 이어가는 것보다 지금은 동쪽 연안에 있는 붉은 군대의 위협이 오히려 줄어든 것으로 보이게 해서 놈들이 서쪽으로 도피하는 선택을 내리지 못하도록 유도하는 편이 낫습니다. 포위선이 무너지지 않는 한 놈들은 어차피 괴멸할 테니까."

막심 대장은 잠깐 바닥을 내려다보았다가 반론했다.

"하지만 소위님, 조금이라도 적의 전력을, 특히 저격병을 없애지 않으면 우군에 위협이 됩니다."

"지금 국면에서 우리 전력을 이 이상 부풀리면 오히려 프리츠는 서쪽으로 도피하려 할 겁니다. 올가의 말이 옳다는 건 아니지만 포위망은 무너지면 안 돼요."

"놈들을 서쪽으로 도망치도록 압력을 가하자는 말이 아닙니다. 앞으로 있을 포위 섬멸 작전을 위해 적의 전력을 깎아둘 필요가 있어요. 이것을 합동부대의 방침으로 삼고 싶습니다."

합동부대의 방침은 막심이 정하고 이리나는 그에 따른다. 처음에 자신이 제시한 규칙이기에 이리나는 고개를 끄덕였다.

"그러죠."

다음 날 새벽, 집합주택을 거점으로 삼은 적 부대의 저격병을 처리하기 위한 전투를 시작했다.

야간에 만들어둔 전투의 핵심 요소가 있었다. 바로 이웃집의 망가진 문짝을 가지고 와 손잡이에 철모를 동여맨 장치인데, 길게 연결한 줄을 당기면 문틀에서 문이 열리면서 손잡이에 달린 철모가 위로 솟구치는 구조의 미끼였다.

"정말 이런 거에 걸리려나."

보그단이 혀를 찼다.

조준경이 없는 모신나강을 든 보그단과 세라피마, 이리나는 아파트 내부의 계단을 내려와 지면과 같은 높이에 창문이 있는 반지하 보일러실에 틀어박혔다. 드럼통과 목재로 만든 즉석 난로로 간신히 온기를 확보했다. 창문에는 파괴된 장갑차에서 얻은 철판을 붙여 몇 센티미터 폭 사이로 적을 노리는 간이 방어진지를 만

들어두었다.

샤를로타와 마미는 옆 건물에 총구멍을 뚫어서 겨냥하고 있고, 막심의 집에서는 유리안이 밖을 노린다.

이리나가 줄을 당기며 대답했다.

"뭐, 양쪽 다 실내에 틀어박혀 버리면 결국 저격병끼리의 전투는 끈기 싸움이 되지."

이쪽이 그렇게 한 것처럼 적 저격병 또한 창문에 차폐물을 붙이거나 건물에 총구멍을 뚫어 이쪽을 노리고 있다.

그 '틈'에서 반걸음만 물러나면 외부에서 안을 꿰뚫어 보는 것은 거의 불가능하다. 그러므로 적을 발견할 수 있는 때는 그 은닉이 깨지는 순간, 즉 발포하는 순간뿐이다. 이 때문에 제1차 세계대전 이래로 저격병 간의 싸움에서는 늘 가짜 표적이 유효하게 쓰였다.

철모 미끼를 놓아둔 곳은 주택에서 거리를 끼고 수십 미터 떨어져 있다. 이리나는 능숙하게 줄을 움직여 마치 살아 있는 병사처럼 보이도록 잔해 사이에서 때때로 철모가 드러나게 했다.

그렇게 네 시간이 흘렀다. 교대로 식사를 하면서 끊임없이 탐색을 이어갔다.

보그단은 총을 끌어안은 채 벽에 기대 있었는데, 갑자기 그가 쿵 소리를 냈다. 동료들이 놀라서 돌아보자 깜빡 졸았는지 그가 허둥지둥 고개를 저었다.

이리나가 한숨을 쉬었다.

"이러니저러니 해도 벌써 여덟 시간째니까."

보그단은 완전히 집중력이 흐트러져 있었다.

세라피마 또한 슬슬 피곤해졌다. 상대가 도무지 덫에 반응할 기색이 없었다. 그때 깔깔 웃는 소리가 들리더니 익숙한 목소리가 겹쳐 들려왔다.

"아, 잠깐, 왜 초콜릿을 탄피로 바꾼 거야!"

"탄피가 포탄 파편보다 비싸! 나중에 다른 부대에서 사탕을 받아다 줄게!"

보일러실과 철모 사이의 골목. 창 너머에서 니콜라이와 마샤가 웃으며 달려갔다.

오늘 날씨는 화창하지만 기온은 영하 20도를 밑돈다. 이렇게 추운데도, 이리나의 말대로 어린이는 노는 것을 그만두지 않는다. 저 두 사람은 전장에 있으면서도 살육과는 거리가 먼 일상을 살아간다.

작은 신발이 눈앞을 지나가는 걸 지켜보며 이리나가 말했다.

"철수로군."

보그단이 "하지만……"하며 말을 꺼내려고 했으나 백전노장의 저격병은 간결하게 대답했다.

"지금 게 결정적이었어. 쿠쿠는 작전 중인 붉은 군대 저격병이 자기 등 뒤로 아이가 지나가게 둔다고 생각하지 않아. 가짜라는 게 간파당했어. 사냥은 중단. 내일 또 하지."

"네."

대답하자마자 세라피마도 정신이 단숨에 흐릿해지는 것을 느꼈다. 공복, 추위, 졸음. 잡념으로 취급하고 차단했던 고통을 육체가 자각하기 시작했다.

이웃집에 가서 샤를로타와 마미에게도 복귀하라고 전해야겠다고 생각한 그때, 총성이 울렸다.

"뭐야!"

보그단이 외쳤다.

누가 뭘 쐈는지 파악하기도 전에 귓가에 들리는 비명이 의문을 풀어주었다.

"코랴! 코랴, 일어나! 응? 일어나라니까!"

반지하 창문에서 주위를 살폈다. 서쪽 큰길로 이어지는 교차점에 니콜라이가 쓰러져 고통스럽게 몸부림쳤다. 그 옆에서 마샤가 울고 있었다. 보그단이 버럭 외쳤다.

"프리츠 놈! 꼬맹이를 쐈어!"

"구하러 가겠습니다!"

세라피마가 외치자 이리나가 목덜미를 붙잡았다.

"적을 찾아! 총성은 내리쏘는 각도로 들렸어. 흰 연기와 저격병을 찾아!"

"하, 하지만 아이들을 구해야죠!"

"그게 적이 노리는 바야! 두 사람을 구하려면 쿠쿠를 없애!"

이리나가 대답하며 차폐물 너머로 총을 겨눴다.

세라피마도 자세를 잡았다. 판단에 망설임이 생겼다. 저격병으로서 사고가 둔해졌다.

적의 회답은 세라피마의 이해력보다 빠르게 돌아왔다. 제2발이 날아왔고 마샤가 비명을 질렀다. 탄환이 아파트 벽에 박히는 소리가 났다. 아이들에게 맞지는 않았다.

세라피마는 흰 연기를 봤다.

적의 거점인 집합주택보다도 앞쪽이다. 다른 건물 옥상, 그보다 더 위.

"적은 급수탑에 있습니다! 거리 600미터…… 앙각 때문에 여기에서는 쏠 수 없어요!"

장갑판을 붙여둔 이 거점에서는 발사각이 대폭 제한되어 있었다. 적은 여기서 대응 사격을 할 수 없는 위치에 있었다. 물론 적도 이곳을 쏠 수 없어야 했지만, 급수탑 위의 쿠쿠는 연이어서 총을 쏘아댔다. 울며 비명을 지르는 마샤 주변에 차례차례 탄환이 박혔다.

"이미 반격은 불가능합니다! 구조하러 가겠습니다!"

세라피마가 외치며 보일러실 출구로 가려는데, 보그단이 팔을 붙잡고 그대로 잡아당겨 바닥에 쓰러뜨렸다.

"이 멍청아! 여기 있어! 여자를 내보내고 그 뒤에 숨으면 죽은 마누라 얼굴을 볼 염치가 없다고!"

보그단은 자신을 고무하려는 것처럼 괴성을 지르며 밖으로 뛰어나가 아이들이 있는 곳으로 달려갔다. 창 너머에서 그의 목소리가 들렸다.

"일어나, 꼬맹이! 얼른 도망쳐!"

보그단이 다친 니콜라이를 안고 마샤의 팔을 당기며 뛰려던 순간, 그의 머리가 피를 뿜었고 조금 늦게 총성이 울렸다.

보그단이 쓰러졌다. 위장 코트가 바람에 날려 그 아래 독전대

제복을 드러냈다.

거의 동시에 이리나가 외쳤다.

"8층 막심의 집까지 올라간다. 목표는 급수탑의 쿠쿠다!"

실내 계단을 뛰어 올라가 막심의 집으로 향했다. 도중에 기관총 난사 소리가 들렸다. 모신나강의 단발적인 발사음이 그와 겹쳤다. 유리안 일행이 적을 발견한 것이다.

머리가 지끈거렸다. 적은 누가 봐도 비전투원을, 심지어 아이를 쐈다. 세라피마는 아이를 구하러 가려고 했다. 그러나 그게 노림수였다. 적은 저격병이 나타나리라 기대하고 아이들을 쏜 것이다. 두 발째부터 일부러 빗나가게 쏜 것도 의도적이었다.

"죽여버리겠어……"

세라피마의 몸 안에서 살의가 용솟음쳤다. 적은 악귀라고 부르기도 아까운 존재다.

막심의 집으로 들어가자 대장이 기관총을 난사하는 중이었고, 그 탄막의 엄호를 받으며 유리안이 총구멍에서 저격을 시도하고 있었다. 그러나 세라피마가 창으로 가 적을 노리려고 한 순간 적의 사격이 뚝 그쳤다.

"도망쳤어."

유리안이 짧게 말했다.

"급수탑에서 옥상으로 뛰어내리는 게 보였어. 저 자식, 퇴로까지 똑똑히 생각해 뒀어."

"젠장!" 욕을 내뱉은 막심 대장이 명령했다. "유리안, 보그단과 아이들을 데려와라! 여기에서 엄호하마!"

알겠다는 대답과 함께 유리안이 계단으로 향했다.

막심 대장은 상대가 노리지 못하도록 창문 아래에 몸을 감추고서 견제를 위한 기관총 난사를 계속했다. 세라피마는 몇 개 있는 총구멍 중 가까운 것을 골라 밖을 내다보았다.

아무것도 보이지 않았다. 급수탑은 물론이고 2000미터 너머의 적 진지에서도 기척이 없다. 적의 사냥은 끝났다. 이루 말하기 어려운 패배감이 세라피마를 덮쳤다.

보그단과 니콜라이, 그리고 마샤를 데려오는 일은 유리안과 옆집에서 뛰어나와 합류한 샤를로타와 마미 세 사람이 신속하게 마쳤다.

마샤는 무사했다. 니콜라이는 다리에 중상을 입고 기절했으나 숨은 붙어 있었다.

보그단은 즉사했다. 첫날 자신들을 위협하고 욕설을 퍼부은 독전대는 세라피마를 대신해 뛰어나가 아이들을 구하려다가 죽음을 맞았다.

표도르가 눈물을 보였다. 유리안과 막심도 침통한 표정으로 그의 죽음을 애도했다. 타냐는 니콜라이에게 진통제를 놓고 가느다란 다리에 박힌 총탄을 재빨리 적출한 다음 지혈과 응급처치를 마쳤다.

처치를 마치자 니콜라이가 의식을 되찾았다. 아이에게는 들리지 않도록 목소리를 낮춘 타냐가 막심 대장에게 말했다.

"최대한 빨리 후송해야 해요. 신경과 정맥이 파열되었는데, 한쪽 다리를 절단하는 수술을 받지 않으면 괴사해서 패혈증을 일으켜 죽을 거예요.”

막심 대장은 주먹을 단단히 움켜쥐고 신음했다. 세라피마도 입술을 깨물었다. 한창 뛰어놀 때의 소년에게 한쪽 다리를 잃는 것은 얼마나 큰 고통일까.

그날 밤, 합동부대 병사들은 보그단의 시신과 의식을 되찾은 니콜라이를 각각 들것에 실어 선착장으로 옮겼다. 부상자와 사망자를 운반하는 모터보트가 매일 밤 볼가강을 가로질러 왕복한다. 이참에 마샤도 같이 태워서 스탈린그라드를 떠나게 했다.

“니콜라이, 장하다. 정말 잘 버텼어.”

세라피마가 아이를 격려하면서 막심의 집 바닥에 잔뜩 떨어진 중기관총 탄피를 자루에 넣어 건넸다. 니콜라이가 갖고 싶어 했던 것이다.

그걸 받은 니콜라이는 힐끔 자루 안을 보더니 그대로 볼가강에 던졌다. 또렷하게 의식을 되찾은 니콜라이의 얼굴에, 놀기 좋아하는 아이의 흔적은 더 이상 없었다.

어두운 밤으로 물든 새까만 강에 금빛 탄피가 소리도 없이 가라앉았다. 그걸 바라보는 마샤 역시 웃음기 없는 얼굴을 하고 있었다. 그들은 놀이를 그만두었다.

부상자와 사망자를 모두 태운 모터보트는 볼가강 동쪽 기슭을 향해 멀어져 갔다.


그날 밤이 밝기 전에 쿠쿠 토벌 작전 회의를 열었다.

세라피마와 마찬가지로 샤를로타도 벽에 붙은 지도를 필사적으로 응시했다. 마찬가지로 저격병인 유리안도 토벌에 참여하고 싶어 했으나 거점을 사수할 임무가 있기에 막심 대장이 기각했다.

적의 거점인 급수탑은 여기로부터 600미터 거리. 앙각이 너무 커서 노릴 수 없지만, 반대로 내리쏘는 쪽에게는 유리하다. SVT-40은 Kar98k보다 사격 정밀도가 떨어진다. 따라서 좀 더 접근해서 부각俯角을 잡아 쏠 수 있는 위치를 두 곳 확보하고 싶었다.*

"나는 여기로 갈래."

"그렇다면 나는 여기에."

두 사람이 지도 위에 손가락을 올려놓자 뒤에서 목소리가 들렸다.

"저장탑 위와 붉은 10월 공장의 옥상 말이냐?"

이리나의 목소리였다.

조준경으로 창밖을 보고 있던 그가 총을 내리고 돌아보았다. 세라피마와 샤를로타 둘 다 정곡을 찔렸다.

"분노 때문에 수읽기가 둔해졌군. 상대는 일류다. 그래서는 죽는다."

이리나의 말에 유리안이 고개를 끄덕였다.

"급수탑의 거점이 들켰다는 건 쿠쿠도 알고 있어. 아마 다음에는 다른 곳에서 올 거야. 두 사람이 고른 장소 정면에도 각각 높은 건물이 있으니, 적이 거기서 기다리면 너희는 나가는 순간 저

---

\*    앙각은 아래에서 위를 올려다보는 각을 말하는데, 앙각이 부족하면 위에서 내리쏘는 적을 조준해서 쏘기 어렵다. 반대로 부각은 내려다보는 각이기에 위쪽은 최소한으로 노출하면서 아래에 있는 적을 공격할 수 있다.

격당할걸."

그렇다면 그 예측 지점을 노린 위치를…… 세라피마는 반박하려다가 그만두었다. 연습 때도 경험했지만 이런 류의 수읽기는 끝이 없다. 얕은수를 썼다가 질 때도 있고, 너무 깊이 파고들었다가 얕은수에 허를 찔리기도 한다.

"저격병은 자신만의 이야기를 지니지. 모두가…… 그리고 상대의 이야기를 이해한 자가 이겨."

유리안이 자기 자신에게 들려주듯 말했다. 그는 필사적으로 들끓는 혈기를 억눌렀다.

샤를로타도 마찬가지로 입을 다물었다. 이리나가 이럴 때는, 하며 제안했다.

"적이 출현할 곳을 급수탑 한 곳으로 고정하고 그곳에 나타나기를 하염없이 기다릴 것…… 물론 전제 조건이 있다. 우리가 대기할 곳은 적에게 노출되지 않아야 하고, 장기간 잠복을 버틸 수 있을 만큼 안전해야 하지."

"그런 곳이 있나요?"

유리안이 묻자 이리나가 천천히 지도 어딘가를 가리켰다.

"도시의 파르티잔에게 받은 정보에 그들이 활동 범위로 삼은 지하수로의 경로와 안전하게 출입할 수 있는 맨홀 위치가 있었지. ……거기에서 좋은 장소를 찾았어."

자하로바 자매가 말한 자료인가. 속으로 생각하던 세라피마는 이리나가 표시한 위치를 보고 눈을 크게 떴다.

"목표로부터 860미터 거리예요."

"불만인가?"

"그건 아니지만 SVT-40의 유효 사정거리로는 아슬아슬하게 한계…… 아니, 한계를 조금 넘지 않나요?"

"상대와 우리의 유리함과 불리함을 지금 한번 정리해서 생각해라, 세라피마." 어느새 이리나의 말투가 저격병 훈련학교 시절과 비슷해졌다. "Kar98k는 사정거리 내에서 사격 정밀도가 뛰어나다. 그 쿠쿠는 부각에서 내리쏨으로써 Kar98k의 유효 사정거리를 연장한 동시에 우리에게는 불리한 앙각을 부여해 반격을 어렵게 했지. 이런 상황이면 어떻게 대응하지?"

샤를로타가 뭔가를 깨달은 표정을 지었다. 세라피마도 이리나의 의도를 이해했다.

"즉, 사격 거리를 길게 잡음으로써 앙각을 억제하면서 선제공격이 가능하도록 절대적인 장거리 사격을 가해 적이 더는 유리하지 않게 만드는 거군요."

"바로 그거다." 이리나가 대답하고 이어서 작전 내용을 설명했다. "세라피마는 나와 함께 이 지점에 가서 기회를 노린다. 샤를로타는 근처에서 양동 작전으로 저격을 속행한다. 다만 적이 급수탑에 나타나면 싸우지 마라. 마미는 유리안과 교대하며 총구멍으로 감시할 것을 명한다."

샤를로타와 유리안은 둘 다 뭔가 말하려다가 꾹 삼켰다.

이리나와 세라피마는 한 조이고, 세라피마는 실전에 투입된 이후로 기록에서 샤를로타를 앞섰다. 유리안은 어디까지나 거점을 지키는 저격병이다.

지금 여기 아야가 있었다면. 갑자기 떠오른 생각에 맥락 없는 슬픔이 뒤섞인 순간, 세라피마가 조금 급한 말투로 말했다.

"걱정하지 마, 샤를로타, 유리안. 보그단 씨의 원수는 내가 반드시 갚을 테니까."

세라피마의 다짐에 두 사람이 고개를 끄덕였다.

"부탁해, 세라피마 동지." 유리안이 세라피마에게 악수를 청했다. "보그단은 입은 험해도 우리와 같이 싸운 동료였어."

"작전은 이상이니 그만 자라."

이리나가 담백하게 말하고 침낭에 들어갔다.

"일단 작전을 시작하면 멈추는 일이 없을 거다. 이동 개시는 내일 밤. 오늘부터 내일까지 표도르 씨에게 사전 준비를 부탁하지. 그동안 너는 무조건 푹 자라. 제1단계 임무다."

이런 날에 잘 수 있을까. 세라피마는 의문이 들었으나 침낭에 들어가자마자 몇 분 지나지 않아 깊은 잠에 빠졌다. 무의식중에 축적됐던 육체의 피로가 흥분과 슬픔을 넘어선 것이다.

꼬박 하루를 잠든 뒤 이리나가 조용히 깨워 일어났을 때, 세라피마는 자신이 너무나 매정하게 느껴졌다.


랜턴 빛과 지도에 의지해 어두컴컴한 지하수로를 걸었다. 저격 위치는 맨홀. 그곳에서 상반신을 내밀고 저격한다. 표도르 상등병에게 사전에 준비하여 만들어달라고 부탁한 것은 매달 수 있는 의자였다. 팔걸이 좌우에 달린 줄을 지면에 고정하면 맨홀 안으로 하반신을 넣은 채 공중에 매달릴 수 있는 뛰어난 장치였다. 밧줄

고정 장치는 군대에선 필수품이므로 일단 장치만 완성하면 설치하는 일은 간단했다.

지하수로 내부에 프리츠가 출몰할 일은 거의 없지만 혹시 모르니 남은 밧줄과 빈 스팸 깡통을 이용해 주변에 알림 장치를 설치했다. 단순한 함정이지만 어둠 속에서 이를 피해 다니는 것은 거의 불가능하다.

맨홀 바깥쪽의 뒤는 막다른 벽이고 좌우는 폐허가 된 주택과 건축 회사의 빌딩이었다. 이 주변은 붉은 군대나 독일군 중 어느 쪽이 점령했는지가 명확하지 않은 지역이어서 만약 지상에서 프리츠의 기척이 나면 곧바로 맨홀 안에 숨어야 한다.

장기전을 대비해 우샨카†와 목도리를 여러 개 준비해서 방한 대책도 든든히 세웠다.

준비를 마치고 목표 지점을 올려다보았다. 거리 860미터, 높이 45미터.

"앙각 53밀…… 조준을 위로 수정합니다."

"쏠 수 있나?"

"충분합니다."

조금 분하긴 했지만 거리를 확보하는 전법은 효과적이었다. 앙각을 88밀에서 53밀까지 줄일 수 있었다. 남은 문제는 거리다. SVT-40의 최대 사정거리를 놓고 붉은 군대는 '1500미터!'라고 강경하게 공표했고 조준경도 그 거리까지 노릴 수 있게 설계되었

---

† 귀를 덮는 방한모.

다. 그러나 이 장대한 수치를 액면 그대로 받아들이는 저격병은 없다.

그럼 실제 수치는 어떤가. 한마디로 말하기는 어렵다. 일반적으로 총의 유효 사정거리란 종류별로 사양이 정해지는 것이 아니라, 총의 '개체차'라고 부를 수 있는 성질에 크게 좌우된다. 제품 번호가 같은 총도 강선腔線이나 총신의 비틀림에 따라 공작 정밀도에 차이가 있기에 명중 성능이 다 같지 않다. 또한 그 총을 다루는 자가 얼마나 적절히 관리하는지에 따라서도 더더욱 개체차가 생긴다.

평균적인 총을 일반 보병이 다룰 경우, SVT-40의 유효 사정거리는 500미터 정도가 한계이고 실제 교전 거리는 주로 300미터 이내에 머문다. 한편 저격병이 받는 SVT-40는 시험 사격에서 정밀도가 특히 뛰어난 것으로 선별한다. 또한 저격병은 수많은 병과 중에서도 총을 정비하는 데 가장 심혈을 기울이는 자들이다. 그렇게 '선택된 개체'를 들고 장거리 사격에 특화한 훈련을 받은 자를 저격병이라고 부르는 것이다.

그래도 실전에서 예상하는 사정거리의 한계는 850미터이고, 이것도 고도차가 없을 때의 이야기였다. 탄환은 길게 날수록 진폭이 커지기에, 유효 사정거리를 넘어서 겨냥하면 아무리 탄도학에 근거해 정확하게 목표를 포착했다 하더라도 명중하는 법이 없다. 극단적으로 말하자면 총을 벤치레스트*로 완전히 고정하고 쏴

---

\*    사격할 때 흔들림 없는 상태를 유지하기 위해 놓는 받침대.

도 모든 탄환이 같은 곳에 맞지 않는다. 탄환 자체에도 폭약량 등의 차이가 있어서 예상되는 명중 범위가 원형으로 확장되므로 정확한 사격은 불가능하다.

따라서 수평거리 860미터, 높이 45미터에 있는 표적을 앙각으로 잡는다는 것은 물리학을 신봉하는 우수한 저격병조차 물리적 한계에 도전하는 조건이라 할 수 있었다.

반면에 쿠쿠가 쓰는 Kar98k는 견고한 볼트액션 방식의 소총으로, 유효 사정거리가 특별히 길지 않지만 설계가 튼튼해서 그만큼 정밀도가 높다. 초기 저격병의 양성에 뒤처진 독일군은 배율이 고작 1.5배인 데다 성능도 그다지 좋지 않은 ZF 조준경을 이 총에 표준으로 탑재했는데, 정밀도가 떨어지는 반자동식 SVT-40에도 미치지 못하는 사양이었다. 그게 싫었던 쿠쿠들은 민간 수렵용 조준경을 집에서 가져와 탑재하는 조잡한 방식으로 특별한 '개체'를 만들어냈다. 그중에서도 기술을 습득한 숙련병이 다루는 소총의 성능은 경이로울 정도여서, 이제 비로소 저격병이라는 이름에 어울리는 넓은 사정거리를 실현할 수 있게 되었다. 아무리 부각을 이용했다지만 적은 600미터 거리에서 아이의 다리를 정확히 맞혔으니 아마도 특제 조준경을 쓰는 실력자일 것이다.

세라피마는 무심코 어깨로 크게 숨을 쉬었다. 주어진 조건은 적이 웃돈다고 보아도 좋다. 그것을 뒤집는 것이다. 지금이야말로 훈련과 실전의 성과를 발휘할 때다.

문득 기척을 느끼고 오른쪽을 봤다. 자신과 마찬가지로 맨홀 내부에 매달린 이리나가 같은 자세로 급수탑을 노리고 있었다.

"적의 사격 정밀도는 높다. 우리의 총은 반자동식이고 두 명이 갖고 있지. 어떤 전법을 써야 하는지 알겠나?"

"네."

이리나의 검지 없는 오른손이 총목을 붙잡았다. 짧은 중지를 방아쇠에 건 그가 혼잣말했다.

"이러고 쏴서 맞힐 수 있을지 모르겠군."

"그때는 맞혔는데도요?"

급수탑을 노려보던 이리나가 눈동자만 굴려 이쪽을 봤다. 딱히 동요하지 않은 채 시선을 다시 돌린 그가 잠깐 웃었다.

"너도 제법 기량이 나아졌군."

그것이 저격 전 마지막 대화였다.

아침 햇빛을 받아 서서히 밝아지는 급수탑을 관찰했다. 옥상에서 사다리로 2미터 정도 올라가야 하는 곳에 좁은 발판이 있는 구조로 만들어진 간이 진지가 있다. 사다리 주위 사방을 철판으로 덮었고, 가장 높은 곳의 발판에 판자를 이어붙여 확장했다.

붉은 군대가 있는 동쪽 측면은 발판 위도 철판으로 뒤덮여 있었고, 눈높이에 아주 작은 틈이 뚫려 있었다.

훌륭하게 고안한 진지였다. 일반적으로 나무 위 같은 곳에서 저격하면 퇴로를 확보하기 어려워 꺼리기 마련인데, 저기라면 쏘고 싶은 만큼 쏘고 실내로 도망칠 수 있다.

두 사람은 꼬박 하루 동안 사격 자세를 유지한 채 기다렸다. 식사는 교대로 휴대 식량을 먹었고 배설은 내려가서 지하수로에서 빠르게 해결했다.

같은 자세를 계속 유지하는 데 한계를 느끼면 맨홀 안으로 내려가 몇 분간 몸을 풀고 다시 목표를 노려보았다. 이리나의 예상대로 쿠쿠는 나타나지 않았다.

이틀째. 역시 목표 지점에 쿠쿠는 몸을 드러내지 않았다. 세라피마와 이리나는 종일 둘이서 보내면서도 대화는 단 한 마디도 나누지 않았다.

스트레칭 횟수도 식사 횟수도 배설 횟수도 줄었다. 저격 자세를 취하는 동안 눈 아래에 날벌레가 앉았으나 날아갈 때까지 그냥 뒀다. 머릿속은 맑게 유지되었고 세라피마의 의식은 무심無心에 가까워졌다.

사흘째. 낮이 다 되도록 적은 나타나지 않았다. 그래도 세라피마는 이해하고 있었다. 자신들이 적을 노리는 것처럼 적도 이쪽을 노린다. 초조할 것이다. 증오하는 적을 포착하지 못했으니.

SVT-40의 총성이 들렸다. 샤를로타의 양동 작전이다. 사흘간 샤를로타는 단독으로 저격을 반복했다. 속이는 것이 주목적인 양동이라도 당연히 프리츠를 쏜다.

적에게는 이쪽에는 없고 그쪽에만 있다고 여기는 이점, 말하자면 의지할 데가 있다. 즉, 적은 안전을 완벽하게 확보했다고 확신하는 유리한 사격 위치를 보유하고 있다. 자기 모습이 노출된 것은 알고 있겠지만, 그 자리를 저격할 수 있는 장소를 우리가 발견했다는 사실을 모르기에 방심할 것이다.

과신하면 위험하다는 사실을 알면서도 유혹을 느낄 것이다. 게다가 적 저격병을 해치우라고 아군이 부추길 것이다. 아마 괜찮겠지, 라는 기대가 저격병을 그 자리로 이끈다.

오후 4시. 때가 왔다. 철판에 뒤덮인 사다리 내부에 사람 그림자가 움직이는 것이 드문드문 보였다.

"세라피마."

"네."

대화는 그게 전부였다.

안전장치 해제. 쿠쿠가 발판 위에 등장하는 순간을 기다렸다. 고개를 내민 순간에 쏜다.

그 생각만 하고 있던 세라피마는 당황했다. 먼저 고개를 내민 것은 쿠쿠가 아니라 소형 박격포를 안은 프리츠였다. 그는 남쪽으로, 즉 이쪽을 향해 총구를 돌렸다.

"젠장……"

저도 모르게 낮은 목소리로 욕을 내뱉었다.

쏘지 않는 것과 조준경으로 확인했을 때 보인 느긋한 행동거지로 보아 이쪽의 존재를 깨닫지는 못했다. 860미터 떨어진 맨홀이 지하수로와 연결된 것을 알고 있다면 지금 저것보다 더 효과적인 공격법이 있다. 그저 지도와 전황에 따라 직감적으로 남쪽에서 공격이 오리라 예상하여 저격병의 천적인 박격포를 설치한 것이다.

이번에는 포격 요청도 할 수 없고, 할 수 있다고 해도 원거리에서 급수탑만을 노릴 수는 없다. 또한 열차포가 아닌 이상 건물을 일격에 파괴하는 것도 불가능하다.

박격포병을 먼저 정리하자. 그것이 가장 적합한 선택지라는 생각이 머리를 스쳤으나, 박격포병이 주변 경계를 마치고 나서 가장 중요한 쿠쿠가 모습을 드러내자 그것도 무리라는 걸 깨달았다. 사격 위치로 따져보면 불리했다. 기습이 절대적 조건인 작전에서 다른 병사를 먼저 쏘면 쿠쿠가 도망칠 것이다.

그때 문득 세라피마의 생각이 미친 곳이 있었다.

샤를로타다. 급수탑의 적을 알아차린 샤를로타는 분명 세라피마가 어떤 상황에 놓였는지를 알 것이다.

"샤를로타가 양동을 펼쳐서 박격포의 방향을 바꿔주면 이길 수 있어요."

세라피마가 무심코 말하자 이리나가 한숨을 섞어 대답했다.

"샤를로타가 그걸 알아주면 좋겠는데 말이지."

"아니요, 알고 있을 거예요. 제가 지금 느꼈어요."

"호오."

기묘하게도 이리나의 대답에서 동조하는 감각을 느꼈다.

류드밀라 파블리첸코가 생각났다. 그와 이리나도 이런 경지를 경험했을까. 그렇게 생각하던 와중에, 두 박격포병이 허둥지둥 움직였다.

총을 쥔 자세를 유지한 채 눈만 굴려 동쪽을 봤다. 붉은 연기가 올라왔다. 상륙 때 건네받은 그 발연제의 연기에 반응해 적이 부랴부랴 박격포를 동쪽으로 바꿔 겨냥했다. 박격포의 방향을 바꾸려면 제법 시간이 걸린다. 쿠쿠가 뭐라고 외쳤다. 제지하는 것일 수도 있다. 그러나 늦었다.

초장거리 표적. 860미터 너머의 적은 T자 조준선을 맞추자 그 선 안에 완전히 가려졌다.

보그단의 원한, 다리를 잃은 니콜라이의 원한, 아이로 존재하지 못하게 된 아이들의 원한, 시민들의 원한을 느껴라.

순간적으로 세라피마의 마음에 분노가 몰아쳤지만 그러한 사념은 곧 피부에 닿은 눈처럼 녹아 사라졌다. 무념무상의 경지에 이르렀을 때, 이리나가 속삭였다.

"쏴라."

세라피마는 방아쇠를 당겼다. 이리나도 동시에 쐈다.

연이은 총성과 함께 두 발의 총탄이 급수탑으로 날아가 저격병의 머리 위를 넘었다. 세라피마는 전혀 동요하지 않았다. 총 안에서 총탄이 자동으로 장전되었다.

겨우 1.5초. 조준경 중앙에 다시 쿠쿠의 머리를 포착하고, 재차 방아쇠를 당겼다. 그 직전에 동요를 감추지 못하고 사격 지점을 특정하려는 적 병사들의 모습이 보였다. 시가지에서 반사되어 들려오는 총성에 현혹된 듯했다.

두 번 세 번 이어서 방아쇠를 당겼고, 그때마다 총성의 두 배가 되는 탄환이 날아갔다.

이것이 두 정의 반자동 저격총을 활용하여 860미터 거리의 표적을 노리는 저격법이었다. 860미터에 도달하면 원형으로 퍼지는 명중 범위, 그 범위 안에 적을 포착하여 일말의 가능성을 믿고 연사한다. 저격병이 이상으로 삼는 원 샷 원 킬과는 거리가 멀지만 반자동식 저격총의 속사성은 똑똑히 발휘할 수 있다.

저격병은 반향음 속에서 총성의 방향을 가려내는 훈련을 받는다. 그 훈련 경험을 살려 쿠쿠가 이쪽을 겨냥했다.

세라피마와 이리나가 쏜 총탄, 그 총탄의 명중 지대가 차츰차츰 적에게 가까워졌다. 허공에 춤추는 바람, 총신에 의한 진폭, 그에 따라 빗나가던 총탄의 궤적이 쏠 때마다 가시화되어 조준이 점차 수정되었다.

급수탑 위에서 좌우로 흔들리던 소총의 움직임이 우뚝 멈췄다. 쿠쿠가 세라피마를 발견한 것이다.

그가 충분히 겨냥하지 못한 상태로 한 발 쐈다. 이쪽과 마찬가지로 장거리이기에 일격에 명중시키지 못했다. 그 한 발에 의지해 그는 조준을 조정할 것이다.

다만 즉시 제2탄을 쏠 수 없다. 자세를 풀고 탄환을 레버로 재장전하는 모습이 보였다. 볼트액션 방식의 결점이 드러났다.

SVT-40의 탄창에 남은 탄환은 앞으로 한 발. 급수탑의 쿠쿠가 소총의 흔들림을 눌렀다. 그 순간, 벼락에 맞은 듯한 감각이 세라피마의 온몸을 꿰뚫었다.

명중한다. 그가 다음에 쏘는 탄환이 내게 명중한다.

그리고 내가 다음에 쏠 탄환이 확실하게 명중한다.

"와라."

세라피마는 중얼거리는 동시에 방아쇠를 당겼다.

1.5초 뒤, 다음 탄을 쏘려던 동작이 순간 멈췄다.

조준경 너머에서 치명적인 발사를 준비하던 쿠쿠의 철모가 날아갔다. 인형처럼 그가 쓰러졌다.

해냈다. 강렬한 실감이 가슴을 채우는 것을 느끼며 탄창을 교체했다.

다시 겨냥하려고 했을 때, 박격포병 중 한 명이 배를 맞고 쓰러졌다.

이리나가 쏜 탄환이다. 부족한 중지로 한 저격. 불타오르는 질투를 느꼈다.

그런데 예상치 못한 광경이 보였다.

남은 박격포병 한 명이 급수탑 위에 쓰러진 동료에게 말을 걸며 우왕좌왕하기 시작했다. 쿠쿠의 즉사를 확인한 그는 이어서 동료인 박격포병의 옆구리에 손을 넣어 상반신을 일으킨 다음 악전고투하며 어떻게든 같이 사다리를 내려가려고 했다.

당연히 세라피마는 그를 겨냥하고 있었다. 조준 조정을 마치고 나서 반격이라곤 없는 이상적인 순간에 적을 포착했다.

크크크······

자신이 어느새 목을 울리며 웃고 있었다는 사실을 깨달았다.

방아쇠를 당기자 두 번째 박격포병이 쓰러졌다. 배를 맞았다.

세라피마는 시야 안에서 쓰러져 숨이 오락가락하는 프리츠 둘을 보며 다음 순서로 누굴 쏠지 망설였다. 오히려 쏘지 않고 있으면 새로운 프리츠가 나타날 테니 그걸 표적으로 삼아도 되겠다고 생각했다. 프리츠의 배를 쏘고 그를 구하러 온 프리츠를 쏘고 또 그를 구하러 온······

기록을 늘리는 재미있는 방법을 찾았다고 생각한 그때, 이리나가 고함을 질렀다.

"철수다, 언제까지 할 거야!"

이미 맨홀 내부로 내려간 이리나에게 옷자락을 붙잡혀 강제로 끌려 내려왔다.

동시에 기관총을 연사하는 소리가 들렸다. 급수탑이 있는 건물 옥상에 기관총병이 나타나 이쪽을 향해서 있는 대로 사격을 시작했다. 우연히 몇 발이 세라피마와 이리나가 있는 통로로 날아와 머리 위에서 튕기며 지나갔다.

앞서간 이리나가 꾸짖었다.

"이 바보가! 한곳에 머물지 마라!"

세라피마는 혀를 찼다. 사흘을 투여한 작전에서 성과를 내자마자 바보라고 불리다니.

"제 저격 기록은 둘, 쿠쿠와 박격포병을 쓰러뜨렸죠."

"하나야. 박격포병이 사망했는지는 확인하지 못했다. 그렇게 기록하지."

"그렇게 됐는데 살 리가 없어요. 둘이에요."

"세라피마!"

이리나가 돌아보았다. 양어깨를 붙들고 그가 말했다.

"즐기지 마라."

어두워서 표정이 잘 보이지 않았다. 그걸 감안해도 의미를 이해할 수 없는 말이었다.

세라피마의 머리는 흥분으로 꽉 찼다. 들뜬 기분이 판단을 무디게 하여 이리나의 말을 어떻게 받아들여야 할지 알 수 없었다.

신이 나서 돌아와 막심의 집으로 들어가자마자 쿠쿠를 쓰러뜨렸다고 외쳤다. 막심, 표도르, 유리안의 표정이 부드러워졌다. 샤를로타와 마미가 달려와 세라피마와 포옹을 나눴다.

"피마, 어떻게 된 거야. 얼굴에 상처가……"

"어?"

뺨을 만지자 손가락에 피가 묻었다. 그제서야 이해했다.

"프리츠가 마구잡이로 기관총을 쏴댔거든. 괜찮아, 조금 찢어졌을 뿐이야. 그보다 발연통 고마워!"

그렇게 대답한 순간, 샤를로타의 표정이 딱딱해졌다.

"그래?" 샤를로타가 대답하고는 반걸음 뒤로 물러났다.

왜 그러지? 세라피마는 의아했다.

"앉아. 바로 치료해 줄게."

타냐가 구급상자를 가지고 왔다.

"별거 아니야. 스쳤을 뿐이야."

소파에 앉으며 말하는 순간, 온몸에 오한이 퍼졌다.

총탄이 뺨을 스쳤다. 죽음이 1센티미터 옆을 지나갔다. 지금 이렇게 살아 있는 것은 단순한 우연이다.

고양감 사이에 끼어들려는 불순물을 막기 위해 세라피마는 마음을 터놓은 의무병에게 말을 걸었다.

"타냐, 나 적을 둘이나 쓰러뜨렸어."

세라피마의 뺨을 소독하던 타냐가 더없이 성가시다는 표정을 지었다.

"알 게 뭐야. 지금 치료 중이니까 가만히 있어."

"진정해라, 세라피마."

이리나가 말했다. 틀림없이 기록을 두고 말하는 걸 테지.

타냐에게 얼른 물어보았다.

"의학적 소양을 가진 사람이 보기엔 어때? 러시아산 탄환에 배를 맞은 프리츠가 얼마 동안이나 살 수 있을까?"

타냐의 눈이 세라피마를 내려다보았다. 거즈를 테이프로 고정한 타냐가 갑자기 세라피마의 뺨을 주먹으로 후려쳤다.

의식이 아찔할 정도로 강렬한 펀치였다.

"내 앞에서 '기록' 같은 소리 하지 마."

타냐는 내뱉듯이 말하고는 옆방으로 가버렸다.

세라피마는 소파에서 벌떡 일어나 타냐에게 외쳤다.

"왜 칭찬해 주지 않는 거야! 나는⋯⋯"

스스로가 뱉은 말에 놀랐다. 타냐는 눈길 한 번 주지 않고 팔을 돌려 문을 닫았다.

세라피마는 주위를 둘러보았다. 대대 남자들도, 샤를로타와 마미도, 이질적인 뭔가를 보는 시선으로 자신을 바라보았다.

물벼락을 맞은 것처럼 냉정함을 되찾은 세라피마는 자신이 한 행동을 돌아보았다. 웃으면서 적병을 쐈다, 죽인 적의 숫자를 자랑하듯 떠벌렸다, 이리나는 즐기지 말라고 했다, 나는 살인을 즐겼다.

"윽⋯⋯"

자기혐오로 쓰러질 뻔한 그때, 이리나가 세라피마를 안았다.

"괜찮아. 너는 잘못한 게 없어."

그 누구보다 증오하는 상대가 그렇게 말하며 안아주었다. 나의 원수가 유일하게 나를 인정해 주고 있다. 끌어안긴 팔 안에서, 굳어 있던 몸의 힘이 서서히 빠져나갔다.

"다 괜찮아. 너는 잘했어. 너는 그러면 돼."

"되긴 뭐가 돼. 당신이, 당신이 나를 바꿔놓았어……"

"그래. 내가 너를 바꿔놓았다. 저격병으로 키웠지. 너는 적을 쏴라. 망설이지 마라. 한곳에 머무르지 말고 너만 똑똑하다고 생각하지 말고. 저격병으로서 적을 쏴라, 세라피마!"

세라피마는 신음했다. 스스로도 이해하지 못하는 감정이 가슴 안에서 소용돌이쳤다.

이바노프스카야 마을에 있었을 때, 자신은 사람을 죽이지 못하리라고 생각했다. 그 사실에 추호의 의심도 품지 않았다. 그런데 지금은 죽인 사람의 숫자를 자랑하고 있다. 그리하라고 이리나가, 군대가, 국가가 말한다. 하지만 그렇게 행동하면 할수록 자신은 과거의 자신에게서 멀어진다.

나를 지탱하던 원리는 지금 어디에 있을까? 송두리째 소련 군인의 것으로 교체된 걸까?

자신이 괴물에 가까워진다는 실감을 분명 느꼈다. 그러나 괴물이 아니면 이 전쟁에서 살아남을 수 없다.

흥분이 가신 후, 세라피마는 게으르게 잠만을 탐했다. 쪽잠만 자며 보낸 사흘 동안의 잠을 보충하려는 것처럼 자는 내내 한 번도 악몽을 꾸지 않았다.

차라리 악몽에 괴로워하는 자신이 되기를 바랐다.


별무리 작전의 연장전이 막심의 집 합동부대의 승리로 끝난 무렵, 독일군을 역포위한 소련군은 그와는 비교도 안 되는 독일군의 대규모 반격 '겨울 폭풍'을 버텨냈다.

초기 기동력에 밀려 돌파될 위기에 처했던 소련은 예비 병력을 투입해 이를 막았다. 그와 동시에 본래 A집단군의 배후를 끊기 위해 기획했던 토성 작전을 대폭 축소한 소小 토성 작전을 발동해, 돈강 주변의 독일·루마니아 추축국 군대를 강습해 후방에 압박을 가했다. 독일군 제57기갑군은 스탈린그라드 시가지로부터 50킬로미터 직전까지 접근했으나, 이와 같은 붉은 군대의 대응에 막혀 자력으로 포위망을 돌파하지 못했다.

12월 16일, 작전을 지휘한 만슈타인 원수는 히틀러에게, 스탈린그라드에서 역포위된 제6군에 내부로부터 함께 대응하는 탈출, 즉 우레 작전을 실시해 안팎에서 포위망을 협공하는 명령을 내려달라고 요구했다. 그러나 겨울 폭풍 작전의 목적이 스탈린그라드에 보급로를 확보하는 것이라 생각했던 히틀러는 제6군에 철수하지 말라는 엄명을 내렸다. 파울루스 장군은 명령을 중시하는 엄격한 군인이었다. 물론 제6군이 포위망 돌파를 노리면 지나친 소모전이 되리라는 예측도 사실이었다. 말은 쉽지만 탈출을 위해 시가전용으로 가져온 중포 등을 버릴 수는 없고, 이미 연료 부족과 고장으로 제대로 가동되는 전차도 많지 않다. 병사들은 공복과 추위로 쇠약해졌다. 화력을 기대하지 못하는 상황에서 제57기갑군과의 연계에도 실패하면, 장비도 부족한데 단독으로 튀어 나간 제6군의 병사들은 포위망에 직면해 섬멸되리라.

12월 23일, 만슈타인 원수는 파울루스에게 "즉시 우레 작전을 실시할 수 있는가" 물으면서 독단으로 탈출할 것을 암암리에 요구했다.

고뇌한 끝에 파울루스는 대답했다.

"현재 비축된 연료만 가지고는 제57기갑군까지 도달할 수 없습니다."

제6군이 움직이지 않자 구출 작전은 막혔다.

포위망 안팎의 독일군이 진퇴양난에 빠져 구출 작전이 절망적으로 흘러가던 12월 24일, 소련군은 정예 제2근위군을 제57기갑군에 파견해 그들을 밀어붙였다. 이어서 독일 제6군의 생명줄이나 다름없던 공중 수송의 원천 타친스카야 비행장 습격을 강행하여, 엄청난 희생을 치르면서도 70개체 이상의 항공기와 대량의 전차를 마구잡이로 파괴한 뒤 물러났다.

반격을 꾀했던 독일군은 이러한 붉은 군대의 역습에 대처하는데 급급했다. 결국 겨울 폭풍 작전은 실패로 종지부를 찍었다. 이리하여 독일 제6군 병사들이 사지에서 살아서 돌아가길 바랐던 크리스마스 밤, 그들의 운명은 완전히 끝장났다.


점령지에서 쏟아지는 사람들의 시선이 거북하다.

독일 국방군인 한스 예거는 생각했다. 저격병은 자신에게 향하는 살의와 그 외의 눈빛을 구별할 수 있다. 그런데 전장에서는 어렵지 않은 그 일이, 점령지인 이곳 스탈린그라드에서는 어렵다.

산드라의 아파트로 갈 때마다 주민들과 마주친다. 러시아인들의 표정에 떠오른 혐오와 분노. 한편으로 알랑거리고 아첨을 떠는 미소.

"하일 히틀러." 열 살 정도 된 사내아이가 장난스럽게 경례했다. 얼굴을 찌푸린 주부가 아들의 팔을 끌고 집으로 들어갔다.

저래 보여도 일부는 파르티잔으로서 붉은 군대에 정보를 흘리고 있다. 지금 이 순간에도 주부가 등 뒤에서 식칼을 꽂으려 들지 모른다.

어디서부터 잘못되었을까. 문득 생각했다. 이런 상황인데도 그는 이 아파트에 사는 여자 산드라를 사랑하고 있다.

산드라의 집에 도착하니 문에 낙서가 가득했다. 러시아어는 모르지만 대충 뭐라고 썼는지 상상이 된다.

"즈드라스트부이쩨Здравствуйте." '안녕하세요'라는 뜻이다.

어설픈 러시아어로 인사하자, 문에서 고개를 내민 산드라가 웃으며 예거를 집 안으로 들였다.

예거와 산드라는 독일군이 시가지 중심부를 점령한 초기에 만났다. 병사들이 난잡하게 오입질하느라 바쁠 때 예거가 산드라를 구했다. 집까지 데려다주었다가 그대로 연인 관계가 되었다.

이상한 이야기라고 생각하면서도 예거는 산드라를 계속 찾아왔다. 며칠에 한 번 자유 시간이 생기면 산드라의 곁으로 와 귀중한 식량과 일용품과 군표軍票를 나눠주었다.

적 또는 아군, 합의 또는 강제, 연애 또는 매춘, 그 무엇이라 할 수 없는 어중간한 관계. 전쟁터에서 이런 종류의 이야기는 일일이 셀 수도 없을 만큼 많다. 예거는 더듬더듬 러시아어로 말했다.

"또 올, 올 수 있었어. ……오늘은, 기뻐."

산드라는 웃으며 예거의 뺨에 입을 맞추고 종이봉투를 받았다.

통역병에게 배운 엉망진창인 러시아어와 물품 전달 그리고 성교가 의사소통의 전부다.

상황이야 어쨌든 예거는 산드라를 사랑한다. 이건 감정의 문제다. 적어도 예거는 그렇게 믿었다. 약혼반지를 줬을 때는 고향에 있는 약혼자가 생각나 조금 마음에 걸렸으나, 그 여자는 지난 대전으로 생긴 고아여서 같은 마을의 독신자인 자신이 떠맡은 관계였을 뿐이라 딱히 애정을 느끼지는 않았다.

나는 산드라를 사랑하지만, 산드라도 과연 나를 사랑할까.

오늘도 산드라는 자신에게 입을 맞추고 미소를 짓고 물품을 받았다. 그 웃음에서 서서히 생기가 사라졌다. 역포위된 상황이라 줄 수 있는 식량이 점점 줄었다.

게링 국가원수는 고맙게도 공중 수송으로 식량을 보급하겠다고 호언장담했으나 실상은 참담했다. 둔중한 수송기를 지키는 임무에 꽁꽁 묶인 전투기 Bf-109를, 서서히 전투력을 향상시킨 붉은 군대 공군의 경쾌한 전투기 Yak-1이 공격해 왔다. 전투기가 도망치고 나면 수송기는 맹수에게 쫓기는 초식동물처럼 폭격당할 뿐이었다.

그가 있는 대대는 초기에 붉은 군대와 주민들의 식량 창고를 접수한 덕분에 그나마 사정이 괜찮았다. 그러나 다른 부대, 특히 붉은 군대에 둘러싸여 고립된 우군은 추위와 기아로 죽어갔다.

기아와 동사. 러시아인에게 선사하려고 했던 그것이 명예로운 독일 국방군을 좀먹고 있다.

오늘 산드라에게 준 것은 시민 식량 창고에서 징발한 밀가루뿐이었다. 비틀어진 상황과 한정된 의사소통으로 사랑을 얻는 것이 쉽지 않다.

"예거! 한스 예거 소위, 거기 있나!"

거친 독일어와 함께 문을 쾅쾅 두드리는 소리가 났다. 산드라가 공포에 질렸다. 예거가 아닌 사람이 내지르는 독일어에 몸을 움츠렸다.

"괜찮아. 상관이야. 또 봐."

최대한 부드러운 목소리를 내며 러시아어로 설명했다. 그러자 산드라가 예거에게 뭔가를 건넸다. 그것을 힐끔 내려다본 예거는 가지고 왔던 종이봉투에 집어넣었다.

문밖으로 나오자 소령 계급장을 단 낯선 남자가 노골적으로 얼굴을 찌푸렸다.

"슬라브 여자와 연애질이라니 팔자 한번 좋군, 저격병."

"그럼 오늘은 군법 회의에 회부됩니까, 소령님."

소령 옆에 선 젊은 부관이 화가 나 얼굴을 찡그렸으나 입을 열지는 않았다. 이런 종류의 독설이 군대의 분위기를 읽어내는 기준이 된다는 사실을 예거는 알고 있었다. 공포와 제재 아래 성립된 군대의 질서는 패색이 짙어지면 근본을 잃고 취약해진다. 바로 지금이 그 과정에 있었다.

"네놈에게 제8중대를 위협하는 적 저격병의 처리를 명한다."

예거는 바로 태도를 바꿔 정중하게 대답했다.

"소령님. 죄송합니다만 소관은 제7중대 소속입니다."

"그 이전에 같은 대대 소속이지. 우리 중대의 피해 상황은 들었겠지."

"소문으로는 들었습니다."

빈정거리는 말투가 되지 않게 주의했으나, 서쪽 기슭에 가장
근접했던 제8중대가 적 저격병의 손아귀에 농락당해 수십 명이
사망했다는 사실을 두고는 자연히 비아냥거릴 수밖에 없다.

"……하지만 소관은 적 전력에 관한 정보가 없습니다."

"그건 제가 분석을 마쳤습니다."

젊은 부관이 보고서를 건넸다. 계급은 같은 소위지만 예거에게
주눅이 든 것처럼 보였다. 예거는 과도할 정도로 체계를 잘 갖춘
내용에서 다음과 같은 분석을 읽었다.

특수 훈련을 받은 저격병을 중심으로 한 25~30명 정도의 정예
부대.

"사관 후보 우등생인가?"

"이미 양성 과정을 마쳤습니다."

울컥하는 부관의 표정에서 부족한 경험치가 엿보였다.

"인원수를 따졌을 때 한 병과에 이렇게 치우칠 리가 없지. 많아
봤자 너덧 명이야."

"무슨 근거로 그렇게 말씀하십니까?"

"여러 곳에서 나타나 교란을 일으키려는 적인데 동시에 드러난
최대 인원수가 2인 2조와 1인, 이렇게 총 다섯 명이니까. 단독으
로 행동하는 한 명이 자신들의 전력을 과대평가하도록 만드는 역
할을 맡았군."

중대 부관이 허둥지둥 전투 보고를 되짚으며 예거의 지적이 옳

은 것을 확인했다.

"하지만 그러면…… 우리는 고작 20일 만에 50명이나 살해당했습니다."

"자네 분석도 부분적으로 옳아. 적은 특수 훈련을 받은 저격병이고 정예야. 저격병이라면 그런 기록이 가능하지."

소령이 코웃음을 치며 물었다.

"네놈의 전과는 프랑스에서 45명, 러시아에서 60명이었다지?"

"오차는 있습니다만."

"100명 이상 죽였군그래. 수완 좋은 살인마로군."

중대장의 말이 불쾌하게 들렸지만 지금 전과를 자랑해 봤자 귀찮아질 뿐이니 이야기를 마무리하려 했다.

"아무튼 적은 자기 전력을 과대평가하게끔 하는 것이 목적입니다. 거점까지 파악했다면 박격포라도 쏘면 되지 않습니까."

두 장교가 서로 얼굴을 마주 보았다. 곧 젊은 부관이 대답했다.

"지금까지 일곱 번 도전했지만 건너편 강변에서의 폭격으로 13명이 사망했습니다. 건너편에서 포격할 수 있는 거점을 전부 식별한 상태입니다. 이제 아무도 시도하지 않으려고 합니다."

"그럼 대항 저격하십시오. 과녁을 세워 끌어내면 됩니다. 적의 저격 위치를 알아낼 수 있을 테니."

중대장이 고개를 가웃거렸다.

"과녁이라니?"

"사관급 지휘관은 저격병의 과녁입니다. 대장님."

아연실색한 두 사람이 꼬투리를 잡지 못하게 예거는 화제를 바졌다.

"좀 더 제대로 된 작전이 필요하다면 그쪽 저격병에게 부탁하십시오. 쿠르트 베르크만이 있잖습니까. 그놈은 제가 가르쳤습니다. 녀석도 전과 50명을 넘었습니다."

"베르크만 소위는 죽었네."

예거는 반사적으로 눈을 크게 떴다. 소령이 살짝 고개를 숙였다. 웃음을 참는 것 같았다.

"어떤 의미에서 자네가 말한 작전과 같다고 해야겠지. 급수탑에 올라가 저격병과 서로 몇 시간이나 노려보다가 거점 근처를 지나가던 아이의 다리를 쏴서 적을 끌어내려 했어. 그러나 맞힌 건 독전대였지…… 그로부터 며칠 후, 놈은 싫다고 뻗대다가 우리의 요구를 듣고 급수탑에 박격포병을 둘이나 끌고 올라가서 적을 노렸지. 그러다 장거리에서 노리고 있던 적 저격병 손에 죽었어. 상대편이 한 수 위였다는 소리지."

저급한 도발이군. 예거는 그렇게 판단했다. 그러나 이 상황에서 소령의 의도 따위는 문제가 아니다.

베르크만은 자신보다 훨씬 선량한 사람이었다. 고향에 아내를 두고 전장에 왔다고 했다. 본업은 요리사 수습생이었다. 엔카베데 포로를 쏘라는 명령에 모든 총알을 빗나가게 쐈다. 그런 나약하고 다정한 성격 때문에 주변 병사들에게 괴롭힘을 당했다. 빗나가게 쏜 그 훌륭한 솜씨를 높이 산 예거가 말을 걸자, 자신은 이런 잔학한 짓을 할 수 없으므로 탈주할 생각이라고 고백했다.

이 대전에서 탈주하는 독일 국방군은 즉각 사형이다.

예거는 베르크만의 마음을 치유했다. 어떻게 적을 죽이고 마음을 지키는지를 알려주고 자신들은 총의 방아쇠일 뿐 사격수가 아니라고 가르쳤다. 그로써 적병은 물론이고 엔카베데나 파르티잔 포로를 망설이지 않고 쏠 수 있게 이끌었다.

기술적으로도 심리적으로도 가르침을 받은 그는 선발 사수에서 저격병으로 승진했고, 제구실을 하는 병사로 인정받아 괴롭힘에서 벗어났다. 이윽고 수많은 저격병이 그러듯이 경외와 혐오를 한 몸에 짊어졌다. 그는 예거에게 늘 고마워했다. 그래도 진짜 꿈은 군인연금을 받아 고향 함부르크에 작은 레스토랑을 차리는 것이었다.

"그날 적 저격병은 박격포병의 복부를 맞혀 고통을 줬고, 구조하러 온 다른 한 명까지 쏴서 결국 세 명 모두 죽였다. 흥, 저격병이란 놈들은 하여간 섬뜩한 수법을 쓴단 말이지."

"이반† 놈들은 인간이 아닙니다."

저격병을 깎아내리려는 소령의 의도를 잘못 해석한 부관이 미묘한 주석을 달았다.

그럴지도 모르지. 예거는 생각했다.


1941년 6월, 압도적인 승리를 거둔 히틀러가 일찌감치 승리 선언 비슷한 연설을 한 개전 초기. 이미 전선에 나가 있던 독일 군인들은, 안전한 곳에서 병사들을 조종하는 베를린 최고사령관들

† 러시아 병사를 의미하는 독일 측의 속어.

로서는 알 수 없을 공포를 체험했다.

독일이 짐작한 대로 소련군은 분명히 약해졌다. 특히 작전을 지휘하는 것에 미숙했다. 서로 다른 병과나 사단 간의 연계는 궤멸에 가까웠고, 각 부대의 소련 병사들은 자살행위와도 같은 무모한 돌격과 무의미한 사수를 반복했기에 독일군은 각 거점을 우회해 개별적으로 격파하면서 쉽사리 진격했다.

다만 패퇴하는 와중에도 소련군 개개인의 전의는 왕성했다. 개전 초기에 직면했던 브레스트 요새와 크림반도의 세바스토폴 요새를 시작으로 그들은 절망에 빠진 국면에서도 결사 항전을 이어갔다. 말 그대로 최후의 한 사람에 이르기까지 독일군 병사를 저승길에 끌어들이려 했다.

그 결과 압승을 이어가던 1941년, 대소 전쟁에서만 18만 명의 독일 병사가 죽었다. 이는 폴란드 침공부터 노르웨이와 덴마크, 네덜란드, 벨기에 그리고 대국 프랑스에 거둔 전격적인 승리와 영국과의 공중전에 이르기까지, 그동안 겪어왔던 모든 독일군의 손실을 합한 수를 훨씬 웃도는 기록이었다.

러시아는 프랑스와 다르다. 독일 병사들 대부분이 그 사실을 실감했다.

예거도 그런 상황을 목격했다. 제압한 요새나 거점에 발을 들이면 벽에 적힌 붉은 키릴문자가 종종 보였다. 죽음 앞에서 피로 자기 이름을 새긴 것이었다.

첫 부대에서 친해졌던 동료들이 부상으로 구조를 요청하는 적병사에게 접근했다가 수류탄이 두 개 폭발해 죽었다. 최초의 폭발은 적병 본인을 산산조각 냈고, 폭발 전에 위를 향해 투척한 두 번째 수류탄이 적병을 구하러 간 동료의 머리 위에서 터지면서 독일 병사 세 사람의 목숨을 앗아갔다.

예거가 여성 저격병과 마주친 것도 그 시기였다. 총에 맞은 상대는 움직이지는 못해도 숨이 붙어 있어서, 예거는 총구를 겨눈 채로 신중하게 접근했다. 그러자 여자가 갑자기 상반신을 일으키더니 독일어로 "파시스트에게 죽음을!"이라고 외치며 권총을 겨눴다.

예거는 그 여자를 쏘아 죽였다.

상대가 지나칠 만큼 야만적으로 굴었기 때문에, 부상당한 적 병사는 투항하기 전에 사살해야 했다.

게다가 러시아인들은 붙잡은 포로에게도 잔인무도했다. 적어도 1941년 여름에 겪은 바로는 그랬다. 거침없이 승리를 거두던 시기에 포로로 잡힌 독일 병사의 90퍼센트가 살해당했다. 초토작전으로 텅 빈 마을에서 총검으로 난도질당한 독일 병사들이 매달려 있는 광경도 목격했다.

촌락을 제압하면 이번에는 주민이 파르티잔이 되어 방심한 틈을 노렸다. 그렇기에 정당한 전투로서 적 기지와 마찬가지로 촌락도 당연히 불태워야 했다.

이런 상황을 겪다 보니 러시아인 포로를 난폭하게 다루는 것이 당연해졌다. 그중에는 코미사르†나 유대인이 섞여 있을지도 모른

---

† 소련의 당 정치위원.

다. 따라서 포로들은 국방군들이 깔보곤 하는 친위대 산하의 아인 자츠그루펜†에 넘겨졌다. 포로들 대부분이 그곳에서 살해당한다는 소문도 들었으나, 어쨌든 직업군인인 자신의 임무와는 관계없다고 예거는 생각했다.

누구나 다 정당화하는 기술을 익혔다.

모스크바 공방전이 벌어지던 때, 마지막에 배속됐던 부대는 길을 헤매다가 이바노프스카야라는 마을에 들어갔다. 부대는 그곳에서 여자를 덮치고 식량을 빼앗기 위해 마을 사람들을 파르티잔으로 몰아갔다. 한 사냥꾼이 지휘관을 노렸지만, 그 사냥꾼은 아무리 봐도 민간인 여자였다.

아니지. 예거는 생각을 바꿨다. 나는 정당하다. 그 여자는 아군을 노렸으니.

그래, 실존하는 파르티잔, 비겁하고 비합법적인 전투원을 말살하는 것은 독일군의 의무다.

베르크만을 떠올렸다. 그 다정다감한 눈동자, 고향에 있는 그의 처자식. 미래가 창창한 청년의 목숨을 또 러시아 병사가 빼앗아 버렸다.


"이반이라는 괴물과 싸우려면 우리도 괴물이 되어야 하지."

개전 후 몇 개월 만에 익힌 원칙이 예거의 입에서 불현듯 흘러나왔다.


† 파르티잔, 공산주의자, 유대인을 처리하는 학살 부대.

제8중대장과 그의 부관이 의아한 듯 예거를 바라보았다.

"소령님, 그럴 각오만 있다면 과녁은 꼭 소령님이 아니어도 됩니다."

그렇고말고. 공산주의자 러시아인은 괴물이다. 그걸 쓰러트리는 것이니 수단을 가릴 필요가 없다.

"……그나저나 그 봉투는 러시아 여자에게 주는 선물인가."

은근슬쩍 화제를 돌린 소령의 말에 들고 있던 봉투 안을 보았다. 스팸을 보고 예거는 봉투를 꽉 오므렸다.

"네. 그냥 사탕 따위를."

"식량도 부족한데 괴물 같은 여자에게 선물이라. 남녀 관계는 복잡하군."

당연한 소리다, 이 빌어먹을 놈아. 예거는 생각했다. 렌드리스 품목인 스팸. 소련군의 물건이다. 산드라가 그걸 갖고 있었다. 즉, 소련군과 접촉한 것이다. 그걸 뜻하는 물건을 이렇게 순순히 자신에게 건넸다. 그런 산드라가 파르티잔일 리 없다.

그 순간 산드라 역시 자신을 사랑한다고 실감했다. 정을 나누고 물건을 주는 것이 고작인 자신에게 귀중한 통조림을 줬으니까. 산드라에게 불리한 증거를 남겨서는 안 된다.

부대로 복귀하는 길에 인적 없는 적당한 곳에서 나이프 달린 깡통 따개로 스팸을 따 위장에 쓸어 넣고, 빈 깡통은 불타는 전차 안에 던졌다.

차라리 러시아인 모두가 괴물이라면 얼마나 편할까.

막심의 아파트에서는 병사들이 어딘지 늘어진 분위기로 지내고 있었다. 급수탑의 쿠쿠를 처리하자 적 부대의 활동이 잠잠해져서 붉은 군대 병사들의 관심은 전방 대신 식량과 스탈린그라드 전체의 전황으로 쏠렸다. 보급된 밥을 먹고, 식량과 함께 배포되기 시작한 신문을 읽고, 잡담을 나누고 때로는 춤을 췄다. 전과는 줄어들었으나 매일 나가서 프리츠를 저격했다.

류드밀라 파블리첸코의 기사도 읽었다. 놀랍게도 그는 미국에 있었다. 제2전선 구축이라는 외교 사명을 띠고서 백악관에 선 것이다.

스물다섯 살인 저는 전선에서 309명의 파시스트 침략자를 격파했습니다. 젠틀맨, 당신들은 언제까지 제 등 뒤에 숨어 있을 생각입니까?

정치적 문맥을 띤 그의 말은 미국인들에게 갈채를 받았다. 세라피마의 뇌리에도 또렷이 남았다.

해가 바뀌어 1943년 1월 7일, 경건한 정교도 표도르는 율리우스력을 따른 크리스마스를 맞아 숙연하게 기도를 올렸다. 다른 병사들은 예법을 몰라 묵묵히 밥을 먹었다.

다음 날인 1월 8일.

붉은 군대의 전투기가 상공에서 전단을 날리고 지상 확성기로 레코드 방송을 틀었다. 막심 대장이 바깥 상황을 살피며 세라피마에게 물었다.

"세라피마 동지, 지금 뭐라고 하는 거지?"

독일어를 알아듣는 세라피마가 잡음 심한 방송에 귀를 기울였다. 문법은 옳지만 과하게 격식을 차리고 사투리가 섞인 기묘한 독일어였다.

"항복 권고예요."

세라피마가 대답하자 유리안이 시시하다는 말투로 반응했다.

"뭐야, 그럼 지금까지랑 다를 게 없네."

과연 그럴까. 세라피마는 주의 깊게 방송을 들었다.

겨울바람 작전을 버텨낸 소련군은 수단과 방법을 가리지 않고 독일에 항복을 권고했다. 야간에 확성기를 설치해 독일어로 항복하라고 외치는 일반적인 수단에 더해, 일찌감치 포로가 된 독일인을 시켜 동료들에게 이리로 오라고 외치게 하고, 그리운 독일 민요를 틀어 들려주었다. 고향 독일에서 가족이 너희의 귀향을 기다리니 전쟁을 끝내고 고향으로 돌아가자는 절절한 내용의 전단을 작성해 상공에서 뿌렸고, 소련으로 망명한 저명한 독일 시인 에리히 바이네르트의 감상적인 시를 실었다. 그런가 하면 허를 찔러 카추샤 로켓을 비처럼 쏘고, 어쩐지 으스스하게 들리는 탱고 음악을 큰 소리로 틀었다.

소련군은 이런 강온 양면 수단을 섞어서 독일군에게 "이미 최고사령부에서 우리에게 투항한 적국 병사를 죽이지 말라는 엄명을 내렸다"라고 명시했다. 말 자체는 사실이었고, 실제로도 일부 고립된 적 부대의 항복을 유도하기도 했다.

이처럼 소련은 말 그대로 수단과 방법을 가리지 않는 심리전을 계속 펼치는 중이었지만, '무시무시한 공산주의자의 마수에 떨어지면 모두 죽는다'라는 나치 당국의 프로파간다가 여전히 독일 병사 사이에서 유효했고, 개전 초기에 포로 대우가 처참했던 사실까지 겹쳐서 제6군이 와해될 정도의 대규모 투항에 이르지는 못했다. 무엇보다 그들의 군대에도 사수死守 명령이 내려왔다. 독전대가 없더라도 무단항복은 즉시 사형감이라서, 등 뒤에서 총을 맞는 사정은 같았다.

그런데 세라피마가 들은 방송 내용은 기존과는 이질적인 분위기를 띠었다.

"이번 항복 권고는 지금까지와 좀 다릅니다."

"어떻게 다르지?" 막심 대장이 물었다.

"적에게 널리 권고하는 일반적인 내용이 아니라 제6군 사령관 파울루스를 지명해 항복하라 권고하고 있습니다. 소련의 붉은 군대는 제6군의 명예로운 항복을 인정한다는 내용입니다."

"그렇군. 정식적이고 조직적인 항복 권고, 즉 스탈린그라드의 종전을 권한다는 뜻이야."

"네. ……거절한다면 철저하게 섬멸하겠다고도 하고요."

"포위섬멸전의 최종 국면이 다가왔음을 암시하는 건가."

그들이 전면적 항복을 받아들인다면 소련에도 좋은 이야기다. 스탈린그라드 시가지의 전투가 종결되면 제6군을 섬멸하느라 헛된 사상자를 내지 않아도 되고, 주변에 있는 포위 병력과 예비 병력을 투입하여 마침내 토성 작전을 발동해 캅카스 방면으로 진격한 독일 A집단군의 배후를 끊기 위해 나설 수 있다.

하지만…… 세라피마는 어깨를 축 늘어뜨렸다. 제6군도 그 사실은 충분히 알고 있을 테니 일이 그리 간단히 진행되지 않을 게 뻔했다.

막심 대장이 세라피마와 마찬가지로 다들 석연치 않은 표정을 짓고 있는 저격소대를 보고 웃었다.

"그래도 시간문제야. 하늘에서 보급도 끊긴 이상, 놈들에게 남은 선택지는 항복이나 동사, 둘 중 하나니까."

"저는 계속 저격할 거예요. 앞으로 하나를 더 쏴야 25명이 되니까."

"유리안!"

대장은 소대가 도착한 후로 확인 전과가 딱 한 명 늘어난 젊은 저격병을 혼냈다.

"너희 부모님이 원하는 건 네가 살아남는 거야. 잊지 마라!"

"하지만 저는……"

유리안이 뭐라고 대답하려다가 그 직전에 몸이 굳었다. 저격병이 무언가를 봤을 때의 움직임이다.

"지금 정면 도로의 끄트머리에서 뭔가 움직였습니다."

얼른 조준경에서 눈을 뗐다. 작은 총구멍으로는 넓은 시야를 확보할 수 없다.

"뭔가 설치하는 것처럼 보이는데요…… 내려가서 상황을 보겠습니다."

유리안이 허락을 기다리지 않고 바쁘게 나갔다.

막심 대장이 고충 어린 표정을 지었다. 잠시 후 세라피마가 손을 들었다.

"저기, 저도 같이 가도 될까요?"

막심 대장이 이리나를 바라보았다. 이리나가 고개를 끄덕였다.

"부탁하네." 막심이 말했다.

경례하고 나가려는데 샤를로타가 같이 따라왔다. 세라피마처럼 샤를로타도 왠지 모르게 유리안을 그냥 두면 안 된다는 마음이 든 듯했다.

방문을 여는 순간, 바로 앞에 독일 병사의 애인 산드라가 서 있었다.

방까지는 오지 않는다는 암묵적인 규칙을 깼기에 샤를로타는 얼굴을 일그러뜨렸다.

"너, 너 도대체, 무슨 용건으로……"

"앗, 무슨 일이야, 산드라? 몸은 괜찮아?"

산드라와의 소통 창구를 맡은 타냐가 발랄하게 말을 걸며 자기에게 맡기라고 눈빛으로 말했다. 타냐는 산드라에게 초콜릿을 건넸다.

"몸이 차지는 않고? 아무리 추워도 술은 마시면 안 돼."

생리에 대해서는 묻지 않는구나. 세라피마는 의외라고 생각했다.

산드라는 초췌한 얼굴로 잠시 고개를 숙이고 있다가, 곧 결심한 듯이 말했다.

"정면에 있는 독일군 말이야, 너희가 대규모인지 소규모인지 간파하려는 것 같아."

"뭐?"

"그, 그이가 그렇게 말했어! 너희가 대규모라면 공격할 수 없다고. 나는 그걸……"

이리나가 안에서 말했다.

"돌아와, 타냐! 안쪽 방으로 들어가라!"

타냐는 놀란 표정을 지으면서도 즉시 명령에 따랐다. 세라피마는 이리나의 의도를 알아차렸다. 손톱만큼도 신용할 수 없는 산드라가 하는 말은 활용할 만한 재료가 되지 못한다. 산드라가 적의 장기짝으로 움직인다고 간주해야 한다. 이럴 때는 모든 반응을 차단하는 것만이 유일한 해답이다. 훈련받은 병사라면 누구나 할 수 있는 일이지만, 병사가 아닌 타냐는 그럴 수 없다.

대신 현관으로 나온 사람은 엔카베데 올가였다.

"적으로 간주되면 그 시점에서 죽인다고 경고했을 텐데."

사실상 위험부담을 없애려면 그 방법뿐이었다. 올가는 토카레프의 총목에 오른손을 댔다. 일단 쏘겠다고 마음만 먹으면 전혀 주저하지 않을 것이다.

"아니야! 내 말을 좀 들어달라니까? 나는 그이도 너희도 죽지 않았으면 해. 그러니까 항복하거나 철수해서……"

"네가 자각하지 못한 채로 프리츠 놈들의 개가 되었을 가능성을 배제할 수 없어."

"정면에 있는 건 프리츠 제8중대인데 너희가 저격병과 박격포병을 죽였잖아…… 그들은 당황해서 제7중대의 저격병에게 너희를 죽여달라고 의뢰했어."

세라피마는 동요한 것을 들키지 않도록 신중히 산드라의 얼굴을 살폈다. 표정에 공포는 없다. 진짜 정보다. 의도적인 기만으로 누설할 만한 내용도 아니다.

"그 저격병이 네 애인이로군."

산드라의 얼굴이 굳었다. 동요한 티가 훤히 보였다. 초짜의 반응이다.

"그놈의 이름은?"

"몰라."

올가가 권총을 뽑아 산드라의 이마에 들이밀었다.

"죽고 싶다는 말로 들리는데."

"아니야, 정말로 몰라. 이럴 때를 대비해서 알려줄 수 없다고 했어. 눈이 예쁜 사람이야. 키가 크고 말랐고…… 나는 그이가 너희를 쏘지 않았으면 좋겠어. 저기, 혹시 잠깐 동안만이라도 다른 곳에 가 있으면 안 될까?"

이리나가 현관문으로 와 산드라에게 물었다.

"친절한 마음으로 정보를 전해주러 왔나? 그건 아니겠지."

"날 도와주면 좋겠어." 산드라가 머뭇거리면서도 말했다. "스탈린그라드가 해방되면 다들 날 죽일 거야."

"그야 당연하지." 올가가 웃었다.

"나는 죽어도 괜찮지만……!"

산드라의 목소리가 갑자기 힘을 잃었다.

"아니야, 죽는 건 무서워. 그러니까 도와주면 좋겠어."

하여간 속을 뒤집어 놓는 여자다. 세라피마는 그렇게 생각했다. 이 여자는 줏대가 없다. 말 속에 결의라는 게 없다.

일단 모두 안으로 돌아와 목소리를 낮추고 의논했다.

"아무리 그래도 너무 제멋대로예요." 샤를로타가 화를 내자 모두 동조했다.

"그래도 저기, 여러분." 마미가 조심스럽게 말했다. "산드라가 입 다물고 있을 생각이었다면 그럴 수도 있었어요. 나름대로 우리를 걱정해서 여기에 온 거예요."

표도르가 말을 고르며 동의를 표했다.

"적어도 얘기한 내용은 정확한 정보이고 히비들 특유의 켕기는 느낌도 없습니다."

막심 대장의 체면을 생각해서인지 이리나는 의도적으로 침묵했다. 그 모습을 알아차린 세라피마도 굳이 적극적으로 의견을 밝히지 않으려 했다. 자신 역시 망설이고 있었다.

막심 대장은 고민한 끝에 무전으로 건너편 강변에 연락했다.

합동부대가 항상 사용하는 선착장에서 무동력 배가 한 척 나간다면 탈출하는 시민이 탄 것이니 쏘지 말라, 그 시민은 부대에 정보를 주었으나 독일 병사와 개인적으로 가까워진 탓에 다른 시민들에게 어떤 일을 당할지 모른다, 하는 식의 내용이었다.

대답은 간략했다. 지금 이야기는 들리지 않았다고 했다. 묵인한다는 신호다.

"강을 타고 가서 하류에 있을 붉은 군대에 합류해. 서쪽에서 온 피란민이라고 말하고."

"부탁이 하나 더 있는데……"

"뭐지?"

웬일인지 막심 대장이 짜증을 감추지 못하며 물었다.

"작별 편지를 쓰게 해주세요."

잠깐 침묵이 흘렀다. 막심 대장이 세라피마를 바라보자 세라피마는 자기도 모르게 한숨을 쉬었다.

그곳에서 독일어를 읽고 쓸 수 있는 유일한 사람이었던 세라피마는, 프리츠 애인의 부탁을 받아 종잇조각에 독일어로 번역한 편지를 손수 써줘야 했다. 더없이 불쾌한 경험이었다. 혼자서 갈 수밖에 없다느니, 다른 상황에서 만났으면 좋았겠다느니 따위의 변명 가득한 편지.

순간 편지에 '뒈져라, 히틀러와 나치 파시스트'라고 적을까 하는 마음이 들었지만, 산드라가 총에 맞으면 꿈자리가 사나울 테니 그만뒀다.

산드라는 고맙다고 하고 급히 떠나려 했다. 그 뒷모습을 지켜보는데, 올가가 불러세우더니 어깨에 팔을 걸쳤다. 그리고 산드라에게만 들리도록 뭔가 속삭인 뒤, 코트 안으로 가지고 있던 통조림과 다른 무언가를 찔러 넣었다. 비밀경찰 엔카베데 염탐꾼답게 절대 신용할 수 없는 상대에게서라도 뭔가 정보를 얻으려 하는 걸까? 아니면 독이라도 탄 걸까?

샤를로타가 세라피마의 소매를 당기며 속삭였다.

"이제 됐으니까 가자. 대항 저격이 곧 있을 거라고 유리안에게 알려줘지."

"그러네."

급하게 출구로 가려는데 이리나가 두 사람을 불렀다.

"이걸 가져가라."

얼마 전 강을 건너온 지급품인 잠망경 형태의 쌍안경을 받고서 둘은 밖으로 향했다. 복도나 계단에서 산드라와 마주쳤을 텐데 유리안은 이미 막심 집의 정면 도로 앞, 무너진 건물 그늘에 몸을 숨기고 엎드려쏴 자세로 도로 너머를 노려보고 있었다.

살금살금 접근한 세라피마가 뭐라 말해야 하나 고민하던 찰나, 샤를로타가 먼저 말했다.

"용맹 훈장이 그렇게 받고 싶어?"

진작에 기척을 알아차린 듯 유리안이 눈만 돌려 두 사람을 보았다.

세라피마는 샤를로타가 일부러 노골적인 말을 고른 것을 알았다. 확인 전과가 25명에 도달한 저격병은 용맹 훈장을 받는다. 그 다음으로 받는 군공 훈장은 저격 전과 40명. 즉, 소련 저격병 중에서도 우수한 저격병으로 인정받는 첫걸음이 전과 25명이다. 유리안은 목표까지 앞으로 딱 한 명을 남겨두었다.

이미 그 첫걸음을 넘긴 샤를로타가 그를 달랬다.

"나랑 경쟁하지 말고 네 자리로 돌아가, 스탈린그라드 우승자. 적의 쿠쿠가 이쪽을 노린대."

"너희랑 경쟁할 생각도 없고 용맹 훈장 같은 건 신경 안 써. 나는 자이초나크니까."

자이초나크зайчóнок, 새끼 토끼라는 묘하게 귀여운 호칭에 세라피마는 당황했는데, 샤를로타의 반응은 달랐다.

"그럼 혹시 너한테 저격을 가르친 사람이……"

감히 그 이름을 부르는 것도 망설여지는지 유리안이 크게 숨을 들이쉬고 대답했다.

"바실리 그리고리예비치 자이체프."

자이체프. 토끼에서 유래한 성씨다. 그의 제자여서 새끼 토끼인 가. 세라피마는 그제서야 이해했다.

샤를로타의 목소리가 높이 튀었다.

"나 들은 적 있어! 원래는 우랄산맥의 사냥꾼이었던 뛰어난 저격병이지!"

"맞아…… 이곳이 전쟁터가 되고 얼마 지나지 않아 열흘 만에 40명의 프리츠를 해치웠고, 나와 만났을 때는 100명을 넘었었어. 나는 너희가 오기 전, 스탈린드라드가 말 그대로 지옥이었을 때 폐공장에서 그분에게 가르침을 받았어. 아마 그분은 벌써 200명 이상 쓰러뜨렸을 거야."

그 말은 진짜일 거라고 세라피마는 확신했다. 백전노장의 저격병이 매일 쌓아 올리는 전과는 경이적이라고밖에 할 수 없는 수치에 이르게 된다. 류드밀라 파블리첸코의 309명은 그야말로 위대한 전과다. 그 외에도 100명이나 150명을 쏜 저격병은 많다. 세라피마를 가르친 이리나 역시 90명 넘게 적을 사살했다.

그런 수치에 직면하면 민간인은 대개 말로 표현하진 않아도 이런 반응을 보인다.

그게 진짜로 가능한 수치인가? 전투하면서 쓰러뜨린 적의 숫자를 제대로 셀 수나 있을까?

아군의 전과 판정을 어설프게 하면 당연히 문제가 되므로 저격병의 전과는 절차를 밟아 확인한다. 다른 병사가 사망을 판정하거나 상대의 물건을 가지고 돌아가지 않는 한, 본인이 아무리 주장해도 전과로 셈하지 않는다. '오늘 100명을 죽였습니다'라는 보고만으로는 안 되는 것이다.

한편 병과나 나라를 불문하고 선전을 위해 대놓고 의심스러운 기록을 의도적으로 발표하기도 한다. 붉은 군대 저격병도 마찬가지다. 다들 누구라고 꼭 짚지는 않는 편이지만, 느닷없이 500명이니 800명이니 하는 수치를 들고 오는 바람에 "그놈이 누군데?" 하고 한소리 하는 분위기가 돌곤 한다. 동업자들 사이에서는 비웃음의 대상이다.

아무리 내외에서 프로파간다를 퍼뜨리고 매체에서 혁혁한 전과를 과시해도, 허황된 거짓으로는 결코 만들어내지 못하는 게 있다. 바로 전우들의 신뢰와 평가다.

지금 영웅이 된 류드밀라 파블리첸코는 민족으로 따지면 러시아인이지만 이전에는 우크라이나 출신의 평범한 대학생이었다. 마찬가지로 이미 400명을 쓰러뜨렸다고 알려졌고 위인으로 칭송되는 표도르 오클로포프 역시 소수민족인 야쿠트다. 이러한 사실이 알려주듯, '진짜'의 전설은 기관지의 프로파간다 담당 부서가 부리는 술수가 아니라 병사들 사이에서, 소련 당국조차 바람직하지 않다고 판단할 정도로 아무런 맥락 없이 만들어진다. 이후 무수한 진위 판정을 거쳐, 동업자들 사이에서 회자되는 전설에는 저절로 진실만이 남는다.

프로파간다의 소재가 된 병사들은 평가의 뒷받침이 부족하기에 그 어떤 거창한 수치를 자랑한들 아무도 그들의 용맹함을 칭송하지 않으므로 자연히 도태된다.

류드밀라 파블리첸코가 진짜이고 표도르 오클로포프가 진짜인 것처럼 바실리 자이체프 역시 진짜겠지. 자존심 센 유리안의 칭찬이니 더욱 확신할 수 있다.

하지만 이미 30명을 쓰러뜨리고 실력 좋은 쿠쿠도 사살한 바 있는 세라피마는 의문을 품었다.

"바실리 자이체프처럼 돼서 뭘 하려고?"

샤를로타가 의외라는 표정으로 세라피마를 보았다.

세라피마가 생각하기에도 의외였다. 오로지 살아남는 것과, 그 끝에 복수를 완수하는 것만을 생각하며 싸워왔다. 그러나 급수탑의 쿠쿠를 쓰러뜨리고 막심의 아파트에 돌아왔을 때부터 어떤 위화감이 찾아왔다. 한계 없는 전과에 끝이란 있을까.

"운동경기랑 다르게 우리의 싸움에는 적절한 끝맺음이 없고 전과 판정에도 상한이 없어. 불안하지 않니, 유리안? 우리는 그렇게 해서 어디로 가는 걸까? 너는 알아?"

"몰라." 유리안이 담백하게 대답했다. "불안해지기도 해. 하지만 그러니까 오히려 적을 더 쓰러뜨리고 싶어. 아마 높은 곳에 도달하면 알 수 있는 게 있지 않을까? 언덕을 넘으면 지평선이 보이는 것처럼 저격병의 고지에는 분명 어떤 경지가 있어. 여행의 끝까지 가봐야 그 정체를 알 수 있는 것처럼, 거기까지 가면 알 수 있겠지. 그러지 않으면 우리는 그저 멀리 있는 촛불을 불어서 끄는 기술을 배워서 경쟁하는 거나 마찬가지야."

"촛불을?"

"그러니까—" 대답하려던 그의 시선이 순식간에 날카로워졌다. "역시 분명해. 프리츠가 연단을 세우고 있어."

"연단?"

"응, 뭔가를…… 보여주려는 것 같아. 저 위치면 위에서는 쏠 수 없겠는데."

세라피마는 잔해 사이로 신중하게 잠망경을 내밀어 도로 너머를 살펴보았다. 유리안의 말대로 정말로 바퀴가 달린 임시 연단 같은 것이 보였다. 프리츠들이 주변을 경계하고 있지만 이쪽을 알아차린 것 같지는 않다.

교대로 그 모습을 확인한 샤를로타도 고개를 갸웃거렸다.

"나치들이 무슨 즉흥 연극이라도 하나? 아니면 높은 사람의 연설이라도 있거나."

"괜찮네. 히틀러가 오면 전쟁이 끝날 텐데."

유리안의 농담을 듣고도 세라피마는 위화감을 지울 수 없었다.

무엇을 하든 너무 이상하다. 왜 이곳에, 그 누가 일부러 최전선에 온단 말인가.

그런 의문은 순식간에 녹아버렸다. 프리츠들이 연단 아래에서 밧줄 몇 개를 위로 던져 가로대에 매달았다. 매달린 밧줄 끝에는 동그란 고리가 달렸다.

이어서 적 병사들에게 팔을 붙잡힌 초췌한 표정의 시민들이 연단 위에 끌려왔다.

"마, 말도 안 돼……"

세라피마가 무의식적으로 중얼거렸다. 그 대답이라도 되는 것처럼 프리츠 부사관이 외쳤다.

"이자들은 비전투원 신분으로 우리 군의 보호 아래에 있으면서 당치 않게도 군복도 착용하지 않은 채 우리 독일 국방군을 습격한 범죄자다! 명확한 국제법 위반이므로 비열한 게릴라 공격을 꾀한 자들에게 본국에서 정식으로 심판을 내린다!"

세라피마만큼은 아니었지만 다들 그가 외친 독일어의 내용을 대충 예상했다.

"놈들이 할 법한 짓이네…… 이거 누굴 쏴야 하지?"

유리안이 한숨을 쉬며 물었다.

"모두 돌아와!"

돌아보자 이리나가 아파트의 지하에서 고개를 내밀고 있었다.

"덫이다! 너희를 유인하려는 거야. 적의 덫에 걸려들지 마라!"

샤를로타가 이리나의 말에 굳어졌다. 세라피마는 떨리는 목소리로 대답했다.

"하, 하지만 이대로는 시민들이 학살당해요."

"너도 그렇고 나도 그렇고 우린 신이 아니야. 이 학살 전쟁에서 죽는 시민들을 전부 구할 수는 없어. 우리에게는 살아남아서 더 많은 프리츠를 죽이고 더 많은 생명을 구할 의무가 있다. 지금 쏘면 너희만 죽을 뿐이야. 명령이다, 돌아와!"

이리나의 말에는 망설임이 없었다. 그러나 어린 저격병 세 사람은 움직일 수 없었다.

그때, 유리안이 헉하고 신음했다.

쌍안경을 들여다보았다. 교수형을 기다리는 시민들. 그 모습을 본 세라피마도 경악했다.

안나 자하로바와 벨라 자하로바.

얼마 전 지하수로에서 자신들에게 정보를 건넨 도시의 파르티잔. 여동생 안나는 학교 친구라며 유리안에 대해 묻기도 했다. 다른 시민들과 함께 자매의 목에 밧줄이 걸렸다.

프리츠 부사관이 절규하듯이 외쳤다.

"지금부터 교수형을 집행한다!"

"그렇겐 안 돼!"

유리안이 외치며 잔해에서 몸을 내밀었다. 더는 참을 수 없다는 신호였다.

연달아 세 발, 총성이 울렸다.

첫 발은 유리안이 쐈고 프리츠 부사관의 숨통을 끊었다. 세 발째는 세라피마가 쐈다. 안나의 머리 위에 늘어진 밧줄을 쏘아 끊었다.

바로 다음 순간 발판이 사라지면서 네 명의 시민이 교수대에 매달렸다. 지면에 추락한 안나는 주위를 둘러보더니, 목이 졸린 언니를 올려다보았다.

그 광경으로부터 도망치듯이 엎드린 세라피마는 문득 의문을 품었다.

두 발째는……?

"유리안!"

샤를로타의 비명이 주변을 울렸다.

유리안의 가슴에 구멍이 뚫렸다.

"제길…… 저놈들……"

"말하지 마. 다 같이 돌아가자!"

세라피마와 샤를로타 둘이서 유리안을 부축하며 아파트로 돌아갔다.

부사관을 잃은 프리츠가 기관총을 난사하기 시작해 아파트 외벽에 총탄이 박혔다. 쿠쿠는 모습을 드러내지 않고 유리안이 쏜 순간 반격을 가했다.

아파트로 돌아와 이리나까지 셋이서 유리안을 안고 계단을 올라갔다.

3층 계단참에서 철판을 두른 창틈 사이로 도로 너머를 확인했다. 프리츠들이 철수했다. 혼자 남은 안나가 언니 벨라의 다리에 매달려 울고 있었는데, 곧 머리에서 피가 터지며 쓰러졌다. 잠시 뒤에 멀리서 총성이 울렸다.

결국 아무도 구하지 못했다. 안나의 고통을 잠시 미뤘을 뿐이다.

우리는 신이 아니다. 그렇다면 신은 뭘 하고 있는가. 평온한 세계에 앉아 지상에 지옥을 만들어놓고 그 꼴을 내려다보고 있는 것인가.

계단을 뛰어 올라간 이리나가 아파트의 문을 걷어차 열었다. 샤를로타가 외쳤다.

"타냐! 치료를!"

바닥에 유리안을 눕히자 막심과 표도르가 안색이 바뀐 채 달려왔다. 구급상자를 안은 타냐가 두 사람을 밀어내고 유리안의 셔츠를 찢었다.

유리안의 총상을 본 순간, 모두가 절규했다. 총상은 두 군데. 어깨로 들어간 탄환이 옆구리로 빠져나왔다.

세라피마는 반사적으로 타냐의 얼굴을 살폈다. 타냐는 뭔가 깨달은 표정으로 구급상자에서 진통제와 지혈제를 꺼냈다.

"괜찮아, 이제 됐어."

유리안이 웃으며 말하더니 곧바로 입에서 피를 토했다.

"살지 못하는 거 알아."

"무슨 소리야. 이 정도로 안 죽거든."

타냐가 웃으며 진통제를 정맥에 주사했다.

이리나가 뭐라고 귀엣말하자 막심이 유리안을 격려했다.

"그래, 이제 25명을 채웠으니 훈장을 받게 됐잖아. 정신 똑바로 차려!"

바늘이 들어갔을 때 반응이 없었다. 이미 통증을 느끼지 않는 것이다.

"대장…… 다들, 미안해. 샤를로타."

유리안은 경쟁자로 여기던 샤를로타의 이름을 힘없이 불렀다.

"처음 봤을 때 함부로 말한 거, 다 거짓말이었어. 나는 여자와 사귀어본 적도 없어. 그냥 네가 너무 예뻐서 당황했던 거야."

샤를로타가 그의 옆에 무릎을 꿇고 이마를 쓰다듬었다.

"무슨 한심한 소리를 하는 거야. 너답지 않게. 명색이 스탈린그라드 우승자잖아. 전쟁이 끝나면 거리를 안내해 줘. 키스도 해줄 테니까."

유리안이 웃으며 고개를 저었다. 이미 의식을 잃어가는 중이었다.

"아무도 지키지 못했어."

세라피마가 그의 곁에 다가가 무릎을 꿇고 손을 붙잡고서 또렷하게 말했다.

"유리안. 너는 안나 씨를 구했어. 그 사람, 같은 대학에 다니는 친구지? 내가 밧줄을 쐈어. 지금 아래층에 있어."

유리안의 눈이 커졌다. 그 눈에 희망이 깃들었다. 세라피마 입에서 '안나'라는 이름이 나왔으니 정말 살았다는 뜻이라고 생각했을 것이다.

잔혹한 속임수. 죄책감에 괴로워하며 세라피마는 말을 이었다.

"그러니까 회복해야지, 유리안."

"고마워, 소녀 동지 세라피마……"

유리안이 눈을 감았다.

"언덕 위에 서게 되면 그 너머를 봐줘."

그 말이 마지막이었다. 유리안이 후욱 숨을 길게 내쉬더니, 다시는 숨을 들이쉬지 않았다.

"유리안!"

바닥에 주저앉은 막심 대장이 그의 팔을 끌어당겨 안았다. 평소 아버지와 아들처럼 지냈던 두 사람이었다. 막심 대장이 눈물을 흘렸다.

세라피마가 고개를 들자 이리나와 눈이 마주쳤다. 그는 무표정하게, 세라피마를 책망하거나 칭찬하지도 않고 그저 눈을 들여다볼 뿐이었다. 세라피마는 자신이 한 행동의 의미를 생각했다.

유리안을 편하게 해주고 싶었다. 죽기 직전, 그에게 자신이 아는 누군가를 구했다는 환상을 안겨주고 싶었다. 그건 그가 죽을 거라고 확신했기 때문이다.

하지만 말없는 주검이 된 유리안을 보며 그것이 얼마나 허무한 짓인지 알았다. 죽기 전에 건넨 평온함으로 구원받는 것은 살아 있는 자신이지 그가 아니었다.

언덕 위에 서자.

그렇게 마음에 새겼다. 유리안이 가지 못한 곳, 서지 못한 곳에.


그날 밤, 한스 예거는 산드라의 침대에 누워 생각했다.

일단 적 저격병 한 명을 쏘긴 했으나, 소문대로 상대와 그 부대는 보통내기가 아니었다. 그 짧은 시간에 병사뿐 아니라 밧줄을 쏘다니. 사형집행인이 총에 맞을 가능성이 있다고 미리 말했더니 그 재수 없는 중대장은 아무 이등병에게나 부사관 옷을 입히고 일이 성공하면 계급을 올려주겠다고 구슬렸는데, 공교롭게도 진짜 죽어버렸다.

이등병 한 명과 교환해 상대 저격병을 한 명 쓰러뜨렸으니 고맙다는 소리를 들으면 들었지 원망을 들을 일이 아니었다. 그러나 놈들은 동료가 죽었는데도 저격수를 한 명밖에 쏘지 못한 것, 또 상대 저격병 하나가 밧줄을 쏴 사형수를 구하려고 한 것에 분노한 나머지, 작전이 끝났는데도 사형수를 쏘라고 명령했다. 사형수야 파르티잔이 분명하므로 문제될 일은 아니다. 나는 명령대로 쏠 뿐이다.

적은 정예지만 전력은 역시 소수였다. 제8중대에 그렇게 보고 했으나 곧바로 이어진 상대의 반격에 그들은 망설였다.

담배를 받았다. 피우지 않으니까 산드라에게 줬지만 산드라는 거절했다.

"고향에 너를 데리고 가서 결혼하고 싶어. 우리 부모님은 인종에 편견이 없는 분이야."

말이 어디까지 통할까. 산드라는 꾸벅꾸벅 졸고 있었다.

이 여자와의 관계도 점점 알 수 없어졌다. 어느새 예거가 주는 물자보다 산드라에게 받는 물자의 양이 많아졌다.

나는 산드라를 장기짝으로 썼다. 그러나 이 마음만은 진짜다. 분명 그럴 것이다.

나는 산드라를 사랑하고 산드라 역시 나를 사랑한다. 그것만은 진실이다. 그러니 내가 어떻게 되든 산드라를 구해야만 한다.

그렇게 결심했을 때, 산드라의 집 문이 벌컥 열렸다.

야전 헌병과 그를 이끌고 왔을 중대 부관이 거침없이 침대로 다가왔다. 산드라는 비명도 지르지 않고 이불을 가슴까지 끌어올렸다.

"한스 예거! 열등 인종과의 성교 용의로 네놈을 체포한다!"

"분풀이로군."

"닥쳐, 이 무능한 놈. 네놈의 작전 때문에 우리 병사가 죽었어."

위험하다고 말하지 말고 그냥 그 중대장을 세웠어야 했는데.

산드라를 바라보는데, 야전 헌병이 데려온 히비가 러시아어로 뭐라 말했다. 산드라의 반응을 보면 체포 선고인 것이 확실했다.

"어이, 여자를 체포하는 건 도리가 아니지."

"네놈과는 다른 건이야. 너와 접촉한 후에 미행했더니, 이 녀석은 붉은 군대 세력까지 가서 물을 긷더군. 스파이 용의가 있다."

"그런 건……"

이미 알고 있다고 말하려다 그만뒀다. 말하면 자신의 혐의가 늘어날 뿐이다. 하지만 산드라를 체포하게 둘 수 없다. 필사적으로 변명을 생각했다.

할 말이 정리되기 전에 산드라가 입을 열었다. 히비가 러시아어를 통역했다.

"정면에 있는 적은 대부대이며 내일이라도 이쪽에 돌입할 가능성이 있다고, 우리한테 이러지 말고 당장 철수하는 게 좋을 거라고 합니다."

그 말을 들은 순간, 중대 부관의 안색이 바뀌었다.

예거는 그가 확신한 것과 같은 내용을 그대로 외쳤다.

"적의 병력은 소수다!"

부관도 반사적으로 고개를 끄덕였다. 붉은 군대와 연결된 여자가 충돌을 피하려고 급작스럽게 조작한 거짓말이 분명하다. 훈련받지 않은 맹한 표정이 아니어도 속내가 훤히 들여다보이는 기만이었다.

사실 이는 예거가 끌어내려고 했던 반응이었다. 예거는 일부러 산드라에게 애인인 자신과 붉은 군대가 대립한다는 정보를 들려주었다.

"가라! 지금 당장 볼가강으로 도망쳐! 너희 중대가 살아남으려면 지금뿐이다!"

부관은 묵묵히 야전 헌병들을 이끌고 산드라의 집에서 나갔다.

산드라는 아무 말 없이 넋을 잃고 상황을 지켜보았다. 상대가 자기 의도와 반대되는 행동을 한 사실을 이해한 듯했다. 이윽고 산드라가 엉엉 울기 시작했다.

"산드라……"

뭐라고 말을 걸려는데, 산드라가 서둘러 옷을 입더니 가방을 손에 들고 방에서 뛰어나갔다.


막심의 아파트에 있는 병사들은 바닥에 눕힌 유리안의 시신에 담요를 덮어준 뒤, 교대 주기가 짧아진 것을 느끼며 경계근무를 이어갔다.

세라피마가 근무를 마치려고 했을 때, 달빛을 받은 스탈린그라드에 이물질이 섞인 화약 연기가 피어오르는 것이 보였다. 그 정체를 깨닫고 세라피마가 외쳤다.

"붉은 연기다!"

이곳에 돌입할 때 받아 유용하게 썼던 발연제. 그것이 왜 적진 깊은 곳에서 피어오르지?

"아, 적이 공격해 오겠군."

엔카베데 올가가 잠에 취한 눈을 비비며 옆방에서 나타났다.

"그 녀석은 제어할 수는 없지만 그렇다고 의도적으로 이쪽을 배신할 인간도 아니야. 적이 공격을 시작하면 피우라고 말해뒀어.

그건 반대로 이용할 만한 정보도 아니고."

이것이 엔카베데의 정보전인가. 세라피마의 등줄기가 얼어붙었다. 산드라는 신용할 수 없는 자이고 스파이로도 쓰지 못한다. 그래도 올가는 그를 장기짝으로 사용했다.

표도르가 기관총에 달라붙어 겨냥했다.

잠시 후, 정말로 도로 너머에서 보병들이 돌격해 왔다. 기관총이 불을 뿜고, 유리안이 지켰던 사격 지점에서 그 대신 세라피마가 적을 차례차례 사살했다.

그러나 적들은 엄호도 없이 물러서지 않고 돌격했다. 이미 포위 섬멸을 기다릴 뿐인 그들은 모든 것을 하늘에 맡기고 돌파를 시도했다.

다른 총구멍에 붙어 있던 샤를로타가 총을 쏘며 비명을 지르듯 외쳤다.

"어쩌지? 상대는 중대 규모야. 이걸 무슨 수로 막아!"

막심 대장이 무전기로 날아가 필사적으로 외쳤다.

"여기는 제12보병대대, 적이 도로로 접근 중. 당장 포격과 증원을 요청합니다!"

볼가강 동쪽에서 곡사포가 발사됐다. 미리 아파트에서 사정거리로 잡아놓은 범위의 경계에 곡사포의 조준을 맞춰두었다. 포격이 떨어져 적의 선두를 날려보냈다.

시야 너머가 포탄 연기에 차단되었다. 거길 지나오는 몇 명의 적을 세라피마와 샤를로타와 마미가 쐈다.

그러나 적은 아군의 주검을 밟고 끝없이 몰려왔다. 서서히 적의 선두가 접근했다. 전부 쏴 죽일 수는 없다는 확신이 무의식 아래에서 올라왔다.

올가가 와서 다른 총구멍에 앉아 저격에 가담했다. 투척 자세를 취한 적병을 쏘고, 그가 쓰러진 채 들고 있던 수류탄을 연달아 쐈다. 폭발과 함께 주변의 프리츠가 쓰러졌다. 사격 두 발로 다섯 명이 날아갔다.

역시 실력을 감추고 있었군. 학교에서는 평범한 성적을 거두느라 애썼던 올가가 지금은 무시무시한 기량을 자랑했다. 곁눈질로 표정을 확인했다. 그는 전혀 개의치 않고 도로 너머로 퇴각하려는 소대의 지휘관으로 보이는 적의 머리를 쐈다.

포격과 저격 앞에서 적도 뒷걸음질을 쳤다. 그러나 어차피 자신들에겐 이곳을 돌파해 볼가강으로 도망칠 방법밖에 없다는 걸 그들도 알고 있다. 막심 대장이 무전에 대고 외쳤다.

"지금 당장 증원을 보내주십시오! 포격이 있어도 보병 없이는…… 예?"

갑자기 목소리가 끊겼다.

사격을 하던 마미가 돌아보며 물었다.

"왜 그래요?"

막심 대장이 넋이 나간 표정으로 대답했다.

"다들, 여길 포기해도 좋다."

모두의 시선을 받으며 그가 말을 이었다.

"동쪽 기슭으로 철수하라는 명령이다. 포위 섬멸 작전을 위해 내일 우리와 교대할 아군이 그쪽에서 온다는군. ……그러니까, 공세가 시작될 테니 이 건물에 집착할 필요가 사라졌다. 여기 이 아파트에 중포를 조준했다고 하는군. 5분 후에 포격이 개시되니까 도망치라고."

"그거 다행이네요! 여러분, 얼른 나가죠!"

표도르가 모두에게 말하고 철수 준비를 시작했다. 세라피마도 마미와 샤를로타와 눈빛을 교환하며 긴장한 표정을 풀었다.

스탈린그라드에서 자신들이 벌이던 전투가 갑작스럽게 끝났다. 느슨해진 공기에 긴장을 불어넣으려는 것처럼 이리나가 외쳤다.

"무기와 탄약과 비품을 최대한 회수해라! 시간이 없다!"

그 말에 정신을 차리고 세라피마가 물었다.

"유리안은……"

샤를로타가 눈을 부릅뜨고 경애하는 이리나를 바라보았다. 샤를로타는 전우의 시신을 두고 떠나기 싫은 게 분명했다.

이리나는 그저 묵묵히 고개를 저었다. 그것만으로도 아파트의 전원이 유리안을 두고 갈 수밖에 없는 현실을 이해했다. 제한 시간은 앞으로 고작 4분. 시신을 옮기는 중노동에 걸리는 시간은 그 이상이리라는 것을 모두 아는 병사들이었다.

다 같이 출구로 향하던 중, 뒤를 돌아본 표도르가 대장에게 말을 걸었다.

"대장님도 빨리!"

"너희는 가라."

막심 대장이 조용히 대답했다. 모두 그 말의 의미를 파악하지 못하던 와중에 그가 말을 이었다.

"나는…… 여기에서 유리안과 함께, 마지막까지 이 집과 운명을 함께할 거야."

마미가 비통한 목소리로 외쳤다.

"안 돼요! 막심 씨, 유리안이 그러길 바랄 리 없잖아요. 여길 지키는 임무는 끝났어요. 우리와 함께 빨리 도망쳐요!"

"괜찮아. 여기 있는 건 전략상 거점이기 때문이라고 계속 말했었지. 하지만 사실 나는 이 집을 지키기 위해서 싸웠다. 여기가 사라지면 더는 살아 있을 필요가 없어. 유리안과 함께 가족 곁으로 가겠다."

표도르가 한 걸음 내디뎠다.

"그, 그렇다면 저도……"

"헛소리하지 마! 너는 피란 간 가족이 있잖아!"

공기가 얼어붙었다. 막심이 권총을 뽑아 이쪽으로 향했다.

"아군의 포격은 기다려주지 않아."

"옳은 말이야. 다들 가자." 이리나가 단호하게 말했다.

"고맙소, 동지. 당신들은 분명 전우였습니다."

막심의 말에 이리나는 아무 대답 없이 계단으로 걸어갔다. 저격소대는 대장을 따라 아파트를 떠났다. 표도르도 뒤처져서 따라왔다.


막심 리보비치 마르코프는 혼자 남은 방에서 바닥에 앉아 조용히 눈을 감았다.

여긴 우리 집이다. 군대에서 일하고 받은 급여로 가족을 부양했다.

폐허로 변한 이 집에, 지금은 세상을 떠난 가족의 모습이 선명하게 떠올랐다. 마음을 달래주는 아내의 미소가, 애교를 부리는 딸의 목소리가 이곳에 있다.

아들처럼 여겨온 유리안의 싸늘해진 손을 잡았다. 대학에서 알게 된 여자애와 친해지려면 어떻게 해야 하는지, 수줍어하며 묻던 그의 순진한 표정이 생각났다.

'유리안을 보면 신기해서요. 총을 손에 들면 노련한 병사로 보이는데 저러고 있으니 그냥 귀여운 소년 같잖아요.'

세라피마가 그렇게 말했을 때, 가슴이 후벼 파이는 듯한 충격을 받았다. 그가 소녀들을 보며 느낀 인상과 완벽하게 똑같았기 때문이다.

순박한 소녀 같은 그들이 총을 손에 드는 순간, 눈빛이 기이해진다. 적병을 사냥하는 기쁨을 떠들기까지 한다.

너무도 격차가 심한 그 모습에 동요하고 슬픔을 느꼈으면서도, 더 가까운 소년에게 같은 변화가 일어난 것을 미처 깨닫지 못했다. 무엇이 평범한 소년과 소녀들을 마치 전사와 같은 전혀 다른 사람으로 만들었는가. 그것은 저격병이라는 병과인가 아니면 그 밖의 다른 무언가인가. 결국은 알 수 없었다.

진군한 적군이 아래층에 발을 들이는 소리가 들렸다. 그래도 다행이었다. 여성 저격병들과 표도르를 무사히 도망치게 하고, 유리안의 시신을 혼자 두지 않아서.

가족이 죽고 유리안이 죽고 이곳이 프리츠의 손아귀에 떨어진 후에도 살아간다니. 거기에 어떤 인생이 있겠는가.

건너편 강기슭에서 중포가 대지를 흔드는 소리가 들렸다. 이 집을 정확하게 노린 포격이다.

지금껏 자신을 버티게 해준 문구가 문득 떠올랐다. 항전하며 버티고 선 자신을 지켜준 그 말이 그와는 다른 의미를 품고 비로소 내면에 스며들어 피와 살이 된 것을 느꼈다.

"볼가강 너머에 우리의 땅은 없다."

중얼거린 순간, 포격이 공기를 휘우우웅 찢는 소리가 들렸다.

아아, '명중하는 소리'다.

눈을 감은 막심을, 벽을 뚫은 포탄이 직격했다. 그와 그가 지키려고 한 집에 중포가 명중하자 그 여파로 모든 것이 순식간에 가루가 되어 날아갔다.


선착장에 도착한 저격소대와 표도르가 굉음을 듣고 뒤를 돌아보았다.

막심의 집이, 저곳에 있던 아파트가 152밀리미터 곡사포 다섯 발을 동시에 맞고 순식간에 붕괴했다. 이윽고 남은 잔해도 무게를 견디지 못해 무너졌다.

"대장님!"

표도르가 통곡했다.

증원부대의 동력선이 도착했다. 배에 탄 병사가 인원을 세더니 물었다.

"막심 대장은?"

이리나가 잠깐 집을 돌아보고 대답했다.

"전사했습니다."

"그렇습니까."

병사가 딱히 놀라는 기색도 없이 대답하더니 배에 타라고 재촉했다.

"다 같이 살아 돌아가려고 싸웠는데……"

표도르는 계속 울었다. 그 모습을 보며 세라피마는 생각했다. 나는 왜 눈물이 나오지 않을까.

막심 대장도, 유리안도, 보그단도, 함께 정다운 시간을 보낸 사람들이었다. 전우로서 싸웠다. 그러나 표도르처럼 눈물이 나지 않았다. 저격소대 대원 중에는 마미만이 울고 있었다.

갑자기 생각이 났다.

'잊지 마라. 너희가 울 수 있는 건 오늘뿐이다.'

천왕성 작전이 끝나고 아야의 죽음 앞에서 울고 있던 자신과 샤를로타에게 이리나가 한 말이었다. 첫 전투였으니까. 다음부터는 눈물 따위의 나약한 모습은 용서하지 않겠다. 대충 그런 의미일 것이라고 생각하고 아무런 의심도 품지 않았다.

그러나 실상은 달랐다. 오늘을 마지막으로 다신 울지 못하게 된다, 라는 의미였다.

저격수는 일반 병과와 다르다. 너무도 많은 죽음을 이 눈으로 지켜봐야 했다. 아군의 죽음도, 적의 죽음도.

잠깐의 망설임도 없이 적을 쏘고, 아군의 죽음에 동요하지 않는 우수한 전사. 자신들이 저격병이 되었다는 사실을 드디어 실감하며 옆에 선 샤를로타를 가만히 봤다.

마침 샤를로타도 이쪽을 돌아보았다. 아마도 똑같은 생각을 하고 있었을 거라는 짐작이 드니, 비로소 슬픔과 비슷한 감정이 솟구쳤다.

"저길 봐."

애초에 동요하지 않는 올가가 어딘가를 가리켰다. 무동력 배한 척이 힘없이 볼가강을 떠내려갔다. 산드라가 탄 배다. 협의한 대로 그는 총에 맞지 않을 것이다.

아주 잠깐이지만 저 배를 가라앉히고 싶었다. 안전한 곳에서 소시민의 의식을 유지하며 프리츠의 애인이 되고 유유히 도망치는 그에게 화가 치밀었다. 그러나 막심 대장의 유지를 저버릴 순 없었다.


빌린 옷을 입은 예거는 산드라의 손에 이끌려 잠입하듯이 불길 사이를 지나 적의 아파트에 접근했다. 물을 길으러 갈 때 쓰는 길은 제8중대가 쓰는 길보다 눈에 띄지 않았고, 이렇게 말하면 뭐하지만 중대 병사들이 미끼처럼 총을 맞아준 덕분에 두 사람은 포격이 이어지는 동안 안전하게 선착장 근처에 도착했다.

먼저 이곳을 뜬 저격병들이 보였다. 여성들이었다. 그들이 떠나간 선착장을 살펴보니 무동력 배가 한 척 남아 있었다.

산드라가 교섭해서 얻은 것이구나. 감탄하던 와중에 산드라가 쪽지를 건넸다. 달빛에 비춰 읽어보니 러시아인이 쓴 것만 같은 독일어가 보였다.

딱 한 명만 탈 수 있는 탈출용 배를 얻었어. 이 배를 타고 가면 눈 감아 준댔어. 그러니까 둘이 같이는 못 가. 나는 당신이 살았으면 좋겠어.

자신을 도망치게 하려는 문장치고는 뭔가 뉘앙스가 이상했다. 그래도 산드라는 몸짓으로 가달라고 말했다.

"한스 예거."

산드라가 처음으로 그의 이름을 불렀다. 조금 전 체포당할 뻔했을 때 들었을 것이다.

시선이 마주치자 산드라가 입을 열었다. 자신의 아랫배에 손을 갖다 대면서.

"세르게이."

그렇게 말했다. 의미를 모르겠다. 예거가 알기로 세르게이는 죽은 남편의 이름이다.

"평화로운 세상에, 만나고 싶었어."

어설픈 독일어. 어디선가 배워온 듯한, 마치 어린아이 같은 말이었다.

산드라는 그 말만 남기고서 포화를 뒤집어쓴 시가지로 달려갔다. 예거는 잠시 고민했으나 재빨리 몸을 숙이고 무동력 배에 올라탔다. 줄을 풀고 배를 강물의 흐름에 맡겼다.

산드라의 의지를 헛되이 할 수는 없다. 산드라는 죽어도 배를 타지 않을 테고, 둘이 탈 수 없다는 것도 사실이다. 나는 살아남을 의무가 있다.

예거는 그렇게 자기 자신에게 되뇌었다.

이대로 강을 타고 내려가다 꽁꽁 언 지점에 도착해 배가 좌초하면, 다시 서쪽으로 상륙해서 붉은 군대의 포위망을 통과하고 아군 부대에 합류할 방책이 있을지를 생각했다.

1943년 1월 10일, 소련의 붉은 군대는 스탈린그라드 시가지에 대한 최종 작전인 고리 작전을 개시한다. 때를 같이해 도시 외곽에 마지막까지 남아 독일군의 보급을 담당하던 공항인 피톰닉 비행장도 점거했고, 압도적인 병력으로 20일 동안 격멸전을 벌여 독일군 제6군에 궤멸적인 타격을 입혔다.

1월 30일, 제6군의 승리도 생환도 절망적인 국면에서 히틀러가 사령관 파울루스 상급대장을 원수로 승격시켰다. 독일군 역사상 적에게 투항한 원수는 없었다. 그것은 곧, 제6군으로 하여금 전원 순직을 각오하고 돌격하라는 최후의 명령이 히틀러로부터 내려진 것이었다. 그런데 이 압박이 최종적으로 파울루스를 움직였다.

1월 31일, 파울루스 원수는 사령부 단독으로 항복을 발표했다. 제6군 전체가 항복한 것이 아니라는 점이 그의 마지막 의지였다. 이 항복은 시가지의 종전을 의미했다. 며칠 차이를 두고 끝까지 저항하던 각 부대도 모두 투항했다.

천문학적인 숫자의 인명을 소모한 끝에 스탈린그라드 공방전은 이렇게 종결되었다.

2월 5일. 제39독립소대 대원들은 표도르 상등병의 안내를 받아 탈환한 시가지를 걸었다.

적이 없는 스탈린그라드를 걷는다. 전투 중에는 전혀 생각해 보지도 않은 일인데, 이곳에서 본 광경은 상상 그 이상이었다.

시가지 전체에 거대한 죽음이 가로놓인 것 같았다.

인구 60만 명이 넘었던 대도시 속에 늘어선 건물 중 무사한 곳은 하나도 없었다. 모든 건축물이 파괴되었거나 무수한 탄흔에 뚫려 있었다. 몇몇 가옥에서는 지금도 안에서 불꽃이 일고 연기가 피어올랐다.

칠흑의 죽음과 잿빛 미래에 뒤덮인 거리. 세라피마는 승리의 광경과는 거리가 먼, 폐허 같은 도시를 샤를로타와 마미와 함께 걸었다. 이리나는 볼가강의 섬에서 대기했다. 타냐는 다른 부대의 의무병과 합류해 생존자를 구조하러 갔고, 여전히 별도 행동을 하는 올가는 어딘가로 사라졌다.

입가까지 목도리를 끌어올렸다. 그래도 엄청난 악취와 화약 연기가 코를 자극했다.

"냄새가 너무 지독하네요."

세라피마가 말하자 표도르가 멋쩍은 듯이 설명했다.

"시신을 태울 때 나는 냄새입니다. 적도 아군도 매장할 여력이 없으니……"

"아군의 시신도 태우나요?" 마미가 놀라서 물었다.

"어쩔 수 없어요. 수가 너무 많아서 시간도 일손도 부족하거든요. 그냥 두면 부패해서 더 끔찍해집니다. 게다가 전염병이 돌지도 모르니까요. 이런 사태에 직면했을 때 유일하게 할 수 있는 처치가 재빠른 소각입니다."

세라피마는 무언가가 어렴풋이 생각날 것만 같았다.

"피마, 저기……"

샤를로타가 가리킨 곳을 보자 광장의 한구석에 주변이 원형으로 뚫린 조각상이 있었다. 겉보기에는 아마도 콘크리트로 되어 있는 것 같았는데, 손을 잡고 춤추는 아이들의 모습처럼 보였다.

설계가 견고했는지 그 조각상은 파괴되지 않았다. 심하게 타들어 가기만 했다.

"발마레 분수라고 합니다." 표도르가 설명했다. "저 주변엔 물이 있었어요. 특별히 유명하지는 않았지만 다들 좋아했던 작품이지요."

공원에서 순진무구하게 노는 아이들. 아무런 격식 없이 다정하게 웃는 소년과 소녀. 전쟁 전, 시민들에게 저 조각상은 소박한 생활 속에 녹아든 사랑스러운 풍경이었으리라.

이제 도시 전체는 불타 무너지고 주변이 폐허에 둘러싸였다. 타들어간 채 미소를 지으며 춤을 추는 조각상의 모습이 마치 전쟁을 겪은 스탈린그라드 자체를 상징하는 것처럼 보였다.

저 아이들은 이 거리에서 죽은 아이들이다.

제각각 꿈과 희망도 있었을 아이들.

세라피마에게는 그렇게 보였다. 손을 맞잡고 원을 그리며 천진난만하게 노는 모습 그대로 죽어서 절대로 어른이 되지 못하는 아이들을 위해 세라피마는 기도했다.

"이 도시는 정말 좋은 곳이었어요."

표도르가 슬픔에 잠긴 목소리로 말했다.

"여러분, 전쟁이 끝나면 꼭 이곳에 놀러 와주세요. 그때까지 제가 가족과 함께 이 도시를 부흥시킬 테니까요."

"네, 표도르 씨가 가족과 빨리 만나면 좋겠어요."

마미가 대답하는데, 멀리서 독일어로 외치는 소리가 들렸다.

"러시아 병사, 제발 쏘지 마! 우리는 나치 친위대가 아니야, 우리는 그냥 군인이라고!"

모두 소리가 들린 쪽을 보았다. 프리츠들이 30명 정도 정렬해 있었다. 그 두 배는 되는 붉은 군대 병사들 앞에서 무장 해제된 채로 넝마 같은 군복을 입고 두 팔을 번쩍 든 모습이었다.

마미가 고개를 갸웃거렸다.

"세라피마, 뭐라고 하는 거야?"

목숨을 구걸하는 것이다. 말해줘야 할까? 세라피마가 머뭇거리는 사이, 고급 코트를 입은 붉은 군대 장교가 권총을 뽑아 프리츠의 이마에 들이밀었다. 세라피마가 자기도 모르게 외쳤다.

"잠깐만요!"

목소리를 높이며 달려가자 장교가 세라피마를 바라보았다.

가까이 간 세라피마는 순간 멈칫했다. 안쪽 골목에 새까맣게 탄 프리츠의 시체가 수십 구나 쌓여 있었다.

관등 성명을 대고 경례했다. 상대가 경례를 받아주지 않는 것을 확인하고 외쳤다.

"스탈린 지령 제55호에 따르면 포로의 처형은 금지되어 있습니다!"

항복 권고를 듣고 알게 된 사실을 말했다. 그러나 장교는 눈썹 하나 꿈틀거리지 않고 대답했다.

"소녀 동지, 이놈은 포로가 아니다. 전쟁범죄자야."

"하지만…… 투항한 자들입니다. 또 조금 전에 이들은 자신들이 나치가 아니라 군인이라고 했습니다."

"독일어를 할 수 있나? 그렇다면 이들에게 물어봐라. 이 시가전에서 시민 수십만 명이 죽은 것에 대해 네놈들 국방군이 정말 무죄인지를 말이야."

프리츠들을 보았다. 통역할지 말지 망설이는데, 선두에 선 남자가 옆의 동료에게 속삭였다.

"뭐야, 이 여자. 우리를 쏴 죽이겠다는 건가?"

"설마. 간호사나 뭐 그런 거겠지."

악귀들과 말이 통한다는 사실에 화가 났다. 세라피마는 독일어로 대답했다.

"나는 너희를 처형하지 말라고 했다. 그리고 나는 저격병이다."

"여자 저격병! 너였군!"

프리츠가 갑자기 세라피마의 뺨을 후려갈겼다. 붉은 병사들이 총검을 장착한 라이플을 들이대 남자의 움직임을 막았다.

세라피마는 엉덩방아를 찧은 채로 자신이 목숨을 구하려고 했던 남자를 멍하니 바라보았다.

"네놈들 때문에 내 전우 수십 명이 죽었어! 일부러 급소를 빗나가게 쏘고 구하러 간 동료까지 쐈잖아! 너도 똑똑히 기억하고 있을 테지!"

어쩜 이렇게 몰염치할 수가. 충격에 빠진 세라피마에게 붉은 군대 장교가 말했다.

"이게 네가 구하려고 했던 프리츠의 본성이다, 소녀 동지."

마침 잘됐다며 그가 자기 권총을 건넸다.

"쏴버려라. 그러면 너도 물러터진 마음을 버리고 어엿한 병사가 될 수 있다."

예상치 못한 전개에 당황하는데, 주변 병사들이 쏘라면서 부추겼다. 샤를로타와 마미도 어쩔 줄 몰라 했다. 표도르는 그저 침묵했다.

쏴라, 쏴라. 괜찮아, 너는 할 수 있어! 병사들이 입을 모아 세라피마를 격려했다.

얻어맞은 아픔, 무수한 시민들의 분노, 죽은 아이들. 분수 조각상. 지금 총을 쏘면 어엿한 병사가 될 수 있다.

수많은 감정에 자극받아 멍하니 총을 들어올린 바로 그 순간이었다.

"뭐 하는 거야, 세라피마!"

갑자기 이름이 불렸다. 엔카베데 올가가 맞은편에서 달려와 권총을 빼앗았다.

"범죄자가 될 생각이냐!"

아무 대꾸도 할 수 없었다. 원래는 붉은 군대를 말릴 생각이었다. 쏠 생각은 전혀 없었다.

변명도 못 하고 있는데, 올가가 붉은 군대의 장교에게 시선을 돌렸다.

"체카인가."

장교의 말투에 비웃음이 어렸다.

"붉은 군대의 전쟁범죄를 멈추는 것도 본직의 책무이며……"

올가가 말하다 말고 입을 다물었다. 자신이 왔던 방향을 본 올가는, 이쪽을 향해 오는 남자를 확인하더니 갑자기 직립 부동자세를 취하고서 그보다 깍듯할 수 없는 경례를 올려붙였다. 처음 보는 반응이었다.

올가와 동업자인 듯한 분위기를 풍기는 자그마한 남자. 최고위 장관에 상당하는 계급장을 단 남자는 올가에게 목례를 하고 붉은 장교에게 이름을 댔다.

"예료멘코 대장 보좌 정치위원, 니키타 세르게예비치 흐루쇼프입니다."

절대적인 권한을 지닌 정치위원 앞에서도 장교는 주눅 들지 않고 대답했다.

"제4기계화군 사령관, 바실리 티모페예비치 볼스키 소장입니다."

"이자들을 어쩔 생각이지요?"

"물론 포로로 데려갈 겁니다."

태연히 대답한 그는 무표정한 얼굴 이면에 웃음을 감춘 듯 보였다.

흐루쇼프 정치위원은 산처럼 쌓인 새까만 시체를 가리키며 물었다.

"그럼 저들은? 저들은 처형된 것 아닙니까?"

"아닙니다, 정치위원 동지. 저들은 전투 중에 죽었습니다. 전사자입니다. 시체는 태웠습니다."

흐루쇼프는 가만히 있었으나 그 말을 믿는 것 같지는 않았다.

"가라." 올가가 세라피마에게 말했다. "멍청아, 너 자신을 잃어버리지 마."

올가는 흐루쇼프와 동행해서 포로를 볼가강 변의 모래톱 쪽으로 연행했다.

엔카베데의 염탐꾼, 자신들을 시험한 여자, 감시자. 그 올가가 자신을 구해준 사실에 세라피마는 혼란을 느꼈다.

산드라를 대하던 올가의 태도를 생각했다. 지금도 그때도, 올가는 자신을 잃지 말라고 말했다.

올가에게 자신이란 대체 무엇일까. 학교에서는 모든 것이 위장 아니었던가. 하지만 카자크의 명예와 긍지를 되찾겠다는 그 말은 어떨까. 그것 역시 거짓말이었을까.

일행은 한동안 말없이 걸었다.

여기저기에서 투항한 프리츠들이 줄을 서서 한곳으로 모였다. 한때는 증오해야 할 강한 적이었던 그들이 지금은 패잔병이 되어 있었다.

두 번 다시 아까와 같은 짓은 하지 않겠어. 세라피마는 속으로 맹세했다.

"어이, 거기 너! 독일어 할 수 있지?"

뒤에서 부르는 소리가 들렸다. 처음 보는 붉은 군대 병사가 이리 좀 와달라며 세라피마를 불렀다.

"무슨 일이십니까?"

"무슨 일인지 당최 모르겠으니까 좀 와줘."

병사가 도로를 빠져나가 주택가 귀퉁이로 앞서갔다. 세라피마 일행이 쫓아가자, 새된 여자 목소리가 들렸다. 독일어였다.

반파된 주택이 이어진 귀퉁이에서 한 여자가 독일어로 울부짖었다.

"싫어, 이거 놔! 나를 놔줘! 부탁이야, 집에 돌려보내줘!"

주변 병사들이 여자의 팔을 붙잡고 진정하라고 연신 말했으나 말이 통하지 않았다. 독일에는 여자 병사가 없을 텐데?

세라피마가 의문을 느끼며 여자에게 물었다.

"당신, 독일군의 일원이야?"

"아니야, 나는 그냥 여급이야!"

아니, 여급이 왜 또 이런 곳에? 물어볼 겨를도 없이 대답이 따라왔다.

"나는 가족이 없어서 돈을 벌어야 했는데…… 광고를 봤어. 독일 병사를 위문하고 상대를 해주면 쏠쏠한 급료를 받는다고. 다른 여자들과 함께 일하러 왔어."

"무슨 소리야? 전쟁터 매점 같은 데서 일했다는 소리야?"

그러자 독일 여자가 눈을 마주보며 대답했다.

"그런 줄 알았어. 그래서 왔지. 그런데 군대는 그럴 생각이 아니었어. 아리아인 병사가 슬라브인과 성교해서 인종적으로 더러워지는 걸 막는 것이 우리의 역할이었어. 벨기에인이랑 덴마크인도 있었어. 다들 같은 말을 듣고 왔는데…… 매춘소로 끌려갔어.

나는 장교 눈에 들어서 여기까지…… 이런 건 줄 알았으면 안 왔을 거야!"

세라피마는 경악했다. 통역을 부탁한 붉은 군대 사관에게 그들이 분노할 만한 구절은 생략하고 설명했다.

붉은 군대 병사는 대놓고 동요했다.

"그, 그러니까 놈들은 적지에서 매춘소를 운영하기 위해 여자를 속여서 끌고 왔다는 건가?"

"무슨 말도 안 되는 짓을…… 지금이 십자군 시대도 아니고. 부끄럽지도 않나!"

남자들은 괴이한 공포와 마주한 기분인 듯했다. 아마도 도덕성의 문제이리라. 그러나 세라피마는 그들과는 다른 공포에 떨었다.

인간의 존엄, 여성의 존엄을 도대체 뭐라고 생각한 거지.

"저, 저기, 이 여자는 어떻게 되나요?"

마미가 묻자, 그곳을 통솔하는 하사관이 곤란한 표정으로 대답했다.

"어떻게 되다니, 우리도 이런 사태는 처음이군…… 동부로 후송해서 가두는 수밖에 없지. 우리 쪽 여자 중에도 적과 내통한 자들이 몇 명 있었으니까 그들과 같이 말이야."

"하지만 사정이나 배경이 전혀 달라 보입니다."

세라피마가 말하자 하사관이 미간을 찌푸렸다.

"개별적으로 조사표를 제출하니까 일단 지금 들은 이야기를 거기 적어두겠다. 나보고 뭘 어쩌라는 건가."

여자를 그대로 호송한다고 하기에 세라피마도 함께 갔다. 최대한 불안해하지 않게 여자에게 이제부터 동부로 갈 거라고 전했다. 아델레라는 이름의 여자는 훌쩍이며 묵묵히 설명을 들었다.

구획을 빠져나와 한동안 걷자, 러시아인 여성들이 서 있었다. 프리츠와 성교를 했거나 애인이었던 여자들은 이제부터 배신자로 규정되어 그에 준하는 처우를 받게 된다.

같은 러시아 여성으로서 그저 경멸의 대상으로 여겼던 그들에게 뭔가 다른 감정을 느꼈다. 아델레에게 느낀 것과 통하는 무언가를 느꼈다.

그러다 그들 안에 섞인 한 명을 보고 또 놀랐다. 자기들이 도망치게 해주었던 산드라가 그곳에 있었다.

"여기서 뭐 하는 거야? 강으로 도망쳤잖아?"

샤를로타가 기가 막힌다는 말투로 묻자, 산드라가 멋쩍은 듯이 웃었다.

"적어준 편지를 주고 그 사람을 도망치게 했어."

저격소대 대원들은 말을 잃었다. 그 말인즉슨 그때 눈앞에서 도망친 자가 적의 저격병이었다는 소리다.

"너 이제 죽을지도 몰라."

세라피마가 말하자 산드라가 고개를 끄덕였다.

"응, 그래도 괜찮아. 드디어 알았어. 나는 그 사람을 사랑했어. 그걸 죄라고 한다면 나는 분명 유죄겠지. 하지만 나는 모든 상황에서 나 나름대로 정당하게 행동했어. 나는 내 몸을 지키고 싶었고, 지금은 죽어 없는 내 남편을 사랑했어. 당신들을 구하고 싶었고 그 사람도 살기를 바랐어. 그랬던 내 마음을 이제 직면해야지…… 그리고 이 배 속에 있는 아이를 낳아야 해. 갈 곳도 없이 도망칠 순 없어."

배 속에 있는 아이. 그 말에 세라피마가 놀라자 산드라가 어리둥절한 표정을 지었다.

"몰랐어? 타냐는 진작 알고 먹을 거나 이것저것 물건을 나눠줬는데."

"그, 그러니까 프리츠의 아이?"

"아니, 그전이야. 남편의 아이지. 나는 이 아이를 낳기 위해 살아왔어."

현기증이 이는 것 같았다. 죽은 남편과의 아이를 배고 그 아이를 낳기 위해 산다. 그러기 위해 적병의 애인이 되었고 그 상대를 진심으로 사랑한다.

미쳤다고밖에 표현할 수 없는 삶이지만 산드라의 태도는 지금까지와 달랐다. 망설임이 없었다. 자신의 일그러진 삶을 있는 그대로 받아들이려 했다.

"반지, 이리 줘." 세라피마가 온갖 감정을 억누르고 말했다. "무슨 말인지는 알겠는데, 휴고 보스 반지를 가지고 있으면 볼 것도 없이 처형이야."

잠시 머뭇거리던 산드라가 약혼반지를 빼 세라피마에게 건네주었다.

"전에 만났던 올가 씨였나? 나보고 박쥐라고 했지. 박쥐에게도 박쥐의 삶이 있어. 부대명을 알고 있으니까 만약 편지를 보낼 수 있으면 보낼게."

"출발이다!"

병사가 외치며, 트럭 짐칸에 태울 여자들을 정렬시켰다.

세라피마는 산드라의 삶에 애수를 느꼈다. 동시에 혼란스러웠다.

여성을 구한다. 그러기 위해서 프리츠를 죽인다. 자신 안에 확립했던 원리가 어딘지 모르게 불확실해졌다. 지금까지는 망설이지 않았다. 증오의 대상인 프리츠는 침략자이고 여성을 죽이고 상처를 주기에 그들을 죽여 여성을 구하려 했다.

하지만 산드라는 적어도 자신의 의지로 프리츠를 사랑했다.

한편 아델레는 독일 여성이면서 프리츠에게 학대당했다.

피해자와 가해자. 아군과 적군. 자신과 프리츠. 소련과 독일.

양자는 정확하게 구분되어 섞이지 않는다고, 세라피마는 의심 없이 믿었다. 그러나 만약 이 전제가 흔들린다면, 만약 소련 병사로서 싸우는 것과 여성을 구하는 것이 일치하지 않는 때가 온다면, 소련군 병사로서 싸우며 여성을 구하는 것이 목표인 나는 그때 어떻게 행동해야 할까.

"참, 생각났어. 그 사람 이름은 한스 예거야."

산드라가 말했다.

그 이름을 들은 순간 곤혹스러웠던 기분이 가라앉았다. 세라피마의 마음은 진공 상태에 빠졌다. 그러한 반응을 알아차리지 못했는지, 산드라는 끌려가는 동안에도 순진하게 웃으며 말했다.

"나도 마지막 날에 알았는데 그 이름이었어. 뺨에 상처가 있었고, 좋은 남자였어."

눈앞의 광경이 마치 영사기를 통해 보는 영상처럼 느껴졌다.

수많은 감각이 멀어졌다. 그 이름을 매개로 처참한 기억이 뇌리에 되살아났다. 저항하지도 못하고 총에 맞아 죽은 마을 사람들. 이 바노프스카야 마을에 유기된 시체. 불에 타던 냄새. 사냥총을 들었으나 쏘지 못하고 죽은 엄마. 집에 들어갔을 때, 귓가에 들려온 그 남자의 이름.

예거.

의식이 멀어지면서 인간의 가장 강렬한 감정이 세라피마의 몸을 지배했다.

분노. 그 누구보다 증오하고 반드시 죽이겠다고 다짐한 상대다.

예전에 샤를로타가 말한 것처럼, 저격을 계속한 끝에 그와 해후하게 되었다. 그 사실을 깨닫지도 못한 채 전투에 졌다. 심지어 눈앞에서 배를 타고 도망치는 것을 놓쳤다.

샤를로타가 뭐라고 말을 걸었으나 세라피마에게는 이미 들리지 않았다.

죽여야 한다.

오로지 그 생각에만 사로잡혔다. 지금껏 의식할 겨를이 없었는데, 막상 이렇게 직면하자 자신 안에서 복수심이 전혀 수그러들지 않았음을 알 수 있었다. 반드시 한번 더 마주칠 것이다. 그때야말로 죽이겠다. 그때 비로소 나의 전쟁은 끝난다.

세라피마는 그렇게 생각했다.


"세라피마, 얘가! 내 말 듣고 있어?"

마미가 걱정스럽게 말을 걸었다.

정신을 차리자, 자신을 포함한 소대 대원들은 이미 볼가강의 광활한 모래톱에 와 있었다.

"이야, 오랜만이군."

깔끔한 군복을 입은 여자가 맞은편에서 걸어왔다. 올가가 달려가 애교라도 부리는 것처럼 여자에게 몸을 기댔다.

엔카베데의 하투나. 저격소대를 스탈린그라드에 투입한 장본인이 올가의 머리를 쓰다듬었다.

부하들을 기다리던 이리나가 그를 보고 웃었다.

"체카, 전원 생환은 예상치 못했나 보지?"

"무슨 소리. 다 같이 아주 꼴사나워서 보기 좋군. 다음 복무지를 알려줘야지."

"지옥에라도 가라는 건가?"

하투나, 저 여자는 악마다. 우리를 착취할 궁리만 하고 있다.

세라피마가 그런 생각을 하던 중에 하투나가 어딘가를 가리켰다. 맞은편에 목조 오두막이 있었다.

"천국이다."

굴뚝이 수증기를 내뿜는 것을 보고 세라피마는 뭔지 이해했다.

"반야Баня다."

자동으로 신음이 흘러나왔다. 증기 목욕이라니. 꿈조차 꾸지 못했던 러시아식 전통 사우나가 눈앞에서 수증기를 뿜고 있다.

"그렇게 더러우면 병에 걸릴 테지. 너희 전용으로 비워뒀다."

"대장님!"

샤를로타가 팔을 붙잡자, 이리나가 진지한 얼굴로 대답했다.

"돌입!"

전원 군복 차림 그대로 반야로 돌입해 안에서 옷을 벗어던졌다.

이리나는 성실하고 든든한 표도르 상등병에게 동쪽 기슭의 주변을 경계하라고 명령한 뒤 이 모래톱에 접근해 훔쳐보려는 파렴치한 자가 있다면 사살하라고 명했다. 그러고 소대원 모두가 목욕을 만끽했다. 증기를 쬐고 나뭇가지로 서로의 몸을 때려 혈액을 순환시키고, 독일군 다음가는 적이라고 불리는 머릿니와 옷엣니들을 열심히 털었다.

반야를 마음껏 즐긴 그들은 체온을 어느 정도 식힌 후 전통에 따라 얼어붙은 볼가강에 뛰어들었다.

세라피마와 샤를로타는 서로 몸을 씻겨주며 웃었다. 살아 돌아왔다는 기쁨이 마침내 실감되어 웃음으로 피어났다.


1943년 초. 스탈린그라드 시가지의 전쟁이 결판남으로써 독소 전쟁의 추세가 단숨에 변화했다. 항복한 독일 제6군은 10만 명. 그중 대부분은 붉은 군대가 선전한 대로 포로로서 대우받았고 붉은 군대 또한 식량 공급에 최선을 다했다. 빈약한 보급 속에서 추위와 기아를 견디던 대부분의 독일 병사들은 체력적 한계에 도달했고, 포로수용소로 행진하던 중에 낙오자가 연달아 동사했다. 무사히 연행된 후에도 포로들 사이에서 장티푸스가 유행해 절반이 넘게 죽었다. 살아남은 이들도 상당수가 가혹한 노동에 시달렸다. 전후에 독일 땅을 밟을 수 있었던 자는 1만 명에 미치지 못했다. 전력이라는 의미에서 말하자면, 그들이 살았든 죽었든 독일 제

6군은 소멸한 것과 마찬가지였다.

스탈린그라드 탈환이 가져온 변화는 여기서 그치지 않았다. 캅카스를 넘어 진격한 A집단군은, 독일이 초기에 걱정했던 대로 배후가 끊기는 사태에 처하자 전년도 12월 말부터 중화기와 기재를 말 그대로 내동댕이치고 결사적인 철수를 개시했다. 스탈린그라드 시가지에서 승리를 거둔 붉은 군대는 철수를 막고자 로스토프 나도누로 진격해 러시아 남부에서 흑해 북단에 이르기까지 퇴로 전체를 차단하려고 시도했다. 그러나 독일 제6군의 항복이 늦어진 탓에 간발의 차로 철수를 막지 못했다.

만슈타인은 "제6군의 항복이 조금 더 일렀다면 A집단군의 퇴로는 막혔을 것이다"라고 패배한 우군을 평가했다. 그러나 포로가 된 10만 명이 그런 평가를 받는다고 해서 구원받을 리는 없었다. 스탈린그라드 제6군의 괴멸과 A집단군의 전면 철수로 독일이 소련 국내에서 점했던 우세를 전부 잃은 것이 확실해졌다.

원수로 승격한 주코프는 이번에도 대대적인 활약을 보이며 1943년 1월, 포위된 레닌그라드에 돌파구를 타개하고 불꽃 작전에 성공했다.

열등한 슬라브 민족의 수를 줄이겠다며 항복을 받아주지 않는 추축국 군대에 포위된 레닌그라드는 계획적인 기아를 겪고 있었다. 그렇지만 이 작전이 성공하면서 100만 명의 시민이 굶어 죽거나 얼어 죽는 가운데 부모와 형제자매가 그 혈육의 시체를 먹는 극한 상황에 처한 레닌그라드에 보급로가 열린 것이었다. 여전히 가혹한 상황이긴 해도 기아와 추위로 괴로워하는 도시에 철도를 통한 물자 수송이 가능해졌다.

같은 시기에 전쟁은 세계 규모로 확대되었다. 북아프리카 전선에서는 롬멜의 지휘 아래서 싸운 독일군이 연합군에게 패해 스탈린그라드를 웃도는 수의 포로가 나왔다. 또한 영국과의 공중전이 공습전으로 전환되자, 영국군의 도시 공습이 독일 군수산업에 큰 손해를 끼치면서 서서히 독소전에도 그 영향이 미쳤다. 지구 반대쪽 태평양 전쟁에서는 일본 제국이 미국 측에 과달카날 제도를 점령당해 완전히 수세에 몰렸다.

1943년 초기, 소련뿐 아니라 연합군 전체가 전국에서 우위를 점했다.

스탈린그라드에서의 승리.

이 한마디를 얻기 위해 목숨을 잃은 자가 소련군 110만 명, 시민 20만 명이었다. 시민 중에는 이 외에도 소개疎開 과정에서 목숨을 잃거나 독일에 납치된 자들도 있었다. 전쟁의 불길을 버티고 살아남은 사람도 대부분 피란을 떠났기에, 전쟁 전에는 인구 60만 명이 넘던 이 도시에서 살아남아 전투의 종결을 직접 맞이한 시민은 고작 9000명이었다.

추축군은 72만 명을 잃었다. 양쪽을 합하면 200만 명이 넘는 죽음. 이것은 제1차 세계대전에서 최대의 요새 공방전이었던 베르됭 전투를 훨씬 웃도는 수치였다.

동시에 스탈린그라드에서는 수많은 영웅이 탄생했다. 바실리 자이체프는 전투가 끝날 때까지 총 257명을 사살했다. 그는 눈을 다쳤으나 치료를 마치고 전선에 복귀했다.

제13보병사단에 속한 야코프 파블로프 중사는 제12대대와 마찬가지로 볼가강 제방 옆 아파트에서 고작 네 명의 부하와 함께 버티며 독일군의 맹공을 막아냈다. '파블로프의 집'이라고 명명된 이 아파트는 요새로서 역사에 이름을 남겼다.

제13보병사단은 병력의 90퍼센트를 잃었지만 새롭게 근위사단 칭호를 받았다.

그러나 막심 대장과 유리안이 그랬듯 110만 명의 병사들 대부분은 그러한 영광을 얻지 못하고, 이름 없는 사망자가 되어 방대한 수치 안에 매몰되었다.

대승리 덕에 기세가 붙은 소련은 하리코프를 탈환하기 위해 진군했다. 그러나 이미 보급이 한계에 도달했던 붉은 군대는 전투 능력을 잃은 상황이었다. 반면 전군이 퇴각하는 양상을 보였던 독일군은 만슈타인의 지휘 아래 철수했던 병력을 집결하면서 반격을 개시했다. 이 제3차 하리코프 공방전에서 소련이 패하면서 다시 전선이 고착되었다.

1943년. 여전히 전쟁의 끝은 보이지 않았다.

제39독립소대 또한 새로운 전쟁터로 달려갔다.

# 5

## 결전으로 향하는 나날

조용! (중략) 너희에게 하고 싶은 말이 있다. (중략) 내가 하는 말 따위 듣기도 싫겠지만 넋두리는 그만둬라. 이 전쟁에서는 반드시 이겨야 해. 용기를 잃지 마라. 만에 하나 적이 이겨서 그들이 점령지에서 우리가 했던 일의 극히 일부라도 이곳에서 저지른다면, 몇 주도 지나지 않아 독일인은 한 명도 남지 않을 테니까.

1945년 4월 15일 베를린, 안할터 역에서 출발하는 지하철 차량 내,
철십자훈장 두 개와 독일 금십자훈장을 단 병사,
앤터니 비버, 『베를린: 함락 1945 Berlin: The Downfall 1945』

## 1945년 4월

폴란드 동부, 소련군이 새로 편입한 도시 비아위스토크에서 인터뷰를 하던 세라피마는 기자가 우수하긴 하나 영 별로라고 생각했다.

"세라피마 마르코브나 아르스카야 동지, 처음으로 총을 쏜 건 몇 살 때죠?"

"열 살 때입니다. 과녁을 쐈습니다. 그해에 작물 피해가 막심해서 엄마가 가르쳐주셨어요."

"대단하네요. 어려서부터 총에 푹 빠졌나요?"

"처음에는 무서웠습니다. 그래도 신기하게 잘 맞혔어요. 사격에 몰입하게 된 건 좀 더 나중이에요. 과녁을 맞히는 게 즐거웠거든요. 집이나 학교에서 총 이야기만 해서 사람들이 웃곤 했죠."

"그렇군요. 어려서부터 저격수로서 재능이 있었네요."

안경을 낀 갸름한 얼굴의 기자가 대화를 나누며 바쁘게 메모했다. 신문에는 언제나 자신이 한 것이 아니라, 자신의 말을 들은 신문기자의 말이 실린다.

기자들은 늘 신문의 성향에 맞춰 의식적으로 또는 무의식적으로 말을 번역한다. 오늘 글이 게재되는 신문은 피오네르를 대상으로 하는 기관지이므로 소년 소녀의 가슴을 뛰게 할 영웅담을 필요로 했다.

기자는 메모지 위에서 매끄럽게 펜을 미끄러뜨렸다.

이 기자가 엮어낼 기사 속 세계에서 나는 분명 눈앞에서 고깃덩어리가 되어가는 전우를 목격한 적도 없고, 들떴다가 의무병에게 얻어맞은 적도 없는 무적의 전사일 테지. 현실에서 도망치기 위해 변성 의식 상태로 노래를 하며 저격한 일도, 기사에서는 애국자의 미담으로 승화될 것이다.

"스탈린그라드에서 승리한 이후에는 어떤 식으로 싸웠습니까?"

"어떤 식이고 뭐고, 최고사령부 예비대의 훈시에 따라 움직였을 뿐입니다."

충절верность. 말하지 않은 단어가 메모지 안에서 춤춘다.

"그 이후로 가장 기억에 남는 전투는요?"

"역시 쿠르스크네요."

기자의 눈이 형형하게 빛났다. 붉은 군대의 대승리를 나타내는 상징. 아마도 그가 생각하기에는 상징 그 이상으로 독자의 관심을 끌 절호의 화제이리라.

"그렇죠. 제39독립근위소대는 쿠르스크 전투에도 참전하셨죠!"

남부 우크라이나에서 벌어진 제3차 하리코프 공방전에서 패한 붉은 군대는, 같은 시기 그곳에서 북쪽으로 200킬로미터 떨어진 러시아 남서부의 요충지 쿠르스크를 제압한다. 그 결과 독일군 입장에서는 어떻게든 공격해야 하는 돌출부가 전선에 생겨났는데, 당시 독일은 이미 공격에 나서지 못할 정도로 소모된 상태였다. 그런데도 1943년의 전황은 독일을 쿠르스크로 몰아넣었다.

북아프리카에서 괴멸적 패배를 맛보았기에 이탈리아를 이끄는 무솔리니의 기반은 위태로운 상태였다. 루마니아와 헝가리 등 추축국도 독일의 승리를 확신하지 못했다. 독일 국내에서도 여자 대학생 무리가 전단을 뿌리며 전쟁을 조기 종결시키기를 호소했다가 기요틴으로 처형되는 일도 있었다. 히틀러는 화려한 전과를 내야 한다며 조바심을 냈다. 이에 스탈린그라드에서 짓밟힌 권위를 하리코프에서 일부 회복한 만슈타인과 참모총장 클루게, 자이츨러 같은 국방군 장군들은 쿠르스크에서 새로 전과를 세워 총통의 기대에 부응하고 본인들의 성과를 더욱 올리기 위해 솔선해서 선제공격 작전을 세웠다.

그것이 성채 작전이었다. 쿠르스크 일대로 튀어나온 소련군에 신형 전차 티거와 판타를 투입해 남북에서 협공을 펼쳐 돌출부를 끊어낸 다음 포위한 적을 섬멸한다. 그리고 이 전과로 전쟁에서 승리하는 것이 독일임을 확신케 한다. 또한 전선이 축소되며 확보한 예비 병력을 사방에 포진해 예상되는 소련의 공세에 대비하고, 나아가 포로를 활용한 강제 노역과 약탈한 물자로 전세를 호전시키겠다는 묘하게 뻔뻔한 목적까지 작전 요강에 적어넣었다.

야심찬 계획이었지만 실현 가능성은 다른 문제였다. 원래 3월 중으로 되어 있던 작전 개시일은 보급 태세 구축이 지연되고 신형 전차가 충분히 정비되지 않아서 연거푸 연기되었다. 그러는 동안 세계 굴지의 첩보 능력을 갖춘 데다 서쪽 연합국에서도 정보를 얻고 있는 소련은 스파이 활동으로 이 작전의 전모를 거의 완전하게 파악했다.

현지의 붉은 군대는 몇 겹이나 되는 견고한 방어진지를 구축하고, 대량의 대전차지뢰를 설치했다. 또한 대전차 자주포 SU-152 등 신형 전투차량을 배치했다. 이리하여 1943년 7월 5일, 쿠르스크를 중심으로 한 돌출부에서 양군이 정면으로 대격돌했다.

기자가 기세를 몰아 물었다.

"쿠르스크 전투는 어땠나요? 프로호로프카에서는 대전차전이 펼쳐졌고 격전 끝에 우리 군이 대승을 거뒀는데요!"

"자세히는 모릅니다. 당시 프로호로프카는 국지전에서 패했다고 듣긴 했습니다."

메모하던 기자의 손이 멈췄다. 신문에 실리지 않는 말이었다.

실제로 당시 현지에서는 대전차전을 펼친 붉은 군대가 승리했다는 소식을 듣지 못했다. 기자의 입에서 들은 적은 있어도. 신형 전차 티거 앞에서 T-34는 일방적으로 파괴되었고, 남부에서의 공세가 붉은 군대에 절망적인 파멸을 초래했다는 불길한 소문도 있었다.

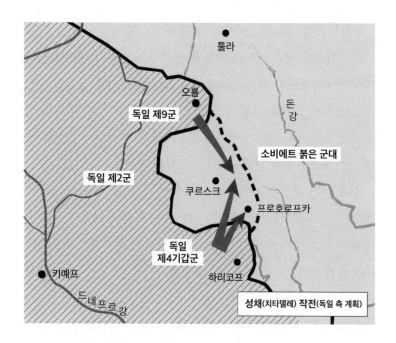

성채(치타델레) 작전(독일 측 계획)

승리, 그러나 대참사.

이것이 당시 붉은 군대 병사들의 솔직한 감상이었으나 그런 기억은 즉각 고쳐진다. 고치는 사람은 기자만이 아니다. 그 기사를 본 독자도, 현지에서 실제로 싸운 병사들조차도 서서히 자기들의 기억을 고쳐 말한다.

실제로 지금 신문에서 '소련의 대승리'를 가장 소리 높여 주장하는 이들은 프로호로프카에서의 패전을 지휘한 장군들이었다.

세라피마는 손이 멎은 기자를 도와주려고 말을 이었다.

"프로호로프카는 남부에서 치러진 전차전이었고, 우리가 배속된 곳은 북측 참호였으니까요."

"아하, 그렇군요. 그 전투는 어땠나요?"

2년 가까이 지난 전투를 떠올렸다. 북부는 만반의 대비를 했기 때문에 쿠르스크는 그야말로 평야의 요새였다. 이중 삼중으로 판 참호는 사격 범위를 서로 엄호할 수 있는 구조였다. 각 참호의 선단에서는 정면에 나타난 적에게 집중포화를, 우회해서 중앙을 노리는 적에게는 앞뒤 양옆에서 십자포화를 퍼부을 수 있었다.

참호 여러 군데에 사람이 쏙 들어가서 어깨부터 하반신까지 전부 감추고 사격에만 전념할 수 있게 만든 지점이 있었다. 저격병에게는 절호의 사냥터였다. 그곳에서 저격소대는 과거 류드밀라 파블리첸코가 세바스토폴에서 경험했다던 것과 같은 프리츠 사격대회에 전념했다.

눈앞에서 다가오는 적의 전차군단, 그 옆을 지키는 보병을 마구 쐈다.

"프리츠를 쏘고, 전차의 경로를 어긋나게 해 지뢰밭으로 유도해 폭파하기를 반복했습니다."

적이 가까워지면 지하 터널을 지나 좀 더 안쪽에 있는 참호로 이동했다. 그곳에는 한 열 앞의 참호에 조준된 사격 지점이 있어서, 앞의 참호를 넘으려는 프리츠를 차례차례 총격할 수 있었다.

물론 편한 전투는 아니었다. 하늘에서는 적의 지원 포격이 쏟아졌고, 전차는 유탄榴彈을 발사해 아군을 날려 보냈다. 이제는 '명중하는 소리'를 구분할 수 있게 되어, 소리를 듣자마자 참호 안의 굴로 뛰어들었다. 타이밍이 어긋나면 죽는다. 게다가 남부의 견고한 방어선이 무너져서 독일군이 계획대로 쿠르스크에 도착할지도 모른다는 소문까지 돌았다.

아득바득 견디며 소대가 저격한 적군의 숫자가 백을 넘었을 때, 적이 철수하기 시작했다.

7월 12일, 붉은 군대는 공격받는 쿠르스크 돌출부보다 더 북부에 예비 병력을 투입해 반격을 꾀했다. 북부 공세에 지쳤던 독일군은 연이은 전투로 소모된 데다가 이미 예비 병력이 없었기에, 돌출부를 끊어내기는커녕 배후가 끊겨 포위될 위기에 처했다. 결국 독일은 수많은 적을 죽였으면서도 아무런 목표도 달성하지 못한 채로 공세에 실패했다. 줄어든 전력이 펼친 퇴각은 패주로 변해, 공세를 펼치기 전만도 못하게 되었다.

이 공세에서 이틀을 거슬러 올라간 시각, 이탈리아 시칠리아섬에서 연합군의 상륙 작전이 개시되었다. 링 밖의 코치가 흰 수건을 던진 복서와도 같은 처지가 된 만슈타인은 히틀러의 부름을 받고 동프로이센으로 소환되었다. 일련의 정세를 읽은 소련군은 그동안 방어에 치중했던 태세를 추격으로 전환하여 돌출부의 북쪽인 오룔로 진격했다. 마찬가지로 남부에서도 공세를 개시해 세 번에 걸쳐 고배를 마셨던 하리코프를 탈환했다. 붉은 군대는 첩보, 방어, 반격에서 공세에 이르는 작전 수행에 연달아 성공했다.

쿠르스크 전투는 방대한 사상자를 내면서 붉은 군대의 승리로 끝났다. 제39독립소대 또한 근위의 칭호를 얻었다. 스탈린그라드 이후에 계급이 올라갔던 그들은 이번 전투에서도 무사히 살아 돌아와 모두 소위로 승진했다. 구성원이 같으므로 사실상 변화는 없었으나, 아무튼 이리나도 대위가 되었다.

다만 한 명, 후방 진지에 남았던 하투나가 포탄이 직격하여 죽었다.

엔카베데의 감시역으로서 이리나에게 원한을 품어 소대를 연달아 격전지에 보냈고 스탈린그라드 전투 후에 반야를 선물한 그는, 150밀리미터 포탄이 폭발하면서 흔적도 없이 사라졌다.

그의 부하인 올가는 표면적으로는 전혀 동요를 드러내지 않고 조의를 표하지도 않았다. 늘 그랬듯이 음험한 체카로서 그 누구의 지휘 아래에 놓이지도 않은 채 묵묵히 저격을 이어갔다. 하지만 전투가 끝나도 이제 올가에게는 응석을 부릴 상대가 남아 있지 않았다. 그 사실에 세라피마는 슬픔을 느꼈다.

그러나 누구 하나 울지 않았다.

쿠르스크 전투가 끝났을 때, 세라피마의 확인 전과는 75명이었다. 샤를로타는 60명, 마미는 50명. 올가는 불명이었지만 상당한 숫자임이 분명했다.

제39독립근위소대는 그들을 '마녀 소대'라고 명명한 육군 기관지의 기사를 통해 병사들에게 널리 알려졌다. 절반은 경외감을 담아, 절반은 혐오감을 담아 다들 소대 병사들을 마녀라고 부르기 시작했다.

피오네르 신문기자는 둘 중 어느 쪽도 아닌 눈빛으로 물었다.

"바그라티온 작전에서는 어땠나요?"

"압도적인 승리였지만 그렇게 대단한 전투는 아니었습니다."

쿠르스크 전투로부터 이듬해인 1944년 6월 22일. 우연히도 독일이 소련 침공을 개시하고 딱 3년이 지난 이날, 소련군이 최대

공세를 벌였다.

고작 16일 전에 미국과 영국, 프랑스 등 연합군이 노르망디 상륙 작전을 펼쳐 그토록 염원하던 제2전선을 구축했다. 바그라티온 작전은 바로 이때를 기다린 반격이었다.

돌출한 우크라이나 남부에서 공세를 벌이리라는 독일의 예측을 뒤집고, 주코프와 바실레프스키 그리고 로코소프스키 등 소련 장군들은 유럽 동부 1300킬로미터를 넘는 전선에서 전면 공격을 동시에 펼치겠다는 야심찬 작전을 수행했다. 예비 병력을 집중시키지 못하도록 연속으로 가한 타격은 기동력을 내세운 독일을 전투 불능으로 만들었다. 동시에 점령지에서 파르티잔의 활동도 격화되면서 독일군의 후방에서 보급이나 통신을 노리는 공격이 거세졌다.

풍부한 병력에 더해 축적된 전쟁 노하우, 티거를 능가하는 IS-2 등의 신형 전차, 렌드리스로 얻은 보급과 병력 수송을 위한 설비 확충으로 이 시기의 소련군은 세계 최강이라고 해도 과언이 아닐 만큼 강대해졌다. 반면에 누가 봐도 전력이 현저하게 소모된 독일군에 히틀러가 내린 명령은 오로지 맹목적인 사수 명령뿐이었다. 그들은 개전 때와는 달리 후퇴도 하지 못한 채 육지와 공중에서의 공격에 격멸되었다.

소련은 벨라루스를 해방시켰다. 폴란드에서 반독일 세력의 활동을 부추긴 후, 계속 공세를 퍼붓기에는 무리가 따른다고 판단해 일단 진군을 정지했으며, 바르샤바 봉기가 실패한 후에 폴란드를 해방했다. 진격 속도는 5주 동안 700킬로미터. 실로 대단한 승리지만, 아군이 이런 속도로 전진하는 국면에서는 저격병이 그다지 중요하지 않다. 저격소대는 미제 트럭을 타고 여기저기로 이동하며 이미 목적지를 수중에 넣은 상황을 지켜볼 뿐이었다.

이 시기, 스튜드베이커사社의 트럭과 하모니카가 저격소대의 인상에 깊이 남았다. 전자 덕분에 독일도 소련도 속을 썩이던 진창길을 마침내 극복할 수 있었다. 그리고 후자는 전장이라는 환경에서조차 연주를 할 수 있는 악기였기에 붉은 군대 사이에서 대대적으로 유행했다. 소대 내에서는 타냐가 하모니카의 명수였다.

좋은 변화도 있었다. 붉은 군대가 드디어 여성용 속옷을 도입한 덕분에 팬티와 브래지어를 얻었다.

반면 나쁜 변화 역시 존재했다. 저격 기록이 더는 올라가지 않았다.

그 정도로 간단히 말을 보태자, 기자가 뭐라 표현하기 어려운 미소를 지었다.

"그리고 마침내 프리츠 저격병을 해치우려고 하는군요."

"네. 저는 그러기 위해서 싸우고 있습니다."

순식간에 마음가짐을 바꿨다. 세라피마의 오늘 작전 목표가 눈앞에 나타났다.

"뺨에 상처가 있고 수염을 기른 저격병. 그는 저와 제 고향의 원수이며, 스탈린그라드에서는 동료 저격병인 유리안을 죽였습니다. 소련 인민의 원수이기도 하지요. 저는 그를 쓰러뜨리기 위해 붉은 군대에 들어왔습니다. 스탈린그라드에서는 놓쳤지만, 전쟁이 끝나기 전까지 반드시 해치울 겁니다."

일부러 통속적이고 자극적인 어휘를 구사하자, 기자가 뺨을 붉히며 메모를 휘갈겼다.

그대로 실어주었으면. 아니, 당신의 문장을 거쳐 더욱 강력한 말로 바꿔주기를.

스탈린그라드에서 예거와 만났던 후부터, 세라피마는 시찰하러 오는 장교에게 틈만 나면 자신의 신변을 이야기했고 기자들을 꺼리는 동료를 대신하여 인터뷰를 자처해 최대한 감상적으로 자기 마음을 털어놓았다. 불타버린 고향의 복수를 위해 싸우는 여성 저격병. 그 모습이 독자의 심금을 최대로 자극하고 프로파간다의 대상이 되도록 분위기를 유도했다.

스탈린그라드 전투 이후 세라피마는 상층부가 자신에게, 즉 '여성 병사'에게 무엇을 요구하는지를 고민했다. 그것은 바로 대중의 마음을 끌며 조국을 사랑하는 여주인공, 복수를 완수한 애국자였다.

격전지에서 돌아온 자신들 앞에 제13여단 산하의 정훈관이 취재를 위해 나타났을 때, 불문율 제1조 '눈에 띄지 마라'라는 의식이 철저히 주입된 여성 저격병들은 모두 살금살금 도망치려 했다. 그러나 취재를 하는 것도 취재에 응하는 것도 직무이니 답변해야 한다는 정훈관 상사의 말을 듣고, 세라피마는 자신만의 전투법을 고안했다. 최대한 눈에 띄게 모습을 드러낸다. 복합적인 동기 따윈 필요 없다. 순수한 애국자를 연기하면 된다. 그러자 기자들은 하나같이 '가족이 살해당한 시골 아가씨', '무기를 손에 들고 수많은 프리츠를 쓰러뜨린 저격병', '소녀가 갈망하는 복수극'이라며 특필했다.

안전을 위해 '조야'라는 가명을 받아 그간 겪어온 수난을 상세하게 털어놓은 세라피마는 기사 속에서 류드밀라 파블리첸코의 재래再來라고 할 만한 활약상을 보였다. 그에게는 파블리첸코나 바실리 자이체프처럼 전우와 진정한 전적戰績이라는 믿음직한 동료가 있다. 소대 동료들은 물론이고 스탈린그라드의 표도르 상등병도 있다. 또한 스승 이리나는 파블리첸코의 전우이면서 본인도 뛰어난 실력가다.

이런 내용을 보도하는 군 기관지는 전부 군 조직과 직접 연결된다. 그걸 살펴보는 군 상층부는 무엇을 원할 것인가. 세라피마는 말속에 메시지를 실어 내보냈다.

나는 소련의 히로인이 될 수 있다.

내가 원수를 쏘면 절호의 우상을 만들어낼 수 있다.

그러니 나로 하여금 한스 예거를 쏘게 하라.

그 의도는 성공했다. 군은 제6군 포로를 신문하기 시작했고, 각 전선에서는 정보를 모을 대상자 목록에 한스 예거의 이름을 올렸다. 뛰어난 저격병이 출현했다는 소식을 접하면 반드시 목격담과 증언을 모았고, 저격병을 해치웠다면 얼굴을 확인했다. 물론 예거는 초일류 저격병이므로 그를 없애는 것에는 그 자체로도 전술적 가치가 있었지만, 분명히 일개 병사를 대상으로는 이례적인 밀도로 정보를 수집하고 있었다.

이리나는 세라피마가 인터뷰에 응하는 것을 대놓고 싫어했으나 제자의 작전임을 이해했는지 막으려 들지는 않았다.

철수 작전을 펼치는 수백만 명의 독일군 중에서 한 명을 찾는 것은 몹시 어려운 일이다. 하지만 결국 포로 신문을 통해 그라고 짐작되는 인물이 합류한 부대와 목적지를 밝혀냈다.

"피마, 밥 먹을 시간이야!"

고개를 들었다. 샤를로타가 몇 년이 지나도 변함없는 웃음을 띤 얼굴로 서 있었다.

기자에게 눈짓을 보내자, 그가 허둥지둥 일어나 경례했다.

"그럼 실례하겠습니다. 부디 무사하시기를, 세라피마 마르코브나 동지."

"네, 당신도 무사하기를."

세라피마도 경례했다. 이 말에 거짓은 없다. 그 역시 무기를 들지 않고 싸우는 병사이자 전쟁터의 동료이다.

"자, 얼른 가자. 피마는 인터뷰를 너무 많이 한다니까. 대장님이 화냈어."

샤를로타가 세라피마의 팔을 잡아당기는데, 기자가 급하게 물었다.

"저기, 마지막으로 한 가지만 묻겠습니다."

돌아보고 고개를 갸웃거렸다.

"꿈에 당신이 쏜 적의 얼굴이 나온 적 있습니까?"

소련의 기자치고는 이질적인 질문이었다. 직책을 벗어던진, 개인의 내면에서 우러난 질문 같았다. 영웅이 걸친 허구의 장막을 걷어내고 그 피부에 접촉하려는 듯한 질문.

"한 번도 없습니다."

세라피마가 간결하게 대답하자, 기자는 인사하며 낙담한 기색을 보였다. 진정한 모습에 접근하지 못했다고 생각한 모양이었다.

그게 아니야. 세라피마는 생각했다. 정말 단 한 번도 그런 걸로 괴로워한 적이 없었다고.


'소련 덕분에 해방된' 폴란드 동부. 북쪽으로 가면 동프로이센, 서쪽으로 가면 독일 본국으로 통하는 비아위스토크에는 양 방면에서 파견된 붉은 군대의 여단 스무 개가 결전을 앞두고서 단기 합동 숙영 중이었다.

원래 대학으로 쓰던 건물도 지금은 병영으로 활용한다. 수백명의 병사가 동시에 밥을 먹는 식당은 붉은 군대의 용사들이 내뿜는 열기로 숨이 가쁠 정도였다. 메뉴는 호밀빵에 메밀로 만든 오트밀, 소고기가 조금 들어간 양배추 수프 약간. 버터도 함께 나와서 나쁘지는 않다.

후유, 숨을 내쉬며 저격소대 동료들을 둘러보았다.

스탈린그라드 전투 뒤로 변화가 생겼다. 아무도 웃지 않는다. 이리나는 원래 그랬지만, 올가는 더 이상 비아냥거리지 않았고 늘 다정하게 웃던 마미도 말수가 부쩍 줄었다. 신기하게도, 저격병으로서 숙련도가 향상되는 만큼 그런 면모가 나타나는 것 같았다. 타냐는 의료진의 일손이 부족하여 오늘은 다른 부대에 파견되어 있었다.

"피마, 나는 이 호밀빵 별로야. 수프랑 바꾸지 않을래?"

"진짜? 나는 이 수프가 좀 싫은데."

"그러니까 괜찮지?"

샤를로타만은 예외였다. 숙련도가 높아지고 전과를 올리면서도 웃음을 잃지 않는다. 오히려 말투가 더 어려진 것 같았다. 그런 사랑스러운 모습이 세라피마의 스산한 마음을 위로해 주었다.

"어이, 저기 봐. 근위 창녀 소대가 있다."

너무도 명확하게 악의를 품은 말이 식탁에서 오가는 대화를 뚫고 날아왔다. 뒤를 돌아보자, 일반 보병 무리가 악의 띤 웃음을 짓고 이쪽을 바라보았다.

"창녀라고 부르지 마. 위대하신 저격병분들이잖아. 최전선에서 진창을 구르며 목숨 걸고 싸우는 우리와는 격이 다르지. 안전한 소굴에서 겨냥하고 쏘는 엘리트 분들이시라고."

"그냥 둬."

뭐라고 반박하려는 샤를로타를 이리나가 조용히 제지했다.

"자기 부대의 저격병과 실랑이라도 했겠지."

세라피마도 같은 생각이었다. 저격병에게 호의적인 보병은 많지 않다. 스탈린그라드의 막심 대장 정도가 예외였다. 아마 가족과도 같은 저격병 유리안의 존재가 컸을 것이다.

이리나가 다시 식사에 집중하자, 다른 대원도 즉시 식탁으로 시선을 돌렸다.

나라를 불문하고 보병과 저격병은 상성이 나쁘다. 직능의 차이 때문이기도 하다. 보병은 전선에서 적탄을 헤치며 적에게 접근하고, 시가전일 경우 불과 몇 미터 거리에서 적을 쏘는 것이 일이다. 따라서 죽음에 대한 공포를 잊고 고양감 속에서 자신을 고무하며 열광적인 축제에 목숨을 바치는 검투사로서의 정신이 필요하다.

한편 철두철미하게 잠복과 위장을 하고 인내심과 집중력으로 스스로를 연마하는 저격병은 물리 지식에 따른 원 샷 원 킬을 신봉한다. 냉정함이 중요한 직책인 그들은 눈에 띄는 것을 꺼리는 사냥꾼이다.

개별 병사에게는 각 병과에 특화한 정신성을 갖추는 것이 요구되고, 바라든 바라지 않든 전화戰火 속에서 선별을 거쳐 살아남은 병사들의 정신은 병과에 최적화되기 마련이다. 만약 보병에게 요구되는 정신성으로 저격병이 되면 단 하루 만에 저세상에 갈 테고, 저격병의 정신성으로 보병이 된다면 싸우러 나가는 것 자체가 불가능하다. 따라서 살아남은 보병은 대담하고 거칠며, 저격병은 냉정하고 음울하다.

이처럼 직능에 요구되는 정신성 자체가 물과 기름처럼 상성이 나쁜 데다가, 현실에서는 병과끼리의 파벌 다툼이 벌어지기도 한다. 심해지면 자기 병과 이외의 병과를 깔보는 분위기마저 돈다. 이런 경향이 더 극단적으로 치닫는 경우, 보병이 보기에 저격병이란 자신들을 전면에 내세워 거리를 확보해 적을 쏘는 음울한 살인마 집단이고, 저격병의 눈에 보병은 실제 전장에서 저격병이 훨씬 더 많이 죽는다는 사실은 무시한 채 그들을 경멸하고 난잡한 전투 기술을 거칠게 구사하는 미개한 야만인일 뿐이다.

소련 저격병은 일반 보병사단에 배치되는 저격병 부대와 제 39독립소대처럼 최고사령부 예비대 소속으로 유격하는 저격병 집단으로 크게 나뉘는데, 어느 쪽이든 보병과 사이가 좋은 경우는 거의 드물다.

저격병들은 보병 특유의 전우간 결합이나 끈끈한 인연 따위를 별로 중요하게 여기지 않아서, 같은 저격병끼리 모여도 과묵하게 지낸다.

독립소대도 전쟁터를 오가며 그렇게 지냈다. 저격병이면서 여자이니 이물질 수준을 넘어 외계인처럼 기묘한 것으로 취급받는 게 일상이었다.

세탁부대나 취사부대의 여성들은 남성 병사들의 구애를 받는 일이 종종 있고, 실제로 연애를 하다가 여자가 임신하여 여자는 고향에 돌아가고 남자는 영창에 가는 일도 있다. 그러나 저격소대에 관심을 보이는 남자는 없었다.

그들은 묵묵히 적을 쏘고, 소대끼리 뭉쳐 고요히 지냈다.

딱히 화제도 없어서 입을 열어도 총이나 저격 기술에 관한 이야기만 나왔다. 그것도 서서히 귀찮아져서 고양이들처럼 그저 조용히 지내며 오로지 기술 향상을 목표로 함께 훈련에 몰두했다. 그들은 그런 관계에 안정감을 느꼈다.

그러나 때때로 여자라는 이유로 시비를 거는 놈들이 있어서 거슬렸다.

저격소대 대원들은 빠르게 감정의 전환을 마쳤는데, 낯선 보병들은 그러지 못했다.

"저런 게 내 여자라면 어쩌냐. 사람을 마구잡이로 죽이는 아내라니."

"여자? 너는 저게 여자로 보이냐? 눈이 멀었군."

"어이." 올가가 갑자기 그들에게 말을 걸었다. "우리를 아무리 깔아뭉개도 너희 부대가 오데르강에서 패주한 사실은 사라지지 않아."

보병들의 얼굴이 분노로 물들었다.

그들의 기장을 본 걸까, 아니면 직감이었을까. 올가가 그들의 소속과 전력戰歷을 알아본 것이다.

1945년 1월. 폴란드 서부에서 독일 국경 부근에 걸친 소련군의 공세는 전체적으로 보면 압도적 승리로 끝났으나, 사수 명령에 집착한 독일군의 저항이 대단해서 붉은 군대도 4만 명 이상을 잃었다. 몇몇 부대는 패주해 다른 부대와 합류했다.

올가의 군복을 본 보병이 딱딱한 표정을 지었다.

"여자 체카까지 있고 말이야."

올가는 아무 말 없이 다시 식사를 했고 소대의 다른 저격병들도 똑같이 행동했다. 그러나 근처에 앉은 보병들이 내뿜는 위태위태한 분노는 진정될 기미가 없었다.

잠시 침묵이 이어지더니, 한 보병이 일부러 목소리를 높였다.

"그래, 독일 여자는 최고였지! 여자가 그렇게 화장도 좀 하고 그래야지."

보병들이 조금 뒤늦게 푸하하 웃음을 터뜨렸다.

세라피마는 온몸에 오한이 번지는 것을 느꼈다.

그의 손을 이리나가 붙들었다. 세라피마는 그제서야 자신이 떨고 있는 것을 깨달았다.

"그래, 그것들이야말로 진짜 여자였어. 처음에 만난 계집은 예쁜 목소리로 울어대더라."

"너는 몇 명이랑 했냐?"

"다섯."

"나는 일곱이야!"

폭행을 의미하는 말을 마치 무용담이라도 되는 듯이 떠벌리는 남자들. 세라피마의 혐오감이 서서히 살의로 바뀌었다. 저것들은 분명 우리 소대를 욕보이려고 말을 지어내는 것이다. 그렇게 이해해 보려고 했으나 그런 발상 자체에 또 분노를 느꼈다.

세라피마의 상태를 알아차린 남자들이 재미있어하기 시작했다. 그들은 나는 몇 명을 범했다, 너랑 같이 몇 명을 붙잡았다, 하는 이야기를 지겹도록 늘어놓았다. 주위의 병사들도 그걸 비난할 기색이 없었다.

여자를 능욕한 이야기를 지껄여서 저격소대의 여성들이 굴욕감을 느끼게 하려는 것이다. 그 시도는 성공했다고 세라피마는 생각했다.

주위를 선동하던 남자 중 하나가 식판을 반납하러 일어났다. 세라피마의 등 뒤를 스쳐 지나가던 그가 들으라는 듯이 말했다.

"안심해. 나도 상대를 고르니까. 너는 안 건드려."

세라피마의 머릿속에서 무언가가 끊어졌다.

이리나의 따뜻한 손을 뿌리친 세라피마는 벌떡 일어나 두 손이 자유롭지 않은 남자의 목덜미를 움켜쥐었다. 그의 반응보다 빠르게 그를 뒤로 온 힘을 다해 끌어당기고는 무릎 뒤 오금을 다리후리기로 찼다. 근접전투 훈련 때 배운 대로, 상대는 식기를 사방으로 던지며 맥없이 쓰러졌다.

"이게!"

남자가 허리춤에서 권총을 뽑았다. 세라피마는 그걸 짓밟고서
웃었다.

"겨우 어깨가 부딪힌 정도로 권총을 뽑다니, 아주 멋진 군율 위
반이군."

"이, 이런 짓을 하고 그냥 넘어갈……"

세라피마도 토카레프를 넣어둔 권총집에 손을 가져다 댔다. 그
러자 이리나가 다가와 그 손을 막고는 벌러덩 누운 병사를 내려
보며 말했다.

"뭐야? 뭘 하려고? 쫄랑거리며 엔카베데에 가서 이렇게 말할
건가? 여성 병사를 도발하다가 바닥에 내동댕이쳐지고 총을 뽑으
려다 짓밟혔다고? 집행인이 총살하기 전에 죄목을 읽다 말고 웃
겠군. 이봐, 체카라면 저기도 있어. 얼른 말해보지그래."

병사가 입을 꾹 다물었다.

올가가 재미없다는 표정으로 양배추 수프를 먹고 있었다.

시선을 돌리자, 그와 같은 부대의 남자들도 식탁 앞에서 엉거
주춤 굳어 있었다.

그들 주변에는 노련한 여성 저격병들이 등 뒤로 돌려놓았었던
저격총을 재빠르게 두 손에 움켜쥔 채 서 있었다. 총구는 겨누지
않았다. 그러나 일단 쏘게 되면 전원 몰살시킬 수 있다는 걸 알고
있으리라.

세라피마가 발을 떼고 말했다.

"안심해라. 너희 같은 걸 죽여봤자 내 경력에 흠집이 날 뿐이니까. 너희 같은 피라미는 내 적이 아니야. 내가 얼마나 여성스러운지 알고 싶다면 오늘밤 내 방에 오든지. 불안하다면 총을 가지고 와도 좋아."

총을 허리춤의 권총집에 다시 집어넣은 남자는 얼떨떨한 표정을 지었다.

마지막으로 세라피마는 웃으며 눈을 찡긋했다.

"내 여성스러움을 마침내 알게 된 네놈의 시체가 내일 이 근방에 굴러다니겠지."

꺅! 멀리서 비명 같은 환성이 들렸다.

그쪽을 보자 세탁부대 여성 병사들이 멋있다는 듯이 손을 흔들고 있었다. 주변 병사들도 보병들에게서 시선을 돌렸다. 싸움에 진 개에게는 아무도 관용을 베풀지 않는다.

깔끔하게 승부가 났으나, 보병들은 굴욕에 떨었다.

이 상황에서 벗어나려면 어떻게 해야 하지…… 그들이 머리를 굴리고 있는데 새로운 목소리가 들렸다.

"거기까지다. 아무것도 보지 못한 것으로 할 테니 전원 해산하라!"

울림이 좋고 맑은 목소리.

키가 큰 남자가 저격소대와 보병들에게 의연하게 말했다.

"네놈은 뭐야. 너도 저격병이냐?" 보병이 물었다.

저격병은 아닌 것 같지만 보병과도 다른 분위기를 풍기는 그 남자가 대답했다.

"나는 미하일 보리소비치 볼코프. 포병 소위다."

포병인가. 세라피마는 납득했다.

그들은 보병과도 저격병과도 이질적인 정신을 지닌 병과다. 물리학을 신봉하고 기술을 연마하는 점은 저격병과 비슷하나, 팀플레이를 중요하게 여기고 대포를 전장의 신이라고 부르며 스스로를 육상전의 주역이라 여기는, 전차병과 마찬가지로 자긍심 높은무리. 중재 역할에는 잘 어울릴지도 모르겠다고 세라피마는 생각했다. 그런데 어라……?

미하일 소위는 보병들에게 입 다물고 물러나라고 명령했다.

저 얼굴, 저 목소리, 풍성한 금발, 담청색 눈동자, 부드러운 생김새.

"미시카? 너, 미시카야?"

다정해 보이는 남자 소위가 놀란 표정으로 돌아보았다. 당황과동요가 드러난 얼굴에 서서히 놀라움이 번졌다.

이어진 세라피마의 외침이 놀라움을 확신으로 이끌었다.

"나 세라피마야! 이바노프스카야의 세라피마!"

"이럴 수가, 피마! 살아 있었구나!"

소꿉친구 미하일이 세라피마와 손을 맞잡았다.

보병들이 어딘지 머쓱한 표정으로 물러났다. 세라피마가 옆에선 이리나를 돌아보고는 경례한 뒤 말했다.

"10분, 아니 15분 정도 시간을 주셨으면 합니다."

이리나는 어떤 상황인지 대충 이해했는지 가볍게 고개를 끄덕였다.

"괜찮겠지. 슬슬 강의 시간이다. 할 일을 잊지 마라."

"네." 세라피마가 대답했다.

샤를로타가 "정말 잘됐다!"라며 손을 흔들었다.


식당을 나와 걸음을 옮기는 동안에도 좀처럼 대화를 시작하지 못했다. 미하일과 다시 만나게 되다니, 생각지도 못했다. 반면 미하일은 심지어 세라피마가 죽었다고 믿고 있었다.

먼저 말을 꺼내는 게 쉽겠다 싶어 세라피마가 웃으며 물었다.

"포병 소위라니 대단하다. 카츄샤 로켓이나 152밀리미터 곡사포를 지휘하는 거야?"

미하일이 깜짝 놀란 표정으로 대답했다.

"아니, 지금은 포병이지만 자주포 부대의 지휘관을 맡고 있어. 나도 전차에 타고."

"자주포 부대? 대단하네! 쿠르스크에서 나도 몇 량인가를 봤어. SU-152가 티거 전차를 날려 보냈더라. 소문을 듣기로는 신형 SU-100이나 SU-85도 대단하다던데."

"티거는 아마 4호 전차를 잘못 본 걸 거야. 애초에 그건 자주 보이지 않으니까." 미하일이 씁쓸하게 웃었다. "그리고 화려해 보이는 건 겉보기만 그럴 뿐이고, 자주포를 타는 건 사실 비참해. 전차도 마찬가지지만, 장갑을 방패 삼아 제일 먼저 돌격해야 하니까. 또 안은 얼마나 어둡고 좁고 더운데. 좁은 곳에서 옴짝달싹 못하고 동료랑 붙어 있으니까 포탄이라도 맞으면 다 같이 저세상행이고. 연료를 뒤집어쓴 채 불타면 그야말로 지옥이야. 며칠 동안이나 괴로워하다가 죽거든."

"그렇구나…… 그나저나 미시카가 자주포 지휘관이 되었다니. 전혀 상상도 못 했어."

"네가 저격병이 된 게 훨씬 더 의외야. 설마 피마가 류드밀라 파블리첸코가 되었다니."

그 이름에 비유해 준 것에 기쁨보다도 저항이 앞섰다.

"파블리첸코 동지와는 차원이 다른걸. 그 사람은 300명 넘게 쓰러뜨렸잖아. 나는 아직 겨우 80명인걸."

세라피마의 말에 미하일이 멍한 표정으로 말을 잃었다.

그러고도 남겠지. 세라피마는 상황을 이해했다. 조금 전부터 대화 사이에 생기고 있는 균열의 정체도 알았다.

예전에 아이들을 겁주는 바바 야가* 같은 존재였던 식인마 키라. 그 키라가 죽인 인간이 10명에서 20명 수준이었다. 누군가 사람을 80명이나 죽였다고 하면 아무도 믿지 않았을 것이다.

바바 야가는 실존하지 않지만 나는 여기에 있다. 식인마 키라가 나타나도 두려워할 이유가 없다. 총을 쥐고 방아쇠를 당기면 그만이다. 지금 내 얼굴에, 옛날 이바노프스카야 마을에 살던 소꿉친구의 모습은 남아 있지 않겠지.

왠지 모르게 거북한 침묵이 이어졌다. 세라피마가 물었다.

"있잖아. 보병들이 한 말, 거짓말이지?"

"어? 뭐가?"

---

\* 슬라브의 전설이나 민담에 등장하는 흉포한 마녀.

어색하게 되묻는 미하일에게 세라피마가 다시 물었다.

"그러니까, 붉은 군대의 병사가 독일 여성에게 난폭한 짓을 했다는 말. 명백히 군율 위반이기도 하고, 나치랑 싸우는 소련 병사가 독일 인민 여성에게 해를 끼친다니, 거짓말이지?"

미하일이 틀림없이 거짓말이라 말해줄 거라고 기대했다.

그러나 눈빛이 흔들렸다. 드러내 놓고 망설이던 그가 대답했다.

"안타깝지만 사실이야."

세라피마는 충격을 받았다. 그걸 알았는지 미하일은 시선을 피했다.

"우리도 폴란드 국경에서 싸웠을 때 독일인 정착촌에 돌입한 병사들에게 비슷한 이야기를 들었어. 금품을 노린 약탈도 많았고, 특히 여성에 대한 폭력이 심각했대. 엔카베데도 도주하는 병사를 대할 때와는 다르게 그런 걸 열심히 단속하진 않아. 점령 첫날은 어디나 다 심해."

"하, 하지만…… 군율에 따르면 시민에게 행하는 폭력은 범죄고, 독일에도 그렇게 주장하고 있잖아."

"너도 예렌부르크가 하는 말들은 잘 알고 있지? 소련이 독일에 쓰는 말은 항상 두 종류야."

세라피마는 말문이 막혔다.

1945년. 동프로이센을 공격한 붉은 군대는 그 지역에 사는 독일인을 대상으로 독일어로 된 라디오 방송을 틀었다.

소련 연방의 붉은 군대는 독일 인민을 나치로부터 해방하고 자유를 전하기 위해 싸우고 있습니다. 문명화된 붉은 군대 병사는 여러분에게 자유를 돌려주고 안전을 보장할 것을 약속합니다. 붉은 군대가 찾아오면 시민 여러분은 안심하고 병사를 환영해 주십시오.

아주 훌륭한 내용이어서 통역을 맡은 세라피마도, 그걸 들은 샤를로타와 마미도 안심한 얼굴이었다. 그렇지만 올가의 표정은 달라지지 않았다.

이리나가 프라우다를 줬다. 붉은 군대의 병사들을 부단히 고무하는 시인 일리야 예렌부르크가 신문에 게재한 기사의 내용은 다음과 같았다.

지금 독일의 도시를 공격하는 병사들은 레닌그라드의 어머니들이 죽은 자식들을 썰매에 태워 운반한 것을 절대 잊지 않으리라. 레닌그라드의 용맹함은 이미 보답받았다. 그러나 레닌그라드가 겪은 고난에 베를린은 아직 업보를 치르지 않았다.

베를린은 곧 모든 업보를 치르게 되리라. 부조노프카*를 쓰고 임신부를 폭행한 독일인의 몫에 대해서도 베를린은 업보를 치르게 되리라. 공중에 던진 아이를 표적으로 삼아 쏘고 코웃음을 치며 "새로운 스포츠네……"라고 중얼거린 독일인의 몫도, 레닌그라드에서 러시아 여성에게 불을 붙여 "이 러시아인은 고깃덩어리

---

\*   이마 윗부분에 빨간 오각형 별이 달린 붉은 군대 병사의 모자.

가 아니라 지푸라기로 만들어진 것처럼 잘 타는군" 하고 자랑하던 독일인의 몫도, 늙은 유대인을 땅에서 얼굴만 내놓은 채 생매장하고 "참으로 아름다운 꽃밭이다"라고 적어둔 독일인의 몫도, 베를린은 전부 업보를 치르게 되리라. 그 베를린이 이제 바로 저 앞에 있다.

누가 우리를 막을 수 있는가? 모델 장군? 오데르강? 국민돌격대? 아니, 이제 막을 수 없다. 어디 한번 도망치고 괴로워하고 죽음의 비명을 질러보라. 천벌을 받을 때가 왔다.

아무리 생각해도 앞의 라디오 방송과 이 기사는 양립할 수 있는 것이 아니다. 소련은 말을 나눠서 쓴다고 세라피마는 생각했다.

외부를 향해서는 나치와 독일 시민을 구분해 시민을 보호하겠다고 주장하면서, 내부에서 쓰이는 문장에서는 '나치와 하나가 된 독일'을 향한 복수심을 부추겼다.

물론 그런 논리가 어째서 생겼는지는 안다. 세라피마 역시 복수심을 연료로 삼아 전쟁에서 살아남았고 허탈의 늪에서 빠져나와 전쟁터로 향했다. 복수심은 강대한 적과 싸우게 하는 유일한 기반이었다. 소련의 붉은 군대를 거대한 증기기관차처럼 전쟁터로 몰고 가도록 만든 불타오르는 연료 같은 복수심이 하루아침에 사라질 리 없었다. 그렇다고 섣불리 없앴다가는 전의를 상실하게 만들 위험이 있다.

문제는 병사들이 어느 쪽을 지켜야 할 지침으로 받아들이는가에 있었다.

"예렌부르크는 비판받고 실각했잖아?" 세라피마가 물었다.

소련 당국이 어긋나 버린 내부의 프로파간다에 완전히 무관심했던 것은 아니다.

독일인을 죄다 죽여버리자는 예렌부르크의 논법은 소련이 국내에서 방어 전쟁을 치르는 동안에는 귀중히 여겨졌다. 그러나 승리를 앞두자 '독일인'과 '적 병사'를 동일시했기에 성립했던 이 논법은 위험한 것이 되었다. 붉은 군대가 그의 말을 신봉한 채 독일에 쳐들어가면, 전쟁 종결 후인 장래에 화근이 되고 만다.

한편 의연하게, 아니 새롭게 그의 말을 갈구하는 자들이 나타났다. 다름 아닌 나치 독일이었다.

고갈된 병력을 보충하기 위해 민간인에게 총을 들려 '국민돌격대'라고 명명하고, '독일인을 몰살시키러 오는 붉은 군대에 저항하는 길은 전 국민이 무기를 들고 싸우는 것뿐이다!'라고 전하는 괴벨스나 히틀러에게 예렌부르크의 공격적인 선동은 설득력을 부여했다. 따라서 독일은 그 작품을 인용하는 것을 넘어 '독일인의 피를 마시자'라느니 '금발 여자는 전리품이다' 같은 가공의 프로파간다 작품을 위조해 독일로 접근하는 붉은 군대에 대한 공포를 부지런히 퍼뜨렸다. 그렇게 예렌부르크의 증오 캠페인은 나치 독일의 전의를 지탱하는 데 이용되었다.

4월, 프라우다 지면에 「예렌부르크 동지의 지나친 단순화」라는 제목의 비판적인 논설이 실렸다. 그 글에서 프라우다의 이론적 지도자들은 "나치는 쓰러져도 독일은 남는다. 설령 독일군이 러시아 시민을 학살하고 여성을 폭행했더라도 우리는 똑같은 행위를 해선 안 된다"라며 예렌부르크를 비판했고, 그로 인해 예렌부르크는 실각했다.

미하일은 고개를 가로저었다.

"예렌부르크가 중용된 건 결국 병사들의 전의를 부추기는 데 효과적인 말을 썼기 때문이야. 그가 떠나도 그 말은 살아 있어. 병사들은 얻는 것도 없이 애국심과 복수심을 무기로 삼아 목숨을 걸고 싸우잖아. 전우를 잃고 자신도 죽을 고비를 넘긴 끝에 마침내 승리자로서 활개를 치려 할 때, 적국의 여자가 눈앞에 있으니 그런 일이 생기는 거야."

구토가 나올 것 같은 혐오를 억누르며 세라피마는 미하일을 노려보았다.

"남자의 성욕이란 건 정말이지 한심하구나."

"아니, 성욕은 그다지 문제가 안 돼."

귀를 의심했다. 여성을 폭행하면서 성욕이 그다지 문제가 아니라니?

미하일은 시선을 피하며 침통한 표정으로 대답했다.

"병사들은 공포, 기쁨, 그런 같은 경험을 공유하면서 동료가 돼. ……부대가 같이 여자를 범하려 할 때, 그건 전쟁범죄라고 지적하는 자가 있으면 영락없이 배척당하고 말아. 상관은 불쾌해하고 부하라면 상대도 안 해주지. 바꿔 말하면 집단으로 여자를 범하는 행위가 부대의 동료 의식을 높이고 그 체험을 공유한 무리의 동지간 결속을 강하게 한다는 거야. 아까 보병들도 마찬가지야. 틀림없이 그런 의식이 담겨 있었어."

여자를 범하는 것이 동지 간의 결속을 강하게 한다니. 비유가
아니라 말 그대로 정말 구역질이 나올 것 같았다.

듣도 보도 못한 끔찍한 논리라고 생각했을 때, 실은 자신도 그
런 논리를 본 적이 있다는 걸 깨달았다. 고향 이바노프스카야에서
마을 사람들을 죽이고 여자를 범한 프리츠 놈들.

"그리고 독일인에게도 이런 일은 일종의 수요가 있어."

"수요라고? 여자가 범해지는 일에 어떻게 수요 같은 게 있을
수 있어?"

"피해자 의식을 가질 수 있거든. 자신들도 끔찍한 일을 겪었다
는 이야기 속에서도 여성에게 가해진 폭행은 눈에 확 드러나니
까. 어떤 의미에서 그럴듯한 사정이 갖춰지는 거야."

세라피마는 반박했다.

"설령 어떤 사정이 있다 해도 여성에게 가하는 폭력은 용서할
수 없어."

"슬프지만 아무리 보편적으로 보이는 논리도 절대자 한 명이
만들어내는 게 아니야. 당대에 일종의 '사회'를 형성한 인간들의
합의로 만들어지는 거지. 그러니까 절대로 해선 안 되는 일은 없
어. 전쟁은 그 발로야."

"어떤 이유가 있든 폭행범은 악마야. 절대로 해서는 안 되는 일
은 분명히 있어. 전쟁이라는 특수한 환경을 이용해서 소수의 사회
가 그걸 왜곡할 뿐이잖아."

"80명을 죽였다고 자랑하는 너처럼?"

온몸의 피가 얼어붙었다. 반박할 마음도 들지 않아 세라피마는

그에게서 돌아섰다.

"안녕, 미하일. 두 번 다시 만날 일도 없겠지."

"기다려, 피마!"

붙잡힌 팔뚝에 소름이 돋았다. 지금껏 그에게 느낀 적 없는 혐오를 느꼈다.

미하일이 어쩔 줄 몰라 하며 말했다.

"네 말이 옳아. 여성에게 가하는 폭행은 용서받을 수 있는 게 아냐. 다만, 나는 적지로 돌격하는 자주포병이다 보니 그런 이야기를 가까이에서 너무 자주 들었어. 존경하던 지휘관이 뒤에 줄 세운 부하 열몇 명과 함께 여자를 나눴다고 떠들거나 히죽거리는…… 그런 모습을 지켜봤어. 충격적이지만 그 지휘관이 악마였던 건 아니야. 이 전쟁에는 인간을 악마로 만드는 성질이 있어. 나는 그걸 말하고 싶었어."

인간을 악마로 만드는 성질.

소련 병사들은 그걸 목격했다. 붉은 병사 중에는 세라피마처럼 고향이 불탄 자도 있고, 갓난아이가 벽에 패대기쳐져서 죽은 모습을 본 자도 많다.

또 폴란드를 해방한 이후 상상도 하지 못한 악마의 모습을 목격했다. 아우슈비츠, 마이다네크, 크라쿠프-프와슈프. 강제수용소에서 감히 입에 담을 수 없는 대량 학살의 흔적이 나왔고 그 산증인인 생환자들이 나타났다. 폴란드를 공격한 붉은 군대 병사들은 독일이 유대인을 학살한 사실은 당연히 이미 알고 있었다. 그러나 학살수용소를 운영하며 수백만 명을 살해하고, 적발부터 수송, 수용, 말살에 이르기까지 사회적 기구라고 할 수 있을 정도의 시스템을 구축해 유대인을 유럽에서 소멸시키려 한 것까지는 알지 못했다.

나치 일당이나 군인뿐 아니라 수많은 독일 국민이 가담하지 않으면 성립할 수 없는 이 대학살 앞에서 붉은 군대 병사들의 뇌리에는 똑같은 의문이 깃들었다.

독일인은 단순한 비유를 넘어, 말 그대로 악마가 아닐까. 그렇다면 이들에게 무슨 짓을 해도 되지 않을까.

세라피마는 그런 생각을 하며 반박했다.

"그럴지도 몰라. 하지만 우리는 그걸 변명 삼아 악마가 되어선 안 돼."

"네 말이 옳아."

미하일은 시선을 피하지 않았다. 어린 시절처럼 투명하게 맑은 담청색 눈동자. 그 눈동자를 바라보며 물었다.

"미시카. 너는 다른 병사와 같은 상황이라면, 예를 들어 상관이 시키거나 동료가 부추겨도, 그래도 여성을 폭행하지 않을 거니?"

"물론이지." 미하일이 즉각 대답했다. "그런 짓을 하느니 차라리 죽는 게 나아."

안도의 한숨이 나왔다. 그래, 미하일도 나도 악마 따위는 되지 않을 것이다.

하긴 미하일은 또래 남자애들 중에서도 제일 다정한 아이였다.

"피마, 시간 다 됐어!" 샤를로타가 식당에서 나와 세라피마의 팔을 안았다. "가자, 서둘러야 해!"

"응."

"피마, 잠깐만."

미하일이 세라피마를 불러 세웠다.

"미안. 너랑 다시 만나리라곤 상상도 못 했었어…… 그런데도 이렇게 만났는데 이상한 이야기만 하고 말았네. 하나만 말하고 싶어. 함께 살아서 돌아가면……"

거기까지 말하고 미하일은 머뭇거렸다. 함께 살아서 돌아가면.

세라피마는 오래전 마을 사람들이 미하일과 자신이 결혼하리라 믿었던 시절을 떠올리며 그리움에 잠겼다.

미하일과 나는 함께 생존했기에 재회할 수 있었다.

그러나 기적에는 한계가 있다는 걸 안다. 전장에 나갔던 두 사람이 불에 탄 고향에 돌아가 결혼한다. 그런 동화 같은 이야기가 현실에서 이루어질 만큼 이 전쟁은 녹록하지 않다. 분명 누군가는 죽음을 피하지 못하리라.

세라피마는 미하일에게 대답했다.

"살아서 돌아가면 마을의 재건을 부탁해."

그러면 분명 잘해내겠지.

"응." 미하일은 시선을 내리고 대답했다. "너도, 피마."

고개를 끄덕이고 샤를로타와 함께 걸었다.

"멋있는데? 약혼이라도 하지 그랬어."

"나는 살아서 돌아갈 생각이거든. 결혼 전에 미망인이 되는 건 싫은걸."

일부러 농담처럼 말하자 샤를로타가 웃었다.

"그보다 오늘 특별 강의, 선생님이 누구게?"

"누구냐니, 저격학교 교관이겠지."

"후후후. 아니야. 우리가 워낙 걸출하다 보니, 격려를 해주려 대단한 사람이 와."

"누구? 바실리 자이체프?"

"류드밀라 파블리첸코."

반사적으로 샤를로타의 얼굴을 바라보았다. 샤를로타는 환하게 웃고 있었다.

여성 저격병의 상징이자 정점, 그리고 대장 이리나 에멜리아노브나의 전우인 류드밀라의 이름을 샤를로타가 농담으로 입에 담았을 리 없다.


원래 고등교육학교의 강당이었던 홀에 알 수 없는 분위기가 감돌았다. 다 해서 100명이 넘는 병사들은 집단을 이루고 있으면서도 눈빛은 하나같이 고독했다. 아무런 사담도 나누지 않는 그들 사이에는 전우간의 결합도, 들뜬 기분도 없었다.

강당에 모인 병사들은 전과 40명을 넘겨 우수사격 훈장을 받은 저격병들이었다. 그 무리 안에 제39독립소대 대원들도 있었다.

머릿속에 눈에 띄면 안 된다는 생각을 주입했으면서도 자연스레 생겨난 고약하고 완고한 자존심으로 똘똘 뭉친 일류 저격병들은 여왕을 기다리는 중세 기사처럼 숙연하게 그를 기다렸다.

이윽고 연단에 한 여성이 소리 없이 올라섰다.

160센티미터에도 미치지 않는 작은 체구에 마른 몸. 소련 연방의 영웅. 확인 전과 309명. 제2전선 구축이라는 외교적 사명을 띠고 미국에도 건너갔던 천재 저격병.

류드밀라 미하일로브나 파블리첸코는 인사말도 없이 물었다.

"숱한 전장을 누벼온 제군들에게 묻겠다. 전선에 서서 적의 포격 중에 프리츠를 쏴야 한다. 이때 철모를 쓴다면 턱끈을 단단히 조여야 하는가, 아니면 느슨하게 풀어야 하는가?"

몇 명이 거의 반사적이라고 해도 좋을 만큼 민첩하게 손을 들었다. 류드밀라가 그중 한 명을 가리켰다. 수수한 풍채의 남자가 일어나 대답했다.

"이반 레오니도비치 스미르노프 상사입니다. 저는 끈을 느슨하게 풀 것입니다."

"이유는?"

"포격이 근접해서 폭발할 때, 그 폭풍을 받아 철모가 날아가게끔 하기 위해서입니다. 턱끈을 조인 바람에 목뼈가 골절되거나 목이 절단되어 죽은 병사를 종종 목격했습니다."

"그렇군. 앉게. 옳은 답변이라 할 수 있다. 하지만," 류드밀라가 설명을 이어갔다. "끈을 느슨하게 한 상태로 저격하면, 철모가 머리와 따로 움직이기 때문에 총이 반동하면서 종종 철모의 모서리에 부딪히는 일이 있다. 그러면 조준경이 손상되어 다음 탄의 조준이 불가능해진다. 전황에 따라 다르지만, 나는 제일 먼저 포격의 영향이 직격으로 오지 않는 참호 혹은 토치카로 이동해 끈을 조이고 저격에 들어간다. 다만 그러지 못하는 상황도 있다. 이동할 수 없고 포격이 근거리에서 작렬한다면 역시 턱끈을 느슨하게 해야 하겠지."

스미르노프 상사는 묵묵히 고개를 끄덕였다. 턱끈 하나조차 여러 각도에서 보는 것을 잊지 말라는 뜻을 모두가 이해했다.

"나는 군대 내의 숱한 기관지, 민간인이 읽는 신문, 나아가 외국 신문에 이르기까지 수없이 인터뷰를 해왔다. 저격에 관해서도 많은 이야기를 했지. 당연하겠지만 한 마디, 한 구절도 남김없이 프리츠의 눈과 귀에 들어갈 것을 고려해야 했으므로 진짜 기술에 관해 언급한 적은 없다. 그러나 동프로이센 혹은 베를린에서의 마지막 싸움에 나아가는 전우 제군 동지들이여. 여기 있는 자들은 걸출한 저격수뿐이다. 제군들에게만 건넬 수 있는 이야기를 하겠다."

그 걸출한 저격병들 사이에 긴장감이 감돌았다.

"지금부터 하는 이야기는 필기를 일절 금한다. 전부 머릿속에 집어넣어라."

누구 하나 놀라지 않았다. 모두 잡아먹을 듯이 류드밀라를 응시했다. 모든 것을 기억하고 실행에 옮길 수 있으리라 믿는 일류들이었다.

그렇게 압도되는 한 시간이 흘렀다. 류드밀라는 조금도 쉬지 않고 자신의 노하우와 저격 기술을 들려주었다. 위장하는 법, 시가전과 야외전의 차이, 다른 병과와의 연계 공격, 흔적 소거와 추격전. 백전노장만이 이야기할 수 있는 상세하고 풍부한 노하우로 가득해서 저격병에게는 바라 마지않을 최고의 강의였다.

한편 세라피마는 강의 종반에 접어들 무렵 위화감을 느꼈다.

류드밀라의 설명은 뛰어났다. 우수한 매뉴얼이 그렇듯이 해석의 여지나 모호함을 전혀 남기지 않았다. 명료하고 구체적이었다. 그러나 한 시간 내내 말하는데도 기술론만이 끝없이 이어지고 정신적인 부분은 조금도 등장하지 않아서 세라피마는 약간 놀랐다.

　류드밀라가 정신에 관해 말한 것은 딱 한 번, 저격병은 동기를 계층화해야 한다고 말했을 때뿐이었다. 애국심, 소련 인민에 품은 마음, 파시스트를 분쇄하려는 분노. 그것을 근원에 품고 자신을 밀어붙이기 위해 유지하되, 전장에 있을 때는 그것을 잡념으로 취급해 버리라는 말이었다.

　세라피마가 놀란 이유는 그 말을 저격병 훈련학교에서 이리나에게서 들었기 때문이었다. 일류 저격수가 공통적으로 지니는 정신일까, 아니면 전우가 함께 가꾼 경지일까.

　마지막으로 형식적인 격려를 하고 질의응답 시간을 가졌다.

　질문이 쉴 새 없이 이어졌다. 적 전투기가 머리 위에 있는 국면에서 저격병은 어떻게 행동해야 하는가. 동지가 체험한 바에 따르면 방어전과 공세 국면에서의 저격은 어떤 공통점과 차이점이 있는가. 경험상 느낀 프리츠 저격병의 약점은 무엇인가.

　질문은 저격의 기술론에 집중되었다. 민간인이 물을 법한 질문, 예를 들어 가장 강한 적은 누구였는가, 미국에 간 감상은 어떠한가, 같은 질문은 없었다. 모두가 일류이며 실력에 일가견이 있는 저격수들이니 그런 질문을 하기 어려운 분위기도 있었을 것이다. 그러나 저격병들의 기질이나 관심의 대상 역시 파블리첸코와 마찬가지로 기술론에만 집중되어 있었다.

우상으로서의 류드밀라 파블리첸코에게는 관심이 없다. 살아남기 위한 기술론을 배우고 싶다. 최소한 그렇게 행동해야 한다고 믿는 정신을 지닌 무리인 만큼, 오로지 저격과 기술에 관한 질문을 퍼부었다.

파블리첸코는 모든 질문에 적확하게 답변했다. 말을 마치는 것과 거의 동시에 "다른 질문은?" 하고 덧붙였고 거기에 바로 다음 질문이 겹쳤다.

"……다른 질문은?"

잠깐 침묵이 흘렀다. 옆에 있던 샤를로타가 번쩍 손을 들었다.

"그럼 아가씨."

샤를로타가 조금 부루퉁한 말투로 이름을 댔다.

"샤를로타 알렉산드로브나 포포바 소위입니다."

파블리첸코가 알겠다는 듯이 고개를 끄덕였다. 샤를로타는 숨을 한 번 내쉬고, 화살을 쏘는 듯한 어조로 물었다.

"전쟁이 끝난 뒤에, 저격수는 어떻게 살아가야 하는 존재입니까?"

강당 안이 바짝 긴장했다.

이질적인 질문. 저격병들이 떠안은 공통의 무언가를 자극하는 질문이었다. 잠깐 시선을 내린 파블리첸코는 고민하는 시간도 없이 대답했다.

"첫째로, 전후를 생각하기에는 이르다. 독일이 항복하는 날까지 방심하지 마라."

그리고 한 번 눈을 깜박이고는 말을 이었다.

"둘째로, 내가 조언할 수 있는 건 두 가지다. 누군가 사랑하는 사람을 찾아라. 아니면 취미를 가져라. 삶의 보람이 되어주는 것을. 나는 그러기를 권한다."

세라피마는 머릿속에 적고 있던 필기가 처음으로 흐트러지는 것을 느꼈다.

사랑하는 사람이나 삶의 보람을 가지라니. 왜 그 두 가지가 적절한 저격병의 삶에 필요한 것인지 이해할 수 없었다.

그 후 두세 개의 질문을 더 받은 다음 강의가 끝났다. 이리나는 강당 밖에서 소대를 집결시키고, 이렇다 할 말 없이 해산과 귀대를 명했다.

과거의 전우를 보면서 이리나는 무슨 생각을 했을까. 감히 헤아릴 수 없었다.

샤를로타에게 질문의 의도를 물으니, 그냥 신경 쓰이는 것이었다고만 대답했다.


강의 훈련을 마친 세라피마에게 병과도 같고 성별도 같은 류드밀라 파블리첸코가 그날 밤 대학의 어느 곳에 묵는지 찾는 일은 그다지 어렵지 않았다. 같은 여성 병사용 숙소에 머무르니 신분증을 제시하면 방 앞까지 쉽게 갈 수 있었다. 문제는 똑같은 목적으로 찾아온 여성 병사가 수십 명이나 있다는 것이었다.

"소령 동지는 아무와도 만나지 않으십니다!"

숙소 안인데도 탄창을 장착한 SVT-40 라이플을 든 자그마한 여성 병사가 새된 목소리로 외쳤다.

방 앞에는 많은 여성 병사들이 와 있었다. 보아하니 다른 병과 소속인 자들도 몰려와 있었는데 다들 이 장난감 병사 같은 여성 호위병에게 앞길이 막혔다.

"이 고집 센 꼬마 아가씨는 뭐야?"

여성 병사들에 섞여 있던, 일부러 부관을 대동하고 영웅과 만나러 온 모양인, 처음 보는 장교가 가슴을 젖히고 위엄스레 호위병을 내려다보았다.

"나는 대령이네, 하사."

"설령 주코프 원수님이시라도 여길 지나지 못합니다."

"스탈린 제1동지라도 말인가?"

"안 됩니다. 총살당해도 좋습니다."

"흠……"

이렇게까지 말한다면 어쩔 수 없는 일이다. 부관을 데리고 터벅터벅 멀어지던 대령은 뭉개진 권위를 되찾으려는 양 주변에 모여 있던 여성 병사들을 쫓아냈다.

세라피마는 모퉁이에 숨어 상황을 지켜보고 있었다. 주위가 텅 비고 호위병이 한숨을 내쉰 순간, 세라피마가 말을 걸었다.

"안녕하세요."

여성 호위병의 몸이 즉각 굳었다. 순식간에 경계 태세를 회복했다.

"돌아가십시오. 류드밀라 미하일로브나 동지는 아무와도 만나지 않습니다!"

"최소한 말이라도 전해주실 수 있을까요? 나는 류드밀라 동지의 전우에게 가르침을……"

"설령 주코프 원수님이시라도 여길 지나지 못합니다! 그게 제 임무입니다!"

"그거야 그렇지만요."

잘 길들인 앵무새와 대화하는 기분이었다.

단정하게 생긴 여성 호위병은 묘한 흥분감이 엿보였으며 그리고…… 그늘이 없었다. 총을 쥔 자세는 훌륭한데 위협적이지 않았다. 한때 우리도 이랬겠지. 문득 그런 생각을 하는데 등 뒤에서 어떤 목소리가 들렸다.

"설령 이리나 에멜리아노브나 스트로가야라도 말인가?"

돌아보고 깜짝 놀랐다. 이리나가 아까부터 있었다는 듯이 서 있었다. 이미 꽤나 숙련된 경지까지 오감을 예민하게 벼린 세라피마조차 전혀 기척을 느끼지 못했다.

시선을 이리나에게로 옮긴 여성 호위병도 잠깐 어리둥절한 표정을 지었지만 곧바로 앵무새처럼 대답했다.

"설령 누구라도……"

대답하던 호위병이 중간에 갑자기 말을 끊었다. 주인의 냄새를 맡은 개처럼 등을 쭉 펴더니, 등졌던 문을 열고 소리 없이 안으로 들어갔다.

"대단한데." 이리나가 웃었다. "나한텐 왜 저런 부하가 없지?"

"인덕의 차이 아닐까요."

아무렇게나 대꾸한 것과 동시에 문이 열리며 호위병이 다시 나왔다.

"들어가십시오."

정중한 말과 달리 어딘가 불만인지 얼굴을 노골적으로 찌푸렸다. 두 사람이 묵례하고 들어가려는데, 호위병이 목소리를 낮춰 덧붙였다.

"부디 배려해 주십시오. 류드밀라 미하일로브나 동지는 피곤하십니다."

"괜찮아." 이리나가 온화한 목소리로 그에게 대답했다. "알고 있으니까."

호위병이 시선을 내리깔며 인사했다. 왠지 모르게 이리나에게 졌다고 느끼는 듯했다.

방으로 들어가자마자 공기가 달라진 것 같았다. 간소한 침대가 하나, 책상과 의자가 있고 창문에는 커튼이 쳐져 있다. 특별한 것 없는 개인실이다. 냉담한 긴장감과 숨을 삼키게 되는 딱딱한 분위기 안에 뭐라고 표현할 수 없는 편안함이 공존했다. 도망치고 싶으면서도 그대로 머물고 싶은 이 느낌을 기억한다. 몇 번인가 이리나의 개인실에 갔을 때마다 느꼈던 그 공기였다.

"서운하게 생각하지 마." 모습을 알아차리기도 전에 목소리가 먼저 들렸다. 침대에 앉아 창 쪽을 바라보고 있는 여자는, 눈에 보이는 곳에 있었는데도 말하기 전까지 전혀 기척을 내지 않았다.

"저 아이, 엘리자베타는 나를 너무 과대평가하거든. 유망한 아이라 곁에 두고 있는데 내 수호천사라도 된 기분인가 봐."

발꿈치를 척 모으는 소리가 바로 옆에서 들렸다. 그 소리에 이끌리듯이 세라피마가 자세를 바로 했다.

"오랜만입니다. 소령 동지, 류드밀라 미하일로브나!"

"어색하게 왜 그래." 류드밀라 미하일로브나 파블리첸코가 살짝 웃었다. "오랜만에 만났잖아. 예전처럼 불러줘."

이리나가 훅 숨을 내쉬며 웃었다. 부드러워진 표정이 조금 수줍어하는 것 같아서 세라피마는 충격을 받았다.

경례를 푼 이리나가 말투를 바꿔 말했다.

"차이가 너무 커졌잖아, 류다."

이리나가 수줍어하는 모습도, 친밀감 넘치는 말투로 말하는 모습도 처음이었다. 이유는 모르겠지만 놀람과 동시에 가슴이 바싹 타는 것 같았다.

영웅 류드밀라 파블리첸코도 마찬가지로 다정하게 말을 걸며 웃었다.

"아무것도 달라지지 않았어, 이라. 네 활약상은 들었어. 교관에서 대장이 됐다며?"

"아, 너도 지금 본직은 교관이지."

"정확히는 교관을 키우고 있지만…… 지도자로서는 너보다 못하지."

류드밀라가 세라피마의 눈을 마주 보았다.

감정을 엿볼 수 없는 차분한 눈빛. 그 안에서 시선을 피할 수 없게 하는 어떤 힘을 느꼈다. 류드밀라가 눈을 깜박이며 가볍게 웃었다.

"보기만 해도 일류인 걸 알겠어. 훌륭한 저격수를 키웠네."

몸이 두둥실 가벼워졌다. 영웅에게 인정받았다.

잠깐. 세라피마는 마음을 다잡았다. 칭찬을 받으러 여기에 온 것이 아니다.

"류드밀라 미하일로브나 동지. 저는 질문이 있어서 왔습니다."

이리나가 쓴웃음을 지었다.

"보는 대로 마음에 걸리는 게 있으면 물불 안 가리고 파고드는 버릇이 있어. 전에는 주코프 각하의 방까지 쳐들어갔지."

"그건 너무 위험한데?"

류드밀라는 웃다가 이리나의 표정을 보고 뭔가 알아차렸는지 웃음을 그쳤다.

"농담이 아니구나?"

이리나가 그렇다고 눈빛으로 대답했다.

영웅과 만나는 것은 이번이 두 번째. 처음에는 감정만 앞세우고 갔다가 패배했다. 지금은 다르다. 저격병으로서 냉철하게 사냥감을 노리고 해치우고 귀환한다. 그러기 위해 여기에 왔다.

류드밀라가 어처구니없다는 표정을 지으며 방심한 티를 낸 순간, 세라피마가 본론을 꺼냈다.

"전후에 저격병은 사랑하는 사람을 갖거나 삶의 보람을 가져야 한다는 말씀은 어떤 의미입니까?"

마음을 가다듬을 여유를 주지 않을 생각이었다.

류드밀라가 바닥으로 시선을 떨구었다. 다시 고개를 든 그가 이리나를 바라보았다.

"이라, 네 오른손은 어때?"

무시할 생각인가. 순간 진의를 의심했으나, 어조에 변화가 없는 것으로 보아 이야기를 이어가는 것 같았다.

옛 전우 이리나가 장갑을 벗어 손바닥을 쓱 내밀었다. 검지를 완전히 잃은 안쓰러운 오른손. 중지도 손등에서 이어진 첫 관절 위로는 비었다.

이리나의 오른손을 있는 그대로 보는 것은 처음이었다. 이리나와 눈이 마주쳤다. 그들의 대화에 편승해 그만 정신없이 바라보고 있었다는 것을 깨닫고 얼른 시선을 돌렸다.

"운이 나빴네." 류드밀라가 말했다.

"응, 우리 둘 다 그렇지." 이리나가 대답했다.

대화가 흘러가는 것을 듣고 세라피마는 둘 다 세바스토폴에서 다친 일을 두고 말하는 거라 생각했지만 곧 그게 아니란 걸 알았다. 이 두 사람은 다친 것을, 손가락을 잃은 것을 두고 운이 나빴다고 생각하는 그런 쉬운 세계에서 살지 않는다.

두 사람의 공통점을 깨달았다. 둘 다 죽지 않고 저격병이라는 자리에서 내려왔다. 두 사람은 총을 쏘고 살육하는 전장의 일선에서 생존한 채 물러난 것을 운이 나빴다고 표현했고, 그걸 전제로 대화를 나누고 있다.

등줄기가 얼어붙는 듯한 느낌이 든 순간 류드밀라가 웃었다.

"뭐, 말하자면 이게 저격병의 삶이야."

잠깐 머뭇거리며 세라피마가 반박했다.

"그건 답이 아닙니다."

미끼를 놓았구나. 현혹될 뻔했으나 그 문답의 진의, 자신이 알고 싶어 한 것은 다른 것이다.

류드밀라가 다시 세라피마와 눈을 마주쳤다. 조금 전과는 다른 냉정함이 느껴졌다.

"뭘 듣고 싶은데?" 반문하는 어조가 강하게 느껴졌다. "자네는 무슨 말을 듣고 싶은 거지?"

"저는 스탈린그라드에서 우수한 저격병과 만났고 그의 죽음을 지켜봤습니다. 그와 약속했어요. 저격을 이어가는 의미, 그 끝에 있을 경지를 알아내겠다고…… 그는 보지 못했던 풍경을, 언덕 위에 선 인간에게 보이는 지평선을 보겠다고요. 류드밀라 동지. 동지는 그 경지에 선 사람입니다. 보이는 풍경을 말할 수 있는 사람입니다."

류드밀라는 동요하지 않고 고개를 끄덕였다. 한 번 숨을 내쉬더니 그가 말했다.

"오래전 초등학교를 다닐 때, 동네 공장에 나사 제조 분야에서 소련 기록을 경신한 숙련 노동자가 있었지."

또 미끼인가. 정체를 들키지 않으려는 연막인가. 왠지 아닌 것 같았다.

"프라우다 지국의 기자가 학교 선생님과 친구여서, 인터뷰를 하러 가면서 견학하게 해줬거든. 아, 그래. 수업이었다고 해야겠군. 여하튼 나는 친구와 함께 공장에 가서 그 노동자와 만났어. 둥글둥글하고 다정해 보이는 오십 넘은 남자였지. 기자의 질문은 다양했어. 기술적인 질문을 하면 기관총 쏘듯이 대답했는데, 그러면 기자가 이해를 하지 못했지. 그래서 '나사를 만들 때 어떤 생각을 하십니까?' '당신에게 나사 제조란 어떤 의미입니까?'라고 물었어. 그 질문을 듣고 나는 아마 그걸로 인터뷰가 끝나겠다고 생각했지."

이해하겠느냐고 류드밀라가 눈빛으로 물었다.

세라피마는 적절하게 반응할 수 없었다. 이야기의 함의가 이해되지 않았다.

"공장의 달인은 곤란한 표정으로 대답했지. '특별히 생각하는 건 없습니다, 나사를 제조하는 의미를 생각한 적도 없습니다. 그저 만들 뿐이지요'라고. 그 후로는 아내와 곧 손주를 낳을 딸에 대한 자랑을 늘어놓았어. 어린 마음에도 너무 시시한 대답이라고 생각했지. 학교에 돌아와 선생님이 물었어. '나사 제조의 달인은 무슨 말을 하고 싶었던 걸까요?'라고. 어쩌다가 그랬는지는 기억나지 않는데 내가 학급 대표로 대답하게 되어서 이렇게 말했지. '진정한 달인은 욕망에 사로잡히지 않고 그저 무심하게 기술에 집중한다는 것입니다'라고…… 선생님은 바로 그거라고 칭찬해 줬어. 안심했지. 잘 대답해서 마무리를 지었으니까."

류드밀라가 하려는 말을 세라피마는 어렴풋하게 이해했다. 그렇기에 그의 말을 듣는 것이 두려워지기 시작했다.

"한참 지나서도 그 일이 마음에 걸렸어. 그때 나는 반 친구들을 안심시키려고 무난한 대답을 했던 걸까, 아니면 그 달인의 말을 지나치게 억측했던 걸까. 아무튼 그때 나는 틀렸었어. 그리고 프리츠를 200명쯤 해치웠을 때, 너희가 나타나더군. 저격의 진수니 정신이니 경지니, 나에게 그런 걸 원하는 사람들과 만나면서 깨달았어. 그 달인은 어려운 말을 한 게 아니었어. 그는 그저 나사 만드는 일을 소련에서 제일 잘했을 뿐이야. 나사를 만들 때는 아무 생각 없이 그저 만들었을 뿐이지. 그에게 중요한 건 사랑하는 아내와 임신한 딸이었어…… 덕분에 그가 행복했었다는 것을 알았어."

류드밀라가 자조적인 미소를 지었다. 미미하게 가로놓인 침묵이 더없이 무겁게 느껴졌다.

"나는…… 첫 남편과 사이가 좋지 않았는데, 그 사람은 군대에 가서 돌아오지 않았어. 세바스토폴에서 재혼한 두 번째 남편은 내 눈앞에서 죽었지."

"네." 신문에서 읽었다. 류드밀라의 복수는 바로 거기에서 시작했다.

세라피마가 이해한 것을 짐작했는지, 류드밀라가 고개를 저었다.

"나한테 뭐가 남았을 것 같나?"

아무것도 남지 않았다. 그걸 말하고 싶은 걸까. 하지만 그게 아니란 걸 알았다.

"저격입니다."

세라피마는 대답했다.

"세라피마 동지. 너는 이미 나에게 건넨 질문을 이해하고 있어. 너는 언덕 위에 서 있어."

"저와 동지는 기록의 자릿수가 다릅니다."

"전혀 다르지 않아. 너에게 그 질문을 한 저격병도 사실은 그 풍경을 본 거야…… 처음으로 총을 쏜 건 언제지?"

"천왕성 작전 때입니다."

"그게 아니라 과녁이나 사냥감을 쏜 거 말이야."

"열 살 때 과녁을 쐈습니다. 하지만 그건 인간과는 다릅니다."

"다를 것 없어."

류드밀라가 주저하지 않고 대답했다.

"나는 열네 살 때 콤소몰과 언쟁을 벌이고 나서 화해의 자리라며 사격장에 같이 가서 처음으로 총을 쐈고, 정확히 맞혔어. 그 순간 내 세계가 바뀌었지."

어느새 세라피마는 류드밀라의 말에 완전히 빠져들었다.

"사격하는 순간 나 자신은 한없이 무에 가까워지지. 극한까지 벼려진 정신은 고요한 물과 같은 상태가 돼. 온갖 고통에서부터 해방되어 무심한 경지에서 목표를 쏘지. 명중한 순간에 이 세계로 돌아오고…… 경험한 적 있겠지, 세라피마."

경험한 적은 있었다. 사격으로 벼려진 정신. 과녁을 맞힌 순간, 사냥감을 해치운 순간의 고양감. 다만 도의적으로 동물을 쏘는 것을 즐겁게 여기지 않으려고 주의했다. 그렇게 경각심을 가져야 할 정도로 사격에는 마술 같은 매력이 있었다.

아야도 그랬다. 아마 유리안 역시 그랬겠지.

"너도 나도, 당연히 이라도 저격이라는 마술에 매료되었어. 나사 제조의 달인이 그랬듯이 무심에 이르러 기술 그 자체에 빠져들었지…… 그리고 두 명의 남편을 잃은 나는 309명의 프리츠를 죽였고, 다치면서 그 세계에서 내려왔어."

순간적으로 옆에 선 이리나의 안색을 살폈다. 무반응을 가장했지만 동조하는 표정이었다. 죽지 않고 살아 남은 자신들을 불운하다고 여기는 이유가 지금 눈앞에 나타났다.

"이번에야말로 내게는 아무것도 남지 않았어. 알겠나, 세라피마. 내가 말했지. 사랑하는 사람을 갖거나 삶의 보람을 가지라고. 그게 전후의 저격병이다."

모두가 류드밀라 파블리첸코를 동경했다. 모두가 그처럼 되고 싶어 했다. 그러나 눈앞에 있는 사람은 고독과 슬픔으로 꽉 찬 한 여성에 지나지 않았다.

언덕 위에서 보이는 풍경. 정점에 올라선 자의 경지. 그런 것은 없었다. 설령 있다고 해도 그건 이미 알고 있다. 훈련학교에서 동기를 계층화하라는 말을 들었을 때, 그것을 아무런 위화감 없이 받아들인 것은 이미 알고 있는 개념이었기 때문이다.

사냥하러 갈 때 나는 마을을 위해서, 마을 사람들을 위해서라는 동기를 만들었고 사냥감과 대치할 때는 그 전부를 망각했다. 프리츠를 쏘는 것과 마찬가지로.

유리안이 말했던 멀리 떨어진 촛불을 불어 끄는 기술. 바로 그것이야말로 언덕의 정체였다. 유리안이 이 말을 듣는다면 뭐라고 대답할까.

류드밀라가 눈을 깜박였다. 그렇게 함으로써 사고를 전환했다는 것을 알아차렸다. 류드밀라는 옛 전우 이리나에게 시선을 옮기더니 일어나서 가까이 다가갔다. 그리고 손가락이 없는 이리나의 오른손을 끌어당기듯이 붙잡아 악수했다.

"잘 키웠네, 이라."

친밀감이 담긴 애칭에 이리나가 웃으며 대답했다.

"똑같은 알에서도 다양한 새가 나오지. ⋯⋯미국은 어땠어?"

프로 저격병끼리는 절대 오가지 않을 법한 질문이었다. 두 사람만이 공유하는 공기가 그들을 피막처럼 감싸며, 세라피마와 그들 사이를 떼어놓았다.

류드밀라가 씁쓸하게 웃으며 대답했다.

"인종차별이 심하고 노동자가 억압당하는 곳이더라. 그런데도 선거 제도가 있으니까 자기들은 자유롭다고 믿어서 진전될 일도 없어. 어떤 의미에서 귀족제 이상 가는 기만과 착취야. 지식인이나 시민은 어떨지 몰라도 대중지 신문기자는 죄다 멍청하더라. 성적인 질문을 던지는 놈은 죽이고 싶었어. 나를 서커스 곰처럼 대하더군. ⋯⋯그래도, 친구가 한 명 생겼어."

"누구?" 이리나가 고개를 갸웃거리자 류드밀라가 웃었다.

"엘리너 루스벨트."

세라피마는 놀라 숨을 삼켰다. 다름 아닌 프랭클린 D. 루스벨트 대통령의 부인이다. 지금으로서는 우방인 부르주아 국가의 우두머리, 그의 아내를 두고 류드밀라가 친구라고 불렀다.

"대통령 집에 초대받았는데⋯⋯ 피곤해서 혼자 마당 연못에서 보트를 탔거든. 깜빡 졸다가 보트가 뒤집혀서 연못에 빠졌어."

"프리츠와 싸울 때가 아니어서 다행이네." 이리나가 웃었다.

"그러니까. 그때 엘리너가 수건을 가져다줘서 옷을 갈아입고 같이 웃었어. 나는 영어를 할 수 있으니까 간단한 러시아어를 가르쳐주고⋯⋯ 그렇게 같이 쿠키를 굽고, 여성 참정권에 대한 이야

기를 하고, 옷 이야기도 했어. 좋은 사람이었어. 다정하고 배려심
있고."

매끄럽게 흘러가던 말이 중간에 끊겼다. 그래도, 라는 말을 삼
킨 것이다.

이리나가 물었다.

"이해해 주지는 않았구나?"

"응, 나보고 미국에서 살라고 하더라. 누군지도 모르는 석유 부
자랑 맞선을 보면 어떠냐고도 하고…… 결국 나를 불쌍하다고 여
긴 거겠지. 내가 싸우지 않아도 되는 곳, 그런 길을 찾아주려고 한
거야."

결정적인 차이. 그걸 보았을 때 류드밀라가 느꼈을 실망을 세
라피마는 이해할 수 있었다. 그런 스스로에게 당혹감을 느꼈다.

"나는 이제 사랑하는 사람 같은 건 찾을 수 없어. 심지어 미국
인이라니…… 나도 같이 스탈린그라드에 가고 싶었어. 지금은 지
쳤어. 이제 죽은 후 어디 거리에 이름이 붙으면 그걸로 끝이지."

"류다."

이리나가 혼내듯이 류드밀라의 이름을 불렀다.

"아직 끝나지 않았어. 그렇지? 네 인생은 지금부터야. 앞으로
네가 살아갈 이유, 삶의 보람도 새로 찾을 수 있어. 요새에서 말
했잖아. 복학해서 학위를 따겠다고. 학문이라면 평생을 바칠 수도
있잖아."

"그게 저격 이상의 것을 주길 바랄 뿐이야."

가망이 없다고 생각하는 것이 느껴졌다. 류드밀라는 이리나에

게 되물었다.

"이라. 너는 발견했어?"

"응…… 둘 중에 적어도 하나는 어떻게든 될 것 같아. 고생고생하고 있지만."

"그러게. 보면 알겠어. 너는 잘하고 있어."

류드밀라와 세라피마의 시선이 마주쳤다.

방에 들어온 이래 처음으로 영웅이 세라피마에게 보여주는 따스한 시선이었다.

모르겠다. 무슨 의미지? 내가 이리나에게 무엇이지?

"세라피마 동지, 지금은 아무 생각 없이 그저 적을 쏴라. 그리고 나처럼은 되지 마."

그것이 영웅이 세라피마에게 남긴 마지막 말이었다.

조금 아쉬움이 남는 대화를 마치고, 이리나는 세라피마를 데리고서 나왔다.

문을 여니 놀라운 광경이 기다리고 있었다. 이름이 엘리자베타였던가 하는 그 여성 병사가 노려보는 앞에 익숙한 얼굴이 나란히 있었다.

샤를로타, 마미 그리고 타냐.

"다들 무슨 일이야?"

"무슨 일이라니 얘가 태평하게!"

타냐가 기막혀하며 말했다.

"샤를로타가 네가 없어졌다고 해서 다 같이 찾고 있었어. 또 전처럼 거물한테 쳐들어갔을까 싶어서 왔더니 진짜 여기 있다고 하잖아. 그 와중에 이 경비견은 들여보내 주지 않고."

"누가 경비견이야!"

엘리자베타가 으르렁거렸다. 대화에 몰입해서 그들이 말다툼을 하고 있는 줄도 몰랐다.

"다들, 걱정 끼쳐서 미안해."

세라피마가 진심으로 사과했다.

마미가 웃었다.

"괜찮아. 다 같이 돌아가자."

복도를 나란히 졸졸 걸어가면서, 세라피마가 슬쩍 샤를로타 옆에 섰다. 목소리를 낮춰 물었다.

"얘, 샤를로타. 너는 전후에 어쩔 생각이야?"

샤를로타가 곧바로 대답했다.

"나는 마미랑 같이 모스크바 빵 공장에서 일할까 봐."

"어?"

너무도 목가적인 말에 당혹스러운 반응이 절로 나왔다.

마미도 알고 있는 이야기인지 유쾌하게 웃었다.

"아직 이르다니까."

두 사람이 모스크바 빵 공장에서 일한다니.

"그거 진심이야?"

"진심이지. 아무리 저격을 잘해도 전쟁이 끝나면 그런 기술은 써먹을 데가 없잖아? 원래 나는 공장 노동자가 되고 싶었으니까 얼른 다른 길을 찾아야지. 나는 가족이 전부 죽었고 마미도 그렇잖아. 그러니까 둘이서 가족이 될 거야."

샤를로타는 일류 저격수다. 소대에서는 세라피마 다음가는 기록을 지닌 명수로, 이미 여러 훈장을 받았다. 그런데도 마음에 어둠이 깃들지 않았고, 어린아이 같은 행동도 여전하다.

이렇게까지 순수할 수 있는 면을 세라피마는 동경했다.

"있지, 타냐는 어떻게 할 거야?"

샤를로타가 당돌하게 묻자, 타냐가 어깨를 움츠리며 대답했다.

"나는 원래 간호사가 될 생각이었으니까. 군대에서 얻은 자격증을 살려서 일할 거야."

그랬구나. 세라피마는 상황을 파악했다.

다들 전후의 삶을 생각하고 있었다.

나는 도대체 어떻게 될까? 놀랍게도 지금에 와서야 세라피마는 깨달았다. 자신에게는 저격 말고는 어떠한 능력도 없다. 돌아갈 마을도 없는 외톨이다.

"긴장이 풀렸군."

이리나가 일부러 차가운 목소리로 말했다. 그것만으로도 모두가 긴장했다.

"나치는 쓰러진다. 그러나 너희가 그때까지 죽지 않는다는 보장이 어디 있지? 방심하지 마라."

모두 "네" 하고 대답했다. 옳은 말이다. 그래서 세라피마는 생각하기를 그만두었다. 류드밀라의 말처럼 지금은 그저 적을 쏘는 일에 집중해야 한다.

최고사령부 예비대는 정보에 기반하여 독립근위소대에게 최후의 임무를 부여했다. 쓰러뜨려야 할 적이 눈앞에 다가왔다.

# 6

요새 도시 쾨니히스베르크

쾨니히스베르크 수비대의 사기가 현저히 낮아졌다. 전선 경계 근무에 출두하지 않는 자는 모두 그 자리에서 사살하라는 새로운 명령이 나왔다. (중략) 병사들은 민간인 옷으로 갈아입고 탈주하고 있다. 2월 6일과 7일, 북쪽 철도역에 독일 병사 80명의 시체가 쌓였고 그 위에 "이들은 겁에 질려 도망쳤으나 죽은 꼴은 매한가지이다"라고 적힌 푯말이 세워졌다.

1945년, 붉은 군대 첩보부와 접촉한 시민의 증언,
앤터니 비버, 『베를린: 함락 1945』

## 1945년 4월 7일

나치 독일에 병합된 폴란드 북단.

독일어로 '왕의 산'이라는 의미의 고도古都 쾨니히스베르크는, 지금으로부터 대략 700년 전인 1255년 군벌화한 독일인 일파인 '독일 기사단'이 구축한 요새로부터 그 역사가 시작되었다. 당시는 가톨릭 무뢰배 집단인 북방 십자군이 북유럽을 휩쓸고 다니던 시절이었다.

발트제국과 서유럽을 연결하는 문으로서 요긴한 항구를 보유하고 있는 이 도시는 전략적 중요성 덕분에 벽돌로 지은 견고한 요새 도시로 발전했다. 제1차 세계대전이 종결되고 독일 동부 영토가 할양되면서 폴란드가 해당 지역을 둘러싸고 독립되는 과정을 거쳤음에도, 쾨니히스베르크는 가까이에 있는 동프로이센의 주도主都로서 여전히 독일의 비지*였다.

영토를 향한 야욕이 이끄는 대로 오스트리아와 주데텐란트 등을 손에 넣은 나치 정권은, 서쪽 연합국이 전쟁을 두려워한 나머지 계속 타협적인 태도를 보인다는 사실을 알아챘다. 이참에 비지 상태를 해결하려고 한 나치 독일은 본토에서 동프로이센으로 가는 단치히 회랑**을 할양하라는 말도 안 되는 요구를 폴란드에 전했다. 당연히 폴란드가 단호하게 거절하자 일말의 정당성도 없이 침략에 나섰다.

이는 결과적으로 제2차 세계대전의 발발을 초래했는데, 결국 전쟁에 맥없이 진 폴란드는 독일과 소련에 각각 분할되었다. 그후 소련 점령지를 정복한 독일은 비지 상태를 해결하는 데 그치지 않고 폴란드 전체를 독차지하고야 만다. 이후로 쾨니히스베르크는 점령된 땅 폴란드의 총독부 소재지와 같은 양상을 띤다.

1945년 4월. 소련군은 바야흐로 독일의 수도 베를린에 돌입해 나치 정권의 숨통을 끊으려 했으나, 쾨니히스베르크에 건재한 독일군을 방치하면 북쪽이 공격당할 위험이 있었다. 따라서 쾨니히스베르크 함락은 베를린 함락과 함께 대조국전쟁에서 소련이 반드시 치러야 할 최후의 싸움이라 할 수 있었다.

독일군은 근세부터 요새 도시였던 쾨니히스베르크에 근대적인 토치카와 방어진지를 몇 겹으로 구축한 뒤 틀어박혔다. 동원된 병

---

\* 飛地. 한 국가에 속한 영토지만, 지역적으로는 다른 국가의 영토에 둘러싸여 존재하는 땅.
\*\* 제1차 세계대전 후 독일이 폴란드에 할양한 좁고 긴 지역. '폴란드 회랑'이라고도 한다. 단치히는 지금의 그단스크다.

력은 무려 13만 명. 이미 지치고 전의를 잃은 장병과 그들을 뒷받침하려고 투입됐으나 민간인이나 마찬가지인 국민돌격대를 포함한 숫자였다. 그럼에도 높은 성채를 이용한 방어진지가 세 겹, 장소에 따라서는 네 겹이었다. 소련군은 공들인 예비 포격을 비처럼 쏟아부었으나 도시는 항복할 조짐을 보이지 않았다. 예상했던 대로 결국 칼날을 맞부딪치는 접근전을 통해 도시를 점거하는 수밖에 없었다.

이런 국면에서 저격소대의 역할은 스탈린그라드 공방전 때의 공수를 뒤바꾸어, 당시 프리츠들이 했던 것처럼 접근전용 돌파구를 개척할 장갑차량과 공병을 적의 저격병으로부터 지키고 보병들을 지원하는 일이었다.

4월 6일에 총병력 25만 명을 투입하면서 시작한 붉은 군대의 공세는 대체로 순조롭게 흘러갔다. 예비 포격과 지뢰 처리에 애쓴 덕분이었다. 중량급 대전차 자주포와 전차는 프리츠의 반격을 막고 토치카를 부쉈고 저격병은 돌격하는 보병들을 엄호했다.

견고한 성채도 근대식 전투 앞에서는 한계가 있었다. 붉은 군대는 시가지를 가장자리부터 압박하면서 공세를 퍼부었다. 시가전이 개시된 지 하루 만에 이미 쾨니히스베르크는 바람 앞의 등불과도 같았다.


시체 냄새가 감도는 쾨니히스베르크 참호에서 세라피마는 생각했다.

당연한 얘기지만, 등불을 끄는 과정에서 죽을 1만 명 정도의 숫자에 자신이 포함되지 않는다는 보장은 없다.

지금 세라피마는 도시 바깥의 성벽을 돌파했던 적이 통로에 설치했다가 버리고 간 즉석 참호에 있었다. 참호 끄트머리에 엎드린 샤를로타가 무언가를 가리키며 물었다.

"피마, 저기 적힌 말이 무슨 뜻이야?"

상단의 버팀목이 파괴되어 내부 와이어에 매달린 간판이 바람에 흔들렸다.

"독일에 오신 걸 환영합니다."

세라피마가 대답하자 엔카베데 올가가 코웃음을 쳤다.

전쟁터에서 종종 보이는 역설적인 광경이다. 어제는 지나가던 붉은 병사가 무너진 비스마르크 동상을 걷어찼고, 폐허로 변한 공장 터의 한구석에서 '모든 것은 총통 덕분'이라고 적힌 현수막을 목격했다.

시가지로 이어지는 최후의 저지선이 눈앞을 가로막았다. 벽돌로 지은 이중 성벽. 내부 통로에 틀어박힌 프리츠는 과거 화살을 쏘려고 만들었다던 틈새에 콘크리트를 더 부어 구멍을 아주 작게 만든 뒤 그 총구멍으로 저격과 포격을 찔끔찔끔 반복했다.

그 너머에는 첨탑이 딸린 중세풍의 성벽이 있었는데, 의외로 그곳이 저항 거점으로 쓰이고 있었다.

"내부의 적은 아직 건재하군." 이리나가 중얼거렸다.

"박격포로 빠르게 정리할 순 없습니까?"

세라피마가 묻자 이리나가 고개를 저었다.

"지도에 의지해서 쏜다 해도 증·개축한 곳과 비밀 참호까지는 파괴 못 해. 저들이 어디를 사용하고 성 내부가 어떤지 전혀 모르니까. 저 너머에서 신호라도 올라오면 모를까, 이런 시야로는 무리야. 내일 아침에 먼지가 가라앉기를 기다려 포탄 비를 뿌리는 수밖에 없겠지."

아군의 자주포와 전차는 여러 날 이어진 가동을 버티지 못해 수리를 기다리는 기체가 속출하여 서서히 숫자가 줄어들고 있었다. 오늘은 어쩔 수 없이 일시 철수해야겠다는 분위기가 돌았다.

그때 배를 울리는 폭음이 들려왔다. 곧 폭탄을 장착한 프로펠러기 여러 대가 구름 낀 하늘을 가르며 고도 100미터, 전방 500미터 위치에 나타났다.

"으악, 적 전투기다!"

샤를로타가 비명을 지르자, 주변의 붉은 군대 병사들이 엎드렸다. 이런 국면에 이르렀는데도 아직 전투기가 있다니. 참호 안에 엎드린 그들에게 기총 소사*가 퍼부어졌다. 늦게 숨은 병사 하나가 대구경 기관총에 맞고 핏덩어리가 되어 참호 안으로 굴러들어 왔다.

연이어 폭탄이 투하되어 대지가 흔들렸다. 공격은커녕 이러다가 죽게 생겼다.

무의미한 걸 알면서도 머리 위를 지나가는 적기에 총구를 겨누는데, 조준기 안에서 적기가 불을 뿜었다. 세라피마가 쏜 것은 아니었다.

---

* 비행기에서 목표물을 비로 쏟아내듯이 기관총으로 사격하는 것.

동시에 참호 안에서 환성이 터졌다.

"어이, 저거 봐! 노르망디-네만 비행연대야!"

모르는 병사가 옆에서 외쳤다. 오오, 하는 환성이 터졌다.

동체에는 붉은 별이, 꼬리 날개에는 프랑스 국기가 그려진 전투기가 급강하해 모습을 드러내더니 예리하게 회전하며 적기 부대 후방에 붙었다.

본국 프랑스는 항복했지만, 드골 장군은 여전히 철저한 항쟁을 주장했다. 1942년에 그가 이끄는 망명 장교 무리 중 소련에서 싸우는 조종사들이 모여 설립한 '노르망디-네만'은 소련의 최신 전투기를 받아 독일 공군과 싸웠다. 연합국의 공통 투쟁 프로파간다로 쓰는 것이 주목적인 존재다. 그러나 나치 타도를 외치며 열정을 보이는 그들은 능력이 뛰어났고, 의지 또한 진심이었다. 실제로도 수많은 무훈을 세웠다. 작년에 연합군이 멋지게 노르망디 지방에 상륙한 이후로 붉은 군대에게 그들은 서쪽 연합군을 상징하는 존재였다.

프랑스인 조종사가 모는 전투기 Yak-7이 지상의 병사들에게 접근하는 적기에 기관총 난사를 퍼붓자 메서슈미트가 불을 뿜으며 추락했다. 선두가 길을 열자 붉은 군대 공군의 공격기 IL-2가 나타나 성벽 너머, 시가지 깊은 곳에 급강하 포격을 먹였다.

폭음이 몇 차례 이어지더니 주변을 뒤흔드는 대폭발이 일어났다. 아마도 성벽 내부의 탄약고가 파괴된 듯했다.

노르망디-네만 비행연대가 정면에서 참호로 접근해 그대로 머리 위를 통과했다. 프로펠러 뒤 연결 부분에 빨강, 하양, 파랑 순

서로 삼색을 칠해서, 정면에서 보면 삼색기가 인상적으로 보이도록 설계했다. 연대가 날개를 흔들며 병사들을 격려했다.

"비브 라 프랑스!"*

옆에 있던 병사가 어설픈 프랑스어를 외치며 참호에서 몸을 내밀었다.

"그만둬."

세라피마가 그를 말렸으나 한발 늦었다. 그 낯선 병사는 총탄을 맞고 즉사했다.

눈을 감고 명복을 빌었다. 전장에서 보는 역설적인 광경 중에서도 최악이 바로 이런 종류의 죽음이다.

어쨌든 저항이 약해진 것은 확실했으니, 얼마 남지 않은 전차와 대전차 자주포가 열을 이루어 돌입했다.

152밀리미터짜리 포가 대지를 흔들어 이중 성벽에 큰 구멍을 뚫었다. 차체를 방패 삼아 접근한 공병들이 목표에 도달하자마자 일제히 화염방사기를 발사했다. 지옥의 업화와도 같은 어마어마한 불꽃이 이중 성벽 내부를 핥듯이 불태웠다. 불꽃은 좁은 성벽 내부를 순식간에 핥고 총구멍 틈새로 기세등등하게 뿜어져 나갔다. 장관이었다.

화염 방사를 사용한 싹쓸이는 추이코프 중장이 개발한 근접전투 기술에 더해지면서 더욱 끔찍해졌다. 불꽃은 넓은 면적을 제압할 수 있기에 근접전에서 무시무시한 위력을 발휘한다. 불에 태워

---

*　　Vive la France. 프랑스어로 '프랑스 만세'라는 뜻.

지는 쪽은 당연히 지옥인데, 말 그대로 화력이 상상을 초월하기에 저렇게까지 가까우면 내부에 있던 적은 즉사한다.

수비대로 싸웠던 스탈린그라드에서 최우선으로 쏴야 하는 프리츠가 공병이었는데, 지금 보니 당연한 일이었다.

그 순간, 눈에 보이는 광경에 녹아들어 있던 성채 첨탑이 세라피마의 시야에서 갑자기 솟구쳐 올랐다. 수면에 물거품이 떠오르는 것처럼.

저격수가 있다.

조준경을 들여다보고 그곳을 노렸다. 하지만 바로 그 순간, 앞에서 엄청난 열파가 불어왔다.

"윽."

위험을 감지하고 반사적으로 엎드렸다.

다시 고개를 들자 눈앞에 지옥이 있었다.

화염을 방사하던 공병의 탱크가 저격당해 폭발해서 공병과 주위 보병 몇 명이 폭사했다. 너무도 농밀한 고온의 불꽃이 그들을 순식간에 숯덩이처럼 새까맣게 불태웠다.

기세에 눌려 자주포와 전차가 후퇴했다. 자체적으로 시야를 확보하지 못하는 그들로서는 보병이 함께 있지 않으면 단독 전투가 어렵기 때문이다.

"뒤로 물러나, 물러나야 해……"

세라피마는 자기도 모르게 중얼거렸다. 주위 병사들도 마찬가지였다.

서서히 퇴각하던 SU-152가 갑자기 폭발했다.

"적이다!"

옆에서 샤를로타가 외쳤다.

조준경을 들여다보았다. 구멍 뚫린 성벽 너머 십자로 중앙에 독일군 최강이라고 하는, 아마도 판터 2 또는 티거 2라고 불리는 전차가 있었다. 저격으로 대적할 수 있는 상대가 아니다. 전체적인 열세임을 깨달았는지, 포탑만 이쪽으로 향한 그 전차도 곧바로 후진해서 멀어졌다.

폭발한 자주포에서 승무원 한 사람이 굴러떨어졌다. 그 이외의 탑승병은 다 즉사했을 것이다.

즉사를 면한 병사는 온몸이 불탔다.

연료를 뒤집어쓰고 불타면 그야말로 지옥이야. 미하일이 자주포병으로서 했던 말이 생각났다.

"죽여줘!"

낯선 그 병사가 외쳤다. 세라피마는 총을 거머쥐었다.

"죽여줘, 제발 죽여줘!"

며칠이나 괴로워하다가 죽거든.

조준선 너머로 그를 포착했다. 100미터 미만, 빗나갈 리 없는 거리다.

"죽여줘……"

총성이 한 번 울렸다.

그가 괴로움에서 해방되었다.

세라피마는 무심코 자기 총구를 살폈다. 아직 쏘기 전이었다.

"올가……"

샤를로타가 망연자실하게 이름을 불렀다. 그 시선을 쫓아가자, 엔카베데 염탐꾼이 총을 천천히 내렸다.

마미도 이리나도, 타 부대의 병사들도 올가를 응시했다. 자줏빛 연기가 피어나는 총구를 바라보며 올가가 말했다.

"그는 사기를 잃었고 나는 엔카베데다."

올가가 그렇게 말한 순간, 모두의 어깨에서 힘이 빠지는 것이 보였다.

저 병사는 사기를 잃었다. 그러니까 총살당했다. 죽여달라고 비명을 지른 병사를 올가가 쏘았다는 사실은 변하지 않는다. 그러나 엔카베데가 사기를 잃은 병사를 처단했다는 명분이 생기자, 눈앞에 벌어진 현상에서 아군 살상이라는 잔혹한 문맥이 사라졌다.

문득 세라피마는 신기했다. 인간은 어째서 이렇게까지 대의명분에 얽매이는 걸까?

살아남은 전차마저 참호에 걸려 움직이지 못하자 전차병이 참호 안으로 뛰어서 돌아왔다. 붉은 군대에 철수 명령이 내려졌다.

기어가듯 참호를 따라 내려간 뒤 모두 트럭에 올라탔다.

"아까 그 저격병이에요."

짐칸에 앉아 세라피마가 무의식적으로 중얼거렸다.

시선 끝에서 이리나가 자신에게 고개를 돌리는 것을 느꼈다.

"그 저격병이 화염방사기를 쏴서 국면을 바꿨어요."

어쩌면 그 저격병은……

"억측은 그만둬."

이리나가 세라피마의 사고를 중단시키려는 듯이 말했다.

묵묵히 미제 트럭에 탄 채, 철수하는 행렬에 가담했다.

특유의 하모니카 음색이 앞서가는 트럭에서 들려와 타냐가 무사하다는 것을 알고 안도했다. 평소와 똑같이 다정하고 슬픈 음색이었다.

주변 경치를 둘러보았다. 포격으로 파괴된 공장 터. 주민들은 보이지 않았고 때때로 두려운 줄 모르는 아이들이 신기한 듯 이쪽을 바라보다가 몹시 허둥거리는 부모에게 끌려갔다.

시가지에 사람 그림자가 드문드문했다. 곳곳에 보이는 것은 투항을 하려다가 교수형에 처해진 자들로, 앙상한 뼈만 남아 도롱이벌레처럼 바람에 흔들렸다.

폐허 너머에서 자그마한 그림자가 또 나타났다. 누더기 같은 옷을 입고 대전차 무반동포 판처파우스트를 안고 있었다.

세라피마의 몸이 반사적으로 반응했다. 상대보다 훨씬 빨리 조준을 마쳤다. T자 조준 너머로 적을 포착한 순간, 방아쇠를 당기려던 손가락이 잠깐 머뭇거렸다.

앳된 생김새, 파란 눈동자, 키는 150센티미터 미만, 나이는 열 살도 안 됐다.

"아직 어린애야, 세라피마!" 마미가 외쳤다.

하지만 그 아이가 대전차 병기를 이쪽으로 향했다. 세라피마의 검지가 멈추지 않는다.

방아쇠를 당기려는 찰나에 망설인 탓에 조준이 아래로 내려갔다. 그 상태로 총이 불을 뿜었다. 아이는 판처파우스트를 엉뚱한 방향으로 발사하며 쓰러졌다.

총성 때문에 차량 대열이 멈췄다. 붉은 군대 병사들이 주위를 경계했다. 조준선 너머로 소년이 괴로워하는 것이 보였다.

불쌍하게도. 의무적인 듯한 그런 말이 머릿속에 떠올랐다. 세라피마는 자신의 모진 면에 놀랐다. 그 말은 소련의 붉은 군대를 맞이한 '독일에 오신 걸 환영합니다'라는 간판과 마찬가지로 아무런 의미 없는 말이었다. 세라피마는 소년의 판처파우스트에 아군 전부가 살해당하는 것보다 결국 자신들이 살아남는 것을 선택했다. 거기에는 아주 약간의 망설임만 있었다. 하지만 그와 다른 말을 품은 이가 바로 곁에 있었다.

"어쩜, 가엾게도!"

마미가 외치더니 정지한 트럭에서 뛰어내렸다.

"자, 잠깐만, 마미! 기다려!"

샤를로타가 비명을 질렀다.

"야나! 돌아와라!" 이리나가 외쳤다. "부상병은 프리츠가 회수할 거다!"

"그러기 전에 죽을 거예요!"

그 대답을 듣고 세라피마도 트럭에서 뛰어내렸다. 소년을 쏜 자신에게 마미를 데리고 돌아올 의무가 있다고 생각했기에 뒤를 쫓아가려는 샤를로타를 제지했다.

이리나가 샤를로타에게 병사 몇 명을 데리고 가라고 지시했다.

"마미, 기다려! 위험해."

마미는 말을 듣지 않았다.

"다친 아이를 그냥 두라는 거야?"

"아이라니…… 저건 국민돌격대의 소년병이자 프리츠야. 우리를 죽이려고 했다고."

"나도 알아. 그렇다고 그냥 둘 순 없어!"

마미가 뒤를 돌아보았다. 평소의 온화한 성정은 온데간데없는, 날카로운 눈빛이었다.

"전쟁에서 싸우다가 죽는 아이는 더는 보고 싶지 않아. 내 아이는 전쟁 때문에 죽었어. 내가 싸우는 건 아이를 지키기 위해서야. 죽이기 위해서가 아니라!"

졸업할 때 마미는 말했다. 아이를 지키기 위해서 싸운다고.

엔카베데 하투나는 마미를 두고 이렇게 표현했다. 독일 아이들도 지키고 싶다는 얼빠진 아줌마. 그래, 마미는 분명 그렇게 말했고 그 말은 진심이었다. 마미는 아이를 구하기 위해 행동한다. 거기에 적과 아군이라는 선을 긋지 않는다.

여성을 지키기 위해서 싸운다고 말한 나는? 갑자기 그런 의문이 떠올랐다.

그 순간, 저격수로서의 감이 세라피마의 경계심을 최대치로 높였다. 도로를 감시하는 첨탑. 눈에 보이지 않았던 그것이 폐공장으로 향하는 도로로 들어선 순간 시야 끝에 들어왔다. 순식간에 저격병으로서의 두뇌가 전력으로 돌아갔다.

저곳에 프리츠가 있다. 그는 판처파우스트를 쏘려고 한 소년과 그 소년이 총에 맞는 모습을 목격했다. 저격병은 이변을 주시한다. 틀림없이 거기에는 적 병사가 나타나니까.

"마미, 엎드려!"

세라피마가 전속력으로 달려가 소년을 일으키려는 마미에게 태클을 걸었다.

"윽!"

그보다 조금 빨리 탄환이 마미의 몸을 뚫었다.

지면에 엎드린 세라피마는 탄환이 날아온 방향을 가리키며 아군에게 외쳤다.

"첨탑을 향해 사격!"

샤를로타와 그가 데리고 온 병사가 즉각 사격을 개시했다. DP-28 기관총까지 가담한 맹렬한 사격이 시작되었다. 압도적인 탄막에 저지되어 적의 저격은 이어지지 않았다. 타냐가 달려와서 세라피마를 밀어내고 마미를 눕혔다. 세라피마는 주변에 적이 있는지 살폈다.

"정신 차려, 마미! 들리면 고개를 끄덕여!"

아직 숨이 붙어 있다. 하지만 탄환이 가슴 주변을 맞혔다.

"들, 려……"

"들리면 됐어. 이제 말하지 마!"

마미는 입가에서 피를 흘리며 괴롭게 물었다.

"아이는……?"

세라피마는 소년병을 봤다. 판처파우스트 말고 다른 무기는 갖고 있지 않은지, 아이는 허리에서 피를 흘리며 반바지 아래로 뻗어 있는 맨다리를 필사적으로 움직여 기어가고 있었다.

그 너머를 시선으로, 이어서 총구로 좇았다. 적이 있었다. 단기관총 MP40으로 무장한 프리츠는 자기 것보다 사정거리가 훨씬

긴 소총에 조준당한다는 것을 깨닫더니 등을 보이며 도망치려고
했다.

"어딜 도망가."

중얼거리는 동시에 방아쇠를 당겼다. 이번에는 의도적으로 다
리를 쐈다. 공중제비를 돌며 쓰러진 그를 다른 붉은 군대의 병사
두 사람과 함께 회수했다.

전원 복귀한 뒤, 차량은 조금 전보다 속도를 높여 후퇴했다. 국
민돌격대 소년병은 허리를 맞아 중상이었다. 마미는 의식불명에
빠졌다. 세라피마가 쏜 프리츠는 장딴지에 구멍이 뚫렸으나 의식
은 명료했다.

타냐는 흔들리는 차량 안에서 지혈과 응급처치를 하느라 여념
이 없었다. 이리나는 조용히 눈을 감았고, 샤를로타는 이성을 잃
고 울부짖었다.

"마미, 마미!" 엄마가 총에 맞은 딸처럼 샤를로타는 소리를 지
르며 울었다. "마미, 부탁이야, 죽지 마! 나를 혼자 두지 마!"

그 모습은 셀 수 없이 많은 목숨을 잃어온 소련 병사들이 공통
으로 안고 있는 무언가를 자극했다.

"뭐 하자는 거야! 피도 눈물도 없는 프리츠 저격병 같으니!" 처
음 보는 붉은 군대 병사가 얼굴을 시뻘겋게 붉힌 채 분노에 몸을
맡기고 외쳤다. "너희 동료는…… 저 사람은 아이를 구하려고 한
거잖아? 그런데도 그놈은 그걸 기다렸어! 총에 맞은 아군 소년을
보고, 구하러 온 붉은 병사를 가만히 기다렸다가 쐈다고! 악귀 같
은 놈. 이 도시의 독일인을 단 한 명도 살려두지 않겠어!"

이 남자처럼 노골적인 소리를 입에 담지는 않았으나 주변 병사들도 다들 분통해 미치겠다는 표정이었다.

다만 세라피마는 마미가 총에 맞은 것에 충격과 슬픔을 느꼈고 그가 죽지 않기를 기원하면서도, 병사들과 똑같은 분노를 공유할 수 없었다.

마미를 쏜 저격병이 유달리 잔인하게 군 것은 아니다. 저격병은 그저 냉철하게 적을 쏘는 장인으로서, 그곳에 쏠 수 있는 적이 있으면 쏠 뿐이다.

그리고 그런 저격을 하는 쿠쿠를 세라피마는 알고 있었다.


붉은 군대가 점유한 전선 기지로 퇴각하자마자 마미를 의사에게 넘겼다. 내부 야전병원이 중상자로 붐볐는데도 외과의가 바로 처치를 시작했다. 다시 말해 마미의 용태가 생사의 갈림길에 서 있다는 의미였다.

밤 10시를 지나, 군의관이 세라피마와 샤를로타에게 상태를 설명했다. 타냐의 응급처치가 기대할 수 있는 최고의 처치였다고 말한 그는 탄환이 제법 굵은 혈관에 상처를 낸 탓에 마미의 몸에 상당한 충격이 갔다고 했다.

"외과적인 처치는 최대한 했습니다만, 이제 본인의 회복력에 맡길 수밖에 없습니다."

샤를로타가 세라피마에게 몸을 기댔다. 세라피마는 그를 꼭 끌어안았다. 기도할 신이 없는 저격병에게는 가장 괴로운 상황이었다. 기도 이외의 길은……

"샤를로타, 여기에서 기다려."

불안해 보이는 샤를로타를 두고 가기 괴로웠으나 데려갈 수도 없었다.


허리에 찬 권총과 나이프를 확인한 세라피마는 엔카베데 관리 구역으로 걸어가 신문실로 향했다.

소년병에게 무기를 들게 했던 그 프리츠가 창문 없는 방에서 올가와 독일어 통역을 맡은 듯한 체카에게 둘러싸여 신문을 받고 있었다.

올가가 무슨 용건인지 물었으나, 세라피마는 대답하지 않고 프리츠를 관찰했다.

서른 살 미만. 얼굴은 초췌해 보이지만 그걸 감추려는 듯 허세를 부리며 뻔뻔한 표정을 짓고 있었다. 도주를 방지하기 위해 두 손을 팔걸이에 묶어놨는데, 세라피마에게 당한 다리 외에 부상은 없었다. 불안감을 숨기지 못했으나 여유는 남아 있는지 이쪽의 안색을 살피고 있었다.

"첨탑에 있던 네놈들의 저격병, 한스 예거에 관해 알고 있는 사실을 말해."

명백한 동요가 일었지만 그것을 감추려는지 프리츠는 얼른 무표정으로 돌아갔다. 세라피마는 확신했다.

"말하지 않으면 너를 과녁 삼아 사격 훈련을 하겠다."

처음 본 엔카베데가 얼굴을 찌푸리고 외쳤다.

"그렇게 어설프게 협박해서 털어놓겠어? 신문할 줄 모르면 가만히 있어!"

"그래서, 전문가들께서는 뭔가 캐냈나?"

침묵. 부정의 의미가 담긴 순간이 잠시 흘렀다. 러시아어로 나눈 대화지만 프리츠도 의미를 이해한 것 같았다.

"이름은 유르겐이라고 하더군."

다시 침묵이 찾아왔다. 그걸 깨트리며 프리츠가 입을 열었다.

"부탁이 있다."

"팔이라도 풀어주길 바라나?"

세라피마가 되묻자, 그가 잔뜩 굳은 미소를 보였다.

"투항 전단을 읽게 해줘. 우리 진영에서 그걸 주우면 사형이지만 여긴 많이 있겠지. 내가 알기로는 거기에 포로를 인도적으로 다룬다고 적혀 있을 텐데."

우리를 무시하는군…… 세라피마는 웃옷을 벗은 뒤 프리츠의 뒤로 돌아갔다. 그리고 그의 머리를 소매로 동여매 눈을 가렸다.

유르겐 나이먼의 시야가 어둠에 가려졌다.

꼼짝하지 못하는 상황에서 시야는 완전한 암흑이었다. 두렵지 않다면 거짓말이다. 하지만 이런 계집에게 털어놓을 것 같으냐. 유르겐은 생각했다. 나는 고향을 지키는 동프로이센 출신 군인이다. 프로파간다로 전해들은 것과 달리, 이반들의 신문은 그다지 잔인하지 않다.

그렇게 스스로를 북돋는데, 귓가에 여자가 속삭이는 목소리가 들렸다.

"'러시아의 속삭임'이라는 신문을 알고 있나?"

또렷한 독일어. 엔카베데 남자보다 발음이 유창한 게 완벽에 가깝다. 오히려 그렇기에 알 수 없는 박력이 느껴졌다.

"잘 들어. 대화하려면 필요한 게 많은데, 특히 상대방에게 남아 있어야 하는 게 있지. 먼저 혀는 하나밖에 없고 잘못 절단하면 죽어. 반면 눈은……"

러시아어로 제지하는 목소리가 들렸다. 남자와 여자. 엔카베데 놈들이다. 소리가 잠잠해진 순간 가려진 안구 위, 눈꺼풀과 천 너머로 차가운 금속의 감촉이 느껴졌다.

눈 위에 나이프가 닿았다. 눈가리개를 더듬는 것처럼 칼날이 미끄러진다. 천 너머 몇 밀리미터 앞에서 슬금슬금 움직이는 나이프를 눈으로 느꼈다.

"눈은 두 개 있지만 다루기가 어려워. 적출할 때의 충격으로 죽는 일도 있지."

협박이다. 유르겐은 땀이 흐르는 것을 느끼며 이를 악물었다.

"자, 그럼 귀는 어떤가 하면 말이야, 한쪽이 없어도 그다지 지장은 없어."

귓불에서 묘한 감촉이 느껴졌다. 날붙이가 아니다. 이상하게 부드러운 무언가.

"우리가 키우는 거머리는 습성이 독특해서 어둠과 온기를 좋아하지. 빛에 닿는 걸 싫어해서 눈앞에 구멍이, 그것도 뜨끈뜨끈한 구멍이 있으면 어디든 파고들려고 하고."

부드러운 감촉이 귓불을 타고 올라 귓구멍 근처에서 꿈틀거렸다. 유르겐은 비명을 지르며 일어나려 했으나 몸이 의자에 고정된 상태였다.

"귓구멍에 들어가면 꺼내기 힘들어. 귓밥과 고막을 제 먹이라 믿고 직진하거든. 따뜻한 귓속은 거머리한텐 천국이야. 그래도 뭐, 한 마리라면 괜찮을 거야. 네 한쪽 귀가 망가지고 죽을 때까지 몸 안에 거머리를 키우며 살겠다고 해도 방법은 또 있어. 예를 들어 한쪽 눈을 적출해도 되지. 알겠나? 그러니 나는 네 귀에 이 녀석을 풀어놓는 걸 전혀 주저하지 않아."

귓구멍 안으로 가느다란 무언가가 침입하려 했다. 뭔가가 그것을 막는 듯이 움직였다. 거머리의 끝을 쥔 이 계집이 그 손을 놓을 타이밍을 재고 있다.

"한번 더 묻겠다. 한스 예거는?"

"알고 있어!"

유르겐이 비명을 질렀다.

순간 마음이 바뀌었다. 잘 생각해 보니 보호할 가치가 있는 인간도 아니다.

"한스 예거! 알아! 모스크바에서 패주하고 스탈린그라드 제6군에서 도망쳐서 합류한 겁쟁이 녀석이야! 실력이 좋아서 사형은 면했지만 다들 싫어하는 놈이라 첨탑에 있었어!"

"그런 건 알아. 네 정보는 가치가 없군. 귀를 잡아먹힌 꼴을 봐야겠는데."

"그러지 마!"

"털어놔. 네가 아는 걸 전부 말해. 생각이 안 난다면 꼴사납게 죽는 꼴을 보이며 우릴 즐겁게 해주든가."

유르겐은 뇌를 핑핑 돌려 한스 예거에 관한 기억을 끌어냈다.

"그, 그놈이 첨탑의 저격 지점에 가는 건 밤 10시부터 오전 3시까지, 그리고 정오부터 오후 3시까지야!"

"그것뿐인가? 약점은?"

"야, 약점이라니 그런 걸 어떻게……"

거머리가 귓구멍으로 들어오는 감촉이 났다.

"아아아아! 알아! 야간에는 시야 확보가 어려우니까 조명탄을 쏴. 첨탑 주변에 오는 건 한밤중인 0시부터 15분 간격! 쏘아 올린 순간에는 주변을 살펴보니까 그때가 틈이야!"

갑자기 시야가 회복되었다.

눈물로 일그러진 세계에서 엔카베데 두 사람이 어이없어 하는 표정을 짓고 있었다. 귀에서 감촉이 스르륵 사라지더니, 눈앞에 마구 뭉친 종이 같은 게 놓였다.

"응……?"

"독일놈들은 하여간 다들 이래."

조금 전에 본 여성 병사가 종이를 빙글빙글 움직이며 웃었다.

"'러시아의……' 어쩌고 하면 뭐든 야만적이라고 믿는다니까."

자신을 그토록 두렵게 한 '거머리'의 정체는 그저 뭉친 종이였다. 힘이 빠지다 못해 유르겐은 책상에 엎드려 울었다. 이반 여성 병사의 손아귀에 놀아났다. 게다가 다행이라고 안도까지 했다.

여성 병사는 딱히 거들먹거리지도 않고 잰걸음으로 나갔다.

"네게 주는 상이다."

조금 전까지 신문에 가담했던 여자 엔카베데가 가늘게 꼰 종이를 펼쳤다.

독일 병사 제군! 전쟁은 이제 그만두자. 나치 윗놈들은 너희가 필사적으로 싸우는 1년, 1일, 1시간을 낭비해 가며 베를린에서 소란스러운 파티를 벌이고 있다! 우리 소련의 붉은 군대는 너희를 인도적으로 대우하고 따뜻한 연회로 맞이할 터다.

건조한 웃음을 흘린 유르겐은 이어서 큰 소리로 울었다. 뭐든 다 물어봐, 전부 대답할게, 뭐든지 다. 그렇게 말했다.

몇 분 후에 여자 엔카베데가 러시아어로 뭔가 물었다. 남자 쪽이 의아한 표정으로 통역했다.

"어린 시절, 너는 어떤 어른이 되고 싶었지?"

질문의 의미를 알 수 없었다. 그래도 대답하련다. 생각하는 것에 지쳤다.

"독일 국가대표 축구팀의 주장이었습니다. 소련도 대표팀이 있죠? 축구 말이에요. 이래 보여도 난 이 도시에서, 아니 동프로이센에서 제일 실력이 좋았으니까 될 수 있을 것 같았습니다."

"그래? 나는 배우가 되고 싶었어. 최고로 인기 좋은 무대 배우가 되어서 예이젠시테인 감독의 영화에 출연해 외국에서도 유명해지고 싶었고, 채플린처럼 말이 통하는 사람과 대화를 나누고 싶었어. 내가 우크라이나 카자크라고 말하면, 소련 사람들이 카자크를 다시 봐주리라 생각했지. 그러면 나도 부모님에게 칭찬받을 수

있겠다고 생각했고…… 뭐, 부모님은 돌아가셨고, 부모처럼 아껴
준 사람은 비밀경찰이었고, 나한테 멋진 배우 일을 하게 해준 그
사람도 죽었지만."

아직 이름을 모르는 여자 엔카베데는 그렇게 말하며 웃었다.

"네 귀를 종이로 간질인 여자는 처음 만났을 때 놀랄 정도로 성
실하고 다정한 사람이었거든. 원래 꿈은 외교관이 되는 거였어.
독일과 소련의 중간 다리 역할을 하며 세계를 평화롭게 하고 싶
다고 했지. 그래서 독일어를 배웠고."

질문의 의도는 전혀 알 수 없었으나 유르겐은 자기 인생을 돌
이켜 봤다.

십대 중반까지, 독일의 축구 국가대표가 되어 외국에 나갈 수
있다고 믿었다. 올림픽이나 월드컵에 출전하여 배를 타고 여러 나
라에 가서 축구를 하고 환성을 듣고 싶었다. 외국 선수와 친구가
되고 싶었다. 코치들에게 제2의 제프 헤르베르거라는 소리를 들
을 정도였다. 그러니 병역이 없었다면, 또 올림픽과 월드컵이 중
지되지 않았다면 정말로 그렇게 됐을지도 모른다.

"네 동료가 쏜 여성은 두 아이의 엄마였어. 그 후에도 엄마로
있고 싶어했지. 잃어버린 아이들을 키워서, 언젠가 손주를 만나고
싶어 했어."

소련에 와서 낯선 러시아인과 살육을 벌이고, 시민을 파르티잔
이라고 부르며 총으로 쏴 죽이고, 도망쳐 와서는 소년에게 판처파
우스트를 들게 하고, 뭉친 종이로 소련군에게 고문받는 것 말고도
다른 인생이 있었을지도 모른다. 시야가 뿌예졌다. 팔을 풀어주면

좋겠다.

"왜 지금 나한테 그런 얘기를 합니까?"

유르겐의 눈에서 눈물이 흘러내렸다. 어떤 의미에서, 아까 받은 고문보다도 괴로웠다.

눈앞의 여성이 고개를 숙였다.

"왜일까?"

그 눈에 눈물이 조금 맺혀 있었다. 이것도 고문을 위한 연기일까. 이 여자, 얼굴이 곱상하고 사람의 시선을 끄는 면이 있으니 정말 배우가 될 수 있겠다고 유르겐은 생각했다. 자신이 축구 선수가 된 세계가 있다면 거기에서는 아까 그 여성 병사도 외교관이 되어 있을까.

하지만 그렇게 되지 않았다. 현실은 하나뿐이다.

고개를 든 여자가 또 물었다.

"응? 왜라고 생각해?"

유르겐은 고개를 푹 숙였다. 눈물이 뚝뚝 바닥에 떨어졌다.

"모르겠습니다."

유르겐은 소리 죽여 울었다. 그 후로 아무도 입을 열지 않았다.


세라피마는 몸 안에서 꿈틀거리는 흥분을 억누르며 복도를 걸었다. 대장실 문을 두드리고는 대답을 듣기도 전에 들어갔다.

간소한 방이다. 이쪽에 등을 보이고 창밖을 바라보던 이리나가 무슨 용건인지 몸짓으로 물었다.

"이리나 에멜리아노브나 대장 동지! 그 쿠쿠는 역시 한스 예거였습니다. 제게 토벌대를 인솔하게 해주십시오!"

"어떻게 알았나."

"포로에게 물었습니다."

"왜 입을 열었지?"

"투항 전단을 읽고 싶다고 해서 읽게 해주었습니다."

사실만을 술술 말했다.

이리나가 몸을 돌렸다. 언제 어느 때나 평정을 유지하는 이 여자가 놀랍게도 어딘가 지친 표정을 짓고 있었다.

"왜 네가 한스 예거를 쏴야 하지?"

세라피마는 귀를 의심했다. 그러나 뜸을 들이지 않고 대답했다.

"적은 우수한 저격병이므로 방치하면 언젠가 걸림돌이 됩니다. 이에 대항 전술을 펼치는 것이 상식이며 제게는 그럴 능력이 있습니다."

"스탈린그라드 때와는 전황이 달라. 내일이면 첨탑까지 포함해 적에게 포격을 퍼부을 거다. 네가 일부러 저격에 나서서 처치해야 할 이유가 없어."

"마미를…… 야나와 샤를로타 동지에게 힘을 주고 싶습니다. 또 제게는 의무가 있습니다. 선전반은 제가 원수를 쏘는 모습을 기대하고 있습니다."

"가져다 붙인 동기로군."

"이리나!"

참지 못한 세라피마가 소리를 질렀다.

"저는 바로 오늘을 위해 이바노프스카야에서 여기까지 싸워왔습니다!"

준비해 온 동기를 버리고 진심을 외쳤다. 이리나의 말대로 다른 이유들은 사실이긴 했지만 나중에 붙인 동기였다. 다른 사람도 아닌 이리나가 자신의 감정을 모를 리 없다.

그런데 이리나는 책상에서 종이 한 장을 집더니 세라피마에게 건넸다.

세라피마 마르코브나 아르스카야를 중앙 여성저격병 훈련학교 교관으로 임명한다.

무미건조한 문자의 나열을 이해하기도 전에 설명이 이어졌다.

"일전에 널 추천해 둔 적이 있었지. 너에게 전임 명령이 내려졌다. 동시에 중위로 승격이야. 축하한다."

말이 나오지 않았다. 머릿속이 새하얘지고 호흡이 가빠졌다.

나는 고향이 몰살당한 1942년부터 지금까지 계속 싸워왔다. 한스 예거를, 엄마의 원수를, 마을 사람들의 원수를, 소련 인민과 여성의 원수를 해치우기 위해서.

"어째서……"

"적성에 맞으니까. 너는 후임을 지도해라. 결원은 다른 데서 빌려 와 채우지."

"전쟁은 곧 끝납니다. 나치가 없는 세계에 여성 저격병이 나설 자리가 있겠습니까?"

지금껏 생각지 않았던 말이 입에서 나왔다. 그러나 이리나는 동요하지 않았다.

"그건 네가 정할 일이 아니야. 내가 알 바도 아니지."

철컥, 철컥, 머릿속에서 소리가 났다. 소총에 탄환을 재는 소리.

"당신은 나를 여기에, 이 지옥에 끌고 왔어." 저주와도 같은 말이 나왔다. "복수심을 이용해서 아무것도 모르던 나를 살인마로 키우고 저격병으로 만들었어. 나는 당신의 생각을 알면서도 복수하기 위해서 시련을 견뎠지. 85명을 죽여서 일류 저격수가 됐고. 그리고 지금 바로 눈앞에 원수가……"

"그래, 세라피마. 너는 내 생각대로 성장해주었지."

아름다운 미모를 조금도 일그러뜨리는 일 없이 이리나가 대답했다.

"그러니 이제 너는 쓸모없다. 그러니 그만 돌아가라."

철커덕, 머릿속에서 큰 소리가 났다. 레버를 당겨 탄환을 장전하는 소리였다.

"처음에 말했을 텐데. 내가 죽이고 싶은 원수는 하나 더 있어."

"그랬지."

죽여주마. 세라피마가 허리의 권총에 손을 댔다. 이리나를 죽이고 여길 나가 밤중에 예거를 죽이면, 그러면 끝이다. 그다음 따위는 없다.

이리나의 얼굴에 희미한 미소가 번졌다.

손잡이를 쥐고 토카레프 권총을 뽑으려고 한 그때, 후두부에 열기를 느꼈다. 마치 100만 칸델라의 광선을 가느다란 실로 쏘는 것 같은, 잘 알고 있는 열기다.

저격병의 살기.

"샤를로타……"

세라피마는 앞을 본 채 이름을 불렀다. 뒤에서 샤를로타의 목소리가 들렸다.

"피마, 손 들어!"

전우이자 이리나를 경애하는 동지가 뒤에서 나를 노린다.

이리나는 태연한 태도를 유지했다. 세라피마에게서 시선을 떼지도 않았다.

"그럴 수 없어. 나는 여기에서 그만둘 수 없어. 설령 대장을 죽인다 해도……"

"그렇다면 내가 널 죽이겠어."

세라피마는 눈에 눈물이 고이는 것을 느꼈다.

언젠가 학교에서 대화를 나눴다. 나는 이리나를 죽일 것이라고. 그리고 샤를로타는, 총을 쏴서라도 그것을 막겠다고. 과거에 얘기했던 그 광경이 실현되기 직전이었다.

"아야를 기억하고 있나?"

갑자기 이리나가 물었다.

잊을 수 있을 리가. 카자흐 출신의 천재. 자신을 훨씬 능가하는 재능을 가졌으면서 첫 출진에서 목숨을 잃은 그 소녀.

"지금 너는 그때의 아야와 비슷해."

무슨 의미지?

세라피마는 이리나의 말을 분석했다. 기량이 그렇다는 의미일까. 아니면 죽음을 향해 가고 있다는 의미일까. 마지막에 봤을 때 아야는 어떤 모습이었지.

아야의 모습을 연달아 떠올리는데, 갑자기 등 뒤에서 달려오는 발소리가 들렸다. 샤를로타가 총을 거두는 소리가 났고 세라피마도 권총에서 손을 뗐다.

"대장님! 모두들!"

타냐가 샤를로타와 세라피마를 지나 대장실로 뛰어들었다. 허둥거리던 그는 들어오자마자 묘한 분위기를 깨닫고 세 사람의 얼굴을 번갈아 바라보았다. 방 안에 충만한 살기에 당황한 티가 역력했다. 그래도 이리나가 가볍게 시선을 보내자 재빨리 본론을 말했다.

"마미가 의식을 되찾았어요. 말을 걸어주세요."

모두 두말할 것 없이 방에서 뛰어나왔다.


병실로 가보니, 침대에 누운 마미의 안색은 이미 살아 있는 사람 같지 않았다.

주위엔 그들과 마찬가지로 생사의 갈림길에서 헤매는 동료들을 격려하는 병사들이 있었다. 같이 돌아가서 영웅이 되자, 고향에 가면 결혼해야지, 하는 말이 들렸다.

"잔혹한 말이지만, 너무 안심하게 만들면 안 됩니다. 살고자 하는 의지가 필요하다는 뜻입니다."

군의가 저격소대 세 사람에게 다짐을 받았다.

샤를로타가 그 말을 곱씹듯이 고개를 끄덕인 다음 마미에게 다가갔다.

"마미, 정신 차려. 나야."

"샤를로타……"

마미가 무리해서 웃었다. 고통으로 얼굴을 잔뜩 찡그린 채로.

"아이는 어떠니? 괜찮아?"

"아이라니?"

고개를 갸웃거리는 샤를로타에게 마미가 말했다.

"그 아이. 우리를 쏘려고 한 남자애."

샤를로타는 대답하지 못하고 머뭇거렸다. 아마 모를 것이다. 세라피마 또한 신경도 쓰지 않았다.

그때 타냐가 웃었다.

"괜찮아. 목숨을 건졌어. 자길 구하려고 했다고, 마미와 만나고 싶대. 그러니까 정신 차려야 해."

가벼운 말투지만, 마미가 삶에 대한 기대감을 품게 하려고 신중하게 고른 말이었다. 마미가 천천히 웃었다.

"그렇다면 이제 됐어."

세라피마가 무심코 큰 소리를 냈다.

"무슨 소리야, 마미! 되긴 뭐가 돼. 몸을 회복해야지!"

옆에서 샤를로타가 고개를 끄덕였다.

"나는 이제 됐어. 모스크바에서 남편과 딸들을 잃었을 때, 이제 죽는 일만 남았다고 생각했어. 그래도 이리나 대장님과 만나서 여기까지 올 수 있었고…… 그 아이를 구했어. 너희 같은 딸들이 마지막을 지켜주니까 이제 괜찮아."

샤를로타가 울기 시작했다. 감정이 북받쳐 말이 나오지 않는 듯했다.

"뭐가 괜찮아. 샤를로타랑 빵 공장에서 일해야지!"

세라피마가 대신 말하며 손을 잡았다. 체온이 너무 낮아서 오싹했다. 마미는 대답하지 않았다. 의식이 가물가물한지 눈꺼풀을 힘겹게 들어올렸다.

"야나 이사에브나 하를로바."

이리나가 오랜만에 마미의 전체 이름을 불렀다.

"네 딸들은 여기 있다. 샤를로타를 혼자 남겨두지 마라. 너는 이 아이들의 엄마여야 해. 이 아이들에게서 더는 엄마를 빼앗아 가지 마라."

마미는 고개를 끄덕이고, 그대로 잠들었다.

"마미!"

타냐가 샤를로타의 양어깨를 붙잡았다.

"잠들었을 뿐이야. 이 이상은 무리야. 이제 회복하기만을 기다려야 해."

저격소대의 세 사람은 타냐와 군의관에게 뒷일을 맡기고서 병실을 나왔다.

이리나는 곧바로 사라졌다. 샤를로타는 눈물이 잔뜩 고인 눈으로 떨고 있었다.

"괜찮아, 샤를로타." 세라피마가 그를 끌어안았다. "마미가 너를 두고 갈 리 없잖아?"

샤를로타가 고개를 끄덕이며 세라피마 품에서 울었다. 조금 전까지 생사를 걸고 싸우려던 상대 같지 않았다.

"피마는……" 갑자기 샤를로타가 물었다. "너도 나를 두고 갈 건 아니지? 여기에서 기다리면서, 내가 그 쿠쿠를 처리하게 해줄 거지?"

세라피마는 대답할 수 없었다.

"이거······"

샤를로타가 세라피마에게 사진을 한 장 건넸다. 액자에 담긴 그것을 본 세라피마는 경악했다.

젊은 시절의 엄마 예카테리나와 한껏 위엄 있는 표정을 지은 남자. 사진으로만 본 아버지 마르크의 모습. 오래전에 이리나가 버렸던 사진이자 유일한 추억이었다.

"이, 이걸······ 어떻게 이걸 네가?"

"나는 무슨 사정인지 몰라. 아까 대장 동지가, 피마가 방으로 가기 전에 나한테 이걸 건네면서······ 너한테 주라고 했어······"

이리나는 내던졌던 그 사진을 주웠던 것이다. 아니면 부하에게 회수하라고 시켰으리라. 세라피마의 복수심에 불을 지피고 분노로 일으켜 세운 그 순간부터 이리나는 이 사진을 언젠가 돌려줄 생각이었고, 그러기 위해 늘 들고 다녔다.

머릿속이 어지러웠다. 악귀라고 믿어 의심치 않았던 이리나의 이런 모습에.

사정을 모르는 샤를로타는 눈물 어린 눈으로 물었다.

"피마, 나는 그 저격병을 용서 못 해······ 날 보내줘. 그 쿠쿠를 쏘게 해줘."

그때 이리나의 전언을 받았다는 병사 여러 명이 복도 끝에서 오더니 각자의 방으로 돌아가라고 전했다. 어쩔 수 없이 세라피마가 방으로 향하는데 병사 중 하나가, 딱 봐도 우직하고 강인하며 성실해 보이는 덩치 큰 남자가 따라왔다. 조준기 달린 모신나강을 등에 메고 있었다.

"누구지? 날 왜 따라와?"

미간을 찌푸리며 묻자, 그가 힘차게 경례하고 단숨에 대답했다.

"소관은 호위대 소속 레오니트 피치쿠노프 하사입니다. 이리나 대위 동지께 세라피마 소위의 호위를 명받았습니다!"

빠져나가게 두지 않겠다는 건가. 세라피마는 방 앞까지 따라온 그에게 쉬라고 호령하고 방으로 들어갔다.

소위가 되니 대우도 좋아졌다. 하사의 호위를 받으며 개인실에서 자다니. 침대에 누워 지금 처한 상황을 정리했다.

몇 년이나 싸웠다…… 복수를 완수하기 위해서. 원수가 저기 눈앞에 있다.

샤를로타와 마미는 살아서 돌아가야 한다. 내가 부대를 떠나면 내일 샤를로타는 쿠쿠와 싸우러 나서겠지.

샤를로타의 실력으로 이길 상대가 아니다.

소련은 쾨니히스베르크를 점령하겠지만 예거는 도망칠지도 모른다. 놈은 스탈린그라드에서도 명예도 체면도 내던지고 도망쳤다. 최악의 경우, 혹시라도 놈이 항복한다면 가명을 쓴 채로 가혹한 노동을 버틴 뒤 언젠가 살아서 독일에 돌아갈지도 모른다.

나는……

무엇을 해야 할까. 자문한 순간, 답이 나왔다.

나는 여성을 지키기 위해 이곳에 왔다.

책상을 열었다. 펜 크기의 물통 같은 물건을 쥐고, 서랍에서 공책을 꺼냈다. 늘 가지고 다니는 공구함에서 풀을 꺼냈다.

사전 준비를 전부 마치고 창밖을 봤다. 2층. 내려가지 못할 높이는 아니다. 다만……

일부러 소리를 내 창문을 열려고 했다. 역시나 창문이 열리기도 전에 레오니트 하사가 노크 없이 들어왔다.

"소위 동지, 저는 당신을 밖에 내보내지 말라는 엄명을 받았습니다!"

성실한 경호원의 경례 앞에서 세라피마는 머리 모양을 신경 쓰는 듯 수줍은 태도를 보였다.

"어쩌면 좋아요? 침대 밑에 뱀이 있는 것 같아요."

"뱀이라고 하셨습니까?"

"네, 좀 웃기죠? 나, 뱀을 무서워하거든요. 레오니트 씨, 좀 잡아주시겠어요?"

레오니트 하사가 다시 경례했다.

"맡겨주십시오!"

안쪽까지 들어온 레오니트가 성실하게도 침대 아래를 들여다보며 뱀을 찾기 시작했다. 세라피마가 등 뒤를 지나가 문을 조용히 닫는 것을 전혀 깨닫지 못할 정도로 열심이었다.

정말 미안하지만. 속으로 사과하며, 세라피마는 레오니트 하사의 뒤로 돌아가 그의 목에 오른팔을 걸었다.

"뭣……!"

놀란 그의 몸에 두 다리로 매달려 왼쪽 다리를 그의 복부에 감고, 왼쪽 발목으로는 오른쪽 다리의 무릎 뒤 오금을 걸어 옥죄었다. 둘이 함께 천장을 바라보며 침대에 쓰러졌다. 레오니트가 발버둥쳤으나 경동맥과 복부를 있는 힘껏 조이자 몇 초도 버티지 못했다.

소리 없이 상대를 쓰러뜨린다. 훈련 때 연습한 맨손 격투기 기술이었다. 상대가 완전히 방심하고 등을 보인 덕분에 성공했다.

"정말 미안해요."

이번에는 말로 조용히 사과하며 휴대한 개인용 마취제를 주사했다. 진통제지만 양을 늘리면 재울 수도 있다. 레오니트는 정신을 차리기 전에 잠들었다.

아끼는 총 SVT-40은 방에 놓여 있다. 어떤 상황이든, 저격병의 전부나 다름없는 총을 다른 곳에 두는 일은 없다.

세라피마는 레오니트가 입고 있던 상의로 재갈을 만들어 물리고, 침대에 두 팔과 두 다리를 묶은 뒤 창문을 열었다.

뛰어내리는 짓은 하지 않는다. 홈통을 따라 조용히 바닥에 내려섰다.


오늘 본 광경으로 길은 이미 머릿속에 입력되어 있었다. 지도도 확인했다. 추위를 견디고 주변을 경계하며 한밤중의 쾨니히스베르크를 걸어, 마미가 총에 맞았던 위치로 갔다.

최전선은 이중 성벽 앞에도 있지만, 그곳은 프리츠들과 너무 가깝다. 파괴된 곳을 수리하고 있을 적과 마주칠 공산이 크다.

공장 구역의 구석에 몸을 숨기자 적이 쏘아 올린 조명탄이 주변을 밝혔다. 첨탑 쪽이다. 프리츠의 말은 거짓이 아니었다. 적은 야습을 경계하고 있다.

유르겐에 의하면 예거가 나타나는 건 15분 간격이다.

몸에 익힌 감각에 의지해 전진했다. 때때로 조명탄을 피해 몸을 숨겼다. 어둠을 밝히는 혼합 마그네슘 불덩이는 10분 정도 탄다. 5분 동안 서서히 전진해서 마미가 총에 맞았던, 저 멀리 첨탑이 보이는 곳에 도착했다. 피와 화약 냄새가 강렬하게 남은 그곳에서 세라피마는 총을 쥐었다. 거리는 500미터 정도. 치쏘는 자세라는 점에선 불리하지만 상대는 방심하고 있다.

참으로 오래 걸렸다. 이바노프스카야 출신의 평범한 여자였던 내가, 마을이 불탄 뒤 저격 훈련학교에 들어가서 싸우고 싸운 끝에 살아남아 여기까지 왔다. 눈앞에 원수가 있다. 마을 사람들과 엄마의 원수, 그리고 마미를 쏜 그 적이 있다. 내가 저놈을 쏴서 끝내는 거다.

거기까지 생각했을 때, 문득 그 말이 떠올랐다.

지금 너는 그때의 아야와 비슷해.

아야를 생각했다. 그때 아야는 망령된 집착에 사로잡혀 있었다. 자유를 갈망하던 그 소녀는 적을 쏘는 데 집착하다가 머릿속에 새겨넣은 철칙을 잊었다. 한곳에 머무르지 마라. 자신이 쏜 탄환이 마지막이라고 생각하지 마라. 그리고……

너만 똑똑하다고 생각하지 마라.

그 말을 떠올린 순간, 세라피마는 지금 자신이 처한 상황이 얼마나 부자연스러운지 알았다. 그 유르겐이라는 프리츠는 첨탑에서 멀리 떨어진 이곳에 있었다. 예거를 노골적으로 무시하던 그가 어떻게 그 모든 상황을 파악하고 있었을까? 이어서 예거의 전술을 생각했다.

저격병은 자신만의 이야기를 가진다. 누구나······

놈은 스탈린그라드에서 자기 애인에게 정보를 흘렸다. 이쪽에 정보가 흘러갈 것을 내다보고 자신의 존재를 알렸다.

유리안은 말했다. 상대의 이야기를 이해한 자가 이긴다고.

예거는 아마도 자신이 쫓긴다는 것을 알고 있다. 붉은 군대 내부에서 나도는 정보니까. 당연히 놈의 이름과 신상은 드러내지 않았으나, 쫓기는 자라면 그것이 자신을 향한 것인 줄 당연히 알아차릴 것이다.

그의 적은 자신을 노리는 저격병. 조명탄이 터지려는 찰나. 쏠 수 있는 위치는 한정적이다. 절호의 장소. 그리고 무의식적으로 갈망하는 드라마틱한 무대.

'사냥을 당하는 건 나야!'

깨달은 순간 조명탄이 터졌다. 조준경 너머, 첨탑에서 후광을 받으며 선 사람 그림자는 이미 이쪽을 노리고 있었다. 세라피마는 등을 돌리고 뛰었다.

후두부에 열기를 느끼고 그 자리에 엎드렸다. 동시에 머리 위에서 공기를 가르는 소리가 났다. 뒤늦게 총성이 따라왔다. 일어나서 머릿속으로 숫자를 셌다. 시작점을 착탄 0.5초 전부터 셈해 숫자를 셌다. 최고 수준의 저격병이 노리쇠를 당기고 재장전하고 겨냥하는 바로 그 순간, 세라피마는 다시 굴렀다.

두 번째 탄환은 머리카락을 가르며 전방으로 날아갔다.

이대로 숨을 수 있는 곳까지 도망치자. 그렇게 생각한 순간, 휘우우웅 하늘을 가르는 소리가 들렸다.

아아. 세라피마는 생각했다. '명중하는 소리'다.

머리를 그러안고 전방으로 몸을 던졌다. 착지 직전에 박격포탄이 등 뒤에서 명중해, 폭풍을 맞고 몸이 하늘로 붕 떴다.

시야가 어지러웠다. 폐허 뒤로 기어가서 첨탑의 사격 범위를 피해 몸을 숨겼다.

"괴물 같은 게…… 총탄을 피하다니……"

독일어가 들렸다. 역시 도망치지 못하도록 매복병을 둔 것이다. 품에 든 수류탄 두 개를 움켜쥐었다. 무엇을 위해 쓸지 정해둬라. 이리나가 건넸던 말이다. 마음을 정했다. 상대를 저승길 동무로 삼아 자폭하겠다고 다짐했다. 한 발로 자폭하고 다른 한 발로 적을 죽인다. 나는 저격병이고 심지어 여자다. 놈들에게 농락당하느니 죽는 편이 낫다.

하지만……

죽으면 복수를 완수하지 못한다. 적이 눈앞에 있다. 하지만 그 적이 저 병사들은 아니다.

혹시 포로가 되더라도 그때를 대비한 준비는 해왔다.

수류탄을 버리고 다른 물건을 움켜쥐었다.

머리를 덥석 붙잡혀서 억지로 일으켜 세워졌다.

세라피마는 독일군의 포로가 되었다.


턱을 괴던 세라피마의 왼손이 난폭하게 붙잡혀 책상 위로 옮겨졌다. 길이가 7센티미터쯤 되는 못이 세라피마의 왼쪽 손목을 꿰뚫어 손을 책상에 고정했다.

프리츠가 둥지를 튼 첨탑 딸린 성벽, 그 지하의 어두컴컴한 방.

세라피마의 몸 안쪽에서부터 그르렁거리는 절규가 목을 찢을 듯이 터져 나왔다.

"말해! 네놈의 부대는 어디에 있지?"

독일어로 된 협박이 러시아어로 한번 더 반복되었다.

"뒈져라, 파시스트."

그렇게 대답하자 못 위에 뜨거운 물을 들이부었다. 피부가 시뻘게지고 상처로 물이 들어갔다. 세라피마는 비명을 질렀으나 바로 웃어 보였다. 완전히 허세였지만 프리츠들은 기분이 나쁜지 표정이 굳어졌다.

눈앞에 펜치가 놓였고 그 틈 사이에 엄지손톱이 끼워졌다. 손끝에 냉기를 느끼자마자 녹의 냄새와 그에 섞여 피 냄새가 났다.

"너는 누구냐? 여기에는 왜 왔지! 붉은 글자로 적혀 있는 공책은 뭐야?"

"프리츠를 죽이는 데 이유가 있나?"

펜치가 엄지손톱 끝을 조였다.

"저격병이 단독으로 온 데엔 의미가 있지."

"닥쳐, 쓰레기. 독일인은 참 촌스럽군. 여자를 협박하려거든 조금은 신사적으로 구는 게 어때?"

프리츠는 히죽이더니 왼손으로 세라피마의 뺨을 움켜쥐었다.

"제법 미인인걸." 감촉을 즐기는 듯이 뺨을 쓰다듬으며 그가 웃었다. "그렇게 즐기는 방법도 있겠지만, 아쉽게도 시간이 없단 말이다!"

펜치에 힘을 주자, 끝에 고정된 왼손 엄지에서 손톱이 쑥 빠졌다. 숨이 끊어질 듯한 절규가 방을 울렸다. 잠시 후 세라피마가 대답했다.

"뭐야…… 멋도 없고 촌스럽군. 더 우아하게 모시라고……"

뺨을 얻어맞았다. 맨손에 이어 발로 걷어차더니, 나무 방망이로 때린 다음 그것으로 못의 머리를 후려쳤다.

"결국에는 이런 게 제일 효과적이거든. 어때? 양쪽 손발을 합치면 열아홉 번은 더 해줄 수 있겠는데!"

"잠깐, 잠깐, 잠깐!"

세라피마가 그를 말렸다. 인간이 견딜 수 있는 고통이 아니다. 게다가 더 버텨봤자 의심만 살 것이다.

"조건이 있어. 이 못을 빼준 후에 조건을 들어주면 뭐든지 대답하겠다."

"이런 상황에서 조건을 걸다니 장난하자는 거냐!"

"지금 내가 빽빽 울어대도 내일 아침이면 모두 포격을 맞아 죽을 거야! 나까지! 나도 죽고 싶지는 않다고. 조금은 건설적인 이야기를 하잔 말이다!"

세라피마가 피 섞인 침을 뱉으며 대답하자 고문실의 병사들이 얼굴을 마주 보았다.

"고문 효과가 있는 걸까요? 이 녀석 좀 이상한데요."

통역병이 묻자 고문을 하던 병사가 대답했다.

"그야 이상하겠지. 공산주의자 여자 병사니까."

"이대로는 시간이 걸리겠어요…… 확실히 오래 끌면 위험하겠습니다."

이쪽의 안색을 살피는 병사에게 세라피마는 웃어 보였다.

"대위님!"

다른 병사가 고문실로 들어왔다. 품에 숨겼던, 붉은 글씨로 적은 공책이 보였다. 세라피마한테서 제일 먼저 빼앗아 간 그것을 들이밀며 병사가 빠르게 설명했다.

"이놈이 갖고 있던, 붉은 잉크로 쓴 공책 중 한 권은 독일 국방군의 전쟁범죄를 적은 것입니다. 스탈린그라드에서 시민과 전쟁 포로가 살해당하는 것을 본 목격 증언이 적혀 있습니다!"

경악하며 눈을 휘둥그렇게 뜬 고문 담당 대위는 허둥지둥 표정을 감추고서 되물었다.

"진위는!"

알 턱이 없다. 병사가 시선으로 대답했다. 그러자 대위가 질문을 바꿨다.

"두 번째 공책은?"

"두 번째는 전황입니다. 따라 그린 시내 지도도 있는데, 전부 기호로 되어 있어서 내용을 읽을 수 없습니다."

몇 초간 뜸을 들이다 대위가 명령했다.

"첫 번째는 태우고 두 번째는 남겨라."

병사가 빠르게 나갔다. 달리 처분할 방법이 없을 것이다.

그럼 그렇지, 네놈들은 그 공책을 태울 수밖에 없어.

세라피마의 왼쪽 손목에서 못이 뽑혔다. 손을 쓰다듬는 세라피마에게 대위가 물었다.

"이걸로 조건 하나는 들어줬지. 다른 건 뭐냐?"

"한스 예거를 불러줘."

틈을 주지 않고 대답한 뒤, 반응을 살폈다. 명백하게 동요한 기색이었다.

어떻게 알고 있지? 그들의 시선이 물었다.

"둘이서 대화하게 해줘."

통역병이 대답했다.

"그는 러시아어를 할 줄 모른다."

"알고 있어. 그냥 5분만 둘이 있게 해줘. 그러면 내가 갖고 있던 공책에 적힌 내용과 탈출로를 알려줄 테니."

대위는 망설였다. 세라피마가 입을 다문 채 시간이 갈수록 놈들은 궁지에 몰릴 것이다.

탈출로를 알려준다니. 쉽게 믿을 수 없지만 그렇다고 전황상 무시할 수 있는 처지도 아니다. 통역병이 대위에게 물었다.

"예거를 만나게 해줘도 되지 않겠습니까? 어차피 그놈도 비겁한 저격병이니까요."

"무슨 의도인지 알 수 없잖나."

"이 녀석은 단독으로 저격 지점까지 왔고 고문을 버텼습니다. 특수 훈련을 받은 병사인 만큼 탈출 경로도 알고 있을지도 모릅니다. 거짓말이어도 어차피 죽일 테니 상관없고요."

세라피마의 의도대로 흘러가는 듯했다. 독일어를 할 줄 안다는 것을 숨기고, 그들의 고문에 굴복해 자백하는 상황을 연출함으로써 자신이 내건 조건을 상대가 쉽게 선택할 수 있도록 대의명분을 준 것이다.

"딱 5분이다."

대위가 밖으로 이어지는 계단으로 걸어갔고 통역병도 그 뒤를 따랐다. 세라피마는 등 뒤에 대고 말했다.

"누가 난입하거나 예거가 5분이 되기 전에 나가면 그 시점에서 끝이야."

통역병이 고문실에서 나가면서 그 말을 전달하는 소리가 들려왔다.

머릿속에 바람이 횡횡 부는 듯한 감각을 견디며, 피 냄새가 진동하는 방에서 멍하니 천장을 바라보았다. 그다지 밝지도 않은 알전구 빛에 이끌려 들어온 나방이 날아다녔다. 바깥으로 통하는 길은 좁은 계단 너머의 문, 딱 한 곳뿐. 연행되어 여기까지 끌려온 길을 반추했다.

지하 고문실. 입구에서 여기까지는 그다지 멀지 않다. 굴뚝이 있는 위치는 머리 바로 위였다. 건물 주변 경계는 허술하고…… 머리 위에 저격수가 있다.

10분쯤 지나자 고문실로 연결된 계단 위에서부터 빛이 들어왔다. 빛을 받으며 그 남자가 들어왔다. 구급상자를 든 비쩍 마른 남자. 뺨에 상처가 난, 수염을 기른 얼굴.

한스 예거.

세라피마의 원수는 맞은편에 앉더니 묵묵히 구급상자에서 붕대를 꺼내 세라피마의 왼쪽 손목에 감았다. 눈이 마주치자 그가 겸연쩍은 듯이 웃었다.

"미안하군. 진통제도 쓰고 싶었는데 허가해 주지 않았어."

"필요 없어."

독일어로 대답했다. 예거는 붕대를 감던 손을 멈췄다가 다시 움직이며 말했다.

"독일어를 하는군?"

"말이 통해서 불안한가 보지? 상대가 단순한 기호나 숫자로 처분할 수 있는 '슬라브인'이나 '이반'이 아니라 의사소통이 되는 인간이라서? 너는 전에도 그랬지."

예거가 붕대를 다 감았다. 올바른 처치로 지혈된 왼손을 보고 세라피마는 웃었다. 자신의 손이 아니라 예거의 손이 희미하게 떨리고 있었다.

"도망칠 건가, 한스 예거? 모스크바에서도 스탈린그라드에서도 그랬듯이."

"네가 '조야'인가. 너는 누구지?" 예거는 세라피마의 가명을 꺼내며 반문했다. 동요를 감추려는 뻔한 반응이었다. "나를 왜 지명했지? 나를 어떻게 알고 있지?"

"나는 세라피마, 이바노프스카야 마을의 생존자다."

예거의 눈을 바라보며 세라피마는 대답했다.

"엄마의 원수를 갚기 위해 여기에 왔다."

"뭐?"

세라피마는 예거의 표정을 주의 깊게 관찰했다. 당혹, 혼란……

감추려고 하는 반응의 밑바탕에 공포는 없었다. 설마. 세라피마는 깨달았다.

"너 이 자식, 잊어버린 거냐……!"

잠시 침묵이 찾아왔다. 그게 대답이었다. 인생을 걸고 죽이려고 했던 상대는 세라피마 자신도, 엄마도 완벽하게 잊어버렸다.

"아니, 하지만 마을은 전멸했는데…… 아아……"

잠시 후, 예거가 전율하는 듯한 소리를 냈다.

"너, 그 여성 저격병 옆에 있던 딸이군."

세라피마는 그가 과거를 떠올리자 안도의 한숨을 쉰 자신에게 화가 났다.

"엄마는 저격병이 아니었어. 그냥 사냥꾼이었지."

상대를 추궁할 실마리에 간신히 도달했다. 그러나 이런 말에 동요할 상대가 아니다.

"잠깐 기다려." 그런데 예상과 달리 예거의 목소리가 떨렸다. "네 엄마는 우리 아군을 노렸어. 전쟁터에서, 지휘관을. 그게 곧 저격병이지."

그는 눈에 띄게 겁에 질렸다. 세라피마는 황당함을 느끼면서도 그를 추궁했다.

"엄마는 마을 사람들을 학살하려는 네놈들을 막으려고 한 거야. 너희가 죽인 마을 사람들이 파르티잔이었어? 그게 파르티잔이었냐고. 나한테 그렇다고 말할 수 있어?"

"아니." 예거는 엉겁결에 대답하고 당황해서 고개를 저었다. "아니, 그건 아니지만, 나는 아무도 죽이지 않았어. 저격병인 나는 다른 보병들이 시민을 학살해도 거기에 가담하지 않았어. 확실히 심한 처사였지. 하지만 내가 쏜 건 어쩔 수 없는 일이었다고."

"네놈의 부대가 마을 사람들을 학살한 걸 인정하는군?"

"내 부대가 아니야. 나는 그 부대의 지휘관도 아니었고, 그 부대에 들어간 지 얼마 되지도 않았었어. 인망도 없었어. 저격병은 미움을 받으니까."

"그래서, 너는 뭘 했는데?"

"뭐라니?"

"마을의 학살을 막기 위해 뭘 했느냔 말이다."

"그건……"

예거의 이마에 땀이 송골송골 맺혔다.

"할 수 없었어. 나 혼자선 무리였다고. 내가 뭘 멈출 수 있었겠어. 부대 놈들은 패주한 분노로 머리에 피가 몰린 상태였어. 그래서 그때, 기운을 북돋는답시고 마을을 불태우고 여자를 범하고 전리품을 얻자는 얘기가 나왔어. 그럴 때 단결심을 해치는 병사는 지탄을 받는다고. 그래도 나는 그 짓에 가담하진 않았어. 그러니까 어딜 가도 날 싫어하는 거야."

현기증이 날 것 같았다. 저열해도 너무 저열한 변명이다. 너무도 한심하기 짝이 없고, 또한 어디선가 들어본 적 있는 논리였다.

"그래서 너는 나쁘지 않다고 주장하는 건가?"

변명을 늘어놓던 예거의 몸이 떨리기 시작했다. 그의 눈에 눈물이 고였다.

"그건 아니야. 미안했다."

"뭐라고?"

반문하자 예거가 마침내 눈물을 흘리기 시작했다.

"나는 멈출 수 없었어. 미안해, 내가 잘못했어. 용서해 줘. 나는 지금 죽을 수 없어. 전쟁이 끝나고 평화가 찾아오면 만나고 싶은 사람이 있어. 전쟁만 아니었다면 나는 그런 끔찍한 짓은 하지 않았을 거야. 전부 전쟁이 나쁜 거야. 그러니까 부탁이야. 제발 용서해 줘."

시야가 흐릿해지고, 소리가 멀어지는 느낌이 들었다.

"나는 너와는 달라."

세라피마는 반사적으로 그의 말을 되받았다. 예거가 울면서 고개를 저었다. 그의 뺨에 힘이 조금 풀리는 것을 세라피마는 놓치지 않았다.

"다르긴 뭐가 달라. 실제로 여기 온 소련군들은 다 똑같은 짓을 했잖아."

"하지만 나는 너처럼은 되지 않아. 너처럼 비겁하게 행동하지 않아. 너와 나의 결정적인 차이는 자기 자신에게도 적용하는 보편적인 신념을 지녔는가, 지니지 않았는가야."

예거의 얼굴이 경직되었다.

"프리츠. 나는 그걸 잊지 않아. 눈앞에서 사람들이, 시민들이 살해당하면 그걸 반드시 막아낼 거야. 거기에는 아군도 적도 없어. 나는, 내가 옳다고 믿는 사람의 도리를 행할 거야."

"시간이 다 됐군." 예거가 강제로 대화를 끝냈다. "제법 훌륭하신 생각이지만 나도 시간이 얼마 없어. 이제 작별이다. 두 번째 공책에 쓰인 것과 탈출 경로를 말해."

"나는 너처럼 여자를 두고 도망치지도 않아. 두 번째 공책에 쓰인 마지막처럼 되지도 않아."

"······뭐라고?"

처음으로 예거가 되물었다. 그 순간을 노려 세라피마는 두 다리를 책상 위에 올렸다.

"시간 다 됐다며?" 세라피마가 고개를 갸웃거리고 이어서 말했다. "담배 좀 줘."

"왜?"

"죽을 때가 됐는데 건강 걱정할 필요가 뭐 있겠어. 아티카 담배. 피우진 않아도 가지고 있을 거 아니야, 저격병."

탐색하는 눈빛으로 세라피마를 응시한 뒤, 예거는 품에서 꺼낸 담배를 입에 물려준 뒤 불을 붙였다. 세라피마는 깊게 들이마시고 보랏빛 연기를 예거에게 뿜었다.

"프리츠. 두 번째 공책의 엑스 표시는 포격 불가능한 사각지대다. 빗금으로 칠한 경로로 도망쳐라. 그러면 살 수 있다."

원하던 '대답'을 제시하자 예거가 멍한 표정으로 대꾸했다.

"거짓말이군."

"물론이지. 나는 언제나 거짓말만 하거든. 자, 과연 어떨까?"

웃음을 보인 그때, 밖에서 문을 난폭하게 두드렸다.

적과 예거는 세라피마가 내건 조건, 누가 난입하거나 예거가 먼저 나가면 안 된다는 조건에 얽매여 있다. 세라피마는 목소리를 높였다.

"시간 다 됐다. 들어와!"

프리츠들이 바깥쪽의 열쇠를 열고 성큼성큼 들어왔다. 상관이 눈빛으로 묻자 예거가 대답했다.

"이놈은 독일어를 할 줄 압니다. 공책의 엑스 표시가 사각지대이고, 빗금 친 경로가 안전하다고 하는데 틀림없이 거짓입니다. 정보는 아무것도 얻지 못했습니다."

"왜 너를 지명했지?"

"자기 고향을, 저와 함께 있던 부대가 불태웠기 때문이라고 합니다."

"시시하군." 고문을 하던 대위가 말했다. "그럼 가도 좋다. 내가 처리하지."

예거와 다른 병사가 다시 밖으로 나가 열쇠를 걸어 잠갔다.

참 신기한 일이라고 세라피마는 생각했다. 이유는 모르겠는데, 적은 여자를 죽이는 모습을 아군에게 보여주려 하지 않는다. 보통 지휘관이 혼자 죽이거나, 아니면 누구 하나에게 떠맡기는 식이다. 그 행동 패턴을 잘 알고 있다. 가까이에서 본 적도 있다.

다만 적은 세라피마가 알고 있다는 사실을 모른다. 세라피마가 무력하다고 철석같이 믿고 다시 묶지도 않은 채 그 자리에 일으켜 세웠다.

대위는 시건방진 태도로 발터 PPK의 슬라이드를 당겨 탄환을 장전했다.

머릿속으로 시간을 셌다. 자신이 여기에 온 후로 지난 시간과 지금 시각을. 동료 중 누군가는 이미 내 행동을 알아차렸을 것이다. 내가 뭘 가지고 갔는지도 안다. 틀림없다.

그러나 공책이 탈 때까지는 조금 더 시간이 걸릴 것이다. 이대로는 때를 맞추지 못한다. 아무래도 나는 눈앞에 있는 대위의 총에 맞아 죽을 운명인 것인가.

"키스…… 해줄래요?"

세라피마는 일부러 어색한 독일어로 물었다.

"뭐, 뭐라고?"

뚱뚱한 대위가 동요했다. 말의 내용과 독일어로 말을 걸었다는 사실 모두에.

세라피마는 생긋 웃었다. 아무것도 모르는 순진무구한 시골 아가씨의 미소를 지었다. 그렇게 보이리라 상상하면서.

"나는 키스를 해본 적 없어요. 죽기 전에 한 번…… 죽고 싶지 않지만. 키스해 줄래요?"

세라피마는 눈을 감았다.

대위가 한참이나 숨을 죽이는 듯한 기색이 느껴졌다. 뺨 위로 미지근한 손바닥을 느꼈다. 입에 대위의 숨이 닿았다. 눈앞에 그의 얼굴이 있다.

그걸 감지한 순간, 세라피마는 입에서 불붙은 담배를 뱉어내어 다시 입에 물었다.

유리안에게 배운 특기를 선보이며 눈을 뜨자, 어안이 벙벙한 독일군 대위의 얼굴이 코앞에 있었다. 그의 뺨을 덥석 붙잡은 세라피마는 담배를 문 채 웃었다.

지금. 지금이 바로 기회라는 걸 세라피마는 알았다.

"도망치지 마."

목덜미 위에 불붙은 담배를 짓이기자, 대위가 비명을 질렀다. 동시에 무시무시한 폭음이 울리며 지하 고문실이 흔들리는 바람에 그의 목소리가 지워졌다.

독일군 대위를 끌어안았다. 그의 허리띠에서 총검을 뽑아, 뜨거운 입맞춤에서 벗어나려는 그의 갈비뼈 아래에서 위를 향해 깊게 찔러 넣었다. 대위의 절규가 끊어졌다. 죽은 것은 아니다. 횡격막이 뚫려 소리를 지르지 못하는 것일 뿐.

"추스!*"

웃으며 작별을 고한 세라피마는 고문 담당 대위의 복부에 더욱 힘주어 총검을 찔렀다. 칼끝이 폐 깊숙이에 도달한 감촉이 났다. 대위가 물고기처럼 입을 뻐끔거렸다. 믿을 수 없다는 표정이었다. 실은 세라피마야말로 고문을 당하던 상대가 정말로 키스를 바랐다고 생각하는 그 머릿속을 믿을 수 없었다.

머리 위로 차례차례 박격포탄의 착탄음이 들리고 건물이 흔들렸다. 대위가 쓰러지는 소리는 무수한 폭발음과 독일어로 된 비명에 의해 지워졌다.

피바다에 쓰러져 꿈틀거리는 대위를 힐끔 본 세라피마는 권총을 빼앗아 계단을 올라갔다. 이미 치명상을 줬으니 굳이 숨통을 끊을 필요도 없다. 두꺼운 문에 등을 기대고 바깥 상황에 귀를 기울였다.

---

* Tschüss. 작별 인사말에 해당하는 독일어.

위층으로 올라가! 총구멍으로 쏴! 아니, 뒷문이다! 여러 사람의 목소리와 기관총을 난사하는 소리가 겹쳤다.

1층에 적이 얼마 없다고 판단한 세라피마는 실내를 향해 권총을 세 발 쐈다. 잠시 후, 부츠가 바닥을 밟는 소리가 다가오더니 바깥쪽 자물쇠가 열렸다.

"대위님!"

문을 열고 외치면서 들어온 프리츠를 사살하고 시체를 안으로 끌어와 문을 닫았다. 멀쩡한 오른손으로 놈의 가슴에서 수류탄 두 개를 꺼내 고문을 받은 왼손으로 핀을 뽑았다. 잠깐 문을 열어 그 너머로 던진 뒤 다시 닫았다.

모든 동작이 몇 초, 한 호흡 안에 이루어졌다. 던지는 순간 본 프리츠는 세 명이었다. 다들 외부의 습격과 내부에서 발생한 이변을 이해하지 못하고 혼란에 빠진 상태였다.

몇 초 뒤에 불분명한 폭발음이 밖에서 들렸다. 고깃덩어리로 변한 적병과 수류탄 파편이 옆으로 들이치는 비처럼 문을 때렸다. 세라피마는 당당한 발걸음으로 고문실을 나섰다.

요새 1층에 피와 화약 냄새가 가득했다. 견고한 구조 덕분에 내부의 폭풍이 밖으로 나가지 않아 세 병사의 유해는 원형을 유지하지 못할 정도로 손상되었다.

MP40을 주워 정면 입구까지 달렸다. 누구든 마주치면 기습을 가해 사살할 생각이었는데, 다행히 다른 적병은 위층에 올라갔거나 뒷문으로 도망친 듯했다.

그 지도를 믿은 것이리라. 설령 혼란스러운 정보일지라도 지금처럼 도망치게 된다면 그것에 의지할 수밖에 없었을 것이다. 그 엑스 자와 빗금 표시가 옳은지는 세라피마조차 몰랐다.

그래도 적을 정면으로 보내지 않으려는 노림수만은 적중했다.

정면 입구에서 이중 성벽까지는 50미터. 헤매지 않고 달렸다. 등 뒤에서 총격을 받았으나 정면에서의 지원 포격이 총격을 잠재우고 정확한 사격이 불가능하도록 막아주었다.

잠깐 뒤를 돌아보았다. 정확히 겨냥한 박격포가 빨려 들어가듯이 요새에 연달아 착탄했다. 제일 많이 파괴된 곳인, 굴뚝이 있는 부분에서 붉은 연기가 피어올랐다.

세라피마가 가진 발연 잉크는 들었던 설명대로였다. 종이에 묻혀 태우니 색이 나는 연기를 피워올렸다.

지그재그로 달려 적탄을 피하면서 세라피마는 성벽 가장 깊은 곳을 빠져나갔다. 이곳에서 아군 진지까지는 앞으로 300미터.

그러나 아군은 아마도 그보다도 앞에 있다. 세라피마는 확신했다. 누군가 저 희미한 연기를 인식하고 포병에게 전달했을 것이다. 소수나 단독으로 전진해서 척후로서 역할을 완수하는 특수한 병사, 곧 저격병이다.

적진 가장 안쪽 부분의 성벽과 아군의 최전선에 위치한 공백지대이자, 도로에 만들어진 프리츠의 참호. 버려진 그곳에 익숙한 사람이 있었다. 조금 의외라 생각되는 상대를 보고 놀라며 손을 흔든 바로 그때, 그의 몸이 젖혀졌고 총성이 들렸다. 참호 내에 쓰러진 순간 핏물이 튀는 것이 보였다.

"올가!"

세라피마는 참호로 굴러 들어갔다. 거의 동시에 적의 탄환이 머리 위로 날아갔다.

엔카베데의 올가가 입가에서 피를 흘리며 웃었다.

"미안하군, 이리나나 샤를로타가 아니어서."

"무슨 바보 같은 소리야. 얼른 도망치자."

"안 돼…… 놈은…… 네 원수란 녀석은 실력이 대단하군. 나는 상대도 되지 않았어…… 나를 끌고 가면 너도 죽어…… 저세상에서 너랑 아야에게 설교를 듣긴 싫다."

세라피마는 올가의 말을 제대로 듣지 않았다. 일단 저격당한 위치에서 움직여야 한다. 참호 안에서 그를 질질 끌며 이동했다.

등을 기대게 해 총에 맞은 부위를 살피려는데 올가가 웃었다.

"세라피마, 전쟁이란 건 진짜 악취미란 말이지. 전쟁에서는 원하는 대로 수단을 선택할 수 없어. 어떻게 위장할지도…… 이봐…… 잘 들어, 빌어먹을 공산주의자 러시아인. 내 마지막 말을 들려줄 테니."

"어, 뭐, 뭐?"

올가가 세라피마의 멱살을 쥐었다.

"뒈져라, 창녀 소대. 뒈져라, 소비에트 러시아. 나는 긍지 높은 카자크의 딸이다."

세라피마가 눈을 동그랗게 뜨고 그 말을 듣는데, 올가가 잠들 듯이 눈을 감았다. 손목을 잡아보았다. 맥박이 멎어 있었다.

한때 급우 모두를 기만한 엔카베데의 염탐꾼, 카자크의 긍지 높은 딸은 마지막까지 그 모습 그대로 죽었다.

세라피마는 올가의 SVT-40을 움켜쥐었다.

모든 분노를 적에게 퍼부어라. 세라피마의 집중력이 순식간에 예리해졌다.

예거가 보인 너무도 한심한 꼬락서니에 한 번은 마음이 꺾일 뻔했다. 그러나 그것이 연기든 본심이든, 그는 치명적인 실수를 저질렀다. 그는 자신에게 용서를 구했다.

어찌 용서할 수 있겠는가. 사죄하며 용서를 갈구하는 그 거만함. 그를 향한 분노가 저격에 필요한 기력으로 바뀌어 세라피마의 집중력을 유지시켜주었다.

자신보다 기량이 훨씬 뛰어난 적, 예거는 이쪽의 위치를 파악했다. 한편 못에 뚫린 세라피마의 왼손은 이미 정상적으로 기능하지 않았다. 오른손으로 치료에 쓴 붕대를 풀어 왼손을 총신에 동여맸다. 세라피마는 감각이 둔해진 왼손에 화가 났다. 기존의 사격 자세는 불가능하다. 그저 토대 역할을 하며 한 발을 버텨주길.

떳떳하게 맞붙으면 승산은 없다. 고개를 내민 순간 저격당할 테지. 어중간한 위장은 통하지 않는다.

만나고 헤어진 수많은 얼굴이 생각났다. 아야, 유리안, 류드밀라, 그리고 지금 이곳에 잠든 올가까지.

조상들이여, 전우들이여. 내게 힘을 나눠주기를.

"이리나……"

세라피마는 스승의 이름을 불렀다.

모든 마음을 담아. 다시 적에게 의식을 집중했다.

그날 쏘지 못했던 엄마의, 살해당한 마을 사람의, 소련 인민과 여성의 분노를 탄환에 담아라.


　위아래가 방탄 철판으로 뒤덮인 2층 총구멍을 통해 낯선 여성 저격병을 해치운 예거는, 조금 전까지 고문당하던 세라피마가 그곳으로 뛰어가는 것을 보고 경악했다. 평범한 자가 아니라고 짐작은 했지만 대체 그 상황에서 어떻게 탈출했을까.

　등 뒤에서 동료가 말을 걸었다.

　"가지고 왔어, 예거. 두 번째 공책이다."

　"거기 놔둬."

　예거가 시선을 돌리지 않고 대답했다. 그러자 동료가 기가 막힌다는 투로 말했다.

　"지금 적의 저격병을 쏴봤자 어쩌려고? 얼른 탈출이나 해. 우리는 도망칠 거야."

　"알아. 나는 저 저격병을 해치운 뒤에 투항할 생각이다. 저놈은 내 얼굴을 봤고 과거에 동료들이 저지른 전쟁범죄를 목격했으니 살려둘 수는 없어."

　혀를 차는 소리, 이어서 경멸을 감추려고도 하지 않는 말소리가 들렸다.

　"소름 끼치는 살인마 새끼."

　아아, 그렇고말고. 예거는 멀어지는 그에게 속으로 대답했다. 전쟁에서는 모두가 살인마지만, 다들 그 사실을 잊는다. 예외적인 경우가 저격병이다. 그래서 자연히 증오의 대상이 되는 거다.

　하지만……

시선을 떼지 않은 채 공책을 끌어와 마지막 장까지 넘겼다.

저 세라피마라는 어린 계집이 이상한 소리를 했다. 나는 너처럼 여자를 두고 도망치지도 않는다니.

뭔가 알고 있는 말투였다. 스탈린그라드에서 상대한 저격병 중에 여자가 섞여 있었다. 그중 하나였을까.

두 권째 공책에 쓰인 마지막처럼 되지 않는다는 말은 무슨 뜻일까. 의미 없는 공갈은 아닌 걸로 보였다. 뭔가 의미가 있을까. 우리에게 유리한 정보가 적혀 있을 리도 없다.

잘 알고 있으면서도 말투의 뉘앙스가 산드라를 가리키는 것 같아서 확인해야만 했다. 예거는 손끝만으로 공책을 넘겼다.

적에게서 시선을 떼지 않으며, 러시아어로 적혔을 내용을 어떻게 읽어야 하나 고민하던 손끝에 묘한 위화감이 느껴졌다.

총구멍에서 물러나 안전을 확보하고 그것을 관찰했다. 공책 말미에, 종이가 두툼하게 부푼 부분이 있다. 나이프로든 뭐로든 한 번 뜯은 뒤에 풀로 붙인 것이다. 스파이가 흔적을 남기지 않고 편지를 개봉할 때 종종 쓰는 기술이다.

다른 병사들은 이것을 깨닫지 못했다. 평상시라면 알아차렸겠으나, 시간이 절박한 상황이기도 해서 공책에 적힌 정보에만 집중하게끔 한 적의 작전이 통한 셈이다.

금속 같은 단단한 감촉을 느꼈을 때 불길한 예감이 들었다. 신중하게 공책을 찢자, 반지가 있었다.

휴고 보스. 자신이 하사받고 산드라에게 준 반지. 그걸 적군인 여성 저격병이 가지고 있었다.

지끈지끈 아파오는 머리를 느끼며, 반지를 동여맨 종이를 펼쳤다. 독일어가 달필로 쓰여 있었다.

네 여자 산드라는 배신자이므로 손발을 절단한 후 내가 목을 베었다. 그 여자는 네 이름을 부르며 울어대더군. 마지막에 이름을 알게 됐던 모양이야, 한스 예거.

예거는 뜻 모를 비명을 질렀다. 분노가 머리에서부터 사지 말단까지 전해져 온몸을 채웠다.

그래도 그는 저격 이론을 잊지 않았다. 적을 찾아라, 아니면 먼저 쏘게 하라. 자신은 지금 총구멍 안에 있으니 참호보다 유리하다. 먼저 발견하거나 상대가 쏘게 만들면 이길 수 있다.

소련군 철모가 눈에 들어왔다.

미끼다. 노골적인 덫은 거들떠보지도 않고 적을 찾았다.

참호 끝에 인간이 움직이는 기척이 있었다. 참호 가장자리에서 삐져나온 SVT-40 총신 너머로 진짜 인간의 그림자가 보였다. 미끼로 교란이 통했다고 믿은 어리석은 여성 저격병. 지금 저기 있는 저격병은 세라피마뿐이다.

"죽어라!"

소리를 지르며 방아쇠를 당겼다. 적의 머리에 탄환이 명중해 뇌 점액이 튀어 날아갔다. 쓰러뜨렸다. 원수를 쐈다는 실감보다 앞서, 맹렬한 위화감이 머릿속을 덮쳤다.

본래라면 저런 차이를 알아차리지 못할 리 없다. 일류 저격수로서의 소양이 있다면 알아볼 수 있었다. 목숨이 있는 자와 끊어진 자. 산 자와 죽은 자. 생물과 무생물.

그 경계에, 이제 막 죽은 시체. 조금 전에 쏴 죽인 여성이 조준경 너머에서 쓰러졌다. 그 너머에는, 자신에게 완벽하게 조준을 맞춘 세라피마가 있었다.

저 악마가……

그렇게 생각한 순간, 총구멍 틈새로 날아온 총탄이 가슴을 꿰뚫었다.


정말 악취미 같은 전쟁이다. 그걸 나 이상으로 체험한 자도 그리 많지 않겠지.

올가의 시체를 안아 방패로 삼은 세라피마는 쓰러지는 올가 뒤에서 발포 연기를 조준했고, 그다음 순간에 적에게 탄환을 쐈다. 확실한 반응이 있었다.

"올가……"

세라피마 대신 표적이 되어 머리에 총탄이 박힌 올가는 코부터 그 위가 전부 무너져, 더는 모양도 유지하지 못할 정도로 얼굴이 끔찍하게 변해버렸다.

어디까지가 올가의 진심이었을까.

올가는 언제나 진심을 감추었다. 학교에서 보여준 친구로서의 얼굴은 전부 거짓말이라고…… 그렇게 생각하게끔 만들었다. 긍지 높은 카자크의 딸인 올가는 자긍심을 되찾으려고 싸웠다. 그건 진실이었을까?

최후의 순간에 욕설을 퍼부은 것은, 마지막으로 진심을 담아 우크라이나와 카자크를 학대한 소련군 병사를 매도하고 싶었던 걸까. 아니면 악취미라는 말을 건넴으로써 시체를 방패로 삼으라는 진의를 가장 효과적으로 전달하려고 한 걸까. 그래서 일부러 그런 밉살스러운 말을 했을까.

어느 쪽이든 이제 확인할 수 없다. 죽은 자의 생각을 헤아리고 말의 의미를 생각하는 것은 산 자의 특권이다. 무엇을 고르든 죽은 자는 옳고 그름을 가려주지 않는다.

올가는 죽었고, 나는 그 시체를 위장용으로 써서 살았다. 그게 전부였다.

저격이 끊기자, 요새에서 오는 반격이 기세를 잃었다. 박격포탄이 날아왔고, 그 포탄을 이용해 거리를 측정한 중포가 뒤이어 날아와 구식 벽돌 요새를 연달아 부쉈다. 종말과도 같은 광경을 참호 안에서 멍하니 바라보았다.

"러시아 병사, 쏘지 마!"

어설픈 러시아어가 들렸다. 무언가를 든 프리츠가 오다가 누군가의 총에 맞아 죽었다. 그 뒤에 있던 다른 프리츠가 그걸 줍고 흔들었다. 백기였다.

"잠깐만, 쏘지 마! 제발 쏘지 마! 투항한다!"

시선을 들자, 요새 옥상에서도 마찬가지로 백기를 흔드는 프리츠가 있었다.

가장 안쪽 성벽, 그중 제일 바깥쪽에 있는 요새가 항복했다. 그걸 알아차렸는지, 후방에서 트럭이 달려오는 소리가 가까워졌다.

"세라피마, 무사하냐!"

돌아보자 이리나가 달려오고 있었다.

눈에 눈물이 고여 있다. 드물게도 뺨이 새빨갛게 달아올랐다. 참호로 뛰어든 이리나가 있는 힘껏 세라피마를 끌어안았다.

"무사하냐, 세라피마! 무사한지 대답해!"

얼굴을 봐도 안심하지 못하나 보다. 그런 이리나의 모습에 놀라며 세라피마는 대답했다.

"……네, 무사합니다."

"내가 할 말은 아니지만 손이 심각하군."

고문을 받은 왼손을 보고 이리나가 얼굴을 찌푸렸다.

"지혈도 했고, 미리 진통제를 넣으니까 괜찮습니다."

프리츠에게 붙잡히기 직전, 자폭을 단념한 세라피마는 왼손을 마취했다. 적이 왼손에 집중하게끔 태도를 꾸며 그쪽을 고문하도록 유도하고, 격통에 괴로워하다가 고문에 꺾인 척 굴어서 상황을 우세하게 끌어갔다.

"하지만 올가 동지가……"

올가를 동지라고 부른 건 처음이었다.

이리나는 얼굴의 반 이상이 무참하게 무너진 시체가 올가인 것을 알고 눈을 감았다.

"샤를로타는 마미 곁에 두고 왔다. ……추격전을 제안한 건 나지만, 다른 부대에 허가를 내린 건 올가의 힘이었지. 발연제, 공책, 진통제와 총. 사라진 물건들을 보고 네가 적진에 잠입해서 신호가 될 붉은 발연을 내부에서 피워올릴 거라고 말하더군."

세라피마는 눈물이 차오르는 것을 느꼈다. 올가의 진의가 무엇이었든 지금 이렇게 살아 있는 것은 그 덕분이다.

둘이서 명복을 빌었다. 신이 아닌 무언가에게, 아마도 그들을 단단하게 묶은 어떤 정신에.

"이리나, 저는 원수를…… 한스 예거를 쐈어요. 올가를 희생양으로 삼아 개인적인 원한을 갚았어요."

말을 마치고 한참을 가만히 있었다. 이리나가 자신을 때리기를 바라는 마음이었다.

"네가 한 행동은 군사 행동이었다. 올가가 그렇게 말했어. 어중간한 책임감으로 자책하지 마라. 이 전쟁터에서 그런 걸 짊어지면 몸이 버티질 못하니까."

이리나가 지친 얼굴로 웃더니, 세라피마의 뺨을 타고 흐르는 눈물을 닦아주었다.

따뜻한 이리나의 품에서 세라피마는 다시 울었다. 이리나가 느슨해진 붕대를 손에 다시 감아 검붉은 손가락을 가려주었다. 그제야 세라피마는 알았다.

이 사람도 견디고 있었구나. 수많은 중압감을, 사라지는 목숨과 그 책임을.

요새에서 프리츠들이 줄줄이 나오자, 붉은 군대 병사들이 두 사람을 앞질러 가며 주변을 경계했다.

"보러 갈까?"

이리나가 가볍게 물었다.

"네가 쏜 원수 말이다. 살아 있어도 곤란할 테니까."

"네." 세라피마는 쾌활하게 대답했다.

자욱한 시체 냄새와 화약 연기에 연신 콜록거리며, 두 사람은 백기가 펄럭이는 요새로 들어갔다. 적진에 발을 들이는 명예는 선두에 선 자에게만 주어지는 것이므로 그들을 막는 자는 없었다.

전투가 끝난 요새란 이렇게도 적막하구나.

살아남은 프리츠들은 이미 뒷문을 통해 쾨니히스베르크의 더 깊숙한 곳으로 도망쳤거나 혹은 앞문으로 나와 투항했다. 성채가 점령되었으니 이제 방어선이 무너진 도시에서의 시가전만 남았다. 함락 직전이었다.

이 안에 있는 것은 포격에 당한 시체뿐이다.

"네가 잠입해서 연기를 피운 게 실제로 함락을 앞당겼다. 아침부터 지루하게 싸웠다면 우리 쪽의 손해가 좀 더 막심했겠지."

이리나가 옹호해 주는 말을 하자 세라피마는 놀랐다. 어젯밤에는 복수에 집착하는 자신을 나무랐으나 이제는 그럴 필요도 없는 듯했다.

2층으로 올라가 자신이 쏜 총구멍에 가니 그곳에 한스 예거가 있었다. 그는 바닥에 누워 있었다. 총에 맞은 부위는 총을 쥐는 오른손의 바로 안쪽, 가슴뼈 부근이었다. 아직 살아 있었다. 지금까지 총에 맞은 동료들도 그랬으므로 즉사하지 않은 것에 놀랄 이유는 없지만, 자신이 쏜 상대를 마주하는 것은 이번이 처음이었다. 무의미한 저항도 없이 예거는 그저 원망스러운 눈빛을 이쪽에 던졌다.

그 이유를 알았다. 산드라를 죽였다는 거짓말을 아직 믿고 있는 것이다.

그의 마음을 가볍게 해줄 의리 따윈 없다. 그런 행위의 허무함도 유리안을 떠나보내면서 알았다. 그러니 알아서 죽을 때까지 기다릴 생각이었는데, 세라피마의 입에서 지껄고 득일이가 나왔다.

"전선이 진정되었을 무렵, 딱 한 번 편지가 왔어. ……아기가 태어났다고 하더군. 미리 말해두는데 네 자식은 아니야. 이름은 세르게이 세르게비치라고 했어."

예거는 곤혹스러운 표정을 짓더니 곧 웃었다.

"거짓말쟁이…… 악마……"

그 이름에 뭔가 떠오르는 것이 있는 듯한 웃음이었다.

왜 이놈의 저승길을 평안하게 해줬을까. 세라피마는 스스로에게 의문이 들었다.

"최소한 괴로워하다가 가라."

자신을 극악무도한 인간이라고 생각하며 죽으면 꿈자리가 뒤숭숭할 테니까. 그렇게 생각하며 Kar98k를 품에 쥐었다. 견고한 볼트액션식 라이플이다. 장착된 조준경은 신형 4배율로, 시야는 PU 조준경보다 조금 밝다. 분하지만 역시 광학기기의 만듦새는 독일이 앞선다.

한가로운 감상에 잠기며 총구멍 밖을 내다보았다.

그리고 그곳에 펼쳐진 광경에 비명을 삼켰다.

"……이리나."

목소리에서 뭔가를 알아차렸는지, 이리나가 달려와 옆에 섰다.

이리나가 SVT-40의 PU 조준경을 들여다봤다. 아마도 세라피마와 같은 광경을 봤으리라.

"저놈들…… 여자를……"

최종 방어선이 무너져 가장자리부터 제압당한 쾨니히스베르크의 아래쪽 거리를, 붉은 군대의 병사들이 거들먹거리며 걸어가고 있었다.

부자연스럽게 여럿이 모여 있었는데, 사람들로 이루어진 원 안에 여성들이 있었다. 붉은 군대 병사들은 벽 쪽에 몰린 독일 여성들의 머리를 붙잡고 옷자락을 움켜쥐어 원 안으로 끌어들이려 했다.

독일어로 된 비명이 요새 안에 울려퍼졌다.

"제지하려는 지휘관이 보이나?"

"틀렸어요. 장교 계급장을 단 자가 보이지만, 병사들이 그놈에게 여자를 바치려고 합니다."

머릿속에 다양한 생각이 교차했다.

나는 붉은 군대 병사다. 나는 나치에게 복수하기 위해 싸웠다. 나는 무엇을 위해 여기에 왔는가.

무엇을 위해 싸우는지 대답해라.

저는 여성을 지키기 위해 싸웁니다.

그래, 나는 여성을 지키기 위해 여기까지 왔다. 야나는 모르는 독일인 소년을 지켜냈다.

여성을 지키기 위해 싸워라, 세라피마 동지. 망설이지 말고 적을 죽여라.

하지만 나는 너처럼은 되지 않아. 너처럼 비겁하게 행동하지 않아. 나는, 내가 옳다고 믿는 사람의 도리를 행할 거야.

소녀 동지여, 적을 쏴라.

소용돌이치는 물이 배를 집어삼키듯 세라피마의 감정이 정리되었다. 되살아난 왼손의 감각이 저격수가 지닌 한 줄기 산이로 바뀌었다. 그가 다루는 소총의 조준선이 붉은 군대 병사들의 머리로 향했다.

"물러나라, 세라피마."

내가 하겠다, 라는 숨겨진 의미를 알아차리고 답했다.

"아니요, 제가 합니다. 총성이 달라요."

대답한 순간, 조준경으로 여성에게 가장 가까이 다가간 병사의 얼굴을 포착했다.

풍성한 금발, 다정한 생김새, 담청색 눈동자.

"미하일 보리소비치 볼코프."

마음씨 착한 고향의 소꿉친구이자 자신을 제외하면 이바노프스카야 마을의 유일한 생존자. 한때는 결혼 상대가 되리라 생각했던 그는 조준경 안에서 여자를 바닥에 쓰러뜨리고서 주위의 갈채를 받았다. 세라피마는 그때 물었던 질문을 떠올렸다.

너는 다른 병사와 같은 상황이라면, 예를 들어 상관이 시키거나 동료가 부추겨도, 그래도 여성을 폭행하지 않을 거니?

물론이지. 미시카는 대답했다. 그런 짓을 하느니 차라리 죽는 게 나아.

그 말에 거짓은 없었다. 군대가 가하는 특유의 압박 속에서도 자긍심을 지키려는 자의 말이었다.

그랬던 그가 낯선 독일 여자 위에 올라타 비열한 웃음을 흘리고 있다. 세라피마의 마음에 무수한 감정이 교차했다. 이윽고 공허가 찾아왔다.

정신이 맑디 맑고 잔잔한 경지에 도달하자 세라피마는 노래했다.

사과꽃이 흐드러지게 피고 강물에 안개가 피어오르네
그대 없는 고향에도 봄이 살며시 다가와
그대 없는 고향에도 봄이 살며시 다가와

물가에 서서 부르는 카추샤의 노래
봄바람 부드럽게 불어오고 꿈이 솟아오르는 하늘아
봄바람 부드럽게 불어오고 꿈이 솟아오르는 하늘아

카추샤의 노랫소리 아득히 언덕을 넘어
지금도 그대를 찾는 부드러운 그 노랫소리
지금도 그대를 찾는 부드러운 그 노랫소리

변성 의식 상태에서 방아쇠를 당기고, 노리쇠를 당겨 탄환을 장전해 연달아 총탄을 쐈다.

다시 조준경으로 상황을 살폈을 때 도망치는 여성들이 보여서 안심했다.

미하일은 머리에서 피를 흘리며 길바닥에 쓰러져 있었다. 관자놀이를 맞은 그와 조준경 너머로 눈이 마주쳤다.

"세라피마."

이리나가 이름을 부르며 양어깨를 붙잡고 요새 안쪽으로 끌고 가더니 말했다.

"뭘 해야 할지 알지? 붉은 군대의 신문은 만만하지 않아. 아까 예거가 총에 맞은 걸 다른 병사가 알고 있는 이상, 저 녀석이 아군을 쐈다는 변명은 통하지 않아. 다행히 너는 독일인의 총으로 쐈어. 잔당이 있었다고 하고, 둘 중 하나가 죽으면 그걸 증거로 삼을 수 있어."

세라피마의 눈에 눈물이 고였다.

"이 총으로 당신을 쏘라는 말이군요."

"숨이 붙은 예거가 나를 쐈다고 해. 그리고 SVT-40으로 놈의 숨통을 끊어. 너는 살아남고 네 복수도 끝나는 거야."

이리나가 미소를 지었다.

세라피마의 마음을 가볍게 해주려는, 동시에 자기 내면에서부터 우러나오는 미소였다.

그랬지. 분명 그렇게 말했다. 당신도 죽이겠다고.

이 여자는 엄마를 불태웠다…… 사진을 내버렸다. 그건 거짓이었지만…… 마을에 불을 질렀다. 전염병을 막기 위해서라는 걸 나중에야 알았다……

"이리나, 당신은 처음부터 그럴 생각이었죠. 내 손에 죽을 생각이었어."

이리나의 표정이 굳어졌다. 처음 보는 종류의 동요였다.

"당신은 그래도 괜찮겠죠. 우리를 저격병으로 키운 괴로움에서 도망칠 수 있으니까. 하지만 나보고 혼자서 살아가라는 건가요?"

"세라피마, 만약 이대로 진상이 밝혀지면 처형될⋯⋯"

"당신이 살아가는 걸 괴로워한다면, 내 복수는 더 오래오래 이어질 거야!"

세라피마는 총구를 왼손으로 덮었다. 그러고는 이리나가 막아내기도 전에 방아쇠를 당겼다. 총성이 성채 안에 울렸다.

벽에 등을 대고 쓰러지는 찰나, 예거와 눈이 마주쳤다. 무언가 알아차린 표정이었다.


분명 제압이 끝난 요새로부터 느닷없이 저격을 당한 붉은 군대 병사들은 허둥지둥 PPSh-41을 거머쥐고 발포 연기가 나는 곳으로 달려갔다. 도중에 총성이 울리고 여자의 비명이 들렸다. 적이 쓰는 Kar98k에서 나는 총성이었다.

"이, 이봐." 병사 중 하나가 동료에게 물었다. "그런데 좀 이상하지 않아? 그 여자들이 적의 저격병을 쓰러뜨렸으니까 항복한 거잖아. 어떻게 쏜 거지?"

"알 게 뭐야! 상대가 누구든 대장님의 원수를 갚아야 해!"

드미트리가 핏발 선 눈으로 대답했다. 목소리 역시 분노에 휩싸여 있었다.

그는 미하일 대장을 존경했다. 가혹 행위가 일상인 붉은 군대 안에서 미하일 대장은 언제나 다정하게 부하를 격려했고 자신의 지식을 전수해 부대의 숙련도를 높여주었다. 능력을 인정받아 위험한 자주포대로 전속된 후로도, 대장이 직접 선두에 서서 적진으로 파고들어 부하들의 방패가 되어주었다. 무적이라며 두려워했던 티거 전차도, 연료에 불타는 그 악몽 같은 죽음도, 미하일 대장이 있어서 두렵지 않았다

목숨을 걸고 싸워봤자 아무것도 얻지 못하는 전쟁이었다. 그 마지막에 소소한 추억이나마 만들어주려고 아름다운 독일 여자를 헌상하려고 했는데, 그 순간 대장은 머리에 총을 맞았다. 승리와 여자를 앞에 두고, 모든 것을 희생해서 싸운 그가 죽었다.

이렇게 불합리한 일이 어디 있는가. 고향을 잃고, 가족을 잃고, 전우와 함께 목숨을 걸고 싸웠던 대장이 마지막까지 아무런 보상도 누리지 못하고 죽는다니.

2층까지 올라가 실내로 돌입했더니 그 안에는 이상한 광경이 펼쳐져 있었다.

안에는 세 명이 있었다.

프리츠는 총에 맞아 피범벅이었다. 붉은 군대의 여성 병사 중 젊은 쪽은 왼손에서 피를 어마어마하게 흘리며 벽에 몸을 기대고 있었다. 상관인 여자가 그를 돌보고 있었다. 그 얼굴을 본 적 있다. 둘 다 마녀소대의 유명인이다.

"이리나 에멜리아노브나 대위, 세라피마 마르코브나 소위! 이건 대체……"

이리나 대위가 숨을 가다듬으며 대답했다.

"보는 대로다. 아직 숨이 붙어 있던 저놈이 투항하는 척하면서 너희를 머리 위에서 저격했어. 내 부하가 쓰러뜨렸으나 손을 잃었지."

"네? 아, 아니, 하지만…… 프리츠는 세라피마 소위가 쏘지 않았습니까?"

큭큭큭. 괴상한 소리가 들렸다. 프리츠가 살아 있었다.

자기가 뱉은 피에 목이 잠긴 소리로 그가 뭐라 중얼거렸다. 마찬가지로 숨이 할딱거리는 세라피마 소위가 그 말을 통역했다.

"죽은, 척…… 한 거다. 내가…… 네놈들을 쐈다…… 다 지켜봤지, 열등한 슬라브 병사놈들, 감히 여자를……"

"비겁한 나치가!"

말을 가로막고 PPSh-41 연사를 퍼부었다. 지금 통역이 옳은지 그른지를 따질 상황이 아니다.

세라피마 소위의 통역이 옳다면, 그다음을 말하게 둘 순 없다.

만약 통역이 틀린 거라면, 그렇다면 이 여자 둘이 우리가 한 짓을……

뭔가를 깨달은 동료도 똑같이 행동해, 프리츠는 몇 초 만에 오십 발 이상의 탄환을 맞고 죽었다.

"무슨 말을 하려고 했지?"

이리나 대장이 고개를 갸웃거리며 물었다.

"동지, 그가 지금 무슨 말을 하려고 했을 것 같나?"

"전혀 모르겠습니다!"

붉은 군대 병사가 대답했다. 동료도 똑같이 대답했다.

"이리나 동지, 세라피마 동지! 당신들은 영웅입니다!"

"그런가." 이리나 대위가 대답한 것과 동시에 세라피마 소위가 바닥에 쓰러졌다.

"옮겨라!"

전원이 합세해서 세라피마 소위를 짊어지고 계단을 내려갔다.

그 외에 할 수 있는 일이 없었다. 프리츠 저격병은 비겁하게도 죽은 척하고서 거리를 걷던 미하일 대장을 저격해 죽였고, 세라피마 소위는 깊은 상처를 입었으며 우리가 그 프리츠의 숨통을 끊었다. 그것 외에 도대체 뭐가 있겠는가.

나는 도대체 뭘 하는 거지. 드미트리는 생각했다.

눈에 눈물이 고였다. 도대체 뭐냐고, 지금 광경은. 내가, 미하일 대장이 싸웠던 전쟁은 도대체 뭐였을까.

너희는 지금 어디에 있지?

머릿속에서 다정한 목소리가 들린다. 귀를 기울이고 목소리를 기다린다. 한번 더.

너희는 지금 어디에 있지?

아야, 너는 지금 어디에 있지?

그리운 아야. 그 아이의 모습이 보인다. 아름다운 까만 머리를 나부끼며 조금 수줍은 듯이 웃고 그 아이가 대답한다.

각도 1300밀, 거리 563미터 지점입니다.

정답이다.

다정하게 웃는 소리가 한번 더 묻는다.

샤를로타, 너는 지금 어디에 있지?

샤를로타가 멀리서 후광을 받으며 손을 흔들고 대답한다.

각도 1200밀, 거리 893미터에 있습니다!

정답이다. 야나, 너는 지금 어디에 있지?

각도 1060밀, 거리 975미터입니다!

정답이다! 올가, 너는 지금 어디에 있지?

올가는 바로 옆에 있다. 누구와도 금방 친해지는, 서글서글한 미소를 지으며 그 아이가 대답한다.

각도 840밀, 거리 436미터입니다.

정답이다

세라피마와 조준경 너머로 눈을 마주하고 이리나가 외친다.

"세라피마, 너는 지금 어디에 있지?"

그 목소리를 들은 순간, 세라피마는 가슴 아리게 차오르는 그리움을 떨치고 외쳤다.

제가 있는 곳은……

목소리가 나오지 않았다. 외치려고 해도 물속에 갇힌 것처럼 소리가 나오지 않았다.

저는, 각도……

아니야. 이게 아니야.

이리나가 웃었다. 다정한 얼굴로. 따사로운 햇살을 받으며 한번 더 물었다.

세라피마, 너는 지금 어디에 있지?

"나, 는……"

목소리가 나왔다. 어마어마한 소리로 외친 것 같은 착각이 들었다.

"아, 정신이 들어? 세라피마."

눈을 뜨자 익숙한 얼굴이 손수건으로 이마의 땀을 닦아주었다.

"타냐……"

타냐가 후후 웃었다.

"처음 만났을 때도 이랬지."

타냐가 세라피마의 왼손을 눈앞에 보여주었다. 올바른 절차로 치료해 몇 겹이나 붕대가 감긴 손은 예전과는 형태가 달랐다.

"왼손 엄지는 뿌리부터 사라졌어. 검지도 온전치 않고…… 그래도 살아서 다행이야."

주위를 둘러보았다. 어스름한 방. 병실답게 의약품 냄새가 코를 찔렀다.

"으으……"

옆에서 뜬금없이 어린 목소리가 들려서 고개를 돌린 세라피마는 그 목소리의 주인공을 보고 놀랐다.

"잠깐, 타냐. 판처파우스트로 나를 쏘려고 한 애잖아."

"응. 그리고 네가 쏜 아이이기도 해."

"알아. 왜 내 옆에서 프리츠가 자는 건데."

타냐가 웃으며 소년의 어린 뺨을 쓰다듬었다.

"프리츠가 아니야. 이 아이는 요한이야. 쾨니히스베르크에서 가족 모두 폭발로 죽었대. 도시에 두고 오면 죽을 것 같았어. 뭐, 상처가 나을 때까지 치료하는 게 내 임무니까. 대장님에게 부탁해서 한동안 돌보기로 했어."

망설임이라곤 전혀 없는 말투에 세라피마는 멍해져서 한참이나 입을 벌리고 있었다.

"타냐, 너는 아군과 적군을 가리지 않고 치료하니?"

"응. 정확히는 나한텐 치료하기 위한 기술과 치료하려는 의지가 있어. 눈앞에는 인류가 있지. 적도 아군도 없어. 설령 히틀러라도 나는 치료할 거야."

타냐의 말에는 단 한 조각의 망설임도 없었다. 처음부터 적과 아군이 존재하지 않는 세계. 마치 동화 속 이야기 같았지만, 지금 옆에는 그 가치관에 따라 치료받은 수녀가 실제로 있었다.

그런 일을 한 타냐는 자신과 같은 나이였다.

"타냐는 강하구나."

"강하고 말고의 문제가 아니야. 좋고 싫음의 문제지. 이리나 대장님과 처음 만났을 때 질문을 받았어. '싸우겠는가, 죽겠는가'라고. 다들 그랬듯이 나도 가족이 몰살당했거든."

의무병인 타냐도 그 말을 들었다는 걸 듣고 놀랐다.

"뭐라고 대답했어?"

"있는 그대로. 둘 다 싫다. 나는 사람을 치료하겠다고. 나는 원래 간호사가 되고 싶었거든. 싸움은 사양이지만 그렇다고 해서 죽기도 싫다. 그렇게 대답했어. 그랬더니 설령 전쟁 중이라도, 적이 몰살하러 와도 그럴 거냐고 또 물어서 그렇다고 대답했어…… 그랬더니 의무병 교육과정에 넣어주더라."

처음 듣는 이야기였고 처음 듣는 타냐의 각오였다. 타냐는 조금 씁쓸하게 웃었다.

"세라피마는 목숨을 걸고 싸우는 병사지. 싸우지 않는 내가 비겁해 보이니?"

"그렇게 생각할 리 없잖아." 허둥지둥 고개를 저었다. 비겁하다고 생각하지는 않았다. 다만 이리나가 왜 그런 대답을 용납했는지가 의외였다. 이리나는 이 전쟁 속에서는 두 선택지밖에 없다고 말했었다.

세라피마의 의문을 읽었는지는 알 수 없지만, 타냐가 요한의 뺨을 닦으며 말했다.

"만약 소련 인민들이 모두 나처럼 생각해서 너희처럼 싸우는 사람이 없다면, 소련은 멸망했을 테고 이 세계는 끔찍해졌겠지."

세라피마는 묵묵히 고개를 숙였다. 그 말에 긍정도 부정도 할 수 없었다.

"하지만," 타냐가 말을 이었다. "나는 진심으로 그렇게 생각해. 만약 정말로, 정말로, 진짜로 모두 나처럼 생각했다면 전쟁은 일어나지 않았을 거야. 그러니까 히틀러를 치료해 준다면 그다음에는 때려줄 거야. 왜 이런 짓을 했느냐고 묻고 싶어. 그러니까 나는 망설이거나 고민하지 않아…… 전에는 미안했어, 세라피마. 사람을 때린 거, 그때가 처음이었어."

그 말을 듣자 세라피마의 가슴에 고인 갖가지 감정이, 진흙이 흐르는 물에 씻겨가는 것처럼 스르륵 떨어졌다.

나는 이리나를 따라 살인자가 되었다. 나는 살아남기 위해 싸우는 길을 선택했다. 나는 살아가는 의미를 얻기 위해 복수를 갈망했다.

전부 틀렸다.

죽이기를 거절하고 살아가는 삶, 그쪽을 선택하는 길이 눈앞에 있었다.

나는 내 의지로 싸우러 나섰고, 타냐는 그것을 거부했다.

자기 가족이 살해당해도 적을 원망하지 않고, 오히려 누구든 치료해 주는 삶이 저격병의 삶보다 쉽다고 감히 누가 말할 수 있을까.

자연스럽게 눈물이 흘렀다. 슬픔이라고도 기쁨이라고도 할 수 없는 마음이 차올라 눈물이 되어 흘렀다.

"괜찮아, 세라피마."

타냐가 세라피마의 침대에 앉아 양어깨에 손을 짚고 격려했다.

"이제 곧 전쟁은 끝나. 그러면 평화로운 시대가 끝없이 이어질 거야. 전 세계가 끔찍할 정도로 전쟁의 두려움을 알게 됐잖아. 분명 세상은 지금보다 더 좋아지겠지. 나도 너도 젊잖아. 물론 샤를로타와 마미도 그렇고."

"응……."

눈물에 촉촉하게 젖었던 세라피마의 의식이 그 말을 듣고 간신히, 그리고 완전하게 맑아졌다.

"마미는? 마미는 무사해?"

"응. 이제 의식이 또렷해졌어. 세라피마를 많이 걱정했고."

"만나고 싶어. 만나게 해줘, 타냐. 샤를로타도, 이리나도 만나고 싶어."

"그럼…… 그런데 우리가 지금 어디에 있는지 알겠니?"

"응? 쾨니히스베르크가 아니야?"

타냐가 유쾌하게 웃었다.

손을 잡고 문으로 갔다. 조금 현기증이 나는지 바닥이 기울어진 것처럼 느껴졌다. 문이 열린 순간, 그 앞에 펼쳐진 광경에 말을 잃었다.

새까만 지면과 거기에 놓인 유선형의 거대한 기지……라고 생각했다. 그러나 아니었다. 기지 전방에 회전식 다연장로켓이 놓여 있었다. 바다 냄새와 시야가 흔들리는 것을 보고 그제야 세라피마는 새까만 지면처럼 보인 것이 밤바다인 것을 알았다.

"배 위인가……"

"맞아. 달도 떴는데 구름이 껴서 잘 안 보이네. 일주일하고 조금 더 지났어. 다친 것에 비해 너무 오래 자서 눈을 안 뜨면 어떡하나 걱정했어. 의사는 정신적 충격 때문이라고 뭉거만 놔줬고."

"피마!"

익숙한 목소리에 돌아보자 샤를로타가 품에 뛰어들었다.

"샤를로타……"

세라피마의 가슴에 머리를 꾹꾹 비비며 샤를로타가 웃었다.

"정말, 하여간 피마는 바보야! 마미랑 피마, 둘 다 죽을지도 모른다는 말을 들었을 때 내 기분이 어떨지 생각이나 했어?"

"미안해, 샤를로타."

웃음을 지은 순간, 세라피마의 몸에 살아 있다는 실감이 돌아왔다.

"돌아와서 다행이야, 세라피마."

샤를로타 등 뒤에서 목소리가 들렸다. 샤를로타가 몸을 비키자 휠체어에 탄 야나가 있었다.

"마미. 다행이야. 정말 이제 괜찮구나."

"응. 너희 덕분이야. 곧 일어날 수 있을 거야. ……올가 일은 정말 안타까워."

세라피마가 눈을 감고 고개를 숙였다.

부대원들을 기만하고 사지로 보낸 얄미운 엔카베데. 그렇게 생각하게끔 유도하여 모두를 결속시킨 그 소녀는 마지막에 세라피마를 구하기 위해 싸웠고 목숨을 잃었다.

마미가 샤를로타에게 눈짓으로 신호를 보내자, 샤를로타가 휠체어를 밀어 두 사람 사이의 거리를 좁혀주었다. 벌써 휠체어를 다루는 솜씨가 능숙했다.

"괴롭지만 살아서 돌아가야지. 올가, 아야. 도중에 죽은 전우들의 이야기를 우리가 살아서 전하자."

응. 세라피마가 대답했다. 뺨을 타고 흐르는 눈물이 조금 전보다 더욱 뜨겁게 느껴졌다.

문득 정신을 차리고 샤를로타에게 물었다.

"어라? 우리 지금 어디 가는 거야……?"

"제39독립근위소대는 해산이래."

샤를로타가 어깨를 움츠렸다.

"이대로 레닌그라드에 입항해서 해산하고, 지역별 귀환 부대에 합류하라더라. 이제 총을 쏠 수 있는 건 나 혼자뿐이니까 어쩔 수 없지만 참 박정하지. 또 며칠 안에 베를린을 함락할 것 같으니까 재편성도 없을 거래. 아쉽지만 세라피마의 진급과 교관 임명도 취소라더라. 아니, 그보다 그런 얘기가 있었어?"

"그렇구나……"

부대야 어떻든 자신의 앞날에 별로 관심이 생기지 않다니. 스스로 생각해도 놀라웠다.

"이리나 대장님은?"

거듭 묻자 샤를로타의 표정이 갑자기 슬퍼졌다.

"그게…… 대장 동지가 극동에 가시겠대!"

"뭐? 극동?"

"응. 일본 주변으로 전력을 모으니까 이번에는 그쪽으로 가겠다고…… 우리도, 다른 장교님들도 매일같이 말리는데 도무지 고집불통이야."

"책임을 느껴서 그러시는 거야." 마미가 말했다. "그분 나름대로 우리에게 느끼는 책임 말이야."

"그 사람, 지금 어디에 있어?"

샤를로타가 가슴께에서 대답했다.

"함미에서 장교님이랑 얘기하시는 중이야…… 피마, 부탁이야. 말려주지 않을래?"

말을 듣자마자 세라피마는 달렸다.

큰 배를 타는 것은 처음이라, 발밑이 휘청거려서 굉장히 두려웠다. 다리가 비틀거려 난간을 붙잡은 채 선상 계단을 뛰어 올라갔다. 대공포좌와 함교를 지나자 후방 포탑 너머로 드디어 함미가 보였다.

거기에 이리나가 있었다. 냉철한 표정으로 장교와 뭔가 대화하고 있었다.

"이리나!"

생각하기도 전에 세라피마가 외쳤다.

"세라피마!"

놀란 얼굴이 이쪽을 본다. 이리나가 나를 본다.

"세라피마, 정신 차렸구나. 어, 어이, 달리지 마!"

머릿속에서 그리운 목소리가 들렸다.

너는 지금 어디에 있지?

세라피마는 이리나에게 달려가며 귀를 기울였다. 한번 더……

바닷바람 너머, 흔들리는 배 너머에서 이리나가 내게 묻는다.

눈꼬리에 달린 눈물을 손끝으로 훔치자, 그 물방울이 뒤쪽으로 날아갔다.

나는 지금……

축축한 갑판에 발이 미끄러졌다. 엉덩방아를 찧은 세라피마는 그대로 이리나 근처까지 기세 좋게 주르륵 미끄러졌다.

"위험해!"

이리나가 외치며 세라피마를 안았다. 그러지 않았다면 바다에 떨어졌을 것이다. 뭔가 말하려는 이리나에게 세라피마가 외쳤다.

"나는 당신 곁에 있어요!"

시야가 눈물로 흐릿했다. 오열이 새어 나와 눈물을 흘렸다.

오래전부터 알고 있었다. 이리나가 자신을 살려줬다는 것을. 허탈에 빠져 살아갈 기력을 잃고, 그저 죽음만 바라는 자신을 삶으로 이끌었다는 것을. 또 저격병으로서, 살인자로서 느낄 고뇌에서 구해주려고 그 고통을 짊어진 것을.

너를 살인마로 만든 건 나다. 그렇게 반복함으로써 자신을 번뇌에서 구해준 것을.

생각해 보면 이리나에게는 그것이야말로 삶의 보람이었다. 이리나는 가는 곳마다 어린 여성들을 발견할 때마다 같은 질문을 던졌다.

싸우겠는가, 죽겠는가.

싸우겠다고 대답한 자에게는 싸움을 가르치고, 세라피마처럼 죽음을 바라는 자는 일으켜 세웠다. 양쪽 다 거부한 자에게는 다른 길을 가르쳐주었다. 타냐에게, 또 저격학교에서 퇴소한 동료들에게 그랬던 것처럼.

류드밀라 파블리첸코가 가지라고 말했던 삶의 보람. 이리나는 여성을 구하려고 했다. 세라피마보다 일찍, 그리고 더욱 깊은 의미로 똑같은 삶을 선택했다.

"그러니까 내 곁에 있어요, 이리나……"

상관과 부하 사이의 말도 아니고 교관과 학생의 관계도 아니다. 그저 개인 간에 존재하는 감정에 몸을 맡기고, 세라피마는 이리나에게 애원했다.

"책임을 느낀다면 나랑 같이 이바노프스카야에 가요. 내가 돌아갈 곳에…… 다른 사람은 아무도 없는 곳에서 나와 함께……"

넋을 잃었던 이리나가 곧 기가 막힌다는 듯이 웃었다.

"너는…… 늘 내 예상을 벗어나는군. 마지막까지 그랬어."

"네." 세라피마가 대답했다. 그리고 뭔가 생각하기도 전에 입술을 겹쳤다.

"벗어나도 너무 벗어난다니까."

웃으며 이리나도 키스를 되돌렸다. 샤를로타와 자주 나누는 키스와는 조금 다른 느낌이었다.

"오호라."

낯선 상급장교가 입을 열었다.

"극동 방면 이야기는 없던 걸로 할까."

"부탁드립니다, 눈은 떼면 금방 어디로 떨어질 것 같아서요."

이리나가 대답했다. 애초에 이리나가 억지로 밀어붙였던 이야기였다.

"저길 봐."

이리나가 하늘을 가리켰다.

짙은 구름이 바람에 날려가 어느새 시야가 트였다. 바닷바람을 받으며 전진하던 배가 순식간에 맑게 갠 밤하늘로 나아갔다.

하늘 가득한 별이 눈부시게 반짝이고, 초승달이 자신들을 형형하게 비춘다. 항로 앞에 밤하늘의 빛이 쏟아진다. 아른아른한 달빛을 궤도로 삼아 우리는 나아간다.

배 전방에서 마미, 그가 탄 휠체어를 미는 샤를로타 그리고 타냐가 다가왔다. 서로 몸을 기대면서, 세라피마는 모두 똑같은 생각을 하고 있음을 느꼈다.

우리는 앞으로 평생 서로를 잊지 않으리.

배는 멈출 줄 모르고 러시아로 향했다.

전쟁이 끝나려 한다.

# 에필로그

## 1978년

이바노프스카야 마을에 사는 열 살 먹은 소년 다닐은, 마을 산길을 지나 뒷산으로 올라가 짐승이 다닐 법한 좁은 길을 조심조심 걸었다.

소년은 손에 두 통의 편지를 들고 있었다. 이바노프스카야 마을에는 편지가 오는 일이 드물고 그나마 오는 편지도 전부 공용 우편함에 넣어두기에 소년들은 빈 시간에 그것을 나눠주는 일을 도맡았다. 좁은 마을이라 그 일은 딱히 힘들지 않았고, 운이 좋으면 배달하다가 사탕도 얻어먹을 수 있었다. 그래서 소년들은 매일 이른 저녁의 놀이 시간에 우편함에 들렀고, 거기서 뭔가 게임을 하여 승자가 배달 일을 맡았다.

그러나 받는 사람이 '뒷산의 두 마녀'일 때는 사정이 다르다.

이리나 에멜리아노브나 스트로가야와 세라피마 마르코브나 아르스카야.

혈연이지 아닌지두 알 수 엄ㄱ 전쟁에서 귀환한 사람들이 흔히 그렇듯 한쪽 손이 온전하지 못한 여자들이다.

마을 외곽의 조금 높은 뒷산에 오두막을 세우고서 얼마 안 되는 군인연금과 직접 가꾼 텃밭의 수확물로 살아가는 두 여성에 대한 평판은 마을 사람들에 따라 제각각이다.

특히 나이 든 사람들은 서른몇 해 전의 그 대조국전쟁 때 괴멸된 마을을 전후에 단둘이서 재건하고, 당국과 연락을 주고받으며 피난민을 이주자로 받아들이고, 농업지도자를 불러 생활을 풍족하게 만들어준 사람들이라고 말하며 마을 중흥의 시조이자 신처럼 숭상하고 존경했다.

또 다른 사람들은, 기술이 있으면서도 마을과 전혀 접점을 갖지 않고 사냥법도 가르쳐주지 않는 데다가 전쟁 이야기를 들려달라고 하면 몹시 화를 내는, 이상하고 기분 나쁜 사람들이라고 꺼렸다. 또 어떤 사람들은 두 사람을 그저 굉장히 무서워했다.

뭐가 정답이든 가볍게 대하기는 어려운 상대일 것이다.

다닐은 어떤가 하면, 대화를 나눠본 적도 없는 둘에게 딱히 이렇다 할 느낌은 없었다. 그래도 마을 사람들마다 제각각으로 나뉘는 말들 중에서 딱 하나 확실한 점은, 두 사람이 저격병이라고 불리는 병과에 속했다는 것이다. 그리고 놀랍게도 둘 다 100명쯤 되는 독일인을 죽였다고 들었다. 거짓말이나 농담이 아니라고, 정말이라고 학교 선생님도 말했다.

어른들은 두 사람을 '식인마'라고 부르며, 주로 어린아이들을 겁주는 얘깃거리로 쓰곤 했다. 나쁜 짓을 하면 뒷산에 사는 식인마 마녀가 잡아간다, 두 사람 손에 죽는다, 라고.

그런 이유로 한 달 만에 두 사람에게 도착한 편지를 배달하는 일은 마음 약한 다닐이 떠맡게 되었다. 오두막에 도착한 다닐은 떨리는 다리에 힘을 꾹 주고서 숨을 가다듬고 문을 두드렸다.

전혀 반응이 없었다. 아무도 없나 싶어 안도하는 순간 갑자기 문이 열렸다. 여느 집이라면 무슨 소리가 나서 알 수 있었는데 이번에는 기척을 전혀 느끼지 못했다.

고개를 갸웃거리는 여성은 아마도 세라피마라는 사람이다. 다닐이 알기로 오십을 넘었을 것이다. 나이에 비해 말라서인지 묘하게 젊어 보였다.

"……편지요."

묵묵히 두 통의 봉투를 받은 세라피마는 그중 하나를 본 순간, 뭔가를 알아차렸는지 숨을 내쉬었다. 편지를 뒤집어서 발신자를 보더니 조용히 눈물을 흘리며 소리도 내지 않고 울었다.

다닐로서는 놀랄 따름이었다. 100명이나 되는 독일인을 죽였다고는 믿기지 않는 다정한 얼굴이 눈물에 젖어 아름답게 보였다. 멍하니 자신을 바라보는 소년에게 시선을 돌린 여자는 뭔가 오해했는지 "미안하구나" 하고 대답했다.

"놀랐지? 이제 가도 된다."

"아, 네."

다닐은 떠나려고 했다. 하지만 이렇게 가도 괜찮을까? 앞에 선이 사람에게 뭔가 말을 걸고 싶었다.

"저기……"

말을 꺼냈으나 다음을 잇지 못했다. 머무머무하며 "그게……" 하고 고개를 숙이자 여자가 물었다.

"친구들과 사이좋게 잘 지내니?"

마음이 읽힌 것 같아서 놀랐다. 그래도 두렵지는 않았다.

"아니요." 소년은 대답했다. "나는 맨날…… 마음이 약해서 툭 하면 나한테 일을 떠넘기고, 가끔은 얻어맞아요…… 다들 사실은 나쁜 아이들이 아닌데…… 그래도 맞는 건 역시 싫어요."

"그러니?"

사실을 있는 그대로 받아들인 대답이 돌아왔다. 신기하게도 마음이 편해졌다.

"친구를 소중히 여겨야 해. 언제까지나 같이 있을 순 없거든. 만약 고민이 있다면 내 나름대로 힘이 되어줄게. 내일 마음이 내키면 또 와도 좋아."

"친구를 데리고 와도 되나요?"

세라피마는 잠시 생각하더니 그러라며 고개를 끄덕인 뒤 문을 닫았다.

다닐은 왔던 길을 바쁘게 돌아갔다. 같이 가자고 해도 누가 오겠다고 할까?

그래도 같이 와준다면, 분명 그 녀석과는 더욱 친해질 수 있을 것이다.

집 안으로 돌아온 세라피마가 숨을 한 번 내쉬었다.

일과로 하는 실내 운동을 마친 이리나가 안쪽 방의 의자에 앉아 말을 걸었다.

"샤를로타 편지인가?"

늘 그렇듯이 눈치가 빠르다.

"응."

이 대답으로 모든 것이 전해졌다. 봉투를 열자 세라피마가 예상했던 글이 있었다. 한 달 전에 온 편지를 읽었을 때부터 다음에 받게 될 편지의 내용을 이미 짐작하고 있었다.

"마미가 죽었어."

야나 이사에브나 하를로바는 천수를 누렸다. 마지막은 평안했다. 그렇게 간단히 적혀 있었다.

지난달 편지에서는 병에 걸려 폐의 상태가 좋지 않다고 알렸었다. 향년 예순네 살. 천수를 누렸다고 여겨야 한다고 세라피마는 생각했다. 납탄이 몸 안에 박힌 후유증과 외상 후 스트레스 장애로 힘들어하면서도 마미는 샤를로타와 함께 빵 공장에서 일했고, 애통해하는 마을 사람들에 둘러싸여 세상을 떠났다.

배에서 내려 레닌그라드에서 헤어진 후의 자신들을 떠올렸다.

4월 30일에 히틀러는 자살했고, 5월 9일 독일이 정식으로 항복하면서 소련은 승리했다. '국가'라는 거국적인 단위로 바라보는 승리와 패배였다.

4년에 못 미친 그 전쟁으로 독일은 900만 명, 소련은 2000만 명 이상의 인명을 잃었다. 소련의 싸움은 여기에서 끝나지 않았다. 그해 8월 여세를 몰아 남은 추축국인 일본에 선전포고를 했다. 그 시기의 소련에는 감히 대적할 자가 없었다. 중국 땅의 괴뢰정부와 그곳에 있던 군세가 역사에 남을 만큼 신속하게 분쇄되자, 미국과의 전쟁으로 열도가 만신창이였던 일제도 무조건 항복을 선언하면서 마침내 소련의 전쟁이, 그리고 제2차 세계대전이 막을 내렸다.

그 후가 제39독립근위소대, 그들의 진정한 인생이었다.

자기 자식을 잃고도 계속 살아가야 하는 마미를 받쳐준 사람이 있었다.

샤를로타 알렉산드로브나 포포바.

세라피마는 처음 만났을 때 샤를로타의 인형 같은 모습을 회상했다. 어린 소녀처럼 행동하며 저격병으로서의 고통 따위는 전혀 느끼지 않는 것 같았던 그의 진면모를 전후에야 알 수 있었다.

야나는 너무도 선량한 사람이었다. 자신처럼 전쟁에 익숙해지지 못했다.

전쟁이 끝난 뒤, 그동안 조국에 있던 인적자원을 극단적으로 소모하며 인원이란 인원을 모조리 동원했던 붉은 군대는 수많은 병사의 직위를 빠르게 해제하고 원래 일자리로 돌려보냈다. 그 말인즉슨 사람을 죽이는 기술을 익혀 주저하지 않고 적을 죽이는 훈련을 받았고, 실제로 적군을 죽였고, 아군의 죽음을 지켜보며 학살을 목격했거나 학살자가 되어 이 세상의 모든 지옥을 체험했던 수많은 병사가 일상에 맨몸으로 내던져졌다는 의미였다.

죽을 걱정이 없고, 죽일 계획을 세우지 않고, 명령 하나에 따라 무심하게 살육에 몰두할 일이 없는, '일상'이라는 어려운 삶으로 돌아오는 과정에서 많은 자가 마음의 균형을 잃었다.

전쟁에서 살아남은 병사들은 자신의 정신이 강해진 것이 아니라 전장이라는 비틀어진 공간에 최적화되었을 뿐이라는 사실을, 훨씬 평화로워야 할 일상으로 복귀하지 못하는 자신과 마주하면서 깨달았다.

소련은 부상병을 나름대로 지원했으나 전쟁으로 말미암은 정신장애에 대해서는 이상하게도 냉담했다. 소련의 의학 수준이 열악했기 때문이 아니었다. 제1차 세계대전 후 소련의 의학자들은 귀환병의 정신장애를 연구했고, 세계의 선두 주자가 되어 치료법이나 상담법을 다룬 숱한 논문을 발표했다. 그러나 제2차 세계대전을 겪으며 '나약한 면'을 도려내자는 가치관이 팽배해지자, 전쟁이 가져오는 정신적 후유증에 관한 학술 연구 성과조차도 나약해 빠진 겁쟁이의 변명일 뿐이라고 여겨 이 사회의 쓰레기통에 매장하고 돌아보지 않았다.

그래도 살아남은 병사들을 영웅으로 우러러보는 태도는 변하지 않았다. 단, 그 병사가 여성이 아니라면 말이다.

학교에서 던졌던 질문, 그리고 그 후에도 계속 생각했던 질문. 세계는 이렇게 넓은데 소련만 유일하게 전선에 나서는 여성 병사를 길러낸 이유가 무엇인지 여전히 명쾌한 답을 찾지 못했다. 그러나 답이 무엇이든 종전과 함께 여성 병사가 쓸모없어진 것은 사실이었다. 전쟁이 끝난 뒤 소련이 칭송한 대상은, 무기를 들고 전쟁터에서 싸운 남자들과 그들이 돌아오기를 기다리며 후방을 지킨 정숙한 여자들이었다.

부활한 '남녀 역할'은 군대 안에도 영향을 끼쳐 여성은 전투 보직이 아니라 지원 보직으로 발령받는 등, 옛날식으로 분리되었다. 살아 돌아온 여성 병사를 꺼림칙해하는 분위기가 만연했는데 특히 같은 여성들이 그들을 소외시켰다. 저격소대 여성들도, 세라피마와 이리나도 예외는 아니었다.

종전 직후의 조사에서 두 사람은 쾨니히스베르크에서 아무 문제 없이 적을 쓰러뜨렸다고 인정받았으나, 최고사령부는 '무언가'를 깨달았는지 그들을 프로파간다의 소재로 사용하지 않았다. 덕분에 마을 재건에 몰두할 수 있었다. 그러나 아무리 헌신적으로 마을에 이바지해 봤자 두 사람은 100명을 죽인 여자들이었다. 마을 사람들은 두 사람을 자기 집에 초대하지 않았고, 두 사람 역시 사람들과 어울릴 방법을 몰랐다.

이 손으로 사람을 죽인 것도 사실이고 두려움의 대상이 되는 것도 마땅하다고 생각했기에 세라피마는 마을의 성장이 어느 정도 궤도에 오르자 마을 사람들과 거리를 두었다. 그리고 세라피마는 동독일과 감청한 서독일의 세태 보고서를 번역하고, 이리나는 전쟁사 연구에 협력하며 조촐하게 살아갔다.

두 사람이 샤를로타와 야나를 마지막으로 만난 것은, 샤를로타가 공장장으로 임명된 20년 전이었다. 전후로부터 10년이 넘게 지난 그때에도 야나의 마음은 여전히 전쟁에 잡아먹힌 채였다.

저녁을 먹다가 야나는 갑자기 자기가 쏜 적병을 떠올리거나 스탈린그라드에서 잃은 동료들을 떠올리면서 눈물을 흘렸다. 활기

차고 밝은 샤를로타가, 악몽에 시달리고 자책하며 아이처럼 눈물을 흘리는 야나를 있는 힘껏 격려했다.

샤를로타는 소련의 역할을 대신하려는 것처럼 전우회를 통해 여러 전우, 특히 여성 병사와 편지를 주고받거나 기억을 이야기하는 모임을 꾸려 서로를 치유했다. 수많은 여성이 그런 자리를 원했다. 야나도 동료들과 만나면서 마음을 달랬다.

거리에 나서면 샤를로타는 다른 여성 병사와 달리 모두의 사랑을 받았다. 자신이 쏜 적병의 숫자나 불쾌한 소문도 얼마든지 농담거리로 삼았다. 공장장으로서 모스크바 최고의 빵 공장을 이끌었고, 미트파이 메뉴가 생산 라인에 추가되자 "재료 혼입에 요주의. 특히 독일제 고기는 금물" 같은 벽보를 붙였다. 세라피마는 인상을 찌푸렸으나 노동자들은 웃으며 받아들였다.

종종 두 사람이 보낸 편지가 도착했다. 편지를 쓰는 사람은 샤를로타일 때도 있고 야나일 때도 있었는데, 야나의 문체는 세월이 지남에 따라 차분해졌고 간혹 농담도 섞였다.

그리고 마침내 평안한 노후를 맞이할 수 있었다.

앞으로도 자신이 죽을 때까지 모임을 그만둘 생각은 없다고, 샤를로타는 앞선 편지에서 말했다. 아마도 빵 공장에서 일하겠다고 정한 그 순간부터 샤를로타는 앞으로 자신이 무엇을 할지 정했을 것이다. 그게 샤를로타의 강점이었다.

세라피마는 스스로 생각해도 야나와 비교하면 훨씬 냉담한 편이었으나, 그래도 깊이 자다가 돌연 박격포의 '명중하는 소리'를 듣고 밖으로 뛰쳐나간 적이 몇 번이나 있었다. 나는 사람을 죽였다, 셀 수 없이 많은 사람을 죽였다. 그런 실감이 아무런 전조도 없이 몸 안에서 북받쳐 도망치려고 한 적도 있었다.

그때마다 이리나가 웃으며 집으로 데려오고는 한 침대에 누워 재워주었다. 전후에 본인이 도움을 주려고 했던 이리나에게 오히려 도움을 받게 되어 세라피마는 너무 부끄러웠다.

이리나가 눈물을 흘린 것은 딱 한 번, 4년 전에 류드밀라 파블리첸코가 예순 살도 채 못 되어 죽었을 때뿐이었다.

과연 소련 연방 영웅의 전후는 어땠을까? 복학한 대학에서 학위를 따고, 군대에 복귀해 전쟁사를 편찬하는 일을 맡은 그는 겉보기에는 다부져 보였다. 출판한 자서전은 베스트셀러가 되었다. 그러나 다른 한편으로 그는 수많은 귀환병과 마찬가지로 알코올 의존증과 부상 후유증에 시달렸고 결국 고독 속에서 생애를 마감했다.

"또 다른 건? 표도르 씨가 보냈나?"

"우체국에서 '스탈린그라드'라고 쓴 주소를 검열한 흔적이 없으니까 아니야."

레닌그라드에 사는 타냐와 현재는 볼고그라드로 이름이 바뀐 스탈린그라드에서 무사히 가족과 재회한 표도르 씨와는 이후로 만나지 못했다. 그러나 매년 몇 통씩 편지를 주고받았다. 세라피마와 이리나는 이렇게 네 군데에서 소통을 이어갔다.

도시 이름의 변천이 상징하듯이 전후 소련에서 스탈린을 다루는 방식도 크게 달라졌다. 1953년 그가 죽었을 때 '국가를 이끈 강철 남자'의 죽음을 온 나라가, 적어도 겉으로는 슬퍼했다. 그러나 그 후에 제1서기가 된, 스탈린그라드에서 딱 한 번 본 적 있는 전직 정치위원 흐루쇼프는 3년 후 스탈린의 공포정치와 대숙청, 개전 당시의 판단 실수를 전면적으로 비난하고 국민의 탄압자라며 그를 비판했다.

"스탈린은 무자비한 사내이며 그 체재는 공포정치였다!"라고 외친 흐루쇼프의 말을, 국민 대부분이 '이제 그런 말을 해도 되는구나'라며 안도하는 동시에 당혹스러워하며 받아들였다.

스탈린을 숭배한 정치가들 모두가 거짓말을 했다는 건가? 그런데도 스탈린만 나쁘다고? 하지만 그때 흐루쇼프는 스탈린의 측근이 아니었나?

귀환병들은 또 다른 당혹감을 느꼈다.

스탈린 체제가 공포정치였다면, 그것을 떠받들며 싸운 우리는 대체 뭐였지?

어쨌거나 스탈린은 극악무도한 자였던 만큼 그의 업적을 모조리 부정해야 하기에, 보존했던 시신을 매장하고 동상을 부수고 각종 서적을 다시 썼다. 당연히 스탈린그라드도 이름을 바꿔야 했는데, 그렇다고 옛 이름인 차리친은 차르, 즉 황제를 연상시키므로 사회주의국가에는 어울리지 않는다. 그 때문에 볼가강에 가깝다는 이유로 '볼고그라드'라는 무미건조하고 중립적인 이름을 대충 가져다 붙인 것이다.

이렇게 결정된 것이 1961년이다. 언제나 온화한 문체로 가족이 어떻게 지내는지, 또 불발탄 처리로 얼마나 바쁘게 지내는지 일상적인 이야기를 적던 표도르 씨의 편지에서 이때만큼은 분노와 곤혹스러움을 읽을 수 있었다.

"그야 물론 스탈린이 무자비한 사람이긴 했지만, 그렇다고 우리가 볼고그라드라는 낯선 이름의 도시에서 싸운 건 아니지 않습니까?"

이 한 구절이 그 도시에서 싸운 숱한 병사들의 심정을 대변해주었다.

그러나 개명 철회 청원이나 서명 운동은 모두 기각되었다.

그 흐루쇼프도 1964년에 실각했고, 브레즈네프라는 속물 같은 남자가 뒤를 이었다. 더 이상 소련에 절대적 권위란 건 존재하지 않는다는 사실을 다들 차츰 깨달아갔다. 붉은 군대의 상징이었던 주코프 원수조차 스탈린과 흐루쇼프에게 각각 중용된 후에 좌천되었고, 4년 전에 회고록을 출판하고 사망할 때까지 정치적 흥망성쇠를 어지럽게 반복했다.

"변하지 않는 건 타냐 정도인가."

"응. 그런데 이건 타냐가 보낸 것도 아니야."

타냐는 전시 중에 말했던 것처럼 간호사가 되어 일했다. 놀랍게도 보호했던 요한, 즉 세라피마가 쐈던 그 소년을 합법적으로 양자로 입양했다. "독일인 아이가 딸린 미혼이지만, 그래도 좋다는 별난 사람이 있다면 결혼해도 괜찮아"라고 말하던 그는 두 번 결혼하고 두 번 이혼했다. 소련에서는 그리 드문 일도 아니긴 했지만 특히 타냐에게 결혼은 전혀 중요한 문제가 아닌지, 지금은 큰 병원의 간호부장으로 일하고 있었다. 가명을 쓰게 된 아들도 활기차게 일하며 지내는데, 편지로 러시아어를 가르친 세라피마도 그의 성장을 볼 때마다 기뻤다. 그의 고향 쾨니히스베르크는 소비에트 러시아 영토가 됐고 역시나 이름이 바뀌어 칼리닌그라드가 되었다. 그곳에 살던 민족독일인*들은 본국으로 가혹하게 추방당했으니 타냐의 혜안이 없었다면 요한의 목숨도 위태로웠을 것이다.

그때 내가 죽이지 않았으니 요한이 어른이 되었다. 세라피마는 그런 생각이 들 때면 안도감을 느끼면서도 자신이 초래했던 무수한 죽음의 정체, 그 일면이 언뜻 보이는 것 같아 다시 공포를 느꼈다.

과연 아야와 올가는 어땠을까. 세라피마는 잃어버린 동료들을 떠올렸다.

올가의 꿈은 이루어졌을까. 전후 소련은 연방 내의 최고 격전지였던 2개국 벨라루스와 우크라이나를 우대했다. 국제연합에서도 2개국은 독자적인 의석을 얻었다. 반쯤 독립 국가로 취급한 것이니 소련의 파격적인 대우라 할 수 있었다. 류드밀라 파블리첸코가 싸웠던 곳이자 세바스토폴 요새가 있던 곳, 귀속을 둘러싸고 각종 알력이 있었던 크림반도도 1954년에 러시아가 자주적으로 우크라이나에 할양했다.

러시아와 우크라이나의 우정이 영원히 이어질 수 있을까. 세라피마는 의문이었다.

---

\*    독일계 재외동포. 나치 독일은 독일 본토에 사는 독일인을 국가독일인, 국외에 사는 독일계 외국인을 민족독일인으로 구분했다. 나치를 지지한 세력을 가리켰기에 현재는 사장된 표현이다.

그러나 자유화 풍조 아래에서 여러 민족의 자치 영토가 회복되어도 카자크의 명예 회복이 선언되는 일은 없었다. 아야의 고향 카자흐 역시 로켓 기지 건설이나 종교억압 증지, 원폭 실험장 설치를 혜택이라고 본다면 선진적 도시화가 진행되었다고 할 수도 있을 것이다. 그러나 거기에 유목민의 터전은 없었다.

또한 소련이 자유화 시대가 되든 정체 시대에 들어서든 정책에 관해 다른 의견을 말하는 것을 금지하는 국가체제는 건재했다. 헝가리나 체코 등 주변국에서 발생한 자발적 민주화의 시도는 매번 소련군이 파견되면서 틀어졌다.

소련이라는 이름의 국가는 삐걱거리며 나아가는 쇄빙선과도 같았다.

크고 작은 얼음을 부수며 나아가던 선체가 각종 사회적 모순으로 타격을 받아 언젠가 가라앉을지도 모른다는 불안을 모두가 한마음으로 느끼고 있었다. 배가 가라앉으면 보트에 나눠 타서 혹한의 바다로 노를 저을 수밖에 없다. 항해 도중에 선장이 바뀌는 것처럼 권력자가 바뀌고 가치관이 달라진다.

그러는 동안에도 대조국전쟁만은 보편적인 '국민의 이야기'로서 존재한다. 셀 수 없는 인명을 잃으며 방어 전쟁에서 강대한 독일군을 맞받아치고 마침내는 인류의 적 나치 독일을 분쇄했다는 사실은, 소련 국민이 공유할 수 있는 거의 유일하게 찬란하고 기분 좋은 이야기로 강화되었다.

몇 개의 훈장을 받은 세라피마도 이리나도, 전쟁에 관해 물어보는 마을 사람들에게 요구받는 것은 늘 그런 이야기뿐이었다. 따라서 소련군 병사들이 독일에서 행한 폭력적인 행패가 화제에 오르는 일은 없었으며 그것을 문제라고 여기지도 않았다.

여성을 향한 폭력에 관해서는 종전 직후부터 고급 장교들이 비슷한 반응을 보였다. 범죄라는 것을 인식하고 단속과 처벌도 하지만 그다지 심각한 문제로 여기지 않았다. 그리하여 전쟁이 끝난 직후에는 붉은 군대 병사들의 성범죄가 맹위를 부렸고, 점령된 뒤 그런 행위가 진정된 세상에서는 과거 산드라가─전후 그의 행방은 전혀 모른다─그랬던 것처럼 동의라고도 강제라고도 할 수 없는 불확실한 관계가 만연했다.

누군가가 말했던 것처럼 이것은 독일인에게 모종의 수요를 낳았다. '야만적인 아시아' 슬라브인에게 독일 여자가 능욕당한 것은 국가가 겪은 굴욕으로서, 독일이 벌인 이번 전쟁에 정당성을 부여하기 위해 활용할 만한 가장 알맞은 이야깃감이었다. 그것은 곧 영국을 향한 침공이 도리어 영국의 독일 공습을 초래한 것과 마찬가지로, 일반 독일인과는 다른 '나치 독일'이 '선량한 우리 독일인'에게 초래한 피해의 상징으로 받아들여졌다.

독일은 국제사회로 복귀하는 과정에서 공습과 폭행으로 상징되는 자신들의 피해를 함구했다. 학살당한 유대인에게는 애도와 사죄를 말하고, 자신들이 입은 피해를 속으로만 삭임으로써 그들은 스스로 존엄을 되찾은 듯했다. 그들이 주장하는 독일의 '가해'는 오로지 유대인에게 행한 대량 학살이지, 국방군이 동유럽에서 행한 학살이 아니었으며 하물며 소련 여성에게 행한 폭행은 더더욱 아니었다.

소련에서도 독일에서도 전시 성범죄 피해자들은 입을 다물었다. 이는 여성들이 입은 엄청난 정신적 고통과 성범죄 피해자가 피해 사실을 밝히는 것을 혐오하는 각 사회의 요구가 합쳐진 결과였다.

마치 교환 조건이 성립된 것과 같았다. 소련에서 여성에 대한 폭력을 저지른 독일 국방군과 독일인에게 폭력을 저지른 소련군은 사이좋게 입을 다물고 서로를 탓하지 않았다.

기분 좋은 영웅적 이야기. 아름다운 조국의 이야기.

참혹하고 비극적인 이야기. 무자비한 독재의 이야기.

그것은 독일에서도 소련에서도, 남자들의 이야기였다. 이야기 속의 병사는 반드시 남자의 모습이었다.

그래도 세라피마는 희망을 품었다. 동서로 분할된 독일의 정세 보고서 안에서 새로운 목소리가 태동하는 것을 느꼈다. 젊은이들은 히틀러와 나치에게 책임을 전가하며 그 시대를 저항하지 않고 살았던 어른들에게 반감을 드러냈다. 느리긴 해도 국방군이나 넓게는 일반 독일 국민에게도 그 시대에 벌어진 일에 대한 책임이 있다는 풍조가 나타나기 시작했다.

소련은 어떨까.

설령 뱃머리가 가라앉아도 대조국전쟁 이야기를 아름답게 전승하려는 이 나라에는 그 이면을 보려는 날이 절대로 오지 않는 걸까.

그런 생각에 잠긴 채 또 다른 편지를 뜯었을 때, 나열된 문자의 행렬이 물 위로 떠오르듯 세라피마의 시선을 붙잡았다.

"전쟁은 여자의 얼굴을 하지 않았다."

문구를 있는 그대로 읽자 이리나가 일어나 다가왔다. 가까운 의자에 앉아 있던 이리나는 여전히 비쩍 말라 있었다. 둘 다 이유를 알 수 없었지만 전쟁 이후로 육식을 그만두었다.

세라피마가 말했다.

"이 여자, 스베틀라나 알렉시예비치가 쓰고 싶은 이야기래."

"벨라루스 출신이네. 1948년 출생? 전쟁을 말하기에는 아직 좀 젊은데."

이리나의 말에 무심코 표정이 부드러워졌다. 우리가 전쟁에서 싸웠을 때보다는 젊지 않다.

"여성 병사들의 이야기를 있는 그대로 듣고 싶다, 편집이나 당국의 의향이 일절 개입하지 않은 생생한 말을 듣고 싶다, 라고 합니다."

말투가 자연히 군대 시절로 돌아갔다.

"그래." 이리나가 말했다. "하고 싶으면 하면 돼."

"괜찮아?"

전쟁 때도 지금도, 이리나는 신문기자를 이유 없이 싫어했다.

"네가 조금 기쁜 표정을 지었으니까…… 그러면…… 내 전쟁도 끝나."

그 말에 미소를 지었다. 뒤에 한 말은 의미를 잘 모르겠지만, 본심을 감추는 이 사람의 태도에는 익숙했다.

그리고 확실히 기뻤다. 같은 말을 지닌 사람이 먼 곳에 있다는 사실이.

무슨 말을 할 수 있을까? 자유롭게 기억을 들려달라고 하는 사람과 만나도 정말로 자유롭게 말하면 대부분 질색했는데, 사실을 사실대로 말한 기회가 지금 막 찾아온 것 같았다.

그렇다면 앞으로는 생각한 바를 그대로 말하자. 오늘 우리 집을 찾아왔던 그 소년에게도.

탁자 위에 놓인 사진을 바라보았다. 전혀 다른 시절에 찍은 두 장의 사진.

자신과 조금 닮은, 그리고 나이로는 자신이 훌쩍 추월한 어머니 예카테리나, 그리고 한껏 위엄 있는 표정을 지은 아버지 마르크. 그가 일부러 험상궂은 표정을 지은 게 아니라 긴장해서 그랬다는 걸 이제는 안다.

또 한 장은, 전쟁이 끝난 뒤에 받은 저격 훈련학교의 졸업식 사진. 딱딱하게 긴장한 젊은 시절의 자신, 힘을 뺀 채로 한 손을 허리에 얹고 살짝 몸을 기울인 이리나, 자세가 올곧은 샤를로타와 마미, 지루하다는 듯이 외면한 아야. 등 뒤로는 건물 안에서 눈을 번뜩이는 하투나와 올가의 그림자가 흐릿하게 찍혔다.

두 장의 사진에 찍힌 아홉 명 중 이제 이 세상에 남아 있는 사람은 세 사람뿐이다.

세라피마가 전쟁에서 배운 것은 800미터 너머의 적을 쏘는 기술도, 전장에서 갖게 되는 인간의 처절한 심리도, 고문을 견디는 법도, 적과의 힘겨루기도 아니다.

생명의 의미였다.

잃은 생명은 다시 돌아오지 않는다. 대체할 생명도 존재하지 않는다. 배운 것이 있다면 그저 이 솔직한 진실. 오로지 이것만을 배웠다. 만약 그 외에 무언가를 얻었다고 말하는 자가 있다면 그런 사람은 신뢰할 수 없다.

아야, 올가, 유리안과 보그단, 막심 대장과 만나고 죽음으로 이별했다.

그리고 나는 적 100명의 목숨을 빼앗았다.

그런 이야기를 할 수 있다면 이 작가와 만나고 싶었다.

"내일 열 살 먹은 새로운 친구가 집에 올 거야."

세라피마가 미소 짓자 이리나가 웃었다.

"뭐 하러?"

"친구와 사이가 좋아지는 방법을 알려달래."

"그거 좋네. 중요한 거지. 그건 우리도 배워야 해."

이리나의 어깨에 손을 올리고 목덜미에 얼굴을 묻었다.

샤를로타가 보낸 편지를 다시 읽었다. 여백에, 남은 잉크로 쓴 듯한 필치의 문장이 있었다.

피마. 예전에 류드밀라 파블리첸코가 가지라고 했던 두 가지를 기억하니? 난 적어도 하나는 손에 넣은 것 같아. 앞으로도 그걸 놓지 않을 거야. 피마는 어떠니?

"내가 이겼어, 샤를로타."

"응? 뭘?"

물어보는 이리나를 품에 안아 일으켜 세웠다. 열심히 단련하고 있지만 그래도 얇아진 몸이 너무 가벼웠다.

"밖을 보러 가자."

나는 두 가지를 손에 넣었다. 둘 다 손에 넣을 수 있었다.

문을 열고 둘이서 바깥 공기를 마셨다. 차가운 공기가 폐를 채우고, 정체된 방의 공기를 청정하게 만들었다. 눈부신 저녁놀에 경치가 번졌다.

내일은 아이들과 얘기하고, 산길 위에서 마을을 보러 가야지. 세라피마는 다짐했다.

그곳에는 반드시 사람이 있다.

# 감사의 말

제11회 애거서 크리스티상을 수상한 후 이 책을 출판하기까지 전 과정에서 러시아어 번역가이자 러시아문학 연구자인 나구라 유리 선생님께 러시아 인명 첨삭, 러시아어 문헌 번역, 시대 고증, 문화 고증에 이르기까지 여러 방면에 걸쳐 많은 도움을 받았습니다. 또한 작가인 하야시 조지 선생님께서는 작품 전반에 대한 전쟁사 관련 기술의 정확성을 감수하고 많은 조언을 해주셨습니다. 깊은 감사를 전합니다.

마지막으로 협력받은 부분을 포함해 고증에 관한 책임은 전부 필자인 저에게 있음을 알려드립니다.

# 주요 참고문헌

佐々木陽子, 『総力戦と女性兵士』, 青弓社, 2001

レギーナ·ミュールホイザー, 姫岡とし子訳, 『戦場の性: 独ソ戦下のドイツ兵と女性たち』, 岩波書店, 2015

スヴェトラーナ·アレクシエーヴィチ, 三浦みどり訳, 『戦争は女の顔をしていない』, 岩波書店, 2016 (스베틀라나 알렉시예비치, 박은정 옮김, 『전쟁은 여자의 얼굴을 하지 않았다』, 문학동네, 2015)

_____, 三浦みどり訳, 『ボタン穴から見た戦争: 白ロシアの子供たちの証言』, 岩波書店, 2016 (스베틀라나 알렉시예비치, 연진희 옮김, 『마지막 목격자들』, 글항아리, 2016)

キャサリン·メリデール, 松島芳彦訳, 『イワンの戦争: 赤軍兵士の記録 1939〜45』, 白水社, 2012

アレグザンダー·ワース, 中島博·壁勝弘訳, 『戦うソヴェト·ロシア(上·下)』, みすず書房, 1967

アントニー·ビーヴァー, 川上洸訳, 『ベルリン陥落1945』白水社, 2004

アントニー·ビーヴァー, 堀たほ子訳, 『スターリングラード: 運命の攻囲戦1942〜1943』朝日新聞社, 2002

ローマン·テッペル, 大木毅訳, 『クルスクの戦い1943: 第二次世界大戦最大の会戦』, 中央公論新社, 2020

大木毅, 『独ソ戦: 絶滅戦争の惨禍』, 岩波書店, 2019 (오키 다케시, 박삼헌 옮김, 『독소전쟁』, 에이케이커뮤니케이션즈, 2021)

山崎雅弘, 『独ソ戦史: ヒトラー vs. スターリン, 死闘1416日の全貌 新版』, 朝日新聞出版, 2016

デビッド·M·グランツ, ジョナサン·M·ハウス, 守屋純訳, 『詳解 独ソ戦全史: 最新資料が明かす「史上最大の地上戦」の実像』, 学研プラス, 2005 (데이비드 M. 글랜츠, 조너선 M. 하우스, 남창우·권도승·윤시원 옮김, 『독소전쟁사 1941〜1945』, 열린책들, 2007)

マクシム·コロミーエツ, 小松徳仁訳, 『死闘ケーニヒスベルク: 東プロイセンの古都を壊滅させた欧州戦最後の凄惨な包囲戦』, 大日本絵画, 2005

ハリソン・E・ソールズベリー, 大沢正訳, 『独ソ戦: この知られざる戦い』, 早川書房, 1980

エーリヒ・ヴォレンベルク, 島谷逸夫・大木貞一訳, 『赤軍: 草創から粛清まで』, 風塵社, 2017

ゲオルギー・ジューコフ, 清川勇吉・相場正三久・大沢正訳, 『ジューコフ元帥回想録: 革命・大戦・平和』, 朝日新聞社, 1970

ジェフリー・ロバーツ, 松島芳彦訳 『スターリンの将軍ジューコフ』, 白水社, 2013

マリー・ムーティエ, 森内薫訳, 『ドイツ国防軍兵士たちの100通の手紙』, 河出書房新社, 2016

大木毅, 『灰緑色の戦史: ドイツ国防軍の興亡』, 作品社, 2017

永岑三千輝, 『ドイツ第三帝国のソ連占領政策と民衆: 1941〜1942』, 同文舘出版, 1994

永岑三千輝, 『独ソ戦とホロコースト』, 日本経済評論社, 2001

リチャード・ベッセル, 大山晶訳 『ナチスの戦争1918〜1949: 民族と人種の戦い』, 中央公論新社, 2015

ゼンケ・ナイツェル, ハラルト・ヴェルツァー, 小野寺拓也訳 『兵士というもの: ドイツ兵捕虜盗聴記録に見る戦争の心理』, みすず書房, 2018

對馬達雄, 『ヒトラーの脱走兵: 裏切りか抵抗か, ドイツ最後のタブー』, 中央公論新社, 2020

イリヤ・エレンブルグ, 木村浩訳 『わが回想: 人間・歳月・生活 第5部』, 朝日新聞社, 1967

ユーリ・オブラズツォフ, モード・アンダーズ, 龍和子訳 『フォト・ドキュメント女性狙撃手: ソ連最強のスナイパーたち』, 原書房, 2015

松戸清裕, 『ソ連史』, 筑摩書房, 2011

マーティン・ペグラー, 岡崎淳子訳 『ミリタリー・スナイパー: 見えざる敵の恐怖』, 大日本絵画, 2006 (마틴 페글러, 홍희범 옮김, 『스나이퍼: 보이지 않는 공포』, 멀티매니아호비스트, 2007)

かのよしのり, 『狙撃の科学: 標的を正確に撃ち抜く技術に迫る』, SBクリエイティブ, 2013 (가노 요시노리, 이종우 · 유삼현 옮김, 『일발필중 저격의 과학』, 북스힐, 2016)

アルブレヒト・ヴァッカー, 中村康之訳, 『最強の狙撃手』, 原書房, 2007

マイク・ハスキュー, 小林朋則訳, 『戦場の狙撃手』, 原書房, 2006

ピーター・ブルックスミス, 森真人訳, 『狙撃手(スナイパー)』, 原書房, 2000

チャールズ・ストロング, 伊藤綺訳, 『狙撃手列伝』, 原書房, 2011

リュドミラ・パヴリチェンコ, 龍和子訳, 『最強の女性狙撃手: レーニン勲章の称号を授与されたリュドミラの回想』, 原書房, 2018

# 옮긴이의 말

 

 

『소녀 동지여 적을 쏴라』는 제2차 세계대전을 배경으로 소련의 여성 저격수들의 삶과 전쟁의 참상, 특히 약자인 여성에게 가해지는 잔혹함을 보여주는 작품이다. 주인공 세라피마는 독일군에게 사랑하는 엄마와 가족처럼 지내던 마을 사람들을 잃고, 아군이라고 믿은 소련군 여성 병사 이리나의 손에 엄마의 시체를 모욕당한다.

싸우겠는가, 죽겠는가. 이리나가 제시하는 이분법을 받아들인 세라피마는 독일군 예거와 이리나를 죽이겠다는 복수심에 사로잡혀 저격수의 길을 걷는다. 그 후 세라피마는 100명에 달하는 적병을 죽인 뛰어난 저격수가 되는데, 이리나는 여성 저격수들을 단순한 복수의 화신으로 만들지 않는다. 질문을 던지고 흔들어 총을 쏘는 이유를 자기 머리로 생각하게끔 한다. 그 결과, 세라피마는 여성을 지키고 싶다는 자기만의 이유를 찾는다. 여성을 지키는 것과 소련을 지키는 것이 항상 등호로 묶이지 않는 것을 깨닫은 그때, 세라피마는 카추샤 노래를 부른다.

작품 속의 많은 사람들은 자기 합리화를 하느라 바쁘다. 침공당했으니까, 가족이 죽었으니까, 좋은 추억쯤은 얻어야 하니까, 상대편이 포로를 함부로 대했으니까. 전쟁을 겪지 않은 내가 이들을 비난할 수는 없으나, 세상에는 어떤 상황이 닥쳐도 어긋나지 않는 사람이 있다. 신념을 굽히지 않는 사람이 있다. 상황을 핑계 삼아 저열함을 정당화하지 않는 사람이 있다. 그들이 숭고한 정신을 타고나서도 아니고, 역사에 남을 영웅이어서도 아니다. 그것이 옳기 때문이다. 전쟁을 겪으며 여성 저격수들이 보여준 올곧은 모습, 전쟁 이후 손바닥 뒤집듯 태도를 바꾼 조국에서 여성으로 굳세게 살아가는 모습은 참으로 아름답다.

이 작품은 2022년 일본 서점대상 수상작이다. 서점대상은 전국 서점 직원들이 팔고 싶은 책에 투표해 수상작을 선택하는 상으로, 책을 독자에게 전달하는 최전선에 선 사람들의 의견이 반영된다는 점이 특징이다. 다루는 주제나 책의 충격도 면에서 2022년의 대상은 이 작품에 돌아가겠다고 짐작했고, 결과는 예상을 벗어나지 않았다. 러시아가 우크라이나를 침공한 이 상황에서 소련 소녀가 주인공인 전쟁소설이 문학상을 받고 널리 읽혀도 괜찮을까. 처음에는 이런 의문도 들었는데, 이 작품에서 말하는 보편적인 신념과 여성의 존엄성은 오히려 지금처럼 혼란스러운 시기에 더욱 중요해진다.

　에필로그에서 세라피마는 '러시아와 우크라이나의 우정이 영원히 이어질 수 있을까'라는 의문을 품는다. 이는 곧 작가 아이사카 토마의 의문인데, 현실은 안타깝게도 그러지 못한 쪽으로 기울고 말았다. 러시아와 우크라이나의 전쟁 이외에도 세상에는 숱한 대립이 있고 갈등이 있고 살육이 있다. 폭력 없이 살아갈 수는 없을까. 이념이나 이권 같은 문제에 쉽게 말을 얹을 수는 없지만, 약자가 평온하게 살아갈 수 있는 세상이 되면 좋겠다. 모든 사람이 그러기를 원하고 그 바람을 이루기 위해 행동한다면 언젠가 그런 세상이 오지 않을까. 최소한 사람이기를 포기하지 말자. 이런 생각이 번역하는 내내 머릿속을 차지했다.

이소담

**옮긴이 이소담**

대학 졸업반 시절에 취미로 일본어 공부를 시작했고, 다른 나라 언어를 우리말로 바꾸는 일에 매력을 느껴 번역을 시작했다. 읽는 사람이 행복해지고 기쁨을 느끼는 책을 우리말로 옮기는 것이 꿈이고 목표다. 지은 책으로 에세이집 『그깟 '덕질'이 우리를 살게 할 거야』가 있고, 옮긴 책으로 『양과 강철의 숲』 『하루 100엔 보관가게』 『변두리 화과자점 구리마루당』 『그러니까, 이것이 사회학이군요』 『당신의 마음을 정리해 드립니다』 『오늘의 인생』 등이 있다.

# 소녀 동지여 적을 쏴라

**초판 1쇄 발행** 2023년 8월 29일
**초판 2쇄 발행** 2023년 11월 6일

**지은이** 아이사카 토마
**옮긴이** 이소담
**펴낸이** 김선식

**경영총괄** 김은영
**콘텐츠사업본부장** 임보윤
**책임편집** 이승환 **디자인** 권예진 **책임마케터** 이고은
**콘텐츠사업3팀장** 이승환 **콘텐츠사업3팀** 김한솔, 김정택, 권예진, 이한나
**편집관리팀** 조세현, 백설희 **저작권팀** 한승빈, 이슬, 윤제희
**마케팅본부장** 권장규 **마케팅2팀** 이고은, 양지환
**미디어홍보본부장** 정명찬 **영상디자인파트** 송현석, 박장미, 김은지, 이소영
**브랜드관리팀** 안지혜, 오수미, 문윤정, 이예주 **지식교양팀** 이수인, 염아라, 김혜원, 석찬미, 백지은
**크리에이티브팀** 임유나, 박지수, 변승주, 김화정, 장세진 **뉴미디어팀** 김민정, 이지은, 홍수경, 서가을
**재무관리팀** 하미선, 윤이경, 김재경, 이보람, 임혜정
**인사총무팀** 강미숙, 김혜진, 지석배, 황종원
**제작관리팀** 이소현, 최완규, 이지우, 김소영, 김진경, 박예찬
**물류관리팀** 김형기, 김선진, 한유현, 전태환, 전태연, 양문현, 최창우, 이민운
**외부스태프** 교정 최정원

**펴낸곳** 다산북스 **출판등록** 2005년 12월 23일 제313-2005-00277호
**주소** 경기도 파주시 회동길 490
**전화** 02-704-1724 **팩스** 02-703-2219 **이메일** dasanbooks@dasanbooks.com
**홈페이지** www.dasan.group **블로그** blog.naver.com/dasan_books
**종이** 신승지류유통 **인쇄 및 제본** 상지사 **후가공** 제이오엘앤피

ISBN 979-11-306-4549-0 03830

• 책값은 뒤표지에 있습니다.
• 파본은 구입하신 서점에서 교환해드립니다.
• 이 책은 저작권법에 의하여 보호를 받는 저작물이므로 무단 전재와 복제를 금합니다.

다산북스(DASANBOOKS)는 독자 여러분의 책에 관한 아이디어와 원고 투고를 기쁜 마음으로 기다리고 있습니다. 책 출간을 원하는 아이디어가 있으신 분은 이메일 dasanbodasanbooks.com 또는 다산북스 홈페이지 '투고 원고'란으로 간단한 개요와 취지, 연락처 등을 보내 주세요. 머뭇거리지 말고 문을 두드리세요.